Op-
Center 3
Jeux de pouvoir

TOM CLANCY ET STEVE PIECZENIK
présentent

Tom Clancy Op-Center 3

Jeux de pouvoir

ROMAN

*Traduit de l'américain
par Jean Bonnefoy*

ALBIN MICHEL

Nous tenons à remercier ici Jeff Rovin pour ses idées inventives et sa contribution inestimable à la préparation de ce manuscrit. Nous aimerions également rendre hommage, pour leur aide, à Martin H. Greenberg, Larry Segriff, Robert Youdelman, Esq. Ainsi qu'à la merveilleuse équipe du *Putnam Berkley Group*, tout particulièrement à Phyllis Grann, David Shanks et Elizabeth Beier. Comme toujours, nos remerciements vont à Robert Gottllieb, de l'Agence William Morris, notre agent et notre ami, sans qui ce livre n'aurait jamais pu naître.

Mais avant tout, c'est à vous, amis lecteurs, qu'il revient de décider dans quelle mesure notre effort collectif aura été couronné de succès.

Tom Clancy et Steve Pieczenik

Ceci est une œuvre de fiction. Les personnages et les situations décrits dans ce livre sont purement imaginaires : toute ressemblance avec des personnages ou des événements existant ou ayant existé ne serait que pure coïncidence.

Titre original :
TOM CLANCY'S OP-CENTER
GAMES OF STATE
A Berkley Book
publié avec l'accord de Jack Ryan Limited Partnership
and S&R Literary, Inc.

© Jack Ryan Limited Partnership and S&R Literary, Inc., 1996

Traduction française :
© Éditions Albin Michel S.A., 1997
22, rue Huyghens, 75014 Paris

ISBN 2-226-09213-7

1.

Jusqu'à ces tout derniers jours, Jody Thompson, vingt et un ans, n'avait pas connu de guerre.

En 1991, la jeune fille était encore trop accaparée par les garçons, le téléphone et ses problèmes d'acné pour prêter attention à la guerre du Golfe. Elle n'en avait gardé pour souvenir que ces images télévisées d'éclairs blancs déchirant un ciel nocturne verdâtre et les annonces de tirs de missiles Scud sur Israël et l'Arabie Saoudite. Elle n'était pas spécialement fière de cette absence d'intérêt mais, après tout, les filles de quatorze ans ont les priorités de leur âge.

Le Viêt-nam appartenait à ses parents, et tout ce qu'elle savait de la guerre de Corée, c'était que, lors de sa première année de fac, les anciens combattants avaient fini par obtenir un monument pour commémorer leurs morts.

La Seconde Guerre mondiale était celle de ses grands-parents. Paradoxalement, pourtant, c'était en définitive la guerre qu'elle connaissait le mieux.

Cinq jours plus tôt, Jody avait laissé derrière elle des parents en sanglots, un petit frère aux anges, son petit copain et Ruth, sa chienne cocker aux yeux tristes, pour quitter Rockville Centre, Long Island, et s'envoler vers l'Allemagne où elle avait été prise comme stagiaire sur le tournage du long métrage *Tirpitz*. Jusqu'au moment de s'installer dans l'avion avec le scénario sur les genoux, Jody ne savait à peu près rien d'Adolf Hitler, du Troisième Reich ou de l'Axe. Parfois, elle entendait sa grand-mère évoquer avec admiration le président Roosevelt ou son grand-père mentionner avec respect Truman dont la bombe A lui avait évité de se faire massacrer dans un camp de prisonniers en Birmanie. Un camp où il lui était arrivé de mordre l'oreille de l'un de ses bourreaux. Quand Jody lui avait demandé pourquoi il avait fait un truc pareil, cet homme d'un naturel si doux avait répondu : « Parfois, on n'a pas le choix, voilà tout. »

Cela mis à part, la seule autre occasion où Jody entendait parler de guerre, c'était à la télé, quand elle tombait sur un documentaire de la chaîne culturelle en zappant pour aller sur MTV.

Et voilà qu'elle se tapait un cours accéléré sur le chaos qui avait englouti la planète. Elle détestait lire ; les articles de *TV Guide* lui tombaient des mains dès la première page. Et pourtant, elle avait été fascinée par le scénario de cette coproduction germano-américaine. Ça ne parlait pas que de cuirassés et de canons, comme elle l'avait redouté. Ça parlait des gens. Grâce à ce synopsis, elle avait appris l'existence des centaines de milliers de marins qui avaient servi dans les eaux glacés de l'océan Arctique, et des dizaines de milliers de leurs compagnons qui s'y étaient noyés. Elle avait appris que le *Tirpitz* avait un sister-ship, le *Bismarck*, baptisé « la Terreur des mers ». Elle avait découvert que des usines installées à Long Island avaient joué un rôle essentiel dans la construction d'avions de combat pour les Alliés. Elle avait découvert que quantité de soldats n'étaient pas plus âgés que son petit ami, et qu'ils avaient la trouille, comme Dennis l'aurait eue à leur place. Et depuis qu'elle était sur le tournage, Jody avait vu ce scénario prendre vie.

Aujourd'hui, dans une chaumière de Garbsen, dans la banlieue de Hanovre, elle avait visionné les rushes des scènes où un ancien officier SA tombé en disgrâce quitte sa famille et embarque sur un bâtiment de la Kriegsmarine pour laver son honneur. Elle avait déjà vu les trucages hallucinants de l'attaque des bombardiers Lancaster de la RAF contre ce navire de guerre dans le fjord norvégien de Tromsø en 1944; le cuirassé avait coulé, entraînant dans la mort mille hommes d'équipage. Et c'est là, dans la caravane aux accessoires, qu'elle avait touché d'authentiques reliques de la guerre.

Jody avait encore du mal à croire qu'une telle folie ait pu avoir lieu, malgré toutes les preuves étalées devant elle sur la table. Une incroyable collection de médailles, fourragères, hausse-cols, insignes, armes et souvenirs divers confiés par des collectionneurs privés européens et américains. Sur les étagères étaient soigneusement exposés les cartes reliées cuir, les ouvrages militaires et les stylos sortis de la bibliothèque personnelle du General-Feldmarschall von Harbou et prêtés par son fils. Dans un placard un classeur abritait des photographies du *Tirpitz* prises par des avions de reconnaissance et des sous-marins de poche; et, sous une verrière en Plexiglas, on pouvait voir un fragment d'une des bombes de cinq tonnes qui avaient touché le bâtiment. L'éclat rouillé long de quinze centimètres devait servir de fond au générique de fin.

Pour ne pas maculer les reliques, la mince jeune fille brune s'essuya les mains sur son chandail portant l'emblème de l'École des arts visuels, avant de saisir le poignard Sturmabteilung qu'elle était venue chercher. Ses grands yeux noirs passèrent de la gaine à bouterolle d'argent à la garde en métal bruni. À son extrémité, les lettres « SA » étaient inscrites dans un cercle au-dessus de l'aigle germanique tenant dans ses serres une croix gammée. Avec précaution, car l'ajustement était précis, elle sortit lentement la longue lame pour l'examiner.

Elle était pesante, horrible. Jody se demanda combien de vies elle avait ôtées ; combien de veuves elle avait faites. Et combien de mères elle avait fait pleurer.

Jody la retourna. Les mots *Alles für Deutschland* étaient gravés en noir sur un côté de la lame. Quand elle avait découvert ce poignard la veille, lors des répétitions, un acteur allemand, ancien combattant, lui avait traduit la devise : *Tout pour l'Allemagne.* « À l'époque, en Allemagne, avait-il ajouté, on vous demandait de tout donner à Hitler. Votre travail, votre vie, votre âme. » Il s'était penché vers elle. « Si votre maîtresse formulait la moindre critique envers le Reich, vous deviez la trahir. Qui plus est, vous deviez être fier de l'avoir trahie... »

« Thompson, le couteau ! »

La voix haut perchée du réalisateur Larry Lankford tira brutalement Jody de ses réflexions. Elle remit aussitôt le poignard dans sa gaine et se précipita vers la porte du motor-home.

« Désolée ! Je ne savais pas que vous attendiez ! » Elle sauta au bas des marches, passa en trombe devant le gardien et fit le tour de la roulotte.

« Vous ne saviez pas ? s'écria Lankford. On attend au rythme de deux mille dollars la minute ! » Le réalisateur leva le menton et se mit à claquer du doigt en mesure : « Ça nous fait déjà trente-trois dollars… soixante-six dollars… quatre-vingt-dix-neuf dollars…

– J'arrive, j'arrive ! haleta Jody.

– … cent trente-deux… »

Jody se sentait ridicule d'avoir cru l'assistant réalisateur Hollis Arlenna quand il lui avait affirmé que Lankford ne serait pas prêt à tourner d'ici une bonne dizaine de minutes. Une assistante de production l'avait pourtant mise en garde : Arlenna était un petit bonhomme à l'ego disproportionné, qu'il entretenait en cherchant à rapetisser les autres.

Alors que Jody approchait, l'assistant réalisateur s'interposa entre elle et le metteur en scène. Le souffle court, Jody s'arrêta et lui tendit le couteau. Il évita son regard et courut vers le patron,

« Merci bien », dit Lankford, affable, quand le jeune assistant lui remit le poignard.

Tandis que le réalisateur montrait à son comédien comment il devait tendre l'arme à son fils, l'assistant battit en retraite sans regarder Jody.

Pourquoi ne suis-je pas surprise ? se dit-elle.

Au bout d'une semaine à peine sur le tournage, Jody avait compris comment fonctionnait le milieu du cinéma. Si vous étiez futé et ambitieux, on tâchait de vous faire passer pour abruti et maladroit, histoire de vous rendre moins menaçant. Et pour peu que vous vous plantiez, tout le monde prenait ses distances vite fait. C'était sans doute ainsi dans tous les milieux, même si les gens de cinéma avaient, semblait-il, élevé la technique au rang d'un art.

11

Tout en revenant vers la caravane aux accessoires, Jody se prit à regretter amèrement le système d'entraide sur lequel reposaient ses relations avec ses amis à Hofstra. Mais c'était l'université, alors qu'ici, c'était le monde réel. Elle voulait être réalisatrice de cinéma, et elle pouvait s'estimer heureuse d'avoir décroché ce stage. Elle était bien décidée à y gagner en force et en sagesse. Et quand on était aussi arriviste que les autres, il en fallait une sacrée dose pour survivre.

Quand Jody arriva devant la porte de la roulotte, le vigile allemand, un homme d'un certain âge, lui adressa un clin d'œil rassurant.

« Ces gros cons peuvent pas s'en prendre aux stars, alors ils s'en prennent à vous. À votre place, je m'en ferais pas.

– Oh, mais je ne m'en fais pas, monsieur Buba », mentit Jody avec un sourire. Elle récupéra le calepin accroché sur sa planchette à pinces au flanc de la roulotte. Y était attachée la liste des scènes à tourner ce jour, avec le détail des accessoires nécessaires à chaque scène. « Si c'est le pire qui doive m'arriver pendant mon stage, je m'estimerai heureuse. »

M. Buba lui rendit son sourire tandis qu'elle grimpait les marches. Elle aurait tué quelqu'un pour une cigarette, mais il était interdit de fumer dans le motor-home et elle n'avait pas le temps de traîner dehors. Elle devait bien admettre qu'en ce moment, elle aurait même tué pour encore moins. Par exemple, pour ne plus avoir Hollis sur le dos.

Au moment d'ouvrir la porte, elle s'arrêta soudain et regarda au loin. « Monsieur Buba, j'ai cru voir bouger là-bas, dans le bois. »

Le vigile se haussa sur la pointe des pieds pour regarder. « Où ça ?

– À trois ou quatre cents mètres d'ici. Ils ne risquent pas encore d'entrer dans le champ, mais je préférerais ne pas être à leur place si jamais ils bousillaient une des prises de Lankford…

– Je suis d'accord avec vous, renchérit Buba en saisissant l'émetteur-récepteur accroché à sa ceinture. Je ne sais pas comment ils ont réussi à passer, mais je vais envoyer quelqu'un vérifier. »

Alors qu'il transmettait son rapport, Jody retourna à l'intérieur. Elle essaya d'oublier Lankford et son laquais, tandis qu'elle réintégrait un monde plus sombre, un monde où les tyrans brandissaient des armes, pas des synopsis, et s'attaquaient à des nations, pas à des stagiaires.

2.

Jeudi, 9 : 50, Hambourg, Allemagne

Paul Hood s'éveilla en sursaut au moment où le gros-
porteur toucha rudement la piste deux de l'aéroport
international de Hambourg.

Non…! s'écria une petite voix au fond de lui.

La tête calée contre le store chauffé par le soleil,
Hood garda les yeux fermés en essayant de se raccrocher à son rêve.

Juste encore un petit peu.

Mais les réacteurs hurlaient pour ralentir l'avion et
leur grondement finit d'en dissiper les ultimes images.
Bientôt, Hood n'aurait trop su dire en quoi avait
consisté ce rêve, même s'il lui avait procuré une
intense satisfaction. Pestant en silence, il ouvrit les
yeux, étendit les bras et les jambes, et se soumit à la
réalité.

Quarante-trois ans, silhouette mince, le directeur de
l'Op-Center se sentait tout courbatu après huit heures
de siège-couchette. Au centre, ce genre de vol était
qualifié de « court » – uniquement parce qu'il n'atteignait pas le seuil fatidique des treize heures, durée
minimum pour qu'un fonctionnaire gouvernemental
ait droit aux sièges spacieux de la classe affaires. Bob

Herbert était convaincu que, si le Japon et le Moyen-Orient étaient l'objet d'une telle sollicitude de la part du gouvernement américain, c'était uniquement parce que diplomates et négociateurs commerciaux aimaient avoir leurs aises pour voyager. Il prédisait même que le jour où les vols de vingt-quatre heures donneraient droit à une place de première, l'Australie deviendrait le nouveau champ de bataille politique ou commercial en vogue.

Mais tout courbatu qu'il fût, Hood se sentait parfaitement reposé. Bob Herbert avait raison. En avion, le secret d'un sommeil réparateur ne tenait pas à la position allongée. La preuve : bien qu'étant resté assis, il avait merveilleusement dormi. Le secret était le silence, et ses boules Quies avaient parfaitement rempli leur office.

Hood se redressa en fronçant les sourcils. *Nous nous rendons en Allemagne à l'invitation du vice-ministre des Affaires étrangères Hausen pour négocier des millions de dollars d'équipement de haute technologie, et deux petits bouts de cire de rien du tout suffisent à mon bonheur.* Où était la morale là-dedans ?

Hood ôta ses boules Quies. Tout en les remettant dans leur boîte en plastique, il essayait de retrouver la satisfaction qu'il avait ressentie dans son rêve. Mais même celle-ci avait disparu. Hood releva le store et lorgna la brume de l'aube, l'œil torve.

Rêves, jeunesse, passion... Les choses les plus désirables disparaissent toujours. C'est peut-être ce qui fait leur charme. Cela dit, de quoi aurait-il pu se plaindre ? Sa femme et ses gosses étaient heureux, en bonne santé, il les aimait, comme il aimait son boulot. C'était plus que n'en possédaient bien des gens.

Contrarié malgré lui, il se pencha vers Matt Stoll. Le bedonnant agent de soutien logistique était assis à sa droite, côté couloir. Il était en train d'ôter ses écouteurs.

« Bonjour, dit Hood.

– Bonjour », répondit Stoll en remettant les écouteurs dans le vide-poche. Il jeta un coup d'œil à sa montre et tourna son gros visage poupin vers le directeur. « On a vingt-cinq minutes d'avance, nota-t-il de sa voix saccadée. Moi qui avais envie de me repasser *Rockin' 68* une neuvième fois.

– C'est tout ce que vous avez fait pendant huit heures ? Écouter de la musique ?

– Bien obligé. À la trente-huitième minute de la compil, on abandonne Cream, pour tomber sur les Cowsills avant d'enchaîner sur Steppenwolf. C'est aussi beau que la laideur de Quasimodo : *Indian Lake* pris en sandwich entre *Sunshine of Your Love* et *Born to Be Wild*. »

Hood se contenta de sourire. Il n'avait pas envie d'avouer qu'il aimait bien les Cowsills quand il était ado.

« Quoi qu'il en soit, ces boules Quies que m'avait passées Bob ont fondu comme neige au soleil. Vous avez oublié que nous les gros, on transpire plus que les décharnés dans votre genre. »

Hood regarda derrière Stoll. De l'autre côté du couloir, l'agent de renseignements grisonnant dormait toujours du sommeil du juste.

« Peut-être qu'il aurait mieux valu que j'écoute de la musique, moi aussi, remarqua Hood. J'ai fait un rêve et puis…

– Vous l'avez oublié. »

Hood acquiesça.

« Je connais. Genre panne de courant qui vous efface toutes les données restées en mémoire vive. Vous savez ce que je fais dans ces cas-là ?

– Vous écoutez de la musique ? » hasarda Hood.

Stoll le considéra, surpris. « C'est pour ça que vous êtes le patron et pas moi. Ouais, j'écoute de la musique. Un truc que j'associe aux bons moments. Ça me change tout de suite les idées. »

De l'autre côté de l'allée, Bob Herbert lança, avec son accent sudiste traînant : « Voulez mon avis ? Moi, je me fie aux boules Quies pour avoir la paix. Ça vaut bien le coup de rester décharné. Qu'est-ce que vous en dites, chef ?

– Formidable ! Je roupillais avant qu'on ait survolé Halifax.

– Je vous l'avais dit, non ? Vous devriez en avoir au boulot. La prochaine fois que le général Rodgers est en pétard ou que Martha se met à fulminer contre les lèche-bottes, vous aurez qu'à les mettre et faire semblant d'écouter.

– J'ai comme l'impression que ça ne marcherait pas, nota Stoll. Mike en dit plus par ses silences que par ses paroles ; quant à Martha, elle a déjà réussi à noyer des boîtes aux lettres électroniques sous ses harangues.

– Messieurs, on se calme avec Martha, avertit Hood. Elle fait très bien son boulot...

– Bien sûr, dit Herbert. D'ailleurs, elle nous traînerait en justice pour discrimination raciale et sexisme, si on avait le malheur de ne pas être de cet avis. »

Hood ne crut pas utile de protester. La première qualité d'un chef – apprise alors qu'il était maire de Los Angeles – était qu'on ne faisait pas changer d'avis les gens en discutant avec eux. Il fallait la boucler. Ça vous plaçait au-dessus de la mêlée et vous procurait une aura de dignité. Le seul moyen laissé à votre adversaire d'atteindre ces hauteurs était de céder du terrain – et donc de se résoudre au compromis. Tôt ou tard, ils en étaient tous passés par là. Même Bob, bien qu'il lui eût fallu plus de temps que les autres.

Alors que l'avion s'immobilisait et que se déployait la passerelle de débarquement, Herbert lança : « Merde, on vit dans un monde nouveau. Je suppose que ce qu'il nous faudrait, c'est des boules Quies électroniques. En filtrant ce que vous avez envie d'entendre, vous ne risqueriez pas d'être politiquement incorrect.

– Les autoroutes de l'information sont censées *ouvrir* les esprits, pas les fermer, objecta Stoll.

– Ouais, ben, moi je suis de Philadelphie, Mississippi, et là-bas, on n'avait pas d'autoroutes. On avait des chemins de terre qui se transformaient en fleuves de boue au printemps, et tout le monde se crachait dans les pognes pour les nettoyer. »

Le signal *Attachez vos ceintures* s'éteignit et tout le monde se leva, sauf Herbert. Tandis que chacun récupérait son bagage à main, il se cala la nuque contre l'appui-tête, les yeux fixés vers la lampe de lecture. Cela faisait quinze ans maintenant qu'il avait perdu l'usage de ses jambes dans l'attentat à la bombe de l'ambassade de Beyrouth, et Hood savait qu'il était toujours complexé par son handicap. Même si aucun de ceux qui travaillaient avec lui n'y prêtait la moindre attention, Herbert n'aimait pas croiser le regard des autres. Et ce qu'il détestait le plus, c'était d'y lire la pitié.

« Vous savez, poursuivit Herbert, l'air nostalgique, chez nous, dans le temps, tout le monde partait du même bout de la route et on bossait au coude à coude. Les différences d'opinion étaient aplanies ainsi : on essayait dans un sens et si ça marchait pas, on essayait d'une autre manière ; c'est comme ça qu'on avançait. Aujourd'hui, quand vous êtes pas d'accord avec quelqu'un, on vous accuse de détester la minorité à laquelle il se trouve appartenir.

– Les ravages de l'opportunisme, constata Matt Stoll. C'est le nouveau rêve américain.

– Chez certains, remarqua Hood. Seulement chez certains. »

Quand les autres passagers eurent dégagé l'allée centrale, une hôtesse monta avec un fauteuil roulant. Le fauteuil personnel de Herbert, avec ordinateur portable et téléphone cellulaire intégrés, avait voyagé dans la soute.

La jeune Allemande fit pivoter le fauteuil vers Herbert. Elle se pencha par-dessus le dossier et lui tendit une main, mais il déclina son aide.

« Inutile, bougonna Herbert. Je fais ça depuis la maternelle. »

Grâce à ses bras musclés, il prit appui sur les accoudoirs pour se laisser tomber dans le siège en cuir. Tandis que Hood et Stoll passaient derrière en portant leurs bagages à main, il se propulsa lui-même vers le bout de la cabine.

La chaleur de l'été hambourgeois imprégnait la passerelle de débarquement mais ce n'était rien en comparaison de la touffeur qu'ils avaient laissée dans la capitale américaine. Ils pénétrèrent dans le terminal animé et climatisé, où l'hôtesse les confia à un fonctionnaire gouvernemental envoyé par Lang pour leur faciliter les formalités de douane.

19

La jeune femme allait partir quand Herbert lui saisit le poignet.

« Excusez ma brusquerie. Mais moi et ces... (il tapota les accoudoirs) on est de vieux potes.

– Je comprends, et je suis désolée de vous avoir vexé.

– Non, non, pas du tout », protesta Herbert.

La jeune femme s'éloigna avec un sourire et le fonctionnaire gouvernemental se présenta. Il leur dit qu'une limousine attendait pour les conduire à l'hôtel Alster-Hof, au bord du lac, sitôt les formalités accomplies. Puis il leur indiqua le chemin, s'effaçant pour laisser passer Herbert, et ils longèrent la grande verrière de l'aérogare qui dominait la Paul-Baumer-Platz.

« Eh bien, c'est quand même bougrement ironique, observa Herbert.

– Quoi donc ? demanda Hood.

– J'ai du mal à me trouver le moindre point commun avec mes compatriotes, et je me retrouve dans un aéroport que les Alliés ont ratiboisé sous les bombes avec la moitié de Hambourg. Or, j'échange des amabilités avec une hôtesse et je m'apprête à bosser au coude à coude avec des gars qui ont descendu mon vieux dans les Ardennes. Ça nécessite un brin d'accoutumance.

– Comme vous dites, remarqua Hood, c'est un nouveau monde.

– Mouais, fit Herbert. Un monde nouveau qui me lance un défi. Mais je le relèverai, Paul. Dieu m'en est témoin, je le relèverai. »

Et sur ces bonnes paroles, Herbert accéléra. Il dépassa des Américains, des Européens, des Japonais – qui tous, Hood en était persuadé, participaient, à leur manière, à la même course.

3.

Jeudi, 9 : 59, Garbsen, Allemagne

Werner Dagover retroussa la lèvre avec dégoût quand, au débouché de la colline, il vit la femme assise derrière l'arbre.

C'était malin de la part de l'équipe de surveillance, de laisser ainsi passer quelqu'un... Il n'y avait encore pas si longtemps, en Allemagne, ce genre de gaffe aurait coûté leur carrière à certains.

Alors qu'il approchait, l'imposant vigile se remémora soudain ses sept ans, quand l'oncle Fritz était venu vivre avec eux. Maître sellier dans une école de cavalerie, Fritz Dagover était le sous-officier de service quand un instructeur, pris de boisson, était venu piquer à l'écurie le cheval d'un général de division. Il était parti faire une virée nocturne avec la monture et lui avait cassé une jambe. Même si l'instructeur avait commis l'infraction à l'insu de Fritz, les deux hommes étaient passés en cour martiale et avaient été renvoyés pour manquement à l'honneur. Malgré la pénurie de main-d'œuvre dans le civil durant la guerre et malgré son expérience professionnelle de sellier, l'oncle Fritz avait été incapable de retrouver un emploi. Sept mois plus tard, il mettait fin à ses jours en avalant une pleine gourde de bière à l'arsenic.

Certes, songea Werner, *bien des méfaits ont été commis au cours des douze années du Reich. Mais on accordait alors un grand prix à la responsabilité personnelle. En nous lavant de tout notre passé, nous avons en même temps rejeté la discipline, l'éthique du travail, et tant d'autres vertus.*

Aujourd'hui, rares étaient les gardiens prêts à risquer leur vie pour un salaire. Si leur présence sur un plateau de cinéma, dans une usine ou un grand magasin n'était pas assez dissuasive, eh bien, c'était tant pis pour le patron. La majorité des vigiles ne se sentaient pas liés par le fait d'avoir accepté le poste.

Mais ce n'était pas l'état d'esprit de Werner Dagover de la Sichern. Le nom de l'entreprise hambourgeoise signifiait « sécurité ». Qu'il s'agisse de sauver une femme prise accidentellement au milieu d'une fusillade ou de surveiller une bande de malfrats comme ceux qui allaient célébrer l'anniversaire de Hitler dans une semaine, Werner comptait bien faire son boulot avec efficacité.

Une fois qu'il eut signalé au contrôleur la présence dans les bois d'une femme, apparemment seule, Werner éteignit son émetteur-récepteur. Rejetant les épaules en arrière, il rectifia la position de son insigne et remit en place les cheveux qui avaient glissé de sous sa casquette. Comme il l'avait appris durant ses trente années de service dans la police de Hambourg, on ne pouvait exercer d'autorité sans avoir l'air autoritaire.

En tant que responsable sur place de la société de gardiennage, Werner avait été posté dans le véhicule de commandement garé sur la route principale d'accès à la bourgade. Dès réception du message de Bernard Buba, il avait enfourché sa moto pour rejoindre, à quatre cents mètres de là, la zone de tournage et s'était garé près de la caravane aux accessoires. Puis il s'était glissé discrètement derrière les techniciens et avait contourné la colline pour se diriger vers les dix hectares de forêt. Derrière les arbres passait une autre route où des vigiles de la Sichern étaient censés intercepter les pique-niqueurs, les ornithologistes amateurs ou les promeneurs non identifiés comme cette femme.

Alors que Werner pénétrait dans le sous-bois, le soleil dans le dos, il écrasa une coquille de noix. La mince jeune femme sursauta et se retourna : grande, les pommettes hautes, très aristocratiques, le nez fort, des yeux que le soleil faisait briller comme de l'or fondu. Elle portait un ample corsage blanc, des jeans, des bottes noires.

« Salut ! fit-elle, le souffle court.

– Bonjour », répondit Werner.

Le garde s'arrêta à deux pas. Il souleva sa casquette.

« Mademoiselle, expliqua-t-il, on tourne un film juste derrière cette colline, et nous avons pour instruction de faire dégager le terrain. » Il étendit la main derrière lui. « Si vous voulez bien me suivre, je puis vous reconduire à la grand-route.

– Bien sûr, dit la femme. Veuillez m'excuser. Je me demandais ce que faisaient tous ces hommes au bord de la route. J'ai cru qu'il y avait peut-être eu un accident.

– Vous auriez entendu des sirènes d'ambulance, nota Werner.

– Oui, en effet. » Elle passa la main derrière le tronc. « Le temps de récupérer mon sac à dos… »

Werner rappela son contrôleur sur le talkie-walkie pour l'avertir qu'il s'apprêtait à raccompagner une femme jusqu'à la grand-route.

« Alors comme ça… c'est un film, dit la femme tout en enfilant son sac sur l'épaule gauche. Et il y a des vedettes ? »

Werner allait lui dire qu'il ne s'y connaissait pas trop en vedettes de cinéma quand il entendit un froissement de feuilles au-dessus de lui. Il leva les yeux juste à temps pour apercevoir deux hommes masqués vêtus de vert sauter d'une branche basse. Le plus petit braqua sur lui un Walther P38. Werner ne pouvait distinguer l'autre, qui avait atterri derrière lui.

« Pas un mot, lui dit l'homme armé. File-nous simplement ton uniforme. »

Les yeux de Werner se reportèrent vers la femme, au moment où elle sortait de son sac à dos un Uzi à crosse pliante. Elle arborait à présent une expression froide, imperméable au regard de mépris qu'il lui adressait. Elle s'arrêta près de l'homme armé et le bouscula pour venir plaquer le canon de son arme sous le menton de Werner. Elle avisa la plaque d'identité cousue sur sa poche de poitrine.

« Histoire d'éliminer tout risque de malentendu, Herr Dagover, nous tuons les héros. Je veux votre uniforme. *Tout de suite.* »

Après une longue hésitation, Werner défit, à contre-cœur, sa boucle de ceinturon. Il appuya sur son talkie-walkie pour en vérifier le bon arrimage, puis déposa par terre le gros ceinturon de cuir.

Tandis que Werner commençait à déboutonner son uniforme, la femme s'accroupit pour récupérer le

24

ceinturon. Elle plissa les yeux en ôtant le talkie-walkie. Elle retourna l'appareil.

La petite diode rouge d'émission était allumée. Werner sentit sa gorge se dessécher.

Il savait qu'il avait pris un risque en branchant l'appareil pour que le contrôleur les entende. Mais parfois, le boulot exigeait qu'on prenne des risques et il ne regrettait rien.

D'un coup de pouce, la femme pressa la touche « verrouillage » pour couper la transmission. Puis son regard passa de Werner à l'homme derrière lui. Elle fit un signe de tête.

Werner Dagover étouffa un cri quand l'autre lui enroula soixante centimètres de fil de cuivre autour du cou avant de tirer d'un coup sec... Sa dernière sensation fut une douleur déchirante qui l'étranglait et lui vrillait la moelle épinière...

Petit, râblé, Rolf Murnau, dix-neuf ans, natif de Dresde, dans l'ex-RDA, se tenait planqué derrière le chêne pour surveiller avec attention la colline qui s'étendait entre eux et le lieu de tournage. Il avait dans la main son Walther P38, mais ce n'était que son arme la plus visible. Le passe-montagne glissé dans sa ceinture était cousu de rondelles crantées qui en faisaient un gourdin inattendu et redoutable en combat rapproché. Dissimulée sous son col de chemise, une épingle à chapeau à la pointe acérée était l'instrument idéal pour égorger l'adversaire : on la plantait avant de la ramener vivement sur le côté. Quant à son verre de montre, il constituait une arme d'une efficacité surprenante quand on le passait au ras des globes oculaires. Et le bracelet qu'il portait au poignet droit pouvait servir de coup-de-poing américain.

À intervalles réguliers, Rolf se retournait pour s'assurer que personne n'arrivait par la route. Aucun risque, bien entendu. Comme prévu avec les deux autres membres de Feuer, ils s'étaient garés à l'écart avant de s'introduire à pied, à la faveur de la pause café des vigiles. Les hommes avaient été trop occupés à bavarder entre eux pour les remarquer.

Les yeux gris-bleu de Rolf étaient à l'affût et ses lèvres pâles et minces restaient serrées. Cela aussi faisait partie de son entraînement. Il avait travaillé dur pour contrôler ses clignements d'yeux. Un guerrier attendait que son adversaire se mette à ciller pour l'attaquer. De même, il avait appris à garder la bouche fermée pendant les exercices. Un grognement pouvait révéler qu'un coup avait porté ou, au contraire, qu'on se débattait. En outre, garder les lèvres closes évitait de se retrouver la langue tranchée par un uppercut.

Rolf se sentait empli de force et d'orgueil en écoutant pérorer les putes, les pédés et leurs maquereaux, là-bas sur le lieu de tournage, de l'autre côté de la colline. Tous étaient promis à la mort dans les flammes de Feuer. Certains allaient périr aujourd'hui, le reste un peu plus tard. Mais au bout du compte, grâce à des gens comme Karin et le célèbre Herr Richter, le plan global du Führer serait enfin accompli.

Les cheveux taillés ras du jeune homme dissimulaient à peine la croix gammée rouge sang tatouée sur son crâne. Au bout d'une demi-heure sous le passe-montagne, ses cheveux étaient luisants de transpiration, hérissés comme ceux d'un gamin. Les gouttes de sueur lui coulaient dans les yeux mais il n'en avait cure. Karin était à cheval sur la discipline militaire, et elle n'aurait pas apprécié de le voir se gratter ou s'éponger le front. Seul Manfred avait droit à de telles libertés, même s'il les prenait rarement. Rolf adorait la discipline. Karin n'arrêtait pas de répéter que, sans elle, lui et ses camarades seraient «comme des maillons sans chaîne». Et elle avait raison. Par le passé, par groupes de trois, quatre ou cinq, Rolf et ses amis avaient déjà attaqué des ennemis isolés mais jamais une force adverse. Jamais ils ne s'étaient frottés à la police ou aux unités antiterroristes. Ils ne savaient pas canaliser leur colère, leur passion. Karin comptait bien y remédier.

Sur la droite de Rolf, derrière le chêne, Karin Doring terminait d'ôter l'uniforme de Werner au profit du gros Manfred Piper. Une fois le cadavre en sous-vêtements, la jeune femme le tira sur l'herbe grasse jusqu'à un rocher. Rolf ne se proposa pas pour l'aider. Quand ils avaient pu examiner de près l'uniforme, elle lui avait dit de monter la garde. Et c'est bien ce qu'il comptait faire.

Du coin de l'œil, Rolf vit Manfred se tortiller pour enfiler l'uniforme. Le plan exigeait que Karin et l'un des hommes s'approchent du plateau, ce qui voulait dire que l'un d'eux devait se faire passer pour un vigile de la Sichern. Vu la carrure imposante du garde, Rolf aurait paru ridicule dans son uniforme. C'est pourquoi, malgré les manches trop courtes et le col serré, Manfred en avait hérité.

«Je commence à regretter ma capote, observa Manfred en se démenant pour boutonner la vareuse. T'as observé Herr Dagover pendant qu'il se dirigeait vers nous?»

Rolf savait que Manfred ne s'adressait pas à lui, aussi s'abstint-il de répondre. Comme Karin était occupée à dissimuler le corps de Werner dans les hautes herbes derrière le rocher, elle ne répondit pas non plus.

Manfred poursuivit : « Cette façon de rajuster son insigne et sa casquette... cette fierté de porter l'uniforme, cette démarche assurée... Je suis prêt à parier qu'il a été formé à l'école du Reich. Peut-être dans les Jeunes Loups. De cœur, je suis sûr qu'il était toujours des nôtres. » Le cofondateur de Feuer hocha sa grosse tête chauve. Il acheva de se boutonner, tira au maximum sur les manches de la vareuse. « Dommage que des hommes de son acabit sombrent dans le confort. Avec un minimum d'ambition et d'imagination, ils pourraient rendre de grands services à notre cause. »

Karin se redressa. Sans répondre, elle se dirigea vers la branche où elle avait accroché son arme et son paquetage. Elle n'était pas du genre bavard comme Manfred.

Et pourtant, se dit Rolf, *Manfred a raison*. Werner Dagover était sans aucun doute comme eux. Et quand enfin se déclencherait l'ouragan de feu, ils trouveraient des alliés parmi les individus de sa trempe. Des hommes et des femmes qui n'auraient pas peur de nettoyer la planète de tous les débiles mentaux et physiques, des basanés et autres indésirables pour raisons ethniques ou religieuses. Toutefois, le vigile avait tenté d'avertir ses supérieurs, et Karin n'était pas du genre à pardonner l'insubordination. Même lui, elle le tuerait s'il venait à contester son autorité, et elle aurait parfaitement raison. Comme elle l'avait expliqué à Rolf quand il avait abandonné ses études pour devenir soldat à plein temps, quiconque s'oppose à vous une fois est susceptible de recommencer. Et cela, aucun leader ne pouvait se le permettre.

Karin récupéra son Uzi, le glissa dans le sac à dos, et se dirigea vers Manfred. À trente-quatre ans, ce dernier n'était pas aussi cultivé et motivé que son compagnon, mais il était entièrement dévoué à la jeune femme. Depuis deux ans qu'il avait rejoint Feuer, il les avait toujours vus ensemble. Il n'aurait su dire si ce lien mutuel relevait de l'amour, de la protection réciproque ou des deux, mais il les enviait pour cela.

Lorsqu'elle fut prête, Karin prit le temps d'endosser à nouveau le personnage de jeune fille enjouée qu'elle avait adopté pour approcher le vigile. Puis elle tourna les yeux vers la colline.

« Allons-y », fit-elle d'un ton impatient.

Entourant de sa grosse patte le bras mince de la jeune femme, Manfred la guida vers le lieu de tournage. Quand ils furent partis, Rolf fit demi-tour et redescendit au petit trot vers la route pour les attendre.

4.

Jeudi, 3 : 04, Washington, DC

Contemplant la petite pile de bandes dessinées posées sur son lit, le général Mike Rodgers se demanda où était passée l'innocence.

Il connaissait la réponse, bien sûr. *Disparue, comme le reste*, songea-t-il avec amertume.

Le directeur adjoint de l'Op-Center s'était réveillé à deux heures du matin et il n'avait pas réussi à retrouver le sommeil. Depuis la mort du lieutenant-colonel W. Charles Squires, en mission avec son commando d'Attaquants[1], Rodgers s'était repassé mentalement, nuit après nuit, le film de leur incursion en territoire russe. L'Air Force avait été ravie des performances de leur hélicoptère furtif Mosquito, et on avait su gré aux pilotes d'avoir fait tout ce qui était en leur pouvoir pour extraire Squires du convoi en flammes. Pourtant, certaines phrases du rapport de fin de mission du groupe ne cessaient de lui revenir en mémoire : « ... jamais on n'aurait dû laisser le train s'aventurer sur le pont... » ; « ... il s'en est fallu de deux ou trois secondes... » ; « ... le lieutenant-colonel ne cherchait

---

1. Voir *Op-Center II. Le miroir moscovite*, Albin Michel, 1996.

qu'à faire descendre le prisonnier de la locomotive... ».

Rodgers avait effectué deux périodes au Viêt-nam, il avait dirigé une brigade mécanisée dans le golfe Persique, et était diplômé d'histoire. Il ne comprenait que trop bien que « la guerre par essence est violence », pour reprendre l'expression de Lord Macaulay, et que les hommes mouraient au combat – par milliers, parfois. Mais cela ne rendait pas plus supportable la perte de chaque soldat pris individuellement. Surtout quand ce soldat laissait derrière lui une femme et un jeune fils. Et qu'ils commençaient tout juste à apprécier la générosité, l'humour et – Rodgers sourit tristement en songeant à l'existence trop brève du jeune homme – l'extraordinaire vitalité de Charlie Squires.

Plutôt que de rester au lit à se morfondre, Rodgers avait quitté son modeste pavillon de style ranch pour se rendre au supermarché Seven-Eleven voisin. Il devait passer voir le jeune Billy Squires le lendemain et il avait envie de lui apporter quelque chose. Melissa Squires n'étant pas très favorable aux sucreries ou aux jeux vidéo, il avait donc décidé de se rabattre sur des bandes dessinées. Le gosse adorait les super-héros.

Le regard dans le vide, Rodgers se remit à songer à son super-héros personnel. Charlie était un homme qui adorait la vie, pourtant il n'avait pas hésité à la sacrifier pour sauver un ennemi blessé. Ce qu'il avait accompli les ennoblissait tous – et pas seulement le petit groupe soudé d'Attaquants et les soixante-dix-huit employés de l'Op-Center, mais chacun des citoyens de cette nation que Charlie aimait tant. Son sacrifice était un témoignage du courage qui était la marque de ce pays.

Les yeux embués de larmes, Rodgers chercha à se distraire en feuilletant de nouveau les illustrés qu'il venait d'acheter.

Son premier choc avait été de découvrir qu'ils coûtaient vingt fois plus cher qu'au temps où il les lisait – deux dollars cinquante au lieu de douze cents. Il était sorti avec deux dollars en poche et avait dû les payer avec sa carte de crédit. Mais ce qui l'embêtait le plus, c'est qu'il était incapable de distinguer les bons des méchants. Superman avait les cheveux longs et un caractère de cochon, Batman était un quasi-psychotique, Robin, jadis gamin bien élevé, était devenu un sale mioche ; quant au personnage baptisé le Glouton, c'était un psychopathe tabagique qui prenait son pied en déchiquetant les gens à coups de griffes.

Si Melissa a déjà des préventions contre les sucreries, sûr que ce genre de menu va avoir du mal à passer...

Rodgers jeta la pile d'illustrés près de ses pantoufles. Il ne les donnerait pas au gamin.

Peut-être que je ferais mieux d'attendre et de lui offrir un bouquin des Hardy Boys. Sauf qu'il n'était plus trop certain de savoir ce qu'avaient pu devenir Frank et Joe. Les frangins devaient sans doute avoir les lèvres percées, rouler en grosse cylindrée et jouer les machos. Quant à Fenton, leur père, il devait avoir les cheveux blanchis prématurément comme Rodgers et passer son temps à rencontrer des femmes avides de lui passer la bague au doigt.

Oh, et puis merde, décida le général. *Je n'aurai qu'à m'arrêter chez un marchand de jouets et lui acheter une figurine d'Action Joe. Ça, et peut-être un jeu d'échecs ou une quelconque vidéocassette éducative. Un truc pour s'occuper les mains, et un autre pour l'esprit.*

Rodgers se massa machinalement l'arête du nez, puis il saisit la télécommande. Il se cala contre les oreillers, alluma la télé, et zappa de film en film, tous aussi insipides les uns que les autres. Il finit par choisir une chaîne de vieux films qui passait un truc avec Lon Chaney Jr. dans le rôle du Loup-Garou. Chaney était en train d'implorer un jeune type en blouse de laboratoire, pour qu'il le guérisse, pour qu'il le soulage de ses souffrances.

« Je sais ce que tu ressens », grommela Rodgers.

Chaney avait de la chance, malgré tout. Ses souffrances prenaient fin en général avec une balle d'argent. Dans le cas de Rodgers, comme chez la plupart de ceux ayant survécu à des guerres, à des crimes ou à des génocides, la souffrance diminuait sans jamais s'éteindre. Et elle était particulièrement vivace en ce moment, aux petites heures de la nuit, quand les seules distractions étaient le ronron de la télé et la lumière des phares des rares voitures passant dans sa rue. Comme l'avait un jour noté Sir Fulke Greville dans une élégie, « le silence accroît le chagrin ».

Rodgers coupa la télé puis éteignit la lumière. Il tassa les oreillers et s'allongea sur le ventre.

Il savait qu'il ne pourrait changer sa façon de ressentir les choses. Mais il savait aussi qu'il ne pouvait se permettre de céder au chagrin. Il fallait s'occuper d'une veuve et de son fils, sans oublier la triste tâche d'avoir à trouver un nouveau commandant au groupe d'Attaquants, et il devait continuer à diriger l'Op-Center jusqu'à la fin de la semaine, tant que Paul Hood serait en Europe. Et aujourd'hui s'annonçait un jour creux, ce que Lowell Coffey II, le conseiller juridique du centre, décrivait à juste titre comme « l'accueil du renard au terrier ».

Au milieu de cette nuit et de ce silence, on avait toujours l'impression d'avoir à faire face à trop de choses à la fois. Et puis Rodgers songea à tous ceux qui n'avaient pas la chance de vivre assez longtemps pour être écrasés par les fardeaux de l'existence, et aussitôt ces fardeaux lui parurent moins pesants.

Et c'est en se disant qu'il pourrait bien finir par comprendre pourquoi même un Batman d'âge mûr pouvait parfois péter les plombs, que Rodgers finit par sombrer dans un sommeil sans rêves…

5.

Jeudi, 10 : 04, Garbsen, Allemagne

Jody plissa les lèvres en entrant dans le motor-home quand elle parcourut la liste des accessoires.

« Super, dit-elle à voix basse, vraiment super. »

La joviale exaspération qui avait marqué sa conversation avec M. Buba se teintait à présent d'une véritable inquiétude. L'article qu'elle recherchait était accroché dans les petits sanitaires de la caravane aux accessoires. S'y rendre en contournant l'amoncellement de tables et de caisses allait exiger des manœuvres délicates. Avec la chance qu'elle avait aujourd'hui, Lankford allait mettre en boite la scène qu'il tournait dès la première prise et enchaîner sur la suivante avant son retour !

Après avoir déposé son encombrant calepin, Jody se mit à l'œuvre. Il aurait certes été plus facile de ramper sous les tables, mais il suffirait qu'elle procède ainsi pour que quelqu'un la voie. Lorsque, à la fin de ses études, le professeur Ruiz lui avait annoncé qu'elle avait décroché son stage, il lui avait expliqué que Hollywood ferait sans doute tout pour décourager ses idées, sa créativité, son enthousiasme. Mais il lui avait juré qu'elle reprendrait le dessus. Il lui avait toutefois recommandé de ne jamais sacrifier sa dignité. Sinon, elle serait à jamais perdue. C'est pourquoi elle préféra marcher plutôt que de ramper, zigzaguant et se faufilant avec adresse à travers ce labyrinthe.

D'après sa liste d'accessoires, elle avait besoin d'une tenue d'hiver réversible, portée en réalité par un matelot du *Tirpitz*. Elle était accrochée aux sanitaires parce que la penderie était encombrée d'armes à feu d'époque. Les autorités locales avaient en effet demandé qu'on les mette sous clef, et la penderie était le seul rangement équipé d'une serrure.

Jody parcourut de biais les derniers centimètres jusqu'aux toilettes. Une lourde malle et une table encore plus lourde bloquaient en partie la porte. Elle l'entrouvrit et se glissa tant bien que mal à l'intérieur, puis le battant claqua dans son dos et la nausée la prit. L'odeur de naphtaline était suffocante, pire encore que celle qui régnait dans l'appartement de sa grand-mère à Brooklyn. Respirant les dents serrées, elle se mit à fouiner parmi la quarantaine de sacs de vêtements en vérifiant les étiquettes. Elle aurait bien aimé pouvoir ouvrir la fenêtre mais on avait soudé dessus un lacis de barreaux métalliques pour dissuader d'éventuels voleurs. Atteindre le verrou et soulever l'abattant risquait d'être coton.

Elle pesta en silence. *Jusqu'où va continuer cette galère ?* Les étiquettes étaient rédigées en allemand.

La traduction était agrafée au calepin et, après avoir pesté encore une fois en sentant l'impatience la gagner, elle rouvrit la porte et sortit. Alors qu'elle se frayait de nouveau un passage à travers le labyrinthe, Jody entendit soudain des voix dehors. Qui approchaient.

Au diable l'enthousiasme et la créativité, professeur Ruiz, se dit-elle. Elle voyait déjà sa carrière s'achever d'ici une vingtaine de secondes.

La tentation de se mettre à ramper était grande, mais elle n'en fit rien. Quand elle fut assez près de la planchette à pinces de son calepin, elle se pencha, glissa un index dans le trou au sommet et l'attira vers elle. Rongée d'angoisse, elle se mit à fredonner n'importe quoi pour donner le change. Bien vite, elle avait réintégré le cagibi des sanitaires et, la porte refermée, la planchette posée sur le lavabo, elle comparait avec frénésie les étiquettes des costumes au libellé de la traduction agrafée à la liste d'accessoires.

6.

Jeudi, 10 : 07, Garbsen, Allemagne

M. Buba se retourna en entendant des voix derrière le motor-home.

« ... je fais partie de ces gens qui n'ont jamais de veine », était en train de dire une femme. Elle avait la voix rauque et parlait vite. « Si j'entre dans une boutique, c'est pile après le passage d'une vedette de cinéma. Si je vais au restaurant, ce sera la veille du jour où vient dîner une célébrité. Dans les aéroports, je les rate toujours de trois minutes. »

M. Buba hocha la tête. *Oh ! là ! là ! voilà comment cette bonne femme a réussi à passer. Pauvre Werner...*

« Et cette fois, poursuivit-elle alors qu'ils débouchaient du coin de la roulotte, je me retrouve par hasard sur le lieu de tournage d'un film, à quelques mètres à peine de tout un tas de stars, et vous ne me laisserez même pas en voir une... »

M. Buba les regarda approcher. La femme faisait face à Werner, qui se tenait les épaules légèrement voûtées, la casquette rabattue sur les yeux. Elle agitait les bras, dansant presque de frustration. M. Buba avait envie de lui dire que les stars de cinéma n'avaient rien d'extraordinaire. C'étaient des gens comme les autres, en plus gâté et plus odieux.

Malgré tout, il plaignait la jeune femme. Werner était du genre à cheval sur le règlement, mais peut-être qu'il pourrait faire une exception pour permettre à la petite dame d'admirer une vedette de cinéma.

« Werner, lança-t-il, puisque cette dame est déjà dans nos murs, pourquoi ne pas lui... »

M. Buba n'eut pas le loisir d'achever sa phrase. Surgissant de derrière la femme, Manfred lui expédia la matraque de Werner dans la figure. Le bois noir le frappa en travers de la bouche et le vigile cracha ses dents en s'écroulant contre la paroi de la caravane. Manfred le frappa de nouveau, à la tempe droite, projetant sa tête sur la gauche. Le vigile glissa au sol et resta assis là, appuyé contre la caravane, dans une mare de sang.

Manfred ouvrit la porte, lança devant lui la matraque ensanglantée de Werner, puis monta à l'intérieur. Au même moment, du côté du plateau, quelqu'un cria : « Jody ! »

Karin se retourna, s'agenouilla, ouvrit son sac à dos et sortit l'Uzi.

Le petit homme râblé secoua la tête et décida de s'approcher de la caravane.

« *Jody !* Sacré nom d'une pipe, qu'est-ce que tu fiches là-dedans, future ex-stagiaire ? »

Karin se redressa et fit volte-face.

L'assistant réalisateur s'immobilisa. Il était à moins de cinquante mètres.

« Eh ! fit-il en louchant vers elle. Qui êtes-vous ? » Il leva un bras dans sa direction. « Et ça, c'est quoi ? Une de nos armes factices ? Vous n'avez pas le droit de... »

L'Uzi émit un *plop-plop-plop* sans réplique qui expédia Arlenna les quatre fers en l'air, l'œil ahuri.

Lorsqu'il tomba, des gens se mirent à crier et à courir en tous sens. Prévenu par une jeune comédienne, un de ses partenaires essaya de se porter au secours de l'assistant réalisateur gisant à terre. Alors qu'il rampait vers lui, une seconde rafale de pistolet-mitrailleur lui défonça la boîte crânienne. Il s'affala en petit tas. La jeune actrice se mit à pousser des cris perçants, et continua de hurler en contemplant la scène, planquée derrière une caméra.

Le puissant moteur du gros camping-car se mit soudain en marche. Manfred fit monter le régime, noyant les cris venus du plateau.

« On décolle », lança-t-il à Karin en même temps qu'il fermait la porte de la cabine.

À reculons, l'arme toujours braquée devant elle, la jeune femme se dirigea vers la porte ouverte de la partie caravane. Impassible, elle y grimpa d'un bond, remonta le marchepied amovible, referma le battant.

Et tandis que le véhicule piloté par Manfred disparaissait dans la forêt en vrombissant, le corps de M. Buba chut lourdement, sans vie.

7.

Jeudi, 10 : 12, Hambourg, Allemagne

Jean-Michel jugeait fort à propos que sa rencontre
avec le chef, le nouveau Führer autoproclamé, ait lieu
dans le quartier St. Pauli de Hambourg.

En 1682, on y avait érigé une église consacrée à saint
Paul, sur la rive dominant l'Elbe. En 1814, les Français avaient attaqué et pillé cette bourgade sans histoire, et désormais plus rien n'avait été comme avant.
Auberges, cabarets et bordels s'étaient multipliés pour
accueillir les matelots des vapeurs qui venaient faire
escale, et dès le milieu du siècle, le quartier St. Pauli
était réputé pour être le repaire de tous les vices.

Aujourd'hui, la nuit, c'était toujours le cas. Néons
criards et enseignes provocantes pullulaient – vantant
leurs mérites –, de la boîte de jazz au bowling, du salon
de tatouage au peep-show, du musée de cire au tripot.
Des questions d'apparence anodine comme « Quelle
heure est-il ? » ou « Avez-vous du feu ? » permettaient
aux visiteurs d'aborder les prostituées, tandis qu'on
vous proposait ouvertement de la drogue, à voix basse.

Cela semblait donc dans l'ordre des choses que le
représentant des Nouveaux Jacobins doive rencontrer
Felix Richter en ces lieux. La nouvelle intrusion fran-

41

çaise et la réunion de leurs mouvements allaient à nouveau changer le visage de l'Allemagne. Et cette fois, en bien.

Le Français avait laissé ses deux compagnons de voyage dormir dans la chambre pour prendre un taxi en bas de l'hôtel, sur An der Alster. La course d'un quart d'heure pour rejoindre St. Pauli s'acheva à la Grosse Freiheit, au cœur du quartier chaud. L'endroit était désert, à l'exception de quelques touristes désireux de profiter du spectacle gratis.

Jean-Michel ramena en arrière sa tignasse brune, boutonna son blazer vert olive. Grand, un peu rond, quarante-trois ans, le vice-président exécutif de Demain avait hâte de rencontrer Richter. Les rares personnes à le connaître et celles, plus rares encore, à le connaître vraiment bien s'accordaient sur deux points. D'abord, Richter se vouait entièrement à sa cause. Ce qui était une bonne chose. M. Dominique et les autres Français du groupe étaient tout aussi dévoués et M. Dominique détestait avoir affaire à des dilettantes.

En second lieu, on disait que Richter était un homme brusque, impulsif. Il était capable de vous étreindre comme de vous décapiter, selon sa fantaisie. À ce titre, Richter avait apparemment beaucoup de points communs avec le propre employeur de Jean-Michel. Homme de l'ombre, M. Dominique détestait ou adorait les gens, il se montrait généreux ou impitoyable au gré des circonstances. Napoléon et Hitler se comportaient de même.

Sans doute y a-t-il quelque chose dans la nature des chefs qui leur interdit d'être ambivalents, se dit Jean-Michel. Il était fier de connaître M. Dominique. Il espérait éprouver un sentiment identique en faisant la connaissance de Herr Richter.

Jean-Michel se dirigea vers la porte métallique peinte en noir qui barrait l'accès au club de Richter, l'Auswechseln. Une porte anonyme, en dehors d'un judas à grand angle surmontant une sonnette. Côté gauche, sur le chambranle, une tête de bouc en marbre. Le Français pressa sur le bouton et attendit.

L'Auswechseln – le Succédané – était l'un des endroits les plus décadents, les plus sulfureux, et bien sûr les plus fréquentés du quartier St. Pauli. Les hommes devaient venir accompagnés. À l'entrée, chaque couple recevait deux colliers, un bleu et un rose, avec des numéros différents ; celui ou celle qui portait le même numéro devenait son nouveau cavalier pour la soirée. Seuls étaient admis les gens séduisants et bien habillés.

Une voix de rogomme jaillit de la bouche ouverte du bouc.

« Qui est là ?

– Jean-Michel Horne », répondit le Français. Il allait rajouter en allemand : « J'ai rendez-vous avec Herr Richter », mais jugea préférable de s'abstenir. Si les hommes de Richter ignoraient qui il attendait, c'est que sa boîte était mal tenue. Du genre de celles que Jean-Michel et ses associés auraient tout intérêt à éviter.

Quelques instants plus tard, la porte s'ouvrit et un colosse d'au moins un mètre quatre-vingt-quinze lui fit signe d'entrer. Le malabar referma et verrouilla le battant, puis il plaqua sa grosse paluche sur l'épaule du Français. Il le propulsa vers la caisse, le fouilla au corps, puis le retint un petit moment.

43

Jean-Michel remarqua la caméra vidéo murale et la minuscule oreillette du malabar. Quelque part, quelqu'un comparait son image au fax transmis par le bureau de Dominique à Demain.

Au bout d'un moment, le colosse lui dit d'attendre. Puis il se retourna et disparut dans l'obscurité.

Efficace, jugea Jean-Michel tandis que le malabar traversait pesamment la piste de danse. On n'était jamais trop prudent. Sinon, M. Dominique ne serait jamais arrivé là où il était.

Jean-Michel regarda alentour. L'unique éclairage provenait de quatre tubes au néon entourant le bar, sur sa droite. Cela ne lui révélait pas grand-chose de l'aspect du club et ne lui permettait même pas de savoir si l'autre avait quitté la salle. Seule certitude : malgré le bourdonnement des ventilateurs, ça chlinguait. Un mélange vaguement écœurant de fumée de cigarette refroidie, d'alcool et de stupre.

Au bout d'une minute ou deux, Jean-Michel entendit de nouveaux pas. Bien différents des premiers : des pas confiants, mais légers, qui claquaient au lieu de frotter sur la piste. Peu après, Felix Richter apparut dans la lumière rouge du bar.

Jean-Michel le reconnut aux photos de lui qu'il avait vues. Mais aucun cliché n'aurait pu capter le dynamisme de ce fringant Allemand de trente-deux ans. Un peu moins d'un mètre quatre-vingts, brosse blonde soigneusement taillée au rasoir. Il portait un impeccable costume trois-pièces, des souliers vernis, une cravate noire à fines rayures rouges. Aucun bijou. Dans son entourage, on les jugeait efféminés et ce n'était pas le genre du parti. « Des médailles. C'est tout ce que j'autorise chez mes hommes », avait écrit un jour

Herr Richter dans l'éditorial de son journal *Unser Kampf*, « Notre combat ».

Mais le plus impressionnant, c'étaient ses yeux. Les photos n'avaient pas su les rendre. Même dans la lueur rougeoyante du bar, ils vous subjuguaient. Et une fois rivés sur leur cible, ils n'en déviaient pas. Richter ne semblait pas homme à détourner les yeux devant quiconque.

Alors qu'il approchait, l'Allemand leva la main avec lenteur comme s'il s'apprêtait à dégainer : remontant le long de sa jambe avant de jaillir droit devant lui. C'était un mouvement curieux mais plein d'élégance. Le Français la saisit avec fermeté et fut surpris par la force de la poigne de Richter.

« C'est aimable à vous de venir nous rendre visite, dit celui-ci. Toutefois, je pensais que votre employeur vous aurait accompagné.

– Comme vous le savez sans doute, M. Dominique préfère conduire ses affaires depuis le siège de son entreprise, expliqua Jean-Michel. Avec la technologie dont il dispose, il n'a guère de raisons de se déplacer.

– Je comprends, dit Richter. Jamais de photos, rarement visible, c'est un homme mystérieux.

– Un homme mystérieux mais non dépourvu de curiosité, fit observer Jean-Michel. Il m'a envoyé le représenter pour ces discussions, mais aussi pour être ses yeux et ses oreilles durant les Journées du Chaos. »

Sourire de Richter. « Et pour s'assurer du bon usage de son don généreux en vue des festivités… »

Jean-Michel hocha la tête. « Vous faites erreur, Herr Richter. M. Dominique n'est pas ainsi. Il investit dans les gens en qui il croit. »

Le Français lâcha la main de l'Allemand et Richter

le prit par le coude pour le guider lentement dans l'obscurité.

« Ne vous sentez pas obligé de défendre Dominique devant moi, observa Richter. Il est de bonne guerre de garder l'œil sur ce que font vos pairs. »

Vos pairs ? s'étonna Jean-Pierre. M. Dominique était à la tête d'une entreprise qui pesait quelque six milliards de francs et il contrôlait l'un des plus puissants mouvements d'extrême droite de France... et du monde. Il n'admettait que quelques rares élus dans le cercle de ses pairs. Malgré leurs intérêts convergents, Herr Richter ne jouait pas dans la même catégorie.

Richter changea de sujet. « La chambre d'hôtel qu'on vous a réservée... est-elle agréable ?

– Tout à fait, répondit Jean-Michel, qui continuait d'être gêné par l'arrogance de son interlocuteur.

– J'en suis heureux. C'est l'un des rares vieux palaces subsistant encore à Hambourg. Durant la guerre, les bombardements alliés ont réduit en poussière la plus grande partie de la ville. Son malheur a été d'être un port. L'ironie, toutefois, c'est que tant de ces vieilles bâtisses en bois aient survécu. » D'un geste large, il fit mine d'embrasser tout le quartier St. Pauli. « Les Alliés ne s'en sont pas pris aux putes et aux ivrognes, non, juste aux mères et aux enfants... Et c'est eux qui nous traitent de monstres pour des atrocités comme ce prétendu Holocauste ! »

Jean-Michel se sentit réagir à la passion soudaine de son interlocuteur. Bien qu'il fût illégal en Allemagne de nier l'Holocauste, il savait que du temps où il fréquentait la fac de médecine, Richter ne s'en était jamais privé. Même le retrait de sa bourse d'enseignement pour propos antisémites ne l'arrêta pas. Les officiers de police judiciaire répugnaient à poursuivre des agitateurs qui se montraient par ailleurs non violents, même s'ils durent finir par agir après qu'une équipe de télévision étrangère eut enregistré et diffusé son discours d'Auschwitz sur « Le mensonge juif ». Il avait passé deux ans en prison, durant lesquels ses associés s'étaient occupés de sa toute jeune organisation – en se chargeant de faire grandir la légende personnelle de Richter.

Compte tenu du courage et du dévouement de l'homme à la cause, Jean-Michel décida d'oublier sa mauvaise impression initiale. En outre, ils avaient des affaires à régler.

Ils gagnèrent une table et Richter alluma la lampe centrale. Sous l'abat-jour translucide, on apercevait un petit dieu Pan en albâtre jouant de sa flûte.

Jean-Michel s'assit en même temps que Richter. La lumière passait juste sous les yeux de son vis à-vis, mais Jean-Pierre les apercevait malgré tout, presque aussi translucides que l'abat-jour. L'homme avait fait fortune grâce à sa boîte et à un réseau de call-girls implanté à Berlin, Stuttgart, Francfort et Hambourg. Mais le Français était prêt à parier que Richter était déjà un salaud quand il était pauvre.

Le Français leva les yeux vers la mezzanine. On y voyait un alignement de portes. À l'évidence, c'étaient des chambres pour ceux qui voulaient faire plus que danser.

« Nous croyons savoir que vous avez un appartement ici, Herr Richter.

– Absolument, mais je n'y couche qu'un ou deux soirs par semaine. Je passe l'essentiel de mon temps dans les bureaux du Parti national-socialiste du

XXIe siècle, à Bergedorf, dans la banlieue sud. C'est là que s'effectue le véritable travail du mouvement : rédaction de discours, prospection téléphonique, courrier électronique, émissions de radio, publication de nos journaux – vous avez eu le *Kampf* de cette semaine ? »

Jean-Pierre acquiesça.

« Excellent, poursuivit Richter. Tout ceci est parfaitement légal. Pas comme dans le temps, quand les autorités me harcelaient pour un oui ou pour un non. Alors comme ça, vous êtes venu à l'occasion des Journées du Chaos. Et pour représenter votre employeur dans le cadre de "discussions", pour reprendre le terme qu'il a employé lors de notre bref entretien téléphonique...

– Oui, Herr Richter. » Jean-Michel se pencha, croisant les mains sur la table. « Je suis venu avec une proposition. »

Il fut déçu : Richter n'avait pas bronché.

« Je vous écoute avec attention », dit-il simplement.

Jean-Michel poursuivit : « Ce n'est pas de notoriété publique, mais M. Dominique appuie en sous-main un certain nombre de groupes néo-nazis de par le monde. Les Razorheads anglais, les Soldats en Pologne ou la Whites Only Association aux États-Unis. Il essaie de constituer un réseau international d'organisations qui partagent le même objectif de pureté ethnique.

– Si l'on y ajoute ses Nouveaux Jacobins, cela porterait ses effectifs à quelque six mille membres.

– Pas loin, oui, admit Jean-Michel. Et dès qu'il ouvrira un serveur en Amérique, ce chiffre va certainement s'accroître.

– Sans aucun doute. J'ai vu certains de ses jeux. Ils sont fort distrayants...

– Ce que vous propose M. Dominique, Herr Richter, c'est de prendre sous son aile votre parti du XXIᵉ siècle. En échange, vous aurez des fonds, un accès à la technologie de Demain, et tiendrez votre rôle dans la définition de l'avenir du monde.

– Un rôle… comme au théâtre.

– Ce n'est pas du théâtre, rétorqua Jean-Michel. Mais de l'histoire. »

Sourire glacial de Richter. « Et pourquoi devrais-je accepter un rôle dans le drame de Dominique quand je peux diriger ma propre pièce ? »

Encore une fois, Jean-Michel fut choqué par la suffisance de son interlocuteur. « Parce que M. Dominique dispose de ressources dont n'oseraient même pas rêver des gens comme vous. Et que ses relations lui permettraient de vous offrir une protection à la fois politique et personnelle.

– Une protection contre qui ? Le gouvernement ne me touchera plus. Mes deux années de prison ont fait de moi un martyr de la cause. Et mes militants me sont entièrement dévoués.

– Il y a d'autres leaders, observa Jean-Michel avec un soupçon de menace. D'autres nouveaux Führers potentiels.

– Croyez-vous ? Vous avez en tête un nom précis ? »

Cela faisait déjà un certain temps que le Français sentait la moutarde lui monter au nez et cela paraissait l'occasion idéale de lancer une pique au bonhomme.

« Parlons franc, Herr Richter : cela fait déjà un certain temps qu'on cite Karin Doring et le groupe Feuer comme les étoiles montantes du mouvement.

– Vraiment ? » répondit Richter d'une voix douce.

Jean-Michel acquiesça. Le Français savait pertinemment que Felix Richter et Karin Doring s'étaient violemment combattus deux ans plus tôt, quand Karin, arrivant d'ex-Allemagne de l'Est, avait opté pour le terrorisme alors que Richter, tout juste sorti de prison, s'était déclaré favorable à une action purement politique. L'un et l'autre s'étaient critiqués vertement en public jusqu'au moment où deux partisans de Richter étaient tombés dans une embuscade montée par des militants de Feuer. Les deux leaders avaient finalement tenu une réunion dans un hôtel berlinois, à l'issue de laquelle ils avaient promis de poursuivre chacun leurs objectifs sans critiquer l'autre. Mais les relations restaient tendues entre la Pasionaria est-allemande et le fringant médecin ouest-allemand.

« Karin est énergique, charismatique, fougueuse, dit Jean-Michel. Nous avons appris que c'était elle qui avait organisé ce braquage de banque à Brême et provoqué l'incendie du tribunal de Nuremberg…

— Ça et bien d'autres actions, oui, admit Richter. Karin excelle dans le terrorisme. C'est une chatte à la tête d'une bande de chats sauvages, une loubarde, une activiste. Mais ce que vous et ses partisans ne voyez pas, c'est qu'elle est incapable de bâtir ou diriger un mouvement politique. Elle persiste à vouloir participer en personne à chacune de ses missions, et un de ces jours, l'intervention des autorités ou l'explosion prématurée d'une bombe auront raison d'elle.

— Peut-être. En attendant, et en tout juste deux ans, Feuer a recruté près de treize cents membres avec seulement trente permanents.

— OK. Mais ce sont en majorité des Allemands de l'Est. Des bêtes. En cinq ans, j'ai pour ma part recruté près de cinq mille militants, rien que de ce côté-ci de l'ancienne frontière. C'est cela, monsieur Horne, la base d'un mouvement politique. C'est cela, l'avenir.

– Chacun sa place. M. Dominique estime que l'un et l'autre constitueraient des alliés potentiels, raison pour laquelle il m'a demandé de m'entretenir avec elle également. »

Jean-Michel vit ces yeux envoûtants le quitter pour consulter la montre au poignet de son interlocuteur. On aurait dit deux petites machines, précises et dépourvues d'émotion. Jean-Michel les fixa tandis que Richter se levait. La brève audience était manifestement terminée. Le Français ne cacha pas sa surprise.

« Je passerai vous prendre à votre hôtel à dix-sept heures trente, dit l'Allemand. Nous devons elle et moi participer au meeting de ce soir, à Hanovre. Ensuite, vous déciderez par vous-même qui dirige et qui suit. D'ici là, passez une bonne matinée. »

À peine Richter avait-il tourné les talons que l'imposant gorille sortait de l'ombre derrière Jean-Michel.

« Excusez-moi, Herr Richter », lança Jean-Michel d'une voix forte.

Richter s'arrêta.

Jean-Michel se leva. « J'ai ordre de rendre compte à M. Dominique ce matin, pas ce soir. Que dois-je lui dire ? »

Richter fit volte-face. Même dans la pénombre, Jean-Michel discernait son regard mauvais.

« Que je vais examiner son offre généreuse. D'ici là, je désire son soutien et son amitié.

– Malgré tout, vous me congédiez.

– Vous congédier ? » La voix de Richter était neutre, mais sans aménité.

« Je ne suis ni un employé ni un garde du corps, dit

le Français. En tant que représentant de M. Dominique, j'entends être reçu avec courtoisie. »

Richter s'approcha lentement de Jean-Michel. « Un représentant de Dominique…

– *Monsieur* Dominique, rectifia Jean-Michel, indigné. Vous lui devez ce minimum de respect. Il veut vous aider…

– Les Français soutiennent toujours les leaders de l'opposition, observa Richter. Vous avez aidé Dacko à renverser Bokassa en République centrafricaine en 1979, et vous avez accueilli l'ayatollah Khomeiny alors qu'il préparait son retour en Iran. Les Français espèrent tirer des avantages de ces individus une fois qu'ils auront accédé au pouvoir, même si c'est rarement le cas. » Puis il ajouta, glacial : « Je respecte Dominique. Mais contrairement à vous, monsieur Horne, je n'ai pas à faire de courbettes. C'est lui qui veut mon aide. Je n'ai pas besoin de la sienne. »

Quel tissu de sornettes, estima Jean-Michel. Il en avait assez entendu. « Si vous voulez bien m'excuser…

– Non, coupa Richter, très calme. Sûrement pas. On ne s'éclipse pas en ma présence. »

Le Français le fusilla du regard, puis tourna malgré tout les talons. Il se retrouva le nez dans le plastron du malabar. Ce dernier le saisit par le col et le planta en face de Richter.

« Richter, vous êtes cinglé ?

– Là n'est pas la question, répondit l'autre. Je suis le chef.

– Est-ce que vous ignorez que M. Dominique aura vent de ceci ? Pensez-vous qu'il approuvera ? Nous…

– *Nous !* » coupa Richter. L'Allemand le regarda droit dans les yeux. « Tous ces *nous croyons savoir…* et *nous avons entendu dire...*» Richter enrageait. «*Nous*, cher monsieur ? Et *vous,* qui êtes-vous ? »

Le bras de Richter se leva, comme au moment de leur rencontre. Sauf que cette fois la main tenait un couteau. La lame s'arrêta à moins d'un demi-centimètre sous l'œil gauche de Jean-Michel. Puis Richter la pointa droit sur la pupille du Français.

« Je vais vous dire ce que vous êtes, moi. Vous êtes un béni-oui-oui. »

Malgré sa colère, le Français sentit ses entrailles se liquéfier. *C'est de la folie pure !* Il avait l'impression que le temps faisait un bond en arrière. La Gestapo ne pouvait plus exister, pas à l'ère des caméras vidéo et de la médiatisation instantanée des scandales. Et pourtant si, il se retrouvait menacé de torture.

Richter lui lançait un regard étincelant de fureur, l'œil trop clair, la voix égale. « Vous me parlez comme si vous étiez mon égal. Qu'avez-vous fait dans votre existence sinon avoir pris en marche le train d'un visionnaire ? »

Jean-Michel sentit une boule dans sa gorge. Il réussit tant bien que mal à déglutir mais resta coi. Chaque fois qu'il cillait, la lame entamait légèrement sa paupière. Il essaya de ne pas gémir, mais malgré ses efforts, il ne put retenir une plainte.

« J'avais tort, poursuivit Richter. Vous n'êtes pas un béni-oui-oui. Non, vous n'êtes pas un petit toutou, vous êtes l'agneau que le berger a envoyé à sa place. Pour me faire une proposition mais surtout pour voir la taille de mes crocs. Et si je vous mordais ? Au moins Dominique apprendrait-il quelque chose. Il apprendrait que je ne me laisse pas intimider par ses sous-fifres. Il apprendrait qu'à l'avenir, il faudra qu'il me traite autrement. Quant à vous (il esquissa un hausse-ment d'épaules), si jamais je mords trop fort, il peut toujours vous remplacer.

– Non ! » s'écria Jean-Michel. L'indignation avait momentanément pris le pas sur la terreur. « Vous ne comprenez pas.

– Oh, que si. J'étais en train d'examiner vos antécé-dents sur mon ordinateur au moment où vous avez franchi cette porte. Vous avez rejoint l'organisation de Dominique il y a vingt et un ans et onze mois, et vous en avez gravi les échelons grâce à vos connaissances scientifiques. Vous avez obtenu un brevet pour une puce graphique huit bits qui a permis à Demain de vendre des jeux vidéo ultra-perfectionnés à une époque où les logiciels des concurrents tournaient encore sur quatre bits. Ce qui a d'ailleurs provoqué quelques frictions avec les États-Unis, quand une firme californienne eut noté que votre puce ressemblait à celle qu'ils s'apprêtaient à commercialiser. »

Jean-Michel pivota d'un pied sur l'autre. Richter se contentait-il de réciter des faits, ou bien suggérait-il qu'il en savait un peu plus sur les origines réelles de Demain ?

« Vous avez récemment obtenu un brevet pour une puce de silicium qui stimule directement les neurones, une puce que Demain compte utiliser avec ses nou-veaux logiciels informatiques. Mais vous étiez un étu-diant apolitique. Quand vous avez été engagé par Demain, vous avez adopté la vision politique de son patron. Ce n'est qu'à partir de ce moment que Domi-nique vous a admis dans le cercle très secret de ses Nouveaux Jacobins, pour l'aider à nettoyer la France des Maghrébins, des Noirs et de notre ennemi commun, les Israéliens. Mais le mot clef, monsieur Horne, c'est le mot *aide*. Dans la hiérarchie sociale, on peut se passer des pauvres diables. Les serviteurs dévoués sont placés plus haut, mais eux aussi, on peut les remplacer. »

Jean-Michel resta coi.

« Et puis, il reste encore un point dont il convient de discuter, ajouta Richter. La profondeur des morsures que je suis capable d'infliger à l'agneau… »

Richter inclina le couteau pour en relever la pointe. Jean-Michel essaya de nouveau de reculer, mais le gorille dans son dos le saisit par les cheveux pour le retenir fermement. Richter fit remonter la lame jusqu'à ce que son extrémité se trouve sous la paupière supérieure. Il suivit lentement le contour du globe oculaire, tout en parlant.

« Est-ce que vous saviez que j'avais fait médecine avant de fonder le parti du XXIᵉ siècle ? Répondez.

– Oui. » Puis, s'en voulant d'agir ainsi, Jean-Michel ajouta : « Je vous en prie, Herr Richter, s'il vous plaît…

– J'étais médecin… et j'aurais fait un bon praticien si j'avais décidé d'exercer. Mais j'ai choisi de m'abstenir et vous savez pourquoi ? Parce que j'ai compris que je ne pourrais pas soigner des inférieurs génétiques. Je mentionne ce détail parce que, comme vous pouvez le constater, j'ai trouvé une autre manière d'utiliser ma formation. Je m'en sers pour exercer une influence. Contrôler le corps et, par son truchement, l'esprit. Par exemple, si je continue de faire remonter cette lame, je sais que je vais rencontrer le muscle rectus latéral. Si je tranche ce muscle, vous découvrirez qu'il vous est extrêmement difficile de lever ou baisser les yeux. Vous serez dès lors contraint de porter un bandeau, sinon vous serez désorienté avec vos deux yeux qui auront perdu leur coordination (il se mit à rire), vous aurez l'air assez effrayant avec un œil fixe et l'autre qui bouge normalement.

– S'il vous plaît, non… » Il sanglotait maintenant. « *Mon Dieu*, Herr Richter… »

Les larmes lui troublaient la vue, le tremblement de sa mâchoire faisait vibrer son œil. Et chaque mouvement provoquait une nouvelle entaille douloureuse.

Lentement, l'Allemand approcha sa main gauche du couteau, la paume plaquée contre le bout du manche, comme s'il s'apprêtait à l'enfoncer comme un coin.

« Est-ce que vous saviez, poursuivit Richter, d'une voix tranquille, que ce que nous sommes en train de faire procède du lavage de cerveau ? J'ai étudié les techniques du KGB : entre leurs mains, elles ont réalisé des miracles. Ce qu'on dit à un individu en état de souffrance et de terreur devient une vérité pour le cerveau. Bien sûr, il faut que le processus soit répété pour être réellement efficace. Répété de manière consciencieuse, systématique. »

Il fit remonter doucement le couteau. La brûlure devint une douleur fulgurante qui vrillait le front de Jean-Michel.

Il poussa un hurlement, puis se mit à geindre. Malgré sa honte, il ne pouvait se retenir.

« Que penses-tu maintenant de l'égalité, mon petit agneau ? demanda Richter.

– Je pense, dit Jean-Michel, en déglutissant avec difficulté, que vous avez fait valoir votre point de vue…

– Mon *point de vue* ? ricana Richter. C'est bien le premier truc intelligent que tu aies dit, et je doute que ce soit intentionnel. »

Richter fit pivoter la lame, provoquant un nouveau cri du Français.

« À vrai dire, mon point de vue est celui-ci. Dans le tout proche avenir, Dominique aura besoin de moi bien plus que moi de lui. Ses soldats néo-jacobins constituent une petite force, adaptée à l'échelon local. De mon côté, j'ai la possibilité de passer à l'échelon international. Et j'y compte bien. Ses nouveaux programmes informatiques seront peut-être téléchargés dans les villes américaines, mais leur travail de persuasion va exiger du temps. Mes lieutenants et moi, nous pouvons nous rendre en Amérique, afin de rencontrer et d'inspirer les nazis américains. Nous sommes le peuple de la mère patrie, de la terre d'origine du mouvement. Vous êtes un peuple qui a été conquis et qui a appris à servir. Le monde me suivra et il est prêt à le faire dès maintenant, pas dans dix ou vingt ans. Point tout aussi fondamental, les gens nous donneront de l'argent. Et cela, monsieur Horne, fait de Dominique et moi plus que de simples égaux. Cela fait de moi son supérieur. »

Richter sourit et, presque aussitôt, il laissa le couteau retomber dans sa paume. Il recula d'un pas et, d'un même mouvement, remit le poignard dans l'étui sous sa manche.

Jean-Michel gémit, de douleur et de soulagement.

« Bien, dit Richter. Quand vous verrez Dominique, dites-lui que je vous ai donné une leçon d'humilité. Je suis sûr qu'il comprendra. Vous pourrez également lui dire que personne, pas même Karin Doring ou qui que ce soit, ne dirigera le mouvement en Allemagne. Tel est *mon* destin. Avons-nous d'autres points à régler ? »

Le gorille relâcha suffisamment son emprise pour laisser Jean-Michel faire non de la tête.

« Parfait, dit Richter en lui tournant le dos. Ewald va vous appeler un taxi et vous laisser une minute pour reprendre vos esprits. Je compte sur vous ce soir. Ce sera une soirée mémorable. »

Quand Richter se fut éclipsé, le malabar relâcha son captif. Jean-Michel s'effondra par terre, sur le flanc, le corps agité de spasmes. Sa vue du côté gauche était brouillée de rouge par le sang qui gouttait de sa paupière entaillée.

Gisant toujours inerte, les jambes coupées, Jean-Michel sortit un mouchoir de sa poche. Quand il le porta à son œil, le tissu prit une teinte rose pâle, couleur de sang dilué de larmes. Il souffrait le martyre chaque fois qu'il plissait la paupière. Mais plus que la douleur physique, c'était une souffrance psychologique qu'il éprouvait. Il avait l'impression de s'être conduit comme une mauviette.

Tout en soignant sa blessure, il se consola en se répétant que malgré les outrages subis, il avait rempli la mission ordonnée par M. Dominique. Il avait fait son offre, laquelle s'était vu repousser par un bellâtre arrogant.

Richter était toutefois loin de soupçonner la véritable raison pour laquelle M. Dominique tenait absolument à le prendre sous son aile. Il s'agissait moins de soutenir le mouvement d'extrême droite que de planter une épine dans le pied du gouvernement allemand. M. Dominique voulait déstabiliser l'Allemagne juste assez pour que le reste de l'Europe s'inquiète de laisser ce pays décider de l'avenir de l'Union européenne. Ce rôle devait échoir à la France, et l'esprit de la France serait modelé par une poignée de chefs d'entreprise milliardaires. Et quand l'Union européenne mènerait la danse, l'Asie lui emboîterait le pas.

Et ils lui emboîteront d'autant plus le pas, il le savait, *que l'Amérique serait plongée dans le chaos. Une fois cet objectif atteint, M. Dominique se débarrasserait de Richter.* Comme les Français avaient pu l'apprendre à leurs dépens un demi-siècle plus tôt, il valait mieux ne pas laisser les fascistes d'outre-Rhin devenir trop puissants.

Au bout de plusieurs minutes, Jean-Michel réussit à se mettre à genoux. Puis il se releva en prenant appui sur une chaise. La blessure commençait déjà à former une croûte qui le démangeait, et à chaque plissement de paupière, il sentait redoubler sa haine pour l'Allemand.

Mais tu dois en faire abstraction — pour l'instant. En scientifique, Jean-Pierre avait appris la patience. Du reste, comme M. Dominique le lui avait dit avant son départ, même un faux pas est riche d'enseignements. Et celui-ci lui avait appris quantité de choses sur le nouveau Führer.

Rangeant finalement son mouchoir, le Français se dirigea vers la porte. Il n'attendit pas qu'Ewald vienne lui ouvrir. Une fois dehors, il protégea son œil blessé de la morsure du soleil et se dirigea d'un pas chancelant vers le taxi qui l'attendait.

8.

Jeudi, 11 : 05, Hambourg, Allemagne

Le trajet de l'aéroport au centre-ville prit trente-cinq minutes par l'*Autobahn*. Comme toujours quand il voyageait pour affaires, Hood aurait voulu avoir le temps de s'arrêter pour admirer l'architecture, les monuments et les musées devant lesquels ils passaient. C'était frustrant de n'avoir qu'un bref aperçu, à cent trente à l'heure, d'édifices religieux qui étaient déjà anciens quand les États-Unis n'étaient encore qu'une jeune nation. Mais même s'il avait eu le temps, Hood doutait qu'il en aurait profité pleinement. Quelle que soit sa destination, il tenait, d'abord et avant tout, à accomplir au mieux la tâche qui lui avait été confiée. Cela ne laissait guère de loisir pour le tourisme. Cette assiduité au travail était une des qualités qui lui avaient valu d'être surnommé « le Pape Paul » par le personnel de l'Op-Center. Sans en avoir la certitude, il soupçonnait Ann Farris, l'attachée de presse du centre, d'être à l'origine de ce sobriquet.

Hood ressentit une étrange tristesse en regardant les gratte-ciel filer derrière les vitres fumées. Tristesse pour lui et Ann. La jeune divorcée dissimulait à peine son affection pour Paul, et quand ils travaillaient seuls ensemble, il se sentait dangereusement proche. Il y avait là quelque chose, une attirance irrésistible à laquelle il n'aurait pu que trop aisément céder. Mais après ? Il était marié, père de deux jeunes enfants, et il n'avait pas l'intention de les abandonner. Certes, il n'aimait plus faire l'amour avec sa femme. Parfois il se disait, même si c'était difficile à admettre, qu'il ferait mieux de tirer définitivement un trait là-dessus. Ce n'était plus la Sharon Kent aimante, attentionnée et pleine de vie qu'il avait épousée. Elle était devenue une momie. Une intoxiquée de la télé câblée qui avait désormais sa vie propre, à l'écart de la famille et des collègues qu'il ne connaissait que par les réveillons de Noël. Et elle était plus âgée, plus lasse, moins affamée de lui que jadis.

Alors que toi, de cœur à tout le moins, tu es resté le Cid Campeador, qui continue à chevaucher son étalon en bran dissant sa lance intacte...

Bien entendu, c'était seulement de cœur : il devait bien admettre que dans sa chair, il n'était plus non plus le preux chevalier qu'il était jadis – sauf aux yeux d'Ann. Raison pour laquelle il se sentait, de temps à autre, tout prêt à y plonger.

Malgré tout, Sharon et lui avaient des souvenirs communs, et un amour différent de celui qu'ils avaient partagé naguère. L'idée de rentrer chez lui dans sa famille après avoir noué un semblant d'intimité au bureau lui aurait donné l'impression... eh bien, il savait parfaitement l'impression qu'il aurait ressentie : il l'avait suffisamment éprouvée lors de ces longs trajets en voiture, quand il rentrait de la base d'Andrews après avoir passé des soirées interminables à éplucher des communiqués de presse avec Ann.

61

L'impression d'être un foutu ver de terre, qui fuit la lumière et cherche sa pitance en se tortillant au ras du sol.

Et même s'il avait pu assumer la situation, infliger à Ann ce genre de relation eût été injuste à son égard. C'était une femme bonne, avec un cœur d'ange. La mener en bateau, lui laisser miroiter un espoir quand il n'y en avait aucun, s'impliquer dans sa vie et celle de son fils, ce n'aurait pas été correct.

Rien de tout cela ne t'empêche de la désirer, pas vrai ? Peut-être était-ce pour cela que Sharon et lui s'investissaient à ce point dans leur travail. Ils remplaçaient leur passion éteinte par une activité qu'ils pouvaient encore effectuer avec enthousiasme, qui avait gardé pour eux l'attrait de la nouveauté.

Mais Dieu du ciel, songea Hood avec tristesse, *que ne donnerais-je pour retrouver une de nos nuits d'antan…*

L'hôtel Alster-Hof était situé entre les deux grands lacs de la ville, mais Hood, Stoll et Herbert eurent tout juste le temps de remplir leur fiche et monter prendre une douche avant de redescendre se joindre aux autres invités dans le hall. Herbert jeta un œil par les fenêtres pendant que Stoll faisait une rapide inspection pour s'assurer que la chambre n'avait pas été équipée de micros-espions.

« On a une jolie vue, non ? » nota Herbert dans l'ascenseur qui redescendait. Il tripotait négligemment le morceau de manche à balai de cinquante centimètres qu'il gardait fixé sous l'accoudoir gauche de son fauteuil roulant, comme arme de protection. Planqué sous celui de droite, il avait également un couteau Urban Skinner à lame de dix centimètres. « Ces lacs me font penser à la baie de Chesapeake, avec tous ces bateaux…

– Ce sont le Binnenalster et l'Aussenalster », expliqua, serviable, un jeune chasseur. Avant d'ajouter : « L'Alster intérieur et l'Alster extérieur...

– Logique », admit Herbert. Il glissa de nouveau sa matraque improvisée dans ses crochets sous l'accoudoir. « Quoique je les aurais plutôt appelés le Grand et le Petit Alster. Le premier fait bien dix fois la taille du second, non ?

– Deux cents hectares pour l'un contre vingt-trois pour l'autre, répondit le jeune Allemand.

– J'avais pas trop mal vu, constata Herbert alors que la cabine arrivait au rez-de-chaussée. Je persiste à penser que mes noms sont plus appropriés. On sait toujours distinguer le grand du petit. Alors qu'on peut toujours les confondre si on ne sait pas quel côté de la ville se situe à l'intérieur et quel autre à l'extérieur.

– Peut-être que vous devriez glisser un mot dans la boîte à suggestions, nota le porteur en tendant le doigt. Elle est là-bas, juste à côté de la boîte aux lettres. »

Herbert le regarda. Tout comme Hood, qui n'aurait su dire si le gamin était facétieux ou serviable. Les Allemands n'étaient pas spécialement réputés pour leur sens de l'humour, même s'il avait entendu dire que la nouvelle génération avait pris de sérieuses leçons de sarcasme grâce à la télévision et au cinéma américains.

« C'est peut-être une idée », dit Herbert en s'éloignant. Il se retourna pour regarder Stoll qui ployait sous le poids de son sac à dos. « T'as ta traductrice. Ça donnerait quoi, en allemand ? »

Stoll tapa les termes anglais sur sa traductrice de poche. Presque aussitôt, l'équivalent dans la langue de Goethe s'affiche sur l'écran à cristaux liquides.

« Apparemment, ça donnerait le *Grossalster* et le *Kleinalster*, l'informa Matt Stoll.

– Pas franchement harmonieux à l'oreille, objecta Hood.

– Certes, admit Herbert, mais vous savez quoi ? Ça vaut largement ce qu'on peut avoir du côté de Philadelphie, Mississippi : la "Mare du chat mort", l'"Anse aux vers de vase"…

– Moi, ils me plaisent plutôt, rétorqua Stoll. C'est parlant…

– Mouais, mais c'est pas le genre de truc qu'on choisit volontiers comme sujets de carte postale. Du reste, chez nous, les seules qu'on trouve sur les tourniquets de l'épicerie-tabac, c'est la rue principale et l'ancienne école, point final.

– Moi, j'aurais plutôt choisi la mare et l'anse », persista Stoll.

Tandis qu'ils se frayaient un passage dans le hall envahi par la foule, Hood cherchait des yeux Martin Lang et le vice-ministre des Affaires étrangères, Richard Hausen. S'il n'avait pas encore eu l'occasion de rencontrer ce dernier, il avait hâte en revanche de revoir le magnat de l'électronique allemande qu'était Lang. Ils avaient passé quelque temps ensemble quand la Ville de Los Angeles avait reçu à dîner les invités étrangers d'un congrès d'informatique. Hood avait été impressionné par la chaleur de Lang, sa sincérité, son intelligence. C'était un humaniste qui avait compris qu'il n'y avait pas d'entreprise sans personnel heureux. Il ne procédait jamais à aucun licenciement. Les difficultés étaient supportées par le sommet de la hiérarchie, pas par le bas de l'échelle.

Quand il s'était agi de chiffrer la mise en œuvre du

nouvel enfant de Mike Rodgers et Matt Stoll, le *Regional Op-Center* ou ROC, Lang avait été le premier à qui ils avaient pensé pour la fourniture du matériel informatique nécessaire. Son procédé breveté de transmission photonique, la « technologie du phare » – ou *Leuchturm* Technologie –, était une technique de pointe, très souple, redoutablement efficace, mais extrêmement coûteuse. Toutefois, comme avec tous les projets financés par le gouvernement, Hood savait que réussir à mettre sur pied le ROC risquait d'être un délicat travail d'équilibriste. De toute façon, il serait difficile d'obtenir du Congrès le demi-million de dollars nécessaire, surtout pour acheter des composants étrangers. Mais, d'un autre côté, l'Op-Center aurait également du mal à introduire son ROC dans des pays étrangers s'il n'y incluait pas des équipements fabriqués dans ces mêmes pays.

Tout cela, s'avisa Hood, se ramenait en définitive à deux points. Un : l'Allemagne n'allait pas tarder à être le meneur de jeu dans la Communauté européenne. La capacité à déplacer un centre de contre-espionnage mobile avec une relative liberté de manœuvre plaçait les États-Unis en position privilégiée pour surveiller tous les faits et gestes de l'Europe. Le Congrès allait adorer. Et deux : la firme de Lang, Hauptschlüssel – « Clef principale » –, allait devoir accepter de s'approvisionner en majorité en composants américains. De sorte qu'une bonne partie de l'argent investi retournerait aux États-Unis.

Hood avait bon espoir de vendre l'idée à Lang. Matt et lui allaient lui présenter une nouvelle technologie dans laquelle les Allemands voudraient certainement s'impliquer, un truc sur lequel le petit service de recherche et développement de l'Op-Center était tombé un peu par hasard alors qu'il cherchait le moyen de vérifier l'intégrité de circuits électroniques à haute vitesse. Et même si Lang était un homme d'honneur, il n'en demeurait pas moins un homme d'affaires et un patriote. Une fois mis au fait des détails techniques et des possibilités du ROC, Lang pouvait fort bien convaincre son gouvernement de mettre en œuvre des contre-mesures technologiques pour des raisons de sécurité nationale. Dès lors, Hood pourrait retourner demander au Congrès de l'argent pour contourner ces nouvelles dispositions, argent qu'il serait prêt à dépenser avec des firmes américaines.

Il sourit. Si bizarre que cela puisse paraître aux yeux de Sharon qui avait toujours méprisé la négociation, ou de Mike Rodgers qui était tout sauf un diplomate, ce genre de manœuvre divertissait Hood. Agir dans l'arène politique internationale était un peu assimilable à une formidable et complexe partie d'échecs. Même si aucun joueur n'en sortait indemne, c'était toujours amusant de voir combien de pièces on était capable de garder.

Ils s'arrêtèrent près des cabines téléphoniques, à l'écart de la foule des invités. Hood embrassa du regard le décor baroque du hall, ainsi que ce curieux mélange d'hommes d'affaires bien mis et de touristes décontractés. S'extraire du flot humain lui donnait l'occasion d'observer tous ces gens, chacun d'eux centré sur ses préoccupations, son objectif, ses compagnons...

Une chevelure dorée attira son regard vers la porte d'entrée. Moins par son mouvement propre que par le style de celui-ci. Au moment de quitter le hall, la femme avait incliné la tête sur la droite, faisant voler ses longs cheveux blonds dans la direction opposée, dans une virevolte pleine d'allant.

Hood était fasciné. *Comme un oiseau qui jaillit d'un arbre.*

Alors qu'il la contemplait, interdit, la femme disparut sur la droite. Durant un long moment, il resta sans ciller, le souffle coupé. Les bruits du hall, si distincts un instant plus tôt, n'étaient plus qu'un ronronnement distant.

« Chef ? demanda Stoll. Vous les avez vus ? »

Hood ne répondit pas. Forçant ses jambes à bouger, il fila vers la porte, zigzaguant entre les clients et les bagages, bousculant les invités plantés là à bavarder.

Une fille en or...

Il atteignit la porte et se rua dehors. Il regarda sur sa droite.

« Taxi ? » s'enquit le portier en livrée.

Hood ne l'écouta pas. Il regarda vers le nord, avisa un taxi qui se dirigeait vers l'artère principale. L'éclat du soleil l'empêchait de voir à l'intérieur. Il se retourna vers le portier.

« Une femme vient-elle de monter dans ce véhicule ?

– *Ja*, dit le jeune homme.

– Est-ce que vous la connaissez ? » insista Hood. Au moment même où il posait la question, il se rendit compte qu'il devait avoir l'air un peu inquiétant. Il prit une profonde inspiration. « Excusez-moi, je ne voulais pas vous crier dessus. C'est juste que... je crois connaître cette femme. Est-elle descendue ici ?

– *Nein*. Elle est juste passée déposer un paquet. »

Hood indiqua le hall avec son pouce. « À l'intérieur ?

– Pas à la réception, précisa le portier. Elle l'a confié à quelqu'un. »

Une Anglaise d'un certain âge arriva sur ces entrefaites, réclamant un taxi.

« Excusez-moi », dit le jeune homme.

Pendant que le chasseur s'approchait du trottoir et portait le sifflet à sa bouche, Hood baissa la tête et tapa du pied avec impatience. Au même moment, Stoll arriva à sa hauteur, talonné par Herbert.

« Coucou », dit Stoll.

Hood fixait le trottoir, en proie à un déluge d'émotions.

« Vous avez filé comme un type dont le clebs vient de traverser l'autoroute, dit Stoll. Ça va bien ? »

Hood acquiesça.

« Ouais, c'est fou ce que je suis convaincu, nota Herbert.

– Non, pas vraiment, admit Hood, d'une voix absente. J'ai… euh… peu importe. C'est une longue histoire.

– Pareil pour *Dune*, Stoll. Ça ne m'empêche pas de l'adorer. Si vous nous la racontiez ? Vous avez vu quelqu'un ? »

Après un instant de silence, Hood fit : « Oui.

– Qui ? » le pressa Herbert.

Hood répondit, presque avec respect : « Une fille en or. »

Stoll fit claquer sa langue. « D'aaa-ccord. Désolé d'avoir posé la question. » Il se tourna vers Herbert, qui haussa les épaules, le regard désabusé.

Quand le portier revint, Hood lui demanda, calmement, s'il avait pu voir à qui la femme avait confié son paquet. L'homme hocha la tête, désolé : « Non, j'étais en train de héler un taxi pour Herr Tsuburaya et je n'ai pas fait attention.

– Pas grave, dit Hood. Je comprends. » Il sortit de sa poche un billet de dix dollars qu'il tendit au garçon. « Si jamais elle revenait, voulez-vous essayer de découvrir son identité ? Dites-lui que Paul... » Il hésita. « Non. Ne lui dites rien. Essayez juste de savoir, d'accord ?

– *Ja* », répondit le portier, ravi, en s'avançant sur la chaussée pour ouvrir la portière d'un nouveau taxi.

Stoll donna une bourrade à son patron. « Eh, pour dix sacs, je suis prêt à faire le guet moi aussi. Double couverture. »

Hood l'ignora. C'était insensé. Il n'aurait su dire s'il vivait un rêve ou bien un cauchemar.

Une longue limousine noire vint s'arrêter juste devant eux. Le portier se précipita et un homme imposant aux cheveux argentés sortit du véhicule. Hood et lui se reconnurent en même temps.

« Herr Hood ! » lança Martin Lang avec un signe de main et un large et franc sourire. Il se précipita, la main tendue, à petits pas pressés. « Quel plaisir de vous revoir. Vous avez l'air en pleine forme.

– Washington me convient mieux que Los Angeles. »

Même s'il regardait Lang, Hood continuait de voir la femme. Le mouvement de la tête, l'éclat de la chevelure...

Arrête. T'as un boulot à faire. Et tu as ta vie.

« En fait, grommela Stoll, si Paul a l'air en forme, c'est parce qu'il a réussi à dormir dans l'avion. Il va passer sa journée à essayer de nous réveiller, Bob et moi.

– J'en doute sincèrement, dit Lang. Vous n'avez pas mon âge. Vous débordez de vitalité. »

Alors que Hood présentait ses associés, un grand quadragénaire blond à l'air distingué sortit à son tour de la limousine. Il s'approcha d'eux à pas lents.

« Herr Hood, dit Lang, permettez-moi de vous présenter Richard Hausen.

– Bienvenue à Hambourg », dit ce dernier. Sa voix était vibrante et raffinée, son anglais impeccable. Il salua chaque homme tour à tour avec une poignée de main accompagnée d'un léger signe de tête.

Hood fut surpris que Hausen ne soit pas suivi d'une nuée de collaborateurs. Aucun personnage officiel américain ne se déplaçait où que ce soit sans le renfort d'au moins deux jeunes adjoints très rentre-dedans.

Pour Stoll, la première impression était différente. « Il me fait penser à Dracula », murmura l'agent de soutien logistique.

Hood avait tendance à ignorer tous les commentaires que Stoll avait la manie de proférer dans sa barbe, même si celui-ci était loin d'être faux. Hausen portait un complet noir. Son visage, extrêmement pâle, avait une expression concentrée. Et il émanait de lui un raffinement aristocratique très Vieille Europe. Même si, d'après ce qu'avait lu Hood avant le départ, la comparaison avec le Dr Van Helsing, le bras armé de Dracula, aurait été plus appropriée. Sauf qu'au lieu de traquer les vampires, Richard Hausen pourchassait les néo-nazis. Liz Gordon, la psychologue de l'Op-Center, avait utilisé les ressources du site Internet des Nations unies pour préparer un article sur Hausen. Elle le décrivait sous les traits d'« une espèce de capitaine Achab dont la haine serait tournée contre les extrémistes de droite ». Liz notait que Hausen les voyait comme une menace à l'intégration de son pays au sein de la communauté internationale, mais qu'« il les attaquait avec une ferveur suggérant une animosité personnelle, peut-être issue de son passé. Il était possible qu'elle ait pris naissance puis ait été nourrie par des sévices sans doute subis dans l'enfance, le genre de traitement que connaissent tant de petits campagnards envoyés à l'école dans une grande ville ».

Dans une note en bas de page, Martha Mackall avait suggéré à Hood de se méfier sur un point : il était possible que Hausen cherche un resserrement des liens avec les États-Unis pour mieux irriter les nationalistes, voire susciter des attaques personnelles. Elle précisait : « Cela lui donnerait une image de martyr, ce qui est toujours bon pour un politicien. »

Hood rangea cette remarque dans le tiroir mental étiqueté « peut-être ». En attendant, il considérait la présence de Hausen à la réunion comme le signe que l'industrie électronique allemande souhaitait traiter avec le gouvernement américain.

Lang les invita à monter dans la limousine pour aller déjeuner, en leur promettant de leur faire goûter aux meilleures spécialités allemandes servies à Hambourg, avec en prime une vue imprenable sur l'Elbe. Hood se fichait pas mal de ce qu'il mangerait et dans quel endroit. Tout ce qu'il voulait, c'était se plonger au plus vite dans le travail et la conversation pour reprendre pied.

En définitive, Hood apprécia énormément le menu, même si, alors qu'on débarrassait, Stoll se pencha vers lui pour lui confier que la soupe d'anguille ou les mûres à la crème et au sucre ne valaient pas pour lui une bonne crêpe de maïs bien épaisse accompagnée d'un milk-shake à la fraise.

Ils avaient déjeuné tôt par rapport aux habitudes allemandes et la salle était vide. La conversation tourna bien entendu autour de sujets politiques, sans manquer d'évoquer le cinquantenaire du plan Marshall fêté récemment. Depuis bientôt vingt ans qu'il fréquentait les hauts responsables des milieux politiques, bancaires et industriels internationaux, Hood avait constaté que la majorité des Allemands appréciaient le programme de reconstruction qui leur avait permis de sortir de la ruine financière de l'après-guerre. Il avait aussi découvert que ces mêmes Allemands étaient facilement enclins à excuser les agissements du Reich. Ces dernières années, toutefois, il avait noté qu'un nombre croissant d'Allemands assumaient l'entière responsabilité des actes de leur pays durant la Seconde Guerre mondiale. Richard Hausen avait d'ailleurs joué un rôle actif dans l'obtention de réparations pour les victimes des camps de la mort.

Martin Lang était fier, mais également amer.

« Le gouvernement japonais a dû attendre le cinquantième anniversaire de l'armistice pour employer enfin le mot "excuses", avait remarqué Lang avant même qu'on serve les amuse-gueule. Et il a fallu encore plus longtemps aux Français pour admettre que l'État avait été complice de la déportation de soixante-quinze mille juifs. Ce que l'Allemagne a fait dépasse l'imagination. Mais au moins, en tant que nation, nous faisons l'effort de comprendre ce qui s'est passé. »

Lang avait ajouté que cet examen de conscience des Allemands s'accompagnait d'un regain de tension avec la France et le Japon.

« C'est comme si, en reconnaissant nos atrocités, nous avions brisé une loi du silence. On nous considère comme des poules mouillées, comme si nous n'avions plus la force de nos convictions.

– Raison pour laquelle, avait alors grommelé Herbert, il a fallu la bombe A pour amener les Japonais à la table de négociations. »

L'autre changement significatif noté par Hood au cours de ces dernières années était un ressentiment croissant dû à l'intégration de l'ex-Allemagne de l'Est. Pour Hausen, c'était l'un de ses principaux *Zahnschmerzen* – « ses maux de dents », comme il l'exprimait poliment.

« C'est un autre pays, avait-il expliqué. C'était comme si les États-Unis essayaient d'absorber le Mexique. Les Allemands de l'Est sont nos frères, mais ils ont adopté la culture et les méthodes soviétiques. Ils n'ont aucune initiative et estiment que nous leur devons des réparations pour les avoir abandonnés à la fin de la guerre. S'ils tendent la main, ce n'est pas pour avoir des outils ou des diplômes mais de l'argent. Et quand leurs jeunes n'en obtiennent pas, ils rejoignent des bandes et deviennent violents. L'Est est en train d'attirer notre pays dans un abîme spirituel et financier dont nous mettrons des décennies à ressortir. »

Hood avait été surpris par le ressentiment avoué de l'homme politique. Mais ce qui l'avait surpris encore plus était de voir leur serveur, par ailleurs scrupuleux, grommeler ouvertement son approbation, tandis qu'il remplissait leurs verres d'eau minérale.

Hausen l'avait montré à ses hôtes : « Vingt pour cent de son salaire part à l'Est », avait-il précisé.

Ils n'avaient pas parlé du ROC au cours du repas. Cette discussion serait pour plus tard, dans les bureaux hambourgeois de Hausen. Les Allemands préféraient lier connaissance avec un partenaire avant d'entamer un processus de séduction.

Vers la fin du repas, le téléphone cellulaire de Hausen se mit à pépier. Il le sortit de sa poche de veston, s'excusa, se détourna légèrement pour répondre.

Ses yeux brillants se ternirent, ses lèvres minces s'affaissèrent. Il ne dit que quelques mots.

La communication achevée, il déposa l'appareil sur la table. « C'était mon assistante », expliqua-t-il. Son regard alla de Lang à Hood. « Il y a eu un attentat terroriste sur le tournage d'un film dans la région de Hanovre. On dénombre quatre morts. Une jeune Américaine est portée disparue et on a tout lieu de croire qu'elle a été enlevée. »

Le teint de Lang devint cireux. « Le film… ce n'était pas *Tirpitz* ? »

Hausen acquiesça. Le ministre était visiblement bouleversé.

Herbert intervint : « En connaît-on les auteurs ?

– Personne n'a revendiqué l'attentat, dit Hausen. Mais c'est une femme qui a tiré.

– Doring », dit aussitôt Lang. Il regarda alternativement Hausen et Herbert. « Il ne peut s'agir que de Karin Doring, leader du groupe Feuer. C'est l'un des groupuscules néo-nazis les plus violents du pays. » Il enchaîna d'une voix basse, monocorde : « C'est l'illustration de ce que disait Richard. Elle recrute de jeunes sauvages venus de l'Est qu'elle entraîne personnellement.

– N'y avait-il aucune mesure de sécurité ? » demanda Herbert.

Hausen fit oui de la tête. « L'une des victimes est un vigile.

– Mais pourquoi s'en prendre à une équipe de cinéma ?

– C'était une coproduction germano-américaine, expliqua Hausen. C'est une raison suffisante pour Doring. Elle veut chasser tous les étrangers d'Allemagne. Mais les terroristes ont également dérobé un motor-home rempli de souvenirs de l'époque nazie. Des armes, des uniformes et ainsi de suite…

– Des salopards sentimentaux, observa Herbert.

– Peut-être. » Hausen était dubitatif. « À moins qu'ils ne cherchent à préparer un autre coup. Voyez-vous, messieurs, il existe un événement abject, vieux de plusieurs années, qui s'appelle les Journées du Chaos.

– J'en ai entendu parler, dit Herbert.

– Pas par les médias, j'imagine, dit Hausen. Nos journalistes répugnent à faire de la publicité à cette manifestation.

– Ça les rend plus ou moins complices d'une censure aux relents nazis, non ? » objecta Stoll.

Herbert le fusilla du regard. « Ah ça, je serais bien le dernier à le leur reprocher ! J'ai entendu parler des Journées du Chaos par des gens d'Interpol. C'est réellement un truc puant.

– Tout à fait », renchérit Hausen. Il considéra Stoll, puis Hood. « Des groupes haineux convergent sur Hanovre, à cent kilomètres au sud d'ici, de toute l'Allemagne et même de l'étranger. Ils organisent des congrès, s'échangent leurs textes et leurs idées de cinglés. Certains – le groupuscule de Doring est du nombre – ont pris l'habitude de s'attaquer à des cibles tant symboliques que stratégiques durant cette période.

– En tout cas, les renseignements obtenus nous portent à croire qu'il s'agit bien du groupe de Doring, intervint Lang. Des actions rapides et toujours extrêmement concertées. »

Herbert remarqua : « Et le gouvernement évite de leur tomber dessus de peur de créer des martyrs.

– C'est ce que beaucoup de gens au gouvernement redoutent, en effet, admit Hausen. Ils ont peur de renforcer le sentiment de fierté d'une bonne part de leurs concitoyens de droite pour ce dont fut capable leur nation quand elle était galvanisée par Hitler. Ces représentants de l'État voudraient anéantir légalement les mouvements extrémistes sans s'en prendre nommément aux extrémistes eux-mêmes. Et lors des Journées du Chaos, lorsque tous ces groupes font une démonstration de force, le gouvernement marche sur des œufs...

– Et quel est votre sentiment personnel ? s'enquit Hood.

– Je crois qu'on devrait recourir aux deux méthodes : écraser tous ceux qu'on voit, puis recourir à la loi pour enfumer ceux qui filent se planquer sous les rochers.

– Et vous pensez que cette Karin Doring, ou qui que ce soit, voulait récupérer ces souvenirs du Reich pour les Journées du Chaos ? demanda Herbert.

– Distribuer ce genre de souvenirs permettrait aux bénéficiaires d'établir un lien direct avec le Reich, expliqua Hausen, qui réfléchissait à haute voix. Imaginez à quel point cela pourrait les motiver.

– Les motiver pour quoi? demanda Herbert. De nouveaux attentats?

– Cela, répondit Hausen, ou peut-être rien de plus qu'une nouvelle année de fidélité. Avec soixante-dix ou quatre-vingts groupes qui se disputent les adhérents, la fidélité a son importance.

– Ou bien, intervint Lang, le vol pourrait redonner du cœur au ventre à tous ceux qui l'apprendront dans les journaux. Tous ces hommes et femmes qui, comme le dit Richard, continuent à révérer Hitler en privé.

– C'est quoi, cette histoire d'Américaine enlevée? demanda Herbert.

– Elle était stagiaire sur le tournage. La dernière fois qu'on l'a vue, elle était à l'intérieur de la caravane aux accessoires. La police croit qu'elle pourrait avoir été enlevée avec. »

Herbert lança un coup d'œil à Hood. Hood acquiesça après quelques secondes de réflexion.

« Excusez-moi », dit Herbert. Il s'éloigna de la table en tapotant le téléphone posé sur l'accoudoir de son fauteuil roulant. « Je vais me trouver un petit coin tranquille pour passer quelques coups de fil. Peut-être que je pourrai ajouter au dossier quelques éléments intéressants. »

Lang se leva pour le remercier, puis il renouvela ses excuses. Herbert l'assura qu'il n'avait à s'excuser de rien.

« J'ai perdu mon épouse et l'usage de mes jambes par la faute de terroristes à Beyrouth. Chaque fois que ces malades montrent leur trogne, ça me donne une chance de plus de les terrasser. » Il regarda Hausen. « Ces salauds sont ma rage de dents à moi, pour reprendre votre expression, Herr Hausen, et mon seul but dans la vie est de procéder à leur extraction... »

Herbert fit pivoter son fauteuil et se propulsa entre les tables. Après son départ, Hausen se rassit et chercha à rassembler ses idées. Hood le regarda. Liz avait raison : il y avait autre chose.

« Cela fait plus de cinquante ans qu'on se bat, dit Hausen avec gravité. On peut toujours se faire vacciner contre une maladie, chercher un abri en cas d'orage. Mais comment se protéger contre ça ? Comment lutter contre la haine ? Et ça ne fait que s'amplifier, Herr Hood. D'une année sur l'autre, les groupes se multiplient, leurs effectifs s'accroissent. Imaginez si jamais ils s'unissaient.

— Mon directeur adjoint à l'Op-Center a dit un jour qu'on luttait contre des idées avec des idées meilleures. J'aimerais croire que c'est vrai. Sinon... » Du pouce, il indiqua Herbert qui se dirigeait vers le balcon donnant sur la rivière. « Je suis avec mon chef du renseignement. On les traquera.

— Ils sont bien planqués, prévint Hausen, redoutablement armés et quasiment impossibles à infiltrer parce qu'ils n'acceptent que de toutes jeunes recrues. On sait rarement à l'avance ce qu'ils prévoient.

— Jusqu'à maintenant », observa Matt.

Lang le regarda. « Que voulez-vous dire, Herr Stoll ?

— Vous avez remarqué le sac que j'ai laissé dans la voiture ? »

Les deux Allemands acquiescèrent.

Stoll sourit. « Eh bien, si on arrive à se mettre d'accord sur ce ROC, on a là de quoi leur balancer sous les pieds quelques jolies peaux de banane... »

9.

Jeudi, 11 : 42, Wunstorf, Allemagne

Quand Jody Thompson entendit les cris à l'extérieur de la caravane, elle crut que c'était Hollis Arlenna qui l'appelait. Réfugiée dans les sanitaires du motorhome, elle chercha parmi les sacs en redoublant d'ardeur, tout en pestant contre les costumiers qui les avaient étiquetés en allemand et contre Arlenna qui avait un caractère de cochon.

Puis elle entendit la fusillade. Elle comprit aussitôt que ce n'était pas une scène du film. Toutes les armes étaient ici avec elle et M. Buba était la seule autre personne à détenir une clef. Et puis, elle entendit les cris de douleur et de peur, et réalisa qu'un drame affreux était en train de se jouer. Elle cessa de chercher parmi les sacs de costumes et colla son oreille à la porte.

En entendant le moteur du gros camping-car, Jody avait d'abord cru que quelqu'un essayait de démarrer pour l'éloigner de ce qui pouvait se passer sur le lieu de tournage. Puis la porte de la caravane s'ouvrit à la volée et elle entendit des pas à l'intérieur. L'intrus ne dit rien, ce qui, elle le comprit, était mauvais signe. Si ç'avait été un vigile, il aurait parlé dans son talkie-walkie.

Soudain, la salle de bains lui parut étouffante et

confinée. Notant que la porte n'était pas verrouillée, elle s'empressa de faire coulisser la targette. Puis elle s'accroupit entre les sacs de costumes, en s'y accrochant pour ne pas basculer à la renverse. Elle allait tâcher de rester immobile jusqu'à ce que quelqu'un vienne la chercher.

Elle tendit l'oreille. Elle n'avait pas pris sa montre et n'avait pour repère temporel que les divers bruits qui lui parvenaient : l'intrus en train de fouiller parmi les armes blanches posées sur la table à gauche. Des pas tournant autour de celle où s'entassaient les médailles. Des placards qu'on ouvre et qu'on ferme.

Puis, couvrant le ronronnement du ventilateur de plafond, Jody entendit l'intrus secouer la porte de la penderie encastrée dans la paroi opposée. Peu après retentirent quatre violentes détonations.

Jody serra les sacs de costumes si fort que ses ongles en traversèrent un. *Bon Dieu, mais qu'est-ce qui se passe dehors ?* Elle se plaqua contre le mur pour s'éloigner de la porte. Son cœur battait la chamade.

Elle entendit la porte de la penderie s'ouvrir avec violence en même temps que le motor-home s'inclinait dans un virage. Un pied de table racla le plancher tandis que l'individu la contournait – non plus avec précaution, comme elle-même un peu plus tôt, mais d'un pas décidé, impatient.

Elle entendit l'intrus se diriger vers la porte des sanitaires. Soudain, sa planque ne lui paraissait plus aussi bien choisie.

Jody leva les yeux, regarda en haut, autour d'elle, derrière. Elle avisa la fenêtre en verre cathédrale. Mais, avec ses barreaux métalliques, il était impossible d'entrer. Ou, en l'occurrence, de sortir.

Jody plongea au sol quand on se mit à secouer la poignée de la porte. Elle se tassa sous les empilements de costumes puis retourna se cacher à côté du siège des toilettes. Le minuscule bac à douche était derrière elle et elle s'appuya contre la cloison vitrée. Son cœur tambourinait à ses oreilles. Elle se mit à gémir et se mordit le gras du pouce pour qu'on ne l'entende pas.

Une rafale d'arme automatique couvrit le bruit de son cœur, celui de ses gémissements. Elle hurla tandis que des éclats de bois et de plastique volaient en tous sens, arrosant le sol et les sacs de costumes. Puis la porte s'ouvrit en couinant ; un canon se glissa entre les rangées d'uniformes allemands suspendus, les écarta, révélant un visage qui la toisa. Un visage féminin.

Le regard de Jody quitta l'espèce de pistolet-mitrailleur pour croiser les yeux glacés, couleur d'or liquide, de la femme. Elle continuait à se mordiller le pouce.

Du bout du canon, l'autre lui fit signe de se lever et Jody obtempéra, les bras ballants. Elle sentit la transpiration goutter sur ses cuisses.

La femme aboya un ordre en allemand.

« Je… ne comprends pas, dit Jody.

– J'ai dit : les mains en l'air et retourne-toi », répéta la femme en anglais mais avec un accent terrible.

Jody leva les mains à hauteur de son visage, puis elle hésita. Elle avait lu, dans un de ses cours, comment on achevait parfois les otages d'une balle dans la nuque.

« Je vous en prie, fit-elle. Je suis une stagiaire… J'ai été engagée sur ce tournage il n'y a que quelques…

– Tourne-toi ! coupa la femme.

– Non, je vous ne supplie ! » dit Jody, en obéissant néanmoins.

81

Le nez contre la fenêtre, Jody entendit dans son dos qu'on déplaçait les uniformes, et elle sentit bientôt le métal chaud de la gueule de l'arme contre sa nuque.

Elle se mit à sangloter : « Je vous en supplie… »

Jody sursauta quand la femme lui palpa le côté gauche, du sein jusqu'à la cuisse, avant de passer au côté droit. Puis elle glissa la main devant elle pour lui palper la taille. Enfin, elle la retourna. L'arme était braquée sur sa bouche.

« Je ne sais pas de quoi il s'agit, sanglota Jody. Et je n'en parlerai à personne…

– Silence », coupa la femme.

Jody obéit. Elle savait qu'elle ferait tout ce que cette femme lui demanderait. C'était terrifiant de découvrir à quel point sa volonté pouvait être annihilée par une arme et par une personne décidée à s'en servir.

Le motor-home stoppa brutalement et Jody se rattrapa au lavabo. Elle se redressa en hâte en levant les mains. La femme n'avait pas bronché, comme si rien n'avait pu troubler ses pensées.

La porte de la caravane s'ouvrit pour livrer passage à un jeune homme. Il vint se poster derrière Karin et contempla le cagibi des sanitaires. Il avait le teint pâle et une croix gammée était tatouée sur son crâne.

Sans quitter des yeux Jody, Karin se tourna légèrement vers lui et dit : « Commence. »

L'homme claqua des talons et entreprit de charger les reliques dans les caisses.

Karin continuait à fixer Jody. « Je n'aime pas tuer des femmes, dit-elle enfin, mais je ne peux pas prendre d'otages. Ils me ralentissent. »

Et voilà, se dit Jody. Elle allait mourir. Elle sentit l'engourdissement l'envahir et se mit à sangloter. Lui revint brusquement un souvenir d'enfance : elle était au cours préparatoire, la maîtresse lui criait dessus parce qu'elle avait fait pipi dans sa culotte, elle pleurait sans pouvoir s'arrêter et les autres gamins se moquaient d'elle. Toute trace de confiance, d'assurance et de dignité l'abandonna soudain.

Les jambes flageolantes, elle glissa à terre. Tournée vers le mur du fond, elle continua de supplier qu'on lui laisse la vie sauve.

Mais au lieu de l'abattre, la femme ordonna à un autre homme, plus âgé, d'ôter les uniformes. Puis elle referma la porte des sanitaires. Jody se tenait coite, s'attendant plus ou moins à ce qu'une rafale transperce la cloison. Elle se rassit de côté, sur les toilettes, pour constituer la cible la plus petite possible.

Mais en guise de fusillade, tout ce qu'elle entendit, ce fut un raclement suivi d'un choc sourd.

On avait poussé quelque chose contre la porte.

Elle ne va pas me tuer, songea Jody. *Elle va juste me boucler ici.*

Ses vêtements étaient trempés de sueur. Les trois terroristes finirent rapidement de dévaliser la caravane puis sortirent. Elle tendit l'oreille. Rien.

Puis elle entendit l'un des trois terroristes de l'autre côté de la vitre. Jody colla l'oreille à la paroi, écouta : d'abord un truc métallique qui tourne, suivi d'un claquement, et enfin un bruit de métal qu'on perce une, deux, trois fois. Et enfin, un crissement de chiffon qu'on déchire et une odeur d'essence.

Le réservoir, songea-t-elle avec horreur. *Ils l'ont ouvert.*

«*Non !* hurla-t-elle en se ruant vers la porte. Vous avez dit que vous n'aimiez pas tuer des femmes ! *Je vous en supplie !* »

Bientôt, elle sentit de la fumée, entendit des pas s'éloigner en courant, et vit l'éclat orange des flammes réfléchi dans le verre cathédrale de la fenêtre des toilettes. Ils allaient brûler la caravane – et elle avec.

Cette femme ne me tue pas, réalisa soudain Jody. *Elle se contente de me laisser mourir...*

La jeune fille se jeta contre la porte. Qui refusa de bouger. Et tandis que l'éclat orangé grandissait autour d'elle, figée au milieu de la pièce exiguë, elle se mit à hurler de terreur et de désespoir.

10.

Jeudi, 5 : 47, Washington, DC

Liz Gordon venait de moudre le café et elle allumait sa première cigarette de la journée quand le téléphone se mit à sonner.

« Je me demande bien qui ça peut être… », dit la jeune femme en tirant une longue bouffée. Elle épousseta les cendres tombées sur sa chemise de nuit. Puis elle mit la main dans ses courtes boucles brunes et se gratta la tête, soucieuse, en essayant de repérer où elle avait pu laisser le sans-fil.

Depuis son réveil à cinq heures du matin, Liz avait passé en revue certains des points qu'elle comptait exposer au groupe d'Attaquants un peu plus tard dans la matinée. Lors de leur troisième réunion de groupe, deux jours plus tôt, ces soldats d'élite étaient encore sous le coup de la disparition de Charlie Squires. Il faut dire qu'ils étaient très jeunes. Mais c'était pour la petite Sondra DeVonne que le choc avait été le plus rude : elle souffrait pour la famille de Charlie mais aussi pour elle. En larmes, elle avait expliqué qu'elle avait tant espéré en apprendre de cet officier. Et désormais, toute cette sagesse, toute cette expérience avaient disparu. Sans avoir pu être transmis.

Mortes.

« Où est ce putain de téléphone ? » grogna Liz en donnant un coup de pied dans la pile de journaux entassés près de la table de la cuisine.

Même si elle ne craignait guère qu'on raccroche. À une heure pareille, ce ne pouvait être en effet que Monica qui l'appelait d'Italie. Et sa compagne de chambre (et meilleure amie) ne renoncerait pas tant qu'elle n'aurait pas eu ses messages. Après tout, il y avait presque une journée entière qu'elle était partie.

Et si jamais c'est Sinatra qui appelle, songea la psychologue de l'Op-Center, *tu ne voudrais quand même pas le rater...*

Cela faisait trois ans qu'elles vivaient ensemble. L'amie de Liz, musicienne, était un bourreau de travail qui avait dû jouer dans toutes les boîtes, à tous les mariages et Bar Mitzvah qu'elle avait pu décrocher. Elle avait tellement bossé, en fait, que Liz lui avait non seulement ordonné de prendre des vacances mais lui avait même donné la moitié de l'argent pour être sûre qu'elle puisse partir.

Liz finit par dénicher le téléphone sur une des chaises de la cuisine. Avant de décrocher, elle s'accorda un moment pour changer d'univers. La dynamique qu'elle instaurait avec chacun de ses patients était telle qu'elle l'obligeait à créer un univers mental pour chacun d'eux, univers qu'elle habitait entièrement afin de mieux les traiter. C'était le moyen d'éviter débordements, manques d'attention, distractions. Même si Monica était sa meilleure amie, et pas une patiente, il lui était parfois difficile d'établir une claire distinction entre les deux.

Tout en se glissant dans son univers Monica, Liz

vérifia la liste des messages coincés sous l'aimant à l'effigie de Chopin plaqué sur la porte du frigo. Les seuls appels pour Monica venaient de son batteur, Angelo « Tim » Panni, et de sa mère, l'un comme l'autre pour s'assurer qu'elle était arrivée à Rome sans encombre.

« *Pronto*, mademoiselle Sheard ! » dit-elle en décrochant. C'était l'un des deux seuls mots d'italien qu'elle connaissait.

La voix assurément masculine à l'autre bout du fil répondit aussitôt : « Désolé, Liz, ce n'est pas Monica. C'est Bob Herbert.

– Bob ! s'écria Liz. En voilà une surprise. Quoi de neuf au pays de Freud ?

– Je croyais qu'il était autrichien.

– Certes. Mais les Allemands l'ont eu pendant un an : l'Anschluss a eu lieu en 1938. Et Freud est mort en 39.

– Ce n'est pas vraiment drôle, commenta Bob. On dirait que la mère patrie s'échauffe les muscles pour une ère nouvelle d'impérialisme. »

Elle attrapa une cigarette. « Que voulez-vous dire ?

– Vous n'avez pas regardé les infos, ce matin ?

– Le premier journal n'est qu'à six heures. Enfin merde, Bob, dites-moi ce qui s'est passé ?

– Une bande de néo-nazis a effectué une attaque à main armée contre un plateau de cinéma, expliqua Herbert. Ils ont tué une partie de l'équipe, piqué une caravane remplie de souvenirs de l'époque du Reich, et se sont barrés avec. Même s'ils ne se sont pas encore manifestés, il semblerait qu'ils aient pris en otage une jeune Américaine.

– Mon Dieu ! » Liz tira plusieurs bouffées de cigarette.

« La meneuse serait une certaine Karin Doring. Déjà entendu ce nom-là ?

– Il ne m'est pas inconnu. » Le téléphone à l'oreille, Liz quitta la cuisine pour gagner le bureau. « Donnez-moi une seconde, que je voie ce qu'on a sur elle. » Elle alluma l'ordinateur, s'assit et accéda à la base de données de son bureau à l'Op-Center. En moins de dix secondes, elle avait téléchargé le dossier de Doring.

« Karin Doring, lut-elle à l'écran, "le Spectre de Halle".

– Le Spectre d'où ?

– Halle. » Liz parcourut la fiche. « C'est sa ville natale, en Allemagne de l'Est. On l'appelle le Spectre parce qu'elle a l'habitude de s'évanouir dans la nature avant qu'on ait pu lui mettre la main dessus. Ce n'est pas le genre cagoule ou déguisement : elle veut que les gens sachent à qui ils ont affaire. Autre chose encore : dans un entretien accordé l'an dernier à un journal intitulé *Notre combat*, elle se décrit comme un Robin des Bois nazi, qui lutte au nom de la majorité allemande opprimée.

– On dirait le portrait d'une psychopathe.

– En fait, non. C'est d'ailleurs le problème avec ce genre d'individu. » Liz toussa, continua de tirer sur sa cigarette, et poursuivit, tout en parcourant le dossier. « Encore lycéenne, à la fin des années soixante-dix, elle a été pendant une brève période membre du parti communiste.

– Pour espionner l'ennemi ?

– Je ne pense pas.

– OK, dit Herbert, moi et ma grande gueule.

– Non, c'est une supposition qui tient debout, mais je n'y crois pas. Elle était sans doute encore en train de se chercher, idéologiquement parlant. L'extrême gauche et la droite néo-nazie se ressemblent par leur rigidité de pensée. Comme tous les extrémistes, ils sont incapables de sublimer leurs frustrations et les extériorisent. Ils se convainquent que d'autres sont la cause de leurs misères – ces "autres" désignant quiconque est différent d'eux. Dans l'Allemagne hitlérienne, ils accusaient les juifs du chômage. Les juifs détenaient nombre de postes importants dans la finance, l'éducation, la santé. Ils étaient visibles, manifestement prospères, et à l'évidence différents. Différents par leurs traditions, leurs jours fériés, leurs vacances. Ils constituaient une cible facile. Il en était de même dans la Russie communiste.

– Pigé, dit Herbert. Avez-vous quelque chose sur les contacts de cette femme, ses planques, ses manies ? »

Liz parcourut le document. Il était divisé en sections intitulées « mensurations », « biographie », « mode d'action ».

« C'est une solitaire, ce qui, pour des terroristes, signifie qu'elle travaille toujours en petit groupe. Trois ou quatre individus maxi. Et elle n'envoie jamais quelqu'un effectuer une mission qu'elle n'accomplirait pas elle-même.

– Ça colle avec l'attentat d'aujourd'hui, observa Herbert. On connaît son palmarès ?

– Ils ne revendiquent jamais leurs actions.

– Là aussi, ça correspond.

– ... Mais des témoins ont fait le lien entre leur groupe et l'incendie criminel d'une galerie marchande appartenant à un Arabe, à Bonn, et la livraison d'un carton de liqueurs piégé par une grenade à l'ambassade d'Afrique du Sud à Berlin ; deux attentats qui ont eu lieu l'an dernier.

– Et impitoyable, en plus.

– Oui. C'est une partie de son attrait pour les nazis purs et durs. Quoiqu'il y ait un détail bizarre. La boutique attaquée était un magasin de vêtements pour hommes, et les alcools étaient livrés à une soirée exclusivement masculine.

– Qu'y a-t-il de bizarre là-dedans ? Peut-être qu'elle déteste les hommes.

– Ça ne colle pas avec l'idéologie nazie.

– Exact. Pour ce qui est de tuer leurs victimes, ils ne faisaient pas de différence entre hommes et femmes. Ce pourrait être toutefois bon signe pour la jeune Américaine, s'ils l'ont prise en otage. Peut-être qu'ils ne la tueront pas.

– Je n'y mettrais pas ma main à couper, dit Liz. Épargner les femmes relève moins d'un commandement que de la simple courtoisie. Le rapport indique également que deux de ces témoins qui ont essayé de l'identifier sont morts quelques jours après avoir parlé aux autorités. L'un dans un accident de voiture, l'autre lors d'un vol à main armée. La victime de l'accident était une femme. Une autre femme qui avait essayé de quitter son groupe Feuer a également été retrouvée morte.

– On surveille, puis on élimine, comme dans la Mafia.

– Pas tout à fait, dit Liz. La déserteuse a été retrouvée noyée dans une cuvette de WC après avoir eu le corps taillladé. Charmante enfant. En tout cas, on ne peut pas dire qu'elle épargne les femmes. »

Liz revint à la biographie de Karin.

« Voyons voir si on en sait un peu plus sur les origines de Mlle Doring. » Elle se mit à lire, puis reprit :

« Nous y voilà. Sa mère est morte quand elle avait six ans et elle a été élevée par son père. Je parierais qu'il a dû se passer des choses pas très propres.

– Inceste ?

– Ouais. Là encore, c'est un schéma classique. Petite fille, Karin a été soit battue, soit violentée sexuellement, soit les deux. Elle a sublimé comme une folle, puis a cherché le moyen de canaliser sa colère. Elle a d'abord essayé le communisme, ça ne lui a pas convenu, pour une raison quelconque…

– Il était mourant, suggéra Herbert.

– Alors, elle a trouvé le mouvement néo-nazi où elle a pris le rôle de figure paternelle, ce dont son propre père s'était révélé incapable.

– Et où se trouve papa Doring aujourd'hui ?

– *Ad patres*. Cirrhose du foie. Il est mort quand Karin avait quinze ans, en gros à l'époque où elle s'est lancée dans l'activisme politique.

– Parfait, dit Herbert, donc on pense connaître notre ennemi. Elle est ravie de tuer des hommes, prête à tuer des femmes. Elle crée un groupuscule terroriste et écume le pays en s'attaquant aux intérêts étrangers. Pourquoi ? Pour les chasser par la terreur ?

– Elle sait qu'elle ne peut pas. Les nations auront toujours des ambassades, et le commerce continuera. Non, c'est plutôt l'équivalent d'une campagne de recrutement. Le moyen de rallier d'autres désaxés. Et mine de rien, Bob, ça marche, manifestement. Il y a quatre mois, lors de la dernière mise à jour de ce fichier, Feuer comptait treize cents membres et un taux de croissance annuel proche de vingt pour cent. Sur l'ensemble, vingt activistes à temps complet l'accompagnent de camp en camp.

– Avez-vous pu localiser ces camps ?

– Ils changent en permanence. On a trois photos dans le dossier. » Elle y accéda successivement et lut chaque légende. « La première a été prise au bord d'un lac du Mecklembourg, la seconde dans une forêt bavaroise et la troisième dans les montagnes, quelque part le long de la frontière autrichienne. On ne sait pas comment ils se déplacent, mais j'ai comme l'impression qu'ils plantent leur tente un peu n'importe où, au gré de leurs déplacements.

– Ils se déplacent sans doute en minibus ou en camionnette », commenta Herbert. Il semblait découragé. « Dans le temps, les groupes de guérilleros de cette taille avaient coutume d'emprunter des itinéraires définis, pour établir des lignes d'approvisionnement régulières. Mais aujourd'hui, avec les téléphones cellulaires et les services de livraison en vingt-quatre heures, ils peuvent effectuer un ramassage à peu près n'importe où. De combien de camps avons-nous connaissance ?

– Juste de ces trois-là. »

Le signal d'appel retentit. Ce devait être Monica qui appelait pour avoir ses messages. Sa compagne de chambre serait hors d'elle, mais Liz avait autre chose à faire que lui répondre.

« Et ses lieutenants ? demanda Herbert. Sur qui s'appuie-t-elle ?

– Son plus proche collaborateur s'appelle Manfred Piper. Il l'a rejointe après leur baccalauréat. Apparemment, elle se charge de tout l'aspect militaire tandis que Piper s'occupe de collecter les fonds, d'enquêter sur les nouveaux membres, ce genre de chose. »

Herbert resta quelques instants silencieux avant d'observer : « Tout cela ne nous avance guère, n'est-ce pas ?

– Pour la comprendre, si. Pour la capturer, j'ai bien peur que non. »

Après une nouvelle pause, Herbert ajouta : « Liz, notre hôte allemand estime qu'elle pourrait avoir lancé cette opération afin d'avoir des babioles à distribuer en vue des Journées du Chaos, l'espèce de petit Mardi gras de la haine qu'ils s'organisent dans le coin. Au vu de ses précédentes cibles politiques, est-ce que tout cela tient debout ?

– Je crois que nous abordons le problème par le mauvais bout, rétorqua Liz. Quel était le film en tournage ?

– *Tirpitz*. L'histoire du navire de guerre, je suppose. »

Liz se connecta sur « Actualité du cinéma », un site Web qui recensait les longs métrages en cours de tournage de par le monde. Après avoir localisé le film en question, elle répondit : « Le tournage était bel et bien une cible politique. Il s'agit d'une coproduction germano-américaine. »

Silence au bout du fil. Puis Herbert reprit : « Je m'en vais avoir une petite discussion avec les autorités locales, et peut-être aller faire un tour à l'une de ces célébrations des Journées du Chaos...

– Soyez prudent, Bob, avertit Liz. Les néo-nazis ne sont pas du genre à tenir les portes pour les visiteurs en chaise roulante. Souvenez-vous, vous êtes différent...

– Un peu, que je m'en souviens, ronchonna l'intéressé. En attendant, passez-moi un coup de fil si jamais vous avez du nouveau sur notre bonne femme ou sa bande.

– Sans problème. Faites gaffe et *ciao* », conclut-elle en utilisant le second mot d'italien qu'elle connaissait.

11.

Jeudi, 11 : 52, Montauban, France

La pièce couverte de boiseries était vaste et sombre. L'unique lumière provenait d'une lampe posée sur l'imposant bureau en acajou. Les seuls autres objets posés sur celui-ci étaient un téléphone, un télécopieur et un ordinateur. Les rayonnages derrière le bureau étaient tout juste visibles dans la pénombre. Sur l'un s'alignaient des guillotines miniatures. Certaines, en bois et acier, fonctionnaient ; d'autres étaient des reproductions en verre ou en métal, une dernière était un modèle réduit en plastique vendu aux États-Unis.

La guillotine avait été utilisée en France pour les exécutions capitales, jusqu'à l'abolition de la peine de mort en 1981, la dernière exécution publique, celle d'Eugène Weidmann, ayant eu lieu le 16 juin 1939, devant la prison Saint-Pierre à Versailles. Mais Dominique n'appréciait guère ces machines récentes, les guillotines équipées d'un large et robuste panier métallique pour recevoir la tête, d'écrans pour protéger le bourreau des projections de sang et d'amortisseurs pour absorber l'impact de la lame. Non, Dominique aimait les modèles originaux.

De l'autre côté du bureau, perdu dans l'obscurité

spectrale, se dressait une guillotine haute de deux mètres quarante utilisée lors de la Révolution et laissée dans son état d'origine. Les montants étaient un rien pourris et le chevalet était usé par tous les corps étreints par « la Veuve ». Remontée presque jusqu'à la traverse supérieure, la lame était oxydée par la pluie et le sang. Et le panier d'osier, également d'origine, était bien effrangé. Mais Dominique avait remarqué des particules de la sciure qui avait servi à éponger le sang, et l'on apercevait même encore quelques cheveux dans le panier. Des cheveux qui s'étaient pris dans l'osier lorsque les têtes étaient tombées.

La machine était telle qu'elle était en 1796, la dernière fois que ces sangles de cuir avaient lié le torse et les jambes du condamné. Et que la lunette, le collier de fer, avait maintenu le cou de sa dernière victime – l'enserrant dans son cercle parfait pour l'immobiliser. Quelle que soit leur terreur, les malheureux ne pouvaient échapper au chariot et à sa lame acérée. Une fois que le bourreau avait libéré le ressort, plus rien ne pouvait arrêter les quarante kilos de l'engin de mort. La tête tombait dans le panier, le corps était repoussé sur le côté pour choir dans un autre panier d'osier sanglé de cuir, et la planche basculait à la verticale, prête à recevoir sa prochaine victime. L'opération était si rapide que certains corps respiraient encore, les poumons se vidant par l'orifice du cou, alors qu'on les retirait de la planche. On disait que, durant plusieurs secondes, le cerveau encore en vie du décapité permettait à la victime de voir et d'entendre les sordides instants suivant sa propre exécution.

Au plus fort de la Terreur, le bourreau Charles-Henri Sanson et ses assistants étaient capables d'exécuter presque un condamné par minute. Ils avaient guillotiné trois cents hommes et femmes en trois jours, treize cents en six semaines, jusqu'à atteindre un total de deux mille huit cent trente et une victimes entre le 6 avril 1793 et le 29 juillet 1795.

Qu'est-ce que vous en pensiez, Herr Hitler ? s'interrogea Dominique. Les chambres à gaz de Treblinka avaient été conçues pour tuer deux cents personnes en un quart d'heure, celles d'Auschwitz, deux mille. Le maître tueur avait-il été impressionné ou bien méprisait-il le travail de ces relatifs amateurs ?

La guillotine était le joyau de sa collection. Derrière, au mur, étaient affichés dans leur cadre doré des journaux et gravures d'époque, ainsi que des documents originaux signés de Georges Jacques Danton et d'autres hommes de la Révolution française. Mais aucun ne l'émouvait comme la guillotine. Même avec le lustre éteint et les rideaux tirés, il sentait toujours sa présence, comme un rappel qu'il fallait savoir trancher pour réussir. Cela avait coûté leur tête à des enfants de la noblesse, mais tel était le prix à payer pour la révolution.

Le téléphone sonna. C'était la troisième ligne, privée, inaccessible aux secrétaires. Seuls Horne ou ses partenaires connaissaient le numéro.

Dominique se pencha pour décrocher. C'était un homme grand et maigre, au nez fort, au front haut, au menton volontaire. Ses cheveux de jais taillés court contrastaient violemment avec son col roulé et son pantalon blancs.

Il pressa la touche ampli. « Oui ? fit-il doucement.

– Bonjour, monsieur Dominique, dit le correspondant. C'est Jean-Michel. »

Dominique consulta sa montre. « Il est tôt.

– La rencontre a été brève, monsieur Dominique.

– Raconte-moi ça. »

Jean-Michel s'exécuta. Il lui parla du petit cours qu'on lui avait infligé sous la torture et lui expliqua que l'Allemand se considérait comme son égal. Il lui révéla également le peu qu'il avait pu apprendre sur Karin Doring.

Dominique écouta tout cela sans mot dire. Quand Jean-Michel eut terminé, il demanda : « Comment va ton œil ?

– Je crois qu'il n'y aura pas de problème. Je dois voir un toubib cet après-midi.

– Bien. Tu sais que tu n'aurais jamais dû y aller sans Henri et Yves. C'est pour cela que je te les avais envoyés.

– Je sais, monsieur, et je regrette. Mais je ne voulais pas intimider Herr Richter.

– Et de ce côté, tu as réussi », observa Dominique. Sa voix était tranquille, sa large bouche détendue. Mais ses yeux noirs flambloyaient de rage quand il demanda : « Henri est-il là ?

– Oui.

– Passe-le-moi. Et… Jean-Michel ? Fais-moi plaisir : prends-les avec toi ce soir.

– Certainement, monsieur Dominique », répondit Jean-Michel.

Ainsi donc le petit Führer s'est mis en route, songea Dominique. *Et se lance dans l'intimidation.* Ça ne le surprenait pas outre mesure. La vanité de Richter l'inclinait fortement à croire ce qu'on racontait dans ses propres journaux. Cela, plus le fait qu'il était allemand. Ces gens-là n'avaient pas une once d'humilité.

97

Henri prit la communication et Dominique ne s'entretint avec lui que quelques secondes, avant de raccrocher et de se caler de nouveau dans son fauteuil.

Richter était, pour l'heure, encore trop faible pour constituer une véritable force en Allemagne, mais il devrait le remettre à sa place avant qu'il ne soit trop tard. Avec fermeté, si nécessaire. Richter restait le choix privilégié de Dominique, mais s'il devait se passer de lui, il lui resterait toujours Karin Doring. Elle aussi était indépendante, mais elle aussi avait besoin d'argent. Et après qu'elle aurait vu le sort réservé à Richter, elle saurait se montrer raisonnable.

La colère quitta bientôt ses yeux quand ils se portèrent sur la sombre silhouette de la guillotine. À l'instar de Danton, qui avait entamé sa croisade contre la monarchie en homme modéré, Dominique comptait se montrer de plus en plus sévère. Autrement, ses alliés comme ses ennemis risquaient de le prendre pour un faible.

Discipliner Richter sans risquer de l'éloigner allait s'avérer une tâche délicate. Mais pour reprendre les termes de Danton devant la Commission législative de la défense nationale en 1792, il y faudrait *de l'audace, encore de l'audace, toujours de l'audace !* L'audace de la guillotine, l'audace de la conviction. À l'époque, comme aujourd'hui, c'était indispensable pour assurer la victoire d'une révolution.

Et il comptait bien remporter celle-ci. Ensuite, il aurait toujours le temps de régler une vieille dette. Non pas avec Richter mais avec un autre Allemand. Celui qui l'avait trahi en cette nuit d'un lointain passé. Celui qui avait tout mis en branle.

Il détruirait Richard Hausen.

12.

Jeudi, 11 : 55, Wunstorf, Allemagne

Ce fut la sirène d'incendie qui fit cesser les cris de Jody.

Les panaches de fumée s'insinuant par les buses d'aération avaient déclenché l'alarme. La plainte aiguë déchira le vent de panique et la ramena aussitôt à la réalité, à la situation présente. Elle inspira lentement, se calma, puis expira.

Ils essaient de faire sauter le motor-home.

Quand elle s'était retrouvée face au canon de l'arme, elle avait compris que chaque seconde – n'importe laquelle – pouvait être sa dernière. Elle se dirigea rapidement vers la fenêtre et passa la main à travers les barreaux métalliques. Du bout des doigts, elle déverrouilla le panneau, plaqua les paumes contre le verre cathédrale, poussa. Le visage pressé contre la grille, elle entrevit le bout de chiffon en train de brûler. Il n'était pas glissé dans l'orifice du réservoir d'essence. Mais simplement jeté au sol, et c'est le courant d'air qui alimentait le feu. Elle glissa le bras par l'ouverture, cherchant à atteindre cette mèche. Il s'en fallait de trente centimètres.

« Mon Dieu, non ! »

Elle s'écarta de la fenêtre, repoussa ses cheveux en arrière, regarda autour d'elle. Il devait bien y avoir un objet qui puisse lui servir de perche... Le lavabo. La cuvette des toilettes. Rien.

Le lavabo...

Éteindre le feu ? Mais il n'y avait rien dans les sanitaires qui pût faire office de seau ou de récipient...

« *Réfléchis, bon sang !* » hurla-t-elle.

Elle pivota lentement : la cabine de douche ? Mais il n'y avait pas de serviette. Elle essaya d'arracher de la paroi le porte-serviette, en vain, puis avisa la pomme de douche. Au bout de son flexible.

Elle ouvrit prestement le robinet, décrocha la douchette, la tira vers la fenêtre ouverte. Il s'en fallait de quelques centimètres.

Les flammes arrivaient presque à la hauteur du réservoir d'essence quand, avec un grognement de frustration, Jody lâcha la pomme de douche pour s'emparer de l'essuie-main. Elle le plongea dans la cuvette des WC, puis retourna en hâte vers la fenêtre. La main tendue, elle fit tournoyer la serviette trempée avant de la lâcher. Elle entendit un sifflement et plaqua son visage contre l'ouverture.

La portion supérieure du chiffon enflammé avait été éteinte. Une partie du dessous brûlait toujours.

Il n'y avait qu'un essuie-main, et il était désormais utilisé. En toute hâte, Jody ôta son corsage et le plongea également dans la cuvette. Cette fois, en revanche, elle le projeta de toutes ses forces contre le flanc de la caravane. Sans le lâcher, l'essorant pour que l'eau goutte le long de la paroi. Puis elle le récupéra, le trempa une seconde fois, et le projeta encore plus fort. L'eau se mit à dégouliner à flots, éteignant le reste des flammes et faisant s'élever un mince rideau de fumée. C'était l'odeur la plus agréable qu'elle ait jamais respirée.

« Va te faire foutre ! hurla Jody à l'image mentale de la femme. *Je n'aime pas tuer des femmes*, qu'elle disait... Ben non, espèce de salope ! T'as pas réussi à m'avoir ! »

Jody ramena le bras à l'intérieur en tirant le corsage encore humide. Il était froid, sensation délicieuse. Puis elle regarda la porte.

« À ton tour », lança-t-elle avec une assurance toute neuve.

Elle avait tout son temps, désormais, pour ôter le porte-serviette de la cloison de douche. Prenant appui contre le mur opposé, elle l'arracha d'un coup de pied. Puis elle se dirigea vers la porte des sanitaires et pressa dessus avec son épaule. Le battant s'entrouvrit juste assez pour qu'elle puisse insérer le tube du porte-serviette dont elle se servit comme d'un levier. La porte joua lentement, à mesure que Jody poussait contre le meuble placé derrière pour la bloquer. Au bout de plusieurs minutes d'efforts, elle avait réussi à dégager une ouverture suffisante pour s'y glisser.

Elle enjamba la table renversée, se rua vers la porte d'accès et l'ouvrit.

« Tu ne m'as pas eue ! » cria-t-elle une nouvelle fois, la mâchoire crispée, le poing serré. Elle se retourna vers le motor-home.

Un frisson lui parcourut l'échine.

Et s'ils guettaient le bruit de l'explosion ? N'entendant rien, n'allaient-ils pas revenir ?

Épuisée, Jody courut de l'autre côté du véhicule. Elle se servit d'une branche pour retirer de l'orifice du réservoir le chiffon encore fumant, puis remonta dans la cabine. Elle pressa l'allume-cigare. Pendant que la résistance chauffait, elle déchira des bouts de tissu à la garniture intérieure d'un des coffres de rangement. Quand le bouton de l'allume-cigare ressortit, elle s'en servit pour mettre le feu à l'étoffe, redescendit et se dirigea vers le réservoir.

Elle prit un des bouts de tissu pour sécher la paroi, puis en glissa un autre dans l'orifice, en guise de mèche. Elle l'alluma à l'aide du morceau enflammé puis courut se réfugier dans les bois, à distance respectable. Avec tous les films qu'elle avait regardés depuis des années, elle avait vu sauter quantité de voitures et de camions. Mais tous ces véhicules avaient été préparés pour exploser grâce à une quantité précise d'explosifs disposés avec soin, pas en faisant sauter un réservoir plein d'essence. Elle n'avait aucune idée de l'intensité, du bruit et de la force destructrice de la déflagration.

Tout en courant, elle eut la présence d'esprit de plaquer les mains à ses oreilles.

Une minute environ s'écoula avant que ne lui parvienne le bruit de timbales assourdi de l'explosion, suivi d'un crissement de métal déchiré et de la détonation assourdissante des pneus qui éclataient. Une fraction de seconde plus tard, l'onde de choc vint la frapper. Elle sentit une vague de chaleur traverser son corsage humide et son cuir chevelu. Mais elle oublia bien vite la chaleur quand s'abattit sur elle une pluie de morceaux de métal incandescent accompagnés d'éclats de verre. Elle songea à la grêle de feu des *Dix Commandements* et se souvint d'avoir alors pensé qu'il n'y avait aucun moyen de se protéger d'un tel déluge.

Elle se jeta à terre et se tassa sur elle-même, en se couvrant la tête de ses bras repliés. Un gros morceau d'aile traversa les feuillages et vint se planter dans la terre à quelques centimètres de ses pieds, la faisant sursauter.

Elle se précipita vers un arbre et se cramponna au tronc, à genoux – peut-être les branches pourraient-elles lui offrir un minimum de protection. Serrant étroitement le tronc, elle se remit à sangloter, comme si tout son courage l'avait de nouveau abandonnée. Elle resta ainsi immobile même après la fin de l'averse de débris. Ses cuisses tremblaient à tel point qu'elle n'arrivait pas à se relever. Bientôt, elle fut même incapable de se tenir au tronc.

Au bout d'un moment, elle s'éloigna à pas lents. Elle était épuisée, perdue, et décida de se reposer. Même si l'herbe douce et verte paraissait attrayante, elle préféra grimper dans un arbre. Elle se nicha entre deux branches, cala la tête sur une des branches et ferma les yeux.

Ils étaient prêts à me laisser mourir. Et ils ont tué les autres. De quel droit ?

Ses sanglots s'espacèrent. Mais la peur refusait de s'en aller. Pourtant, tout en se rendant compte qu'elle avait été terriblement vulnérable, elle était consciente de la force qu'elle avait réussi à mobiliser.

Je ne les ai pas laissé faire.

Elle revit le visage glacial de Karin. Elle la détestait, détestait l'assurance et la suffisance de cette femme monstrueuse. Une partie d'elle-même voulait lui faire savoir qu'elle avait failli lui ôter la vie mais n'avait pas réussi à lui entamer le moral.

Une autre partie d'elle-même voulait surtout dormir. Au bout de quelques minutes, la somnolence avait pris le dessus, mais non sans lutte de sa part.

13.

Jeudi, 6 : 40, Quantico, Virginie

Mike Rodgers n'avait pas eu l'intention de rendre visite à Billy Squires avant sept heures du matin. Mais après avoir reçu un coup de fil de Melissa juste après six heures, il enfila son uniforme, prit les bandes dessinées – il avait envie d'avoir de la lecture et il n'avait pas le temps de choisir autre chose – et se précipita dehors.

« Il n'y a pas péril en la demeure, mais est-ce que vous pourriez passer un petit peu plus tôt ? Je voudrais vous montrer quelque chose », lui avait demandé Melissa au téléphone, avant d'ajouter qu'elle ne pouvait en dire plus car Billy était dans la pièce. Mais dès que Rodgers était arrivé, il avait vu et compris.

Le général détestait les mystères, et durant les quarante-deux minutes du trajet, il avait essayé d'envisager les pires éventualités – cela allait d'une invasion de fourmis ou de chauves-souris à la blessure accidentelle que Billy aurait pu s'infliger.

Rien de tout ce qu'il avait pu imaginer n'approchait de la réalité.

Le groupe d'Attaquants était hébergé par l'académie du FBI à Quantico, Virginie. Les membres de l'équipe étaient logés dans des appartements situés sur la base ; leurs familles avaient des pavillons. Melissa et Billy vivaient dans un des plus grands, tout près de la piscine. Le règlement précisait qu'ils avaient le droit de rester dans la résidence du commandant jusqu'à la nomination de son successeur. Si Rodgers avait eu son mot à dire, ils auraient pu y rester aussi longtemps qu'ils l'auraient voulu, le nouveau commandant pouvant fort bien trouver à se loger ailleurs. Il était hors de question qu'il arrache Billy à ses camarades tant que Melissa ne l'en estimerait pas prêt.

D'ailleurs, se disait Rodgers tout en montrant son autorisation au planton à la grille, *vu comment ça se présente, ce n'est pas avant l'an 2000 qu'on aura un nouveau chef*. L'homme qu'il voulait réellement pour le poste, le colonel Brett August, avait déjà par deux fois décliné sa proposition. Et il le ferait sans doute une troisième lorsqu'il le recontacterait. Dans l'intervalle, c'était le commandant Shooter, prêté par la base aérienne d'Andrews, qui occupait provisoirement le poste. Tout le monde l'aimait bien, et c'était un stratège de premier ordre. Mais il n'avait aucune expérience du feu. Rien n'autorisait à croire qu'il ne serait pas à la hauteur, mais rien non plus ne garantissait du contraire. Et pour le genre de missions où se jouait le sort du monde, comme celles déjà effectuées en Corée du Nord ou en Russie, c'était un risque qu'il ne pouvait se permettre de prendre.

Rodgers gara au parking son Chevrolet Blazer rouge vif flambant neuf et se précipita au petit trot vers la porte. Melissa l'ouvrait déjà. Elle lui parut en pleine forme, détendue, et Rodgers aussitôt ralentit le pas.

Mais d'un autre côté, la jeune femme donnait toujours l'impression que tout allait le mieux du monde. Du vivant de Charlie, même quand ce dernier était pris par le jeu quand il se bagarrait dans la piscine, s'excitait au hockey sur glace ou voyait échapper une case triple pour un mot de sept lettres au Scrabble, elle restait toujours impassible. À présent que son mari n'était plus là, elle continuait à participer aux piqueniques et sorties des autres familles du groupe, essayant de maintenir pour son fils la vie la plus normale possible. Rodgers pouvait juste s'imaginer les larmes qu'elle devait verser la nuit. Mais le mot clef était « s'imaginer ». Elle trahissait rarement la moindre tristesse en public.

Il grimpa les marches quatre à quatre et ils s'étreignirent avec chaleur.

« Merci d'être venu si vite, Mike.

– Ça sent bon. » Il sourit. « C'est un shampooing à l'abricot ? »

Elle acquiesça.

« Première fois que je le remarque…

– J'ai décidé d'un certain nombre de changements. » Elle baissa les yeux. « Vous savez… »

Rodgers lui baisa le front. « Bien sûr. »

Il passa devant elle, souriant toujours. Ça faisait drôle de débarquer ici le matin et de ne pas sentir la bonne odeur du bon café que Charlie buvait toujours.

« Où est Billy ?

– Dans son bain. Il dépense son surplus d'énergie à jouer dans la baignoire ; comme ça, il est plus calme à l'école. »

Rodgers entendit effectivement le garçon éclabousser dans la salle de bains, à l'étage. Il se retourna vers sa mère. « Il a encore fait des siennes ?

– Ces derniers jours, seulement. C'est pour ça que je vous ai demandé de venir un peu plus tôt. »

Melissa traversa le séjour et, d'un signe du doigt, l'invita à le suivre. Ils entrèrent dans la salle de jeux aux murs décorés d'images encadrées d'avions de guerre. Au-dessus de la télé, il y avait une photo de Charlie dont le cadre était orné d'un crêpe noir. D'autres portraits de famille étaient disposés sur la cheminée et les étagères.

Rodgers évita de les regarder pendant que Melissa l'amenait devant l'ordinateur. Il posa les BD près de l'imprimante tandis que Melissa allumait la machine.

« Je m'étais dit que ce serait une saine distraction pour lui de le connecter à Internet... Tenez, on va passer par un Gopher.

– Pardon ?

– Je vois que ce n'est pas votre tasse de thé...

– Non, effectivement. On peut même dire que je ne suis pas franchement branché hi-tech. »

Melissa hocha la tête. « Un Gopher est un serveur de recherches qui permet aux utilisateurs d'accéder avec une relative facilité aux documents en mode texte disponibles sur Internet[1].

– Un peu comme les fiches perforées dans une bibliothèque.

_____

1. Aujourd'hui techniquement dépassés par le *World Wide Web*, dont les liens hypertextes multimédia autorisent des recherches qui ne sont plus limitées aux seuls textes, les serveurs Gopher sont progressivement transférés sur des sites Web. Ils gardent toutefois leur utilité quand on se cantonne aux serveurs de documentation ou aux forums de discussion (exclusivement en mode texte) ou qu'on ne bénéficie pas d'une liaison rapide au réseau permettant de charger les gros fichiers que représentent sons et images fixes ou animées (*N.d.T.*).

– Un peu, oui. » Melissa sourit. « L'intérêt, c'est qu'il existe un certain nombre de forums où des gosses qui ont perdu un parent peuvent dialoguer entre eux. Tout cela de manière anonyme et sans préjugés raciaux. En se connectant, Billy a fait connaissance avec plusieurs gamins sympas qui avaient un tas de choses à partager avec lui. Et puis, hier soir, l'un d'eux, un gosse de douze ans baptisé Jim Eagle, l'a emmené surfer sur un site baptisé Centre du Message. »

L'ordinateur ronronna et Melissa se pencha sur le clavier. Elle tapa l'adresse du serveur et aussitôt la connexion établie, Rodgers devina quelle allait être la teneur du « message ».

Les deux S du mot *Message* sur la page d'accueil avaient le graphisme des SS. Melissa accéda à la FAQ, la Foire aux Questions, page recensant les questions posées le plus souvent et destinée tout spécialement aux nouveaux venus sur le site. Rodgers la parcourut avec un dégoût croissant.

La première question avait trait à la « Netiquette » : les termes qu'il convenait d'employer sur le réseau pour parler des Noirs, des juifs, des homosexuels, des Mexicains et autres minorités. La réponse à la seconde question donnait les noms des dix plus grands personnages de l'histoire en fournissant la liste de leurs exploits. Adolf Hitler venait en tête, avec, en bonne place, le dirigeant nazi américain assassiné George Lincoln Rockwell, James Earl Ray, l'assassin de Martin Luther King, le général confédéré Nathan Bedford Forrest, et même un personnage de fiction : le garde-chiourme Simon Legree dans *La Case de l'oncle Tom*.

« Ne sachant pas trop à quoi avait trait cette FAQ, mon Billy a plus ou moins suivi aveuglément ce Jim

108

Eagle, expliqua Melissa. Ce jeune Jim – si c'est un gamin, ce dont je doute – est en tout cas manifestement chargé de rabattre tous les gosses solitaires et désemparés pour essayer de les attirer au sein du mouvement.

– En leur procurant une nouvelle figure paternelle ou maternelle.

– Tout juste », répondit Melissa en même temps qu'elle s'introduisait dans le dialogue en cours.

Il y avait des messages brefs, truffés de fautes d'orthographe, énonçant des propos haineux contre tel ou tel groupe ou individu nommément cité. D'autres qui proposaient de nouvelles paroles racistes à des classiques de la chanson, et même un manuel expliquant comment tuer et désosser une femme noire.

« C'est sur cette contribution qu'est tombé Billy », expliqua Melissa d'une voix calme. Elle indiqua l'imprimante. « Ils lui ont même transmis l'illustration correspondante. Je n'ai pas insisté, je ne voulais pas en faire toute une histoire. Pour ne pas l'effrayer. »

Rodgers regarda le plateau de l'imprimante et vit la sortie couleur. Deux clichés, vus de profil et d'en haut, avec des flèches et des instructions, assortis d'une vue de la dépouille privée de son squelette. À en juger par le cadre, les photos avaient été prises dans une morgue. Rodgers avait déjà vu des spectacles peu ragoûtants sur les champs de bataille, mais ils étaient toujours anonymes. Ici, l'agression prenait un tour personnel, sadique. Elle lui donnait envie de mettre en pièces le Premier Amendement, mais il se reprit en songeant que cela risquait sans doute de le mettre sur un pied d'égalité avec ces salauds.

Il saisit la feuille, la plia et la mit dans sa poche de pantalon.

« Je vais demander aux techniciens de l'Op-Center d'y jeter un œil. On a un programme, baptisé Samson, qui nous sert à neutraliser les logiciels. Peut-être qu'on arrivera à les arrêter.

— Ils recommenceront ailleurs. Du reste, ce n'est pas le pire. »

La jeune femme se pencha de nouveau sur le clavier. Elle accéda à un autre site Web, sur lequel une brève séquence de jeu vidéo se répétait en boucle toutes les quinze secondes.

L'image montrait un homme poursuivant au lasso un Noir à travers bois. Le poursuivant devait sauter par-dessus des cadavres et esquiver les pieds de jeunes Noirs lynchés pour atteindre sa proie. « LASSO » EST UN JEU POUR TOI ! ACCESSIBLE DANS NEUF HEURES VINGT MINUTES : UN AUTRE JEU À TÉLÉCHARGER SUR WHOA : « PAS PENDU POUR TOUT LE MONDE ». ET CE N'EST QU'UN DÉBUT !!!

« Une idée de ce qu'est WHOA ? demanda Rodgers.

— Moi, je le sais, dit une voix dans son dos. Jim me l'a dit. »

Rodgers et Melissa se retournèrent et découvrirent Billy qui venait d'entrer. Le jeune garçon se dépêcha de les rejoindre.

« Eh, Billy ! » fit Rodgers.

Il salua le garçon, qui lui rendit son salut. Puis il s'accroupit et le serra dans ses bras.

« Bonjour, général Rodgers, dit Billy. WHOA, ça veut dire *Whites Only Association*. L'"Association réservée aux Blancs". Jim m'a dit qu'ils veulent juste arrêter tous les autres. "Suffit de crier : WHOA !"

— Je vois », fit Rodgers. Il resta accroupi devant le gamin. « Et toi, qu'est-ce que t'en penses ? »

110

Billy roula des épaules. « 'Chais pas.

– Tu ne sais pas ? dit sa mère.

– Ben... hier soir, quand j'ai vu la photo, j'ai pensé à mon papa quand il s'est fait tuer. Ça m'a fait du chagrin...

– Tu te rends bien compte que ces hommes sont très, très méchants, reprit Rodgers. Et que la plupart des gens ne croient pas aux horreurs qu'ils racontent.

– Jim dit que si, mais qu'ils veulent pas l'admettre, c'est tout.

– Ce n'est pas vrai, dit Rodgers. Tout le monde a ses sujets d'irritation : des chiens qui aboient aux alarmes de voiture. Et certains détestent une ou deux personnes, du genre : leur patron ou un voisin ou...

– Mon papa détestait les gens qui buvaient du café instantané, dit Billy. Même qu'il disait que c'étaient des phili-machins.

– Des philistins », rectifia sa mère. Elle détourna vivement la tête, en se mordant les lèvres.

Rodgers sourit au garçon. « Je suis sûr que ton papa ne les détestait pas vraiment. On a tendance à employer le terme à tout bout de champ, même s'il ne traduit pas le fond de notre pensée. Mais le point essentiel, c'est que ton Jim se trompe. Je connais beaucoup de monde, et je ne connais personne qui haïsse tout un tas de gens. Les gars comme Jim... ça les rassure de rabaisser les autres. Ils aiment la haine, c'est comme une maladie. Une maladie mentale. S'ils ne haïssaient pas les immigrés ou ceux qui pratiquent une autre religion qu'eux, ils haïraient ceux qui ont les cheveux d'une autre couleur, ou qui sont plus petits qu'eux ou qui préfèrent les hamburgers aux hot dogs. »

La remarque fit glousser Billy.

« Ce que je veux te faire comprendre, c'est que ces gens-là sont nuisibles et que tu ne devrais pas croire tout ce qu'ils te racontent. J'ai plein de livres et de cassettes vidéo sur des hommes comme Winston Churchill ou Frederick Douglass ou le Mahatma Gandhi.

— Ouah, c'te drôle de nom !

— Il a peut-être un nom bizarre, mais ce sont ses idées qui ont de la valeur. Tous ces hommes ont un message magnifique à faire passer, je te le montrerai une prochaine fois. On pourra les lire et les écouter ensemble.

— D'accord », dit Billy.

Rodgers se releva et indiqua du pouce la desserte où reposait l'imprimante. Tout d'un coup, un Superman trop chevelu paraissait bien innocent.

« D'ici là, ajouta le général, je t'ai apporté quelques BD. Batman aujourd'hui, Gandhi la prochaine fois.

— Merci ! » s'exclama Billy. Il jeta un coup d'œil à la dérobée vers sa mère qui approuva d'un signe de tête. Aussitôt, il fonça s'emparer de la pile d'illustrés.

« Tu pourras les lire après l'école », avertit Melissa alors que son fils commençait à les feuilleter.

« Parfait, dit Rodgers. Et si tu as fini de te préparer, je vais te déposer à l'école. On pourra s'arrêter au drugstore t'acheter un goûter et peut-être faire une partie de jeu vidéo, et surtout tu seras le premier à étrenner mon Blazer flambant neuf.

— Une partie de jeu vidéo ? dit Billy. Ils ont "Blazing Combattle" au drugstore.

— Super », dit le général.

Billy salua réglementairement l'officier, le remercia encore pour les bandes dessinées, puis fila s'habiller.

Alors que le gamin montait se préparer, Melissa posa doucement la main sur le poignet de Rodgers. «Je vous dois tant», lui dit-elle en l'embrassant sur la joue.

Pris au dépourvu, Rodgers sourit. Il détourna les yeux et Melissa lui lâcha le bras. Il allait filer derrière Billy.

«Mike?»

Il s'arrêta, se retourna.

«Ce n'est pas un problème, poursuivit-elle. Moi aussi, je me sens très proche de vous. On a traversé tellement d'épreuves… on n'y peut rien.»

Sa rougeur s'intensifia. Il avait envie de lui dire à quel point il les aimait tous, y compris Charlie, mais il en était incapable. En cet instant précis, il ne savait trop que penser.

«Merci», articula-t-il enfin.

Il lui sourit mais sans dire un mot de plus. Billy dévala les marches et le général le suivit, tel un fétu de paille emporté par un ouragan, tandis que le gamin traversait en trombe le séjour, sac au dos, emportant vers le parking sa fringale matinale de petit garçon.

«Et pas de sucreries, général!» avertit Melissa tandis que la porte à claire-voie se refermait sur eux. «Et qu'il ne s'énerve pas trop avec le jeu vidéo!»

14.

Jeudi, 8 : 02, Washington, DC

Madame le sénateur Barbara Fox et ses deux collaborateurs arrivèrent à la base d'Andrews à bord de sa Mercedes. Son bras droit, Neil Lippes, était assis à l'arrière, avec la parlementaire. Son jeune adjoint, Bobby Winter, conduisait. Une mallette était posée sur le siège du passager.

Ils étaient en avance pour la réunion de huit heures trente, comme les en informa courtoisement le garde avant de les laisser passer.

« Bien au contraire, rétorqua la femme aux cheveux blancs par la vitre ouverte, alors qu'ils franchissaient la grille. On a près de vingt-cinq millions de dollars de retard... »

Le trio se dirigea vers un bâtiment anonyme d'un étage, situé près du secteur attribué aux forces de réserve de l'aéronavale. Durant la guerre froide, la bâtisse au crépi beige avait servi aux équipages de salle d'entraînement et de préparation pré-vol. Dans l'éventualité d'une attaque nucléaire, leur tâche aurait été d'évacuer l'état-major de la capitale fédérale.

Aujourd'hui, après une réhabilitation de cent millions de dollars, le bâtiment abritait le quartier général de l'Op-Center, l'épine dorsale du Centre national de gestion de crises. Les soixante-dix-huit employés qui y travaillaient à plein temps étaient des tacticiens de haut vol ou des as de la logistique, soldats, diplomates, analystes, informaticiens, psychologues, experts en reconnaissance, écologistes, avocats et spécialistes des télécommunications. Le CNGC se partageait quarante-deux autres officiers avec le ministère de la Défense et la CIA, et commandait la force d'intervention baptisée « équipe d'Attaquants ».

Comme ses pairs, économes des deniers de l'État, étaient prompts à le lui rappeler, madame le sénateur Fox avait été l'un des auteurs de la charte du CNGC. Et en son temps, elle avait même soutenu ses efforts. À l'origine, l'Op-Center devait servir d'interface et de renfort aux autres services nationaux de renseignements, la CIA, la NSA, la Maison Blanche, les Affaires étrangères, la Défense nationale, la DIA, les services de reconnaissance du NRO et d'analyse tactique renseignements/menace de l'ITAC. Mais après avoir géré une prise d'otages à Philadelphie – cadeau du FBI, échaudé par l'affaire de Waco – puis avoir découvert et désamorcé une tentative de sabotage contre la navette spatiale, l'Op-Center avait gagné un rang égal à ces autres agences, voire un léger avantage. Ce qui devait être un service de déblaiement de l'information doté de capacités limitées d'intervention avait désormais le pouvoir singulier de surveiller, lancer et/ou gérer des opérations à l'échelon mondial.

Et ce pouvoir singulier s'accompagnait d'une rallonge budgétaire de soixante et un millions de dollars. Soit une augmentation de quarante-trois pour cent par rapport au second exercice, lequel n'avait dépassé

115

que de huit pour cent le premier. C'était un budget que madame le sénateur de Californie, cinquante-deux ans et quatre mandats, n'était pas prête à laisser passer. Pas avec les élections en perspective. Pas avec des relations au FBI et à la CIA qui exigeaient une égalité de traitement. Paul Hood était certes un ami de longue date, et elle avait usé de son influence auprès du Président pour l'aider à décrocher le poste de directeur. Mais comme ce général guindé qui lui servait d'adjoint, ce Mike Rodgers, il allait devoir refréner ses ambitions. Et plus encore qu'il n'aurait voulu.

Winter gara la voiture derrière une vasque en béton qui servait en même temps de barrage contre une éventuelle attaque à la voiture-suicide. Les trois occupants descendirent et empruntèrent l'allée en cendrée qui traversait la pelouse taillée ras. Parvenus devant la porte vitrée, ils furent filmés par une caméra vidéo. Peu après, une voix féminine jaillie d'un haut-parleur situé en dessous leur dit d'entrer. Il y eut un ronronnement et Winter ouvrit la porte.

À l'intérieur, ils furent accueillis par deux gardes armés. Le premier se tenait devant le bureau de la sécurité, l'autre derrière une vitre à l'épreuve des balles. Le garde à l'extérieur vérifia leurs papiers, balaya la mallette avec un détecteur de métaux, puis leur fit traverser les services administratifs du rez-de-chaussée. Au bout du couloir, ils trouvèrent un ascenseur gardé par un troisième homme en armes.

« Je vois déjà un poste où l'on pourrait tailler d'une cinquantaine de milliers de dollars dans le budget... », nota Barbara à l'adresse de Neil alors que se fermait la porte de l'ascenseur.

Gloussement des collaborateurs tandis que la cabine

aux parois métallisées filait vers le sous-sol où s'effectuait le véritable travail de l'Op-Center.

Un quatrième garde armé les accueillit à la sortie de l'ascenseur. C'était une femme. « Soixante-quinze mille », rectifia Barbara en se tournant vers ses deux adjoints – et après qu'ils lui eurent présenté leurs papiers, elle les conduisit vers une salle d'attente.

Le sénateur Fox la fusilla du regard. « Nous sommes venus voir le général Rodgers, pas attendre son bon plaisir.

– Je suis désolée, sénateur. Mais il n'est pas ici.

– Pas ici ? » Madame le sénateur consulta sa montre. Elle souffla par le nez. « Seigneur, moi qui pensais que le général Rodgers couchait sur place. » Nouveau coup d'œil à la femme vigile. « Il a le téléphone dans sa voiture ?

– Oui, madame.

– Appelez-le, je vous prie.

– Je suis désolée, mais je n'ai pas son numéro. C'est M. Abram qui l'a.

– Eh bien, prévenez-le. Dites à M. Abram que nous aimerions bien le voir. Dites-lui également que nous n'avons pas pour habitude de poireauter dans les salles d'attente. »

La vigile commença par prévenir le sous-directeur adjoint. Même si son service se terminait officiellement à six heures du matin, il avait pouvoir pour agir en l'absence de son supérieur.

Elle était en train de l'informer quand la porte de l'ascenseur s'ouvrit, livrant passage à l'analyste Martha Mackall. La belle Noire de quarante-neuf ans arborait sa mine renfrognée du matin. Elle s'évanouit dès qu'elle aperçut la parlementaire.

« Sénateur Fox ! Comment allez-vous ?

– Un peu nerveuse », répondit l'intéressée.

Les deux femmes échangèrent une poignée de main.

Le regard de Martha passa du sénateur à la jeune femme en uniforme. « Un problème ?

– Je ne pensais pas que Superman eût besoin de dormir, observa Fox.

– Superman ? fit Martha.

– Le général Rodgers.

– Oh ! » Rire de Martha. « Vu. Il a prévenu qu'il ferait un saut chez les Squires avant de venir.

– Pour s'occuper du petit, je parie », remarqua la parlementaire.

La vigile détourna les yeux, gênée.

Martha étendit le bras. « Et si vous alliez attendre dans mon bureau, sénateur Fox ? Je vais vous faire apporter du café et des croissants.

– Des croissants ? » Sourire radieux de madame le sénateur. Elle se retourna vers Neil : « Soixante-quinze mille deux cents. »

Les deux hommes sourirent, imités par Martha. Fox savait que Martha n'avait aucune idée de ce qu'ils racontaient. Elle souriait juste pour faire comme les autres. Il n'y avait aucun mal à ça, le sénateur Fox l'admettait volontiers, sinon que ce sourire, s'il révélait une denture éclatante, ne trahissait rien de la personnalité cachée derrière. À vrai dire, elle doutait que Martha ait le moindre sens de l'humour.

Alors qu'ils parcouraient le corridor au sol moquetté, Martha demanda : « Et comment ça se passe à la Commission parlementaire de surveillance du renseignement ? Je n'ai pas eu vent de répercussions

118

notables consécutives à l'autorisation de l'incursion des Attaquants en Russie.

– Compte tenu du fait qu'ils ont empêché un coup d'État, ça ne me surprend pas, répondit Fox.

– Moi non plus, nota Martha.

– En fait, aux dernières nouvelles, poursuivit la parlementaire, le président Janine aurait informé ses collaborateurs au Kremlin qu'il voulait, une fois le pont de chemin de fer reconstruit, qu'on y appose une plaque à la mémoire du lieutenant-colonel Squires.

– Ce serait magnifique », sourit Martha.

Le petit groupe avait atteint la porte du bureau et Martha composa le code d'accès au clavier encastré dans le chambranle. La porte s'ouvrit avec un déclic et elle s'effaça pour laisser entrer ses hôtes.

Avant même qu'elle ait offert un siège au sénateur, Bill Abram entra en coup de vent.

« Salut tout le monde, lança l'agent moustachu, toujours plein d'entrain. Je voulais juste vous signaler que le général Rodgers a appelé de sa voiture, il y a une minute, pour prévenir qu'il serait un peu en retard. »

Le visage allongé de madame le sénateur s'allongea un peu plus, en même temps que son menton s'affaissait et qu'elle haussait les sourcils. « Pépin mécanique ? »

Cela fit rire Martha.

« Il est coincé dans les embouteillages, expliqua Abram. Il n'aurait pas cru qu'ils se prolongeraient jusqu'à cette heure. »

Fox s'installa dans un gros fauteuil capitonné. Ses collaborateurs restèrent debout derrière elle. « Et le général a-t-il précisé pourquoi il était parti aussi tard ? Il était au courant de notre rendez-vous.

– Certes, il n'avait pas oublié », dit Abram. Un coin de sa fine moustache se leva. « Mais il… euh… il a dit de vous dire qu'il s'est trouvé pris dans une simulation de guerre avec des Attaquants. »

Regard furieux de Martha. « Il n'avait programmé aucune simulation de guerre pour la matinée. Ce ne serait pas encore une de ces bagarres dans la piscine de…

– Non », coupa aussitôt Abram. Il tripota machinalement les bouts de son nœud papillon. « C'était autre chose. Quelque chose d'imprévu. »

Le sénateur Fox hocha la tête. « Eh bien, j'attendrai. »

Bobby Winter n'avait pas lâché sa mallette. Au signe de sa patronne, il la déposa, près du fauteuil.

« J'attendrai, poursuivit madame le sénateur, car ce que j'ai à lui dire *ne peut pas* attendre. Mais je vous promets qu'à son arrivée, le général Rodgers risque de découvrir un Op-Center radicalement changé par rapport à celui qu'il aura quitté hier soir. » Elle haussa son petit nez pointu avant de préciser : « Un changement radical et définitif. »

15.

Jeudi, 14 : 10, Hambourg, Allemagne

Paul Hood et ses invités quittèrent le restaurant à treize heures vingt. Ils déposèrent Bob Herbert à l'hôtel pour lui permettre de continuer à s'informer par téléphone des développements de l'attentat sur le lieu de tournage. Puis le groupe se rendit à l'usine Hauptschlüssel de Martin Lang, qui était située à une demi-heure en voiture au nord-ouest de Hambourg, à Glückstadt.

La ville était également au bord de l'Elbe. Mais à la différence de la capitale hanséatique, elle avait un côté suranné très Vieille Europe et c'était bien le dernier endroit où Paul Hood aurait imaginé trouver une usine ultra-moderne fabriquant des puces électroniques. Du reste, le bâtiment n'évoquait guère une usine : il ressemblait à une pyramide tronquée entièrement recouverte de miroirs noirs.

« Un berlingot furtif, railla Stoll alors qu'ils approchaient.

– La description n'est pas mauvaise, admit Lang. Conçu pour refléter le paysage environnant au lieu de s'imposer à lui. »

Hausen expliqua : « Après avoir eu tout loisir de

constater à quel point les communistes avaient pollué l'eau, l'air et la beauté de l'Allemagne orientale, nous tâchons de plus en plus de créer des bâtiments qui non seulement s'intègrent à l'environnement mais sont également agréables à vivre pour leurs employés. »

Hood devait bien admettre qu'à l'inverse des hommes politiques américains, Hausen ne s'exprimait pas à coups de phrases lapidaires soigneusement tournées.

L'intérieur s'étageait sur trois niveaux, clairs et spacieux. Le rez-de-chaussée était divisé en trois sections. Juste derrière la porte, un vaste espace divisé en compartiments où des informaticiens travaillaient derrière leurs terminaux. Sur la droite, un alignement de bureaux. Et tout au bout, au fond de la salle informatique, une salle blanche. Là, derrière une cloison vitrée, des hommes et des femmes portant blouse blanche, masque et bonnet travaillaient sur le complexe système de réduction photo-lithographique qui transformait des plans tracés grandeur nature en puces miniaturisées et en circuits imprimés.

Faisant bonne figure quoique encore sous le choc de l'annonce de l'attentat, Lang expliqua : « Les employés travaillent de huit heures à dix-sept heures, avec deux pauses d'une demi-heure et une coupure d'une heure pour le repas. Nous avons aménagé un gymnase et une piscine au sous-sol, ainsi que de petites pièces avec des couchettes et des douches pour ceux qui désirent se reposer ou se rafraîchir.

– J'imagine des couchettes et des douches dans les bureaux à Washington, observa Stoll. Plus personne ne bosserait. »

Après une rapide visite du premier étage, Lang

conduisit ses hôtes au second, beaucoup plus vaste. À peine y étaient-ils parvenus que le téléphone cellulaire de Hausen se manifesta.

« Ce sont peut-être des nouvelles de l'attaque », dit ce dernier avant de s'isoler dans un coin.

Après son départ, Lang montra aux Américains la fabrication en série des puces par des machines automatiques et silencieuses. Stoll s'attarda sur les tableaux de commande, les caméras de pilotage et les machines à estamper qui faisaient un travail effectué jadis par des mains habiles munies de fers à souder et de scies sauteuses. Posant son sac sur une table, il devisa avec une des techniciennes, qui parlait anglais. La femme contrôlait les puces au microscope en sortie de chaîne. Quand Stoll lui demanda s'il pouvait regarder dans les oculaires, elle se tourna vers Lang qui donna son accord d'un signe de tête. Stoll jeta un bref coup d'œil avant de féliciter la femme pour la qualité de ses puces de traitement numérique du son.

La visite du second terminée, le groupe se retrouva devant l'ascenseur pour attendre Hausen. Il était toujours penché sur son téléphone, se bouchant d'un doigt l'autre oreille ; il semblait plus écouter que parler.

Pendant ce temps, Stoll fourrageait dans son sac à dos. Puis il le ramassa et rejoignit le groupe. Il sourit à Hood qui lui répondit d'un clin d'œil.

« Hélas, dit Lang, je ne pourrai pas vous faire visiter les labos du troisième consacrés à la recherche et au développement. Je n'y verrais personnellement aucune objection, croyez-le bien, dit-il en regardant Stoll. Mais je crains une réaction de mécontentement de la part de nos actionnaires. C'est que, voyez-vous, nous travaillons sur une technologie nouvelle qui doit révolutionner cette industrie.

– Je vois, dit Stoll. Et cette technologie nouvelle… est-ce qu'elle n'aurait pas, par hasard, un rapport avec les bits quantiques et le principe de superposition en mécanique quantique? Non? »

Pour la seconde fois de la journée, Lang pâlit. Il semblait vouloir dire quelque chose, mais fut incapable de parler.

Stoll était radieux. « Vous vous rappelez les peaux de banane dont je vous avais parlé? »

Lang acquiesça, toujours sans voix.

Stoll tapota le sac qu'il tenait dans son poing serré. « Eh bien, Herr Lang, disons que je viens de vous en fournir un avant-goût. »

Dans l'angle du laboratoire, le monde parut se désintégrer pour Richard Hausen. Alors même qu'il écoutait une voix surgie du passé, un passé de cauchemar, il n'arrivait pas à croire à sa réalité.

« Bonjour, Haussier », le salua la voix avec un fort accent français. Elle avait employé le surnom donné à Hausen par les autres étudiants en économie à la faculté d'Assas – « Haussier », le fonceur, celui qui spécule à la hausse en Bourse. Bien peu de gens le connaissaient.

« Bonjour, répondit Hausen, d'une voix lasse. Qui est à l'appareil?

– Ton ami et copain de fac, répondit le correspondant, d'une voix douce. Gérard Dupré. »

Les traits de Hausen devinrent livides. Le ton était moins coléreux, moins animé que dans son souvenir.

Mais ce pouvait tout à fait être Dupré. Durant un instant, Hausen fut incapable de répondre. Sa tête se retrouva envahie d'un collage cauchemardesque de visages et d'images.

L'autre s'immisça dans sa vision. « Oui, c'est Dupré. L'homme que tu as menacé. Celui à qui tu avais conseillé de ne pas revenir. Mais voilà, je suis revenu. Sous le nom de Gérard Dominique. Revenu en révolutionnaire.

— Je ne peux pas y croire, dit finalement Hausen.

— Dois-je te donner le nom du café ? Celui de la rue ? » La voix s'était durcie. « Les noms des filles ?

— Non, aboya Hausen. C'était de ta faute, pas de la mienne !

— Que tu dis !

— Non ! C'est la vérité.

— Que tu dis, répéta la voix, plus lentement.

— Comment as-tu obtenu ce numéro ?

— Je peux tout obtenir. Je peux atteindre n'importe qui. »

Hausen secoua la tête. « Pourquoi maintenant ? Cela fait quinze ans…

— Rien qu'un instant, aux yeux des dieux. » L'autre rit. « Des dieux qui, d'ailleurs, désirent à présent te juger.

— Me juger ? Pour quoi ? Pour avoir dit la vérité sur ton crime ? Ce que j'ai fait était juste…

— Juste ? le coupa son correspondant. Espèce de con. La loyauté, Haussier. C'est la clef de tout. La loyauté dans l'adversité comme dans les bons moments. La loyauté dans la vie comme à l'heure de la mort. C'est la seule chose qui sépare l'homme du sous-homme. Et dans mon désir d'éliminer les sous-hommes, je compte bien, Haussier, commencer par toi.

– Tu es toujours aussi monstrueux que tu l'étais à l'époque. » Hausen avait les mains moites. Il dut agripper le téléphone pour ne pas le laisser échapper.

« Non, répondit son correspondant. Je le suis plus. Bien plus. Parce que non seulement j'éprouve le désir d'exécuter ma volonté, mais que j'en ai désormais les moyens.

– Toi ? Ces moyens, c'est grâce à ton père que tu les as…

– Non, c'est grâce à moi ! coupa la voix. Rien qu'à moi ! Tout ce que j'ai, je l'ai gagné. Papa a eu de la veine après la guerre. Quiconque avait une usine faisait fortune à l'époque. Non, il était aussi idiot que toi, Haussier. Même s'il a eu finalement la bonne idée de claquer. »

C'est de la folie, songea Hausen avant de répondre : « Dupré, ou devrais-je dire… Dominique. J'ignore où tu es et ce que tu es devenu. Mais moi aussi, je suis plus que je n'étais jadis. Bien plus. Je ne suis plus l'étudiant dont tu as gardé le souvenir.

– Oh, je sais, rit l'autre. J'ai suivi ta progression. En détail. Ton ascension au gouvernement, ta campagne contre les mouvements "extrémistes", ton mariage, la naissance de ta fille, ton divorce. Une gamine adorable… Au fait, ta fille, elle aime toujours la danse classique ? »

Hausen serra encore plus fort le téléphone. « Touche à un seul de ses cheveux et je te tue…

– Voilà de bien rudes paroles dans la bouche d'un politicien si prudent… Mais c'est toute la beauté du rôle de parent, n'est-ce pas ? Dès qu'on menace un enfant, plus rien n'a d'importance. Ni fortune ni santé.

– Si tu dois te battre, ce sera contre moi.

– Je le sais, Haussier. Cela dit, la vérité est que j'ai essayé de me tenir à l'écart des adolescentes... C'est un tel souci. Enfin, tu me comprends... »

Hausen fixait le carrelage mais il voyait en fait le jeune Gérard Dupré. Coléreux, blessant, laissant suinter sa haine. Il ne pouvait pas se permettre de succomber à sa propre fureur. Pas même pour répondre à des menaces voilées contre sa fille.

« Donc, tu as l'intention de me juger, reprit-il en se forçant au calme. Si bas que je puisse tomber, tu tomberas plus bas encore.

– Oh, je ne pense pas. Vois-tu, contrairement à toi, j'ai intercalé plusieurs couches de sous-fifres entre moi et mes activités. J'ai pour ainsi dire bâti un empire de mandants qui partagent mes sentiments. J'en ai même engagé un qui m'a aidé à suivre la vie et l'œuvre de Richard Hausen. Il a disparu aujourd'hui, mais il a eu le temps de me procurer quantité d'informations sur ton compte.

– Il y a des lois. Il y a bien des façons d'être considéré comme complice.

– Tu parles d'or, n'est-ce pas ? fit remarquer la voix à l'autre bout du fil. Quoi qu'il en soit, pour cette affaire de Paris, il y a prescription. La loi ne peut plus nous atteindre, toi et moi. Mais songe à ton image quand les gens seront au courant. Quand des photos de cette nuit commenceront à circuler. »

Des photos ? s'étonna Hausen. L'appareil... pouvait-il les avoir pris ?

« Je voulais juste t'avertir que je comptais t'abattre, poursuivit la voix. Je voulais que t'y réfléchisses. Que tu t'y attendes.

– Non, dit Hausen. Je trouverai le moyen de te combattre.

– Peut-être… Mais dans ce cas, il convient de ne pas oublier cette superbe petite danseuse de treize ans. Parce que si j'ai personnellement tiré un trait sur les adolescentes, il reste encore dans mon groupe des membres qui… »

Hausen pressa la touche « talk » pour couper la communication. Il remit brutalement le téléphone dans sa poche, puis se retourna. Le sourire hésitant, il demanda au premier employé venu où se trouvaient les toilettes. Puis il fit signe à Lang d'emmener les autres sans l'attendre. Il allait falloir qu'il s'éclipse, qu'il réfléchisse à la conduite à tenir.

Arrivé aux toilettes, Hausen se pencha au-dessus du lavabo. Il mit ses mains en coupe, les remplit d'eau, s'inonda la figure. Il laissa l'eau goutter lentement. Quand ses mains furent vides, il les garda plaquées contre son visage.

Gérard Dupré.

Un nom qu'il avait souhaité ne plus jamais entendre, un visage qu'il avait souhaité ne plus jamais revoir, même en pensée.

Pourtant, il était revenu, ramenant Hausen avec lui. Le ramenant à Paris, aux heures les plus sombres de sa vie, à cette nuit de peur et de culpabilité dont il avait mis des années à se libérer.

Et le visage toujours caché dans les mains, il se mit à pleurer, des larmes de crainte… et de honte.

16.

Jeudi, 8 : 16, Washington, DC

Après avoir déposé Billy à l'école et s'être accordé deux minutes de répit pour évacuer l'adrénaline accumulée après deux parties de « Blazing Combattle », Rodgers se servit de son téléphone de voiture pour appeler Darrell McCaskey. L'agent de liaison avec le FBI était déjà parti travailler et Rodgers le joignit à bord de sa voiture. Le général n'aurait pas été surpris que tous deux se dépassent tout en dialoguant. Il commençait à croire que la technologie moderne n'était jamais qu'un truc de colporteur pour fourguer aux gens deux boîtes de conserve et une ficelle pour quelques milliers de dollars. Certes, ces boîtes en ferblanc étaient équipées de brouilleurs qui échangeaient les fréquences à chaque bout du spectre et les restituaient à l'arrivée. Ainsi, des signaux captés par erreur sur un autre appareil seraient incompréhensibles.

« Salut, Darrell.

– Bonjour, mon général », répondit McCaskey. C'est sur son ton bourru du matin qu'il poursuivit : « Et ne me demandez pas le résultat du match de volley d'hier soir. Les gars de la Défense nous ont ratiboisés.

– Je ne vous demanderai rien, répondit Rodgers. Écoutez, j'aimerais vous voir vérifier un truc. Il s'agit d'un groupe baptisé WHOA – *Whites Only Association*. Déjà entendu parler d'eux ?

– Ouais, j'en ai entendu parler. Me dites pas que vous avez eu vent d'une Baltic Avenue. C'était censé être un véritable secret d'État.

– Non. Je n'étais absolument pas au courant. »

Baltic Avenue était le code en usage au FBI pour qualifier une action menée contre un ennemi intérieur. Le nom venait d'une case du Monopoly américain. Baltic Avenue, c'étaient les immeubles juste après la case « départ » – donc, le lancement d'une mission. Les codes changeaient chaque semaine, et Rodgers guettait toujours ce moment où, le lundi matin, McCaskey lui faisait part des nouveaux. Ces derniers mois, ses codes favoris avaient été « Moïse » – inspiré du cantique *Let my people go*, et « Peppermint Lounge », en référence à la discothèque célèbre dans les années soixante.

« WHOA est-il le sujet de la Baltic Avenue ? demanda Rodgers.

– Non, répondit McCaskey. Pas directement, en tout cas. »

Rodgers se garda bien de lui demander des précisions sur cette mission particulière. Même si la ligne était cryptée, le brouillage n'était efficace que contre des auditeurs occasionnels. Les communications pouvaient toujours être enregistrées puis décryptées ultérieurement, et certains de ces groupes de nervis racistes disposaient pour cela d'un matériel sophistiqué.

« Dites-moi ce que vous savez de ce WHOA.

– C'est un gros morceau, répondit McCaskey. Ils ont trois camps d'entraînement paramilitaire dans le Sud-Ouest, le Sud-Est et le Nord-Est. Avec la panoplie complète : des cours de fabrication de balles aux activités parascolaires pour les sales mioches. Ils publient un magazine luxueux intitulé *Pührer* – comme *Führer* – qui dispose même de bureaux de presse et de petites annonces à New York, Los Angeles et Chicago, et ils financent un groupe de rock à succès baptisé AWED – *All White Electric Dudes*[1].

– Et ils ont même un service en ligne, ajouta Rodgers.

– Je sais. Depuis quand vous surfez sur Internet ?

– Moi, non, mais le gamin de Charlie Squires, oui. Il est tombé sur un jeu de haine à base de lynchage de Noirs.

– Merde…

– C'est le mot. Dites-moi ce que vous savez.

– Marrant que vous me posiez cette question. J'en discutais justement avec un ami allemand du Service de protection de la Constitution, à Düsseldorf. Tous redoutent les Journées du Chaos, marquées dans tout le pays par des rassemblements de néo-nazis – il y a là les fascistes non déclarés qui agissent à visage découvert, et les fascistes déclarés qui restent dans l'ombre, si vous voyez ce que je veux dire.

– Je n'en suis pas trop sûr… »

McCaskey s'expliqua : « Le néo-nazisme étant illégal, ceux qui se réclament ouvertement de Hitler ne peu-

---

1. L'acronyme AWED, qui veut dire *impressionné, intimidé*, se traduit en l'occurrence par : « Les p'tits mecs électriques cent pour cent blancs » *(N.d.T.)*.

vent tenir de réunions publiques. Ils se retrouvent donc dans les bois, dans des granges ou des usines abandonnées. Ceux qui, en revanche, se posent en simples militants politiques, même s'ils prônent des doctrines proches du nazisme, peuvent se réunir librement en public.

– Pigé. Mais pourquoi les nazis déclarés ne sont-ils pas placés sous surveillance ?

– Ils le sont, du moins quand le gouvernement arrive à les repérer. Et même quand c'est le cas, certains – comme ce Richter qui a fait de la prison – n'hésitent pas à aller en justice plaider le harcèlement, et l'on est obligé de leur fiche la paix. L'opinion publique déteste les Skinheads mais elle estime qu'on n'a pas à chercher noise à des salauds bon teint comme Richter.

– Le gouvernement ne peut pas se permettre de perdre trop de voix...

– Cela, plus le risque de faire passer les néo-nazis pour des victimes. Certains de ces émules de Hitler ont une voix et un charisme à vous flanquer la chair de poule. Ils s'y entendent pour mettre dans leur poche le public du journal de vingt heures... »

Rodgers n'aimait pas trop ce qu'il venait d'apprendre. Laisser ces criminels jouer les apprentis sorciers avec les médias, c'était une rengaine qu'il connaissait. Lee Harvey Oswald avait peut-être été le dernier assassin à tenter de protester de son innocence devant les caméras sans pour autant infléchir le jugement de l'opinion publique – même si ce jury populaire ne s'était pas, et de loin, montré unanime dans son verdict. C'est qu'il y avait toujours dans l'air de chien battu d'un suspect et l'air décidé d'un procureur un petit quelque chose qui faisait pencher vers le premier un public toujours friand de chiens battus.

« Alors, qu'est-ce qu'en dit votre ami allemand ? insista Rodgers.

– Le BSC s'inquiète parce que, outre les Journées du Chaos, ils se retrouvent avec un nouveau phénomène baptisé le réseau Thulé. C'est une collection d'une centaine de boîtes aux lettres et de serveurs qui permettent aux groupes néo-nazis de communiquer et de constituer des alliances. Comme il est impossible de remonter à la source de ces messages, les autorités sont impuissantes à endiguer le phénomène.

– Le réseau Thulé ?

– Oui. Par référence au royaume des contes nordiques, le berceau légendaire de la civilisation européenne. » McCaskey se mit à rire. « Quand j'étais gosse, j'ai lu tout un tas de romans fantastiques et d'histoires de s*word and sorcery* situés là-bas *Ursus d'Ultima Thulé*, par exemple…

– La virilité et la pureté aryennes. Le symbole est séduisant.

– Mouais. Même si je n'ai jamais vraiment cru qu'un endroit aussi merveilleux puisse servir de caution à une doctrine aussi pourrie.

– J'imagine, reprit Rodgers, que ce réseau Thulé a déjà fait des incursions en Amérique ?

– Pas en son nom propre. Nous avons nos propres démons indigènes. Depuis à peu près deux ans, les fédéraux, le *Southern Poverty Law Center* d'Alabama et le centre Simon Wiesenthal surveillent étroitement les liens que ces groupes racistes ont établis sur le réseau des réseaux. Le problème, c'est que comme en Allemagne, ces gens-là respectent scrupuleusement la loi.

En outre, ils sont parfaitement protégés par le Premier Amendement.

– Le Premier Amendement ne leur donne pas le droit d'inciter à la violence, objecta Rodgers.

– Ils s'en gardent bien. Ces types sont peut-être puants à vomir, mais ils restent prudents.

– Ils finiront bien par déraper, rétorqua Rodgers, confiant. Et ce jour-là, je veux être là pour les coincer.

– Pour l'instant, ça ne s'est pas produit, et le FBI surveille tous les sites Web néo-nazis – leurs cinq adresses sur Internet ainsi que leurs huit serveurs informatiques privés à l'échelon national. Nous avons également un accord de réciprocité avec l'Allemagne pour échanger toutes les informations qu'ils pourront récupérer en ligne.

– Avec l'Allemagne seulement ?

– L'Allemagne, l'Angleterre, le Canada et Israël. Personne d'autre ne veut trop remuer ça. Jusqu'ici, ils ne sont pas tombés dans l'illégalité.

– Juste dans l'immoralité.

– Bien sûr, mais vous savez mieux que personne que nous avons fait bien des guerres pour que tous les Américains jouissent de la liberté d'expression, y compris les membres de WHOA...

– Nous en avons surtout fait une pour prouver que Hitler avait tort, rétorqua Rodgers. C'était vrai à l'époque, ça l'est encore aujourd'hui. Pour ce qui me concerne, nous n'avons pas cessé d'être en guerre contre ces salopards.

– En parlant de guerre, j'ai reçu un coup de fil de Bob Herbert avant de partir de chez moi. Coïncidence, il avait besoin de renseignements sur un groupe terroriste allemand qui se fait appeler Feuer, le Feu. Vous êtes au courant de l'attentat de ce matin ? »

Rodgers avoua qu'il n'avait pas regardé le journal, aussi McCaskey le mit-il rapidement au courant. Ces criminels lui rappelaient que les néo-nazis étaient aussi froids que les monstres qui les avaient inspirés, de Hitler à Heydrich en passant par Mengele. Et il ne pouvait pas croire, il ne *voulait* pas croire que les pères fondateurs de la nation américaine aient eu à l'esprit ce genre d'individu quand ils avaient jeté les bases de la Constitution.

« Est-ce qu'on a déjà quelqu'un sur le coup ? s'enquit Rodgers.

— Liz a du nouveau sur Feuer. On doit se retrouver dès mon arrivée au bureau. Je vais parcourir son mémo et en transmettre aussitôt l'essentiel à Bob, à la CIA et à Interpol. Ils sont à la recherche des auteurs de l'agression mais aussi de la jeune disparue.

— D'accord. Dès que vous aurez fini, apportez-moi les données, qu'on en discute tous les trois. Je ne pense pas que ma réunion avec le sénateur Fox doive s'éterniser.

— Ouille, fit McCaskey. Il faut qu'on se voie *après* votre rencontre avec elle ?

— Tout se passera bien.

— Si vous le dites.

— Vous n'en croyez rien.

— Paul est un diplomate, observa McCaskey. Vous, vous êtes du genre coups de pompe dans le derrière. Je n'ai jamais connu de sénateur qui accepte autre chose que les lèche-cul...

— On en a déjà discuté, Paul et moi. Il estimait que puisque nous avons fait nos preuves en Corée et en

135

Russie, nous devrions adopter une ligne plus ferme vis-à-vis du Congrès. C'est notre sentiment parce que, après les exploits et les sacrifices de nos Attaquants, le sénateur Fox aura bien du mal à me refuser l'augmentation de budget que nous avons réclamée.

– Une *augmentation* ? Mon général, au FBI, le sous-directeur Clayton m'a annoncé qu'il a dû rogner de neuf pour cent son budget. Et il peut s'estimer heureux. Le bruit court que le Congrès réduirait de douze à quinze pour cent celui de la CIA.

– Le sénateur et moi, on va discuter, dit Rodgers. Il nous faut plus d'hommes. Avec tous les changements qui se produisent en Europe et au Moyen-Orient, surtout en Turquie, on a besoin de renforcer notre position sur le terrain. Je pense que je réussirai à le lui faire voir.

– Mon général, j'espère que vous avez raison. Je ne crois pas que madame le sénateur ait gardé les idées bien claires depuis que sa fille s'est fait assassiner, et que son mari s'est tiré une balle dans la tête.

– Elle siège toujours dans une commission dont la tâche est d'aider à maintenir la sécurité du pays, observa Rodgers. C'est cela qui doit primer.

– Elle doit également rendre compte devant des électeurs qui sont des contribuables. Enfin, je vous souhaite quand même bonne chance…

– Merci. » Rodgers ne se sentait pas vraiment aussi confiant qu'il le laissait paraître, et il n'avait pas non plus envie de répondre à McCaskey en paraphrasant A.E. Housman : « La chance, on ne peut pas compter dessus. Les ennuis, si. » Mais chaque fois que l'horrible Fox mettait son nez dans un projet, les embêtements étaient garantis.

136

Deux minutes plus tard, Rodgers quittait l'autoroute et se dirigeait vers la grille de la base aérienne d'Andrews. Tout en parcourant ces routes familières, il appela Hood au téléphone pour établir en vitesse leur planning du matin. Il le mit au courant de ce qui s'était passé avec Billy et l'informa qu'il chargeait Darrell de découvrir qui était derrière tout ça. Hood était d'accord à cent pour cent.

Après avoir raccroché, Rodgers réfléchit à tous ces groupes fascistes en se demandant s'ils étaient plus influents que jamais, ou si ce n'était pas simplement l'hypermédiatisation qui donnait cette impression.

À moins que ce ne soit les deux, songea-t-il en passant devant la sentinelle. La publicité faite à ces groupes dans les médias encourageait les suprématistes blancs à créer leurs propres groupuscules, incitant en retour les médias à parler d'une recrudescence du « phénomène » de haine raciale. *Un effet boule de neige... boule de neige sale, oui.*

Rodgers se gara et gagna d'un pas vif l'entrée principale. Le rendez-vous avec le sénateur Fox était fixé à huit heures trente. Il était déjà vingt-cinq. Madame le sénateur était d'ordinaire en avance. Elle était également d'ordinaire en rogne quand son interlocuteur n'était pas en avance comme elle.

Ce qui me vaudra sans doute un point de handicap, se dit Rodgers en descendant par l'ascenseur. *Et même deux si elle est particulièrement mal lunée.*

Quand le général sortit de la cabine au niveau inférieur, le regard de sympathie que lui adressa Anita Muir, la sentinelle du sous-sol, lui confirma le score de 0-2.

Eh bien, va falloir que je trouve un moyen de faire avec,

songea-t-il, philosophe, en parcourant le corridor. C'était le lot de tous les commandants, et Rodgers adorait commander. Il adorait commander les Attaquants, comme il adorait commander l'Op-Center en l'absence de Hood. Il adorait l'idée d'œuvrer pour l'Amérique. Même s'il n'était qu'un tout petit rouage dans cette grande machine, cela l'emplissait d'une fierté indescriptible.

Et la fonction de ce rouage est entre autres de collaborer avec d'autres rouages, se répéta-t-il. *Y compris des politiciens.*

Il s'arrêta en arrivant à la hauteur du bureau de Martha Mackall. La porte était ouverte et le sénateur Fox était assis à l'intérieur. Il vit à son expression peu amène qu'il avait raté son engagement, dès l'entrée sur le terrain.

Un coup d'œil à sa montre : huit heures trente-deux. « Désolé, fit-il.

– Entrez, général Rodgers », dit la parlementaire. La voix était tendue, le débit saccadé. « Mlle Mackall était en train de me parler de son père. Ma fille était une grande admiratrice de sa musique. »

Rodgers pénétra dans la pièce. « On était tous fans des morceaux de Mack, dit-il en refermant la porte. Je me souviens, au Viêt-nam, on avait fini par l'appeler l'âme de Saigon. »

Martha arborait son masque professionnel. Rodgers le connaissait bien. Martha avait cette manie de singer les attitudes des individus susceptibles de favoriser son avancement. Et si madame le sénateur Fox décidait de s'en prendre à Rodgers, eh bien, Martha allait suivre le mouvement. Et même plus encore qu'à son habitude.

138

Rodgers s'assit au coin du bureau de Martha. Puisque le sénateur Fox voulait prendre le dessus, il faudrait qu'elle lève les yeux sur lui.

« Hélas, poursuivit la parlementaire, je ne suis pas venue ici discuter de musique, général Rodgers. Je suis venue discuter de votre budget. J'ai été fort déçue d'apprendre hier, par un coup de fil de sa secrétaire, que votre directeur était pris ailleurs – à dilapider des fonds qu'il n'aura pas. Mais j'ai décidé de venir malgré tout.

– Paul et moi, nous avons travaillé en étroite collaboration pour préparer le budget, rétorqua Rodgers. Je peux répondre à toutes vos questions.

– Je n'en aurai qu'une. Quand les services du *Journal officiel* ont-ils commencé à publier du roman de science-fiction ? »

Rodgers sentit lui venir des brûlures d'estomac. McCaskey avait raison : c'est Paul qui aurait dû s'occuper de ça.

Madame le sénateur posa sa mallette sur ses genoux et fit sauter les fermetures. « Vous avez réclamé une rallonge de dix-huit pour cent au moment même où tous les services gouvernementaux opèrent des coupes claires. » Elle tendit à Rodgers son exemplaire personnel du rapport épais de trois cents pages. « Voici le projet de budget que je m'en vais présenter à la commission des finances. Il contient mes annotations au crayon pour des réductions s'élevant à trente-deux pour cent. »

Rodgers quitta brutalement des yeux le rapport. « Des réductions ?

– Nous pouvons discuter de l'attribution des soixante-huit pour cent restants, poursuivit madame le sénateur, mais la coupe sera opérée. »

Rodgers avait envie de lui renvoyer son rapport à la figure. Il attendit un instant, se tourna et le déposa sur le bureau de Martha. « Vous avez du culot, sénateur.

– Vous aussi, général, répondit Fox, sans se démonter.

– Je sais. J'ai eu l'occasion de le tester contre des Nord-Vietnamiens, des Irakiens et des Nord-Coréens.

– Nous avons tous vu vos médailles, répondit-elle poliment. Ceci n'est pas une sanction.

– Non, reconnut tranquillement Rodgers, c'est un arrêt de mort. Nous avons une organisation de haut vol, et nous avons malgré tout perdu Bass Moore en Corée et Charlie Squires en Russie. Si vous nous coupez les vivres, je ne serai plus en mesure d'apporter à mes hommes le soutien dont ils ont besoin.

– Pour quoi faire ? Se lancer dans de nouvelles aventures outre-mer ?

– Non. Notre gouvernement a consacré toute son attention à l'Elint, le renseignement électronique. Les satellites-espions. Les écoutes. La reconnaissance photographique. Les ordinateurs. Ce sont des instruments, mais ils ne suffisent pas. Il y a trente ou quarante ans, nous avions une présence effective dans le monde entier. L'Humint, les hommes du renseignement. Des agents qui infiltraient les gouvernements étrangers, les services d'espionnage, les groupes terroristes et qui faisaient appel au jugement, à l'initiative, à la créativité et au courage pour nous fournir de l'information. La meilleure caméra du monde est incapable d'aller chercher des plans dans un tiroir. Seul un homme peut s'introduire dans un ordinateur qui n'est pas connecté à un réseau. Un satellite-espion ne peut pas regarder un terroriste au fond des yeux pour évaluer la force de son engagement et voir si on pourra le retourner. Le facteur humain est primordial : nous devons absolument reconstruire sur ces bases.

– Un bien joli discours, dit la parlementaire, mais qui ne me convainc pas. Nous n'avons pas besoin de l'Humint pour protéger les intérêts de l'Amérique. Votre groupe d'intervention a empêché un Coréen complètement cinglé de bombarder Tokyo. Il a sauvé le gouvernement d'un président russe qui n'a toujours pas fait la preuve à ce jour qu'il était notre allié. Pourquoi les contribuables américains devraient-ils financer une force de police internationale ?

– Parce qu'il n'y a qu'eux pour pouvoir le faire, rétorqua le général. Nous luttons contre un cancer, sénateur. Il faut le traiter partout où il se manifeste. »

Dans son dos, il entendit la voix de Martha : « Je partage l'avis du sénateur Fox. Il y a d'autres instances où les États-Unis peuvent aborder les problèmes internationaux. Les Nations unies et la Cour de justice internationale sont mandatées et financées pour ça. Sans oublier l'OTAN. »

Rodgers lui répondit sans se retourner. « Alors, où étaient-ils, Martha ?

– Pardon ?

– Où était l'ONU quand le missile Nodong a décollé de Corée du Nord ? C'est nous, les chirurgiens qui ont évité aux Japonais une fièvre de quelque dix-huit millions de degrés.

– Encore une fois, rétorqua la parlementaire, ce fut du bon boulot. Mais c'était un boulot que vous n'aviez pas besoin d'assumer. Les États-Unis ont survécu pendant que l'Union soviétique et l'Afghanistan se battaient, pendant que l'Irak et l'Iran étaient en guerre. Nous survivrons à d'autres conflits.

– Allez raconter ça aux familles d'Américains victimes du terrorisme. Ce que nous réclamons, ce n'est pas des gadgets, ce n'est pas du luxe, sénateur. Ce que je demande, c'est la sécurité des citoyens américains.

– Dans un monde idéal, nous serions en mesure de protéger chaque bâtiment, chaque avion, chaque existence », observa la parlementaire. Elle referma sa mallette. « Mais nous ne sommes pas dans un monde idéal et le budget sera réduit, comme je l'ai indiqué. La décision est sans appel.

– Parfait, dit Rodgers. Dès le retour de Paul, vous pourrez commencer les économies avec mon salaire. »

Le sénateur Fox ferma les yeux. « Je vous en prie, général, ne sombrons pas dans la théâtralisation.

– Je ne cherche pas à théâtraliser. » Rodgers se leva, retendit sa vareuse. « Je refuse simplement de croire à une stupidité pareille. Vous êtes une isolationniste, sénateur. Vous l'avez été depuis cette tragédie en France.

– Cela n'a rien à voir avec…

– Bien sûr que si. Et je comprends vos sentiments. Les Français n'ont pas retrouvé l'assassin de votre fille, ils n'ont guère semblé s'en préoccuper, alors pourquoi les aider ? Mais ces considérations vous font oublier le principal, l'intérêt supérieur de la nation.

– Général, intervint Martha, même si je n'ai perdu aucun membre de ma famille à l'étranger, je partage l'avis du sénateur. L'Op-Center a été créé pour épauler d'autres services gouvernementaux, pas pour aider d'autres pays. Nous l'avons perdu de vue. »

Rodgers se retourna pour toiser Martha. « Votre

père chantait une chanson intitulée *Le Gamin qui a éteint les lumières*, l'histoire d'un jeune Blanc qui coupe la lumière dans un club pour permettre à un chanteur noir de s'y produire…

– Ne venez pas me citer papa, coupa Martha, et ne venez pas me raconter que j'ai de la chance d'être dans ce club, général. Personne n'est venu m'aider à décrocher ce contrat…

– Si vous voulez bien me laisser terminer, ce n'était pas ce que je voulais dire. » Le général resta calme. Il détestait élever la voix devant des femmes. Ce n'était pas ainsi que Mme Rodgers avait élevé son fils. « Ce que j'essayais de vous faire comprendre, c'est que le "splendide isolement" dont parlait Goschen n'existe tout bonnement plus de nos jours. Pas plus en musique qu'en politique. Si la Russie s'effondre, cela affecte la Chine, les républiques baltes et l'Europe. Si le Japon souffre…

– Je sais tout de la théorie des dominos depuis l'école primaire, remarqua Martha.

– Absolument, général Rodgers, renchérit Fox. Est-ce que vous croyez vraiment que le général Michael Rodgers et l'Op-Center sont les deux piliers qui soutiennent toute l'infrastructure ?

– Nous tenons notre rôle. Et nous devons en faire plus.

– Et moi je dis que vous en faites déjà trop ! rétorqua la parlementaire. Quand je suis entrée au Sénat, l'aviation américaine n'avait pas le droit de survoler la France pour aller bombarder Tripoli et Benghazi. La France qui est censément notre alliée ! À l'époque, j'avais dit à la tribune du Sénat que nous n'avions peut-être pas bombardé la bonne capitale. Je le maintiens.

Plus récemment, des terroristes russes ont fait sauter un tunnel à New York. Le ministre russe de la Sécurité s'est-il démené pour traquer les assassins ? Vos nouveaux grands amis de l'Op-Center russe nous ont-ils avertis ? Et aujourd'hui, leurs agents viennent-ils traquer les gangsters de la Mafia russe sur nos côtes ? Non, général, ils n'en font rien.

– Paul s'est rendu en Russie pour établir des relations avec leur centre opérationnel, expliqua Rodgers. Je suis persuadé que nous obtiendrons leur coopération.

– Je sais. J'ai lu son rapport. Et savez-vous quand nous l'obtiendrons ? Une fois que nous aurons dépensé des dizaines de millions de dollars pour le mettre au niveau technique du nôtre. Mais ce sera quand le général Orlov aura pris sa retraite, quand un successeur hostile aux États-Unis aura pris sa place, et nous nous retrouverons encore une fois avec un ennemi que nous aurons contribué à renforcer.

– L'histoire de l'Amérique est remplie de paris risqués et perdus. Mais elle est également riche de relations édifiées durablement. Nous ne pouvons renoncer à l'espoir et à l'optimisme. »

Le sénateur Fox se leva. Elle tendit la mallette à l'un de ses assistants et lissa sa jupe noire.

« Général, votre penchant pour les maximes est bien connu, et j'apprécie modérément qu'on me fasse la leçon. Moi aussi, je suis optimiste, et j'espère que l'on pourra résoudre les problèmes de l'Amérique. Mais je refuse de soutenir un Op-Center transformé en centre d'assistance international. Un comité d'experts, oui. Un service de renseignements, oui. Un centre de gestion de crises intérieures, oui. Une équipe de redresseurs de torts planétaires, sûrement pas. Et pour les missions que je viens à l'instant d'évoquer, le budget que je vous ai attribué sera bien suffisant. »

Sur ces mots, madame le sénateur salua Rodgers d'un signe de tête, tendit la main à Martha et s'apprêta à prendre congé.

« Sénateur ? » lança Rodgers.

Elle s'arrêta. Pivota. Rodgers fit deux pas dans sa direction. Elle était presque aussi grande que lui et le regard limpide de ses yeux gris-bleu soutint le sien.

« Darrell McCaskey et Liz Gordon doivent travailler de concert sur un projet, poursuivit-il. Je suppose que vous avez entendu parler du groupe terroriste qui a attaqué l'équipe de cinéma en Allemagne ?

– Non, dit Fox. Il n'y avait rien dans le *Post* de ce matin.

– Je sais », dit Rodgers. Le *Washington Post* et CNN étaient les deux sources d'information du gouvernement. Il avait tablé sur son ignorance des faits. « Cela s'est produit il y a quatre heures environ. Plusieurs personnes ont été tuées. Bob Herbert étant là-bas pour affaires, il a demandé notre aide.

– Et vous pensez que nous devrions aider les autorités allemandes à enquêter ? Quels sont nos intérêts vitaux en jeu dans cette affaire ? L'opération est-elle rentable ? Quels contribuables cela va-t-il intéresser ? »

Rodgers pesa ses mots avec soin. Il avait tendu le piège et Fox avait foncé dedans tête baissée. Le coup allait être rude pour elle.

« Deux contribuables seulement, répondit le général. Les parents d'une jeune Américaine de vingt et un ans apparemment enlevée par les terroristes. »

Les yeux bleu acier de la parlementaire se brouillèrent. Elle vacilla légèrement, chercha à garder son équilibre. Il s'écoula plusieurs secondes avant qu'elle puisse de nouveau parler.

« Vous ne faites pas de prisonniers, général, n'est-ce pas ?

– Quand l'ennemi se rend, si, sénateur. »

Elle continua de le fixer. Toute la tristesse du monde semblait se trouver dans ces yeux, et Rodgers se sentit horriblement mal.

« Vous voulez que je vous dise quoi ? lança le sénateur. Bien sûr, aidez-les à sauver la fille. C'est une Américaine.

– Merci, dit Rodgers, et je suis réellement désolé. Parfois, des intérêts américains se dissimulent derrière nos actions. »

Le regard du sénateur Fox s'attarda quelques secondes encore sur Rodgers avant de se porter sur Martha. Après avoir souhaité à cette dernière une bonne journée, elle s'éclipsa d'un pas vif, suivie à la trace par ses collaborateurs.

Rodgers n'eut pas conscience de se retourner pour récupérer le rapport budgétaire, mais il l'avait entre les mains quand il se dirigea vers la porte.

17.

Jeudi, 14 : 30, Hambourg, Allemagne

Henri Toron et Yves Lambesc n'étaient pas fatigués. Plus maintenant. Le retour de Jean-Michel les avait réveillés et, après le coup de fil de M. Dominique, les deux gorilles étaient tout yeux et tout ouïe.

Oui mais… un peu tard.

C'était la faute de Jean-Michel, bien sûr. Ils devaient lui servir de gardes du corps, or il avait choisi de se rendre tout seul au club à St. Pauli. Tous trois avaient pénétré en Allemagne à une heure du matin et Henri et Yves avaient joué au black-jack jusqu'à deux heures trente. Si seulement Jean-Michel les avait réveillés, ils l'auraient accompagné – alertes, prêts à le protéger de ces Boches. Mais non. Il les avait laissé roupiller. Qu'avait-il à redouter, en définitive ?

« Pourquoi croyez-vous que M. Dominique nous a demandé de vous accompagner ? avait rugi Henri en découvrant Jean-Michel. Pour dormir ou pour vous protéger ?

– Je ne m'imaginais pas courir le moindre risque, avait répondu l'intéressé.

– Quand on traite avec des Chleuhs, avait répondu Henri, le ton grave, on court toujours un risque. »

M. Dominique avait appelé alors qu'Yves était en train de remplir de glaçons un gant de toilette pour le poser en compresse sur l'œil de Jean-Michel. Henri prit la communication.

Leur employeur n'éleva pas la voix. Il ne l'élevait jamais. Il se contenta de leur donner ses instructions. À eux de jouer ensuite. L'un et l'autre savaient qu'ils écoperaient d'un mois de corvée supplémentaire pour avoir oublié de se réveiller. C'était le tarif normal pour une première infraction. Au second manquement, vous étiez viré. La honte d'avoir ainsi trahi sa confiance était plus douloureuse encore que le bout de phalange qu'ils seraient forcés de laisser dans le panier de l'une des guillotines miniatures de M. Dominique.

Aussi s'étaient-ils rendus en taxi à St. Pauli, et ils étaient maintenant appuyés contre une voiture garée dans la rue en bas de l'Auswechseln. Les rues commençaient à être encombrées de touristes, même si la vingtaine de mètres séparant les Français de l'entrée de la boîte était relativement dégagée.

Henri, torse de malabar, un mètre quatre-vingt-dix, était en train de fumer une cigarette ; trois centimètres de moins, mais les épaules aussi larges, Yves mastiquait un chewing-gum. Yves portait un Beretta 92F dans la poche de son blouson. Henri avait quant à lui un GP, de fabrication belge, à double détente. Leur tâche était simple : entrer dans la boîte et attirer Herr Richter au téléphone, par tous les moyens.

Plus de deux heures durant, Henri avait surveillé l'entrée, derrière le rideau de fumée des clopes qu'il grillait à la chaîne. Quand enfin la porte s'ouvrit, il donna une tape sur le bras de son voisin et tous deux s'ébranlèrent.

Un gros mec était en train de sortir. Henri et Yves firent comme s'ils allaient passer devant lui sur le trottoir avant d'obliquer soudain. Le type n'avait pas franchi le seuil qu'Henri lui avait planté son flingue dans le bide et lui disait de retourner à l'intérieur.

« *Nein* », dit le mec.

Soit c'était du dévouement pour son patron, soit il portait un gilet pare-balles. Henri ne se fatigua pas à répéter. Il se contenta de flanquer un bon coup de talon sur le cou-de-pied de l'autre tout en le repoussant à l'intérieur. Le gros type s'affala en gémissant contre le bar et Henri lui plaqua le canon sur le front. Yves avait également dégainé avant de disparaître dans le noir, sur la droite.

« Richter... où est-il ? » demanda Henri en français.

Le videur de l'Auswechseln lui répondit, en allemand, d'aller se faire foutre. Henri connaissait la signification du mot *Hölle*. Le reste, il le devina au ton du mec.

Il fit glisser l'arme jusqu'à l'œil de l'Allemand. « C'est la dernière fois que je le répète ! Richter ! Et plus vite que ça ! »

Une voix se fit entendre en français, dans le noir. « Personne, je dis bien *personne* n'entre armé dans mon club en posant ses exigences. Relâchez Ewald. »

Un bruit de pas arriva du fond de la salle. Henri maintint le canon de l'arme plaqué contre l'œil de son prisonnier.

Une silhouette sortit de l'ombre au bout du comptoir et se jucha sur un tabouret.

« Je vous ai dit de le relâcher, répéta Richter. Immédiatement. »

Yves s'approcha par la droite. Richter ne daigna pas lui adresser un regard. Henri n'avait pas bougé.

149

« Herr Richter, dit Henri, mon compagnon va composer un numéro au téléphone du bar et vous passer la communication.

– Pas tant que vous tiendrez en joue mon employé », dit Richter d'une voix ferme.

Yves se porta à la hauteur de Richter et passa derrière lui. L'Allemand ne broncha pas.

Henri observa Richter. Le Français avait deux solutions. L'une était de libérer Ewald. Cela donnerait l'avantage à Richter et instaurerait un précédent fâcheux pour la suite des opérations. L'autre était d'abattre le gorille. Ça pourrait ébranler Richter, mais ça risquait également d'attirer la police, sans pour autant garantir que l'Allemand allait obéir.

Il n'y avait en réalité qu'une seule possibilité. Les instructions de M. Dominique étaient d'amener Richter au téléphone, puis de faire comme il leur avait dit. Ils n'étaient pas ici pour jouer les gros bras.

Henri recula d'un pas et relâcha son prisonnier. Ewald se redressa, indigné, jeta un regard furieux à Henri avant de se diriger, protecteur, vers son patron.

« Tout va bien, Ewald, dit Richter. Ces messieurs ne vont pas me tuer. Ils sont venus me livrer à Dominique, je pense.

– Monsieur, dit le gros, il n'est pas question que je m'en aille tant que ces hommes seront ici.

– Franchement, Ewald, je ne risque absolument rien. Ces messieurs sont peut-être français, mais ils ne sont pas idiots. À présent, va-t'en. Ta femme t'attend et je ne veux pas qu'elle s'inquiète. »

Le regard du gros Allemand passa de son employeur à Yves. Après avoir fusillé du regard ce dernier, il répondit enfin : « Bien, Herr Richter. Bon, une fois encore, bon après-midi.

– Bon après-midi. On se revoit demain matin. »

Après un dernier regard lourd de menace au Français, Ewald fit demi-tour et sortit à grands pas, bousculant Henri au passage.

La porte se referma avec un déclic. Dans le silence revenu, Henri perçut le tic-tac de sa montre. D'un signe de tête, il indiqua le téléphone noir posé à l'extrémité du comptoir.

« Maintenant, vas-y », dit Henri à son partenaire.

Yves décrocha le téléphone, composa un numéro et tendit le combiné à Richter.

L'Allemand resta les mains posées sur les genoux. Sans bouger.

« Mets l'ampli », grogna Henri.

Yves pressa sur la touche haut-parleur. La sonnerie retentit une douzaine de fois avant qu'on ne décroche.

« Felix ? dit la voix à l'autre bout du fil.

– Oui, Dominique. C'est moi.

– Comment allez-vous ?

– Très bien », dit-il. Il jeta un coup d'œil à Henri, qui était en train d'allumer une cigarette au mégot de la précédente. « Si l'on excepte la présence de vos deux gorilles. Pourquoi m'insultez-vous, *monsieur*, avec cette démonstration de force ? Vous pensiez peut-être que je ne prendrais pas votre appel ?

– Pas du tout, protesta Dominique d'un ton patelin. Ce n'est pas pour cette raison que je vous les ai envoyés. Pour tout dire, Felix, ils sont venus pour fermer votre club. »

Henri aurait pu jurer avoir entendu le dos de l'Allemand se raidir.

« Fermer le club, répéta Richter. Parce que j'ai écorché votre agneau, monsieur Horne ?

— Non, répondit Dominique. Il n'avait qu'à pas venir seul. Mon intention est de vous montrer qu'il est futile de refuser ma proposition d'achat.

— En m'intimidant comme un vulgaire truand ? J'attendais mieux de votre part.

— Cela, Herr Richter, c'est votre problème. Contrairement à vous, je n'ai aucune prétention. Je crois au maintien de mon influence par tous les moyens à ma disposition. À ce propos, justement : ne vous fatiguez pas à prévenir vos gros bras cet après-midi dans la perspective du programme de ce soir. Vous constaterez que vos petits gars ont décidé de rallier un service concurrent.

— Mes hommes n'accepteront jamais ça. Ils ne se laisseront pas amadouer à coups de matraque. »

Henri nota un changement dans le ton de Richter. Il avait perdu de sa superbe. Et il pouvait sentir le poids de son regard tandis qu'il déposait son mégot sur le registre des adhérents du club.

« Non, reconnut Dominique. Ils ne seront pas brutalisés. Mais ils vous suivront. Et vous ferez ce qu'on vous dira, ou vous y perdrez plus que votre gagne-pain. »

En quelques secondes, le registre se mit à fumer. Richter se leva, fit un pas. Henri leva le pistolet. Richter se figea.

« Ça, c'est de la pure méchanceté, *monsieur*, sans aucune logique. Qui profitera de notre massacre réciproque ? L'opposition, c'est tout.

— Vous avez tiré le premier, observa Dominique. Espérons qu'il n'y aura pas de seconde fois. »

Une flamme jaillit de la page du livre, éclairant d'une lueur orangée le visage de Richter. Ses sourcils étaient rapprochés, ses lèvres dessinaient un pli amer.

Dominique poursuivit : « Vous êtes suffisamment bien assuré pour pouvoir repartir. Dans l'intervalle, je veillerai à ce que votre groupe ait des subsides pour poursuivre. La cause n'en souffrira pas. Votre orgueil seul est blessé. Et voyez-vous, Herr Richter, ce n'est pas ce qui m'ôtera le sommeil. »

Tandis que les pages du registre continuaient de se ratatiner en bouquets de cendre noire, Henri le déposa sur le comptoir. Il prit des serviettes en papier qu'il tortilla et mit bout à bout entre les flammes et le réservoir de gaz carbonique près de la pompe à eau de Seltz.

« Et maintenant, je vous suggère de sortir avec mes associés, dit Dominique. Ce n'est pas un genre de *Feuer* que vous risquez d'apprécier. Bonne journée, Felix. »

Il y eut un déclic, puis un bruit de tonalité.

Henri se dirigea vers la porte en faisant signe aux autres de le suivre. « Il n'y a que deux minutes de mèche environ. On ferait mieux de se barrer. »

Yves passa devant Richter. En même temps, il ôta le chewing-gum de sa bouche et le colla sous le comptoir.

Richter ne bougea pas.

« Herr Richter, reprit Henri. Pour que vous ne soyez pas tenté d'éteindre l'incendie, M. Dominique m'a bien ordonné de m'assurer que vous sortiez – ou que vous ne sortiez pas. Que choisissez-vous ? »

La colère flamboyait dans les yeux de Richter, se mêlant au reflet des flammes. Puis après avoir fixé les deux hommes, il porta brusquement son regard vers la porte qu'il gagna d'un pas décidé. Les deux autres se précipitèrent à sa suite.

Richter sortit dans la rue sans un mot, puis il héla un taxi. Henri et Yves se hâtèrent dans la direction opposée, vers les rives de l'Elbe aux eaux d'un bleu profond.

Il ne se retourna pas en entendant l'explosion, puis les cris de douleur ou de frayeur des passants et les appels au secours...

Dès qu'il entendit la déflagration, le chauffeur de taxi s'arrêta. Il se retourna, jura, se précipita dehors pour voir s'il pouvait venir en aide aux victimes.

Felix Richter ne le suivit pas. Il demeura assis, regardant droit devant lui. Comme il ignorait à quoi ressemblait Dominique, il ne voyait pas de visage. Il ne voyait qu'une haine dévorante. Et là, dans l'espace confiné du taxi, il se mit à hurler. Hurler à s'en vider l'abdomen, hurler à s'en lessiver l'âme, hurler à s'en déchirer la gorge et les tympans. À bout de souffle, il s'emplit les poumons et cria de nouveau, déversant toute sa haine et sa frustration.

Puis il retomba dans le silence. Des gouttes de sueur perlaient à son front et lui coulaient au coin des yeux. Il avait le souffle court, mais il avait retrouvé tout son calme, toute son acuité d'esprit. Il regarda droit devant lui et vit les badauds qui s'assemblaient pour contempler l'incendie. Certains le dévisageaient et il soutint leur regard, sans crainte ni honte.

Et les regardant, il songea : *Les masses. Elles étaient le peuple du Führer. Le sang dont son cœur irriguait tout le pays. Les masses...*

Il n'était plus question, absolument plus question désormais qu'il se joigne à Dominique. Il refusait d'être le pion de cet homme ou son trophée. Et, après un tel outrage, il n'était plus question non plus de laisser le Français s'en tirer à si bon compte.

Mais il ne peut pas être détruit, songea-t-il. Il faudrait l'humilier. Le prendre par surprise.

Les foules. Le peuple. Le sang d'une nation. Elles doivent réagir à un cœur vigoureux. Et le gouvernement, le corps, doit obéir à leurs vœux.

Et alors qu'il regardait dans le rétroviseur les flammes consumer son club, Richter sut ce qu'il allait faire.

Richter descendit de voiture et s'éloigna, à contrecœur, de la cohue grandissante. Deux rues plus loin, il monta dans un autre taxi, puis regagna son appartement pour passer un coup de fil. Un coup de fil, il en était sûr, qui allait modifier le cours de l'histoire de l'Allemagne... voire de l'histoire du monde.

18.

Jeudi, 8 : 34, New York

L'immeuble en briques de deux étages, sur Christopher Street, dans West Village, datait de 1844. La porte, les appuis de fenêtre, le perron étaient d'origine. Et même si la peinture brune s'était écaillée, la bâtisse avait encore fière allure, avec son aspect patiné par le temps. Le bâtiment étant construit à proximité de l'Hudson, sur ce terrain meuble, les planchers avaient joué et bon nombre de briques apparentes s'étaient déplacées, ce qui avait engendré des ondulations barrant la façade de lignes symétriques. On voyait par endroits des raccords de mortier là où il s'était fissuré et s'était détaché.

L'édifice se dressait entre une confiserie et un fleuriste situé à l'angle de la rue. Depuis leur arrivée en Amérique au début des années soixante, les Dae-Jung, le jeune couple de Coréens propriétaire de la boutique de fleurs, n'avaient jamais prêté attention aux allées et venues dans cet immeuble vieux d'un siècle et demi. Pas plus que Daniel Tetter et Matty Stevens, les deux hommes d'âge mûr qui tenaient la confiserie voisine. Depuis vingt-sept ans qu'ils tenaient boutique, Tetter et Stevens pouvaient même compter sur les doigts de la main les rares fois où ils avaient vu le propriétaire, originaire de Pittsburgh.

Et puis, trois mois auparavant, Douglas DiMonda, trente-deux ans, enquêteur envoyé par le bureau newyorkais du FBI et le divisionnaire Peter Arden, quarante-trois ans, de la police de New York, avaient rendu visite aux Dae-Jung ainsi qu'à Tetter et Stevens à leur domicile. Les commerçants furent avisés que, quatre mois plus tôt, FBI et police locale avaient uni leurs efforts pour enquêter sur les occupants de l'immeuble en briques. À cette occasion, on expliqua simplement aux fleuristes et aux confiseurs que le locataire des lieux, un certain Earl Gurney, était un partisan de la suprématie de la race blanche, suspecté d'être le commanditaire d'actes de violence contre des Noirs et des homosexuels à Detroit et à Chicago.

Ce qu'on s'abstint de préciser aux commerçants, c'est que Pure Nation, le groupe paramilitaire auquel appartenait Gurney, avait été infiltré par un agent du FBI un an auparavant. À la faveur d'un message codé pour sa « mère » résidant à Grenda Hills, Californie, « John Wooley » décrivait le camp d'entraînement que Pure Nation avait installé dans les monts Mohawk en Arizona, ainsi que leurs plans pour se faire engager comme bras armés d'autres organisations ou milices blanches racistes. L'agent savait qu'une gigantesque opération était prévue à New York, sans commune mesure avec les embuscades qui avaient entraîné la mort de trois Noirs à Detroit et le viol de cinq lesbiennes à Chicago. Malheureusement, cet agent n'avait pas été envoyé à Manhattan avec la cellule terroriste et il ignorait ce plan que tramait Pure Nation. Seul le commandant Gurney était au courant.

Après des mois de planque dans la rue et dans des voitures en stationnement, de prise d'empreintes sur des bouteilles et des bidons récupérés dans les sacs-poubelles, et de filatures, DiMonda et Arden étaient convaincus d'avoir localisé certains des membres les plus dangereux de ce groupuscule. Six des sept hommes et l'une des deux femmes logeant dans l'immeuble avaient déjà un casier chargé – plusieurs affaires de viol dont un bon nombre avec violences. Toutefois, les enquêteurs ignoraient les projets de Gurney. Les écoutes téléphoniques ne surprenaient que des conversations sur la météo, le travail et la famille, et il n'y avait aucun fax. L'ouverture du courrier et des paquets sur réquisition du juge n'avait rien donné non plus. Les occupants devaient se douter qu'ils étaient écoutés et surveillés, signe qu'il se préparait quelque chose.

Puis, dans la quinzaine précédant la prise de contact avec les deux couples de commerçants, l'équipe en planque avait remarqué un élément qui rendait urgent d'intervenir : le fait que les neuf individus qui logeaient dans l'immeuble y apportaient un nombre croissant de caisses, de sacs en toile et de valises. Ils arrivaient toujours par paires, l'un des deux les mains vides, fourrées dans les poches de son blouson. Les hommes en planque étaient presque certains que des armes étaient dissimulées dans ces poches, de même que dans les caisses, les sacs et les valises. Mais DiMonda et Arden n'avaient pas envie de saisir un malheureux sac de munitions. S'il y avait une cache d'armes dans les étages, les agents du FBI voulaient mettre la main dessus.

L'idée d'obtenir un mandat de perquisition pour

examiner les lieux fut bien vite rejetée. Le temps qu'ils parviennent au deuxième – les quartiers généraux étant le plus souvent installés dans les étages supérieurs – disquettes ou documents compromettants auraient été détruits. En outre, DiMonda et Arden n'avaient pas envie de jouer au chat et à la souris avec de tels individus. Leur chef, Moe Gera, était d'accord, et il accorda son feu vert à l'envoi sur place d'une équipe d'intervention, opérant dans le calme et la discrétion.

Les fleuristes et les confiseurs furent ravis de mettre leurs boutiques à la disposition des agents fédéraux. Ils étaient terrorisés non seulement par la perspective de l'assaut mais par ses répercussions éventuelles. Mais ils avaient tous participé à la manifestation des commerçants du quartier contre les attaques de skinheads de l'été 95, et ils expliquaient qu'ils ne pourraient plus se regarder en face si d'autres trouvaient la mort à cause de leur passivité. DiMonda promit que la police de New York leur assurerait leur protection chez eux comme à leur travail.

La mise en place des hommes fut effectuée avec soin. L'agent Park, d'origine coréenne, alla travailler dans la boutique du couple Dae-Jung. Tetter et Stevens engagèrent Johns, un vendeur noir qui était inspecteur de police. Les deux nouveaux employés passaient une bonne partie de leur temps sur le trottoir, à fumer des cigarettes et se montrer à la clientèle. Au bout de quinze jours, chacun fit venir trois autres policiers, ce qui porta donc à huit le nombre d'agents supplémentaires envoyés sur place. Tous travaillaient de jour, au moment de l'activité maximale dans l'immeuble sous surveillance. Quant aux véritables employés des deux boutiques, on les paya à rester chez eux.

Chaque nouvel employé s'arrangea pour se faire souvent voir des occupants de l'immeuble, et se fondre ainsi dans le décor.

Le flic sur le coup fut temporairement muté et remplacé par l'inspecteur Arden. Dissimulant son physique de culturiste sous des vêtements amples, DiMonda arpentait les rues en faisant semblant d'être un sans-abri qui dormait sur le perron de l'immeuble et qu'on devait chasser à coups de pied dans le derrière. Gurney finit même par se plaindre à Arden et lui demander de le « débarrasser de ce tas de merde inutile ». Arden répondit qu'il ferait son possible.

Le FBI obtint du propriétaire un plan des locaux, ce dernier croyant avoir affaire à un acheteur potentiel. Les plans furent scannés et introduits dans un ordinateur du bureau de New York. Ces documents permirent de reconstituer une image 3D de l'intérieur, à partir de laquelle on put élaborer un plan d'attaque. Le jour fut choisi, à une heure assez matinale, quand la ruelle à sens unique était presque vide. Les gens qui travaillaient seraient déjà partis, tandis que les touristes visitant Greenwich Village ne seraient pas encore arrivés.

Un peu plus tôt, au jour J, alors qu'il faisait encore nuit, dix policiers en civil vinrent se poster, en deux groupes de cinq, dans les deux boutiques. Leur tâche était de procéder aux arrestations, une fois la vermine chassée de l'immeuble.

L'unité d'intervention préalablement infiltrée dans les boutiques avait reçu l'ordre d'entrer en action dès que DiMonda aurait crié « Hé là ! ». Soit qu'on l'aurait bousculé, soit qu'Arden aurait fait mine de le chasser du perron. Une fois la première équipe en mouvement, une seconde sortirait d'un fourgon garé à l'angle de Bleeker Street, en soutien. Sur les douze hommes la composant, six ne devaient entrer que s'ils entendaient des coups de feu. Dès leur entrée en action, la police bloquerait la rue pour empêcher les habitants du quartier de quitter leur appartement. Si les néo-nazis réussissaient à quitter l'immeuble, les six autres agents du groupe de soutien seraient en faction dans la rue pour les cueillir. Une ambulance attendrait, garée elle aussi dans la rue voisine, au cas où.

L'opération débuta à huit heures trente-quatre, quand DiMonda vint s'installer sur le perron avec une tasse de café et un beignet. Ces dernières semaines, les deux premières personnes à quitter l'immeuble sortaient entre dix heures et dix heures trente, prenaient le métro jusqu'à la 33e Rue, puis gagnaient un bureau, sis sur la Sixième Avenue, qui ne faisait aucun effort pour dissimuler sa véritable activité : le bureau de vente et de publicité du magazine raciste *Pührer*. Les visiteurs repartaient avec ce qu'ils étaient censés rapporter à l'appartement. Le FBI avait inspecté des cartons expédiés à l'adresse du magazine et n'y avait trouvé aucune arme ; il fallait supposer que ces individus se procuraient armes à feu, munitions et armes blanches dans la rue, puis les stockaient avant de les distribuer à Pure Nation ou à tous ceux qui en avaient besoin.

La porte de l'immeuble en briques s'ouvrit à huit heures quarante-quatre. À cet instant précis, DiMonda lança sa tasse de café sur la droite, devant la vitrine de la confiserie, et bascula en arrière dans le hall de l'immeuble. Arden, qui faisait le guet dans la boutique, sortit aussitôt en voyant voler la tasse.

Une fausse blonde, jeune, pas commode, enjamba DiMonda.

« Monsieur l'agent ! Flanquez-moi dehors cette créature ! » lança-t-elle.

Un grand type moustachu saisit DiMonda par sa chemise et s'apprêtait à le jeter sur le trottoir.

« Hé là ! » glapit DiMonda.

Un agent sortit de chez le fleuriste et se plaça derrière la femme. Quand elle s'avança pour pousser l'agent grimé, celui-ci s'interposa et la ramena en arrière, vers la boutique. Elle se mit à hurler alors qu'un collègue sortait pour lui annoncer qu'elle était en état d'arrestation. Quand elle résista, les deux policiers lui passèrent les menottes et la traînèrent dans l'arrière-boutique.

Dans l'intervalle, Arden était entré dans le hall de l'immeuble.

« Qu'est-ce que vous venez foutre ici ? » lui hurla le néo-nazi que son empoignade avec le maigre mais nerveux DiMonda avait entraîné dans la rue. Là, deux agents le cueillirent pour l'attirer dans la confiserie.

« Vous en faites pas, m'sieur, lança Arden. Je veillerai à ce que ce clochard ne vous importune plus. » Ça, c'était au cas où quelqu'un aurait entendu, dans les étages. Arden avait déjà dégainé son 9 mm Sig Sauer P226 et il s'était plaqué contre le mur de gauche de la cage d'escalier.

DiMonda entra se poster sur la droite, l'automatique Colt 45 dans la main. Puis les huit derniers agents fédéraux entrèrent à leur tour, deux par deux. Les deux premiers se chargèrent des pièces du rez-de-chaussée, juste derrière l'escalier, l'un en s'accroupissant près de la porte, l'autre en restant à proximité des marches, pour surveiller le premier palier. Le second couple d'agents passa entre Arden et DiMonda pour aller prendre position sur le premier palier. Ils montaient avec précaution, restant bien au centre de chaque marche, le torse parfaitement droit. En se positionnant ainsi, ils progressaient non seulement d'une manière plus efficace, mais surtout ils limitaient les craquements des lattes de bois vermoulu.

Puis les deux agents suivants entrèrent, s'arrêtant à mi-hauteur de la seconde volée de marches. Deux autres montèrent ensuite pour occuper le palier du premier. L'un d'eux couvrit la porte, l'autre les marches. Les deux derniers filèrent jusqu'au demi-palier suivant. Ensuite, DiMonda et Arden gagnèrent le palier du dernier étage. DiMonda se posta face à la porte tandis qu'Arden prenait position sur la droite de celle-ci, à côté des marches. Son arme était pointée en l'air, ses yeux braqués sur son partenaire. Il attendrait son signe. Si l'homme du FBI entrait, il le suivrait. S'il reculait, Arden couvrirait sa retraite avant de le suivre.

DiMonda plongea la main dans son blouson en guenilles et en retira un petit appareil qui ressemblait à une seringue hypodermique avec en dessous un réceptacle à peu près de la taille de trois pièces de dix cents empilées. Il s'accroupit, le pistolet dans la main droite, et introduisit délicatement la fine extrémité de l'appareil dans le trou de serrure. Puis il plaça son œil à l'autre extrémité.

Le FOALSAC – *Fiber-Optic Available Light Scope and Camera* – était un viseur appareil photographique à fibres optiques travaillant en lumière ambiante. Équipé d'un objectif fish-eye, il permettait à l'utilisateur d'observer l'intérieur d'une pièce sans émettre

163

ni lumière ni bruit. Le minuscule logement placé sous le viseur abritait une batterie au cadmium et une pellicule qui permettrait de photographier la scène. DiMonda fit délicatement basculer l'appareil de gauche à droite, en pressant le fond du réceptacle chaque fois qu'il voulait prendre un cliché. Quand viendrait l'heure d'inculper ces salauds, les preuves photographiques auraient leur importance. Surtout maintenant que le FOALSAC révélait des piles de pistolets-mitrailleurs, deux lance-grenades M79 et un petit tipi formé par un faisceau de fusils-mitrailleurs FMK. Il y avait trois personnes dans la pièce. Un homme et une femme étaient en train de prendre leur petit déjeuner, autour d'une table dans le coin droit. Le troisième personnage – Gurney – était installé à un bureau, face à la porte, et travaillait sur un ordinateur portable. Cela voulait dire que les quatre autres néonazis se trouvaient dans les chambres du bas.

DiMonda leva trois doigts puis indiqua la pièce. Arden se retourna vers le bas de l'escalier. Il refit les mêmes gestes. Puis il attendit que les autres agents aient fini d'inspecter les autres pièces.

On leur signala que le reste de la bande avait été localisé, deux hommes par chambre. DiMonda leva le pouce pour avertir les autres qu'ils allaient devoir passer à la phase suivante.

Les hommes agirent avec promptitude, de peur que les occupants ne décident de sortir acheter le journal ou faire un tour.

DiMonda rangea son FOALSAC. Comme il y avait de bonnes chances que les portes eussent été renforcées par des barres métalliques, les agents n'allaient pas tenter de les enfoncer à coups de pied. Ils fixèrent plutôt des petites barres de plastic sur la gauche du bouton d'ouverture. Les charges seraient suffisantes pour faire sauter serrure et montant. Un petit bouclier métallique fut placé au-dessus des explosifs pour diriger la déflagration, puis un minuscule mécanisme d'horlogerie aimanté plaqué dessus. Un mince ruban de plastique surmontait l'horloge : il suffisait de l'ôter pour enclencher un compte à rebours de dix secondes. À l'issue de celui-ci, l'horloge enverrait une décharge électrique qui, transmise par la plaque métallique, déclencherait l'explosion du plastic.

DiMonda jeta un coup d'œil derrière lui. L'agent posté sur le palier le fixait. Quand DiMonda hocha la tête, l'autre en fit de même. Ainsi que celui placé dans l'escalier en-dessous de lui. À trois – décompte marqué par des signes de tête de DiMonda – tous les agents tirèrent sur le ruban de plastique déclenchant les détonateurs.

Pendant le compte à rebours silencieux, les agents des paliers s'approchèrent rapidement des portes. Durant la préparation de l'assaut, ils avaient envisagé toutes les répartitions possibles des militants racistes. À présent, ils se déployaient en conséquence : pour cette configuration, les agents Park et Johns devaient monter au dernier étage, Park se posant derrière DiMonda et Johns restant dans l'escalier, derrière Arden. Les deux derniers agents prirent position entre les chambres du premier et du rez-de-chaussée.

DiMonda s'était déplacé sur la gauche, pour éviter d'être touché par le bouton de porte quand il sauterait. Il se désigna avant d'indiquer successivement du doigt Parks et Johns. Une fois à l'intérieur, tel était l'ordre, de gauche à droite, dans lequel ils devraient couvrir les terroristes. Arden devait fermer la marche, en renfort.

Le décompte s'acheva et le plastic s'enflamma. Il y eut une détonation sèche, comme celle d'un sac en papier. Le bouton de laiton sauta et la porte s'ouvrit.

DiMonda entra le premier, suivi par Park, Johns et Arden. L'explosion avait provoqué une épaisse fumée que les hommes traversèrent en hâte pour se déployer en éventail, dans le même temps qu'ils lançaient avec ensemble : « Personne ne bouge ! » Un cri profond, sourd et grave, destiné à intimider au maximum.

Deux des suprématistes blancs, un homme et une femme, s'étaient levés au moment de la détonation mais ne firent aucun geste. Pas Gurney. Il se leva, lança son portable vers Park, tout en plongeant la main droite sous la table.

Park abaissa son arme pour intercepter l'ordinateur. « Coince-le ! » lança-t-il à Arden.

Arden était devant lui. Il fit pivoter son 9mm et Gurney sortit un Sokolovsky 45 automatique de l'étui fixé sous la desserte de l'ordinateur. Le 45 cracha le premier, le projectile effleurant le gilet pare-balles en Kevlar d'Arden, lui pulvérisant l'épaule gauche. Mais l'impact l'écarta de la trajectoire des autres balles. Alors qu'ils allaient cribler le mur derrière lui, Arden tira à son tour. Imité par Park, après avoir déposé l'ordinateur, qui s'était accroupi pour ajuster son tir.

L'une des balles d'Arden cueillit le néo-nazi à la hanche gauche, la seconde balle se logea dans son pied droit. Park lui transperça l'avant-bras droit.

Grimaçant de douleur, Gurney lâcha le 45 et tomba sur la gauche. Park se précipita et lui plaqua son arme contre la tempe. Durant les quatre secondes qu'avait duré la fusillade, ni l'autre homme ni la femme n'avaient bronché.

Il n'y eut aucun échange de coups de feu aux étages inférieurs, même si la brève fusillade au deuxième avait provoqué l'irruption dans l'immeuble de l'équipe de renfort. Les hommes se ruèrent dans l'escalier alors que Park était en train de passer les menottes au tireur ensanglanté. De leur côté, DiMonda et Johns avaient plaqué leurs prisonniers le nez au mur, les mains croisées dans le dos. Quand ils leur passèrent les menottes, la femme hurla que DiMonda était un traître à sa race, tandis que l'homme lançait des menaces de vengeance contre sa famille. L'un et l'autre ignorèrent Johns.

Trois membres du groupe de renfort arrivèrent et entrèrent dans la pièce en formation deux-un – deux agents déployés pour balayer les côtés gauche et droit tandis que leur collègue, une femme, se jetait à plat ventre sur le seuil pour les couvrir. Quand ils virent Arden et le raciste gisant à terre, puis les deux autres néo-nazis menottes aux poings, ils appelèrent une ambulance.

Tandis que l'équipe de renfort se chargeait des prisonniers, DiMonda se précipita aux côtés d'Arden.

« J'arrive pas à y croire, hoqueta ce dernier.

– Ne parle pas », prévint DiMonda. Il s'agenouilla près de sa tête. « S'il y a quelque chose de cassé, mieux vaut ne pas aggraver les choses.

– Évidemment qu'il y a quelque chose de cassé, siffla Arden. Ma putain d'épaule. Vingt ans dans le service et pas une seule blessure. Merde, j'étais bon pour un sans-faute jusqu'à ce que ce con me dégomme. Et avec un truc de débutant. Le vieux coup du flingue planqué sous la table. »

Malgré ses blessures, l'agresseur éructa : « Tu vas crever. Vous allez tous crever. »

DiMonda se retourna alors qu'on le déposait sur une civière. « Ça, c'est sûr, un jour ou l'autre. Mais d'ici là, on continuera de débusquer et d'écraser les vipères de ton espèce. »

Gurney se mit à rire. « Pas besoin de te fatiguer... » Il fut pris d'une quinte de toux et termina, entre ses dents : « C'est *nous* qui viendrons te chercher... »

19.

Jeudi, 14 : 45, Hambourg, Allemagne

Hood et Martin Lang avaient été l'un et l'autre surpris d'entendre Hausen revenir leur annoncer qu'il devait les quitter.

« Je vous verrai plus tard, à mon bureau », précisa-t-il en serrant la main de Hood. Puis, sur un bref signe de tête à Stoll et Lang, il prit congé. Ni Hood ni Lang ne se donnèrent la peine de demander ce qui n'allait pas. Ils regardèrent simplement, en silence, Hausen se hâter de regagner le parking où il avait garé sa voiture un peu plus tôt.

Quand il eut démarré, Stoll demanda enfin : « Il se prend pour Superman ou quoi ? "On dirait un boulot pour *Übermensch*" ?

– Je ne l'ai jamais vu dans un état pareil, admit Lang. Il paraissait bouleversé. Et vous avez remarqué ses yeux ?

– Comment ça ?

– Ils étaient injectés de sang. On aurait cru qu'il avait pleuré.

– Peut-être un deuil personnel, suggéra Hood.

– C'est possible. Mais il nous l'aurait dit. Il aurait reporté notre réunion. » Lang hocha lentement la tête. « C'est vraiment bizarre. »

169

Hood était inquiet sans trop savoir pourquoi. Il avait beau connaître à peine Hausen, il avait l'impression que le vice-ministre des Affaires étrangères était un homme d'une force et d'un courage peu communs. C'était un politicien qui défendait ses convictions parce qu'il les estimait les meilleures pour son pays. Grâce au rapport préparé par Liz Gordon, Hood savait que, depuis déjà plusieurs années, Hausen avait conspué des néo-nazis lors des premières Journées du Chaos et qu'il avait rédigé nombre d'éditoriaux, plutôt mal accueillis, où il exigeait la publication des « registres mortuaires d'Auschwitz », ces listes où la Gestapo avait consigné les noms des malheureux disparus dans les camps d'extermination. Le voir se défiler ainsi ne semblait pas coller au personnage.

Mais les hommes avaient encore du pain sur la planche et Lang essaya d'afficher un air de circonstance tandis qu'il guidait ses hôtes vers son bureau.

« Que vous faut-il pour votre présentation ? demanda l'industriel à Stoll.

— Juste une surface plane, répondit ce dernier. Un plan de travail ou un plancher fera l'affaire. »

La pièce sans fenêtre était étonnamment exiguë. Elle était éclairée par des tubes fluorescents encastrés et son mobilier se réduisait à deux canapés de cuir blanc se faisant face. Le bureau de Lang était une longue dalle de verre posée sur deux piliers de marbre blanc. Blancs également les murs, et le sol carrelé.

« Je crois deviner que vous aimez le blanc, observa Stoll.

— On dit qu'il a une valeur thérapeutique en psychologie. »

Stoll brandit sa sacoche. « Où puis-je installer tout ça ?

– Sur le bureau, ce sera parfait. Il est solide et résiste aux éraflures. »

Stoll posa le sac près du téléphone blanc. « Une valeur thérapeutique en psychologie, répéta-t-il. Vous voulez dire qu'il n'est pas déprimant comme le noir ou triste comme le bleu... ce genre de chose ?

– Tout juste.

– Je me vois bien demander au sénateur Fox des crédits pour repeindre intégralement en blanc l'Op-Center, nota Hood.

– Pour le coup, elle verrait rouge, rétorqua Stoll. Et vous n'auriez jamais le feu vert. »

Hood fit la grimace. Pendant ce temps-là, Lang ne quittait pas des yeux le déballage de Stoll.

Le premier objet qu'il sortit du sac était un boîtier argenté de la taille approximative d'une boîte à chaussures. Doté d'un diaphragme à iris sur le devant et d'un oculaire sur la face arrière. « Laser à semiconducteurs avec viseur », crut-il bon d'expliquer. Le deuxième objet ressemblait à un télécopieur compact. « Système de visualisation, couplé à des sondes optiques et électriques. » Puis il sortit un troisième objet, qui était un boîtier de plastique blanc d'où sortaient des câbles. Un peu plus petit que le premier. « Alimentation par accus, expliqua Stoll. On ne sait jamais si on ne va pas devoir démarrer dans la brousse. » Il sourit. « Ou sur une paillasse de laboratoire.

– Démarrer... quoi ? demanda Lang qui n'en perdait pas une miette.

– Pour faire court, ce qu'on appelle entre nous notre *T-Bird*. Le générateur envoie une brève salve laser sur l'appareil à semiconducteurs, ce qui génère des impulsions laser. Des impulsions qui durent... oh, dans les cent femtosecondes, à tout casser, c'est-à-dire un dixième de trillionième de seconde. » Il pressa un bouton carré rouge au dos du boîtier d'alimentation. « Vous obtenez des oscillations aux alentours du térahertz, modulées de l'infrarouge aux ondes radio. Et ça, ça vous permet de savoir ce qui se trouve sous ou derrière une paroi mince – papier, bois, plastique, à peu près n'importe quel matériau. Il suffit de savoir interpréter les changements de formes d'onde pour savoir ce qui se trouve de l'autre côté. Et en le couplant avec ce petit bijou (il tapota le dispositif de visualisation), vous avez bel et bien une image de ce qui se trouve à l'intérieur de l'objet balayé.

– Comme une radiographie…

– Oui, mais sans les rayons X. On peut également s'en servir pour déterminer la composition chimique de matériaux – par exemple, le gras d'une tranche de jambon. Et c'est autrement plus maniable qu'un appareil de radiographie. » Stoll s'approcha de Lang et tendit la main. « Puis-je vous emprunter votre portefeuille ? »

Lang le sortit de sa poche intérieure de veston et le tendit au scientifique. Stoll alla le déposer, debout, à l'autre extrémité du bureau. Puis il revint presser un bouton vert à côté du bouton rouge du coffret d'alimentation. Le boîtier argenté bourdonna durant quelques instants, puis l'espèce de télécopieur se mit à cracher une feuille de papier.

« Plutôt silencieux, non ? observa Stoll. J'ai réussi à faire ça dans votre labo sans que le technicien à côté s'en aperçoive. »

Quand l'imprimante eut cessé de fonctionner, Stoll récupéra la feuille. Il l'examina tranquillement avant de la passer à Lang.

« C'est votre femme et vos gosses ? » demanda Stoll.

Lang contempla l'image en noir et blanc, un peu floue, de sa famille. « Remarquable, admit-il. C'est tout à fait stupéfiant.

— Imaginez ce que vous pourriez obtenir en traitant cette photo par ordinateur, poursuivit Stoll. En renforçant les contours, en faisant ressortir les détails.

— Quand notre labo a commencé à développer cette technologie, expliqua Hood, c'était pour tenter de trouver le moyen de déterminer la nature des gaz ou des liquides contenus dans les bombes. Afin de pouvoir les neutraliser sans avoir à s'en approcher. Le problème était qu'il fallait avoir un récepteur placé de l'autre côté de l'objet pour analyser les rayons T à leur sortie. Et puis notre équipe de recherche et développement a réussi à trouver le moyen de les analyser à la source. C'est ce qui a permis d'employer le T-Bird comme outil de surveillance.

— Quelle est la portée efficace ? s'enquit Lang.

— La Lune... Du moins, c'est la distance maximale à laquelle nous l'avons testé. On a regardé à l'intérieur du module d'atterrissage d'Apollo 11. Armstrong et Aldrin étaient des gars sacrément ordonnés... En théorie, la portée est celle du rayon laser.

— Mon Dieu ! s'extasia Lang. C'est magnifique ! »

Jusqu'ici, Hood était resté à l'écart. Il s'approcha. « Le T-Bird doit être un composant vital de l'Op-Center régional. Mais nous devons le miniaturiser et le perfectionner afin d'améliorer sa résolution, pour que les agents puissent l'emporter sur le terrain. Il nous faut également filtrer les images parasites – par exemple, les poutrelles à l'intérieur des murs.

— C'est là qu'interviennent vos petites puces, reprit

Stoll. Nous voulons qu'avec cet appareil, un gars n'ait qu'à se poster devant une ambassade pour pouvoir lire le courrier à l'intérieur.

— En gros, il s'agit d'un troc technologique, poursuivit Hood. On vous file ce qu'il y a dans la boîte... et vous nous filez votre puce.

— C'est stupéfiant, répondit Lang. Est-ce qu'il y a une matière étanche à votre T-Bird ?

— Les métaux restent le gros obstacle, admit Stoll. Mais on travaille sur la question.

— Stupéfiant, répéta Lang en continuant de fixer la reproduction de la photographie.

— Et vous savez le mieux ? reprit Stoll. En attendant qu'on résolve nos problèmes, imaginez un peu l'argent qu'on pourra se faire en commercialisant des portefeuilles à blindage métallique... »

20.

Jeudi, 8 : 47, Washington, DC

« Vous savez que vous en tenez une sacrée couche. »

L'amer verdict de Martha Mackall resta en suspens quelques secondes avant que Mike Rodgers ne réagisse. Il s'arrêta à quelques pas du seuil. Quand il parla, ce fut d'un ton mesuré. Même si ça le chiffonnait, les gens ne pouvaient réagir simplement en tant qu'individus. Avoir une prise de bec avec une femme noire quand on était un Blanc de sexe masculin, c'était courir au-devant de tracasseries juridiques. Bien qu'exaspérant, ce retour de bâton était l'héritage inévitable, voire nécessaire, de gens comme ceux de WHOA.

« Je suis absolument désolé de vous donner ce sentiment, dit simplement Rodgers. Et si ça peut vous consoler, je suis tout aussi désolé d'avoir fâché madame le sénateur.

– Franchement, dit Martha, vous poussez. Vous utilisez la mort de sa fille pour la déstabiliser, et ensuite, vous la traitez en ennemie. Et maintenant, vous avez le toupet de venir me dire que vous êtes *absolument* désolé !

– C'est pourtant la vérité. Et ce n'est pas du toupet,

175

Martha, c'est du regret. Je suis désolé que les choses en soient arrivées là.

— Vous l'êtes vraiment ? »

Rodgers fit mine de se lever pour partir, mais Martha bondit. Elle s'interposa entre lui et la porte, se redressa de toute sa hauteur et s'avança jusqu'à ce que son visage soit à moins de trente centimètres du sien.

« Sincèrement, Mike, auriez-vous fait le même numéro avec Jack Chan, Jed Lee ou n'importe quel autre sénateur ? Auriez-vous été aussi rude avec eux ? »

Le ton de la femme lui donnait l'impression d'être devant un tribunal. Il avait bien envie de lui dire son fait, mais il se ressaisit. « Sans doute pas.

— "Sans doute pas", sûrement que non, tiens ! grogna Martha. Le club des vieux garçons se serre les coudes…

— Ce n'est pas ça, protesta Rodgers. J'aurais traité autrement les sénateurs Chan et Lee parce qu'ils n'auraient pas cherché à me faire des crocs-en-jambe.

— Oh, alors comme ça, vous pensez qu'on vous en veut personnellement ? Que madame le sénateur vous tanne parce qu'elle a une dent contre Mike Rodgers ?

— En partie, oui. Et pas personnellement ou parce que je suis un homme, mais parce que je crois qu'en tant que dernière superpuissance, les États-Unis ont la responsabilité d'intervenir où et quand c'est nécessaire. Et qu'à ce titre, l'Op-Center joue un rôle crucial de force d'intervention rapide. Martha, pensez-vous réellement que je cherchais à me faire valoir ?

— Ouais, tout à fait. En tout cas, c'est l'impression que ça donnait.

— Eh bien non, pas du tout. C'est *nous tous* que je

cherchais à défendre. Vous, moi, Paul, Ann, Liz, la mémoire de Charlie Squires. Je défendais l'Op-Center et les Attaquants. Combien d'argent, combien de vies auraient coûté une nouvelle guerre de Corée ? Ou une course aux armements avec une nouvelle Union soviétique ? Ce que nous avons accompli a économisé au pays des milliards de dollars. »

À mesure qu'il parlait, il nota que Martha se décrispait légèrement. Très légèrement.

« Dans ce cas, pourquoi ne pas lui avoir parlé comme vous êtes en train de le faire avec moi ?

– Parce qu'on m'a mis devant le fait accompli, expliqua Rodgers. Elle m'aurait renvoyé mes arguments comme une balle de ping-pong.

– Je vous ai vu subir pire, venant de Paul.

– Je suis son subordonné.

– Et l'Op-Center n'est-il pas subordonné aux sénateurs Fox, Chan, Lee, comme à tous les autres membres de la Commission parlementaire de surveillance du renseignement ?

– Jusqu'à un certain point, admit Rodgers. Mais le mot clef est *commission*. Les sénateurs Chan et Lee ne sont pas des isolationnistes sectaires. Ils auraient discuté avec Paul ou moi des restrictions budgétaires, ils nous auraient permis d'en débattre. »

Martha leva le poing en l'air. « C'est cela, écoutons l'avis des antichambres enfumées...

– Il s'y fait du boulot.

– Entre hommes, objecta Martha. Dieu nous garde qu'une femme prenne une décision et demande à un homme de l'appliquer. Si c'est le cas, vous vous liguez contre elle pour la descendre en flammes.

– Pas plus qu'elle ne m'a descendu en flammes,

nota Rodgers. Vous trouvez que j'ai poussé? Mais qui est-ce qui passe une bonne partie de son temps ici à réclamer l'égalité? »

Martha ne dit rien.

Rodgers baissa les yeux. « Je crois que tout cela nous a largement échappé. Pour l'heure, nous avons d'autres problèmes. Des cinglés qui s'apprêtent à lancer sur les réseaux des jeux vidéo mettant en scène des lynchages de Noirs par des Blancs. Je dois retrouver Darrell et Liz pour voir si on a un moyen de les coincer. J'aimerais avoir votre opinion. »

Martha acquiesça.

Rodgers la regarda. Il n'en menait pas large. « Écoutez… Je n'aime pas voir quelqu'un adopter une mentalité d'assiégé. Surtout quand il s'agit de moi. Je suppose que c'est une question de territoire. L'armée de terre s'occupe des problèmes d'armée de terre. L'infanterie de marine des problèmes d'infanterie de marine… »

– Et les femmes des problèmes de femmes », compléta Martha d'une voix douce.

Rodgers sourit. « *Touché*. Je suppose qu'à la fin des fins, nous restons tous des carnivores luttant pour leur territoire.

– C'est une façon d'exorciser les choses.

– Eh bien, il y en a une autre, poursuivit Rodgers. "Je me conduirai en autocrate : c'est ma vocation. Et le bon Dieu me pardonnera : c'est la sienne." C'est une femme qui a dit ça. La Grande Catherine. Eh bien, Martha, je peux parfois me conduire en autocrate. Et si c'est le cas, j'espère seulement que vous saurez me pardonner. »

Martha plissa les paupières. Elle le fixa, comme si elle voulait rester en colère, mais elle ne pouvait pas.

« *Touchée !* Je me rends ! » Elle souriait.

Rodgers sourit à nouveau, puis il consulta sa montre. « Il faut que je passe un coup de fil. Si vous alliez voir Liz et Darrell pour commencer à défricher le terrain ? Je vous rejoindrai un peu plus tard. »

Martha décrispa les épaules.

« Mike ? » fit-elle alors qu'elle s'effaçait pour le laisser passer.

Il s'arrêta. « Oui ?

– C'est quand un même un coup en vache que vous lui avez porté. Faites-moi plaisir… tâchez de lui passer un coup de fil, pour voir si elle s'en est bien remise.

– Je comptais le faire, dit Rodgers en ouvrant la porte. Moi aussi, je sais ne pas être rancunier. »

21.

Jeudi, 14 : 55, Hambourg, Allemagne

Bob Herbert passa plus d'une heure, crispé, au téléphone.

Installé dans son fauteuil roulant, et utilisant sa ligne privée, il consacra une partie de ce temps à discuter avec son adjoint à l'Op-Center, Alberto Grimotes. Alberto était un habile psychologue, tout frais sorti de Johns Hopkins et débordant de bonnes idées. Certes, il était encore tout jeune et sans grande expérience de la vie, mais c'était un bûcheur que Herbert considérait un peu comme un petit frère.

La question numéro un, avait dit Herbert, était de tâcher de savoir sur quels services de renseignements alliés ils pouvaient compter pour obtenir des informations de première main sur des groupes terroristes allemands. Les hommes de l'Op-Center soupçonnaient les Israéliens, les Anglais et les Polonais d'être les seuls à suivre de près de tels groupes. Aucune autre nation n'éprouvait la même peur viscérale des Allemands.

Herbert patienta, le temps qu'Alberto consulte leur base de données sur les agents opérant sur le terrain. Ces renseignements étaient consignés dans un fichier intitulé RSE – Ressources secrètes à l'étranger.

Herbert se sentait toujours honteux d'avoir à quémander des bouts de renseignements par-ci par-là, mais ses propres sources d'information en Allemagne étaient très maigres. Avant la réunification, les États-Unis s'étaient fortement engagés aux côtés de la République fédérale pour traquer les groupes terroristes envoyés de l'Est, mais depuis la chute du Mur, le renseignement américain s'était quasiment retiré du pays. Les groupes allemands étaient désormais le problème de l'Europe, pas celui de l'Amérique. Asphyxiés par des coupes budgétaires draconiennes, la CIA, le Service national de reconnaissance et les autres services de collecte d'informations avaient largement de quoi faire avec la Chine, la Russie et l'ensemble du monde occidental…

Bien entendu, même à supposer que les autres gouvernements aient infiltré des agents en Allemagne, rien ne garantissait qu'ils seraient prêts à partager leurs informations. Depuis le battage médiatique sur les fuites dans les services de renseignements américains au cours des années quatre-vingt, les autres pays se faisaient tirer l'oreille pour confier ce qu'ils savaient. Ils n'avaient pas envie de voir compromises leurs propres ressources.

« Hub et Shlomo ont respectivement quatre et dix personnes sur le terrain », indiqua Alberto. Il faisait référence au commandant Hubbard du renseignement britannique et à Uri Shlomo Zohar du Mossad.

La ligne téléphonique n'étant pas protégée, Herbert s'abstint de demander des détails. Mais il savait que la plupart des agents de Hubbard en Allemagne s'occupaient d'endiguer le flot de la contrebande d'armes en provenance de Russie, tandis que les Israéliens surveillaient le flot d'armes expédiées aux Arabes.

« Pour ce qui est des gars de Bog, on dirait bien qu'ils en sont encore à nettoyer le bordel laissé par les Russes », poursuivit Alberto. C'était une référence au général Bogdan Lothe du renseignement russe et à la guerre qui avait failli éclater avec la Russie[1]. « Vous en voulez une bien bonne ? demanda Alberto.

– Au point où j'en suis...

– Plus j'examine cette liste, plus je crois que le seul qui puisse nous aider est Bernard. »

Si la situation n'avait pas été aussi dramatique, Herbert aurait rigolé. « Lui, nous aider ? Impossible. Absolument impossible.

– Peut-être bien que si, objecta Alberto. Laissez-moi simplement vous lire ce rapport de Darrell. »

Herbert attendit en pianotant avec impatience sur le bras de son fauteuil.

Bernard, c'était le colonel Bernard Ballon, détaché auprès du GIGN, le Groupe d'intervention de la gendarmerie nationale. Historiquement, les forces de l'ordre françaises avaient montré qu'elles faisaient la sourde oreille dès qu'il s'agissait de s'attaquer aux crimes racistes, surtout quand ils étaient commis contre des juifs ou des immigrés. La gendarmerie avait en outre passé un accord avec les Allemands. Si les Français se tenaient à l'écart de l'Allemagne, celle-ci ne révélerait pas les noms des dizaines de milliers de collaborateurs qui avaient aidé les nazis pendant la guerre. Certains de ces hommes et femmes étaient aujourd'hui chefs d'entreprise et dirigeants politiques,

---

1. Voir *Op-Center II. Le miroir moscovite*, *op. cit.*

et ils comptaient sur les services de renseignements français pour ne pas faire de zèle.

La quarantaine, Ballon avait, à titre personnel, déclaré la guerre à l'injustice. Jamais Herbert n'avait connu quelqu'un d'aussi coriace. Et le Français devait secouer une gendarmerie qui renâclait et freinait des quatre fers pour arriver à la tirer de son apathie.

Malgré tout, il devait rendre compte à un gouvernement. Et ce gouvernement ne portait pas vraiment les États-Unis dans son cœur. La simple idée que la France soit en position de les aider était pour le moins troublante. L'éventualité de devoir s'en remettre à ces pourfendeurs d'Américains était encore plus déconcertante. Quant au fait d'imaginer qu'ils finissent par accepter d'aider les États-Unis, c'était positivement absurde.

Alberto poursuivit : « Bernard a un gros problème avec son administration et il cherche depuis un certain temps à démontrer l'existence d'une connexion entre des réseaux terroristes en France et en Allemagne. Il a contacté l'I majuscule, le mois dernier, et ils ont à leur tour contacté Darrell. Darrell l'a aidé à obtenir certains renseignements dont il avait besoin. »

L'*I majuscule,* c'était leur code personnel pour Interpol. Darrell n'assurait pas seulement la liaison avec le FBI : il assurait également les relations entre l'Op-Center et d'autres agences internationales de lutte contre le crime.

« De quel genre de renseignements au juste avait-il besoin ? » s'enquit Herbert. Il continuait de pianoter sur son accoudoir. Il n'avait pas, mais alors pas du tout, envie de s'en remettre aux Français.

« Le dossier ne l'indique pas. L'information a été

seulement donnée de vive voix. Il faudra que je m'adresse à Darrell.

– Vas-y, dit Herbert. Et rappelle-moi dès que tu as quelque chose.

– D'accord, répondit Alberto. Y a-t-il une ligne protégée pour vous recontacter ?

– Pas le temps pour ça. Faudra que tu prennes le risque et que tu me rappelles à mon numéro perso. Ah, préviens aussi le général Rodgers.

– Bien entendu. Et puisqu'il va fatalement me poser la question, où dois-je lui dire que vous serez ?

– Dis-lui que je m'en vais vérifier certaines des théories du Chaos.

– Ah, fit Alberto. L'époque est propice, c'est ça ?

– Tout juste. Le congrès annuel des bas-du-bulbe. Ce qui m'amène à la question numéro deux. As-tu des renseignements sur l'organisation de ces fameuses Journées du Chaos ?

– Vous voulez le prix des chambres, c'est ça ?

– Pas drôle.

– Désolé. Je vais voir. »

Herbert entendit le cliquetis des touches de l'ordinateur.

« Oui, dit enfin Alberto. Ces deux dernières années, la plupart des participants démarrent les festivités par un apéritif à dix-huit heures, à la Brasserie centrale de Hanovre.

– C'est curieux, mais je ne suis pas surpris. » Le putsch de novembre 1923, de sinistre mémoire, était parti de la brasserie Bürgerbrauerei de Munich. C'est de là que Hitler avait lancé sa première tentative de prise de pouvoir en Allemagne. Mais s'il avait échoué, ces hommes-là avaient pour leur part bien l'intention de réussir.

Le reste du temps passé par Herbert au téléphone fut consacré à dénicher une voiture équipée de commandes d'accélérateur et de frein au volant. Plusieurs sociétés louaient des voitures avec chauffeur pour handicapés, mais Herbert n'en voulait pas. Il avait l'intention de chercher des renseignements au cœur même des Journées du Chaos, et il n'avait pas envie de mettre en danger la vie d'un chauffeur.

Il finit par trouver une société de location qui avait une voiture aménagée, et même si le véhicule proposé était dépourvu de vitres pare-balles et de siège éjectable (il plaisantait, assura-t-il à un employé définitivement dépourvu d'humour), on le lui livra au pied de son hôtel. Décidant de la jouer décontracté, il ôta chemise blanche et cravate pour passer le chandail *Je m'appelle Herbert... Bob Herbert* que lui avait offert sa frangine. Puis il enfila son blazer et descendit. Avec l'aide du portier, il installa son fauteuil roulant, sans le replier, dans l'espace aménagé à l'arrière du véhicule à la place de la banquette. Puis, un plan de la ville déployé sur le siège du passager, son téléphone portable posé à côté de lui, voisinant avec la traductrice électronique de Matt Stoll, Herbert partit à bord de sa Mercedes.

Quelle ironie – et quelle tristesse aussi, songea-t-il – qu'un homme à mobilité réduite représente l'ensemble des ressources humaines du renseignement américain en Allemagne. D'un autre côté, il avait de l'expérience, de la volonté et une solide organisation pour l'épauler. Des agents étaient partis sur le terrain avec moins que ça. Bien moins. Et même s'il n'espérait pas vraiment rester invisible, il souscrivait au vieil adage du service : « Ne jamais sous-estimer ce que peut savoir votre informateur ; et ne jamais sous-estimer ce qu'il pourra vous raconter s'il est imprudent, stupide ou ivre. » À la Brasserie centrale, il avait des chances d'avoir l'embarras du choix en la matière.

Plus que son indépendance, ce qu'il savourait le plus, c'était ce retour à l'action. Il comprenait maintenant ce que Mike Rodgers avait dû éprouver en reprenant du service en Corée.

Le trajet depuis l'hôtel prit moins de deux heures. C'était tout droit, du nord au sud par l'autoroute A1, où la vitesse limite recommandée oscillait entre cent et cent trente à l'heure, même si tout automobiliste conduisant à moins de cent trente se faisait traiter de *Grafin* – bref, de vieille comtesse, en teuton dans le texte.

Herbert effectua le trajet à près de cent cinquante. Il avait baissé les vitres avant pour goûter la fraîcheur revigorante de l'air. Malgré la vitesse, il ne manqua rien de la beauté verdoyante des paysages de Basse-Saxe. C'était déprimant de songer que ces frondaisons grisantes, ces villages séculaires servaient de refuge à l'un des mouvements racistes les plus virulents de toute l'histoire du monde civilisé.

Mais pour toi, c'est le paradis. Chaque arbre dissimule toujours un ou deux serpents.

Il avait encore une notion différente des hommes et de la beauté lorsqu'il avait débarqué au Liban avec sa femme. Un ciel bleu superbe, des édifices antiques, de l'humble chaumière au palais, une population de chrétiens et de musulmans fervents. Les Français s'étaient retirés en 1946 et désormais, les « frères » de religion se déchiraient sans pitié. Les marines américains avaient contribué à éteindre l'incendie en 1958, mais le pays s'était embrasé de nouveau en 1970. Finalement, les Américains étaient revenus. Les cieux étaient toujours aussi bleus, les maisons toujours aussi intimidantes quand un commando-suicide musulman avait attaqué à la bombe l'ambassade américaine à Beyrouth, en 1983. Il y avait eu cinquante morts, et beaucoup plus de blessés. Depuis, la beauté n'avait plus jamais paru innocente, ou même attirante aux yeux de Herbert. Et même la vie, jadis si riche et prometteuse, n'était plus pour lui qu'un moyen de tuer le temps jusqu'au jour où sa femme et lui pourraient à nouveau être réunis.

Hanovre était une ville riche de contrastes. Contraste avec la campagne environnante, d'abord, mais aussi d'un quartier à l'autre. Comme Hambourg, elle avait subi de gros dégâts lors des bombardements de la Seconde Guerre mondiale. C'est ainsi qu'on découvrait, nichés entre les tours modernes et de vastes faubourgs rénovés, des îlots d'architecture du XVIe siècle, des maisons à colombages serrées entre des ruelles étroites et des jardins baroques. Pour sa part, Herbert préférait la vraie campagne, comme celle où il avait grandi. Avec ses mares, ses moucherons, ses grenouilles et son épicier du coin. Mais plus il s'enfonçait dans les rues, plus il était surpris par ces deux facettes opposées que présentait Hanovre.

Ce qui est parfaitement approprié, s'avisa-t-il en se dirigeant vers la Rathenauplatz. *Cette ville héberge également deux visages de l'humanité bien différents.*

Ironie de l'histoire, c'était dans ces vieux quartiers si typiques qu'étaient installés la plupart des cafés et restaurants. Sous le charme, les vipères. Pour s'y rendre, Herbert n'eut qu'à filer les trois skinheads à

187

moto qu'il avait remarqués. Il n'imagina pas un seul instant qu'ils allaient le conduire au musée Sprengel d'art moderne.

Le trajet dura dix minutes. Quand il arriva, il reconnut sans peine la Brasserie centrale. Elle était située au milieu d'une rangée d'autres brasseries et de bars, en majorité fermés. La taverne arborait une façade de brique blanche et une simple enseigne portant son nom inscrit en lettres noires sur fond rouge.

« Évidemment », grommela Herbert en passant devant l'établissement. C'étaient les couleurs de l'Allemagne nazie. Alors qu'il était désormais illégal d'arborer des croix gammées, ces gens avaient joué sur la similitude sans enfreindre la loi. Du reste, comme l'avait mentionné Hausen lors du déjeuner, alors que le néo-nazisme proprement dit était hors la loi, tous ces groupes contournaient l'interdit en se baptisant de toutes sortes d'euphémismes, des *Fils du Loup* au *Parti national-socialiste du XXIᵉ siècle.*

Mais si la Brasserie centrale n'était pas vraiment une surprise, les individus rassemblés devant en étaient une.

Les dix tables rondes de la terrasse ne suffisaient pas à accueillir tout le groupe, dont les effectifs grandissaient sous les yeux mêmes de Herbert. Près de trois cents hommes, jeunes pour la plupart, attendaient, debout en pleine rue, assis sur le trottoir ou appuyés aux voitures que leurs propriétaires avaient oublié de déplacer à temps et qu'ils ne pourraient plus récupérer avant la fin de ces trois jours de célébration. Les rares passants hâtaient le pas pour traverser la cohue. Un peu plus loin, quatre policiers réglaient la circulation. Les voitures évitaient avec précaution la foule de buveurs réunis devant la taverne.

Herbert s'était attendu à trouver une armée de skin-heads et de chemises brunes – crânes rasés et tatouages, ou uniformes pseudo-nazis avec brassard, impeccablement repassés. Il y avait certes, çà et là, quelques petits groupes de sept ou huit punks. Mais la majorité des hommes et les quelques femmes qu'il remarqua étaient habillés BCBG, et leur coupe de cheveux, quoique classique, était plutôt mode. Ils riaient, semblaient détendus, et faisaient penser à un groupe de jeunes courtiers ou d'avocats venus en congrès à Hanovre. Dans sa banalité, la scène avait quelque chose de terrifiant. Herbert réalisa que cela aurait fort bien pu se passer dans sa chère ville natale.

De son œil exercé, Herbert divisa le tableau d'ensemble en fragments assimilables, plutôt que d'examiner chaque individu un par un. Plus tard, si nécessaire, il pourrait toujours reconstituer de mémoire les détails importants.

Tout en progressant au pas, Herbert ne manqua pas d'écouter par la vitre descendue. Sans le parler couramment, il avait appris assez d'allemand pour comprendre. Tous ces gens discutaient de politique, d'informatique et de... *cuisine*, sacré nom d'une pipe ! Lui qui avait imaginé de jeunes Teutons beuglant des chansons à boire ! Pas étonnant que les autorités se gardent d'intervenir dans ces manifestations. Si la police s'avisait de faire une descente, elle risquait d'embarquer une partie de l'élite des toubibs, avocats, agents de change, journalistes ou diplomates du pays, et Dieu sait qui encore. Et le gouvernement serait en fort mauvaise posture si jamais il venait à l'idée de ces gens de se retourner contre lui. Pour l'instant, ils n'en avaient encore ni la force ni la motivation nécessaires.

Mais que cela arrive, et l'ordre allemand pouvait fort bien être bouleversé et reconstruit d'une manière que le monde aurait tout lieu de redouter.

Son estomac se noua. Quelque chose en lui se rebellait, *ils n'ont pas le droit, ces jeunes salauds*. Mais d'un autre côté, il savait qu'ils en avaient parfaitement le droit. L'ironie était que la défaite de Hitler leur avait donné le droit de dire ou de faire quantité de choses, aussi longtemps qu'il n'y avait ni incitation à la haine raciale ou religieuse, ni négation publique de la réalité de l'Holocauste.

Vers le bout de la rue, ils avaient installé une table avec des registres d'inscription tenus par une demi-douzaine d'hommes et de femmes. La file s'allongeait devant la table, sans bousculade, sans récriminations, sans rien qui rompe l'ambiance générale de camaraderie. Herbert ralentit encore pour regarder les organisateurs collecter l'argent, donner des feuilles d'itinéraire et vendre des badges et des autocollants noir et rouge.

C'est qu'ils ont un sacré petit commerce, s'avisa Herbert, éberlué. Et tout cela, subtil, insidieux, et parfaitement légal. C'était bien le problème, d'ailleurs. Au contraire des skinheads, considérés comme des néo-nazis de basse caste et donc méprisés par les gens qu'il voyait ici, ces derniers avaient l'intelligence de rester dans la légalité. Et quand ils seraient assez nombreux pour présenter des candidats et les faire élire, Herbert était bien certain qu'ils la changeraient, cette loi. Comme ils l'avaient fait en mars 1933, en accordant à Hitler les pleins pouvoirs.

L'un des organisateurs, un jeune homme de grande taille aux cheveux blond paille, se tenait, très raide, derrière la table. Il serrait la main de chaque nouvel arrivant. Il paraissait moins à l'aise avec les rares skins crasseux qu'avec les gens bien mis.

Même parmi la vermine, il y a des castes, nota Herbert. Sa curiosité fut éveillée quand un des individus parmi les plus douteux fit suivre la poignée de main du salut nazi traditionnel. C'était un geste isolé. Les autres participants semblaient gênés par cette démonstration. C'était comme si un ivrogne venait de faire irruption au bar dans une soirée mondaine. On tolérait le salut, mais sans le voir. De toute évidence, le nouveau Reich connaissait des schismes, comme l'ancien. Des failles susceptibles d'être manipulées par des forces extérieures.

Un embouteillage se formait derrière Herbert. Relâchant la manette de frein, il plaqua la paume sur l'accélérateur et fila vers le bout de la rue. Il était furieux : furieux contre ces monstres bien léchés, héritiers de la guerre et du génocide, et furieux contre un système qui leur permettait d'exister.

Il s'apprêtait à tourner au coin quand il nota que les rues adjacentes étaient fermées à la circulation et réservées au stationnement des véhicules. Encore heureux qu'il n'y ait pas un flic en train de faire la circulation avec son bâton. Là, ç'aurait été vraiment trop – genre ambiance kermesse villageoise.

Il finit par trouver une place libre et s'y gara. Puis il appuya sur une touche à côté de l'autoradio. La porte arrière gauche s'ouvrit en même temps que des vérins sortaient le fauteuil roulant de la cavité dans laquelle il avait été encastré et le faisaient glisser de côté pour le déposer à terre. Herbert tendit le bras pour le ramener vers lui. Il se promit de prendre contact avec les concepteurs de cet aménagement pour faire importer ce genre de véhicule aux États-Unis. Ils facilitaient réellement la vie d'un handicapé.

Une fois installé dans son siège, il s'y harnacha comme un vrai pilote de chasse. Puis il pressa une touche ménagée dans la portière pour faire coulisser les vérins. Quand ce fut fait, il verrouilla la portière et remonta vers le haut de la rue et la taverne.

22.

Jeudi, 15 : 28, Montauban, France

Dominique sentait venir la victoire : elle avait du poids, de la présence et elle était proche. Toute proche.

Il la sentait encore plus maintenant que son avocat à New York lui avait téléphoné pour l'avertir que la police municipale et le FBI avaient mordu à l'hameçon. Ils avaient arrêté l'équipe de Pure Nation que Dominique avait soutenue depuis tous ces longs mois. Gurney et les siens s'apprêtaient à endurer l'épreuve de l'arrestation et du procès en vrais nazis : avec fierté et sans la moindre crainte. Dans le même temps, ils enverraient le FBI sur la piste de caches d'armes et de littérature de propagande, et leur livreraient le violeur des lesbiennes à Chicago. Et le FBI ne manquerait pas de se glorifier de ses victoires.

Ses victoires. Dominique sourit. *Dans sa traque aux charognards.* Une traque qui aurait mobilisé son temps, accaparé ses effectifs et entraîné l'élite des forces de l'ordre dans la mauvaise direction.

Dominique s'étonnait de la facilité avec laquelle il avait berné l'agence fédérale américaine. Ils avaient infiltré un agent. C'était leur tactique habituelle. On l'avait admis avec d'autres membres. Mais comme

193

cette taupe répondant au nom de John Wooley n'avait, bien que frisant la trentaine, aucun passé militant dans l'extrême droite, deux membres de Pure Nation s'étaient rendus en Californie rendre visite à la prétendue « mère » à qui il écrivait. Même si le FBI avait pris la précaution de lui louer une maison et de lui fournir une couverture, elle passait chaque jour deux ou trois coups de fil depuis une cabine installée dans la galerie marchande du coin. Les caméras de surveillance vidéo dissimulées permirent de voir que le numéro composé était à chaque fois celui du bureau du FBI à Phoenix. Ric Myers, le leader de Pure Nation, soupçonnait cette Mme Wooley d'être sans doute elle-même un agent chevronné. Les militants de Pure Nation gardèrent donc son « fils » parmi eux pour pouvoir alimenter le FBI en fausses informations.

Dans le même temps, Dominique s'était mis à la recherche de néo-nazis américains pour mettre ses projets à exécution. Jean-Michel avait trouvé Pure Nation et la présence de Wooley collait à merveille avec les plans de Dominique.

On s'occupera en temps opportun de Mme Wooley et de son « fils », réfléchit Dominique. D'ici quelques semaines, quand les États-Unis seraient plongés dans le chaos, les Wooley deviendraient les premières victimes : la femme serait violée dans son pavillon de location et on lui crèverait les yeux, tandis que l'élément infiltré serait châtré et laissé en vie, une manière de dissuader d'autres héros potentiels.

Dominique contemplait, au travers d'une glace sans tain, la salle de conférences jouxtant son bureau, sur la mezzanine dominant son atelier souterrain. En dessous, dans un local déjà utilisé au XIIIe siècle pour fabriquer des armures et de l'armement lors de la croisade des albigeois, des ouvriers assemblaient des cartouches de jeu vidéo et pressaient des cédéroms de jeux interactifs. Dans une zone séparée, parfaitement isolée, côté rivière, des techniciens montaient des échantillons de la production sur leur serveur alimentant le monde entier. Les consommateurs devraient pouvoir commander le jeu sous tous les formats imaginables.

La plupart des jeux qu'il fabriquait ici à Demain relevaient du loisir grand public. Les graphismes, le son et l'animation étaient d'une telle qualité que depuis 1980, année où il avait lancé son premier jeu, « Un chevalier mémorable », Demain était devenu l'un des éditeurs de logiciels les plus florissants de la planète.

Les autres jeux, en revanche, étaient nettement plus chers au cœur de Dominique. Et ils constituaient le véritable avenir de son organisation. Ils étaient même l'une des clefs de l'avenir du monde.

Mon monde, songea-t-il. Un monde qu'il dirigerait dans l'ombre.

« Gitane sans filtre » était le premier de cette nouvelle gamme de jeux. Réalisé neuf mois plus tôt, il mettait en scène une gitane de petite vertu. Son objet était de recueillir de l'information des villageois, de localiser la catin, puis de découvrir les divers vêtements qu'elle avait essaimés dans la campagne environnante. Demain en avait vendu dix mille exemplaires dans le monde entier. Toujours par correspondance et à partir d'une adresse au Mexique, après qu'il eut soudoyé les autorités pour qu'elles ferment les yeux sur son commerce, quel que soit le type d'article vendu. Le jeu avait également été annoncé sur le Web et par des encarts publicitaires dans la presse raciste.

« Gitane sans filtre » avait été suivi par « Ghetto Blaster », situé dans la Varsovie de la Seconde Guerre mondiale ; « Cripple Creek », un endroit où l'on devait mener les handicapés pour les noyer ; « Réorientation », un jeu de morphing graphique où il s'agissait d'occidentaliser des visages asiatiques ; et enfin, « Gayrilla », où les joueurs devaient flinguer les participants à un défilé d'homosexuels.

Mais il avait toutefois un faible pour leurs dernières productions. « Camp de concentration » et « Pas pendu pour tout le monde » étaient plus évolués que tous les autres. « Camp de concentration » était diaboliquement éducatif, tandis que « Pas pendu pour tout le monde » permettait aux joueurs de plaquer leurs propres traits scannés sur les héros qui traquaient des Noirs. Une démo jouable de ce dernier programme était déjà accessible sur le réseau aux États-Unis, et l'on enregistrait un chiffre record de commandes pour la version complète. La démo de « Camp de concentration » devait être bientôt accessible en France, en Pologne et en Allemagne – dans un endroit très particulier dans ce dernier pays.

Tous ces jeux devaient contribuer à répandre son message d'intolérance, mais ce n'était qu'un début. Quatre semaines après leur mise sur le marché, Dominique lancerait son projet le plus ambitieux en matière de jeu. Ce serait le point culminant de l'œuvre de toute une vie, qui commencerait par un jeu téléchargeable librement sur le réseau. Baptisé RIOTS / *Revenge Is Only The Start* – « La vengeance n'est qu'un début » (l'acronyme voulant dire «Émeutes» en anglais) –, il contribuerait à précipiter une crise comme l'Amérique n'en avait imaginé que dans ses pires cauchemars. Et pendant que l'Amérique serait occupée et que l'Allemagne devrait lutter contre ses néo-nazis, Dominique et ses partenaires auraient tout loisir d'étendre leurs empires commerciaux.

Étendre ? Non. Nous emparer de ce qui aurait toujours dû nous revenir.

Dans les années quatre-vingt, au début de la présidence socialiste de François Mitterrand, un certain nombre d'entreprises avaient été nationalisées. Au cours des années quatre-vingt-dix, ccs entreprises avaient connu des difficultés dues au poids grandissant des charges sociales : santé, retraites et tous ces avantages exigés par des Français habitués à être dorlotés du berceau au cercueil. Leur déroute avait entraîné de nombreuses banques dans leur sillage, et tout cela avait contribué à faire croître le taux de chômage jusqu'à onze et demi pour cent en 1995, puis quinze pour cent aujourd'hui – le double chez les diplômés. Et dans le même temps, l'Assemblée nationale restait les bras croisés, se contentant de jouer les chambres d'enregistrement pour toutes les décisions prises par le Président et sa petite élite de conseillers.

Dominique comptait changer les choses en rachetant une bonne partie de ces entreprises au fur et à mesure de leur privatisation. Certains dirigeants verraient leurs revenus baisser mais les chômeurs retrouveraient un boulot et les travailleurs auraient la sécurité de l'emploi. Il comptait également prendre le contrôle d'une banque française. L'argent de Demain aiderait à la renflouer et ses filiales internationales lui permettraient d'investir dans d'innombrables affaires à l'étranger. Les fonds pourraient circuler librement, pour éviter une taxation trop lourde et jouer sur les taux de change. Il avait déjà des visées sur un studio de cinéma britannique, une manufacture de cigarettes chinoise et une compagnie d'assurances allemande. À l'étranger, prendre le contrôle d'affaires importantes équivalait à mettre le couteau sous la gorge du gouvernement.

S'il était impensable de manœuvrer de la sorte des individus ou de petites entreprises, c'était en revanche tout à fait possible avec les grosses multinationales. Comme le lui avait un jour expliqué son père : « Faire un million à partir de cent mille francs, ce n'est pas évident, mais passer de cent millions à deux cents est inévitable. »

Ce que le Japon avait tenté en vain de réaliser dans les années quatre-vingt, devenir la principale puissance économique de la planète, la France le réussirait au XXIe siècle. Et Dominique serait le régent caché derrière le trône.

« L'Allemagne... », grommela-t-il avec mépris. Un peuple qui avait débuté dans l'histoire en se faisant conquérir et battre à plate couture par Jules César en 55 avant Jésus-Christ. Il avait fallu attendre que ce soit un Franc, Charlemagne, qui vienne les sauver.

Dominique avait déjà sous contrat un chanteur qui devait enregistrer un morceau qu'il avait écrit quelques semaines plus tôt : le *Hitla Rap*. Avec son rythme singeant le pas de l'oie, il ramenait les Allemands à ce qu'ils étaient en réalité : un ramassis de rustres dépourvus d'humour. Lorsqu'il aurait atteint ses objectifs en France, Dominique avait en effet bien l'intention de remettre les Boches à leur place – même s'il ne pouvait résister au plaisir de prendre déjà un acompte avec Hausen.

Henri avait téléphoné pour annoncer le succès de sa mission. Là-bas, l'incendie faisait la une de tous les médias : la moitié d'un pâté de maisons du quartier historique de St. Pauli avait brûlé avant que les pompiers ne parviennent à maîtriser le sinistre. C'était parfait, même si Dominique se demandait quelle réaction pouvait engendrer l'orgueil blessé de Herr Richter. Allait-il tuer Jean-Michel qui devait participer au meeting de ce soir ? S'en prendre à un distributeur des productions Demain en Allemagne ? Il en doutait. Cela ferait dangereusement monter les enchères, sans pour autant nuire à Dominique. Richter allait-il capituler et s'aligner ? Il en doutait aussi. Richter était trop fier pour plier complètement. Se pouvait-il qu'il informe la presse des activités secrètes de Dominique ? C'était improbable. Richter n'en savait pas assez sur eux, et de toute manière, qui irait le croire ? Lui, un proxénète néo-nazi. En toute hypothèse, il était impossible de remonter jusqu'à Dominique.

Mais Richter allait certainement faire quelque chose. Il y était obligé. C'était une question d'honneur.

Quittant la fenêtre, Dominique retourna vers son bureau. Spéculer était toujours distrayant, mais sans intérêt en définitive. Dominique n'était sûr que d'une seule chose : il préférait être dans sa peau que dans celle de Richter.

23.

En sortant de sous un bouquet d'arbres, Karin Doring regarda droit devant et se permit un de ses très rares sourires.

Le camp était l'un des spectacles les plus magnifiques qu'il lui eût été donné de voir. Le site au bord de la Leine avait été acheté par la famille de Manfred plus de dix ans auparavant. Dix hectares de bois odoriférants, bordés à l'est par la rivière et à l'ouest par une haute colline, juste derrière eux. Une gorge encaissée les protégeait au nord et les arbres offraient une protection contre les regards espions venus du ciel. Le camp installé par ses partisans était formé d'une série de tentes à deux places, disposées en quatre rangées de cinq. Elles étaient recouvertes de feuillages pour ne pas être repérables depuis les avions de reconnaissance envoyés par les autorités à la recherche du motor-home volé. Les véhicules qui les avaient amenés ici avaient été garés côte à côte au sud du camp ; ils étaient également camouflés.

La bourgade la plus proche était Garbsen, à près de trente kilomètres au sud. Les recherches terrestres des terroristes qui avaient attaqué le site de tournage

200

allaient commencer là-bas et se poursuivre en direction de Hanovre, où devaient se dérouler les Journées du Chaos. C'était nettement au sud-est de leur position. Jamais les autorités ne viendraient les chercher dans ce coin, au milieu de ce pays enchanteur digne des contes de Grimm. Elles ne pouvaient dilapider leurs forces. Pas durant soixante-douze heures, et d'ici la fin des Journées du Chaos, Karin et ses partisans auraient déguerpi. Même si la police concluait en définitive que l'attentat était son œuvre, et quand bien même elle réussirait à découvrir son camp, elle ne réussirait jamais à les capturer, elle et ses partisans. Des sentinelles l'avertiraient et les chiens de combat retarderaient les assaillants, le temps de brûler ou de faire disparaître dans les eaux du lac les souvenirs compromettants. Triste mais indispensable précaution, car il ne fallait laisser aucun indice susceptible de les relier à l'attaque.

Qu'ils essaient de nous capturer, songea-t-elle, d'un air de défi. S'il le fallait, ils se battraient jusqu'au dernier. Le gouvernement fédéral pouvait bien faire passer ses lois, renier son passé, s'aplatir devant les États-Unis et le reste de l'Europe, elle et ses partisans refuseraient toujours de s'incliner. Et le jour venu, le reste de l'Allemagne épouserait la cause, l'héritage qu'elle aurait contribué à préserver.

Les quarante membres de Feuer à l'avoir accompagnée ici étaient parmi ses partisans les plus fervents. Les plus proches du périmètre poussèrent des vivats à l'arrivée de la camionnette. Le temps que Rolf ait garé leur véhicule à côté de la rangée de voitures parqué côté sud, ses *Feuermenschen*, ses « Soldats du feu » comme elle les appelait, s'étaient disposés en demi-cercle devant celui-ci. Ils levèrent le bras droit à quarante-cinq degrés, le poing dressé, et se mirent à crier à tue-tête « *Sieger Feuer!* » – « Feu conquérant ! ».

Karin descendit sans rien dire. Elle se dirigea vers l'arrière de la camionnette, ouvrit la porte, saisit un casque d'acier. Il portait des traces de rouille et la mentonnière de cuir noir était usée et craquelée. Mais l'écusson tricolore noir, blanc et rouge sur le côté droit et sur le gauche, l'écu noir frappé du *Wehrmacht-adler,* l'aigle d'argent surmontant une croix gammée, brillaient de tout leur éclat.

Karin brandit le casque devant elle, bras tendus, comme si elle couronnait un roi.

« Combattants de la cause, nous venons aujourd'hui de remporter une grande victoire. Ces symboles du Reich ont été arrachés aux collectionneurs, professeurs et autres combattants à la retraite. Ils sont de nouveau entre les mains de vrais guerriers. Ils sont de nouveau entre les mains de patriotes. »

D'une seule voix, les Soldats du feu s'écrièrent : « *Sieger Feuer* » et Karin tendit le casque au jeune homme le plus proche d'elle. Il l'embrassa, tout tremblant, puis tendit la main pour récupérer à mesure les autres reliques que Karin sortait pour les distribuer à ses autres partisans. Elle se garda un poignard de SA.

« Conservez-les avec soin, leur dit-elle. Ce soir, ils vont resservir. Ce soir, ce seront de nouveau des instruments de guerre. »

Tandis qu'avec l'aide de Rolf elle distribuait les articles, Manfred arriva par l'autre côté du véhicule.

« Un coup de fil pour toi », annonça-t-il.

Elle le fixa comme pour demander : *de qui* ?

« De Felix Richter », termina Manfred.

L'expression de Karin ne changea pas. Elle changeait rarement. Pourtant, elle était surprise. Elle n'avait pas escompté lui parler ce soir au rassemblement de Hanovre, et encore moins discuter avec lui d'ici là.

Elle tendit à Manfred le fusil qu'elle avait dans les mains. Sans un mot, elle remonta dans la cabine, côté conducteur, et referma la portière. Manfred avait laissé le téléphone posé sur le siège. Elle le saisit, hésita.

Karin n'aimait pas Richter. Ce n'était pas seulement à cause de leur rivalité de toujours : le mouvement politique de l'un contre le mouvement militaire de l'autre. L'un et l'autre étaient des moyens différents vers une fin identique, la concrétisation du rêve né quand Hitler avait été nommé chancelier du Reich en 1933 : l'instauration de l'ordre aryen. L'un et l'autre savaient que ce ne serait réalisable que par un formidable nationalisme suivi d'une *Blitzkrieg* économique contre la culture et les investissements étrangers. L'un et l'autre savaient que ces objectifs exigeraient une organisation, une diversité supérieures à celles que possédaient jusqu'ici leurs deux groupes pris isolément.

Ce qui la gênait avec Richter était qu'elle n'avait jamais été convaincue de sa dévotion au nazisme. Il semblait plus intéressé par l'accession de Felix Richter au statut de dictateur, peu importait de quoi. Alors que Karin faisait passer l'Allemagne avant sa propre vie, il lui avait toujours semblé que l'homme se satisferait de régner sur le Myanmar, l'Ouganda ou l'Irak.

Elle remit en service le micro. « Bon après-midi, Felix.

– Bon après-midi, Karin. Tu es au courant ?

– De quoi ?

– Alors tu ne dois pas l'être, ou tu n'aurais pas demandé. On nous a attaqués. On a attaqué l'Allemagne. Le mouvement.

– Qu'est-ce que tu racontes ? Qui nous a attaqués ?

– Les Français », dit Richter.

Ce seul nom suffisait à lui gâcher la journée. Son grand-père avait été *Oberfeldarzt* – médecin-major dans la France occupée. Il avait été tué par un Français alors qu'il soignait les soldats allemands blessés lors de la chute de Saint-Sauveur. Elle avait grandi, bercée par les récits de ses parents échangeant avec leurs amis des anecdotes sur la couardise, la fourberie et les trahisons des Français envers leur pays.

« Continue, dit Karin.

– Ce matin, expliqua Richter, j'ai rencontré l'émissaire de Dominique aux Journées du Chaos. Il a exigé que j'intègre mon organisation à la sienne. Comme j'ai refusé, mon club a été détruit. Par le feu. »

Karin s'en fichait. C'était une boîte pour les dégénérés et elle était ravie de la voir disparaître en fumée. « Et toi, où étais-tu ?

– On m'a fichu dehors sous la menace d'une arme. »

Karin regardait parader ses *Feuermenschen* derrière les arbres. Chaque soldat portait un symbole du Reich. Pas un n'aurait fui devant un Français, armé ou non.

« Où es-tu à présent ?

– Je viens d'arriver chez moi. Karin, ces gens ont l'intention de constituer un réseau d'organisations à leur service. Ils s'imaginent que nous ne serons qu'une voix noyée dans le chœur.

204

– Qu'ils l'imaginent, dit Karin. Le Führer laissait toujours les autres gouvernements imaginer ce qu'ils voulaient. Puis il leur imposait sa volonté.

– Comment?

– Comment ça? Avec sa force personnelle. Avec ses armées.

– Non, rétorqua Richter. Avec l'opinion publique. Tu ne vois donc pas? Il avait essayé de renverser le gouvernement bavarois avec le putsch de 1923. Faute d'un soutien populaire suffisant, il s'est fait arrêter. En prison, il a écrit *Mein Kampf* et présenté son plan pour une Allemagne nouvelle. En l'espace de dix ans, il était à la tête du pays. C'était toujours le même homme, disant les mêmes choses, mais *Mon combat* l'a aidé à convaincre les masses. Dès lors qu'il les contrôlait, il contrôlait la mère patrie. Et dès cet instant, peu importait ce que pouvaient dire ou faire les autres nations. »

Karin était troublée. « Felix, je n'ai pas besoin d'un cours d'histoire.

– Ce n'est pas de l'histoire, c'est l'avenir. Nous devons contrôler les gens, et ils sont ici, Karin, maintenant. J'ai un plan pour faire de cette soirée un événement qui entrera dans l'histoire. »

Pour Karin, Richter était le cadet de ses soucis. C'était un bellâtre égoïste et vaniteux qui avait peut-être l'arrogance du Führer et en partie son ampleur de vue, mais certainement pas son courage.

À moins que... ? Elle se demanda si l'épreuve du feu aurait pu le changer.

« Très bien, Felix, dit-elle enfin. J'écoute. Que proposes-tu? »

Il le lui exposa. Elle l'écouta attentivement, bientôt

avec intérêt, et sentit revenir une partie de son respect pour lui.

La glorification de l'Allemagne et de Felix Richter imprégnait chacune de ses pensées, chacune de ses paroles. Mais ce qu'il avait à dire se tenait. Et même si Karin avait entrepris ses trente-neuf missions sans exception en ayant en vue un plan, un objectif, elle devait bien admettre que quelque chose en elle était sensible à l'idée impulsive de Richter. Ce serait inattendu. Gonflé. Réellement historique.

Karin contempla les tentes, ses guerriers, les accessoires qu'ils portaient. C'était tout ce qu'elle aimait, tout ce qu'elle demandait. Or, la suggestion de Richter lui donnait l'occasion de l'avoir et, en plus, de frapper les Français. Les Français... et le reste du monde.

« Très bien, Felix. Je suis d'accord. Rejoins-moi au camp avant le rassemblement, qu'on mette tout ça au point. Ce soir, les Français apprendront qu'ils ne peuvent pas lutter contre le feu par le feu.

– Ça me plaît bien. Ça me plaît même beaucoup. Mais j'en connais un qui va l'apprendre avant, Karin. Bien avant... »

Richter raccrocha. Karin n'entendit plus que la tonalité alors que Manfred s'approchait de la cabine. « Pas de problème ?

– Y en a-t-il jamais eu ? » répondit-elle avec humeur. Elle lui rendit le téléphone qu'il glissa dans son coupe-vent. Puis elle descendit de voiture et reprit la seule tâche qui lui plaisait réellement, celle d'armer le bras de ses fidèles et de leur enflammer le cœur.

24.

Jeudi, 15 : 45, Hambourg, Allemagne

Hood et Stoll avaient passé le début de l'après-midi à définir exigences techniques et contraintes financières à l'intention de Martin Lang. Par la suite, ce dernier fit venir quelques-uns de ses techniciens de haut niveau afin de définir avec eux dans quelle proportion les exigences de l'Op-Center étaient réalisables. Hood fut ravi, quoique guère surpris, de découvrir qu'une bonne partie de la technologie dont ils avaient besoin était déjà sur la planche à dessin. Sans programme spatial Apollo pour stimuler la recherche et engendrer des retombées, c'était à l'industrie privée de supporter tout le poids du développement technologique. Ces projets étaient coûteux, mais la réussite pouvait signifier des milliards de dollars de bénéfice. Les premières entreprises à décrocher des brevets pour une technologie innovatrice et les logiciels afférents seraient les Apple et Microsoft du prochain siècle.

Les deux équipes avaient à peu près cerné l'enveloppe budgétaire pour la technologie nécessaire à l'Op-Center régional quand un gong résonna dans toute l'usine.

Hood et Stoll sursautèrent avec un bel ensemble.

Lang posa une main sur le poignet de Hood. « Je suis désolé... j'aurais dû vous prévenir. C'est notre carillon numérique. Il sonne à dix heures, midi et quinze heures pour signaler la pause.

— Charmant, dit Hood dont le cœur battait la chamade.

— On a trouvé que ça avait un petit côté rétro sympathique, expliqua Lang. Pour créer une impression de fraternité, le carillon sonne à la même heure dans toutes nos usines sur le territoire allemand. Toutes les horloges sont reliées par fibre optique.

— Je vois, dit Stoll. Comme qui dirait votre petit *Quasimodem*... le sonneur de cloches. »

Le mot d'esprit entraîna un regard irrité de son supérieur.

Après la réunion et une demi-heure de trajet en voiture pour regagner le centre de Hambourg, Hood, Stoll et Lang ressortirent de la capitale hanséatique pour se rendre, cinq kilomètres au nord-est, vers le nouveau quartier d'affaires de City Nord. Enserrées dans la boucle presque elliptique de l'Übersee Ring, se dressaient une vingtaine de tours élancées abritant les sièges de grandes entreprises publiques et privées. On y trouvait aussi bien la Compagnie d'électricité de Hambourg que des sociétés informatiques internationales, mais aussi des boutiques, des restaurants et un hôtel. Chaque jour de la semaine, plus de vingt mille personnes se rendaient à City Nord pour leur travail ou leurs loisirs.

Dès leur arrivée, Reiner, le jeune et fringant adjoint de Richard Hausen, les conduisit sans plus tarder au bureau du vice-ministre des Affaires étrangères. Stoll contempla longuement le stéréogramme encadré derrière le bureau de l'adjoint.

« Des chefs d'orchestre, commenta Stoll. Pas mal… Je ne le connaissais pas, celui-ci.

– Conception personnelle », annonça Reiner, très fier.

Les bureaux de Hausen à Hambourg étaient situés au sommet d'un ensemble de bureaux dans le secteur sud-est du quartier et dominaient les deux cents hectares du Stadtpark. Quand ils entrèrent, le vice-ministre des Affaires étrangères était au téléphone. Tandis que Stoll s'asseyait pour examiner l'équipement informatique de Hausen, surveillé par Lang, Hood s'approcha de la vaste baie vitrée. Dans la lumière dorée de cette fin d'après-midi, il distingua une piscine, une aire de jeux, un théâtre de verdure et le célèbre jardin ornithologique.

Pour autant qu'il puisse en juger, Hausen semblait avoir retrouvé son assurance et son franc-parler. Quels qu'ils aient pu être, ses soucis antérieurs avaient été soit réglés, soit mis de côté.

Si seulement je pouvais faire pareil, songea Hood tristement. Au bureau, il arrivait encore à supporter la douleur. Il s'empêchait de penser à la mort de Charlie parce qu'il devait se montrer fort devant le reste de son équipe. Il n'avait pas trop apprécié quand Rodgers lui avait parlé du jeu de haine raciale installé sur l'ordinateur du jeune Billy Squires, mais il avait connu tant de haine au temps où il était maire de Los Angeles que ça ne le scandalisait plus guère.

Tout cela, il pouvait encore s'en accommoder, et pourtant, l'incident dans le hall de l'hôtel lui trottait encore dans la tête. Toutes ces belles idées au sujet de Sharon, d'Ann Farris et de la fidélité n'étaient rien de plus que des idées. Des paroles en l'air.

Au bout de quelques semaines il avait fini par accepter la mort de Squires. Mais elle, alors que cela faisait vingt ans, elle était toujours avec lui. Il fut surpris par le sentiment de déstabilisation, d'urgence, quasiment de panique qu'il avait ressenti en s'adressant au portier.

Bon Dieu, comme il aurait voulu la mépriser. Mais non. Impossible. Maintenant, comme tout au long de ces années, chaque fois qu'il essayait, il finissait par se mépriser lui-même. Maintenant, comme toujours et encore, il avait l'impression, quelque part, que c'était lui qui avait échoué.

Sauf que tu ne pourras jamais avoir de certitude, se répéta-t-il. Et c'était presque pire que ce qui était arrivé. Ne pas savoir *pourquoi* c'était arrivé.

Il fit courir machinalement sa main sur la poche de devant de son blouson. La poche contenant son portefeuille. Le portefeuille contenant les billets. Les billets avec les souvenirs.

Et tout en contemplant le parc par la fenêtre, il se demanda : *Et toi, qu'aurais-tu fait si ça avait été elle ? Tu lui aurais demandé : « Alors, qu'est-ce que tu deviens ? Es-tu heureuse ? Oh, à propos, chou… pourquoi ne pas m'avoir tiré une balle dans le cœur pour achever le boulot ? »*

« Sacré panorama, n'est-ce pas ? »

C'était Hausen. Hood fut pris au dépourvu. L'atterrissage fut rude. « C'est un panorama magnifique, effectivement. Chez moi, je n'ai même pas de fenêtre. »

Hausen sourit. « Le travail que nous faisons est différent, Herr Hood. J'ai besoin de voir les gens que je sers. Besoin de voir les jeunes couples pousser des landaus. Besoin de voir des couples âgés marcher main dans la main. Besoin de voir jouer des enfants.

– Je vous envie, dit Hood. Je passe mes journées à contempler des cartes générées par ordinateur et évaluer les mérites de bombes en grappe face à d'autres systèmes d'armes.

– Votre boulot est de combattre la corruption et la tyrannie. Mon domaine, moi, c'est… » Hausen se tut, fit mine de cueillir une pomme dans un arbre, et revint avec le mot qu'il avait sur le bout de la langue : « Mon domaine est l'exacte antithèse de cela. J'essaie de faire fructifier la croissance et la coopération.

– Ensemble, observa Hood, nous aurions composé un sacré patriarche biblique. »

Hausen s'épanouit. « Vous voulez dire un juge. »

Hood le regarda : « Pardon ?

– Un juge, répéta Hausen. Excusez-moi, je ne voulais pas vous reprendre mais la Bible est mon dada. Une passion, à vrai dire, vu que j'ai étudié chez les Frères. J'apprécie tout particulièrement l'Ancien Testament. Êtes-vous familier des juges ? »

Hood dut admettre que non. Il supposait qu'ils devaient être comparables aux juges d'aujourd'hui même s'il se garda d'en rien dire. Quand il était à la mairie de L.A., il avait, au mur de son bureau, une plaque sur laquelle on pouvait lire : *Dans le doute, ferme-la*. Une politique qui l'avait bien servi tout au long de sa carrière.

« Dans les tribus des Hébreux, expliqua Hausen, les juges étaient des hommes sortis du rang pour devenir des héros. Ils étaient ce qu'on pourrait appeler des chefs-nés, car ils n'avaient aucun lien héréditaire avec des dirigeants antérieurs. Mais une fois qu'ils avaient pris le pouvoir, on leur attribuait l'autorité morale pour régler toutes sortes de litiges. »

Hausen regarda de nouveau par la fenêtre. Son humeur s'assombrit légèrement. Hood s'avouait fort intrigué par cet homme qui détestait les néo-nazis, connaissait l'histoire juive et semblait, pour reprendre l'expression d'un célèbre présentateur de jeux télévisés, *avoir un secret.*

« Il fut un temps dans ma jeunesse, Herr Hood, où je croyais que le juge biblique était la forme achevée, ultime, du chef. Je pensais même : *Hitler l'avait compris. Il était un juge. Peut-être avait-il un mandat divin.* »

Hood le regarda. « Vous pensiez que Hitler accomplissait l'œuvre de Dieu, en tuant des hommes et en faisant la guerre ?

— Les juges ont tué bien des hommes et fait bien des guerres. Il faut que vous compreniez, Herr Hood : Hitler nous avait sortis de la défaite de la Grande Guerre, il avait contribué à mettre fin à la récession, il avait récupéré des territoires que beaucoup considéraient comme nous revenant de droit, et s'en était pris à des gens détestés par une majorité de mes compatriotes. Pourquoi pensez-vous donc que le mouvement néo-nazi soit si fort aujourd'hui ? Parce que beaucoup d'Allemands restent persuadés qu'il avait raison.

— Pourtant, vous luttez contre ces gens, aujourd'hui, observa Hood. Qu'est-ce qui vous a conduit à comprendre que Hitler se trompait ? »

Quand Hausen répondit, ce fut d'une voix sourde, dure, malheureuse. « Je ne voudrais pas paraître grossier, Herr Hood, mais c'est un sujet dont je n'ai jamais discuté avec quiconque. Et je ne voudrais pas en faire supporter le poids à un nouvel ami.

— Pourquoi pas ? De nouveaux amis apportent de nouvelles perspectives.

« – Pas dans ce cas-ci », rétorqua Hausen avec énergie.

Ses lèvres s'abaissèrent légèrement et Hood vit bien que l'homme avait cessé de contempler le parc ou les promeneurs. Il était ailleurs, ailleurs avec sa détresse. Hood savait pourtant qu'il se trompait. Réunis, ils ne formaient pas un patriarche ou un juge. Réunis, ils n'étaient jamais que deux types hantés par des événements vécus des années auparavant.

« Mais vous êtes un homme compatissant, reprit Hausen, et je veux bien partager une pensée avec vous. »

Soudain, dans leur dos, la voix de Stoll se fit entendre : « Cré nom d'une pipe ! Qu'est-ce que c'est encore que ce truc ? »

Hood se retourna. Hausen posa une main sur son épaule pour l'empêcher de rejoindre Stoll.

« Il est dit dans Jacques 2,10 : "Car quiconque observe toute la loi, mais pèche contre un seul commandement, devient coupable de tous." Hausen retira sa main. Je crois en la Bible. Mais je crois en cela par-dessus tout.

– Messieurs… *meine Herren*, insista Stoll. Venez voir, je vous prie. »

Hood était plus intrigué que jamais par Hausen, mais il reconnut ce rien d'inquiétude dans la voix pressante de Stoll. Et il vit Lang, la main devant la bouche, comme s'il venait d'être le témoin d'un accident de voiture.

Hood gratifia Hausen, toujours stoïque, d'une tape rassurante sur l'épaule avant de revenir en hâte devant l'écran de l'ordinateur.

25.

Jeudi, 9 : 50, Washington, DC

« Je vous remercie, mon général. Je vous remercie de tout cœur. Mais la réponse est non. »

Assis dans son bureau, le dos calé dans son fauteuil, Mike Rodgers savait fort bien que la voix à l'autre bout de la ligne téléphonique protégée était sincère. Il savait aussi qu'une fois que le possesseur de cette voix forte avait dit quelque chose, il se rétractait rarement. Brett August était comme ça depuis l'âge de six ans.

Mais Rodgers était sincère, lui aussi – sincère dans son désir de placer le colonel à la tête des Attaquants. Et Rodgers n'était pas non plus un homme à céder sur quoi que ce soit, surtout quand il connaissait les faiblesses du candidat aussi bien que ses points forts.

Avec dix ans à la tête des opérations spéciales de l'Air Force, August était un ami d'enfance de Rodgers qui adorait les avions encore plus que Rodgers les films d'action. Tous les week-ends, les deux garçons parcouraient à vélo les huit kilomètres par la route 22 les séparant de l'aérodrome de Hartford, dans le Connecticut. Là, ils s'asseyaient dans l'herbe et passaient leur dimanche à regarder atterrir et décoller les avions. Ils étaient assez vieux pour se rappeler l'époque où les moteurs à hélice avaient cédé la place aux réacteurs, et Rodgers gardait le souvenir vivace de son excitation chaque fois qu'un des tout nouveaux Boeing 707 vrombissait en grondant au-dessus d'eux. August en devenait fou furieux.

Tous les jours après l'école, les deux garçons faisaient leurs devoirs ensemble, se partageant les problèmes de maths et les questions de science pour être débarrassés plus vite. Puis ils construisaient des modèles réduits d'avions, en veillant à ce que les peintures soient exactes et les décalcomanies placées aux bons endroits. D'ailleurs, la seule fois qu'ils en étaient venus aux poings, c'était pour un désaccord sur la position de l'étoile blanche sur la carlingue du FH-1 Phantom. L'illustration sur le couvercle de la boîte de construction la présentait juste sous l'empennage, mais pour Rodgers c'était une erreur. Après la bagarre, ils s'étaient rendus à la bibliothèque municipale pour trancher la question. Rodgers avait raison. L'étoile était placée à mi-chemin de l'empennage et de l'aile. Chevaleresque, August s'était excusé.

August idolâtrait également les astronautes et suivait dans le détail les succès et déboires du programme spatial américain. Rodgers avait l'impression de n'avoir jamais vu son ami aussi heureux que le jour où Ham, le premier singe américain envoyé dans l'espace, était venu à Hartford dans le cadre d'une tournée promotionnelle. Il avait contemplé cet authentique voyageur de l'espace, avec tous les signes d'une véritable euphorie. Jamais August ne lui avait paru aussi pleinement satisfait, pas même après avoir avoué à Rodgers qu'il avait réussi à attirer Barb Mathias dans son lit.

Quand vint l'âge de servir sous les drapeaux, Rodgers s'engagea dans l'armée et August rejoignit l'aviation. Les deux hommes se retrouvèrent au Viêt-nam. Tandis que Rodgers servait à terre, August effectuait des vols de reconnaissance au-dessus du Nord. Lors d'un de ces vols au nord-ouest de Hué, son appareil fut abattu et August fut fait prisonnier. Il passa plus d'un an dans un camp de prisonniers de guerre, puis réussit à s'échapper avec un compagnon d'infortune en 1970. Il mit trois mois pour regagner le Sud avant d'être enfin récupéré par une patrouille d'infanterie de marine.

Toutes ces expériences ne l'avaient pas aigri. Bien au contraire, le spectacle du courage manifesté par les prisonniers américains l'avait ragaillardi. Il retourna au pays, reprit des forces et revint au Viêt-nam organiser un réseau d'espionnage pour retrouver d'autres prisonniers de guerre. Il resta un an dans la clandestinité après le retrait des troupes américaines, puis passa trois années aux Philippines à aider le président Ferdinand Marcos à lutter contre les sécessionnistes. Par la suite, il travailla comme agent de liaison entre l'Air Force et la NASA, collaborant à l'organisation de la sécurité pour les missions de satellites-espions, avant d'intégrer le SOC, le Commandement des opérations spéciales, au titre de spécialiste de la lutte antiterroriste.

Même si Rodgers et August ne s'étaient vus que par intermittence après le Viêt-nam, chaque fois qu'ils se parlaient ou se rencontraient, c'était comme s'ils s'étaient quittés la veille. L'un apportait la maquette d'avion à monter, l'autre la peinture et la colle, et tous les deux, ils s'éclataient comme des gamins.

Aussi, quand le colonel August disait qu'il remerciait de tout cœur son vieux compagnon, Rodgers le croyait volontiers. Ce qu'il avait du mal à avaler, c'était la partie de la phrase comportant le mot « non ».

« Brett, dit Rodgers, regarde un peu les choses en face. Depuis plus d'un quart de siècle, tu as vécu plus longtemps à l'étranger qu'au pays. Le Viêt-nam, les Philippines, Cap Canaveral...

– C'est pas drôle, mon général.

– ... et aujourd'hui, l'Italie. Et dans une base de l'OTAN pas franchement du dernier cri.

– Je dois embarquer à bord du luxueux *Eisenhower* à seize heures pétantes pour parlementer avec quelques huiles françaises et italiennes. Tu as eu de la chance de me trouver.

– T'ai-je vraiment trouvé ?

– On se comprend... » August retrouva son sérieux. « Mon général...

– Mike, Brett, rectifia Rodgers.

– Mike. Je me plais bien, ici. Les Italiens sont des gens sympa.

– Mais songe aux bons moments qu'on passera si tu rentres, insista le général. Merde, je te dirai même la surprise que je te gardais.

– À moins que ce soit le Messerschmitt Bf-109 de chez Revell que t'as jamais été foutu de trouver, je ne vois pas ce que tu pourrais m'offrir qui...

– Et que dirais-tu de Barb Mathias ? »

Il y eut un silence abyssal à l'autre bout du fil.

« J'ai réussi à la retrouver. Divorcée, pas de gosses, elle vit à Enfield, Connecticut. Elle vend de l'espace publicitaire pour un journal et dit qu'elle adorerait te revoir.

– Toujours aussi roublard, hein, général?

– Merde, Brett, reviens au moins qu'on en discute un bon coup. Ou est-ce qu'il faut que je t'expédie quelqu'un là-bas pour t'ordonner de revenir?

– Général, ce serait un honneur de commander un groupe comme les Attaquants. Mais je me retrouverais consigné à Quantico les trois quarts du temps, et ça me rendrait dingue. Ici, au moins, je peux parcourir l'Europe et mettre mon grain de sel dans plusieurs projets...

– Il est bien question de grain de sel! Ce que je veux, Brett, c'est que tu mettes ton grain de jugeote à mon service. Est-ce qu'on a souvent tenu compte de ce que t'avais à dire?

– Pas trop, non, admit Brett.

– Tout juste. Et pourtant tu es plus doué pour la stratégie ou la tactique que n'importe quel autre gradé. Tu devrais être écouté.

– Peut-être, mais ça, c'est l'Air Force. Sans compter que j'ai quarante-cinq balais. Je ne sais pas si je serais encore capable de courir les montagnes de Diamant en Corée du Nord pour abattre des Nodong ou d'aller poursuivre un train en pleine Sibérie.

– Foutaises, insista Rodgers. Moi, je parie que t'es toujours capable de faire des pompes à une main comme lorsqu'on attendait le passage des avions à Bradley. Ton petit programme perso d'entraînement spatial, tu disais...

– J'y arrive toujours, reconnut August, même si j'en fais moins que dans le temps.

– Peut-être, mais ça fait toujours sacrément plus que moi. Et sans doute que les gamins de l'Attaque. » Rodgers se pencha au-dessus de son bureau. « Brett, reviens et discutons. J'ai besoin de toi ici. Bon Dieu, on a bossé ensemble depuis le jour où on s'est engagés.

– On s'est quand même construit cette maquette de F-14A Tomcat il y a deux ans...

– Tu sais très bien ce que je veux dire. Je ne te le demanderais pas si je n'étais pas convaincu que tu es l'homme de la situation. Écoute, tu voulais avoir du temps pour écrire un bouquin sur le Viêt-nam. Je te l'accorderai. Tu voulais apprendre le piano. Quand vas-tu t'y mettre ?

– Un de ces quatre. Je n'ai que quarante-cinq ans. » Rodgers fronça les sourcils. « Marrant comme la question de l'âge joue à double sens pour toi.

– Pas possible ? »

Rodgers pianota sur son bureau. Il n'avait plus qu'une carte à jouer, et il espérait bien ce coup-ci que ce serait la bonne. « Et puis, tu as le mal du pays. Tu me l'as avoué toi-même la dernière fois que tu es rentré. Si je te promettais de te laisser la bride sur le cou ? J'avais envie d'envoyer l'Attaque en manœuvres avec d'autres groupes des forces spéciales d'autres pays. On peut organiser ça. On travaille aussi à l'installation d'un Op-Center régional. Dès que le projet sera lancé, tu pourras te balader avec les Attaquants. Aller passer un mois en Italie avec tes copains ritals, puis filer en Allemagne, en Norvège...

– C'est ce que je fais déjà.

– Mais pas dans la bonne équipe, observa Rodgers. Allez, reviens juste deux ou trois jours. Qu'on en cause tous les deux. Et tu pourras jeter un œil sur notre équipe. T'amènes la colle, je fournis le zinc. »

Silence d'August.

« Bon, d'accord, dit-il enfin au bout d'un long

moment. Je vais demander une permission au général Di Fate. Mais si je rentre, c'est juste pour causer et construire la maquette. Je ne te promets rien.

— Entendu comme ça.

— Et arrange le dîner avec Barb. Tu vas bien trouver le moyen de l'attirer à Washington.

— C'est comme si c'était fait. »

August le remercia et raccrocha.

Rodgers s'appuya contre le dossier de son siège. Il arborait un large sourire détendu. Après sa prise de bec avec Fox et Martha, le général avait envisagé d'assumer lui-même le commandement du groupe d'Attaquants. N'importe quoi pour sortir de cette bâtisse, fuir les embrouilles politiciennes, faire un peu autre chose que rester le cul vissé sur une chaise. La perspective de bosser avec August lui remontait le moral. Rodgers ne savait pas s'il devait être ravi ou honteux de la facilité avec laquelle on pouvait toucher le petit garçon en lui.

Le téléphone se manifesta.

Il décida qu'aussi longtemps qu'il était heureux et faisait son boulot, peu importait qu'il se sente âgé de cinq ans ou de quarante-cinq. Car alors qu'il décrochait le combiné, Rodgers était conscient que son bonheur ne durerait pas.

26.

Jeudi, 15 : 51, Hanovre, Allemagne

Bob Herbert était un peu essoufflé en s'éloignant de la voiture.

Son fauteuil roulant n'était pas motorisé et ne le serait jamais. Quand il aurait quatre-vingt-dix ans et serait devenu souffreteux, incapable de rouler bien loin, eh bien, il ne s'éloignerait plus, voilà tout. Pour lui, l'incapacité à marcher n'était pas un handicap. Même s'il était trop vieux pour faire des roues arrière, comme certains gamins du centre de rééducation, dans le temps, il s'imaginait mal avancer en pétaradant partout quand il pouvait encore se propulser à la force des bras. Liz Gordon lui avait dit un jour que c'était sa façon de se flageller pour avoir survécu à la mort de sa femme. Mais pour Herbert, c'était du pipeau. Il aimait bien se déplacer par ses propres moyens, il adorait la poussée d'endorphine que lui procurait l'effort nécessaire pour ébranler ces roues pesantes comme des meules. Il n'avait jamais été porté sur la gymnastique avant l'explosion de 1983, et ce genre d'exercice valait largement les amphétamines qu'ils avaient pris l'habitude d'avaler au Liban pour tenir debout dans les périodes de crise. À Beyrouth, autant dire tout le temps.

Tout en remontant la rue en faux plat, Herbert décida de ne pas faire la queue pour aller s'inscrire. Il n'y connaissait pas grand-chose en droit allemand, mais il supposait qu'il n'avait aucun droit de harceler ces gens. En revanche, il avait parfaitement le droit d'entrer dans un bar pour se commander quelque chose, et c'était bien son intention. Cela, plus tâcher de savoir où se trouvait Karin Doring. Il ne comptait pas extorquer des renseignements de qui que ce soit ; mais, comme toujours, certains ne savaient pas tenir leur langue. Les profanes étaient toujours ébahis par la masse d'informations qu'on pouvait recueillir rien qu'en tendant l'oreille.

Bien sûr, il faut d'abord avoir pu se placer à bonne distance. La cohue devant lui pouvait l'empêcher de passer. Non pas parce qu'il était en fauteuil roulant : il n'était pas infirme de naissance, il l'était devenu en servant son pays. Non, ils pouvaient tenter de l'arrêter parce qu'il n'était pas allemand – et qu'il n'était pas un nazi. Mais n'en déplaise à ces têtes brûlées, l'Allemagne était encore un pays de liberté. Ils allaient le laisser entrer dans la Brasserie centrale ou ils risquaient de déclencher un incident international.

Le chef du renseignement remonta la rue derrière la taverne pour revenir par le côté opposé. Ainsi évitait-il le guichet d'inscription et le spectacle de tous ces saluts hitlériens.

Herbert tourna au coin et roula vers l'établissement, et les quelque deux cents bonshommes qui buvaient et chantaient devant l'entrée. Les plus proches se retournèrent pour le dévisager. Des coups de coude firent se tourner de nouvelles têtes, toute une marée de jeunes monstres à l'œil méprisant et au rire sans pitié.

« Eh, les mecs, regardez qui voilà ! Franklin Roosevelt en train de chercher Yalta ! »

Autant pour l'absence de remarques sur mon infirmité, songea Herbert. Et comme toujours, il y avait le clown de service. Ce qui l'intrigua tout de même, c'est que l'homme ait parlé en anglais. Et puis il se souvint de l'inscription sur son chandail.

Un autre type leva sa cannette de bière. « Herr Roosevelt, vous arrivez à point nommé ! La nouvelle guerre vient de commencer !

– *Ja*, confirma le premier type. Quoique celle-ci risque de finir autrement. »

Herbert continua de pousser son fauteuil. Pour entrer, il allait devoir traverser les rangs de ces Jeunesses hitlériennes BCBG. Moins de vingt mètres le séparaient à présent des premiers.

Il jeta un œil sur sa gauche. L'agent de police était au milieu de la rue, à une cinquantaine de mètres du rassemblement. Il regardait obstinément de l'autre côté, s'évertuant à empêcher les voitures de s'arrêter.

Avait-il entendu ce que criaient ces abrutis ? Ou bien fait-il lui aussi de son mieux pour n'avoir surtout rien vu ?

Les types du premier rang regardaient à gauche et à droite. Dès qu'il fut à moins de cinq mètres d'eux, tous les regards se braquèrent sur lui. Il était maintenant à deux mètres. Un mètre. Certains étaient déjà soûls, et leur attitude suggérait que bon nombre se complaisaient dans cette mentalité de meute. Herbert estima qu'environ le quart des visages devant lui trahissaient une conviction réelle, si tordue soit-elle. Les autres se contentaient de suivre le mouvement. Voilà le genre de détail qu'un satellite-espion serait bien en peine de vous donner.

Les néo-nazis ne bronchaient pas. Herbert s'approcha au ras de leurs mocassins et baskets de luxe, puis il s'arrêta. Lors des épreuves de force au Liban comme en d'autres zones de troubles, il avait toujours choisi la méthode en demi-teinte. Quand l'épreuve de force se terminait prématurément, les pépins étaient assurés : prenez d'assaut un avion détourné et vous aurez les pirates de l'air, mais vous risquez aussi de perdre plusieurs otages. Alors que personne ne pouvait éternellement tenir un otage en respect ou vous barrer la route. Avec un minimum de patience, on pouvait en général parvenir à un compromis.

« Excusez-moi », fit Herbert.

L'un des hommes le toisa. « Non. Cette rue est fermée. C'est une fête privée. »

Son haleine empestait l'alcool. Il n'allait pas pouvoir le raisonner. Il se tourna vers le voisin du type. « J'ai vu passer d'autres gens. Voulez-vous m'excuser ? »

Le premier reprit : « Vous avez parfaitement raison. Vous avez vu passer d'autres gens. Mais ces gens étaient à pied et pas vous. Vous ne pouvez donc pas passer. »

Herbert retint son envie de lui rouler sur les orteils. Ça lui aurait juste valu d'être arrosé de bière et de recevoir une volée de coups.

« Je ne veux embêter personne. J'ai juste soif et j'aimerais bien boire un coup. »

Plusieurs hommes rigolèrent. Herbert se faisait l'effet de l'adjoint Chester Goode essayant de faire respecter la loi pendant que le shérif Dillon est en vadrouille.

Un homme tenant une chope de bière fendit le mur humain. Il vint se placer devant et tendit le bras au-dessus du crâne de Herbert.

« Alors comme ça, t'as soif ? Tu veux que je te file de ma bière ?

– Merci, dit Herbert, mais je ne bois pas d'alcool.

– Alors, t'es pas un homme !

– Que voilà des paroles courageuses », observa Herbert. Écoutant le son de sa voix, il fut surpris de son calme apparent. Ce type était une poule mouillée escortée d'une armée de deux ou trois cents gros bras. Ce qu'il cherchait, c'était à le provoquer en duel, comme il avait vu jadis le faire son père avec un type qui l'avait insulté, là-bas, dans le Mississippi.

Les Allemands continuaient à le toiser. Le type à la chope souriait toujours mais il n'était pas ravi. Herbert le lisait dans ses yeux.

C'est parce que tu viens de te rendre compte que tu ne gagneras pas grand-chose à me renverser ta chope sur la tête. Tu as déjà dit que je n'étais pas un homme. En m'attaquant, tu te rabaisserais. D'un autre côté, la bière le rendait effronté. Il pouvait tout aussi bien lui fracasser sa lourde chope sur le crâne. La Gestapo considérait les juifs comme des sous-hommes. Ça ne les empêchait pas de les interpeller en pleine rue pour leur arracher la barbe à la pince.

Au bout d'un moment, le type porta la chope à ses lèvres. Il but une lampée, qu'il garda dans la bouche, comme s'il envisageait de la recracher. Finalement, il déglutit.

Le jeune gars s'approcha du fauteuil roulant, par le côté droit. Puis d'une main, il s'appuya de tout son poids sur l'accoudoir équipé du téléphone.

« On t'a déjà dit que c'était une fête privée. Et t'y es pas invité. »

Herbert en avait sa dose. Il était venu ici en reconnaissance, pour collecter de l'information, faire son boulot. Mais avec ces gars, il avait eu droit à de l'*inattendu*, cette part essentielle de l'activité de renseignement sur le terrain. Désormais, il avait le choix. Soit partir, et il ne pourrait achever sa tâche et perdrait toute dignité. Soit rester, et il avait toutes les chances de se faire étriller. Mais il pouvait – éventuellement – convaincre certains de ces punks que les forces qui les avaient défiées dans le temps avaient toujours bon pied bon œil.

Il choisit de rester.

Herbert fixa le type droit dans les yeux. « Tu sais quoi ? Si j'avais été invité à ta fête, je n'y serais pas allé. J'aime bien fréquenter les chefs, pas les disciples. »

L'Allemand continuait de peser sur l'accoudoir, sa chope toujours dans l'autre main. Mais en scrutant ces yeux gris-bleu, Herbert vit que le type commençait à se déballonner, que sa morgue le quittait comme l'air s'échappe d'une baudruche crevée.

Il devina ce qui se préparait. Il glissa la main droite sous l'accoudoir du fauteuil.

La seule arme qui restait à l'Allemand était sa chope de bière. Avec un regard de mépris, il l'inclina pour en déverser le contenu sur les cuisses de Herbert.

Ce dernier encaissa l'insulte. C'était fondamental. Tandis que le néo-nazi en avait terminé et se redressait, salué par de maigres applaudissements, Herbert sortit de sous l'accoudoir son bout de manche à balai. D'un mouvement du poignet, il l'enfonça dans le bas-ventre de l'autre. L'Allemand poussa un cri, se plia en deux, et recula en titubant au milieu de ses acolytes. Il continuait de serrer sa chope vide, machinalement, comme si c'était une patte de lapin.

La foule se mit à beugler et s'avança, comme au bord de l'émeute. Herbert avait déjà assisté à ce genre de phénomène, devant l'ambassade américaine dans certains pays, et c'était toujours un spectacle terrifiant à contempler. C'était un microcosme de civilisation qui se délitait, un groupe d'êtres humains qui régressaient au stade de la meute de bêtes fauves. Il commença à faire reculer son fauteuil. Il cherchait à s'approcher d'un mur pour se protéger le flanc et être à même de bastonner ces philistins, tel le Samson biblique armé d'une mâchoire d'âne.

Mais alors qu'il s'écartait, il sentit une brusque traction à l'arrière de son fauteuil. Il se mit à basculer et à reculer de plus en plus vite.

« *Halt !* » s'exclamait en même temps une voix rauque dans son dos.

Herbert se retourna. Un grand flic dégingandé, à peu près la cinquantaine, avait cessé de faire la circulation pour s'approcher au pas de course. Il s'était arrêté derrière lui pour saisir les poignées de son fauteuil, et reculait à présent, le souffle court. Ses yeux noisette ne cillaient pas, même s'il paraissait ébranlé malgré tout.

Certains se mirent à crier dans la foule. Le policier leur répondit. Au ton du dialogue et aux quelques mots que put saisir Herbert, ils étaient en train d'expliquer au flic ce qu'il avait fait, tout en le priant de se mêler de ses affaires. Et ce dernier de leur répondre que c'était justement ses affaires : maintenir l'ordre sur la voie publique.

Il se fit huer et menacer.

Après ce bref échange, le policier demanda à Herbert, en anglais, s'il avait une voiture. Herbert acquiesça.

« Où est-elle garée ? »

Herbert le lui dit.

Le policier reculait toujours en tirant le fauteuil de Herbert. Ce dernier posa les mains sur les roues pour les freiner.

« Pourquoi dois-je partir ? protesta-t-il. C'est quand même moi qu'on a lésé !

— Parce que mon boulot est de maintenir l'ordre, expliqua le policier, et que c'est le seul moyen dont je dispose. Nos effectifs sont maigres, répartis sur des meetings à Bonn, à Berlin, à Hambourg. Je suis désolé, *mein Herr*, mais je n'ai pas le temps de me pencher sur un cas personnel. Je vais vous reconduire à votre voiture pour que vous puissiez quitter ce quartier au plus vite.

— Mais ce sont ces salopards qui m'ont attaqué ! » Herbert se rendit compte qu'il tenait toujours sa matraque, et il la rangea avant que l'agent de police ne s'avise de la lui confisquer. « Et si je voulais porter plainte contre eux, dénoncer tout ce ramassis de crapules ?

— Eh bien, vous perdriez », avertit le policier. Il fit pivoter le fauteuil roulant, le dos à la foule. « Ils ont dit que cet homme s'était proposé pour vous aider à pénétrer dans l'établissement et que vous l'avez frappé...

— Ouais, bon, d'accord.

— Ils ont dit que c'est vous qui avez renversé sa chope de bière. En tout cas, ils voulaient que vous la lui remboursiez.

— Et vous croyez toutes ces salades ?

— Peu importe ce que je crois, rétorqua le flic. Quand je me suis retourné, cet homme était blessé et vous aviez une matraque à la main. Voilà ce que j'ai vu, et voilà ce que j'aurai à consigner dans mon procès-verbal.

– Je vois, dit Herbert. Vous avez vu un homme d'âge mûr cloué dans un fauteuil d'infirme, face à deux cents jeunes nazis vigoureux, et vous en concluez que c'est moi l'agresseur.

– Au regard de la loi, c'est la vérité », dit l'agent de police.

Herbert saisit la phrase et il saisit son contexte. Il l'avait suffisamment entendue aux États-Unis, appliquée à d'autres criminels, d'autres voyous, mais elle le stupéfiait toujours autant. Son interlocuteur savait aussi bien que lui que ces salopards mentaient, et pourtant ils ne seraient pas inquiétés. Et aussi long-temps que personne à la justice ou au gouvernement ne serait prêt à risquer sa propre sécurité, ils ne seraient jamais inquiétés.

Au moins Herbert tirait-il quelque réconfort du fait qu'il ne serait pas inquiété non plus. Et avoir rossé ce porc valait presque sa douche à la bière.

Herbert s'éloigna, dans un concert d'avertisseurs dû à l'embouteillage provoqué par le départ du policier. Ils faisaient écho au tumulte de son âme, suscité par la colère et la détermination qui l'emplissaient désor-mais. Il partait, certes, mais il était bien décidé à faire payer ces brigands. Pas ici et maintenant, mais ailleurs, et bientôt.

L'un des hommes s'était éloigné de la foule. Il entra dans la grande brasserie, traversa sans se presser les cuisines pour ressortir par la porte de service, puis se juchant sur une poubelle, il escalada la clôture. Il emprunta un passage qui le fit déboucher dans la même rue que Herbert et l'agent de police.

Ils étaient déjà passés et se dirigeaient vers la rue latérale où Herbert avait garé sa voiture.

Le jeune homme les y suivit. Comme tous les lieutenants personnels de Karin Doring, il avait reçu l'ordre d'avoir à l'œil tout individu surveillant de trop près leurs agissements.

Resté à distance respectueuse, il put voir l'agent de police aider Herbert à monter en voiture, placer son fauteuil roulant à l'arrière, puis surveiller son départ.

L'homme sortit alors un stylo et un téléphone de la poche intérieure de son blazer. Il indiqua le numéro d'immatriculation et la marque du véhicule de location. Quand l'agent de police fit demi-tour pour rejoindre son poste, le jeune homme en fit autant et réintégra la brasserie.

Peu après, une camionnette sortit du parking situé à trois pâtés de maisons de la rue où s'était garé Bob Herbert.

27.

Jeudi, 16 : 00, Hambourg, Allemagne

« Quel est le problème ? » demanda Hood, arrivé auprès de Stoll.

Lang regardait, l'air pâle et défait, Stoll pianoter furieusement sur son clavier.

« Il est en train de se passer un truc incroyable, expliqua Stoll. Je vous montre ça dans une seconde… je venais de lancer un programme de diagnostic pour essayer de deviner comment il avait pu s'introduire ici. »

Hausen venait d'arriver auprès d'eux. Il demanda : « Comment a pu s'introduire qui ?

– Vous allez voir. Je ne suis pas sûr d'avoir envie de le décrire. »

Hood commençait à se faire l'effet d'Alice après la traversée du miroir. Chaque fois qu'il se retournait, les événements prenaient un tour de plus en plus curieux.

« J'étais en train de contrôler l'état de votre cache-mémoire et je suis tombé sur un fichier entré à treize heures douze aujourd'hui.

– Treize heures douze ? remarqua Hood. On était en plein déjeuner.

– Tout juste.

« – Mais il n'y avait personne ici, Herr Stoll, s'étonna Hausen, en dehors de Reiner.

– Je sais, dit Stoll. Et au fait… il vient de partir. »

Hausen regarda Stoll, ébahi. « De partir ?

– Il s'est tiré. » Stoll indiqua la réception. « À peine m'étais-je installé qu'il a pris son sac, son blazer et s'est évaporé. C'est votre ordinateur qui a pris les coups de fil depuis son départ. »

Le regard de Hausen passa de Stoll à l'ordinateur. C'est d'une voix sans timbre qu'il demanda : « Et qu'avez-vous trouvé ?

– Déjà, Reiner vous a laissé un petit poulet, que je vous montrerai dans une minute. Mais avant, j'ai autre chose à vous montrer. »

Les doigts de Stoll pianotèrent quelques commandes et l'écran de dix-sept pouces passa du bleu au noir. Des bandes blanches le strièrent horizontalement. Elles se muèrent bientôt en un rideau de barbelés, qui se tordirent en formant les mots CAMP DE CONCENTRATION. Puis les lettres virèrent au rouge et se mirent à dégoutter de sang qui remplit bientôt tout l'écran.

Une séquence générique suivit. D'abord, la grille d'entrée d'Auschwitz surmontée de la devise *Arbeit macht frei*.

« Le travail, c'est la liberté », traduisit Lang, en aparté, une main sur la bouche.

Puis vint une succession de séquences en images de synthèse d'une grande précision. Des foules d'hommes, de femmes et d'enfants qui franchissent la grille. Des hommes en tenue de prisonnier alignés devant un mur, tandis que des gardes les frappent à coups de badine. Des hommes en train de se faire

232

tondre. Une alliance qu'on tend à un membre des commandos de la mort en échange d'une paire de chaussures. Des miradors dont les projecteurs percent l'obscurité du petit matin tandis qu'un garde SS rugit : « *Arbeitskommandos austreten.* »

« Les équipes de travail, dehors ! » traduisit Lang. Sa main tremblait, maintenant.

Des prisonniers qui empoignent pelles et pioches. Et sortent du camp en ôtant leur bonnet lorsqu'ils passent sous le slogan. Frappés à coups de pied et de poing par les matons. Travaillant à un tronçon de route.

Un groupe nombreux jette ses outils et s'enfuit dans la nuit. Et le jeu commence. Un premier menu offrait au joueur un choix de langues. Stoll choisit *anglais.*

Un garde SS apparaît alors en gros plan et s'adresse au joueur. Ses traits sont l'animation d'une photo de Hausen. On aperçoit dans son dos un paysage bucolique d'arbres, de rivières, et l'angle d'une citadelle de brique rouge.

« Vingt-cinq prisonniers se sont enfuis dans les bois. Votre tâche est de répartir vos forces pour les retrouver, tout en continuant d'assurer la productivité du camp et le traitement des corps de sous-hommes. »

Le jeu alternait alors entre des scènes réalistes montrant des gardes et leurs chiens, contrôlés par le joueur, poursuivant les hommes à travers bois, et les images de corps s'amoncelant dans les fours crématoires. Stoll passa en mode démo. Comme il l'expliqua, il ne pouvait se résoudre à entasser les corps sur des palettes pour leur incinération.

« Le message, intervint Hausen tandis qu'ils regardaient se dérouler le programme, que dit le message de Reiner ? »

233

Choisissant la méthode expéditive, Stoll pressa simultanément sur les touches *Ctrl/Alt/Suppr* pour interrompre le jeu. Puis il redémarra la machine et récupéra le message de Reiner.

« L'était pas très causant comme mec, n'est-ce pas ? remarqua Stoll tout en continuant de pianoter sur le clavier.

– Effectivement non, admit Hausen. Pourquoi cette question ?

– Parce que je n'ai aucune idée de ce qu'il a pu vous écrire, en tout cas c'est concis. »

Le message apparut à l'écran et Lang s'approcha. Il le traduisit pour les Américains.

« "Herr Sauveur, dit-il, j'espère que ce jeu vous aura plu – tant que cela reste un jeu." Et c'est signé : Reiner. »

Hood observait attentivement Hausen. Son dos s'était raidi et ses lèvres s'affaissèrent. On l'aurait cru sur le point de pleurer.

« Quatre ans, dit Hausen. Quatre ans à travailler ensemble. À lutter pour les droits de l'homme dans les colonnes des journaux, derrière un mégaphone, à la télévision…

– Selon toute apparence, il était juste là pour vous espionner », observa Hood.

Hausen détacha ses yeux de l'ordinateur. « Je n'arrive pas à le croire, fit-il, amer. J'ai mangé avec ses parents, chez eux. Même qu'il m'avait demandé ce que je pensais de sa fiancée… Non, ce n'est pas possible.

– C'est très précisément le genre de méthode qu'emploient les taupes pour gagner la confiance. »

Hausen regarda Hood. « Mais pendant quatre ans ! Pourquoi avoir attendu aujourd'hui ?

– Les Journées du Chaos », suggéra Lang. Sa main retomba, inerte, à son côté. « Comme un bilan pervers…

– Ça me surprendrait malgré tout », rétorqua Hood. Lang le regarda. « Comment cela ? N'est-ce pas l'évidence ?

– Non. Ce jeu a la qualité d'un truc conçu par des pros. Je vous parie que Reiner n'y est pour rien. Il l'a installé pour le compte de quelqu'un d'autre, quelqu'un qui n'a plus besoin de lui ici. »

Les trois autres sursautèrent quand Hausen porta les mains à son visage et se mit à gémir.

« Dieu du ciel », s'écria-t-il. Ses mains redescendirent, il serra les poings, remonta sa ceinture. « Reiner faisait donc partie du fameux empire de mandants dont il m'avait parlé. »

Hood le fixa. « De quoi vous avait-il parlé ?

– Dominique, répondit Hausen. Gérard Dominique.

– Qui est Dominique ? demanda Lang. Ce nom ne me dit rien.

– Normal. » Hausen hocha la tête. « Dominique m'avait téléphoné pour m'annoncer son retour. Cela dit, je me demande maintenant s'il est jamais parti. S'il n'était pas resté tout ce temps tapi dans le noir, l'âme peu à peu rongée par l'attente.

– Richard, je vous en prie, expliquez-vous, implora Lang. Qui est cet homme ?

– Ce n'est pas un homme, répondit Hausen. C'est Bélial. Le Diable. » Il secoua la tête comme pour s'éclaircir les idées. « Messieurs, je suis désolé… je ne peux pas en dire plus maintenant.

– Eh bien, n'en dites rien », dit Hood en lui posant une main sur l'épaule. Il se tourna vers Stoll. « Matt, pouvez-vous transférer ce jeu à l'Op-Center ? »

Stoll acquiesça.

« Parfait. Herr Hausen, reconnaissez-vous d'où vient cette photo de vous ?

— Non. Je suis désolé.

— Pas grave. Matt, avez-vous dans votre arsenal de quoi nous traiter ce problème ? »

Stoll fit non de la tête. « Il nous faut un programme autrement plus musclé que ce que permet mon Match-Book. Avec ce que j'ai sur cette disquette, je peux juste retrouver des images bien définies. C'est un peu comme pour une recherche syntaxique.

— Je vois.

— Il va falloir que je le compare à nos archives photographiques, au siège, pour voir si on arrive à retrouver l'origine du cliché.

— Le décor derrière Herr Hausen est également tiré d'une photo, observa Hood.

— Et vu sa qualité, sans doute pas repiquée d'un magazine. Je peux toujours demander à mon service de faire tourner le Géologue et voir ce que ça donne. »

Le programme Géologue était une base de données topographique de la Terre, relevée par satellite. À partir de celle-ci, on pouvait reconstituer par ordinateur des vues détaillées de n'importe quel point de la planète prise sous n'importe quel angle. Cela prendrait plusieurs jours, mais si la photo n'avait pas été trafiquée, le Géologue leur dirait où elle avait été prise.

Hood donna le feu vert à Stoll. L'agent de soutien logistique téléphona à son adjoint, Eddie Medina, pour le prévenir de la transmission des images. »

Hood posa la main sur l'épaule de Hausen. « Sortons faire un tour.

— Merci, mais je préfère rester.

– Moi, j'en ai besoin, insista Hood. J'ai passé une drôle de matinée, moi aussi. »

Hausen réussit à grimacer un pauvre sourire. « Bon, d'accord.

– À la bonne heure. Matt… passez-moi un coup de fil si vous trouvez quoi que ce soit.

– Tel écran, tel écrit, répondit l'imperturbable sorcier de la technologie.

– Herr Lang, ajouta Hood, Matt pourrait avoir besoin de vos dons d'interprète…

– Compris. Je reste avec lui. »

Sourire affable de Hood. « Merci. Nous n'en aurons pas pour trop longtemps. »

La main toujours posée sur l'épaule de Hausen, il guida l'Allemand vers la réception et la cabine d'ascenseur.

Hausen mentait, bien sûr. Hood avait déjà rencontré ce genre de personnage. Il aurait bien voulu discuter de ce qui le tracassait, mais son orgueil et sa dignité le lui interdisaient.

Hood comptait bien l'avoir à l'usure. C'était plus qu'une coïncidence si ce qui venait de se passer dans le bureau répétait ce qui s'était produit le matin même sur l'ordinateur de Billy Squires. Et si c'était arrivé au même moment sur deux continents, l'Op-Center devait absolument savoir pourquoi.

Et vite.

28.

Jeudi, 10 : 02, Washington, DC

Après cet entretien encourageant avec Brett August, la matinée passa vite pour Mike Rodgers. Eddie, l'adjoint de Matt Stoll, lui fit un bref résumé de la situation en Allemagne et l'informa qu'il avait fait prévenir par téléphone Bernard Ballon de la gendarmerie nationale. Ballon était parti en mission contre un groupe de terroristes, les Nouveaux Jacobins, et n'avait pas encore eu le temps de répondre.

Rodgers s'inquiétait surtout pour Herbert qui devait aller vérifier *de visu* le déroulement des Journées du Chaos. Ce qui le tracassait le plus, ce n'était pas qu'il soit en fauteuil roulant. L'homme était loin d'être sans défense. Non, ce qui le préoccupait, c'était qu'il ressemblait parfois à un chien avec un os : il n'aimait pas lâcher prise, surtout quand il s'agissait d'une affaire non élucidée. En outre, l'Op-Center ne pouvait lui fournir qu'une aide limitée. Alors que sur le territoire national, ils avaient toute latitude pour écouter les télécommunications par le truchement des services locaux de la police, du FBI ou de la CIA, il était difficile, dans un délai limité, d'instaurer une surveillance élargie à l'étranger. On pouvait certes régler les satellites d'écoute sur les fréquences des téléphones cellulaires, voire les braquer sur une région bien délimitée, mais cela ne les empêchait pas de recueillir aussi quantité de signaux parasites. C'était ce que la veille il s'était escrimé à expliquer au sénateur Fox. Sans agents sur le terrain, vouloir mener des opérations avec une précision chirurgicale était illusoire.

Herbert était l'homme de terrain idéal. Mais quelque part, Rodgers s'inquiétait de ce qu'il pouvait faire en l'absence d'un élément modérateur comme Paul Hood – même si d'un autre côté, il était excité par la perspective de voir un Bob Herbert déchaîné. Si quelqu'un pouvait contribuer à sauver le budget d'un programme de ressources humaines bien entamé, c'était Herbert.

Liz Gordon arriva peu après le coup de fil d'Eddie. Elle donna au général les dernières nouvelles de l'état mental de l'équipe d'Attaquants. Le commandant Shooter avait introduit à Quantico son charme de vieux briscard du 89e de cavalerie (« ou plutôt, rectifia-t-elle, son absence de charme »), et il entraînait l'escouade avec une rigueur toute réglementaire.

« Mais ce n'est pas un mal, ajouta-t-elle. Le lieutenant-colonel Squires avait un peu tendance à tout embrouiller. La discipline excessive de Shooter les aidera à accepter que les choses avaient changé. Ils souffrent énormément et beaucoup se donnent à fond aux exercices pour s'abrutir.

– Et se punir parce qu'ils pensent avoir manqué à leur devoir envers Charlie ?

– Ça, plus la culpabilité. Le syndrome du survivant. Ils sont vivants, pas lui.

– Comment pouvez-vous les convaincre qu'ils ont fait de leur mieux ?

– C'est impossible. Il faut du temps, du recul. C'est courant dans ce genre de situation.

– Courant…, répéta Rodgers d'une voix triste, mais inédit pour ceux qui doivent affronter le problème.

– Oui, ça aussi, admit Liz.

– Une question pratique : sont-ils bons pour le service en cas de besoin ? »

Liz réfléchit quelques instants. « Je les ai regardés à l'exercice, ce matin. Pas d'état d'âme et, en dehors d'une énergie furieuse, ils m'ont semblé en forme. Mais ce sera à vérifier. Ce qu'ils faisaient ce matin, c'était du par cœur, du répétitif. Je ne peux pas vous garantir comment ils réagiront au feu.

– Liz…, intervint Rodgers, légèrement embêté, ce sont précisément les garanties dont j'ai besoin.

– Désolée. Mais l'ironie de la chose, c'est que ce n'est pas leur éventuelle peur d'agir qui me tracasse. Au contraire. Je crains plutôt qu'ils en fassent trop – là aussi, un syndrome classique de réaction à la culpabilité. Ils pourraient bien se mettre en danger pour s'assurer que personne ne court de risque, faire en sorte que ce qui est arrivé en Russie ne se reproduise pas.

– Y en a-t-il certains qui vous préoccupent particulièrement ?

– Sondra DeVonne et Walter Pupshaw sont les plus fragiles, je pense. »

Rodgers pianota sur son bureau. « On a des plans de mission calculés en gros pour des équipes de sept. Est-ce que j'ai sept hommes sous la main, Liz ?

– Sans doute, Liz. Au minimum.

– Ça ne m'aide toujours pas beaucoup.

– Je sais, mais à l'heure qu'il est, je ne peux pas vous

240

apporter la moindre garantie. Je dois y retourner cet après-midi pour avoir des entretiens personnels avec plusieurs membres du groupe. Je serai plus en mesure de vous éclairer à ce moment-là. »

Darrell McCaskey frappa à la porte et fut convié à entrer. Il s'assit aussitôt et ouvrit son Powerbook.

« Parfait, dit Rodgers en s'adressant à Liz. Si vous avez le moindre doute sur l'un ou l'autre, accordez-lui une permission. J'appellerai Shooter pour qu'il envoie à Andrews quatre ou cinq éléments en renfort. Il pourra les mettre rapidement à niveau et les faire venir ici, s'il le juge nécessaire.

– J'éviterais de lui demander de les transférer tout de suite à la base. Vous ne voulez quand même pas démoraliser des gars qui se battent pour surmonter leur chagrin et leur culpabilité. »

Rodgers aimait et respectait ses Attaquants, mais il n'était pas certain que la méthode de Liz fût la meilleure. Dans les années soixante, quand il était au Viêt-nam, on se fichait bien de la tristesse, des syndromes et de Dieu sait quoi encore. Votre pote mourait dans une embuscade, vous tâchiez de tirer votre peloton de ce guêpier au plus vite, et le temps de rentrer, de bouffer, de roupiller et de chialer un bon coup, c'était reparti pour une nouvelle patrouille dès le lendemain matin. On écrasait peut-être une dernière larme, en revanche, on était sacrément plus prudent, ou plus en rogne et pressé *d'infliger des dommages collatéraux*, mais toujours est-il qu'on était reparti avec son M16, et qu'on était opérationnel.

« Parfait, dit Rodgers, d'une voix sèche. Le personnel de renfort pourra s'entraîner à Quantico.

– Encore un point, ajouta Liz. Ce ne serait peut-être

pas une si bonne idée que ce soit moi qui accorde les permissions. Un ordre accordant une permission pour deuil, alors qu'il ne s'agit pas d'un proche, risque d'être mal vécu. Mieux vaudrait que je demande au major Masur de leur trouver tel ou tel pépin physique. Le genre de truc qu'ils soient incapables de vérifier eux-mêmes, genre anémie. Ou peut-être un virus quelconque qu'ils auraient chopé en Russie.

– Bon Dieu, râla le général, je dirige quoi, ici? Un jardin d'enfants?

– En un sens, c'est exactement ça, fit Liz, avec humeur. Je ne voudrais pas insister lourdement, mais dans notre vie d'adulte, nous entretenons des rapports étroits avec les chagrins et les pertes dont nous avons souffert étant enfants. Et c'est cela qui ressort dans les périodes de stress et de douleur : le gosse abandonné qui est toujours en nous. Est-ce que vous expédieriez un gamin de cinq ans en Russie, Mike? Ou en Corée? »

Rodgers se massa les paupières avec le gras de la main. D'abord, il fallait jouer les nounous avec ses hommes, et à présent, il fallait leur mentir et jouer avec eux. Mais c'était elle, la psychologue, pas lui. Et Rodgers voulait agir au mieux pour son équipe, pas au mieux pour Mike Rodgers. Pourtant, si ça n'avait tenu qu'à lui, les mioches de cinq ans qui n'obéissent pas, il leur aurait flanqué une bonne fessée, et ça leur aurait fait le plus grand bien. Mais bon, ce genre d'éducation était également passé à la trappe avec les années soixante.

« C'est vous qui voyez, Liz », admit-il enfin. Il se tourna vers McCaskey. « Dites-moi quelque chose de réconfortant, Darrell.

– Eh bien, le FBI est ravi.

– Pour *Baltic Avenue* ? »

McCaskey acquiesça. « Tout s'est déroulé à la perfection. Ils ont coincé le groupe de militants de Pure Nation et surtout leur ordinateur. Avec des noms, des adresses, deux comptes bancaires, des listes de sympathisants, des indications de caches d'armes, tout un tas d'autres trucs.

– Quoi, par exemple ?

– Le plus spectaculaire, c'était leurs plans d'attaque contre le congrès de la Chaka Zulu Society à Harlem, la semaine prochaine. Dix hommes devaient prendre des otages et exiger la constitution d'un État séparé pour les Noirs américains. »

Liz renifla.

« Qu'est-ce qui vous chiffonne ? demanda Rodgers.

– Je n'y crois pas. Des groupes comme Pure Nation ne font pas dans l'activisme politique. Ce sont des racistes fanatiques. Ils ne réclament pas d'États pour les minorités. Ils les éliminent.

– Le FBI en est bien conscient, intervint McCaskey, et ils pensent que Pure Nation cherche à se donner une image de respectabilité pour gagner de l'audience auprès des Blancs.

– En prenant des otages ?

– Ils ont trouvé un brouillon de communiqué de presse dans l'ordinateur. » McCaskey ouvrit un fichier sur son portable et le leur lut sur son écran. « Je vous en cite des extraits : "Soixante-dix-huit pour cent des Américains blancs ne veulent pas côtoyer de Noirs. Plutôt que de bouleverser le monde blanc avec des morts dans chaque camp, nous demandons à la majorité silencieuse de faire pression sur Washington pour soutenir notre demande de constitution d'une nouvelle Afrique. Un endroit où les citoyens blancs n'auront pas à endurer le bruit du rap, un sabir inintelligible, des habits de clown et des portraits sacrilèges de Jésus à peau noire." » McCaskey se tourna pour regarder Liz. « Cela me paraît encore un discours fanatique. »

Liz croisa les jambes et remua le pied. « Je n'en sais rien… Il y a là-dedans quelque chose de pas catholique…

– Comment cela ? » demanda Rodgers.

Liz s'expliqua : « La haine, par nature, est extrême. C'est de l'intolérance poussée à sa limite. Elle ne cherche pas d'arrangement avec l'objet de son dégoût. La haine cherche à le détruire. Ce communiqué de presse est tout simplement trop… trop raisonnable.

– Exiler une race entière, tu trouves ça *raisonnable* ? s'emporta McCaskey.

– Non, bien sûr que non. Mais selon les critères de Pure Nation, c'est une proposition parfaitement convenable. C'est bien pour ça que je ne la gobe pas.

– Mais Liz, protesta McCaskey, des groupuscules peuvent changer, on voit ça tous les jours. Les dirigeants changent, les objectifs changent… »

Elle secoua la tête. « Seuls les visages publics changent, et ce n'est qu'une modification de surface. Histoire que l'opinion de droite leur laisse du mou pour qu'ils puissent plus facilement nuire à l'objet de leur haine.

– Liz, je suis d'accord. Reste que certains dans les rangs de Pure Nation voudraient explicitement éliminer tous les Noirs. Les autres se contenteraient de les voir ailleurs.

– Le groupe qui nous occupe est soupçonné du viol et du lynchage d'une jeune Noire en 1994. M'est avis que les voir ailleurs ne leur suffit pas, loin de là. »

McCaskey intervint : « Mais même dans les mouvements prônant la haine raciale, la politique doit évoluer. Ou il pourrait y avoir eu un schisme. Ce genre de groupuscule est sans cesse traversé de courants, de fractions et de divisions. Nous n'avons pas précisément en face de nous les gens les plus stables qui soient.

– Là, tu te trompes, nota Liz. Certains de ces individus sont d'une stabilité à faire peur.

– Expliquez-vous, intervint Rodgers.

– Ils sont capables de traquer une personne ou un groupe, des mois, des années durant, en faisant preuve d'une obstination hallucinante. Quand j'étais étudiante, nous avons eu le cas d'un pion néo-nazi dans un lycée du Connecticut. Il avait truffé de plastic tous les couloirs de l'établissement, de part et d'autre. Il le posait derrière les plinthes, en faisant semblant de décoller les chewing-gums jetés à terre. On l'a retrouvé deux jours avant qu'il ne fasse sauter le lycée. Par la suite, il devait avouer qu'il avait planqué l'explosif au rythme de trente centimètres par jour.

– Et ça faisait quelle longueur de couloirs en tout ?

– Deux cent soixante-cinq mètres... »

Rodgers n'avait pas pris parti durant la discussion, mais il avait toujours jugé préférable de surestimer la force de l'ennemi. Et que Liz soit ou non dans le vrai, il appréciait sa fermeté vis-à-vis de tels monstres.

« À supposer que vous ayez raison, Liz, qu'y aurait-il derrière tout ça ? Pourquoi Pure Nation rédigerait-il un tel communiqué de presse ?

– Pour nous mener en bateau. Du moins, c'est l'impression que ça me donne.

– Poursuivez le fil de votre raisonnement, pressa Rodgers.

– D'accord. Donc, ils ouvrent boutique sur Christopher Street, dans un quartier très fréquenté par les homos. Ils choisissent un mouvement noir pour effectuer une prise d'otages. Le FBI les appréhende, on ouvre un procès public, conséquence : Noirs et homos sont publiquement éclaboussés.

– En même temps que les projecteurs se braquent sur les groupes racistes, nota McCaskey. Pourquoi diable chercheraient-ils à faire une chose pareille ?

– Pour que les projecteurs se braquent sur leur groupe en particulier. »

McCaskey secoua la tête. « Tu connais comment fonctionnent les médias. Tu découvres une vipère, ils n'auront de cesse de faire un papier sur le nid entier. Tu trouves un nid, ils se mettront à en chercher d'autres.

– Certes, admit Liz, tu n'as pas tort. Donc, les médias nous présentent d'autres nids : Pure Nation, WHOA, la Fraternité aryenne américaine... On a droit à tout un défilé de psychopathes. Que se passe-t-il ensuite ?

– Ensuite, enchaîna McCaskey, l'Américain moyen est scandalisé et le gouvernement décide de sévir en interdisant les groupes prônant la haine raciale. Point final. »

Signe de dénégation de Liz. « Eh non. Pas de point final. L'interdiction ne met pas fin aux groupes. Ils survivent en retournant dans la clandestinité. Pis encore, ils se rebiffent. Historiquement, l'oppression a toujours nourri les forces de résistance. Les consé-

246

quences de cette attaque avortée contre Pure Nation – si elle devait se produire, ce qui n'est pas prouvé – seront un renouveau du militantisme noir, du militantisme homosexuel, du militantisme juif. Vous vous souvenez du slogan de la Ligue de défense juive dans les années soixante? *Plus jamais ça*? Tous les groupes militants adopteront plus ou moins la même ligne. Et quand cette radicalisation commencera à menacer les structures, à menacer l'ensemble de la société, l'Américain blanc moyen aura la trouille. Et le plus ironique, c'est que le gouvernement n'y pourra rien parce qu'il ne peut pas s'attaquer aux minorités. Qu'il s'en prenne aux Noirs, et les Noirs crieront au scandale. Même topo avec les homos ou les juifs. Qu'il s'en prenne aux trois à la fois, et vous vous retrouvez avec une guerre civile sur les bras.

– Donc, reprit Rodgers, l'Américain moyen, d'ordinaire plutôt un brave type, se trouve attiré par l'extrême droite. Pure Nation, WHOA et leurs semblables se mettent à prendre des allures de sauveurs de la société?

– Tout juste, dit Liz. Quel était déjà ce slogan du chef d'une milice du Michigan, il y a quelques années? Une phrase du genre "La dynamique naturelle de la vengeance et du châtiment suivra son cours". Quand les objectifs et les plans de Pure Nation commenceront à être connus, c'est exactement ce qui se passera.

– Donc, Pure Nation s'en prend plein la gueule, poursuivit Rodgers. Ils sont arrêtés, traqués, dissous, mis hors la loi. Ils deviennent des martyrs de la cause blanche.

– Pour leur plus grand plaisir », ajouta Liz.

Grimace de McCaskey. « On dirait une comptine

surréaliste. Voilà des partisans de la suprématie blanche qui envoient au sacrifice certains de leurs propres militants afin de susciter une réaction des minorités, ce qui provoque une lame de fond en faveur de l'ensemble des mouvements pour la suprématie blanche. » Il secoua la tête avec vigueur. «Je crois que tous les deux, vous accordez bien trop de prévoyance à ce ramassis de dégénérés. Ils avaient un plan, on l'a éventé. Point final. »

Le téléphone de Rodgers retentit. «Je ne suis pas certain non plus de souscrire intégralement à l'hypothèse de Liz, avoua-t-il à McCaskey, mais ça vaut le coup d'y réfléchir.

– Imaginez les dégâts que ce groupe pourrait faire en jouant les boucs émissaires », insista Liz.

Rodgers sentit un frisson le parcourir. Ils pouvaient bien mener un FBI obnubilé par ses prouesses dans toutes les directions sauf la bonne. Avec les médias le suivant pas à pas, jamais le FBI ne pourrait admettre qu'il s'est fait duper.

Il décrocha le téléphone. « Oui ? »

C'était Bob Herbert.

« Bob, dit Rodgers. Alberto m'a mis au courant il y a quelques minutes. Où êtes-vous ? »

À l'autre bout du fil, Herbert expliqua d'une voix calme : « Je suis sur une route en pleine cambrousse, en Allemagne, et j'aurais besoin de quelque chose.

– De quoi ?

– Soit d'un sérieux coup de main en vitesse, soit d'une petite prière, mais alors très courte… »

29.

Jeudi, 16 : 11, Hambourg, Allemagne

Hambourg revêt un éclat bien particulier et plein de séduction en fin d'après-midi.

La lumière du soleil couchant étincelait à la surface des deux lacs, faisant naître des reflets lumineux pareils à mille fantômes. Pour Paul Hood, c'était comme si l'on avait braqué un projecteur puissant au-dessous de la ville. Devant lui, les arbres du parc et les bâtiments limitrophes chatoyaient littéralement sur un fond de ciel bleu de plus en plus sombre.

Et puis l'atmosphère de Hambourg est différente de celle des autres villes. C'est un curieux mélange de nature et d'industrie. Il y a le goût du sel, apporté de la mer du Nord par les berges de l'Elbe ; l'odeur du mazout et de la fumée des innombrables navires qui sillonnent le fleuve ; et celle de toute la verdure qui s'épanouit partout dans la ville. L'air n'est pas délétère, comme dans les autres cités. Mais il a un cachet particulier.

Ses considérations sur l'environnement furent brèves. À peine avaient-ils quitté le bâtiment pour se diriger vers le parc que Hausen se mit à parler.

« Qu'est-ce qui vous fait dire que vous avez eu une drôle de matinée, vous aussi ? »

Hood n'avait vraiment pas envie de parler de lui. Mais il espérait que, ce faisant, il pourrait peut-être contribuer à délier la langue de son compagnon. Donnant-donnant. Un prêté pour un rendu. C'était une valse familière à quiconque avait un tant soit peu vécu à Washington. La seule différence étant que cette danse était un peu plus importante et personnelle que les autres fois.

Il répondit : « Alors que je vous attendais avec Matt et Bob dans le hall de l'hôtel, j'ai cru reconnaître — non, je pourrais jurer avoir bel et bien reconnu une femme que j'ai fréquentée dans le temps. Je lui ai couru après comme un possédé.

— Et c'était bien elle ?

— Je n'en sais rien. » La simple évocation de cet incident faisait renaître son exaspération. Celle d'être à jamais dans l'incertitude : était-ce ou non Nancy ? Exaspération aussi de découvrir que cette femme avait encore barre sur lui. « Elle est montée dans un taxi avant que j'aie pu la rattraper. Mais à son port de tête, à la couleur et au mouvement de sa chevelure... si ce n'était pas Nancy, c'était sa sœur.

— En a-t-elle une ? »

Hood haussa les épaules mais ne répondit pas. Quoi qu'il puisse penser de Nancy Jo, il ne supportait pas l'idée qu'elle puisse avoir un enfant ou un mari, qu'elle puisse en fait vivre sa vie loin de lui.

Alors pourquoi diable t'appesantir encore là-dessus ? Parce que, conclut-il, *tu veux amener Hausen à se confier.*

Hood respira un grand coup et souffla lentement. Il avait enfoui les mains dans ses poches. Les yeux baissés, il fixait la pelouse. À contrecœur, il revint en pensée à Los Angeles, près de vingt ans plus tôt.

« J'étais amoureux de cette fille. Elle s'appelait Nancy Jo Bosworth. On s'était rencontrés en cours d'informatique, durant notre dernière année de fac à l'université de Californie. C'était un ange délicat et plein de vivacité, aux cheveux pareils à des ailes dorées... » Il sourit, rougit. « C'est con, je sais, mais je ne vois pas comment les décrire autrement. Elle avait des cheveux doux, épais et éthérés à la fois, et ses yeux étaient l'image même de la vie. Je l'appelais ma petite fille en or et elle m'appelait son grand chevalier d'argent. Bon sang, j'en pinçais pour elle.

– Ça m'en a tout l'air. »

L'Allemand sourit pour la première fois. Hood n'était pas mécontent d'avoir réussi à percer sa carapace ; même s'il était à la torture. Il poursuivit : « On s'est fiancés dès la sortie de l'université. Je lui avais offert une bague avec une émeraude ; on l'avait choisie ensemble. J'ai obtenu un poste à la municipalité de Los Angeles et Nancy est entrée comme conceptrice de logiciels dans une boîte d'informatique qui créait des jeux vidéo. En fait, elle prenait l'avion deux fois par semaine pour Sunnyvale, au nord de l'État, juste pour qu'on ne soit pas séparés. Et puis un soir d'avril 1979 – le 21 pour être exact, une date que je devais systématiquement arracher de mes agendas durant plusieurs années —, alors que je l'attendais devant un cinéma, elle n'est jamais venue. J'ai appelé chez elle, ça ne répondait pas, alors je m'y suis précipité. J'ai foncé en voiture, comme un fou. Avec ma clef, je suis entré dans son appartement et j'y ai trouvé un billet. »

Hood ralentit le pas. Il sentait encore l'odeur de l'appartement. Il sentait encore ses larmes et la boule qui avait empli sa gorge. Il se souvenait de la chanson qui passait chez les voisins : *The Worst That Could Happen* – « le pire qui puisse arriver » – interprété par *The Brooklyn Bridge.*

« Le billet était manuscrit, rédigé à la va-vite. Pas de l'écriture soignée, habituelle, de Nancy. Elle expliquait qu'elle devait partir, qu'elle ne reviendrait pas, et que je ne devais pas chercher à la retrouver. Elle avait pris quelques effets, mais tout le reste était encore là : ses disques, ses livres, ses plantes, ses albums de photos, son diplôme. Tout. Oh, et elle avait emporté la bague de fiançailles que je lui avais offerte. À moins qu'elle ne l'ait jetée.

– Et personne n'avait la moindre idée de l'endroit où elle avait pu partir ? » Hausen était surpris.

« Personne. Pas même le FBI, qui vint le lendemain m'interroger à son sujet sans vouloir me dire ce qu'elle avait fait. Je ne pus guère les éclairer, mais j'espérais qu'eux au moins réussiraient à la retrouver. Quoi qu'elle ait pu faire, je voulais les aider. Je passai les jours et les nuits qui suivirent à la chercher partout. Je rendis visite à nos anciens professeurs, à nos amis, je parlai à ses collègues, qui étaient tous fort inquiets. J'appelai son père. Ils ne se fréquentaient guère et ça ne me surprit pas qu'il n'ait pas eu de nouvelles. Je finis par décider que j'avais dû commettre quelque impair. Ou alors, qu'elle m'avait trompé avec un type et qu'elle était partie avec lui.

– *Gott...* Et elle ne vous a plus jamais donné signe de vie par la suite ? »

Hood hocha lentement la tête. « Je n'ai même plus

jamais entendu parler d'elle. Et pourtant, j'aurais bien voulu… rien que par curiosité. Cela dit, je n'ai plus cherché à savoir, l'épreuve aurait été trop pénible. Je dois quand même la remercier d'une chose. Je me suis plongé dans le travail, j'ai noué des tas de contacts formidables – on n'appelait pas encore ça *monter un réseau de relations…*» Il sourit. «Et au bout du compte, je me suis présenté aux élections municipales et j'ai été élu maire. Je suis devenu le plus jeune maire de l'histoire de Los Angeles.»

Hausen avisa l'alliance de son interlocuteur. «Et vous vous êtes marié…

– Oui.» Il contempla la bague en or. «Je me suis marié. J'ai une famille formidable, une vie comblée.» Il rabaissa la main, caressa la poche contenant son portefeuille. Il repensa aux billets dont son épouse ignorait jusqu'à l'existence. «Pourtant, je continue de penser à Nancy, de loin en loin, et il vaut sans doute mieux que ce ne soit pas elle que j'ai vue à l'hôtel.

– Vous n'en savez rien, remarqua Hausen.

– Non, certes, admit Hood.

– Mais même si c'était elle, votre Nancy appartient à une autre époque. À un autre Paul Hood. Si jamais vous la revoyiez, vous seriez capable d'assumer la rencontre, je pense.

– Peut-être… bien que je ne sois pas sûr que le Paul Hood d'antan soit si différent. Nancy était amoureuse du garçon en moi, du gamin aventureux dans sa vie comme dans ses amours. Devenir père de famille et maire de Los Angeles n'y a pas changé grand-chose. Fondamentalement, je reste un gamin qui aime jouer au Risk, qui adore voir les films de Godzilla et qui persiste à penser qu'Adam West est le seul vrai Batman et

Kirk Alleyn le seul vrai Superman. Quelque part au fond de moi, je suis resté le jeune homme qui se prenait pour un chevalier et voyait en Nancy sa gente dame. Franchement, je ne sais pas du tout comment je réagirais si je me retrouvais face à face avec elle. »

Hood remit les mains dans ses poches. Tâta de nouveau son portefeuille. Et se demanda : *Qui crois-tu donc tromper ?* Il savait bigrement bien que si jamais il se retrouvait face à face avec Nancy, il craquerait de nouveau comme au début.

« Et voilà toute mon histoire », conclut-il. Il regardait droit devant lui, mais ses yeux glissèrent sur la gauche, vers Hausen. « À votre tour, à présent, pressat-il. Ce coup de fil à votre bureau avait-il un rapport quelconque avec un amour perdu ou des disparitions inexpliquées ? »

Hausen fit encore quelques pas dans un silence digne avant de répondre, d'un ton solennel : « Des disparitions inexpliquées, oui, une histoire d'amour, non, certainement pas. » Il s'arrêta, regarda Hood. Une douce brise soufflait, ébouriffant les cheveux de l'Allemand, retournant le col de son pardessus. « Herr Hood, j'ai confiance en vous. La sincérité de votre douleur, vos sentiments – vous m'avez l'air d'un homme compatissant et sincère. Aussi vais-je être honnête avec vous. » Hausen regarda à gauche et à droite, puis il baissa les yeux. « Je suis sans doute fou de vous dire ceci, je n'en jamais parlé à personne… Pas même à ma sœur, et encore moins à mes amis.

– Les hommes politiques ont-ils des amis ? » remarqua Hood.

Hausen sourit. « Certains, oui. Moi, sûrement. Mais je ne voudrais pas leur infliger un tel fardeau. Pourtant, quelqu'un doit savoir maintenant qu'il est de retour. Pour les prévenir, au cas où il m'arriverait quelque chose. »

Hausen regarda Hood. La souffrance qu'il lisait dans ses yeux dépassait tout ce qu'il avait connu. Elle le bouleversa au point qu'il en oublia sa propre douleur et sentit redoubler sa curiosité.

« Il y a vingt-cinq ans, poursuivit Hausen, j'étais étudiant en économie à la faculté d'Assas, à Paris. Mon meilleur ami s'appelait Gérard Dupré. C'était le fils d'un industriel fortuné et un militant extrémiste. Je ne sais pas si c'était à cause des "étrangers" qui prenaient, disait-on, le travail aux ouvriers français, ou simplement la traduction de son côté obscur. Mais Dupré détestait les Américains et les Asiatiques, et il vouait une haine toute particulière aux juifs, aux Noirs et aux Arabes. Dieu du ciel, il était dévoré par la haine. » Hausen s'humecta les lèvres. Il baissa de nouveau les yeux.

Pour Hood, il était clair que cet homme taciturne devait affronter autant l'épreuve de la confession que celle des souvenirs des actes qu'il avait pu commettre.

Hausen déglutit et reprit : « Nous dînions un soir dans un café – l'Échange, rue Mouffetard, sur la rive gauche, à deux pas de la Sorbonne. C'était un bistrot pas cher, fréquenté par les étudiants, où l'atmosphère était toujours électrisée par l'odeur du café fort et des discussions enflammées. C'était juste après notre entrée à la fac, et ce soir-là, tout et tout le monde énervait Gérard : le serveur lambinait, l'apéritif était trop chaud, la nuit trop glacée, et j'en passe. Après avoir réglé la note – c'était toujours lui qui payait, car il était le seul d'entre nous à avoir de l'argent – nous sommes descendus nous promener au bord de la Seine.

« Il faisait déjà sombre, et c'est là que nous avons rencontré deux étudiantes américaines qui venaient d'arriver à Paris, poursuivit Hausen avec difficulté. Elles étaient allées faire des photos un peu plus loin sur les quais, sous un pont. La nuit était tombée et elles avaient perdu leur chemin, aussi leur proposai-je de les guider. Mais Gérard s'interposa, disant qu'il pensait que les Américains savaient toujours tout. Il se mit à crier, s'emportant contre les filles. Dès que les Américains débarquaient quelque part, ils prenaient le pouvoir, alors, raillait-il, comment ces deux-là n'étaient-elles pas fichues de retrouver leur chemin ? »

Hood sentit son estomac se nouer. Il avait le pressentiment de ce qui allait suivre.

Hausen poursuivit : « Les filles crurent qu'il blaguait, et l'une des deux posa sa main sur le bras de mon ami pour lui dire quelque chose – je ne sais plus quoi. Mais Gérard se rebiffa : comment osait-elle lui parler ainsi avec condescendance ? Et il la repoussa violemment. Elle recula, trébucha et tomba dans la Seine. Elle se mit à hurler. Mon Dieu, comme elle hurlait ! Son amie avait lâché son appareil photo pour se porter à son secours mais Gérard l'intercepta et lui passa un bras autour du cou. Elle étouffait, son amie dans l'eau hurlait toujours, et moi, j'étais paralysé. Je n'avais jamais encore vécu une chose pareille. Finalement, je me précipitai pour secourir la malheureuse. Elle avait bu la tasse, elle toussait. À défaut de songer à la tirer hors de l'eau, j'essayai de l'empêcher de se débattre. Gérard était furieux de me voir chercher à l'aider, et tout en m'engueulant, il continuait d'étrangler l'autre fille… »

Hausen se tut. L'angoisse et la douleur avaient

envahi ses yeux. Son front était pâle à présent, sa bouche avait un pli amer. Ses mains tremblaient. Il serra les poings pour calmer leur tremblement.

Hood fit un pas vers lui. « Vous n'avez pas besoin de poursuivre...

— Si, il le faut, insista Hausen. Maintenant que Gérard est de retour, l'histoire doit être connue. Je tomberai peut-être, mais pas sans l'avoir emporté dans ma chute. » Hausen pinça les lèvres, attendit quelques secondes pour se ressaisir, puis il reprit : « Gérard lâcha la fille. Elle était sans connaissance. Il courut alors vers l'autre qui se débattait toujours, sautant à son tour dans le fleuve pour la noyer. J'essayai de l'en empêcher mais je perdis pied et bus la tasse. Gérard continuait de lui maintenir la tête sous l'eau (Hausen l'imitait en poussant avec ses mains) tout en traitant les Américaines de putains. Le temps que je refasse surface, il était trop tard. La fille partait à la dérive, ses cheveux bruns flottant derrière elle. Gérard se retourna, se hissa sur la berge, et fit basculer l'autre fille, inerte, dans le fleuve. Puis il me dit de filer avec lui. J'étais comme un automate. Je récupérai mes affaires à tâtons dans le noir et le suivis. Dieu me pardonne, mais je m'enfuis sans même savoir si la fille qu'il avait étranglée était encore en vie...

— Et personne ne vous avait vus ? s'étonna Hood. Personne n'a rien entendu et n'est venu voir ce qui se passait ?

— Peut-être qu'on nous avait entendus, mais nul n'y a prêté attention. Les étudiantes étaient toujours en train de brailler pour un oui ou pour un non, ça aurait pu être à cause des rats sur les quais... Peut-être que

257

les passants ont cru qu'elles faisaient l'amour au bord de la Seine. Les cris – ça aurait pu être ça.

– Qu'avez-vous fait ensuite ?

– Nous sommes partis nous réfugier dans la propriété de son père, dans le midi de la France, durant plusieurs semaines. Gérard m'a demandé ensuite de rester, et même d'entrer dans leur affaire. Il m'aimait bien. Nous avions beau avoir des origines sociales différentes, il respectait mon point de vue. J'étais le seul à lui avoir dit qu'il profitait de sa situation de fils de riche pour traiter tout le monde en larbin. Il aimait bien cette façon que j'avais de le défier. Mais je ne pouvais pas accepter son offre. Je ne pouvais pas demeurer auprès de lui. Je suis donc retourné en Allemagne. Mais sans pouvoir trouver l'apaisement. Alors… »

Il se tut, contempla ses poings serrés. Ils tremblaient de nouveau et il rouvrit les mains.

« Alors, je me suis rendu à l'ambassade de France, et je leur ai raconté ce qui s'était passé. Intégralement. Ils m'ont dit qu'ils interrogeraient Gérard, et je leur ai indiqué où me trouver. J'étais prêt à aller en prison, rien que pour apaiser mon sentiment de culpabilité.

– Et qu'est-il arrivé ?

– Hélas, la police française, fit Hausen, amer, cherche plus à régler qu'à résoudre les affaires, surtout quand des étrangers sont impliqués. Pour eux, il s'agissait de meurtres non élucidés et destinés à le rester.

– Ont-ils au moins interrogé Gérard ?

– Je n'en sais rien, avoua Hausen, mais même s'ils l'ont fait, réfléchissez un peu : la parole d'un fils de milliardaire français contre celle d'un pauvre étudiant allemand.

– Mais il a bien dû expliquer pourquoi il avait si brutalement abandonné ses études. Et les parents des deux filles ? Je ne peux pas croire qu'ils en soient restés là.

– Que pouvaient-ils faire ? Ils sont venus en France réclamer justice. Ils ont adressé une requête à l'ambassade de France à Washington, puis à l'ambassade des États-Unis à Paris. Ils ont offert une récompense. Mais les dépouilles des deux jeunes filles ont été rapatriées en Amérique, et l'affaire en est restée là... enfin, plus ou moins.

– Comment ça, plus ou moins ? »

Il y avait des larmes dans les yeux de l'Allemand. « Gérard m'écrivit, quelques semaines plus tard. Pour me dire qu'il reviendrait un jour me donner une leçon pour ma couardise et ma trahison.

– Et à part cela, vous n'avez plus eu de nouvelles de lui ?

– Jusqu'à son coup de téléphone d'aujourd'hui. Je suis revenu faire mes études en Allemagne, rongé par la honte et la culpabilité.

– Mais vous n'y étiez pour rien, objecta Hood. Vous avez même essayé d'arrêter Gérard.

– Mon crime a été de garder le silence aussitôt après. Comme tant d'autres qui ont senti l'odeur des charniers à Auschwitz, je n'ai rien dit.

– Il y a quand même une différence d'échelle, vous ne croyez pas ? »

Hausen secoua la tête. « Le silence reste toujours le silence. Un assassin court toujours à cause de mon silence. Aujourd'hui, il se fait appeler Gérard Dominique. Et il m'a menacé en même temps qu'il a menacé ma gamine de treize ans.

– J'ignorais que vous aviez des enfants... Où est-elle ?

– Elle vit avec sa mère à Berlin. Je vais la faire surveiller, mais Gérard est aussi insaisissable qu'il est influent. Il est fort capable d'acheter les individus qui n'apprécient pas mon travail. » Hausen hocha la tête. « Si j'avais appelé police secours ce soir-là, si j'avais maîtrisé Gérard, fait n'importe quoi, j'aurais pu connaître la paix, avec le temps. Mais non. Et je ne pourrai jamais expier, sinon en luttant contre la haine, cette même haine qui a poussé Gérard à tuer ces malheureuses.

– Vous n'avez eu aucun contact avec Gérard, mais avez-vous entendu parler de lui durant toutes ces années ?

– Non. Il s'était volatilisé, exactement comme votre Nancy. Le bruit a couru qu'il avait repris les affaires de son père, mais à la mort de ce dernier, Gérard ferma l'usine de constructions de pièces détachées pour Airbus qui avait tant rapporté. On disait également qu'il était devenu l'éminence grise de quantité de conseils d'administrations sans jamais faire partie d'aucun, mais je n'ai aucune certitude. »

Hood avait d'autres questions à lui poser, des questions sur l'entreprise du père de Dupré, sur l'identité des filles et sur l'action éventuelle de l'Op-Center pour aider Hausen dans ce qui prenait désormais l'allure d'une affaire de chantage. Mais son attention fut détournée par une voix douce qui l'appela, derrière lui : « Paul ! »

Hood se retourna, et l'éclat de Hambourg parut soudain se ternir. Hausen, les arbres, la cité, les années mêmes s'évanouirent, quand apparut l'ange qui se dirigeait vers lui, de sa démarche élancée, gracieuse. Quand il se retrouva vingt ans en arrière, devant le cinéma, attendant Nancy.

Attendant celle qui avait fini par arriver.

30.

Jeudi, 16 : 22, Hanovre, Allemagne

Bob Herbert n'avait pas téléphoné à Mike Rodgers la première fois qu'il avait remarqué la camionnette blanche.

Elle était apparue dans son rétroviseur alors qu'il contournait la ville tout en songeant à son enquête. Il n'avait guère prêté attention au véhicule alors qu'il réfléchissait au moyen de recueillir des renseignements sur la jeune fille enlevée. Malgré l'échec de la technique directe, il pensait que la corruption pourrait marcher.

Quand Herbert quitta Herrenhauser Strasse pour emprunter une rue transversale et que la fourgonnette fit de même, il l'examina plus attentivement. À l'avant et à l'arrière, il avisa des visages dissimulés sous des passe-montagnes. Herbert jeta un coup d'œil sur le plan de la ville et accéléra, en virant brusquement à plusieurs reprises pour s'assurer qu'il était bien suivi. C'était le cas. Quelqu'un avait dû le regarder partir et envoyer des gorilles à ses trousses. Alors que la nuit tombait rapidement sur la ville, Herbert décida d'appeler l'Op-Center. Alberto lui passa Mike Rodgers.

Et c'est à cet instant qu'il avait demandé une aide rapide ou une brève prière.

« Que se passe-t-il ? fit aussitôt Rodgers.

– J'ai eu une prise de bec avec quelques néo-nazis à la Brasserie centrale, expliqua Herbert. Et maintenant, je les ai sur le dos.

– Où êtes-vous ?

– Je n'en sais trop rien. » Il regarda alentour. « J'aperçois des ormes, plein de jardins, un lac… » Un panneau indicateur passa rapidement. « Ah, Dieu soit loué… Je suis dans un endroit appelé Welfengarten.

– Bob, dit Rodgers, Darrell est à côté de moi. Il a le numéro de téléphone du plus proche commissariat de police. Vous avez de quoi le noter pour les appeler ? »

Herbert chercha un stylo dans sa poche de chemise. Il griffonna sur la planche de bord pour faire venir l'encre. « Allez-y… »

Mais avant qu'il ait pu l'inscrire, le fourgon vint emboutir son pare-chocs arrière. La voiture fit une embardée et le baudrier de sa ceinture de sécurité lui vrilla le torse. Il fit un écart pour éviter la voiture juste devant lui.

« *Merde !* » Il contourna l'autre véhicule, écrasa l'accélérateur. « Écoutez, général, j'ai des problèmes.

– Quel genre ?

– Ces types sont en train de m'éperonner. Je vais m'arrêter avant de risquer d'aplatir un piéton. Dites à la *Landespolizei* que je suis à bord d'une Mercedes blanche.

– Non, Bob, ne vous arrêtez pas ! s'écria Rodgers. S'ils vous embarquent dans leur fourgon, vous êtes foutu !

– Ils ne vont pas chercher à m'enlever, rétorqua Herbert. Ils vont chercher à me tuer ! »

La fourgonnette le percuta de nouveau, par l'arrière

gauche. La voiture sauta sur le trottoir de droite, où elle manqua d'écraser un passant qui promenait son terrier. Herbert réussit à regagner la chaussée, non sans érafler une voiture garée avec le coin droit de son pare-chocs. Celui-ci, décroché, racla bruyamment l'asphalte.

Il s'arrêta. Craignant que la tôle chromée ne déchire son pneu, il passa en marche arrière pour essayer de finir d'arracher le pare-chocs. Il se détacha avec un grognement sourd suivi d'un couinement aigu et tomba avec fracas sur la chaussée.

Herbert jeta un coup d'œil dans le rétro extérieur pour s'assurer qu'il pouvait redémarrer sans risque. La scène était surréaliste : piétons courant en tous sens, voitures filant à toute vitesse. Et avant qu'il ait pu réintégrer le trafic sérieusement perturbé, la fourgonnette vint s'immobiliser à sa hauteur, sur la gauche. Le passager avant le fixa. Il fit passer la gueule d'un pistolet-mitrailleur par la vitre ouverte et le braqua sur sa voiture.

Puis il tira.

31.

Jeudi, 16 : 33, Hambourg, Allemagne

Avec sa jaquette et sa jupe courte noire sur un corsage blanc, un collier de perles autour du cou, Nancy donnait à Hood l'impression de sortir d'un mirage : brumeuse, ondoyante, aérienne.

Ou peut-être était-ce à cause des larmes qui lui montaient aux yeux.

Il grimaça, secoua la tête, serra les poings, éprouvant mille émotions contradictoires à chacun des pas de cette apparition.

C'est bien toi. C'était la première.

Suivie par : *Pourquoi avoir fait ça, bon Dieu ?*

Puis : *Tu es encore plus époustouflante que dans mon souvenir.*

Mais aussi : *Et Sharon, alors ? Je devrais partir, et je ne peux pas.*

Et enfin : *Va-t'en. Je n'ai vraiment pas besoin de ça...*

Et pourtant si, il en avait besoin. Alors qu'elle passait lentement devant lui, il s'emplit les yeux de son image. Il laissa son cœur se gorger de cet amour passé, ses reins s'emplir du désir d'antan, son âme se noyer de précieux souvenirs.

Hausen s'inquiéta : « Herr Hood ? »

La voix de l'Allemand lui parut lointaine, assourdie, comme sortie d'un trou, loin, bien loin au-dessous de lui.

« Vous vous sentez bien ?

– Je ne sais pas trop », avoua Hood. Sa propre voix lui semblait venir d'encore plus loin.

Il était incapable de détacher ses yeux de Nancy. Elle ne lui adressa pas un signe, pas un mot. Elle ne détourna pas les yeux et ne ralentit pas sa démarche décidée et sensuelle.

« C'est bien Nancy », dit-il enfin à son compagnon.

Celui-ci s'étonna tout haut : « Comment vous a-t-elle retrouvé ici ? »

La femme arriva. Hood ne parvenait même pas à imaginer quel aspect il devait avoir pour elle. Il était abasourdi, bouche bée, il avait les larmes aux yeux, sa tête dodelinait doucement. Une chose était sûre : il n'avait rien d'un chevalier d'argent.

Il y avait comme un air d'amusement sur les traits de Nancy – le coin droit de ses lèvres était légèrement retroussé – mais bien vite réapparut ce large sourire enjôleur qu'il connaissait si bien.

« Salut ! » lança-t-elle tranquillement.

La voix avait mûri, comme les traits. Il y avait des rides au coin des yeux bleus, sur le front jadis lisse, au-dessus de la lèvre supérieure – cette lèvre merveilleusement ourlée, qui avançait un peu au-dessus d'une lèvre inférieure boudeuse. Mais elles n'amoindrissaient en rien sa beauté, ces rides. Tout au contraire. Hood les trouva presque intolérablement sexy. Elles disaient qu'elle avait vécu, aimé, lutté, survécu, et qu'elle restait encore et toujours pleine d'énergie, indomptée, bien vivante.

Elle paraissait également plus en forme que jamais. Son mètre soixante-cinq était sculptural, et Hood l'imaginait sans peine s'adonnant à l'aérobic, au jogging ou à la natation. Et s'y donnant à fond, pour modeler son corps à sa guise. Elle avait cette sorte de discipline, cette sorte de volonté.

Évidemment, songea-t-il dans un éclair d'amertume. *Elle qui a été capable de me plaquer.*

Elle avait renoncé au rouge à lèvres fuchsia qu'il se rappelait si bien. Elle avait adopté une teinte mauve plus discrète. Elle portait une touche d'ombre à paupières bleu ciel – c'était nouveau – et de petites boucles d'oreilles en brillants. Hood résista à une envie presque insurmontable de la prendre dans ses bras, de la plaquer contre lui, des joues jusques aux cuisses.

Il opta pour un « Salut, Nancy ». La formule semblait un rien déplacée après tout ce temps, même si elle valait bien toutes les épithètes et les accusations qui lui venaient à l'esprit.

Les yeux de Nancy glissèrent sur sa droite. Elle tendit la main à Hausen et se présenta : « Nancy Jo Bosworth.

– Richard Hausen, répondit-il.

– Je sais, fit-elle. Je vous ai reconnu. »

Hood n'entendit pas le reste du dialogue. *Nancy Jo Bosworth,* se répéta-t-il. Nancy était du genre à recourir au trait d'union. *Donc, elle n'est pas mariée.* Hood sentit un début d'allégresse illuminer son âme, avant qu'elle le brûle du feu de la culpabilité, tandis qu'il rectifiait : *Mais toi, tu l'es.*

Il se tourna brutalement vers son voisin. Il était conscient de ce mouvement brusque de la tête. Mais c'était le seul moyen de la contraindre à bouger. Ainsi placé, il lut dans les yeux de l'Allemand un regard de compassion empreint de tristesse. Hausen s'apitoyait sur lui. Et Hood apprécia cette marque de sympathie. S'il n'y prêtait garde, il était bien parti pour gâcher pas mal d'existences.

Il lui dit : « Je me demandais si vous accepteriez de m'accorder une minute...

– Mais certainement, dit Hausen. Je vous retrouve dans mon bureau. »

Hood acquiesça. « Ce dont vous me parliez tout à l'heure... Nous en rediscuterons. Je pourrai vous donner un coup de main.

– Merci », dit l'Allemand. Après avoir salué la femme d'un bref signe de tête, il s'éloigna.

Hood reporta son attention sur Nancy. Il ignorait ce qu'elle lisait dans ses yeux, mais lui, ce qu'il voyait dans les siens était dangereusement attirant. La douceur et le désir étaient toujours là, combinaison électrisante et toujours aussi bougrement irrésistible.

« Je suis désolée, dit-elle enfin.

– Pas de problème, répondit-il. Nous avions presque fini, lui et moi. »

La femme sourit. « Je ne parlais pas de ça. »

Hood sentit le rouge lui venir au front. Il se serait battu.

Nancy lui caressa le visage. « J'avais de bonnes raisons pour partir ainsi.

– Je n'en ai jamais douté, fit-il en se reprenant un peu. Tu as toujours eu de bonnes raisons pour tout ce que tu faisais. » Il posa la main sur la sienne et la détacha de sa joue. « Mais comment as-tu fait pour me retrouver ?

– J'avais des papiers à rapporter à l'hôtel, expliqua-t-elle. Le portier m'a dit qu'un certain Paul me cherchait et qu'il se trouvait avec le vice-ministre des Affaires étrangères Hausen. J'ai appelé son bureau et je suis venue aussitôt.

– Pourquoi ? »

Elle rit. « Mon Dieu, Paul, il y a bien une douzaine de raisons valables. Pour te voir, pour m'excuser, pour expliquer… mais surtout, pour te voir. Tu m'as terriblement manqué. J'ai suivi ta carrière à Los Angeles, du mieux que j'ai pu. J'étais très fière de ce que tu as fait.

– J'étais motivé…

– J'ai bien vu, et ça m'a paru drôle. Je ne t'aurais jamais cru ambitieux à ce point.

– Ce n'est pas l'ambition qui m'a poussé, mais le désespoir. Je me suis abruti de travail pour ne pas me transformer en Heathcliff se morfondant dans l'attente de la mort aux Hauts de Hurlevent. Car c'est comme cela que je l'ai vécu, Nancy. Après ta disparition, j'étais tellement bouleversé, tellement désemparé que je n'avais plus qu'une idée en tête : te retrouver, redresser les torts que j'avais pu commettre. Je te désirais à tel point que si tu t'étais enfuie avec un autre homme, je l'aurais envié sans pouvoir le haïr.

– Ce n'était pas un autre homme.

– Peu importe. Peux-tu ne serait-ce qu'imaginer ma douleur ? »

Nancy rougit légèrement. « Oui. Parce que je l'ai éprouvée moi aussi. Mais j'avais de terribles ennuis. Si j'étais restée, ou si je t'avais dit où j'étais partie…

– Quoi ? insista Hood. Que serait-il arrivé ? Que pouvait-il m'arriver de pire ? » Sa voix se brisa et il dut ravaler ses sanglots. Il se détourna à moitié.

« Je suis désolée », dit Nancy, encore plus pressante.

Elle s'approcha, lui caressa de nouveau la joue. Cette fois, il ne retira pas sa main.

« Paul, j'ai volé les plans de la nouvelle puce dont ma boîte allait lancer la fabrication pour les vendre à une firme étrangère. En échange, j'ai touché énormément d'argent. On aurait pu se marier, on aurait pu être riches, et tu serais devenu un homme politique de premier plan.

– Parce que tu crois que c'est ce que je voulais? Réussir grâce aux efforts de quelqu'un d'autre? »

Nancy fit un signe de dénégation. « Tu n'en aurais jamais rien su. Je voulais que tu puisses te présenter sans avoir de soucis d'argent. Je sentais que tu étais capable d'accomplir de grandes choses, à condition que tu n'aies pas à t'occuper des fonds à réunir pour financer tes campagnes... Je veux dire, avec ça, tous ces problèmes auraient été réglés.

– Je n'arrive pas à croire que tu aies pu faire une chose pareille.

– Je sais. C'est pour cela que je ne t'ai rien dit. Et quand tout s'est cassé la figure, c'est aussi l'une des raisons qui m'ont retenue de t'en parler. Après t'avoir perdu, je ne voulais pas en plus essuyer ton mépris. C'est que tu pouvais te montrer sacrément légaliste en ce temps-là. Même pour des vétilles. Tu te souviens dans quel état tu t'étais mis le jour où j'ai eu ce PV devant le Cinerama où on était allés voir *Rollerball*? Ce PV que tu m'avais garanti que j'aurais?

– Je me souviens. »

Bien sûr que je m'en souviens, Nancy. Je me souviens de tout ce qu'on a fait ensemble...

Elle retira sa main, se retourna. « Toujours est-il

qu'on a fini par me retrouver. Une amie... tu te rappelles Jessica ? »

Hood acquiesça. Il pouvait encore voir ces perles qu'elle portait toujours, sentir son Numéro 5 de Chanel, comme si elle était devant lui.

« Jess faisait des heures supplémentaires, expliqua Nancy, et alors que je m'apprêtais à te rejoindre au cinéma, elle m'a téléphoné pour m'avertir que deux agents du FBI venaient de passer là-bas. Elle ajoutait que les deux types étaient en route pour mon appartement afin de m'interroger. Je n'ai eu que le temps de prendre mon passeport, quelques effets, ma carte Bank Americard, de t'écrire ce petit mot et de filer en catastrophe. » Elle baissa les yeux. « Pour sortir du pays...

— Et de mon existence », ajouta Hood. Il serra les lèvres. Il n'était pas sûr de vouloir qu'elle poursuive. Chaque mot était une torture, un rappel douloureux des espoirs envolés d'un amoureux de vingt ans.

« Mais il y a une autre raison qui m'a retenue de te contacter », poursuivit Nancy. Elle leva de nouveau les yeux. « Je me suis dit que tu risquais d'être interrogé ou surveillé, que ta ligne pouvait être mise sur écoute. Si je t'avais appelé ou écrit, le FBI m'aurait retrouvée.

— C'est vrai, admit Hood. Le FBI m'a effectivement rendu visite à mon domicile. Ils m'ont interrogé, sans me dire ce que tu avais fait, et je leur ai promis de les avertir au cas où j'aurais de tes nouvelles.

— Non ? » Elle semblait surprise. « Tu m'aurais dénoncée ?

— Oui. Sauf que moi, jamais je ne t'aurais abandonnée.

— Tu n'aurais pas eu le choix. Il y aurait eu un procès, je serais allée en prison...

271

– C'est vrai. Mais j'aurais attendu.

– Vingt ans ?

– S'il avait fallu. Mais ça n'aurait pas été le cas. Espionnage industriel commis par une jeune femme amoureuse – tu aurais pu obtenir une réduction de peine et te retrouver libre au bout de cinq ans.

– Cinq ans ! s'exclama-t-elle. Et ensuite, tu aurais épousé une criminelle ?

– Une criminelle, non. Mais toi, oui.

– D'accord, une ex-condamnée. Personne n'aurait plus voulu me confier le moindre secret – idem pour toi. Tu aurais pu tirer un trait sur tous tes rêves de carrière politique.

– Et alors ? Au lieu de ça, c'est sur ma vie que j'ai eu l'impression de tirer un trait. »

Nancy se tut. Elle sourit de nouveau. « Pauvre Paul. Tout cela est très romantique, voire un brin théâtral, c'est d'ailleurs une des choses que j'adorais chez toi. Mais la vérité, c'est que ta vie ne s'est pas achevée avec mon départ. Tu en as rencontré une autre, une femme absolument ravissante. Tu l'as épousée. Tu as eu les enfants que tu désirais. Tu t'es rangé. »

Oui, je me suis rangé, songea-t-il malgré lui.

« Qu'as-tu fait après ton départ ? demanda-t-il, préférant parler pour s'empêcher de penser.

– Je suis allée vivre à Paris, et j'ai essayé de trouver un emploi de conceptrice de logiciels. Mais il n'y avait pas des masses de propositions pour moi. Le marché ne s'était pas encore développé, sans parler d'une tendance ouvertement protectionniste empêchant des Américains de voler le travail des Français. Aussi, après avoir claqué tout mon argent – la vie est chère à Paris, surtout quand il faut acheter des fonctionnaires pour obtenir un visa alors qu'on est fiché à l'ambassade des États-Unis. Alors, je suis partie m'installer dans la région de Toulouse et j'ai commencé à travailler pour la boîte…

– La boîte?

– Celle à qui j'avais vendu les secrets. Je ne veux pas te dire son nom, parce que je n'ai pas envie de te voir ressortir ton fameux numéro de chevalier blanc. Tu sais très bien que c'est ce que tu ferais. »

Nancy avait raison. Il serait rentré dare-dare à Washington et aurait bien trouvé une douzaine de moyens d'amener son gouvernement à se pencher sur leur cas.

Mais Nancy poursuivait : « Ce qu'il y avait de moins drôle, c'est que j'ai toujours suspecté le type à qui j'avais vendu ces plans d'être celui qui m'avait balancée, pour me forcer à traverser l'Atlantique et venir bosser pour lui. Non pas que je sois particulièrement brillante, attention – ma meilleure idée, je l'avais piquée, après tout, pas vrai? – mais parce qu'il avait l'impression que, si je dépendais de lui, je ne risquerais pas de le dénoncer. Je n'avais pas voulu m'adresser à lui parce que j'avais honte de mes actes, mais d'un autre côté, il fallait bien que je travaille. » Elle eut un pauvre sourire. « Et pour couronner le tout, j'accumulais les déceptions amoureuses parce que je n'arrêtais pas de faire des comparaisons avec toi.

– Seigneur… Tu ne peux pas savoir à quel point ça me met du baume au cœur…

– Arrête. Ne sois pas comme ça. Je t'aimais toujours. J'achetais régulièrement le *Los Angeles Times* pour rester au courant de tes activités. Et souvent, oh, bien souvent, j'ai voulu t'écrire ou te téléphoner. Mais je me suis dit qu'il ne valait mieux pas.

« – Alors, pourquoi as-tu brusquement décidé de me voir ? » Hood souffrait de nouveau, partagé entre la douleur et la tristesse. « Tu t'es peut-être dit que ce serait moins douloureux aujourd'hui ?

– Je n'ai pas pu m'en empêcher, admit-elle. Quand j'ai appris que tu étais à Hambourg, il a fallu que je te voie. Et je crois que c'était réciproque.

– C'est vrai. Je t'ai couru après dans le hall de l'hôtel. Je voulais te voir. J'avais besoin de te voir. » Il hocha la tête. « Bon Dieu, Nancy, j'ai encore du mal à croire que c'est bien toi.

– C'est bien moi. »

Hood regarda ces yeux dans lesquels il s'était noyé tant de jours et tant de nuits. Leur pouvoir d'attraction était à la fois extraordinaire et terrifiant, entre rêve et cauchemar. Sa capacité de résistance n'était tout bonnement pas à la hauteur.

La brise du crépuscule lui glaça les cuisses et le dos. Il avait envie de la haïr. Envie de la fuir. Mais ce dont il avait envie par-dessus tout, c'était de remonter le temps pour l'empêcher de s'en aller.

Elle le fixa droit dans les yeux tout en lui glissant les mains autour de la taille. Son contact le tétanisa, avant de se muer en un picotement électrique qui le parcourut du torse aux doigts de pied. Et Hood sut alors qu'il devait s'éloigner d'elle.

Il recula d'un pas. Le contact électrique se rompit. « Je ne peux pas faire une chose pareille, lui dit-il.

– Faire quoi ? Être honnête ? » Elle y ajouta une petite pique – de tout temps, sa spécialité : « Serait-ce la politique qui t'a transformé ?

– Tu sais très bien de quoi je veux parler, Nancy. Je ne peux pas rester ici avec toi.

– Même pas une heure? Le temps d'un café, de faire le point.

– Non, répondit-il avec fermeté. C'est mon dernier mot. J'ai tiré un trait. »

Elle sourit. « Sûrement pas, Paul. »

Elle avait raison. Ses yeux, son esprit, sa démarche, sa présence, tout en elle avait redonné vie à des sensations qui n'étaient jamais tout à fait mortes. Hood aurait voulu hurler.

« Bon Dieu, Nancy, je n'ai pas envie de culpabiliser à cause de cette histoire. C'est quand même toi qui m'as plaqué. Tu es partie sans une explication et j'ai rencontré quelqu'un d'autre. Quelqu'un qui a décidé de partager son existence avec moi, quelqu'un qui m'a ouvert sa vie et son cœur. Je ne veux pas détruire un trésor aussi précieux.

– Je ne t'ai pas demandé ça. Un café, ce n'est pas une trahison.

– C'est la façon qu'on avait de le boire… »

Nancy sourit. Elle baissa les yeux. « Je comprends. Je suis désolée – pour tout – plus désolée que je ne pourrais dire, et en plus, je suis triste. Mais je comprends. » Elle se retourna pour le regarder en face. « Je loge à l'Ambassador et j'y serai jusqu'à ce soir. Si tu te ravises, laisse un message.

– Je ne me raviserai pas. » Il la fixa à son tour. « Même si ce n'est pas l'envie qui m'en manque. »

Nancy lui pressa la main. Il sentit de nouveau la décharge électrique.

« La politique ne t'a donc pas corrompu, en définitive. Je ne suis pas surprise. Juste un rien déçue.

– Ça te passera. Après tout, tu t'es bien également passée de moi. »

L'expression de Nancy changea soudain. Pour la première fois, Hood y lut la tristesse qu'elle avait si bien cachée derrière ce sourire et ces yeux pétillants de désir.

« C'est ce que tu crois vraiment ?

– Oui. Sinon, tu ne serais pas restée si longtemps loin de moi.

– C'est bien vrai que les hommes ne comprennent rien à l'amour ! Même dans les meilleurs moments, avec le plus proche prétendant au trône de Paul Hood, jamais je n'ai retrouvé quelqu'un d'aussi intelligent, d'aussi humain, d'aussi tendre que toi. » Elle se pencha pour l'embrasser sur l'épaule. « Je regrette de t'avoir dérangé en revenant ainsi m'immiscer brutalement dans ta vie, mais je voulais que tu saches que je n'avais pas réussi à me passer de toi, Paul, et que jamais je ne le pourrai. »

Alors, sans un dernier regard, Nancy s'éloigna vers la lisière du parc. Mais lui, il la regarda. Et une fois encore, Paul Hood se retrouva seul, avec deux places de cinéma dans son portefeuille, et le cœur déchiré par l'absence d'une femme qu'il aimait.

32.

Jeudi, 16 : 35, Hanovre, Allemagne

Sitôt qu'il aperçut l'arme, Bob Herbert enclencha brutalement la marche arrière et serra de toutes ses forces la poignée des gaz. La brusque accélération le projeta vers l'avant et il poussa un cri quand les sangles du harnais se plaquèrent contre son torse. Mais les balles ratèrent le siège du conducteur pour cribler le capot et l'aile avant tandis que la voiture reculait à toute vitesse. Herbert poursuivit sa fuite à reculons, même après que son véhicule eut heurté avec l'arrière droit un lampadaire qui le catapulta sur la chaussée. Les autres automobilistes durent freiner en catastrophe ou braquer au dernier moment pour l'éviter, sans manquer de l'injurier et de le klaxonner au passage.

Herbert les ignora. Regardant toujours droit devant, il vit le passager à l'avant-droit de la fourgonnette se pencher à la portière. Il braqua son arme sur lui.

« C'est qu'ils ne renoncent pas, ces fils de pute ! » s'écria-t-il. Gêné par le fait qu'il devait effectuer toutes les manœuvres à la main, Herbert écrasa l'accélérateur tout en virant sec sur la gauche. Puis il cala le bras contre le volant. Repartant à fond en marche avant, il réussit à réduire l'écart de quelques mètres qui le séparait de la fourgonnette dont il vint heurter le pare-chocs arrière gauche. Il y eut un bruit de métal froissé, la fourgonnette fit une embardée et Herbert contrebraqua vers la rue. Les gaz toujours à fond, il dépassa le camion sur la gauche en continuant d'accélérer.

La circulation s'était maintenant immobilisée à bonne distance derrière lui et les piétons couraient en tous sens.

C'est alors que Herbert se souvint du téléphone cellulaire. « Mike, vous êtes toujours là ?

— Bordel, vous ne m'avez donc pas entendu gueuler ?

— Non… Bon Dieu, voilà maintenant que je me retrouve avec deux continents sur le dos !

— Enfin, Bob, qu'est-ce qui… »

Herbert n'entendit pas la suite. Il lâcha le téléphone dans son giron et pesta en découvrant un tramway qui tournait dans la rue juste devant son capot. Il accéléra pour le contourner et le placer entre lui et ses poursuivants, en espérant qu'ils n'allaient pas le truffer de balles par simple dépit ou par entêtement.

Herbert récupéra le téléphone. « Désolé, général, je n'ai pas entendu.

— Je disais : qu'est-ce qui se passe ?

— Mike, j'ai deux cinglés armés de mitraillettes qui ont décidé de s'offrir avec moi une édition spéciale du Grand Prix d'Allemagne.

— Savez-vous où vous êtes ? » demanda Rodgers.

Herbert jeta un coup d'œil dans le rétro et vit la fourgonnette dépasser le tram à son tour. « Quittez pas. »

Il posa le téléphone sur le siège du passager pour agripper le volant à deux mains : la fourgonnette arrivait pleins gaz. Herbert regarda devant lui. Hanovre défilait comme dans un brouillard tandis qu'il fonçait sur Lange Laube, puis tournait sur la Goethe Strasse. Une chance encore que la circulation soit moins chargée que d'habitude à la même heure, les gens ayant préféré quitter la ville pendant les Journées du Chaos.

Herbert entendit, très loin, la voix de Rodgers. « Merde ! lâcha-t-il en récupérant le combiné sans ralentir l'allure. Désolé, Mike... je suis toujours là.

– Où êtes-vous, au juste ?

– Pas la moindre idée.

– Vous ne voyez pas de panneaux ?

– Non... attendez, si. » Il eut juste le temps de voir filer une plaque de rue. « Goethe Strasse, je suis sur la Goethe Strasse.

– Ne quittez pas, dit Rodgers. Le temps d'afficher une carte sur l'ordinateur.

– Je ne quitte pas. Bon sang, je ne vois pas d'ailleurs où j'irais... »

La fourgonnette vira au bout de la rue, érafla une voiture au passage, puis accéléra. Herbert ignorait si ces connards jouissaient d'une immunité quelconque, s'ils étaient de parfaits abrutis ou bien s'ils étaient réellement enragés, car ils semblaient bien décidés à ne pas lâcher prise. Il conclut qu'ils devaient lui en vouloir parce qu'il était américain et en plus handicapé, et qu'il avait réussi à leur tenir tête. Un tel comportement leur était tout simplement intolérable.

Et bien entendu, songea-t-il, *il n'y a pas un seul flic à la ronde*. Mais comme le lui avait dit l'agent devant la Brasserie centrale, la majeure partie des effectifs de la

279

Landespolizei étaient accaparés par la surveillance d'autres sites et d'autres réunions.

Rodgers revint à l'appareil. « Bob... continuez comme vous faites, c'est parfait : restez sur la Goethe Strasse le plus longtemps possible. Elle va vers l'est et débouche sur la Rathenau Strasse, qui part vers le sud. On va essayer de vous trouver de l'aide par là-bas...

– Merde ! » s'écria de nouveau Herbert, en lâchant le téléphone.

Comme la fourgonnette approchait, le tireur se pencha à la portière et se mit à viser les pneus. Herbert n'eut d'autre choix que de déboîter sur la file opposée, moins encombrée. Il se mit rapidement hors de portée.

Les voitures venant en sens inverse et regagnant le centre-ville zigzaguaient pour l'éviter. Soudain, sa fuite fut brutalement interrompue par un nid-de-poule qui le fit dévier : une amorce de tête-à-queue le ramena vers la fourgonnette qui se rapprochait. Herbert serra la poignée de frein pour reprendre le contrôle de sa trajectoire. Le camion le frôla alors qu'il s'immobilisait après un tête-à-queue, le capot tourné vers l'ouest, face à la direction d'où il était venu.

Ses poursuivants s'arrêtèrent dans un crissement de freins cinquante mètres derrière lui.

Herbert se retrouvait à portée de tir. Il saisit le téléphone, accéléra de nouveau.

« Mike, on est repartis dans l'autre sens. De Goethe Strasse vers Lange Laube.

– Compris, dit le général. Darrell a pris l'écouteur. Gardez la tête froide, on va tâcher de vous sortir de là.

– Je garde la tête froide, répéta Herbert en avisant derrière lui le monstre sur roues. Simplement, fau-

280

drait pas qu'ils réussissent à me refroidir complètement. »

Un coup d'œil dans le rétro lui montra que le tireur rechargeait son arme. Ils n'allaient pas lâcher prise, et tôt ou tard sa chance finirait par l'abandonner. Dans le champ du rétroviseur, il repéra soudain le fauteuil roulant : il décida aussitôt de se laisser rattraper et de presser le bouton d'éjection pour larguer le fauteuil juste sous leurs roues. Ça ne les arrêterait peut-être pas, mais ça ferait sans aucun doute du dégât. Et s'il s'en tirait, il savourait déjà le moment où il devrait remplir le formulaire pour en avoir un neuf.

Motifs de la perte. Il réfléchit au seul passage de l'imprimé L-5 où le demandeur pouvait donner libre cours à sa prose : « Largage depuis un véhicule en marche pour échapper à une bande de tueurs néonazis. »

Herbert ralentit, laissa la fourgonnette se rapprocher, puis appuya sur la touche au tableau de bord.

La porte arrière demeura close tandis qu'une voix féminine annonçait d'une voix suave : « Je suis désolée mais ce dispositif ne peut fonctionner qu'une fois le véhicule immobilisé. »

Herbert écrasa sa paume sur l'accélérateur. Observant avec attention ses poursuivants dans le rétro, il essayait de rester le plus possible dans l'axe pour compliquer la tâche du tireur visant depuis la vitre latérale.

Puis il vit ce dernier poser le pied sur le pare-brise et pousser de toutes ses forces. La vitre s'envola gracieusement avant d'exploser en une pluie d'éclats lorsqu'elle toucha le sol.

L'homme braqua son arme sur la Mercedes. Il devait lutter contre le vent pour stabiliser son tir.

Vision de cauchemar : un gangster se livrant à une charge de cavalerie à l'avant d'une camionnette.

Herbert n'eut qu'une seconde pour réagir. Il écrasa la manette de frein, la Mercedes pila brutalement et la fourgonnette vint la percuter avec violence. Le capot s'ouvrit et se déplia comme un ruban. Mais au-dessus, il vit le tireur basculer hors de la cabine. L'arme lui échappa des mains, tomba sur le capot, glissa sur le côté. Le chauffeur fut également projeté vers l'avant et sa poitrine heurta la colonne de direction. Il perdit le contrôle du véhicule, mais ce dernier s'immobilisa car dans le même temps son pied avait lâché la pédale d'accélérateur.

Herbert s'en tira avec une nouvelle ecchymose en travers de la poitrine, cette fois causée par le baudrier de sa ceinture.

Il y eut un instant de silence total, juste rompu par les coups de klaxon, au loin, puis par les appels des témoins qui approchaient prudemment tout en criant aux badauds d'aller chercher du secours.

Pas encore certain d'avoir réussi à mettre hors d'état de nuire l'autre véhicule ou ses occupants, Herbert réaccéléra pour s'éloigner. La voiture refusa de bouger. Il sentait ses pneus fumer, et surtout, les deux pare-chocs entrelacés le retenaient prisonnier.

Il demeura quelques secondes sans bouger, réalisant pour la première fois que son cœur battait la chamade tandis qu'il se demandait s'il réussirait à se sortir de l'épave avec son fauteuil roulant.

Et puis soudain, la fourgonnette reprit vie dans un grondement de moteur. Herbert ressentit un violent soubresaut et regarda aussitôt dans le rétro. Un nouveau chauffeur avait remplacé l'ancien et enclenché la marche arrière. Et voilà qu'il remettait la première, puis la marche arrière et de nouveau la première.

Pour essayer de se dégager, songea Herbert à l'instant même où les deux véhicules se décrochaient. Sans s'arrêter, le camion continua de reculer. Il accéléra, vira au coin de la première rue et disparut.

L'agent de renseignements américain agrippa le volant en se demandant ce qu'il convenait de faire. Il entendit au loin la sirène qui avait mis en fuite les néonazis. Une de ces grosses sirènes qui donnaient aux Opel de la police allemande un son de Buick de patrouille. Des badauds accoururent et se mirent à lui parler derrière la vitre, à voix basse, en allemand.

« *Danke*, fit-il. Merci. Je vais bien. *Gesund*. Sain et sauf. »

Sain et sauf ? Voire. Il songea à la police qui arrivait pour l'interroger. La police allemande n'était pas réputée pour sa bienveillance. Au mieux, il serait traité avec objectivité. Au pire…

Au pire, il doit bien y avoir au commissariat un ou deux sympathisants néo-nazis. Au pire, ils décideront de me fourrer au trou. Au pire, quelqu'un surgira au milieu de la nuit, muni d'un couteau ou d'un morceau de fil d'acier.

« Oh, et puis merde », lança-t-il. Après avoir encore une fois remercié les témoins, puis leur avoir demandé, avec politesse mais insistance, de lui dégager la voie, Herbert embraya rapidement, reprit le téléphone et vira pour se lancer à la poursuite de la fourgonnette.

33.

Jeudi, 11 : 00, Washington, DC

On l'avait surnommé le Kraken, par référence au monstre marin de la légende. Et c'est Matt Stoll qui l'avait mis au point, dès son entrée à l'Op-Center dont il avait été l'un des premiers employés.

Le Kraken était un puissant système informatique qui était relié, telle une pieuvre, à des bases de données réparties sur toute la planète. Informations et ressources allaient des photothèques aux fichiers d'empreintes du FBI en passant par des ouvrages de la bibliothèque du Congrès, les pages nécrologiques de tous les principaux quotidiens américains, mais aussi les cours de la Bourse, les horaires ferroviaires et aériens, les annuaires téléphoniques du monde entier, ainsi que les effectifs en hommes et en matériel des forces armées et de la police dans toutes les grandes villes de la planète.

Mais Stoll et sa petite équipe avaient conçu un système qui ne se contentait pas d'accéder aux données : il les analysait. Un programme anthropométrique rédigé par Stoll permettait aux chercheurs de sélectionner le nez, l'œil, la bouche sur le visage d'un terroriste et de retrouver toute occurrence de ces traits caractéristiques, où qu'ils apparaissent dans les sommiers de la police ou les fichiers de la presse internationale. De la même manière, on pouvait comparer des paysages en détourant à la souris le contour d'une montagne, le tracé d'une ligne d'horizon, la découpe d'une plage. Deux opérateurs se relayaient vingt-quatre heures sur vingt-quatre aux archives, lesquelles pouvaient traiter plus de trente opérations différentes en simultané.

Il fallut au Kraken moins de quinze minutes pour retrouver la photo du vice-ministre des Affaires étrangères Hausen. Le cliché avait été pris par un photographe de l'agence Reuters et publié dans un journal berlinois cinq mois auparavant, quand Hausen était arrivé dans la capitale allemande pour prononcer un discours lors d'un dîner de survivants de l'Holocauste. En recevant cette information, Eddie ne put s'empêcher d'être indigné par la cruelle juxtaposition de cette image bien précise dans le jeu.

L'identification du paysage derrière Hausen prit un peu plus de temps, quoique, dans ce cas précis, les programmeurs aient eu de la chance. Au lieu de demander une vérification sur l'ensemble du globe, Deirdre Donahue et Natt Mendelsohn commencèrent par l'Allemagne, puis agrandirent la recherche à l'Autriche, la Pologne et la France. Au bout de quarante-sept minutes, l'ordinateur localisa l'endroit. Dans le midi de la France. Deirdre récupéra un historique du cliché et rédigea une note détaillée qu'elle joignit au dossier.

Eddie télécopia l'information à Matt. Ensuite, les longs et puissants tentacules du Kraken se rétractèrent, et le monstre reprit sa veille silencieuse au fond de son antre secret.

34.

Jeudi, 17 : 02, Hambourg, Allemagne

Paul Hood était assailli de souvenirs quand il regagna l'immeuble de bureaux. Des souvenirs vivaces, détaillés, de toutes ces choses enfouies mais jamais oubliées que Nancy Jo et lui avaient vécues ensemble ou s'étaient dites l'un à l'autre près de vingt ans plus tôt.

Il se souvenait d'un restaurant mexicain à Studio City, où ils avaient discuté s'il fallait ou non qu'ils aient des enfants. Il pensait que oui ; elle était résolument contre. Ils avaient mangé des tacos arrosés de café amer tout en débattant jusqu'au petit matin des avantages et des inconvénients de la paternité.

Il se souvenait de cette queue pour la première d'un film de Paul Newman dans un cinéma de Westwood, où Nancy et lui avaient discuté du débat de la commission parlementaire qui devait statuer sur l'engagement ou non d'une procédure d'*impeachment* contre le président Nixon. Il sentait encore l'odeur des popcorns qu'elle grignotait, le goût des bonbons au lait qu'il mangeait.

Il se souvenait d'avoir passé la nuit à envisager l'avenir de la technologie après avoir joué pour la première fois au ping-pong électronique. À sa façon de tortiller du cul devant la console, il aurait dû se douter que c'était là un domaine qu'elle était destinée à conquérir.

Il n'avait pas repensé à tout cela depuis des années, et pourtant, il se souvenait avec une précision incroyable des termes précis, des odeurs et des images, des expressions de Nancy Jo et des vêtements qu'elle portait. Tout cela était si intense. Comme l'était son énergie. À l'époque, ça l'avait bluffé, et même intimidé. Elle était femme à retourner tous les cailloux, explorer tous les nouveaux mondes, s'aventurer dans tous les domaines inédits. Et quand cette adorable derviche ne travaillait pas, elle jouait avec Hood dans les boîtes ou au lit, s'éraillait la voix à soutenir l'équipe des Lakers, des Rams ou des Kings, poussait des cris de joie ou de dépit en triturant ses jetons devant un plateau de Scrabble ou sa manette de jeux devant l'écran d'un jeu vidéo, traversait Griffith Park à VTT ou parcourait les grottes de Bronson pour essayer de retrouver le site du tournage de *Robot Monster*. Nancy ne pouvait pas regarder un film jusqu'au bout sans sortir un calepin et prendre des notes. Des notes qu'elle était incapable de relire par la suite parce que griffonnées dans le noir, mais tant pis. C'était le processus de réflexion, de création, de mise en œuvre qui avait toujours fasciné Nancy. Et c'était son énergie, son enthousiasme, sa créativité et son magnétisme qui avaient toujours fasciné Hood. Elle était comme une muse grecque, comme Terpsichore : un esprit et un corps qui dansent sans relâche, suivis par un Hood fasciné.

Et sacré nom de Dieu, tu l'es toujours resté, fasciné.

Hood n'avait pas envie de revivre les sentiments qu'il était en train d'éprouver. Ce désir ardent. Ce besoin d'enserrer dans ses bras ce tourbillon et de foncer avec elle comme un fou vers l'avenir. De s'accrocher désespérément pour rattraper tout ce temps perdu. Il n'avait pas envie de revivre ces sentiments, mais quelque chose en lui n'attendait que ça.

Bon Dieu, se morigéna-t-il. *Sois un peu adulte!*

Mais ce n'était pas si simple, bien sûr. Être adulte, être sensé, c'était parfait pour savoir comment les choses arrivent, ça ne vous disait pas quoi faire ensuite.

Et comment arrivaient-elles, en fait? Et comment Nancy avait-elle réussi à balayer ces vingt années de rage rentrée, balayer la nouvelle existence qu'il s'était bâtie?

Il pouvait suivre, comme s'il gravissait les degrés d'un escalier, chacune des étapes qui l'avaient mené au point où il se trouvait à présent. Nancy qui disparaît. Le désespoir qui le gagne. Sa rencontre avec Sharon chez un encadreur. Elle était venue faire encadrer son diplôme d'école hôtelière tandis qu'il choisissait une marie-louise pour sa photo dédicacée du gouverneur. Ils avaient bavardé. Échangé leurs numéros de téléphone. Il avait appelé. Elle était séduisante, intelligente – stable, surtout. Elle n'était pas créative en dehors de la cuisine qu'elle adorait, et elle ne brillait pas avec cet éclat surnaturel propre à son amour perdu. Si la réincarnation existait, Hood pouvait sans peine imaginer la douzaine d'âmes qui coulaient dans les veines de Nancy. Chez Sharon, Il n'y avait que celle de Sharon.

Mais c'était bien ainsi, se dit-il. Tu veux te ranger et élever des enfants avec quelqu'un capable de se ranger comme toi. Et ce n'était pas le cas de Nancy. La vie n'était peut-être pas parfaite, mais s'il n'était pas en permanence au septième ciel avec Sharon, il était heureux d'être à Washington avec une femme et une famille qui l'aimaient, le respectaient et ne risquaient pas de se sauver. Nancy l'avait-elle jamais vraiment respecté? Qu'avait-elle réellement vu en lui? Au cours des mois qui avaient suivi son départ, quand il avait analysé leurs relations, que son amour était tombé en cendres, il n'avait jamais tout à fait compris ce qu'il avait apporté dans la corbeille.

Hood parvint au hall de l'immeuble. Il entra dans l'ascenseur et tandis que la cabine montait vers le bureau de Hausen, il commença à se sentir manipulé. Nancy était partie, voilà qu'elle réapparaissait vingt ans après et se présentait à lui. *S'offrait à lui*, même. Pourquoi? Par culpabilité? Pas Nancy. Elle avait autant de conscience qu'un clown de cirque. Ambiance tarte à la crème dans la figure, eau de Seltz dans le falzar, et hop! on rigole un bon coup et tout est oublié, pour elle en tout cas. Et les gens l'acceptaient parce qu'elle était égoïste mais adorable, sans méchanceté. Par solitude? Elle n'était jamais solitaire. Même quand elle était seule, elle avait toujours autour d'elle quelqu'un susceptible de la distraire. Par défi? Peut-être. Il la voyait bien se demander : *Alors, ma vieille, est-ce que tu le tiens toujours ?*

Non pas que cela ait une importance quelconque. Il était de retour au présent, de retour dans le monde concret où il était un quadragénaire, pas un jeune homme de vingt ans, un monde où il vivait entouré de ses précieuses petites planètes et non pas d'une comète débridée, fulgurante. Nancy était venue et repartie, en tout cas, il savait ce qui lui était arrivé.

Et peut-être, songea-t-il soudain, non sans surprise, *que*

tu pourrais cesser de reprocher à Sharon de ne pas être Nancy.
Est-ce que ce n'est pas ce qu'il éprouvait quelque part, avec regret ? Il s'interrogea. Bon Dieu, comme ils pouvaient être inquiétants, les couloirs poussiéreux vers lesquels cet escalier l'avait conduit...

Pour parachever le tableau des émotions, Hood se sentait coupable d'avoir laissé en plan ce pauvre Hausen, l'âme mise à nu, prêt à lui déballer la face sombre de son histoire. Il l'avait abandonné sans lui offrir l'épaule secourable de celui à qui il venait de se confesser.

Hood comptait présenter ses excuses et Hausen, en vrai gentleman, ne manquerait sans doute pas de les accepter. Du reste, Hood aussi lui avait dévoilé son âme ; c'est ainsi qu'entre hommes on se comprenait. Quand il s'agissait de drames de cœur ou d'erreurs de jeunesse, un homme était toujours enclin à donner l'absolution à son frère.

Dans le bureau principal, Hausen se tenait près de Stoll ; Lang toujours à la droite de ce dernier.

Hausen croisa le regard de Hood, l'air soucieux :
« Avez-vous eu ce que vous cherchiez ?

– Plus ou moins », répondit Hood. Puis il eut un sourire rassurant. « Oui, merci. Tout se passe bien, ici ?

– Je suis heureux qu'on ait pu parler », dit Hausen. Il réussit à sourire également.

Stoll s'affairait à taper des instructions. « Chef, Herr Hausen n'a pas voulu nous dire où vous étiez parti », remarqua-t-il sans lever les yeux de son clavier, mais pour ma part, je trouve toujours bizarre que Paul Hood et Superman ne soient jamais au même endroit en même temps...

– On se calme, avertit Hood.

– Tout de suite, patron. Désolé. »

Cette fois, Hood se sentait coupable de s'en être pris à ce malheureux Stoll. « Pas grave, lui dit-il, radouci. J'ai eu un après-midi difficile... Qu'est-ce que vous avez trouvé ? »

Stoll fit revenir sur son écran la page d'accueil du jeu vidéo. « Ma foi, comme je venais de l'expliquer à MM. Hausen et Lang, ce jeu a été installé grâce à une commande à déclenchement retardé implantée par l'assistant du vice-ministre des Affaires étrangères, Hans...

– Qui semble s'être évaporé, d'ailleurs, ajouta Lang. On a essayé chez lui comme à son club de gym... pas de réponse.

– Et sa boîte aux lettres électroniques est suspendue, reprit Stoll. Donc, il est définitivement sur la touche. Quoi qu'il en soit, la photo de Herr Hausen est tirée d'un reportage sur le discours qu'il a prononcé devant des survivants de l'Holocauste, tandis que ce paysage vient d'ici. »

Stoll relança le jeu, copia la page d'accueil et fit apparaître la photo récupérée par le Kraken de l'Op-Center.

Hood se pencha pour lire la légende. « Le Tarn à Montauban, le Vieux Pont. » Il se redressa : « C'est en France ou au Canada ?

– Dans le Sud de la France, répondit Stoll. Quand vous êtes entré, je m'apprêtais à afficher le rapport de Deirdre sur l'endroit. » Il tapa sur le clavier pour appeler le fichier. « Voilà : je lis ses notes... "*La route nationale*, patati, patata... *se dirige vers le nord-ouest en longeant la Garonne et croise le Tarn à Montauban, cinquante et un mille habitants. La ville se caractérise par...* je vous passe

les détails démographiques (il fit défiler l'écran) …
voyons voir… ah, ici… *L'édifice est une forteresse construite
en 1144, historiquement liée aux mouvements régionalistes
occitans. Elle a résisté victorieusement aux attaques des catho-
liques lors des guerres de Religion, et est demeurée un symbole de résistance pour tous les habitants de la région."* » Stoll
continua de faire défiler l'écran.

Hood intervint : « Y a-t-il une indication sur l'actuel
propriétaire des lieux…

– Je suis en train de vérifier. » Stoll tapa « propriétaire » et ordonna une recherche sur ce mot. Plusieurs
paragraphes défilèrent et un nom apparut, surligné.
Stoll lut : « *Vendu l'an dernier à une entreprise de logiciels à
la condition expresse que les nouveaux propriétaires n'altè-
rent en rien…* Etc. Ah, voilà : *Propriétaire. Une société anonyme française, baptisée Demain, créée à Toulouse en mai
1979.* »

Hood lança un regard à Stoll avant de se pencher
vers l'écran. « Attendez voir… » Il lut la date. « Dites à
Deirdre ou à Natt de me trouver d'autres infos sur
cette boîte. Et vite. »

Stoll acquiesça, effaça l'écran et appela les *Gardiens
du Kraken* pour reprendre son expression. Il passa un
courrier électronique pour demander un complément
d'information sur Demain, puis se cala dans son fauteuil, les bras croisés, et attendit.

Ce ne fut pas long. Deirdre renvoya presque aussitôt
un bref article tiré du numéro de juin 1980 d'un magazine de jeux vidéo, *Videogaming Illustrated*. L'article
était rédigé ainsi :

Êtes-vous un Astéroïdé ?

Avez-vous été définitivement Space-Invadé ?

Même si vous êtes encore un accro des succès d'hier, une nouvelle étoile au firmament des jeux vidéo, la société française Demain *vient de mettre au point un style inédit de cartouche pour jouer sur vos consoles Atari, Intellivision ou Odyssey. Leur première réalisation, un jeu de quête baptisé* « A Knight to Remember » *est mis en vente ce mois-ci. C'est le premier jeu de ce type à être disponible sur les trois principales plates-formes leaders sur le marché.*

Dans un communiqué de presse, le responsable de la recherche et du développement de la société, Jean-Michel Horne, explique : « Grâce à une nouvelle puce révolutionnaire ultra-puissante que nous avons mise au point, le détail du graphisme et la fluidité du jeu seront sans commune mesure avec toutes les réalisations antérieures. »

« A Knight to Remember » *devrait être commercialisé à trente-quatre dollars et sera accompagné d'un bon de réduction à valoir sur le prochain titre de la société, le jeu de super-héros* « Oberman ».

Hood prit son temps pour examiner l'article et en soupeser les implications. Voilà qui aidait à reconstituer certaines pièces du puzzle.

Nancy vole les plans d'une nouvelle puce et les vend à une société qui pourrait être – non, qui doit être – Demain. Gérard, un raciste convaincu, fait fortune en concevant des jeux vidéo. En douce, il investit dans des jeux de haine raciale.

Mais pourquoi ? Par passe-temps ? Certainement pas. Distiller ainsi la haine à petites doses n'était pas à la mesure des ambitions d'un homme tel que celui décrit par Richard Hausen.

Supposons malgré tout qu'il soit bien le concepteur de ces jeux, réfléchit Hood. Le gosse de Charlie Squires était tombé sur l'un d'eux en surfant sur le Net. Et si ç'avait été ceux conçus par Dominique ? Gérard pourrait-il se servir d'Internet pour les distribuer dans le monde entier ?

Là aussi, supposons que ce soit le cas. Pourquoi faire une chose pareille ? Pas seulement pour l'argent. D'après ce que disait Hausen, Dominique en possédait suffisamment.

Il fallait qu'il ait un truc plus gros en tête. Des jeux de haine raciale qui font leur apparition sur le Net. Des menaces ouvertes contre Hausen. Était-ce prévu pour coïncider avec les Journées du Chaos ?

Tout cela semblait n'aboutir nulle part. Trop de pièces manquaient, et une seule personne était en mesure – mais le voulait-elle ? – de lui dire de quoi il retournait.

« Herr Hausen… verriez-vous un inconvénient à ce que je vous cmprunte momentanément votre chauffeur ?

– Pas du tout, répondit Hausen. Avez-vous besoin d'autre chose ?

– Pas pour le moment, merci. » Hood se retourna vers son assistant : « Matt, voulez-vous, je vous prie, transmettre cet article au général Rodgers. Dites-lui que ce Dominique pourrait bien être notre trafiquant de jeux racistes. Si d'autres renseignements sont disponibles sur son compte…

– On les obtiendra, assura Stoll. Vos désirs sont mes ordres.

– J'en suis ravi », répondit Hood en lui donnant une tape sur le dos, mais déjà il se dirigeait vers la porte.

Matt Stoll le regarda traverser la réception, croisa de nouveau les bras et remarqua : « Pas de doute. Mon patron est vraiment Superman. »

35.

Jeudi, 17 : 17, Hanovre, Allemagne

« Bob, dit la voix au téléphone, j'ai de bonnes nouvelles. »

Herbert était heureux de se l'entendre confirmer par son assistant Alberto. Non seulement il souffrait à l'endroit où la ceinture de sécurité lui avait mordu le torse, mais l'idée que ses agresseurs lui échappent le faisait bouillir de rage. Herbert n'avait pas réussi à retrouver la fourgonnette, aussi s'était-il garé dans une rue latérale pour appeler l'Op-Center avec son portable. Il avait mis Alberto au fait de la situation et lui avait dit de demander au NRO, le Service national de reconnaissance, de lui localiser le véhicule. Quand ce serait fait, il comptait bien se rendre sur place. La police allemande était tellement disséminée qu'il valait mieux l'oublier. Herbert ne devait compter que sur lui-même pour traîner ces malfaiteurs devant la justice.

Il sursauta quand son téléphone cellulaire sonna six minutes à peine après son coup de fil. Soit cinq fois le temps nécessaire pour transférer un satellite-espion de sa position de veille antérieure.

« Z'avez de la chance, expliqua Alberto. Le NRO surveillait déjà votre secteur pour le compte de Larry ;

c'est lui qui s'occupe de l'enlèvement de la jeune stagiaire. Il voudrait coiffer Griff sur le poteau. Et c'est pas un mal. Tous nos autres satellites ont été réquisitionnés pour surveiller une crise en gestation dans le sud des Balkans. »

Larry, c'était Larry Rachlin, le patron de la CIA. Et Griff, Griff Egenes, celui du FBI. Leur rivalité était ancienne et impitoyable. Comme l'Op-Center, les deux agences avaient accès aux données du Service national de reconnaissance. Toutefois, Egenes avait tendance à s'accaparer l'information, un peu comme les écureuils amassent les noisettes.

« Qu'a trouvé le NRO ? » demanda Herbert. Il n'aimait pas trop discuter avec Alberto sur une ligne non protégée, mais il n'avait guère le choix. Il fallait juste espérer que personne ne les écoutait.

« Pour Larry, rien. Pas trace de la fourgonnette, pas trace de la nana. D'un autre côté, Darrell dit que Griff n'a rien trouvé non plus. Tous ses indics habituels semblent avoir disparu.

– Pas étonnant, dit Herbert. Ils sont tous partis battre la campagne pour chasser le néo-nazi.

– C'est toujours mieux que d'aller chasser dans leurs rangs, observa Alberto.

– Certes. Bon, mais pour ce qui concerne la fourgonnette, Alberto ? Vous cherchez à me retenir, ou quoi ?

– Pour dire vrai, patron, oui. C'est que vous vous retrouvez sur place avec un soutien zéro. Vous ne devriez pas y aller…

– Où est-elle ? » insista Herbert.

Soupir d'Alberto. « Stephen l'a trouvée, et ça correspond à cent pour cent. Elle s'est fait amocher à

297

l'endroit précis que vous aviez indiqué. Elle se dirige vers l'ouest sur l'une des *Autobahnen...* Mais vous dire laquelle, rien que sur la photo...

— Pas de problème, dit Herbert. Je trouverai bien sur la carte.

— Je sais que j'use ma salive à tenter de vous dissuader de...

— Tout à fait, fiston.

— ... aussi vais-je me contenter d'informer le général R. de ce que vous faites. Avez-vous besoin d'autre chose ?

— Oui. Si la fourgonnette quitte l'autoroute, sifflez-moi.

— Pas de problème. Stephen vous connaît, Bob. Il a dit qu'il allait mettre ses gars dessus.

— Remerciez-le de ma part. Et dites-lui qu'il a ma voix pour le Conrad de cette année... À la réflexion, ne lui dites rien. Ça le fera espérer...

— Comme s'il avait besoin de ça... », nota Alberto avant de raccrocher.

Herbert coupa le téléphone et sourit ; après ce qu'il venait de vivre, ça faisait du bien de sourire. Tout en consultant sa carte routière pour trouver l'itinéraire d'accès à l'autoroute est-ouest, il repensa au Conrad et son sourire s'élargit. C'était une récompense officieuse attribuée pour rire lors d'un dîner fort privé où se retrouvaient chaque année tous les pontes des principaux services du renseignement américain. Le trophée en forme de poignard couronnait l'as du renseignement gouvernemental. Le nom était un hommage à Joseph Conrad : son roman de 1907, *L'Agent secret,* avait été l'un des premiers grands récits d'espionnage, l'histoire d'un agent provocateur qui officiait dans les rues louches de Londres. Le dîner était pour dans cinq semaines à peine, et il faisait toujours un tabac – grâce, en grande partie, à ce pauvre Stephen Viens.

Herbert releva le numéro de la route à prendre, puis lança en avant son pur-sang blessé. Celui-ci obéit, non sans quelques plaintes et cliquetis qui n'étaient pas là auparavant.

Viens avait été le meilleur ami de Matt Stoll au lycée, et il était aussi sérieux que son camarade était désinvolte. Depuis son accession au poste de directeur adjoint puis de directeur du NRO, les stupéfiantes capacités techniques de Viens avaient été pour une large part responsables de l'amélioration de l'efficacité du service et de son importance croissante. Au cours des quatre dernières années, les cent satellites dont il était responsable avaient fourni des photos noir et blanc détaillées de l'ensemble du globe à tous les grossissements imaginables. Viens aimait à répéter : « Je peux vous fournir un cliché couvrant plusieurs pâtés de maisons ou un seul pâté sur un cahier d'écolier. »

Et à cause de son sérieux, Viens prenait terriblement au sérieux les Conrads. Il tenait vraiment à en décrocher un, tout le monde le savait, raison pour laquelle le comité de sélection s'arrangeait chaque année pour le lui faire manquer d'une voix. La supercherie donnait toujours quelque scrupule à Herbert mais comme l'avait fait remarquer Rachlin, le chef de la CIA (et président du jury des Conrads) : « Merde, on est des agents secrets, après tout. »

En fait, Herbert avait bien l'intention de mentir à Larry et de voter pour Viens, cette année. Non pas pour l'ensemble de son œuvre mais pour son intégrité. Depuis la flambée du terrorisme aux États-Unis, le Pentagone avait lancé quatre satellites à cent millions

299

de dollars pièce, nom de code *Ricochet*. Positionnés à une altitude moyenne de trente-six mille kilomètres au-dessus de l'Amérique du Nord, ils étaient conçus pour espionner leur propre pays. Si les Américains l'avaient su, tout le monde, de l'extrême gauche à l'extrême droite, aurait trouvé à redire à ces yeux de Big Brother suspendus en plein ciel. Mais comme ces yeux étaient sous les ordres de Viens, personne, parmi les rares à savoir, ne redoutait qu'ils fussent détournés à des fins personnelles ou politiques.

Herbert revint sur l'*Autobahn*, même si la Mercedes ne roulait pas aussi bien qu'auparavant. Il pouvait tout juste se traîner à un malheureux quatre-vingts – « lent comme la vase », comme disait sa grand-mère dans le Mississippi.

Et puis son téléphone sonna. Si vite après l'appel d'Alberto, Herbert supposa qu'il allait tomber sur Paul Hood lui intimant l'ordre de faire demi-tour. Mais il avait déjà décidé qu'il n'était pas question pour lui de revenir bredouille. Il aurait leur peau.

Herbert répondit : « Oui ?

– Bob. C'est Alberto. Je viens d'avoir un nouveau cliché, une 2MD de toute la région. »

Une 2MD était un cliché de deux milles de diamètre – environ trois kilomètres et demi – centré sur la cible, en l'occurrence la fourgonnette. Les satellites étaient préprogrammés pour se déplacer dans une enveloppe de plus ou moins quatre cents mètres sur une simple commande. Des vues à des grossissements différents requéraient des instructions plus complexes.

Alberto poursuivit : « Vos copains viennent de quitter l'*Autobahn*.

– Où ? File-moi un repère.

300

– Il n'y en a qu'un, Bob. Un petit bois traversé par une route à deux voies filant au nord-ouest. »

D'un coup d'œil, Herbert embrassa l'horizon. « C'est pas les bois et les arbres qui manquent, Alberto. T'as vraiment pas autre chose ?

– Un truc, si. La police. Il y a au moins une douzaine de voitures entourant l'épave d'un véhicule qui a explosé. »

Herbert fixa un point droit devant, sans le voir. Il ne pensait plus qu'à une chose. « Le camping-car de l'équipe de cinéma ?

– Quittez pas, dit Alberto. Stephen est en train de me transmettre une autre photo. »

Herbert serra les lèvres. La liaison de l'Op-Center avec le NRO permettait à Alberto de voir les clichés en même temps que les analystes de Viens. La CIA avait la même capacité, mais faute d'agents sur le terrain, ils ne seraient guère en mesure de faire intervenir qui que ce soit, à titre officiel ou clandestinement.

« J'ai une vue sur quatre cents mètres », annonça Alberto. On entendait discuter derrière lui. « J'ai également Levy et Warren qui regardent par-dessus mon épaule.

– Je les entends. » Marsha Levy et Jim Warren étaient les analystes de reconnaissance photographique du centre. L'équipe parfaite. Levy avait un œil d'une précision de microscope, tandis que Warren avait le chic pour voir comment les détails s'articulaient dans le plan général. À eux deux, ils pouvaient examiner une photo et non seulement vous dire ce qu'elle contenait, mais ce qui pouvait être caché ou hors du cadre, et comment tout ça se retrouvait là.

Alberto poursuivait : « Ils sont en train de me dire

qu'ils aperçoivent dans les décombres des restes de mobilier en bois, or le motor-home en contenait. D'après ce que donne la loupe électronique, Marsha dit que le grain du bois lui évoque du mélèze.

– Logique, commenta Herbert. Une essence économique mais solide, faite pour être trimbalée.

– Tout juste. Jimmy pense que le feu a dû prendre à l'arrière droit, apparemment au niveau du réservoir d'essence.

– Une mèche à retardement, dit Herbert. Histoire de leur laisser le temps de filer.

– C'est ce que dit Jimmy, confirma Alberto. Un instant… en voici une autre qui arrive. »

Herbert regarda devant lui, cherchant une bretelle de sortie. La fourgonnette n'avait pas tant d'avance. Il ne devrait pas tarder à l'apercevoir. Il se demanda si c'était à dessein ou par hasard qu'ils étaient venus de ce côté.

« Bob ! dit Alberto, tout excité. On vient de recevoir une vue sur quatre cents mètres, juste à l'est de l'épave. Marsha dit qu'elle distingue un tronçon de chemin de terre et ce qui pourrait être une personne juchée dans l'un des arbres.

– Pourrait être ? »

Marsha prit la communication. Herbert s'imagina sans peine la petite brune piquante arrachant le combiné des mains d'Alberto.

« Oui, Bob, ça pourrait être. On distingue une silhouette sombre sous les feuilles. Ce n'est pas une branche et c'est trop gros pour être une ruche ou un nid d'oiseau.

– Une gamine terrorisée pourrait se planquer dans un arbre.

– Terrorisée ou prudente, rectifia Marsha.

302

– Bien vu. Où se trouve le camion blanc, en ce moment?

– Il était dans le même champ que le motor-home, répondit Marsha. Pas trace de flics aux environs. »

Ce serait le bouquet, songea Herbert. La police locale de mèche avec les nazillons du coin.

Une sortie apparut sur sa droite. Au-delà, Herbert avisa une zone boisée, le début d'un magnifique paysage campagnard.

« Je crois que je suis arrivé à bon port. Y a-t-il un moyen quelconque d'atteindre cet arbre sans être aperçu de la police? »

Il y eut une conférence à voix basse à l'autre bout du fil.

Alberto prit la parole : « Bob? Oui. Vous pouvez sortir par la bretelle, vous rabattre sur la droite et emprunter le chemin de terre.

– Impossible. Si jamais les ravisseurs ne s'enfoncent pas dans le bois mais cherchent à en sortir, je n'ai pas envie de me retrouver nez à nez avec eux...

– Très bien. Alors, vous pouvez les contourner en continuant par la route... voyons voir... vers le sud-est... euh, pendant cinq cents mètres à peu près, jusqu'à un cours d'eau. Vous le traversez, tournez vers l'est jusqu'à environ quatre cents mètres de... merde, je ne vois pas de repère...

– Pas grave, je trouverai bien.

– Patron...

– J'ai dit que je trouverais... Et ensuite?

– Ensuite, vous parcourez environ soixante-quinze mètres en direction du nord-est, jusqu'à une espèce de vieux tronc noueux. Marsha dit que c'est un chêne. Mais le terrain est plutôt accidenté.

– J'ai déjà grimpé les marches du monument de Washington. Je suis monté à reculons, sur le cul, et je suis redescendu en marche avant.

– Je sais. Mais c'était il y a onze ans. Et c'était ici, chez nous.

– Je me débrouillerai. Quand on touche un salaire, faut savoir se taper le boulot merdique comme les trucs faciles.

– Il ne s'agit pas de "boulot merdique", patron. Il s'agit d'un homme en fauteuil roulant qui essaie d'escalader des talus et de traverser des ruisseaux. »

Herbert eut un éclair de doute, mais il l'évacua promptement. Il voulait le faire. Non, il *avait besoin* de le faire. Et dans son for intérieur, il s'en savait capable.

« Écoutez, vous autres. On ne va pas appeler les flics, alors qu'on ignore si certains ne sont pas en cheville avec ces salopards. Et combien de temps encore la gamine va tenir avant de choisir de se rendre, terrassée par la fatigue ou la faim ? On n'a pas d'autre choix.

– Si, rétorqua Alberto. Les gars de Larry sont sans doute en train de tirer les mêmes conclusions que nous de ces clichés. Laissez-moi les appeler et leur demander ce qu'ils comptent faire.

– Pas question. Je ne vais pas rester le cul sur mon siège quand la vie d'un autre est en danger.

– Mais vous serez deux à risquer votre vie…

– Fiston, j'ai déjà été en danger aujourd'hui, rien qu'en restant planqué dans ma voiture, remarqua Herbert en empruntant la bretelle de sortie. Je serai prudent pour la rejoindre, promis. Et je prendrai le téléphone. Je mettrai le vibreur, mais je n'ouvrirai pas mon clapet si jamais j'ai peur d'être entendu.

– Bien sûr », dit Alberto avant d'ajouter : « Je persiste à ne pas être d'accord mais bonne chance quand même, patron.

– Merci. » Herbert s'engagea sur la route à deux voies. Il y avait une station-service avec un motel. Le panonceau indiquait *Complet*, ce qui révélait, soit que l'établissement était bourré de néo-nazis, soit que l'hôtelier n'avait pas envie d'en avoir chez lui. Herbert s'engagea sur la piste d'accès et alla se garer derrière le bâtiment bas. Puis, croisant les doigts, il pressa la touche d'éjection de son siège. Il craignait que sa course de stock-cars avec la fourgonnette n'ait endommagé le délicat mécanisme de la Mercedes. Mais non, et cinq minutes plus tard, il gravissait une rampe en pente douce dans le bleu zébré d'orangé du crépuscule.

36.

Jeudi, 17 : 30, Hambourg, Allemagne

La limousine se gara devant l'hôtel de Jean-Michel à la demie précise.

Tout l'après-midi, les infos n'avaient parlé que de l'incendie de St. Pauli et de la condamnation unanime du propriétaire du club. Les féministes se réjouissaient, les communistes se réjouissaient et la presse avait pris des accents vengeurs. Jean-Michel avait l'impression qu'on en voulait à Richter autant pour sa carrière de proxénète mondain que pour ses convictions politiques. On repassait des bandes d'archives qui montraient Richter en train de se défendre, de protester qu'il était un « acteur de la paix sociale » : la compagnie des femmes détendait les hommes, ce qui leur permettait de soutenir de plus grands défis. Ses affaires y contribuaient.

Et Richter n'est pas un imbécile, s'était dit Jean-Michel en regardant les reportages. Se voir condamner par les féministes, les communistes et la presse – trois groupes que l'Allemand moyen ne portait pas vraiment dans son cœur – ne servait qu'à attirer les gens vers son Parti national-socialiste du XXIe siècle.

Jean-Michel était sorti de l'hôtel à dix-sept heures

vingt-cinq. Attendant sous la marquise, il n'était toujours pas certain que Richter vienne ; et s'il se présentait, que ce ne soit pas dans un camion bourré de miliciens prêts à se venger de l'incendie.

Mais ce n'était pas le style du bonhomme. D'après ce qu'ils avaient entendu dire, c'était plutôt celui de Karin Doring. Richter avait de l'orgueil, et après que la limousine se fut arrêtée et que le portier eut ouvert la porte, Jean-Michel regarda sur sa gauche. Il fit un signe de tête. M. Dominique avait exigé que Yves et Henri l'accompagnent et ils grimpèrent dans la voiture avec Jean-Michel entre eux deux, assis à contresens, le dos appuyé contre la cloison de séparation. Yves ferma la portière. La lumière filtrée par les vitres teintées donnait aux hommes un teint maladif.

Jean-Michel ne fut pas surpris de découvrir un Richter considérablement plus modéré qu'auparavant. L'Allemand occupait seul la banquette arrière, face à eux. Parfaitement calme, il les regardait sans rien dire. Même quand Jean-Michel le salua, il se contenta d'un simple hochement de tête mais sans ouvrir la bouche. Une fois qu'ils eurent démarré, l'Allemand ne quitta plus des yeux Jean-Michel et ses deux gardes du corps. Il les surveillait dans l'ombre, les mains posées sur son pantalon fauve, les épaules bien droites.

Jean-Michel ne s'attendait pas à le trouver disert. Malgré tout, comme l'avait si bien dit Don Quichotte, il revenait au vainqueur de soigner les blessures du vaincu. Et il convenait que certaines choses soient dites.

« Herr Richter, dit-il doucement, il n'a jamais été

dans l'intention de M. Dominique de provoquer une telle escalade. »

Les yeux de Richter étaient restés posés sur Henri. Ils glissèrent vers Jean-Michel, comme animés par de minuscules rouages.

« Est-ce une excuse ? » demanda l'Allemand.

Jean-Michel hocha la tête. « Prenez cela comme un rameau d'olivier. Que j'espère vous voir accepter. »

D'une voix dénuée d'émotion, Richter répondit : « Je crache dessus comme je crache sur vous. »

Jean-Michel parut pour le moins pris de court. Henri grommela avec impatience.

« Herr Richter, reprit Jean-Michel, vous devez bien comprendre que vous ne pourrez pas nous battre. »

Sourire de Richter. « Je croirais entendre le commissaire principal Rosenlocher de la police de Hambourg. C'est ce qu'il me répète depuis des années. Pourtant, je suis toujours là. Et merci pour l'incendie, au fait. Le commissaire est tellement occupé à essayer de trouver qui voulait ma mort qu'avec son équipe d'incorruptibles ils m'ont laissé leur filer entre les pattes.

– M. Dominique n'est pas un flic, lui. Il s'est toujours montré un généreux bienfaiteur. Votre siège politique n'a pas été touché et M. Dominique a dégagé des fonds pour vous permettre de vous réinstaller professionnellement.

– À quel prix ?

– Celui du respect mutuel.

– Du respect ? cracha Richter. De la servilité, oui ! Si j'obtempère aux désirs de Dominique, il me permet de survivre, c'est tout.

– Vous ne comprenez pas, insista Jean-Michel.

– Croyez-vous ? » rétorqua l'Allemand.

Il glissa la main dans sa poche de veston et, comme un seul homme, Yves et Henri s'avancèrent. Richter les ignora. Il sortit un étui à cigarettes, en glissa une entre ses lèvres et rangea l'étui. Il se figea, fixa Jean-Michel et reprit : « Je vous comprends parfaitement. J'ai passé l'après-midi à réfléchir, à tenter de saisir pourquoi il était si important pour vous de me garder sous contrôle. »

Il ressortit la main et quand Jean-Michel découvrit que ce n'était pas un briquet qu'il tenait, il était trop tard. Le pistolet compact FN Baby Browning cracha par deux fois, d'abord sur la gauche de Jean-Michel, puis sur sa droite. La détonation, sonore, noya le claquement caractéristique de la balle perforant le front de chacun des gardes du corps.

La voiture vira à droite et les deux corps s'affalèrent du côté du conducteur. Les oreilles bourdonnantes, Jean-Michel grimaça, horrifié, en sentant Henri tomber contre lui. Une flaque de sang brunâtre emplit la petite blessure nette et se répandit bientôt, ruisselant le long de l'arête du nez. Mi-criant, mi-gémissant, Jean-Michel se servit de son épaule pour caler le cadavre contre la portière. Puis il regarda Yves : les filets sanguinolents s'étaient divisés en un entrelacs de rigoles rouges inondant son visage. Finalement, Jean-Michel tourna vers Richter des yeux dilatés de terreur.

« Je les ferai enterrer dans les bois dès qu'on sera arrivés », dit Richter. Il cracha la cigarette sur le plancher. « Ah, au fait. Je ne fume pas. »

Tenant toujours son arme, l'Allemand se pencha. Il ôta les pistolets des étuis d'épaule d'Yves et d'Henri, déposa le premier sur le siège à sa droite. Il examina l'autre.

« Un pistolet d'exercice F1. Matériel réglementaire de l'armée. Ces hommes étaient d'anciens militaires ? »

Jean-Michel acquiesça.

« Voilà qui expliquerait l'incroyable pauvreté de leurs réflexes. Les militaires français n'ont jamais su apprendre à leurs soldats à se battre. À la différence des Allemands. »

Il reposa les armes, tâta la poitrine et les poches de Jean-Michel pour s'assurer qu'il ne portait pas d'arme, puis se recala contre le dossier. Il croisa les jambes, mit les mains sur les genoux.

« Des détails, poursuivit-il. Mais il suffit de les voir, de les sentir, de les entendre, puis de s'en souvenir : au pire, on survit, au mieux, on réussit. Quant à la confiance, ajouta-t-il sombrement, on ne doit jamais l'accorder à personne. J'ai commis l'erreur d'être honnête avec vous, et je l'ai payé.

– Vous m'avez torturé ! » Jean-Michel hurlait presque. La présence des cadavres lui faisait perdre son sang-froid, mais ce qui l'ébranlait encore plus, c'était la façon cavalière avec laquelle Richter s'était débarrassé des deux hommes. Le Français lutta contre l'envie de sauter de la limousine. Il était le représentant de M. Dominique. Il devait essayer de garder son calme, sa dignité.

« Vous croyez vraiment que c'est pour cela que Dominique m'a attaqué ? » demanda Richter. Pour la première fois, il sourit, il semblait presque paternel. « Un peu de jugeote, voyons. Dominique m'a attaqué pour me remettre à ma place. Et il a réussi. Il m'a rappelé que ma place était en tête d'affiche, pas au milieu.

– En tête ? » Le culot de ce type était confondant.

L'indignation aida Jean-Michel à oublier sa frayeur, sa vulnérabilité. « Vous n'êtes à la tête de rien du tout, sinon de deux cadavres (il les indiqua de chaque main) pour lesquels vous devrez rendre compte.

– Vous vous trompez, répondit l'Allemand d'une voix égale. J'ai toujours ma fortune, et je suis à la tête du groupe de néo-nazis le plus vaste de la planète.

– C'est faux. Votre groupe n'est pas...

– Ce qu'il était », l'interrompit Richter. Il sourit, mystérieux.

Jean-Michel était confondu. Confondu et toujours fort effrayé.

Richter se cala contre l'épais dossier de cuir. « Cet après-midi a été pour moi une sacrée révélation, monsieur Horne. Voyez-vous, on finit toujours par se laisser entraîner par les affaires, les objets, toutes leurs fioritures. Et l'on en oublie ses propres ressources. Dépouillé de mon gagne-pain, j'ai bien été forcé de me poser la question : quels sont réellement mes points forts ? Quels sont mes objectifs ? Et j'ai réalisé que j'étais en train de les perdre de vue. Je n'ai pas passé le reste de l'après-midi à me morfondre sur ce qui m'était arrivé aujourd'hui. J'ai téléphoné à mes partisans et je leur ai demandé de venir à Hanovre ce soir à vingt heures. Je leur ai dit que j'avais une annonce à leur faire. Une annonce propre à changer l'orientation de la politique allemande – et même de toute la politique européenne. »

Jean-Michel le fixa, attendant la suite.

Richter poursuivit : « Il y a deux heures, Karin et moi sommes tombés d'accord pour réunir Feuer et les nationaux-socialistes du XXIe siècle. Nous annoncerons la fusion ce soir à Hanovre. »

Jean-Michel se redressa brusquement. « Vous deux ? Mais pas plus tard que ce matin, vous disiez encore qu'elle n'avait pas l'étoffe d'un chef, qu'elle...

— J'ai dit qu'elle n'avait rien d'une visionnaire, rectifia Richter. C'est pourquoi je dirigerai la nouvelle union et qu'elle sera ma déléguée sur le terrain. Notre parti s'appellera *Das National Feuer* – le Feu national. Nous devons nous retrouver, Karin et moi, à son camp. De là, nous dirigerons ses troupes sur Hanovre où, avec mes partisans et les quelque mille fidèles déjà présents sur place, soit près de trois mille personnes, nous organiserons une de ces marches spontanées comme l'Allemagne n'en a plus connu depuis des décennies. Et les autorités ne feront rien pour nous arrêter. Même si elles soupçonnent Karin de l'attaque d'aujourd'hui contre l'équipe de cinéma, elles n'auront pas le courage de l'arrêter. Ce soir, monsieur Horne, vous assisterez à la naissance d'une nouvelle force en Allemagne, une force dirigée par l'homme que vous avez cherché à humilier cet après-midi. »

Tout en l'écoutant, Jean-Michel découvrit, sidéré, ce qu'il avait contribué à façonner, il découvrit comment il avait trahi M. Dominique. Durant un instant, le Français en oublia sa terreur.

D'une voix calme, il répondit : « Herr Richter, M. Dominique a ses plans personnels. Des plans grandioses, mieux financés et autrement plus ambitieux que les vôtres. S'il parvient à semer la confusion aux États-Unis – il en est capable et ne s'en privera pas –, il peut sans aucun doute vous combattre.

— J'y compte bien, lança Richter. Mais il ne me retirera pas l'Allemagne. Quelle arme utilisera-t-il ? L'argent ? Certains Allemands se laisseront peut-être ache-

312

ter mais pas tous. Nous ne sommes pas des Français. La force ? S'il m'attaque, il engendrera un héros. S'il me tue, il devra se frotter à Karin Doring qui saura le retrouver, je vous le garantis. Avez-vous oublié avec quelle efficacité les intégristes algériens ont paralysé Paris en 1995, en posant des bombes dans le métro ? Si Dominique s'attaque à nous, le Feu national s'attaquera à la France. L'organisation de Dominique constitue une cible de taille, facile à atteindre. Notre groupe est plus petit, avec davantage de mobilité. Dominique peut bien détruire une de nos affaires aujourd'hui ou nos bureaux demain, je déménagerai, c'est tout. Et chaque fois, je prendrai un nouveau tribut, toujours plus lourd sur son cuir de gros pachyderme. »

La limousine avait quitté Hambourg pour filer vers le sud, et la nuit tombait déjà. Derrière les vitres fumées, le monde était le reflet des pensées toujours plus sombres de Jean-Michel.

Richter inspira lentement puis dit, presque dans un murmure : « D'ici deux ou trois ans tout au plus, ce pays m'appartiendra. À charge pour moi de le restaurer, comme Hitler a bâti le Reich sur les décombres de la République de Weimar. Et l'ironie, c'est que vous, monsieur Horne, en aurez été l'architecte. En me dévoilant un ennemi que je n'avais pas prévu.

– Herr Richter, vous ne devez pas considérer M. Dominique comme votre ennemi. Il peut quand même vous aider. »

Cela fit ricaner Richter. « Vous êtes un bon diplomate, monsieur Horne. Un homme réduit en cendres mon entreprise. Et ensuite, non seulement vous venez me dire qu'il est mon allié, mais en plus vous en êtes persuadé. Non... je crois qu'il est juste de dire que mes objectifs sont foncièrement différents de ceux de Dominique.

– Vous vous trompez, Herr Richter », insista Jean-Michel. Il trouvait du courage dans son désir de ne pas décevoir son patron. « Votre rêve est de restaurer l'orgueil de l'Allemagne. M. Dominique soutient cet objectif. Une Allemagne plus forte, c'est une Europe plus forte. Les ennemis ne sont pas ici mais en Asie et sur l'autre rive de l'Atlantique. Cette alliance a une grande importance pour lui. Vous connaissez sa passion pour l'histoire, son désir de réinstaurer des liens anciens...

– Stop! » Richter leva la main. « J'ai pu constater cet après-midi la valeur de notre alliance. Dans son optique, c'est lui qui commande et c'est moi qui sers.

– Uniquement parce qu'il a un plan d'ensemble! »

La colère sembla déferler sur Richter. Il explosa. Rugit. « Un plan d'ensemble! Alors qu'enfermé dans mon bureau, tremblant de rage, je battais le rappel de mes partisans en tentant de restaurer ma dignité, je me suis posé la question : si Dominique ne soutient pas ma cause, comme il l'a toujours prétendu, alors, quel jeu joue-t-il en réalité ? Et j'ai enfin compris qu'il jouait les apiculteurs dressant des abeilles. Ici en Allemagne, mais également en Amérique et en Angleterre, il nous a entraînés à aller bourdonner dans les coursives du pouvoir, à piquer, aiguillonner, distraire, désorienter... Pourquoi ? Pour que l'épine dorsale de chaque nation, son commerce et son industrie, investisse ses capitaux et son avenir dans le seul havre de stabilité restant en Occident : la France. » Richter se calma, mais le feu brûlait toujours dans ses yeux. « Je crois que Dominique à l'intention de créer une oligarchie industrielle dont il prendrait la tête.

314

– M. Dominique veut étendre son assise industrielle, c'est exact. Mais pas pour des raisons personnelles, pas même pour la France. Pour l'Europe. »

L'Allemand ricana. « *Lass mich in Ruhe!* » lâcha-t-il avec un geste dégoûté, serrant toujours son arme. Puis il se pencha vers le bar situé entre les sièges, but au goulot une gorgée d'eau gazeuse et ferma les yeux.

Qu'on lui fiche la paix, traduisit mentalement Jean-Michel. C'était dément. Non, c'était Richter qui était dément. Il y avait deux cadavres dans la voiture, le monde était sur le point de plonger dans le chaos et bientôt de changer de face, et ce type fait la sieste.

« Herr Richter, implora Jean-Michel. Je vous en conjure : coopérez avec M. Dominique. Il peut vous aider et il vous aidera. Je vous le promets. »

Sans même rouvrir les yeux, l'Allemand répondit : « Monsieur Horne, je n'ai plus envie d'écouter qui que ce soit. J'ai eu une journée longue et fatigante, et nous en avons encore pour deux bonnes heures de route avant d'être rendus à destination. Certaines de nos routes secondaires sont en piteux état. Vous feriez bien de fermer les yeux vous aussi. Vous m'avez l'air un rien émoussé.

– Herr Richter, je vous en prie, persista Jean-Michel. Si seulement vous vouliez bien m'écouter… »

Richter secoua la tête. « Non. À présent, nous allons nous taire, et tout à l'heure, c'est vous qui écouterez. Ensuite, vous irez rendre compte à Dominique. Ou peut-être déciderez-vous de rester ici. Parce que vous verrez pour quelle raison je suis convaincu que c'est Felix Richter et pas Gérard Dominique qui sera le prochain Führer de l'Europe. »

37.

Jeudi, 17 : 47, Hambourg, Allemagne

L'hôtel Ambassador était situé sur Heidenkampsweg, de l'autre côté de la capitale hanséatique. Hood avait à peine conscience des artères encombrées qu'ils empruntaient ou du dédale de canaux et de bassins qu'ils traversaient. Quand la voiture s'arrêta, il en jaillit et se précipita vers le standardiste à la réception. Il demanda Mlle Bosworth. Suivit un silence terrible et Hood s'attendit à apprendre qu'elle avait réglé sa note ou qu'elle lui avait menti, car il n'y avait personne ici sous ce nom.

« Un instant je vous prie, dit le standardiste en anglais, je vous appelle sa chambre. »

Hood le remercia et attendit. Son cœur battait la chamade. Son esprit était partout et nulle part. Il songeait à Gérard Dominique et à ses jeux racistes, mais il revenait toujours à Nancy. Ce qu'ils avaient connu. Ce qu'elle avait fait. Ce qu'ils avaient perdu. Et puis, il s'en voulait de laisser ainsi son cœur s'emporter de la sorte. Il était de nouveau dévoré par Nancy Jo. Même si une telle fringale ne pouvait, ne devait le mener nulle part.

« Allô ? »

Hood appuya son avant-bras contre la paroi de la cabine. « Salut...

– Paul ? C'est bien toi ? » Nancy paraissait sincèrement étonnée, et ravie.

« Oui, Nancy. Je suis à la réception. Pouvons-nous parler ?

– Mais bien sûr. Monte !

– Il vaudrait peut-être mieux que ce soit toi qui descendes...

– Pourquoi ? Tu as peur que je te saute dessus comme dans le temps ?

– Non », répondit Hood, que ces idées mettaient mal à l'aise. Il n'avait certainement pas peur, sacré nom d'une pipe.

« Eh bien, monte, tu m'aideras à faire mes valises, insista-t-elle. Quatrième, couloir à droite, dernière porte sur la gauche. »

Elle raccrocha et Hood resta planté là, interdit, à écouter la tonalité. Qui finit par noyer ses scrupules.

Qu'est-ce que tu te crois en train de faire, glandu ? Après un bref instant d'auto-apitoiement, il répondit : *Tu t'apprêtes à recueillir des renseignements sur Gérard Dominique. Sur les jeux racistes. Sur ce qui pourrait se tramer du côté de Toulouse. Et ensuite, tu retourneras au bureau de Hausen pour rendre compte de tes recherches.*

Reposant le combiné sur sa fourche, Hood se dirigea vers les ascenseurs et monta au quatrième.

Nancy lui ouvrit, en jean moulant et polo rose. Le polo était rentré dans le pantalon, mettant en valeur ses épaules délicates. Le col relevé dévoilait son long cou. Elle s'était coiffé les cheveux en queue-de-cheval comme dans le temps, lorsqu'ils faisaient du vélo ensemble.

Elle lui adressa son plus beau sourire, puis retourna vers le lit. Il y avait une valise grande ouverte sur la couverture. Tandis qu'elle finissait de ranger ses affaires, Hood s'approcha.

« Je suis plutôt étonnée de te voir, observa la jeune femme. Je croyais que quand on se disait adieu, c'était définitif.

— Cette fois ou la fois d'avant ? » demanda Hood.

Nancy leva les yeux. Immobile au pied du lit, Hood la fixait.

« Touché », fit-elle avec un sourire malicieux. Elle boucla sa valise, la posa par terre. Puis elle se rassit lentement, avec grâce, comme une lady montant en amazone. « Bon, alors, qu'est-ce qu'il y a, Paul ? » Le sourire s'effaça petit à petit. « Pourquoi es-tu venu ?

— Tu veux la vérité ? Pour te poser deux ou trois questions sur ton boulot. »

Nancy écarquilla les yeux. « Tu parles sérieusement ? »

Il ferma les yeux, acquiesça.

« Je crois que j'aurais préféré entendre autre chose que la vérité. » Elle se releva et lui tourna le dos. « Tu n'as pas changé, n'est-ce pas, Paul ? Romantique comme Scaramouche en privé, chaste comme saint François au boulot.

— C'est faux : nous sommes en privé, et je reste chaste. »

Elle le regarda et il sourit. Elle se mit à rire. « Deux points pour toi, saint Paul.

— C'est le Pape Paul, à présent, rectifia-t-il. En tout cas, c'est comme ça qu'on m'appelle à Washington.

— Ça ne me surprend pas. » Elle se retourna vers lui. « Je suis prête à parier que c'est une admiratrice frustrée qui a trouvé ça.

318

« – Oui, effectivement », admit Hood. Il rougit.

Nancy s'approcha, il fit mine de se détourner. Elle posa les mains sur sa taille, glissa les doigts dans les passants de ceinture et l'immobilisa. Elle leva la tête pour le regarder dans les yeux.

« Très bien, Pape Paul. Et qu'est-ce que tu veux savoir sur mon boulot ? »

Hood la toisa. Embarrassé de ses bras, il les croisa dans le dos. Elle avait glissé un genou entre ses jambes. *Et merde, à quoi t'attendais-tu ? Tu savais bien que ce ne serait pas facile.* Ce qui le tracassait davantage, en revanche, c'était que pour une grande part c'était ce qu'il désirait. Quoi qu'il fasse, quoi qu'il dise.

« C'est absurde, constata-t-il. Comment suis-je censé te parler comme je le fais ?

– C'est pourtant ce que tu viens de faire, remarqua-t-elle doucement. Et tu peux continuer… »

Son front était brûlant, son cœur battait à cent à l'heure, son sang bouillonnait. Il sentit l'odeur d'abricot de son shampooing, ressentit sa chaleur, vit ces yeux qu'il avait si souvent contemplés dans la pénombre…

« Nancy, non », dit-il d'une voix ferme. Il lui saisit les poignets et les maintint tout en reculant. « On ne peut pas faire une chose pareille. On ne peut pas. »

Elle le toisa tandis que s'évanouissait sa pose superbe et sensuelle.

Hood inspira profondément. « Ton boulot… J'ai besoin que tu me dises… » Il reprit, plus calme : « Enfin, je veux dire… j'aimerais que tu m'expliques sur quoi tu travailles. »

Elle lui jeta un regard dégoûté. « Tu as perdu la tête, tu t'en rends compte ? » Elle croisa les bras, se détourna à moitié.

« Nancy…

– Tu me rejettes et tu continues à vouloir que je t'aide. Ça pose un léger problème, Paul…

– Comme je te l'ai déjà expliqué, je ne t'ai pas rejetée. Absolument pas.

– Alors, pourquoi suis-je ici et toi là-bas ? »

Hood glissa la main dans sa poche de veston et en ressortit son portefeuille. « Parce que toi, tu m'as rejeté. »

Il sortit les deux places de cinéma et les laissa tomber sur le lit. Nancy regarda les billets.

« Tu m'as rejeté, reprit-il, et moi, j'ai refait ma vie. Je ne vais pas gâcher ça, je ne peux pas. »

Nancy récupéra les billets, les fit délicatement rouler entre pouce et index, puis soudain, les déchira en deux. Elle en donna une moitié à Hood et fourra l'autre dans sa poche de jean.

« Je ne t'ai pas rejeté, dit-elle tranquillement. Pas un jour ne s'est écoulé sans que je regrette de ne pas t'avoir emmené de force avec moi. Parce que moi aussi, je l'avais perçue en toi, cette foutue droiture de preux chevalier. Tu as toujours été la seule et unique personne que je connaisse à n'avoir pas besoin d'attendre le réveillon de nouvel an pour prendre de bonnes résolutions. Tu as toujours fait ce que tu considérais comme juste et tu t'en es toujours tenu à tes décisions. »

Hood remit dans son portefeuille les fragments de billets. « Si cela peut te consoler, j'aurais bougrement préféré que tu m'emmènes de force avec toi. » Il sourit. « Quoique… je ne sais pas trop comment j'aurais assumé ce rôle de Bonnie and Clyde nouveau genre.

– Très mal. T'aurais sans doute réussi à me convaincre de me rendre. »

Hood la prit dans ses bras, attira sa tête contre sa poitrine. Elle s'accrocha à lui, de plus en plus fort. Mais c'était une étreinte bien innocente, cette fois. Et quelque part, il se sentait terriblement triste.

« Nancy ?

— Je sais, répondit-elle, toujours blottie dans ses bras. Tu veux des renseignements sur mon travail.

— Il se passe un truc pas catholique sur le réseau.

— Mais ici, il se passe un truc chouette. Je me sens en sécurité. Tu ne veux pas me laisser en profiter encore un peu ? »

Hood resta sans rien dire, à écouter le tic-tac de sa montre, à regarder le ciel s'assombrir derrière la fenêtre, et à tâcher de se concentrer sur tout sauf sur le rêve qui était dans ses bras et hantait sa mémoire. Il réfléchissait : *On rend sa chambre après midi. Elle est restée pour me voir, n'a pas rendu ses clefs parce qu'elle s'attend à autre chose…*

Mais ce n'était pas pour cela qu'il était venu. Il fallait mettre un terme à cette aventure.

« Nancy, lui glissa-t-il à l'oreille. J'ai une question à te poser.

— Oui ? fit-elle, pleine d'impatience.

— As-tu déjà entendu parler d'un certain Gérard Dominique ? »

Nancy se raidit dans ses bras, puis le repoussa. « Est-ce que tu ne pourrais pas être un peu plus romantique ? »

Il rougit, comme vexé par cette réprimande. « Je suis désolé, mais… enfin, tu sais… » Il s'interrompit, la regarda dans les yeux. « Tu sais que je peux l'être. Tu devrais savoir que j'ai envie de l'être. Mais je ne suis pas venu ici pour parler d'amour, Nancy. »

Le regard douloureux elle aussi, elle consulta sa montre. « Je peux encore attraper un avion, et je crois que c'est ce que je vais faire. » Son regard glissa vers le lit, puis la valise. « Je n'ai pas besoin que tu m'accompagnes, merci. Tu peux partir. »

Hood ne bougea pas. C'était comme si vingt années s'étaient évaporées d'un coup et qu'il se retrouvait dans son appartement, pris dans la tourmente de ces disputes pareilles à de timides et inoffensifs flocons de neige se muant soudain en redoutables tempêtes. Drôle comme la mémoire avait tendance à les minimiser, alors qu'elles avaient été si nombreuses.

« Nancy, dit Hood, nous pensons que Gérard Dominique pourrait être l'instigateur des jeux vidéo racistes qui ont commencé à apparaître en Amérique. Un jeu de ce type vient de surgir sur l'ordinateur de Hausen, avec ce dernier comme personnage.

— Un jeu vidéo, c'est facile à fabriquer », rétorqua Nancy. Elle se dirigea vers la penderie, en sortit sa jaquette blanc cassé, la jeta sur ses épaules. « Et scanner la photo de quelqu'un n'est pas plus difficile. N'importe quel ado convenablement équipé peut le faire.

— Oui mais, un peu plus tôt aujourd'hui, Dominique a menacé Hausen par téléphone.

— Les responsables gouvernementaux sont couramment l'objet de menaces, observa Nancy. Et peut-être ne l'avait-il pas volé. Hausen tape sur les nerfs de pas mal de gens.

— Et sa fille de treize ans, elle leur tape aussi sur les nerfs, peut-être ? »

Nancy serra les lèvres. « Je suis désolée…

— Bien sûr que tu l'es. La question demeure : est-ce que tu peux m'aider ? Travailles-tu pour cet homme ? »

Nancy se détourna. « Tu crois que sous prétexte que j'ai trahi mon patron il y a des années, je vais avoir envie de recommencer aujourd'hui ?

– Ce n'est pas la même chose, non ? » observa Hood.

Nancy soupira. Ses épaules se voûtèrent. Hood sentit la tempête s'apaiser.

« À vrai dire, c'est exactement pareil : Paul Hood a besoin de quelque chose et une fois de plus, je suis toute prête à gâcher ma vie pour qu'il puisse l'obtenir.

– Je ne t'ai rien demandé la première fois ! C'était de ton fait.

– Laisse-moi me vautrer dans les vagues de la compassion, railla-t-elle.

– Excuse-moi. J'ai du remords pour cette fille têtue, mais ce que tu as fait a affecté quantité d'existences : la tienne, la mienne, celle de ma femme, de ceux avec qui tu as pu vivre, de tous ceux qui auraient pu nous être proches...

– Tes gosses, fit-elle, amère. Nos gosses. Les gosses que nous n'avons pas eus. »

Nancy s'avança et se blottit dans ses bras. Elle se mit à pleurer. Paul resserra son étreinte, sentit ses omoplates se soulever contre ses paumes ouvertes. *Quel gâchis*, songea-t-il. *Quel foutu gâchis...*

« Tu ne devines pas le nombre de nuits que je passe toute seule dans mon lit à me maudire pour ce que j'ai fait, dit Nancy. Je te voulais si fort que j'étais prête à revenir me livrer. Mais quand j'ai appelé Jessica pour avoir de tes nouvelles, elle m'a appris que tu avais une petite amie. Alors, à quoi bon ?

– J'aurais tant voulu que tu reviennes. Et j'aurais tant voulu savoir tout ce que tu viens de m'apprendre. »

Nancy hocha la tête. « J'étais idiote. Désemparée. Terrifiée. Furieuse contre toi pour m'avoir remplacée. J'éprouvais tout un tas de sentiments contradictoires. Encore maintenant, je suppose. Sous bien des aspects, le temps s'est arrêté pour moi il y a vingt ans, et il n'est reparti que cet après-midi. » Elle s'écarta, sortit un Kleenex de la table de nuit. Elle se moucha, s'essuya les yeux. « Et nous voilà, pleins de regrets tous les deux, mais un seul est convaincu que tu ne peux pas revenir. Et ce n'est pas moi.

— Je suis désolé, répéta Hood.

— Moi aussi, soupira Nancy. Moi aussi. » Elle prit une profonde inspiration, se redressa de toute sa hauteur, le regarda dans les yeux. « Oui, reprit-elle. Je travaille pour Gérard Dominique. Mais je n'ai pas connaissance de ses opinions politiques ou de sa vie privée, donc je ne pense pas pouvoir t'aider en ce domaine.

— Tu ne peux pas me donner une indication quelconque ? Sur quoi travailles-tu ?

— Des plans. Des plans de villes américaines…

— Tu veux dire des plans classiques, genre cartes routières ? »

Elle fit non de la tête. « C'est ce qu'on appelle des cartes en vision subjective : un voyageur entre les coordonnées de la rue qui l'intéresse et l'écran affiche aussitôt l'image correspondante centrée sur ce point. Puis il demande un itinéraire quelconque ou bien ce qui se trouve au prochain carrefour, la position de la station de métro ou de l'arrêt de bus le plus proche, et l'ordinateur le lui indique. Toujours selon le point de vue de l'utilisateur. On peut également sortir sur imprimante un plan général. Ça aide les gens à choisir ce qu'ils vont visiter dans telle ou telle ville et ainsi à établir leur itinéraire à l'avance.

– Dominique a-t-il déjà édité des guides touristiques ?

– Pas à ma connaissance. Ce sera son premier. »

Hood réfléchit un moment. « As-tu déjà vu des maquettes de commercialisation du produit ?

– Non, mais cela n'a rien d'étonnant : ce n'est pas mon domaine. Quoiqu'un détail m'ait surpris : l'absence de tout communiqué de presse sur ces programmes. D'habitude, les publicitaires viennent me poser des questions, du genre : quelles sont les spécificités du produit, ou quel intérêt on aurait à l'acheter. En fait, cette phase intervient même assez tôt dans le processus d'élaboration pour permettre au service commercial d'enregistrer déjà des précommandes lors des salons d'informatique. Mais sur ce produit, nada.

– Nancy – je dois te poser la question, et j'en suis désolé. Cela n'ira pas plus loin que moi et mes plus proches associés.

– Tu peux bien en faire une pleine page dans *Newsweek*. Je ne peux pas te résister quand tu prends ce côté mec-sérieux – qui-ne-fait-que-son-boulot.

– Nancy, des vies humaines pourraient être en jeu…

– Inutile d'en rajouter. C'est l'un des trucs que j'ai toujours aimés chez vous, messire le preux chevalier. »

Hood rougit, la remercia et tâcha de se concentrer sur sa tâche. « Dis-moi simplement : est-ce que Demain travaille sur une technologie nouvelle ? Un truc auquel ne pourrait résister l'amateur moyen de jeu vidéo ?

– En permanence. Mais effectivement, on est sur le point de commercialiser une puce de silicium qui stimule les neurones. Elle a été développée pour permettre aux amputés de commander leurs prothèses ou pour stimuler le fonctionnement du tronc cérébro-spinal chez les paraplégiques. » Elle sourit. « Je ne suis pas sûre que nous l'ayons mise au point chez nous et qu'elle ne soit pas arrivée à Demain par le même chemin que ma première puce. Toujours est-il qu'on l'a passablement modifiée. Une fois inséré dans une poignée de commande, le module génère d'infimes impulsions qui vont provoquer chez le joueur une sensation diffuse de contentement, ou au contraire des impulsions plus violentes suggérant le danger. Je l'ai essayé. C'est plus ou moins subliminal, on n'en est quasiment pas conscient. Un peu comme l'accoutumance à la nicotine. »

Hood se sentait quelque peu dépassé. Une puce de conditionnement subliminal mise sur le marché par un dangereux fanatique. Des jeux racistes accessibles en ligne aux États-Unis. Cela ressemblait à de la science-fiction mais il savait que la technologie était disponible. Avec le venin pour l'utiliser.

« Pourrait-on combiner les deux ? demanda-t-il. Des jeux de haine raciale et une puce qui agit sur les émotions.

– Bien sûr. Pourquoi pas ?

– Penses-tu que Dominique le ferait ?

– Comme je te l'ai dit, je ne fais pas partie du cercle de ses intimes. Franchement, je ne sais pas. Je n'avais même pas réalisé qu'il pouvait pondre ce genre de jeux.

– À t'entendre, tu parais surprise ?

– Certainement. À force de travailler avec quelqu'un, tu finis par te faire certaines idées sur le personnage. Dominique est un patriote, mais un extrémiste ? »

Hood avait donné sa parole à Hausen qu'il ne dirait

rien du passé de Dominique. Il doutait de toute façon que Nancy le croie.

« As-tu déjà travaillé sur des images provenant de la région de Toulouse ?

– Bien sûr. On s'est servis de l'image de notre charmante petite forteresse comme fond d'écran pour je ne sais trop quelle démo à télécharger.

– As-tu eu l'occasion de voir le produit fini ? »

Signe de dénégation de la jeune femme.

« Je pense l'avoir aperçu, poursuivit Hood. Il apparaissait dans le jeu installé sur l'ordinateur de Hausen. Nancy, encore un point. Est-il possible que les plans que tu as créés soient utilisés dans des jeux ?

– Bien sûr.

– Avec des personnages intégrés dedans ?

– Tout à fait. On pourrait y incruster des photos ou des images générées par ordinateur. Exactement comme dans un film. »

Hood commençait à voir se dessiner un scénario qui ne lui plaisait pas du tout. Il s'approcha lentement du téléphone, s'assit sur le lit, décrocha le combiné.

« Je m'en vais appeler mon bureau. Il y a un truc qui se prépare et qui commence à m'inquiéter au plus haut point. »

Nancy hocha la tête. « Puisque c'est le destin du monde qui est en jeu, inutile d'appeler en PCV... »

Hood la regarda. Elle souriait. *Dieu soit loué.* Elle était restée toujours aussi lunatique.

« Tu ne crois pas si bien dire, dit Hood tout en composant le numéro de Mike Rodgers : le destin du monde, ou du moins d'une bonne partie du monde, pourrait effectivement être en jeu. Et tu pourrais bien être la seule personne à même de le sauver. »

38.

Jeudi, 12 : 02, Washington, DC

Après avoir noté l'information demandée par Hood, Rodgers la répercuta sur Ann, Liz et Darrell. D'ordinaire, les demandes d'informations allaient directement aux services responsables de la surveillance, des dossiers personnels, du décryptage et ainsi de suite. Mais Hood avait besoin de renseignements d'une tout autre nature, et les demander à Rodgers était encore le moyen le plus simple, et qui lui permettait du même coup de mettre au courant son second.

Rodgers dit à Hood de le rappeler aussi tôt que possible.

Peu après, Alberto rappela pour dire à Mike Rodgers où en était Bob Herbert. Rodgers le remercia et lui dit qu'il ne voulait pas embêter Herbert en lui répondant : même avec la sonnerie coupée, le vibreur du téléphone risquait de le distraire. D'ailleurs, le chef du renseignement se doutait bien que son collègue était derrière lui. Étant l'un et l'autre les deux seuls agents de l'élite du service à avoir connu le feu du combat, un lien bien particulier les unissait.

Rodgers raccrocha, partagé entre la fierté et l'inquiétude pour son agent. Son instinct lui dictait de faire intervenir une équipe d'extraction depuis une de leurs bases en Allemagne. Mais durant les Journées du Chaos, toutes les troupes américaines stationnées en Allemagne avaient été consignées et toutes les permissions suspendues. S'il était une chose que les gouvernements allemand et américain voulaient éviter à tout prix, c'était un incident avec des militaires qui eût été susceptible de galvaniser les néo-nazis. Mieux valait donc, compte tenu des circonstances, laisser Herbert se débrouiller seul.

Rodgers réfléchissait aux chances de succès de ce dernier quand Darrell McCaskey arriva. Il entra, arborant son air chagrin habituel, chargé d'une petite pile de dossiers du FBI. Leur couverture blanche caractéristique frappée du sigle du Bureau portait le tampon *Ultra-confidentiel.*

« Ça a été rapide », observa Rodgers.

McCaskey se laissa tomber lourdement dans un fauteuil. « C'est parce que nous avons comme qui dirait des clopinettes sur ce fameux Dominique. Bon sang, on peut dire qu'il s'est montré prudent, le bonhomme. J'ai bien deux ou trois autres trucs pour vous, mais dans l'ensemble, c'est le grand vide.

– Voyons toujours. »

McCaskey ouvrit la première chemise. « Son nom véritable était Gérard Dupré. Son père dirigeait à Toulouse une entreprise prospère qui fabriquait des pièces détachées pour Airbus. Quand la récession a frappé l'économie française à la fin des années quatre-vingt, Gérard avait déjà reconverti l'entreprise familiale en se spécialisant dans l'informatique et les jeux vidéo. Son entreprise, Demain, est une société ano-

329

nyme dont la valeur est estimée à un milliard de dollars.

– Une somme pareille… pour parler comme vous, ce n'est pas des clopinettes, observa Rodgers.

– Effectivement. Mais le bonhomme paraît aussi blanc que neige. La seule tache à son palmarès semble être une vague affaire de blanchiment d'argent par le truchement du Fonds de placement des phosphates de Nauru, ce qui lui a valu de se faire taper sur les doigts.

– Dites-m'en un peu plus. » Ça lui disait quelque chose mais il n'aurait su préciser quoi.

McCaskey consulta le dossier. « En 1992, Dominique et d'autres hommes d'affaires français auraient placé des fonds dans une banque fictive installée là-bas, alors qu'en réalité l'argent transitait par une série de banques suisses.

– Pour aboutir où ?

– Sur cinquante-neuf comptes différents, disséminés dans toute l'Europe.

– D'où ils auraient donc pu repartir absolument n'importe où.

– Tout juste, confirma McCaskey. Dominique a eu droit à une amende pour évasion fiscale mais il l'a réglée et on en est resté là. Comme deux des banques intermédiaires avaient leur siège aux États-Unis, le FBI a ouvert une enquête sur lui.

– Nauru, c'est bien dans le Pacifique, n'est-ce pas ? »

McCaskey vérifia dans le dossier. « C'est au nord des îles Salomon, une île d'un peu plus de vingt kilomètres carrés. Avec un président, pas d'impôts, le PIB par habitant le plus élevé du monde, et une seule activité économique : les mines de phosphates. Pour les engrais. »

Voilà, ça lui revenait. Rodgers s'était légèrement tassé dans son fauteuil lorsqu'il songeait à Herbert, mais à présent il s'était complètement redressé. « Mais oui, Nauru... Les Japonais l'ont occupée durant la Seconde Guerre mondiale. Auparavant, l'île avait été annexée par les Allemands avant de passer sous mandat de la Société des Nations.

— Je vous crois sur parole, dit McCaskey.

— C'est quoi, cette histoire de changement de nom pour Dominique? reprit Rodgers. Vous dites qu'il s'appelait en fait Dupré. Avait-il honte de sa famille?

— Liz bossait avec moi et s'est posé la même question quand les données sont arrivées. Mais rien ne corrobore cette hypothèse. Il a reçu une éducation catholique et, d'après Liz, il aurait choisi ce nom en référence à saint Dominique. Le dossier du FBI précise qu'il donne des sommes importantes aux œuvres des dominicains ainsi qu'à une école portant le nom du plus fameux d'entre eux, saint Thomas d'Aquin. Liz pense que s'assimiler à l'un de ces soi-disant *Domini canes* – être l'un des "chiens du Seigneur" – aurait pu flatter à la fois son sens de l'orthodoxie et son ambition.

— Si ma mémoire est bonne, nota Rodgers, Dominique avait également la réputation d'être plus ou moins un inquisiteur. Certains historiens le considèrent même comme l'éminence grise à l'origine du massacre sanglant des albigeois du Languedoc.

— Là encore, je ne suis pas dans mon élément, avoua McCaskey. Mais maintenant que vous le dites, j'entrevois un lien intéressant. » Il consulta le second dossier, intitulé *Groupes terroristes*. « Avez-vous déjà entendu parler des jacobins? »

Rodgers fit oui de la tête. « C'étaient des dominicains français du XIIIe siècle. Comme ils avaient établi
leur siège rue Saint-Jacques, on les appela par ce nom.
Durant la Révolution française, les antimonarchistes
qui se réunissaient dans l'ancien couvent des Jacobins
se baptisèrent ainsi. Ils constituaient la tendance la
plus radicale du mouvement révolutionnaire. Robes-
pierre, Danton et Marat étaient tous issus du club des
Jacobins. »

McCaskey haussa les sourcils. « Je me demande bien
pourquoi j'essaie de vous apprendre quoi que ce soit
en matière d'histoire. Bon, d'accord. Cela dit, avez-
vous déjà entendu parler des Nouveaux Jacobins ?

— Bizarrement, oui. Pas plus tard qu'aujourd'hui, en
fait. Alberto nous a signalé qu'un colonel de la gendarmerie nationale française s'était promis de les traquer.

— Ce pourrait être le colonel Ballon, dit McCaskey.
C'est un vieux briscard, mais ils sont son cheval de
bataille. Depuis dix-sept ans, les Nouveaux Jacobins ont
pris pour cible les étrangers en France, surtout les
immigrés algériens et marocains. Ils sont aux antipodes
de ceux qui, avides de gloire, s'empressent de revendi-
quer bien haut tous les rapts ou détournements. Eux,
ils frappent vite et fort avant de disparaître.

— Dix-sept ans, observa Rodgers, songeur. Quand
Dominique a-t-il changé de nom ? »

McCaskey sourit. « Dans le mille ! »

Le regard dans le vague, Rodgers suivait le fil de sa
réflexion. « Donc, Gérard Dominique pourrait être en
cheville, voire même diriger un groupe de terroristes
français. Et si nous sommes au courant, les Français
doivent l'être aussi.

– Il faudra attendre de voir ce que dit Ballon, nota McCaskey. Je me suis laissé dire qu'il était en planque en ce moment et pas vraiment d'humeur à prendre des coups de fil.

– Ça se passe si mal ?

– Apparemment. Dominique vit aussi reclus que n'importe quel milliardaire.

– Mais vivre en reclus ne le rend pas intouchable. Si on ne peut pas le capturer par une attaque frontale, une manœuvre de flanc reste toujours possible. Et l'argent que Dominique a transféré via Nauru ? On devrait pouvoir le retrouver par ce biais. Ce pourrait n'être que l'arbre qui cache la forêt.

– Sans aucun doute, admit McCaskey. Un homme comme Dominique pourrait utiliser des centaines sinon des milliers de banques pour financer ce genre de groupe dans le monde entier.

– D'accord, mais pourquoi ? demanda Rodgers. Il a créé un mouvement de dimension mondiale et il doit bien exister un point faible. Est-il avide de pouvoir ? Apparemment non. C'est un nationaliste. Alors pourquoi s'intéresserait-il à ce qui se passe ailleurs qu'en France, en Angleterre, en Afrique du Sud ou Dieu sait où ? Pourquoi s'étendrait-il de la sorte ?

– Parce que, d'un autre côté, c'est un homme d'affaires international, dit McCaskey. L'un des premiers points que touche une attaque terroriste, c'est notre confiance dans le système. Qu'on détourne un avion, et l'on se met à douter de la sécurité des aéroports. Le trafic aérien connaît une baisse de fréquentation passagère. Si c'est un tunnel qui est frappé, les gens empruntent les ponts ou restent chez eux…

– Mais l'infrastructure reprend toujours le dessus.

– C'est resté vrai jusqu'à présent, fit remarquer McCaskey. Mais imaginons que plusieurs systèmes soient affaiblis simultanément ? Ou le même à répétition ? Regardez l'Italie. En 1978, les Brigades rouges enlèvent le Premier ministre Aldo Moro et toute la péninsule en est ébranlée durant plusieurs mois. Regardons en 1991, quand les réfugiés albanais ont commencé à déferler en Italie à cause des troubles politiques dans leur pays. Les terroristes ont recommencé à frapper. Treize années s'étaient écoulées, presque jour pour jour, mais les milieux économiques internationaux ont de la mémoire. Pour eux, l'Italie était redevenue incontrôlable. On n'avait plus confiance dans le gouvernement. Les investissements étrangers se sont remis à chuter presque aussitôt. Que serait-il advenu si la vague terroriste avait persisté, ou même s'était étendue ? Les dégâts financiers auraient été incommensurables. Tenez, regardez avec Hollywood…

– Comment ça ?

– Vous croyez peut-être que les studios ont décidé d'installer leurs plateaux en Floride parce que le temps y était plus clément et le terrain meilleur marché ? Pas du tout. Ils redoutaient que, en restant à LA, les séismes ou les troubles raciaux ne finissent par avoir raison de l'industrie cinématographique. »

Rodgers essayait de digérer tout ce que McCaskey venait de lui balancer. À voir l'expression de ce dernier, c'était manifestement réciproque.

« Darrell, reprit Rodgers, songeur, à combien estimez-vous le nombre de groupes suprématistes blancs, ici même aux États-Unis ?

– J'ai mieux qu'une estimation. » Il feuilleta plusieurs pages du second dossier posé sur ses genoux, celui intitulé *Groupes racistes*. « D'après le tout dernier livre blanc du FBI, on dénombre pas moins de soixante-dix-sept groupes de skinheads-néo-nazis-suprématistes blancs, avec un total de trente-sept mille adhérents. Parmi eux, près de six mille appartiennent à des milices armées.

– Quelle est leur répartition ?

– Géographique ? On les retrouve en gros dans tous les États de l'Union, y compris Hawaii, et dans toutes les villes de quelque importance. Certains visent plus spécifiquement les Noirs, d'autres les Asiatiques, les juifs, les Mexicains, d'autres encore l'ensemble de ces groupes. En tout cas, ils sont partout.

– Ça ne me surprend pas », nota Rodgers. Il était furieux, mais refusait de se laisser abattre. Sa vaste culture historique était là pour lui rappeler l'amère déception des pères fondateurs eux-mêmes en constatant que l'indépendance n'avait pas mis fin à la haine et aux inégalités. Rodgers se souvenait en particulier de cette phrase extraite d'une lettre de Thomas Jefferson à John Adams. Pour atteindre ce but, avait écrit Jefferson, « il faudra encore que coulent des fleuves de sang et que passent des années de désolation ; malgré tout, l'objectif mérite des fleuves de sang et des années de désolation ». Jamais Rodgers ne se serait permis – ou n'aurait permis à ses subordonnées – de céder sous la charge.

« À quoi pensez-vous ? demanda McCaskey.

– Que j'aimerais bougrement botter quelques postérieurs au nom de Thomas Jefferson. » Rodgers ignora le regard perplexe de McCaskey. Il se racla la gorge. « A-t-on trouvé autre chose sur l'ordinateur des militants de Pure Nation ? »

McCaskey ouvrit la troisième et dernière chemise. « Non, et nous sommes d'ailleurs tous assez surpris du peu d'informations disponibles.

— Manque de bol, ou ont-ils réussi à les effacer ?

— Je ne sais pas trop, avoua McCaskey. Au bureau, personne n'a vraiment envie d'examiner de trop près ce cadeau empoisonné. J'ai comme dans l'idée que cela va faire les gros titres, surtout dans la communauté noire. Personne n'a été blessé et on a réussi à mettre un certain nombre de sales gueules derrière les barreaux.

— Sauf que c'était un peu trop facile, compléta Rodgers à sa place.

— Ouais, admit McCaskey. C'est bien mon avis. Et je crois que c'est également celui du Bureau. La question principale est de savoir pourquoi on a envoyé un groupe étranger attaquer les membres de Chaka Zulu. L'un des groupes racistes les plus virulents, Koalition, est basé dans le Queens. Juste sur la rive opposée de l'East River : même Pure Nation ne s'est jamais approché à ce point de New York. Et pourtant, il semble n'y avoir aucun contact entre les deux groupes.

— Je me demande s'ils ne reprennent pas la technique utilisée jadis par les forces de l'Axe.

— Quoi donc, l'intox ? »

Rodgers acquiesça. « Bob et moi avons un dossier là-dessus. Si vous avez le temps d'y jeter un œil – *Das Bait*. Pour l'essentiel, si vous avez envie de déjouer un ennemi, laissez-lui capturer une unité remplie de soldats nourris d'informations erronées. Si l'ennemi gobe ce qu'ils racontent, dix ou douze hommes peuvent tout à fait immobiliser une division, voire une armée entière en lui faisant attendre un adversaire qui ne viendra jamais ou en l'envoyant au diable vauvert. Les Alliés avaient refusé d'appliquer la même méthode à cause des mauvais traitements que subissaient les prisonniers de guerre. En revanche, c'était une pratique régulière des Allemands et des Japonais. Et si les militaires capturés ignoraient bel et bien qu'ils mentaient ; même après les avoir drogués, il était rigoureusement impossible de leur soutirer des informations. Vous deviez envoyer vos hommes enquêter sur le terrain. Combien de gars le FBI a-t-il mis sur l'affaire ?

– Une trentaine.

– Et maintenant ? insista Rodgers. Combien sont-ils à chercher des indices ou enquêter sur Pure Nation ?

– Entre soixante-dix et quatre-vingts dans tout le pays.

– Et ce sont bien sûr les spécialistes des groupes suprématistes blancs. Donc une poignée de militants de Pure Nation se font pincer, et qu'arrive-t-il ? Voilà que la force spécialisée du FBI perd sa motivation première. »

McCaskey réfléchit quelques instants avant de hocher la tête. « Ça se tient du point de vue tactique, mais cela ne me paraît pas assez macho pour des nationalistes purs et durs. Ils croient au pouvoir des armes, pas aux tours de passe-passe. Ils préféreraient en découdre.

– Dans ce cas, pourquoi ne le font-ils pas ?

– Oh, mais ils se sont battus, ces salauds. Ils ont essayé de flinguer nos gars.

– Mais ils n'ont pas réussi. Et ils continuent de se laisser arrêter.

– Ils étaient inférieurs en puissance de feu. Le FBI sait encore se battre, ajouta McCaskey, sur la défensive.

– Je sais, je sais. Mais si les militants de Pure Nation sont si machistes, pourquoi se sont-ils rendus ? N'auraient-ils pas mieux servi leur cause en devenant des martyrs et en faisant passer le FBI pour un ramassis de brutes ?

– Ce ne sont pas des kamikazes. Ils sont peut-être violents et impitoyables, mais ils tiennent à la vie.

– La vie... ces types ne vont guère souffrir. Quelle est la charge la plus grave relevée contre eux ? Ils ont tiré sur des agents fédéraux. Comploté. Accumulé des armes. S'ils coopèrent, ils peuvent voir leur peine ramenée à sept à dix ans de prison. Sept à dix ans de télé câblée et d'aérobic. Ils seront dehors à trente-cinq, quarante ans. Salués comme des héros par leurs militants. De quoi séduire n'importe quel malade avide de renommée.

– Possible, admit McCaskey, mais cela ne colle pas avec les profils que nous avons pu réunir. Se rendre pour intoxiquer la police, puis moisir en prison ? Non, je persiste à croire que ce n'est pas assez gratifiant pour ces individus.

– Et moi, je dis qu'on pourrait bien se retrouver devant une nouvelle race de suprématistes blancs. Une race qui aimerait bien jouer. »

McCaskey le regarda. Il voulut dire quelque chose, s'arrêta.

Rodgers poursuivit : « Je sais ce que vous pensez. Vous continuez de trouver que je leur accorde un peu trop de jugeote.

– Ils n'en ont pas une once, protesta McCaskey. Je ne veux pas sous-estimer l'ennemi, mais il faut bien admettre que ces gars sont mus par une mentalité de char d'assaut et une rage aveugle.

– Ce sont également des disciples zélés. Il suffit de

leur faire miroiter la récompense adéquate pour les amener à faire vos quatre volontés. Réfléchissez-y. Quel genre de récompense pourrait conduire ce genre d'individus à faire ce qu'on leur a ordonné ?

– La liberté, répondit McCaskey. La liberté d'attaquer ce qu'ils détestent.

– Admettons. Et qu'est-ce qui donne à un individu le droit moral d'attaquer ?

– Le fait qu'on l'ait attaqué en premier.

– D'accord. » Rodgers se sentait remonté. McCaskey ne serait peut-être pas d'accord, mais il avait le pressentiment d'avoir soulevé un lièvre. « Supposons que vous vouliez amener un groupe à vous attaquer. Vous éveillez son hostilité, vous le poussez à se sentir menacé... »

Le téléphone sonna.

« Les jeux de haine raciale, dit McCaskey.

– Pas suffisant. »

Une terreur soudaine accompagna l'éclair de compréhension dans les yeux de son collaborateur. « Si, à condition de lui faire en même temps savoir que certains prévoient de l'attaquer. On laisse filtrer à un groupe de militants blacks qu'ils sont une cible et cela galvanise toute la communauté noire. Bon Dieu, Mike... Voilà l'impulsion pour que les hommes de Pure Nation acceptent de se laisser arrêter. Faire croire à Chaka Zulu qu'il est une cible, même si ce n'est pas vrai. Presque aussitôt, l'ensemble des Noirs se retrouvent derrière les activistes zoulous – et la majorité des Blancs n'ont dès lors d'autre choix que de se dresser contre eux. »

Rodgers acquiesça vigoureusement tandis que le téléphone se remettait à sonner. Il regarda l'appareil. Le code d'appel d'Ann Farris était affiché sur l'écran à cristaux liquides de la base.

« C'est exactement ce qui s'est passé dans les années soixante, nota McCaskey, quand les Black Panthers se sont retrouvés l'aile militante d'un certain nombre de mouvements pour les droits civiques.

– Si tous les éléments sont vraiment liés – Dominique, son argent, les groupes racistes, la déstabilisation de l'Europe et des États-Unis –, nous courons au-devant d'une catastrophe planétaire. » Rodgers mit l'ampli du téléphone. « Désolé de vous faire poireauter, Ann.

– Mike, Darrell m'a dit que vous vouliez jeter un œil sur les derniers communiqués promotionnels de Demain. J'ai appelé D'Alton & D'Alton, leur agence de presse à New York, et ils m'ont faxé leurs derniers documents.

– Alors ?

– Le boniment habituel sur des logiciels de jeux, dit Ann, à une exception près : le texte de présentation d'une nouvelle manette.

– Et qui raconte ?

– Qu'avec le nouvel Enjoystick, on ne se contente pas d'éprouver le frisson du jeu... on le *ressent*. »

Rodgers se redressa sur son siège. « Continuez. » C'était le complément idéal des jeux de haine raciale. Il sentit un frisson dans le bas du dos.

Ann poursuivit : « Elle a reçu l'agrément de la FCC[1];

---

1. FCC *(Federal Communications Commission)* : organisme américain chargé de tout ce qui a trait aux transmissions : attributions des fréquences radio, agrément des appareils de communication (radio, télévision, téléphone, émetteurs-récepteurs, CB, etc.), et plus généralement de tous les dispositifs susceptibles de perturber le spectre radio-électrique : jouets, télécommandes, fours à micro-ondes... *(N.d.T.)*.

c'est l'application d'une nouvelle technologie brevetée qui stimule les cellules nerveuses via une bioconnexion établie par le bout des doigts. J'imagine que c'est pour garantir qu'on n'applique le dispositif que sur les mains à l'exclusion de toute autre partie du corps. Le papier que j'ai sous les yeux dit qu'avec un Enjoystick, on ressent, je cite, *tous les frissons, toutes les émotions qu'éprouve au cours du jeu votre personnage à l'écran.*

– Y compris l'amour, la haine et tous les stades intermédiaires.

– Ils ne précisent pas, mais je n'arrive pas à croire qu'une telle chose existe. J'ai l'impression de me retrouver dans un film de S-F.

– Eh non, dit Rodgers. Quantité de gens n'ont toujours pas saisi la puissance de cette technologie, mais ça ne change rien. Merci, Ann. Vous m'avez été d'un grand secours.

– Toujours à votre service, Mike. »

Rodgers raccrocha. Malgré le stress – ou *à cause* du stress ? – dû à la reconstitution du puzzle de Pure Nation, ce bref dialogue amical lui fit plaisir. Ann et lui n'avaient jamais été particulièrement proches l'un de l'autre. Ann n'avait jamais fait un mystère de son admiration sans bornes pour Paul Hood et ses méthodes. Cela l'avait souvent mise en désaccord avec Rodgers qui abordait la gestion des crises d'une façon moins diplomatique que le patron. Mais Rodgers essayait de s'amender et Ann, de son côté, s'efforçait d'admettre qu'il existait d'autres façons d'agir que celles du directeur Hood.

Il y a sans doute là-dedans une leçon pour la civilisation tout entière, songea Rodgers. Malheureusement, l'heure n'était pas à enfiler la toge pourpre pour aller porter la bonne parole.

Rodgers regarda McCaskey qui était en train de griffonner des notes en sténo sur la couverture d'une des chemises, à sa vitesse éclair de cent quarante mots-minute.

« Tout est là-dedans, Mike, expliqua-t-il, tout excité. Sacré bon Dieu, tout y est.

– Voyons voir. »

McCaskey termina, puis leva les yeux. « Disons que Dominique se sert de montages bancaires comme celui utilisé à Nauru pour financer des mouvements prônant la suprématie de la race blanche. Il nous envoie sur une fausse piste en nous donnant Pure Nation comme os à ronger, et dans le même temps il peut tranquillement arroser d'autres mouvements. Il se prépare également à inonder le réseau avec ses jeux vidéo, jeux auxquels on pourra jouer avec sa manette diabolique. Les gens aiment bien s'en prendre aux minorités. » Il regarda Rodgers. « Je suis d'accord avec Ann – ça me paraît tout droit sorti d'*Amazing Stories* – mais ajoutons-le malgré tout à la mixture. Ce n'est pas si fondamental.

– D'accord.

– Les Noirs sont scandalisés par les jeux. Toute la presse est scandalisée. Tous les citoyens bien-pensants sont scandalisés, poursuivit McCaskey. Pendant ce temps, Pure Nation ne cherche pas à se défiler, comme vous l'avez dit. Non, non. Ils vont en justice parce qu'une tribune, c'est justement ce qu'ils cherchent. Et le procès ne tardera pas parce que les preuves sont accablantes, que le FBI fait pression pour que l'instruction soit menée tambour battant, et que

Pure Nation ne récusera aucun des jurés proposés par la partie civile. Leurs désirs machistes sont satisfaits par ce rôle d'agneau sacrificatoire. Ils présentent donc leur défense avec aisance, et s'ils sont doués, or nombre d'entre eux le sont, leurs arguments paraîtront même *raisonnables*.

– Je veux bien l'admettre, dit Rodgers. Un petit noyau de Blancs est tout à fait prêt à admettre en secret une bonne partie de leurs thèses. Des Blancs qui rejettent la faute de la pression fiscale sur le compte de l'aide sociale et du chômage, et celle de l'aide sociale et du chômage sur les Noirs.

– Tout juste. L'indignation des militants noirs grandit à mesure que le procès avance, et quelqu'un, d'un côté ou de l'autre, peu importe lequel, finit par provoquer un incident. La base se révolte. Les hommes de main de Dominique font tout pour que l'agitation gagne, pour que des émeutes éclatent à New York et Los Angeles, Chicago et Philadelphie, Detroit et Dallas, et bientôt les États-Unis sont en feu.

– Pas seulement les États-Unis, enchaîna Rodgers. Bob Herbert est en train d'affronter le même problème en Allemagne.

– Et nous y voilà, reprit McCaskey. Dominique flanque la pagaille partout dans le monde – sauf en France. C'est pourquoi les Nouveaux Jacobins opèrent en silence, avec efficacité, sans publicité. » McCaskey ouvrit le dossier de Dominique, feuilleta les pages. « Ces mecs sont uniques parmi les terroristes parce qu'ils terrorisent réellement. On a fort peu de rapports d'incidents : la plupart du temps, ils se contentent de menacer les gens de recourir à la violence. Puis viennent les ordres précis : tel groupe devra quitter telle ville, ou ils reviendront mettre leurs menaces à exécution. Rien de spectaculaire, comme demander le départ des Anglais d'Irlande du Nord. Leurs exigences restent toujours du domaine du possible.

– Des frappes chirurgicales qui ne font pas trop de vagues dans la presse.

– Dites plutôt aucune vague. Les Français s'en moquent comme d'une guigne. De sorte que, toutes choses égales par ailleurs, la France paraît relativement stable. Et à force de courtiser les banques, l'industrie et les investisseurs, Dominique finit par devenir un acteur sérieux sur la scène internationale. Peut-être le plus sérieux.

– D'autant plus sérieux que personne n'arrive à le lier au terrorisme.

– Et ceux qui essaient reçoivent pour leur peine une visite nocturne des Nouveaux Jacobins, termina McCaskey en lisant le dossier. Ces gars-là ont repris les bonnes vieilles méthodes de la Mafia : intimidation, frappes, exécutions et tout le tremblement. »

Rodgers se cala dans son fauteuil. « Paul devrait être revenu au bureau de Hausen à Hambourg, à l'heure qu'il est. » Il jeta un coup d'œil au calepin posé sur son bureau. « Le code mémoire est : *RH3-étoile*. Mettez-le au courant et dites-lui que je vais essayer de contacter le colonel Ballon. Si nous n'avons pas fait trop d'hypothèses hasardeuses, il faut absolument mettre le grappin sur ce Dominique. Et Ballon m'a l'air d'être le seul homme capable de ça.

– Bonne chance, dit McCaskey. Il est aimable comme une porte de prison.

– Je vais y mettre les gants. Si j'arrive à le convaincre, et je crois pouvoir, j'ai l'intention de lui proposer une chose qu'il sera bien en peine de trouver en France. »

McCaskey se leva. « Quoi donc ? demanda-t-il en redressant lentement son dos douloureux.

– Un coup de main », répondit Rodgers.

39.

Jeudi, 18 : 25, Wunstorf, Allemagne

Du point de vue effort physique, l'heure qui venait de s'écouler avait été la plus dure, la plus frustrante, mais aussi la plus satisfaisante de toute la vie de Bob Herbert.

Le terrain qu'il avait dû franchir était jonché de branches cassées, de feuilles mortes, de vieilles souches, de rochers et de grandes flaques de boue. Il y avait un petit ruisseau, profond de trente centimètres à peine, qui le ralentit encore plus, et par endroits, la pente était tellement escarpée que Herbert devait quitter son fauteuil roulant et le hisser derrière lui pour continuer tant bien que mal son escalade. Peu après six heures, la nuit était brusquement tombée, comme souvent dans ces bois épais et sombres. Le fauteuil avait beau être équipé d'une torche puissante fixée à chaque repose-pieds, Herbert n'y voyait pas plus loin que le diamètre de chaque roue. Cela contribuait encore à le ralentir car il n'avait pas envie de rouler dans un fossé et de finir comme ce chasseur vieux de cinq mille ans retrouvé congelé, le nez par terre, sur un glacier des Alpes.

Dieu sait ce qu'on ferait de moi dans cinq mille ans d'ici.

Même si, tout bien considéré, l'idée d'un comité d'académiciens guindés s'interrogeant sur ses restes en l'an 7000 de notre ère l'amusait. Il essaya d'imaginer de quelle manière ils interpréteraient le tatouage de *Mighty Mouse* sur son biceps gauche...

Et puis, il souffrait. Des branches qui le cinglaient, des contractures qui nouaient ses muscles, et de la marque laissée sur son torse par la ceinture de sécurité durant la course-poursuite à travers les rues de Hanovre.

Herbert se frayait un chemin à travers bois, guidé par la boussole de scout qu'il gardait dans la poche, où qu'il aille, depuis trente ans. En même temps, il relevait la distance parcourue en comptant les tours de roue : deux mètres par tour. Tout en progressant, il essayait de comprendre ce que les néo-nazis étaient venus faire ici. Ils n'avaient pas pu demander par radio l'aide d'un complice infiltré dans la police : ses collègues auraient entendu. Or, ils n'avaient pas d'autre moyen. Mais en fait, pourquoi auraient-ils eu besoin d'aide ? La seule réponse qui lui venait à l'esprit était qu'ils avaient besoin de quelqu'un pour le retrouver. Ça paraissait présomptueux, certes, mais c'était logique. Les néo-nazis avaient fui en entendant la sirène, redoutant qu'il soit à même de les identifier, aussi voulaient-ils l'intercepter si jamais il allait déposer au commissariat. Un complice dans la police saurait qui il était et où le retrouver.

Herbert hocha la tête. Quelle ironie s'il retrouvait la fille ici. Il s'était rendu à Hanovre pour essayer de collecter des renseignements et ces imbéciles étaient bien capables de l'avoir guidé jusqu'à elle à leur insu.

Il sourit. Si on lui avait dit que sa journée, com-

347

mencée dans un avion en classe économique, se terminerait par une cavalcade dans les bois à rechercher une gamine perdue et à tenter d'échapper à des néonazis…

Quelques minutes encore, et Herbert parvint à l'arbre dans lequel Alberto avait cru identifier la fille. Aucune confusion possible : haut, noueux, sombre, c'était un chêne de trois siècles au moins, et Herbert ne put s'empêcher de penser aux tyrans qu'il avait vus naître et mourir. Un éclair de honte le traversa quand il songea combien leurs simagrées devaient paraître ridicules pour ce majestueux exemplaire du règne vivant.

Il se pencha pour ôter la lampe-torche du reposepieds. Il la braqua vers les branches.

« Jody ? lança-t-il. Vous êtes là-haut ? »

Il se sentait un peu ridicule d'appeler ainsi une jeune femme dans un arbre. Mais il scruta néanmoins le feuillage et tendit l'oreille. Rien.

« Jody, reprit-il. Je m'appelle Bob Herbert. Je suis américain. Si vous êtes là-haut, descendez, je vous en prie. Je veux vous aider. »

Herbert attendit. Toujours pas un bruit. Au bout d'une minute, il décida de faire le tour de l'arbre pour l'examiner par l'autre côté. Mais avant qu'il ait pu bouger, il entendit une branche craquer derrière lui. Il se retourna, croyant qu'il s'agissait de Jody. Il découvrit avec surprise une haute silhouette cachée dans l'ombre près du tronc.

« Jody ? fit-il, même si l'ombre massive lui révélait que ce n'était pas elle.

— *Mein Herr*, dit une voix grave, incontestablement masculine, voulez-vous lever les mains en l'air ? »

Herbert obéit. Il les leva lentement, paumes ouvertes. Dans le même temps, l'homme se dirigea vers lui dans le noir. Lorsque, en s'approchant du fauteuil roulant, il entra dans le faisceau des torches, Herbert put constater que c'était un agent de police. Mais il n'était pas habillé comme les occupants de la fourgonnette. Il portait une espèce de pèlerine bleue et une casquette.

Soudain, il comprit. La sirène. La brusque interruption de la poursuite. Le trajet jusqu'ici. Tout cela avait été un coup monté.

« Bien joué », dit Herbert.

Le policier s'arrêta à quelques pas de lui – hors d'atteinte, même si Herbert pouvait sortir sa matraque de sous l'accoudoir. L'homme se tenait les jambes légèrement écartées, la figure dissimulée sous la visière de sa casquette. Dans l'entrebâillement de la pèlerine déboutonnée, Herbert avisa un téléphone cellulaire accroché au baudrier de cuir noir.

Le chef du renseignement américain le regarda et dit simplement : « Ils vous ont appelé du camion alors qu'ils étaient encore en ville, n'est-ce pas ? Ils ont fait semblant de fuir devant votre sirène, sachant que je les suivrais : vous n'aviez plus qu'à me filer. »

L'agent parut ne pas comprendre. Pour l'importance que cela avait… Herbert se serait battu. Il n'avait pas dû être difficile pour la police de découvrir qui avait loué la voiture. Et il avait encore aggravé son cas en utilisant sa putain de carte de crédit professionnelle. *National Crisis Management Center, USA* – « Centre national de gestion de crises », le nom officiel de l'Op-Center. Cela, plus sa spectaculaire démonstration à Hanovre, leur avait dévoilé qu'il était sans doute à la recherche de quelque chose. Maintenant qu'il avait appelé Jody par son nom, ils savaient exactement quoi. Pour leur faciliter encore la tâche, il n'aurait plus eu qu'à leur refiler des copies des photos du NRO.

Il était content malgré tout que ce ne soit pas Jody que le satellite avait aperçue dans l'arbre. Sinon, elle aurait été à deux doigts de la mort, elle aussi.

Herbert n'allait pas demander grâce à cet homme. Il n'avait pas envie de mourir, mais il ne voulait surtout pas vivre avec le poids d'une telle connerie. Il avait été négligent, et c'était le prix à payer. Enfin, se dit-il, il n'aurait toujours pas à refaire le chemin dans la boue en sens inverse pour regagner la voiture.

Je me demande si je vais entendre la détonation avant que la balle ne m'atteigne... Il était si près. Ça se jouerait à si peu.

« *Auf Wiedersehen* », dit l'Allemand.

40.

Jeudi, 18 : 26, Toulouse, France

Située à deux pas de la célèbre place du Capitole et de la Garonne, la rue Saint-Rome est une des artères commerçantes du vieux Toulouse. Ici, une bonne partie de ces bâtisses médiévales hautes de deux ou trois étages s'affaissent ou s'inclinent sous le poids des ans. Les planchers sont gauchis par l'humidité à cause de la proximité du fleuve. Mais ces maisons tiennent bon. C'est comme si elles clamaient à toutes ces enseignes récentes, clinquantes et déplacées, vantant les montres Seiko ou des cyclomoteurs, à tous ces râteaux posés sur les toits, jadis flambant neufs, à toutes ces paraboles, encore flambant neuves : « Non, jamais nous ne vous livrerons ce quartier. » Et c'est ainsi qu'après avoir vu, au long des siècles, les remparts s'édifier et disparaître, après avoir été le témoin silencieux d'innombrables existences et d'innombrables rêves, les façades continuaient de contempler le réseau tortueux de ruelles étroites parcourues par une foule pressée.

Installé dans une chambre louée au troisième étage de l'un de ces bâtiments, au-dessus d'une vieille boutique décrépite à l'enseigne du Magasin Vert, le colonel Bernard Ballon de la gendarmerie nationale regardait les images diffusées en direct depuis l'extérieur des bâtiments de Demain sur quatre petits moniteurs. L'usine était installée à Montauban, une trentaine de kilomètres au nord de la Ville rose. Mais pour les informations qu'il en tirait, elle aurait aussi bien pu se trouver à trente kilomètres au nord du centre de la Terre.

Ses hommes avaient dissimulé des caméras tout autour de l'ancienne fabrique. Ils enregistraient sur cassettes tous les camions, tous les employés qui entraient ou sortaient. Tout ce qu'ils avaient besoin de voir, c'était un membre connu des Nouveaux Jacobins. Une fois identifié l'un des terroristes, Ballon et les hommes de sa brigade d'élite seraient à l'intérieur en moins de vingt minutes. Les voitures étaient garées à proximité, les gendarmes assis devant leur matériel radio et d'autres moniteurs vidéo, les armes rangées dans des sacs dans le coin. Il avait également sous la main la commission rogatoire autorisant la perquisition, pourvu qu'ils puissent justifier de ce que les tribunaux appelaient un « motif de suspicion légitime ». Un motif susceptible de résister aux attaques de la défense au tribunal.

Mais en attendant ce moment crucial, si proche soit-il, le magnat vivait comme un reclus en évitant toute imprudence. Pourtant, Ballon avait l'impression que le moment crucial n'allait pas tarder. Au bout de dix-sept longues années de frustration passées à suivre le fuyant milliardaire ; dix-sept années passées à traquer, interpeller et tenter de neutraliser les membres de l'organisation terroriste des Nouveaux Jacobins ; dix-sept années passées à voir son intérêt personnel se muer en obsession, Ballon était maintenant certain que Dominique était prêt à déclencher quelque chose. Et pas seulement le lancement en grande pompe de sa nouvelle gamme de jeux vidéo : il en avait lancé d'autres qui n'avaient pas requis une telle mobilisation.

Ni un tel engagement du patron de la boîte, songea Ballon.

Dominique restait de plus en plus souvent la nuit à l'usine au lieu de regagner sa résidence de brique rouge dans la campagne proche de Montauban. Le personnel faisait des heures supplémentaires. Pas seulement les programmeurs de jeux mais aussi les techniciens qui travaillaient sur les projets pour Internet et sur le matériel. Ballon surveillait leurs allées et venues sur les moniteurs.

Jean Godard… Marie Page… Émile Tourneur.

Le colonel français les connaissait tous de vue. Il savait leur passé. Les noms de leurs parents et amis. Il avait fouiné partout pour en apprendre le plus possible sur Dominique et ses activités. Parce qu'il était convaincu que, vingt-cinq ans plus tôt, alors que lui-même était stagiaire dans la police parisienne, cet homme s'était enfui avec un meurtre sur la conscience.

Le gendarme de quarante-quatre ans changea de position, un peu raide, sur son pliant de bois. Il étira ses jambes courtes et contempla distraitement le poste de commandement improvisé. Ses yeux noisette étaient injectés de sang, sa mâchoire burinée couverte d'un début de barbe, sa petite bouche un peu flasque. Comme les sept autres occupants de la chambre, il était en jean et chemisette de flanelle. Après tout, ils étaient censés être des ouvriers, venus à Toulouse restaurer l'immeuble qu'ils avaient loué. D'ailleurs, en bas, trois autres hommes s'affairaient à scier des planches qu'ils n'utiliseraient jamais.

Il avait eu les plus grandes difficultés à convaincre ses supérieurs de le laisser entreprendre cette planque longue d'un mois. La gendarmerie nationale avait la réputation d'être une force de police parfaitement indépendante et sans esprit de caste. Mais la hiérarchie était tout à fait consciente des moyens légaux que Dominique pouvait mobiliser contre eux et de la contre-publicité qu'il pouvait ainsi leur faire.

« Et pour quoi, en définitive ? lui avait demandé le général Caton. Parce que vous le soupçonnez d'un crime qui remonte à plus de vingt ans ? Il y a prescription ! »

C'était vrai. Trop de temps avait passé. Mais cela rendait-il moins monstrueux le crime ou son auteur ? En enquêtant sur les lieux du crime ce soir-là, Ballon avait appris que le richissime Gérard Dupré avait été aperçu dans le secteur en compagnie d'un autre homme. Il avait découvert qu'ils avaient quitté Paris pour Toulouse après les meurtres. Et la police n'avait pas souhaité les poursuivre. *N'avait pas souhaité poursuivre Dupré*, songea Ballon, amer, *ce salopard de la haute.* Résultat, il avait sans doute échappé à une inculpation pour meurtre.

Complètement écœuré, Ballon avait alors démissionné de la police. Puis il était entré dans la gendarmerie et s'était mis à étudier les Dupré. Au fil des ans, son dada s'était mué en obsession. Il apprit, par des dossiers secrets des archives officielles à Toulouse, le passé de collaborateur du père de Dupré durant la Seconde Guerre mondiale. Comment il avait infiltré un réseau de résistants et livré bon nombre d'entre eux. Au moins trente morts en l'espace de quatre ans étaient attribuables à ce salopard. Après la guerre,

Dupré père avait fondé une entreprise prospère qui fournissait aujourd'hui des pièces détachées d'Airbus pour l'Aérospatiale. La société avait été financée par le détournement de capitaux américains destinés à l'origine à la reconstruction de l'Europe.

Dans l'intervalle, Gérard avait paru vouloir prendre le contre-pied systématique de son géniteur. Dupré père avait vendu des renseignements aux Allemands pour survivre à la guerre. Gérard s'entoura donc de jeunes étudiants allemands qui vivaient de ses subsides. Dupré père avait volé de l'argent aux Américains après l'armistice. Gérard se mit donc à concevoir des logiciels destinés aux Américains, pour qu'eux-mêmes lui refilent leurs dollars. Etc. Tous ses actes ressemblaient à autant de défis contre son père.

Et puis brusquement, quelque chose était arrivé au plus jeune des Dupré. Après avoir quitté l'université, il se mit à collectionner les documents historiques. Ballon avait parlé avec plusieurs marchands d'autographes à qui Dupré avait acheté des manuscrits. Dupré semblait fasciné par la possibilité de détenir des lettres importantes rédigées par les grandes figures du passé.

Un des antiquaires avait même confié à l'officier de gendarmerie : « Gérard semblait avoir l'impression de regarder ainsi par-dessus l'épaule des grands hommes. De voir l'histoire dérouler ses fastes sous ses yeux. » Dupré avait ainsi acheté des documents de la Révolution française mais aussi des costumes d'époque, des armes, des souvenirs. Il détenait également des correspondances religieuses encore plus anciennes. Il avait même acheté des guillotines.

Un psychiatre travaillant pour la gendarmerie avait noté : « Il n'est pas rare de voir les individus déçus par le réel se refermer dans un cocon, en s'abritant derrière le paravent d'une autre réalité faite de lettres et de souvenirs.

– Et pourrait-il avoir envie de développer cette manie ? avait alors demandé Ballon.

– C'est tout à fait possible. Élargir ce havre, en définitive. »

Quand Dupré changea de patronyme pour se faire appeler Dominique, Ballon n'avait plus de doute : ce type commençait à se prendre pour un saint des temps modernes. Le saint patron de la France. À moins qu'il ne soit devenu fou. Ou les deux. Et quand, à la même époque, les Nouveaux Jacobins se mirent à terroriser les immigrés, Ballon ne douta guère qu'ils étaient les bras armés de la forteresse spirituelle de Dominique : une France aussi chaste et pure que celle rêvée jadis par les tout premiers jacobins.

La gendarmerie avait refusé de lancer une enquête officielle sur Dominique. Pas seulement parce qu'il était un homme puissant. Comme Ballon ne tarda pas à le découvrir, la gendarmerie n'était qu'à peine moins xénophobe que Dominique. La seule chose qui l'empêcha de démissionner était l'idée que la loi était censée servir la population. Dans son ensemble. Indépendamment des origines nationales ou de la religion. Fils d'une mère juive belge que sa famille avait déshéritée quand elle avait épousé son pauvre catholique français de père, Ballon savait quels ravages pouvait commettre la haine. S'il quittait la gendarmerie, les sectaires risquaient de gagner.

Malgré tout, tout en surveillant l'usine sur ses écrans, il se demandait s'ils n'avaient pas déjà remporté la partie.

Ballon passa ses doigts vigoureux contre sa joue. Il aimait bien la rudesse de papier de verre de son visage. C'était une forme de virilité qu'il ne ressentait nulle part ailleurs dans sa vie. Comment pouvait-on se sentir viril quand on restait planté à ne rien faire dans cette vieille piaule confinée ? Et qu'ils passaient leur temps à répéter la procédure en cas d'intervention sur place. Les mots de code : *bleu* pour l'attaque. *Rouge* pour rester sur place. *Jaune* pour le repli. *Blanc* : civils en danger. Les bip à la radio au cas où les dialogues en clair seraient risqués. Un top : en avant. Deux : stop. Trois : repli. Les procédures d'urgence. Il commençait à se demander si Dominique n'était pas au courant et ne faisait pas exprès de ne pas bouger pour mettre Ballon dans l'embarras et torpiller son enquête.

Ou est-ce que tu ne deviens pas tout simplement paranoïaque ?

Quand on restait aussi longtemps attelé à une tâche, n'importe laquelle, la paranoïa était inévitable, avait entendu dire Ballon. Il avait un jour filé un des hommes de Dominique, un employé de longue date nommé Jean-Michel Horne. Horne s'était rendu à une réunion en sifflotant et la première idée de Ballon avait été qu'il sifflait pour le mettre en rogne.

Il se massa la face avec plus de vigueur. *Et ça marche*, songea-t-il en se levant brusquement avec dégoût. Il se retint d'envoyer balader sa chaise dans une fenêtre à meneaux qui avait largement son âge.

Les autres hommes présents dans la pièce sursautèrent.

« Expliquez-moi, sergent…, lança Ballon. Expliquez-moi un peu pourquoi on ne pourrait pas donner l'assaut, tout simplement ? Descendre Dominique et en finir une bonne fois pour toutes !

– Honnêtement, je n'en sais rien, répondit le sergent Maurice Sainte-Marie, resté jusqu'ici assis près de lui. J'aimerais encore mieux mourir au combat que mourir d'ennui.

– Ce type, je le veux », grommela Ballon, ignorant son subordonné. Il serra le poing et le brandit vers le moniteur. Toute sa rage se concentrait dans ce poing. « C'est un cinglé, corrompu et vicieux qui cherche à corrompre et vicier la planète.

– Pas comme nous », observa le sergent Sainte-Marie.

Ballon le fusilla du regard. « Non, pas comme nous ! Qu'est-ce que ça veut dire ?

– Nous sommes des obsédés qui défendons les valeurs du monde libre, de sorte qu'il puisse continuer à engendrer de dangereux illuminés comme Dominique. Quel que soit le bout par où l'on prend le problème, il est insoluble.

– Seulement si l'on perd espoir », rétorqua Ballon. Il récupéra sa chaise, la reposa avec bruit, se rassit pesamment. « Je l'ai perdu durant un temps, mais il est toujours là. Ma mère a toujours espéré que sa famille lui pardonnerait un jour d'avoir épousé mon père. Cet espoir était dans toutes les cartes de vœux qu'elle leur envoyait.

– Lui ont-ils jamais pardonné ? » demanda le sergent Sainte-Marie.

Ballon le regarda. « Non. Mais c'est cet espoir qui a empêché ma mère de sombrer dans la dépression. L'espoir, plus l'amour qu'elle éprouvait pour mon père et moi, a su combler ce vide. » Il se retourna vers l'écran. « Ce même espoir, avec ma haine pour Dominique, qui m'empêche de sombrer dans la dépression à mon tour. Je finirai bien par l'avoir », conclut-il alors que le téléphone sonnait.

L'un des jeunes gendarmes décrocha. Une pastille de brouillage était fixée au micro – un de ces appareils qui mélangent hautes et basses fréquences à un bout de la ligne et les restituent à l'autre.

« Mon colonel, c'est encore un appel en provenance d'Amérique. »

Hurlement de Ballon. « Bon Dieu, je leur avais pourtant bien dit de ne répercuter aucun appel. C'est soit une saleté d'opportuniste qui cherche à nous doubler sur le fil, soit un saboteur qui cherche à nous retenir. En tout cas, dites-lui d'aller se faire voir.

– Bien, mon colonel.

– Maintenant, ils veulent bien m'aider. *Maintenant !* grommela Ballon. Où étaient-ils passés depuis dix-sept ans ?

– Peut-être que ce n'est pas ce que vous croyez, observa le sergent Sainte-Marie, circonspect.

– Quelles chances y a-t-il, selon vous ? rétorqua Ballon. Dominique a des sbires dans le monde entier. Mieux vaut rester isolé, à l'abri de la contamination.

– Entre soi… », ajouta Sainte-Marie.

Le colonel leva les yeux vers l'image vidéo de feuilles s'agitant lentement près du mur de l'antique forteresse aujourd'hui reconvertie en usine. Sainte-Marie n'avait pas tort. Ces quatre derniers jours avaient été totalement improductifs.

« Attendez ! » aboya Ballon.

Le soldat répercuta l'ordre au téléphone. Il regarda son supérieur, impassible.

Ballon se massa le visage. Il n'aurait la réponse qu'en acceptant de prendre l'appel. *Et qu'est-ce qui était le plus important ?* s'interrogea-t-il. *Mon orgueil ou la capture de Dominique ?*

« Je prends la communication. »

Il s'avança d'un pas décidé vers le téléphone, le bras tendu. Le sergent Sainte-Marie l'observa, ravi.

« Inutile de prendre cet air triomphant, grommela Ballon au passage. J'ai pris ma décision moi-même. Vous n'avez rien à y voir.

– Tout à fait, mon colonel », admit Sainte-Marie, néanmoins toujours aussi satisfait.

Ballon prit le combiné. « Ballon à l'appareil. Qu'est-ce que c'est ?

– Mon colonel, dit le standardiste. J'ai un appel téléphonique émanant du général Michael Rodgers, du Centre national de gestion de crises...

– Colonel Ballon, coupa le général, pardonnez-moi cette intrusion, mais j'ai besoin de vous parler.

– *Évidemment*, répondit Ballon en français.

– Parlez-vous anglais ? coupa Rodgers. Sinon, laissez-moi une minute que j'aille chercher un interprète...

– Je parle anglais, confirma le colonel, non sans réticence. Que se passe-t-il, général Rodgers ?

– Je crois savoir que vous essayez de pincer un ennemi commun.

– J'essaie, oui.

– Nous avons de bonnes raisons de croire, poursuivit Rodgers, qu'il s'apprête à mettre sur le réseau une série de logiciels informatiques susceptibles de contribuer au déclenchement d'émeutes dans un certain nombre de grandes villes du monde. Nous pensons qu'il a l'intention d'exploiter ces émeutes pour faire sombrer dans le chaos l'économie des principales nations d'Amérique et d'Europe. »

Ballon sentit sa bouche s'assécher. Cet homme était un don du ciel ou bien un envoyé de Satan. « Comment savez-vous une chose pareille ?

– Si nous ne le savions pas, le gouvernement couperait tous les crédits qu'il alloue à notre équipe. »

La réponse plut à Ballon. « Et les groupes terroristes ? Que savez-vous sur eux ? » demanda-t-il, espérant un tuyau inédit. N'importe lequel.

« Rien, avoua Rodgers. Mais nous le soupçonnons de collaborer étroitement avec plusieurs groupes néonazis installés en Amérique et à l'étranger. »

Ballon demeura quelques instants silencieux. Il ne lui faisait pas encore totalement confiance. « Vos informations sont intéressantes mais pas d'une utilité renversante. J'ai besoin d'indices concrets, moi. J'ai besoin de savoir ce qui se passe à l'intérieur de sa forteresse.

– Si c'est le problème, s'empressa de répondre Rodgers, je peux effectivement vous aider. Je vous appelais, colonel Ballon, pour vous proposer l'assistance du commandant de l'OTAN en Italie. Il s'agit du colonel Brett August et sa spécialité est...

– J'ai lu le livre blanc du colonel August, coupa Ballon. C'est un brillant spécialiste de la lutte antiterroriste.

– Et un ami personnel de longue date, compléta Rodgers. Il vous prêtera son concours si vous le lui demandez. Mais j'ai également du matériel en Allemagne que je m'en vais vous prêter.

– Quel genre de matériel ? » Ballon était de nouveau soupçonneux. Ce type ressemblait un peu trop à un

361

don du ciel. Un don du ciel auquel il serait incapable de résister. Un don du ciel qui pouvait fort bien être la marionnette de Dominique. Et qui pourrait déboucher sur un piège.

« C'est un nouveau type de détecteur à rayons X, expliqua Rodgers. Avec lequel mon technicien peut sans doute réaliser quasiment des miracles.

– Des rayons X…, répéta Ballon, dubitatif. Ça ne va guère m'aider. Je n'ai pas besoin de savoir où les gens se trouvent…

– Il pourrait aussi vous permettre de déchiffrer des documents, poursuivit Rodgers. Ou de lire sur les lèvres… »

Ballon était attentif mais toujours circonspect. « Général Michael Rodgers, comment puis-je être sûr que vous ne collaborez pas avec Dominique ?

– Parce que nous sommes au courant nous aussi des deux crimes qu'il a commis il y a vingt-cinq ans. Nous sommes au courant parce que nous connaissons l'individu qui l'accompagnait à l'époque. Je ne peux pas vous en dire plus – sinon que je veux voir Dominique traîné devant les tribunaux. »

Ballon regarda ses hommes, qui étaient tous en train de le fixer. « Surveillez les moniteurs, sacré nom d'une pipe ! » Ils obéirent. Ballon mourait d'envie de quitter cette piaule et de passer à l'action.

« Très bien, dit-il. Comment puis-je entrer en contact avec votre faiseur de miracles ?

– Restez où vous êtes. Je lui demande de vous rappeler. »

Ballon accepta et raccrocha. Puis il dit à Sainte-Marie de descendre avec trois hommes surveiller l'immeuble. S'ils avaient l'impression d'être épiés ou sur le point d'être encerclés, ils devaient aussitôt le prévenir par radio.

Mais Ballon avait le sentiment viscéral que ce général Rodgers était dans le bon camp, comme il avait le sentiment viscéral que Dominique était dans le mauvais.

J'espère juste que je ne me laisse pas trahir par mes sentiments, se dit-il, alors que Sainte-Marie sortait avec ses hommes tandis qu'il continuait d'attendre près du téléphone.

41.

Jeudi, 9 : 34, Studio City, Californie

Il se faisait appeler Streetcorna et fourguait les cas-settes audio entassées dans son sac à dos en peau de panthère. Tous les jours depuis plus d'un an, aux alen-tours de sept heures du matin, le jeune homme garait sa vieille Coccinelle au parking derrière les boutiques en bas de Laurel Canyon, à Studio City[1], pour gagner à pied Ventura Boulevard. Il marchait en traînant ses pieds chaussés de sandales de cuir noir, arpentant le bitume de ses longues jambes fines visibles sous son pagne soudanais de feuilles séchées. Le pagne était retenu par une sangle en peau de léopard. En dessous, il portait un tee-shirt noir frappé de l'inscription STREETCORNA RAP en lettres blanches. Son crâne était rasé sur les côtés, ne laissant qu'une grosse touffe au milieu, tressée en cône et traversée de baguettes de bois. Ses yeux étaient dissimulés par des verres enve-loppants. Les minuscules éclats de diamant enchâssés dans sa langue et ses narines luisaient de transpiration et de salive.

_____

1. À Hollywood, le quartier des studios de cinéma, au nord-ouest de Los Angeles *(N.d.T.)*.

Streetcorna ne se pressait jamais pour gagner son emplacement. Il tirait sur son joint en souriant, prêt à commencer sa journée de trafic et de danse. La fumée le détendait. Bientôt, il agita ses bras maigrichons et ses mains osseuses au rythme de la musique jouant dans sa tête. Ses cuisses enchaînèrent et, fermant les yeux, il se mit à taper lentement dans ses mains en avançant toujours.

Chaque jour, il trouvait un nouveau texte. Aujourd'hui, c'était : *Je tiens-je tiens-je tiens / je tiens ce qu'il me faut / dès que j'ai mon joint / et j'en ai jamais trop. Car l'herbe est ma combine / quand les keufs se radinent. / Et les keufs, ces salauds / sont toujours sur mon dos. / Si comme moi, t'es pas libre / Suis-moi, tu pourras vivre.*

Streetcorna s'arrêta au coin de la rue sans cesser de se déhancher. Il se libéra du sac à dos sans perdre le rythme, ouvrit la fermeture à glissière pour montrer les cassettes préenregistrées rangées à l'intérieur, mit en route un petit magnéto, puis continua sa démonstration. Il arrivait en général à fourguer cinq ou six cassettes par jour. À la confiance. Comme il était trop occupé pour s'arrêter de rapper, un petit écriteau en carton manuscrit demandait aux clients potentiels de déposer la somme de leur choix. La plupart laissaient cinq dollars, quelques-uns seulement un ou deux, d'autres allaient jusqu'à dix. Il se faisait en moyenne trente dollars par jour, de quoi se payer son herbe, son essence et sa bouffe.

Je tiens-je tiens-je tiens / je tiens....

Son plus bel exploit remontait au jour où on l'avait conduit aux studios, sur l'autre trottoir de Radford Avenue. Il avait été pris comme figurant dans un feuilleton, pour une scène de rue, ce qui lui avait rap-

365

porté de quoi s'enregistrer à l'avance quelques bandes. Auparavant, tout était pris en direct, dans la rue, sur le vif : l'acheteur d'une cassette de Streetcorna emportait une prise originale. À présent, il avait le choix.

Streetcorna pliait bagage en général à huit ou neuf heures du soir, quand le vidéoclub du bas de l'avenue avait loué tout ce qu'il devait louer, que le drugstore et la librairie avaient baissé leur rideau et que le trafic avait diminué. Il regagnait alors sa voiture, allait se garer dans une rue tranquille ou sur un parking de supermarché pour bouquiner à la lueur d'un réverbère ou d'une bougie.

Au dernier jour de sa vie, Streetcorna arriva à son poste à sept heures dix du matin. Il vendit une cassette, dix dollars, au cours des deux heures suivantes, alluma un joint à neuf heures quinze puis entama son rap : *Si je suis le dissident du District / c'est pasque je dissidanse à DC.*

Tandis qu'il rappait les yeux clos, deux jeunes types traversèrent Laurel Canyon. Grands, blonds, ils marchaient à pas lents tout en grignotant leur sandwich au pain pita. Ils étaient chaussés de tennis et portaient chacun un sac de gym. Arrivé à proximité de Streetcorna, le premier s'arrêta légèrement derrière lui sur la droite ; l'autre était légèrement sur sa gauche. Tandis que les badauds se hâtaient pour traverser avant que le feu ne repasse au vert, sans se presser, les deux hommes sortirent de leurs sacs des démonte-pneus et frappèrent violemment le jeune Noir, en visant les rotules.

Streetcorna s'effondra avec un hurlement. Ses lunettes noires se brisèrent quand son visage heurta le trottoir. Les passants commencèrent à ralentir le pas pour regarder le jeune homme qui hurlait toujours, replié en position fœtale. Mais avant qu'il ait pu se tourner pour regarder ses assaillants, les hommes levèrent de nouveau leurs barres de fer pour les abattre vicieusement contre sa tempe. La boîte crânienne céda au premier coup, éclaboussant de sang le bitume, mais les deux hommes le frappèrent encore chacun à deux reprises. Streetcorna fut secoué d'un spasme à chaque impact, puis il mourut.

« Mon Dieu ! s'exclama une jeune femme alors que l'horrible réalité de ce qui venait de se passer se propageait dans la foule. Mon Dieu ! cria-t-elle de nouveau, le visage blanc comme linge. Qu'avez-vous fait ? »

L'un des deux hommes se redressa, tandis que l'autre se baissait pour fouiller la victime.

« On lui a cloué son sale bec », répondit celui qui s'était relevé.

Près du drugstore, une vieille femme noire appuyée sur une canne usée s'écria : « Appelez la police ! À l'aide ! »

Le jeune homme la dévisagea, puis s'approcha d'elle. La foule s'ouvrit devant lui. La vieille femme eut un mouvement de recul mais garda son air de défi.

« Hé ! s'écria un Blanc d'âge mûr, venu s'interposer. Bas les pattes ! »

L'assaillant expédia son talon droit contre le cou-de-pied gauche de l'homme qui se plia en deux de douleur. La vieille dame recula contre la vitrine du drugstore.

Le jeune excité colla son visage au sien et dit : « Toi, tu vas fermer ta sale gueule.

– Pas tant que je respirerai l'air de l'Amérique », rétorqua-t-elle.

367

Avec un ricanement, le jeune lui introduisit dans la bouche l'extrémité de son démonte-pneus. Il n'eut aucun mal à la jeter à terre.

Il se pencha sur elle et la plaqua au sol.

« J'les ai ! » s'écria son complice en prenant les clefs dans la poche de Streetcorna. Il se releva.

L'assaillant recula négligemment, comme un joueur de tennis qui regagne son coin pour servir après un retour gagnant. Les deux hommes se retrouvèrent coude à coude mais déjà la foule se rassemblait en formant autour d'eux un cercle lâche mais menaçant.

« Ils ne peuvent pas nous avoir tous ! » s'écria quelqu'un.

L'homme qui tenait les clefs plongea la main dans son sac et en ressortit un Colt 45. « Tu veux vérifier ? »

La foule s'ouvrit moins qu'elle ne se dispersa. Les deux hommes la traversèrent pour remonter Laurel Canyon, ignorant les regards furieux des passants et les cris lancés dans leur dos. Ils trouvèrent la voiture de Streetcorna et montèrent dedans. Ils l'avaient repérée depuis le temps qu'ils surveillaient le rappeur. Tournant dans Laurel Canyon, ils se dirigèrent vers les collines de Hollywood. Sans être poursuivis, ils se fondirent rapidement dans la circulation.

La police arriva près de sept minutes plus tard, et l'on ordonna aussitôt une recherche par hélicoptère. L'hélico localisa la voiture garée près de l'intersection de Coldwater Canyon et de Mulholland Drive. Elle était abandonnée, intacte. Les pompiers de la caserne au sommet de la colline se souvenaient d'avoir remarqué une autre voiture garée, moteur au ralenti, au bord de la route, mais personne ne put se rappeler sa marque ni la tête du chauffeur. Personne n'avait vu arriver la Volkswagen ou repartir l'autre véhicule.

Quand la police confisqua le sac de Streetcorna, il ne contenait aucune cassette, juste quatre cents dollars et de la menue monnaie.

42.

Jeudi, 18 : 41, Hambourg, Allemagne

Paul Hood arriva au bureau de Hausen, suivi comme son ombre par Nancy. Elle entra, hésitante, comme ne sachant trop si elle allait y rencontrer des amis ou des ennemis. En fait, elle rencontra surtout des gens totalement absorbés par leurs préoccupations.

Hausen parlait sur son téléphone cellulaire près de la réception. Il avait à l'évidence jugé que la sécurité des lignes de son immeuble n'était plus garantie. Le cellulaire n'était pas crypté mais au moins n'avait-il pas à se soucier d'être entendu par l'ennemi.

Assis à l'angle du bureau, Lang toisait Hausen, les lèvres pincées. Matt Stoll était toujours installé devant l'ordinateur du dirigeant allemand, dans le bureau principal.

Hausen s'entretenait sur un ton énergique, dans sa langue maternelle, avec un certain Erwin. Les inflexions de la langue allemande avaient toujours paru dures aux oreilles de Hood, mais le ton de cette conversation l'était tout particulièrement. Du reste, Hausen n'avait pas l'air ravi.

Lang se porta à leur rencontre. Hood le présenta à Nancy. « Voici Nancy Jo Bosworth. Elle travaille chez

Demain. » Alors même qu'il prononçait ces mots, il avait du mal à croire qu'ils sortaient de sa bouche. Fallait-il qu'il ait été fou pour être revenu la chercher. Réellement, incurablement fou.

« Je vois, fit Lang avec un sourire poli, un peu pincé.

– Je ne suis pas une amie de Dominique, s'empressa de préciser la jeune femme. Je ne le connais même pas.

– Peu de gens le connaissent, apparemment », nota Lang, toujours avec ce même sourire crispé.

Hood s'excusa pour aller présenter Nancy à Stoll. Puis il les laissa ensemble et retourna dans le bureau d'accueil.

« Que fait Herr Hausen ? demanda-t-il à Lang.

– Il discute avec l'ambassadeur de France à Berlin pour qu'il l'aide à se rendre immédiatement en France afin d'enquêter sur ce jeu et son créateur. Herr Hausen désire une confrontation avec ce fameux Dominique, en présence des autorités françaises. » Lang s'approcha. « Il a bien essayé de contacter Dominique mais n'a pas pu l'avoir. Toute cette histoire paraît l'avoir fortement secoué. Comme si ces crimes haineux le touchaient d'une manière toute personnelle.

– Et comment ça s'est passé avec l'ambassadeur ? demanda Hood.

– Pas bien du tout, admit Lang. Il semblerait que Dominique ait une forte influence de l'autre côté du Rhin. Il contrôle des banques, plusieurs industries et un nombre incroyable d'hommes politiques. »

Hood gratifia Hausen d'un bref regard de sympathie avant de regagner le bureau principal. Il connaissait la difficulté qu'il y avait à faire bouger le système à Washington. Il ne voulait même pas imaginer les obstacles juridiques qui devaient exister entre deux pays voisins. Surtout quand, comme ces deux-là, ils partageaient un passé de solide haine réciproque.

Il revint aux côtés de Nancy. La jeune femme regardait Stoll en train de guider des chiens à travers des marais. L'animation était particulièrement réaliste. Mais il avait du mal à se concentrer sur le jeu.

« Alors, Matt, ça avance ? »

Stoll pressa la touche « P » pour mettre le jeu en pause. Il se retourna, les sourcils arqués. « C'est vraiment dégueulasse, chef. Les trucs que les personnages font subir à leurs victimes, avec des cordes, des couteaux, des chiens… c'est à peine croyable. Vous pourrez le constater *de visu* tout à l'heure. J'ai raccordé le magnétoscope sur la sortie vidéo et je suis en train de terminer une partie. Ensuite, je me repasserai la bande au ralenti pour vérifier qu'il n'y a pas de messages subliminaux ou des indices qui m'auraient échappé.

– Je suppose qu'il s'agit du jeu reçu par Herr Hausen, intervint Nancy.

– Ouaip », dit Stoll en relâchant la touche « pause ». Presque aussitôt, l'un des chiens qu'il contrôlait tomba dans les sables mouvants où il s'enfonça lentement.

« Et merde ! s'écria-t-il. Vous voyez : ça marchait très bien quand j'étais tout seul…

– Vous n'avez qu'à l'éliminer », dit Nancy. Elle se pencha par-dessus son épaule et pressa la flèche « bas » du curseur.

« Hé là ? Mais qu'est-ce que vous faites ? Venez pas foutre le bordel dans ma partie…

– Il y a un truc qui vous a échappé, insista Nancy.

– Comment ça ? »

Elle tenait toujours la touche enfoncée et le chien glissa à travers les sables mouvants pour émerger dans une caverne souterraine. Puis en jouant des flèches « gauche » et « droite », elle récupéra les souvenirs nazis entreposés dans la grotte, accumulant les points.

Hood s'était approché. « Comment savais-tu que tous ces objets étaient là ?

– C'est l'adaptation d'un jeu que j'ai créé, intitulé "Le monstre du marais", répondit Nancy. Les écrans sont les mêmes – les fonds, les éléments de décor, les pièges. Mais personnages et scénario sont différents. Dans le mien, il s'agit d'un monstre qui fuit des villageois en colère. De toute évidence, l'histoire a changé du tout au tout.

– Mais c'est incontestablement ton jeu, nota Hood.

– Tout à fait. » Elle rendit la main à Stoll. « Sortez en rampant par la buse d'évacuation sur la gauche.

– Merci », grommela Stoll en poursuivant la partie.

Hood s'éloigna. Il résista à l'envie de prendre Nancy par la main et de l'entraîner avec lui. Mais il avait remarqué le regard de Stoll quand ils s'étaient retirés dans leur coin. Nonobstant sa qualité et son excellent niveau de sécurité, l'Op-Center n'était pas différent des autres services : les bavardages allaient bon train. Ses hommes étaient capables de garder des secrets d'État, mais l'expression « secrets personnels » était presque un oxymore.

Nancy le suivit volontiers. Hood n'avait pas de mal à lire dans ses yeux de l'inquiétude, de l'amour mais aussi une vague déception.

« Paul, dit-elle d'une voix douce, je sais que j'ai fait des conneries par le passé, mais là, je n'y suis pour rien. Des tas de gens auraient pu effectuer ces modifications.

– Tu veux dire des gens parmi les intimes de Dominique ? »

Nancy acquiesça.

« Je te crois, dit Hood. La question demeure : qu'est-ce qu'on peut y faire ? » Son téléphone cellulaire se mit à biper. Il s'excusa : « Allô ?

– Paul, c'est Darrell. Pouvez-vous parler ? »

Hood répondit par l'affirmative.

McCaskey poursuivit : « J'ai vu Liz et Mike, et on dirait bien que le zigue qui vous intéresse est la haine personnifiée. Et qu'il est assez influent pour éviter l'arrestation.

– Expliquez-vous.

– Il semble qu'il se serve d'un réseau de banques pour blanchir de l'argent sale et financer des groupes racistes dans le monde entier. Les flics lui tournent autour sans jamais réussir à le pincer. En attendant, lui, il semblerait qu'il s'apprête à lancer un nouveau type de joystick qui donne au joueur l'impression que ce qu'il voit à l'écran est la réalité.

– Je suppose que cette manette sera compatible avec les jeux qu'il diffuse…

– Évidemment. Mais notre problème immédiat est tout autre. L'arrestation ce matin de ce groupe de militants de Pure Nation pourrait être le résultat d'un coup monté. Comme si, avec la diffusion de ces jeux, il s'agissait d'un plan d'ensemble destiné à transformer les villes américaines en zones de guerre raciale. Là non plus, nous n'avons pas de preuves formelles. Juste quelques liens ténus, de vagues intuitions.

– En général, nos intuitions se vérifient, nota Hood. L'opération serait-elle déjà programmée ?

– Difficile à dire. Les médias n'en ont que pour Pure Nation et nous pensons qu'ils vont profiter de cette tribune.

– Un peu, qu'ils vont en profiter.

– Les jeux sont également sur le point d'être lancés. S'il s'agit d'un effort coordonné, son auteur ne va pas vouloir laisser retomber la psychose. Avec deux attaques contre les Noirs et les minorités, on ne met pas seulement le feu aux poudres, on risque de tout faire sauter. Je viens d'avoir mes collègues du FBI. Nous sommes tombés d'accord pour estimer que dans le pire des scénarios, les émeutes pourraient éclater d'ici quelques jours, voire quelques heures. »

Hood ne se fatigua pas à demander comment un seul homme d'affaires étranger avait été capable de provoquer, à l'insu de tout le monde, une telle accumulation de « mauvaises nouvelles » pour reprendre la litote de Rodgers. Il connaissait la réponse : Dominique avait les fonds, la liberté de manœuvre et la patience nécessaires. Rien qu'avec des fonds et de la patience, la secte japonaise Aum Shinrikyo avait pu, de 1987 à 1995, agir depuis un bureau new-yorkais, et acheter tout un tas d'équipement, allant du matériel informatique à un détecteur laser capable de mesurer le plutonium, en passant par plusieurs tonnes d'acier pour confectionner des couteaux. Tout cela devait servir à déclencher une guerre entre le Japon et les États-Unis. Bien qu'une telle éventualité eût été peu probable, on aurait fort bien pu assister à la destruction nucléaire d'une ville américaine, si les agents de la Commission d'enquête du Sénat, travaillant de concert avec la CIA et le FBI, n'avaient pas réussi à infiltrer la secte et à en arrêter les membres.

« Quelles chances avez-vous de les stopper de votre côté ? demanda Hood.

– Tant qu'on continuera d'ignorer l'ampleur des ambitions du bonhomme ou du moins ses cibles précises, difficile à dire.

– Mais vous pensez – vous pressentez – que tout ceci pourrait être l'œuvre d'un seul homme ?

– En tout cas, c'est l'impression que ça donne, vu d'ici.

– Donc, si on parvenait à l'interpeller, termina Hood, on devrait interrompre tout le processus…

– C'est concevable. Du moins, c'est ce qui me semble.

– On va travailler là-dessus. En attendant, quelqu'un a-t-il eu des nouvelles de Bob ?

– En fait, euh… oui. »

L'hésitation de McCaskey ne lui dit rien qui vaille. « Qu'est-ce qu'il fabrique ? »

McCaskey l'expliqua et Hood écouta, culpabilisant à mort d'avoir ainsi laissé son agent se débrouiller seul. Partir en fauteuil d'infirme traquer au milieu des bois toute une tripotée de néo-nazis, quelle idiotie ! Puis la colère le prit. L'Op-Center avait perdu le soldat Bass Moore en Corée et le lieutenant-colonel Charlie Squires en Russie[1]. Herbert aurait bien dû se rendre compte que si jamais il lui arrivait quoi que ce soit, le Congrès ne manquerait pas d'enchaîner l'ensemble du service derrière un bureau. Herbert n'avait pas le droit de compromettre ainsi toute l'organisation. Et puis, Hood ressentit une bouffée d'orgueil. Herbert avait ce comportement caractéristique des Améri-

---

1. Voir *Op-Center I* et *Op-Center II. Le miroir moscovite, op. cit.*

cains : il luttait contre l'injustice, sans s'occuper de savoir qui en était victime.

Mais que son combat soit ou non justifié, Herbert agissait presque en franc-tireur : un agent du gouvernement américain pourchassant des néo-nazis sur le sol allemand. Qu'il enfreigne la loi ou soit simplement découvert, et les néo-nazis feraient monter la sauce comme s'ils étaient persécutés, bâillonnés. Cela déclencherait une avalanche de critiques qui balaierait l'Op-Center, le gouvernement de Washington et le vice-ministre Hausen.

Et puis, bien sûr, il y avait toujours le risque que les néo-nazis choisissent d'éliminer Herbert. Les occupants de la fourgonnette ignoraient peut-être son identité. Mais même s'ils la connaissaient, les extrémistes ne recherchaient pas tous la publicité. Certains se contentaient d'éliminer leurs adversaires.

S'il avait pensé qu'Herbert était à l'écoute, Hood lui aurait ordonné de regagner son hôtel. Et s'il n'y avait pas eu deux gros « si », il aurait même été jusqu'à demander à Hausen d'envoyer des hommes le récupérer : s'il pouvait encore se fier à ses services de sécurité, ce qui n'était plus le cas. Et s'il n'avait pas redouté qu'ils viennent mettre les pieds dans le plat et ne déclenchent eux-mêmes une crise.

« Est-ce que Viens observe Herbert ?

– Malheureusement, non, répondit McCaskey. Steve n'avait qu'un seul satellite au-dessus de la région et il n'a pas pu le mobiliser. En fait, il a même dû réquisitionner Larry pour pouvoir fournir à Bob une partie des éléments dont il avait besoin.

– Remerciez-le de ma part. » Hood était sincère,

même s'il pestait intérieurement. Mais voilà, il allait devoir laisser faire jusqu'au bout, avec simplement l'espoir que Herbert garderait l'anonymat et s'en tirerait sain et sauf.

« Paul, intervint alors McCaskey, ne quittez pas… Je reçois un appel prioritaire… »

Hood attendit. Il entendait le son de CNN au bout du fil. On parlait de la mort d'une célébrité à Atlanta. Hood ne put saisir que quelques mots avant que McCaskey ne revienne au bout du fil.

« Paul, Mike est également en ligne. Il se pourrait qu'on ait un problème.

– Quel genre ?

– Je viens d'avoir des nouvelles de Don Worby, mon contact au FBI. Ils viennent d'être informés que cinq Noirs se sont fait tuer par des Blancs. Les meurtres ont été perpétrés au même moment dans cinq villes différentes : New York, Los Angeles, La Nouvelle-Orléans, Baltimore et Atlanta. Chaque fois, deux à quatre jeunes Blancs ont agressé un jeune rappeur noir. À Atlanta, ils ont abattu Sweet T., la chanteuse de rap numéro un, au moment où elle sortait de chez elle.

– C'est ce que j'avais cru entendre…

– Où ça ? demanda McCaskey.

– Sur CNN.

– Ah, les cons. Peut-être qu'on devrait leur emprunter du personnel… »

Rodgers prit alors la communication et dit d'une voix sombre : « Est-ce que vous vous rendez compte de ce à quoi nous sommes confrontés ? Ces attaques sont la version moderne de la Nuit de cristal. »

Hood n'avait pas fait le rapport mais Rodgers avait raison. Les agressions étaient identiques à la *Kristall-*

nacht des nazis, quand la Gestapo avait orchestré des actes de vandalisme contre les synagogues, les cimetières, les hôpitaux, les écoles, les domiciles et les commerces juifs dans toute l'Allemagne. Trente mille juifs avaient également été arrêtés et conduits pour la première fois dans des camps de concentration comme Dachau, Sachsenhausen et Buchenwald.

Les attaques étaient identiques, songea Hood, *pourtant, il y a une différence...*

« Non, lança-t-il soudain avec inquiétude. Ce n'était pas une nouvelle Nuit de cristal. Seulement un prélude.

— Comment ça ? demanda Rodgers.

— Les néo-nazis ont tué des rappeurs. Cela va mettre en rage les *gangstas* et leurs inconditionnels. Ils vont s'en prendre aux Blancs, dont déjà un bon nombre n'apprécient pas le rap, et vous allez vous retrouver avec de nouveaux incidents raciaux, des émeutes et des quartiers entiers livrés aux flammes. C'est à ce moment seulement que les néo-nazis vont intervenir. Quand l'Amérique blanche sera lasse de voir qu'on se contente de contenir les émeutiers au lieu de les attaquer. Quand on ne procédera pas à suffisamment d'arrestations. Quand les médias montreront à l'envi des extrémistes noirs réclamer le sang des Blancs. C'est à ce moment-là que la nouvelle Nuit de cristal, l'attaque armée, coordonnée, débutera vraiment.

— Mais quel profit en tireront les néo-nazis ? Ils ne peuvent pas enfreindre la loi, puis se présenter aux élections.

— Les plus présentables, si, objecta Hood. Ceux qui ont pris leurs distances avec les malfrats sans pour autant renier l'intolérance qui les fait agir. »

Le plan se tenait, et plus Hood y réfléchissait, plus il lui paraissait éclatant de simplicité. Il songea à sa propre fille, Harleigh, dont l'éclectisme en matière de goûts musicaux incluait le rap. Hood était pour la liberté d'expression, mais il tenait à écouter tous les albums portant un autocollant d'*avertissement parental* – non pas pour les censurer mais pour en discuter. Les textes étaient parfois passablement brutaux, et dans son for intérieur, il devait bien admettre qu'il ne verrait pas d'inconvénient à voir certains rappeurs se reconvertir dans un autre métier. Et il se considérait comme un libéral. D'après ses discussions avec d'autres parents au collège et à l'église, il savait qu'ils avaient des sentiments beaucoup plus affirmés. Si les Noirs se mettaient à venger les rappeurs assassinés, il avait le sentiment que la petite-bourgeoisie blanche pencherait plutôt vers leurs assassins, qui ne manqueraient sans doute pas de clamer qu'ils avaient entrepris des actions préventives. Et les représailles des Noirs ne feraient que légitimer ces prétentions. Cela pourrait déclencher des émeutes ; comme on demanderait à la police une certaine retenue, les néo-nazis auraient tôt fait de devenir les anges exterminateurs des Blancs. En attendant de se présenter en vainqueurs potentiels des prochaines élections.

Moins de cinquante-cinq ans après la mort de Hitler, ces monstres pourraient de fait devenir une force politique aux États-Unis...

« Des rêves d'harmonie brisés à la place de vitrines brisées..., songea Hood. Quel cauchemar.

– Paul, on peut encore les arrêter. On peut dénoncer publiquement la machination de Dominique. Les gens verront bien qu'ils se sont fait manipuler.

– Si vous pouvez me dire comment je peux mettre la main sur lui, j'en serais ravi.

– Il y a peut-être un moyen, dit Rodgers. Je viens de parler avec le colonel Bernard Ballon, détaché auprès du GIGN, le Groupe d'intervention de la gendarmerie nationale française. Il se trouve en ce moment à Toulouse et il traque le même gibier que nous, quoique pour des raisons différentes.

– Différentes en quoi ? » demanda Hood alors que Hausen pénétrait dans le bureau. L'Allemand semblait désemparé.

Rodgers expliqua : « Ballon pense que Gérard Dominique est le chef d'un groupe de terroristes français qui se font appeler les Nouveaux Jacobins. Leurs actions contre les immigrés collent sans aucun doute avec ce que nous savons du personnage.

– Et comment le colonel compte-t-il neutraliser Dominique ? »

Hood vit le regard de Hausen se poser sur Nancy avant de revenir se fixer sur lui.

« Nous n'en avons pas discuté, répondit Rodgers. Selon la version officielle, à ce que j'ai cru comprendre, il serait censé les arrêter, lui et sa bande. Mais compte tenu de la fortune et de l'influence politique de Dominique, il est évident que Ballon redoute qu'il s'en tire.

– Pas forcément », objecta Hood. Il continuait d'observer Hausen tout en repensant au meurtre des deux filles. « Et la version… officieuse ?

– À l'issue de notre entretien, j'ai cru comprendre que Ballon ne verrait pas d'inconvénient à ce que l'autre dévale par accident une volée de marches en béton…

« – J'ai comme dans l'idée, Mike, que vous avez trouvé un moyen de le faire collaborer avec nous.

– Rien qu'un, admit Rodgers. Il a besoin d'informations précises et ce ne sont pas des photos-satellite qui vont l'aider…

– N'en dites pas plus. » Hood reluqua le sac à dos de Matt Stoll, si inoffensif en apparence. « Comment puis-je contacter le colonel Ballon ? »

Tout en recopiant le numéro de téléphone, il ne cessait d'observer Hausen. Il avait déjà vu l'Allemand devenir nerveux, mais à présent ses traits révélaient autre chose. C'était comme si le vernis d'un quart de siècle s'était soudain craquelé pour mettre à nu toute sa haine. Hood demanda à Rodgers de le tenir au courant de la situation, puis il rappela à McCaskey de l'informer des faits et gestes de Dominique. Puis il raccrocha et regarda Hausen.

« Comment vous en êtes-vous tiré ?

– Pas trop bien, avoua Hausen. L'ambassadeur de France me "fera savoir" si nous pouvons nous rendre dans son pays. Ce qui, en termes diplomatiques, peut se traduire par : allez vous faire foutre. » Il fixa l'Américain. « C'est quoi, cette histoire avec Dominique ? »

Hood expliqua : « Il y a, à Toulouse, un officier de la gendarmerie nationale qui brûle d'avoir la tête de Dominique. » Il regarda Nancy. « Désolé, mais c'est comme ça. »

Elle pinça la bouche, l'air triste. « Je comprends. Mais je crois que je ferais mieux d'y aller. »

Elle fit mine de partir. Hood s'avança et lui agrippa la main.

« Nancy, ne retourne pas là-bas. »

– Pourquoi ? Tu crois peut-être que j'ai besoin d'une protection rapprochée pour me tirer de ce merdier ? »

Hausen se tourna vers Stoll et Lang ; il tenait à en savoir plus sur ce jeu.

Hood attira la jeune femme vers le fond du bureau. « Ce genre de merdier, oui. Si Ballon intervient, tout le personnel de Demain sera soumis à une enquête serrée. Qui pourrait remonter très loin.

– Il y a prescription.

– Certes, mais même sans poursuites judiciaires, songe aux listes noires. Quelle entreprise voudra engager quelqu'un qu'on soupçonne d'espionnage industriel, de détournement ou d'implication dans un délit d'initié ?

– Une entreprise du genre de Demain », répondit-elle.

Hood se rapprocha. Il la retenait toujours mais son étreinte se relâcha. C'était désormais la main d'une femme qu'il tenait, pas celle d'une prisonnière. « Il n'y a pas des masses de sociétés comme Demain, observat-il, Dieu merci. Ce qu'elles font est répréhensible. Et quoi qu'il advienne, tu ne dois pas y retourner.

– Toutes les grosses boîtes ont plus ou moins leurs démons...

– Pas à cette échelle. Si jamais cette boîte de Pandore doit s'ouvrir, ce sont des centaines, peut-être des milliers de gens qui mourront. La face du monde en sera changée, et pas pour le mieux. »

Même si son regard était partagé entre tristesse et défi, sa main ne se retira pas. Hood avait envie de l'embrasser, de la protéger, de l'aimer. Et puis il se demanda : *De quel droit puis-je parler d'immoralité ?*

« Donc, reprit-elle, tu ne veux pas que je retourne là-bas. Et tu veux également que je vous aide à traîner Dominique devant les tribunaux. »

Sans cesser de tenir sa main et en la regardant droit dans les yeux, Hood répondit d'une voix calme : « Tout à fait. »

Le ton doux, nostalgique qu'il avait adopté la frappa presque autant que la fermeté du propos. Il sentit sa main le serrer plus fort. Il répondit à son étreinte.

« Même si vous arrivez à l'appréhender, Dominique aura droit à une justice de riches, observa Nancy. Pots-de-vin et compagnie…

– Dominique ne pourra pas éternellement monnayer sa liberté, promit Hood.

– Et moi, dans tout ça ? Où va-t-on quand on a vendu la mèche ?

– Je t'aiderai quand tout ceci sera fini. Je veillerai à ce que tu retrouves du boulot.

– Eh bien, mince alors ! T'as pas encore compris que ce n'est pas vraiment ce que j'attends de toi, Paul ? »

Elle se tourna à demi, baissa les yeux, passa la langue sur sa lèvre supérieure. Hood lui tenait toujours la main. Il ne savait pas quoi dire, pour ne pas lui donner de faux espoirs.

Au bout d'un moment, elle le regarda de nouveau : « Bien sûr que je vais t'aider. Quoi que tu puisses me demander.

– Merci.

– De rien. À quoi sinon serviraient les ex-fiancées ? »

Hood lui caressa la joue, puis récupéra le bloc-notes sur lequel il avait inscrit le numéro du colonel Ballon. Sans regarder Nancy, il composa le numéro. Le désir qui brûlait dans ses yeux lui aurait donné la réponse qu'elle attendait, et c'était une réponse qui ne leur aurait rien apporté de bon.

43.

Jeudi, 18 : 44, Wunstorf, Allemagne

Le craquement qu'entendit Bob Herbert ne provenait pas du pistolet. Il le savait car la balle aurait atteint et détruit son cerveau avant même que le bruit de la détonation ne parvienne jusqu'à lui.

Il réalisa du reste que le son venait du dessus.

La branche dégringola pesamment à travers les frondaisons. Malgré un brusque écart, le flic allemand ne put éviter la jeune femme qui la suivait de près. Elle s'abattit sur lui, les jetant tous les deux au sol. Mais ayant atterri au-dessus, elle fut la première à se relever. Il avait toutefois réussi à garder son arme à la main, aussi lui écrasa-t-elle le poignet pour s'en emparer.

« Tenez ! » dit-elle en la fourrant dans les mains de Herbert.

Il visa la tête du flic. Quand l'autre ne fit plus mine de bouger, Herbert se retourna vers la jeune fille. Elle chancelait sur sa gauche, visiblement ébranlée par sa chute.

« Jody Thompson ? » demanda Herbert.

Elle hocha deux fois la tête. Elle suffoquait presque.

« Je m'appelle Herbert. Je travaille pour le gouvernement américain. Je tiens à vous remercier pour ce que vous venez de faire. »

D'une voix hachée, elle répondit : « Ce n'est pas… ce n'est pas la première fois… qu'un type me fait tomber. »

Il sourit. « J'imagine que vous ne passez quand même pas votre temps à tomber des arbres…

— Non. Je marchais et je me suis perdue. Je suis montée dans un arbre et je me suis assoupie. Quand je vous ai entendus, ça m'a réveillée, et là, j'ai vu ce qu'il allait faire.

— Une chance que vous ayez le sommeil léger. Bon, je pense qu'on ferait mieux de s'assurer que notre compagnon de jeux est bien…

— *Attention !* » s'exclama Jody.

Même s'il n'avait pas tourné le dos au flic, Herbert avait commis l'erreur de regarder la fille et l'Allemand s'était relevé d'un bond avant qu'il ait eu le temps de faire feu. L'autre plongea pour récupérer son arme. Le fauteuil roulant bascula en arrière avec les deux hommes, tandis que quatre mains tentaient de s'emparer du pistolet.

Herbert l'avait perdu dans la lutte et il décida de ne pas chercher à le récupérer. Étendu sur le dos, le policier juché sur lui, il glissa la main sous l'accoudoir droit et sortit le court poignard de son étui. Jody avait sauté sur le flic, le tirant par sa pèlerine. Dans le même temps, Herbert referma les doigts autour du manche qui tenait juste dans sa paume. La lame de dix centimètres de l'Urban Skinner dépassait de son poing droit.

L'agent de police continuait à tâtonner autour du fauteuil et de son occupant. Tandis que Jody, sans cesser de hurler, s'agrippait à l'Allemand, la main gauche de Herbert jaillit, l'agrippant par les cheveux pour maintenir relevée la tête de son adversaire. Puis il enfonça le poignard dans la peau tendre sous le menton, sectionnant les veines jugulaires interne et externe. Le trapèze, à l'extérieur du cou, empêchait le couteau de ressortir.

L'Allemand cessa de chercher l'arme mais n'en continua pas moins de se débattre. Il voulait extraire le couteau de sa gorge mais avec Herbert qui lui tirait la tête vers le bas tout en pressant sur la lame, c'était impossible. Herbert ne voulait pas qu'il ouvre la bouche pour crier. Il ne voulait pas non plus que Jody, toujours juchée sur lui, puisse distinguer son visage ou sa blessure.

L'Allemand contempla, dans un brouillard de souffrance et de stupéfaction, la terre en dessous d'eux en train de virer au rouge. Il tenta faiblement, comme un bébé, de marteler des poings Herbert, puis il cracha du sang et s'effondra, inerte, sur le torse de l'Américain.

Ce coup-ci, Herbert le savait, il ne se relèverait plus. Quand son agresseur eut enfin cessé de bouger, il dit à Jody de reculer et de se retourner.

« Vous êtes sûr?

– J'en suis sûr », répondit-il.

Elle se releva, chancelante, et dès qu'elle eut reculé de quelques pas, Herbert repoussa l'Allemand sur le côté. Le chef du renseignement se dégagea tant bien que mal de sous la chaise. Puis il nettoya sa lame sur la pèlerine du flic avant de la rengainer.

« Tout va bien, Jody? »

Elle acquiesça. « Il est mort?

– Oui, confirma Herbert. Je suis désolé. »

Elle hocha de nouveau la tête avec détermination.

Il attendit un moment avant de poursuivre : « Si vous m'aidiez à remonter dans mon fauteuil, on pourrait filer d'ici... »

Ce qu'elle fit. Tout en le relevant à grand-peine, elle commença : « Monsieur Herbert...

– Bob.

– Bob, répéta Jody, qu'avez-vous comme renseignements sur les types qui ont essayé de me tuer ? »

Herbert repensa aux vues satellitaires du secteur. « Je crois qu'ils se trouvent au bord d'un lac, au nord d'ici.

– Loin ?

– Deux-trois kilomètres. » Il saisit son téléphone. « Je vais prévenir mes supérieurs que je vous ai retrouvée, vous conduire à Hambourg et vous mettre dans un avion pour les États-Unis.

– Je n'ai pas envie de repartir tout de suite.

– Pourquoi ? Vous êtes fatiguée ? Blessée ? Vous avez faim ? Je n'ai rien à manger...

– Non, ce n'est pas ça, expliqua Jody. Pendant que j'étais perchée dans mon arbre, j'ai eu tout loisir de me rendre compte à quel point je les haïssais.

– Moi de même. C'est à cause d'individus dans leur genre que j'ai perdu mes jambes et ma femme, pour des raisons qui n'ont plus guère d'importance aujourd'hui.

– Et, poursuivit Jody, je me disais que si j'ai survécu, c'est peut-être pour une raison.

– Certainement : pour rentrer chez vous et retrouver votre famille.

– Si c'est vrai, alors je rentrerai. Mais seulement un

peu plus tard. Je veux d'abord faire quelque chose pour enrayer ce qui se passe ici.

– Bien, dit Herbert. Quand vous serez de retour aux États-Unis, vendez les droits cinématographiques de votre histoire. Je parle sérieusement. Que les gens sachent une bonne fois pour toutes ce qui se passe dans la réalité. Arrangez-vous simplement pour que ce soit Tom Selleck qui joue mon rôle, d'accord ? Et pour garder un droit de regard sur le scénario. Sinon, ils vont y foutre le merdier.

– J'ai fait une école de cinéma, répondit Jody. Et jusqu'à présent, on n'a pas encore eu de morceau de bravoure. »

Grimace de Herbert. « Foutaises », dit-il, et il écarta les doigts, comme pour détourer une manchette de journal : « "Une gamine de Long Island aide un agent fédéral à tuer un flic allemand néo-nazi." Si vous ne trouvez pas que ça fait un putain de morceau de bravoure...

– Non, rétorqua-t-elle. Je verrais plutôt : "Une jeune Américaine fait la fierté de son grand-père en se battant contre ses ennemis d'antan." C'est plus profond, moins sensationnel.

– Vous êtes vraiment cinglée, dit Herbert tout en se mettant à composer un numéro. Comme on disait à Beyrouth : "Du cran, mais pas de recul."

– Parfois, il faut faire ce qu'on ressent, sans réfléchir plus avant. » Jody se dirigea vers le cadavre du flic. Elle récupéra son arme et l'essuya sur son jean.

« Posez ça, dit Herbert. Inutile qu'un coup parte par accident et nous attire des renforts. »

Jody examina le pistolet. « On utilisait un P38 identique dans le film. Même que l'accessoiriste m'avait montré comment m'en servir.

– Bravo pour lui. Vous avez déjà tiré avec ? »

Elle opina. « J'ai touché un rondin à dix mètres.

– Pas mal. Mais il vous reste encore deux choses à savoir : Primo, c'est un P5, pas un P1, qui est le nom officiel du Walther P38 que vous avez utilisé. Ce sont deux 9 × 19mm, et on peut effectivement les confondre. Deuzio, les rondins tirent assez mal. Les adversaires vivants sont nettement plus doués. »

Herbert termina de composer son numéro et attendit. Jody pinça les lèvres et s'approcha. Elle pressa la touche de déconnexion.

« Eh ! ôtez votre doigt de là !

– Merci pour votre aide, monsieur Herbert – Bob – mais je m'en vais.

– Non, vous ne bougez pas d'ici. Ces bois doivent être truffés de quelques centaines de militants psychopathes, et vous ne savez pas de quoi ils sont capables.

– Je crois que si.

– *Oh que non !* hurla-t-il. La femme qui vous a capturée s'appelait Karin Doring. Est-ce que vous savez pourquoi elle ne vous a pas tuée ? Par égard pour une autre femme.

– Je sais. Elle me l'a dit.

– Elle ne refera pas cette erreur. Quant aux gorilles sous ses ordres, ils ne la feront pas du tout. Merde, vous ne réussirez même pas à franchir le barrage des sentinelles.

– Je trouverai bien un moyen. Je sais me faufiler.

– À supposer même que ce soit le cas, que les sentinelles soient naïves, ou miros, ou les deux, qu'est-ce que vous comptez faire une fois dans la place ? Tuer Karin ?

– Non. Je n'ai pas envie de lui ressembler. Je veux juste qu'elle me voie. Qu'elle voie que je suis en vie et que je n'ai pas peur. Elle m'a laissée sans rien dans la caravane. Sans espoir, sans fierté. Je veux les retrouver.

– Mais vous les avez !

– Qu'est-ce que vous voyez en ce moment ? demanda Jody. Ce n'est pas de l'orgueil, c'est de la honte. La peur d'avoir honte. La peur d'être trop effrayée pour oser la regarder en face. J'ai besoin de mordre l'oreille de mon bourreau. »

Stupeur de Herbert. « Je vous demande pardon ? »

– C'est un truc qu'a fait mon grand-père, dans le temps. Si je ne le fais pas, je ne pourrai plus jamais entrer dans une pièce sans lumière ou traverser une rue obscure sans avoir la trouille. Mon grand-père disait aussi que Hitler contrôlait les hommes par la peur. Je veux que ces gens comprennent qu'ils ne m'effraient pas. Et ça, je ne peux y arriver que dans leur camp. »

Herbert s'approcha d'elle d'un demi-tour de roue. « Il y a du vrai dans ce que vous dites, mais retourner là-bas ne résoudra rien. Vous aurez à peu près dix secondes de gloire avant qu'ils ne vous taillent en pièces.

– Pas si vous m'aidez. » Elle se pencha vers lui. « Je veux juste leur montrer mon visage. C'est tout. Si je n'ai pas peur, je ne craindrai plus jamais rien. Mais si je me défile, alors cette vipère aura réussi. Elle aura tué quelque chose d'important en moi. »

Herbert ne pouvait en disconvenir. À la place de la jeune fille, il aurait voulu faire pareil, et même plus. Mais ce n'est pas pour autant qu'il allait l'accompagner.

« Et moi, comment suis-je censé continuer à me regarder en face s'il vous arrive quoi que ce soit ? D'ailleurs, réfléchissez un peu : vous avez su garder votre sang-froid. Vous vous êtes battue. Vous m'avez sauvé la vie. Vous n'avez rien à prouver.

— Si. Mon démon est toujours en liberté. Je suis bien décidée à y aller et vous ne pourrez pas m'arrêter. D'abord, je cours plus vite que vous.

— Ne vous laissez pas abuser par le fauteuil roulant, Jody Joyner-Kersee. Quand je veux, je suis capable de voler. » Herbert souleva le doigt de la jeune fille et se remit à composer son numéro. « De toute façon, je ne peux pas vous laisser mourir. On va avoir besoin de vous pour un procès. J'étais ce matin avec un membre du gouvernement fédéral, le vice-ministre des Affaires étrangères Richard Hausen. Il s'est promis de les anéantir. Vengez-vous ainsi.

— Il s'est promis de les anéantir, répéta Jody. Et ils ont dû se promettre la même chose à son égard. Un contre des centaines. Qui va gagner, à votre avis ?

— Tout dépend qui est le "un".

— Précisément. »

Herbert la regarda. « Un point pour vous, admit-il. Mais il n'est toujours pas question que je vous laisse y aller. »

Jody fit la moue. Elle se leva et fit mine de s'en aller. « Des conneries, tout ça, des *conneries* !

— Jody, calmez-vous ! siffla Herbert. Jody… revenez ! »

Elle secoua la tête et continua d'avancer. Poussant un juron, Herbert se lança à sa poursuite. Il remontait le chemin légèrement en pente, à travers les fourrés, quand il entendit un craquement de brindilles derrière lui. Il s'arrêta, prêta l'oreille, jura de nouveau.

392

On approchait. Soit ils les avaient entendus, soit ils venaient prendre des nouvelles du flic. Quoi qu'il en soit, Jody avait déjà une vingtaine de mètres d'avance et s'éloignait toujours. Il ne pouvait pas l'appeler de peur de trahir sa présence. Il n'avait pas le choix.

Sous le feuillage, il faisait noir comme dans un four. Lentement, avec précaution, Herbert roula derrière l'un des arbres. Il écouta.

Il entendit les pas de deux hommes. Qui s'arrêtèrent à l'endroit approximatif où devait se trouver le corps. Question : allaient-ils poursuivre ou battre en retraite ?

Au bout d'un moment, les pas reprirent dans leur direction. Herbert dégagea sa matraque de sous l'accoudoir et attendit. Les pas de Jody s'éloignaient sur la droite. Il brûlait de ne pouvoir la héler pour lui dire de s'arrêter.

Il se mit à adopter une respiration ventrale pour se relaxer. « Ventre de Bouddha », c'est ainsi qu'on l'avait surnommé quand il était en rééducation. Quand on lui avait enseigné que la valeur d'un homme ne se mesurait pas à sa capacité de marcher mais à sa capacité d'agir…

Deux hommes passèrent devant lui, l'un derrière l'autre. Il crut reconnaître deux des occupants de la fourgonnette. Il attendit qu'ils soient passés. Puis il roula prestement derrière le second, brandit sa canne et le frappa violemment sur la cuisse. Le type se plia en deux. Quand son compagnon se retourna, la mitraillette prête à tirer, Herbert le frappa à la rotule gauche. L'homme bascula tête la première, vers lui. Herbert l'assomma d'un bon coup sur la tête. Comme l'autre grognait en essayant de se relever, il lui assena un coup sur la nuque. Le type s'effondra, inconscient. Herbert les toisa en ricanant.

Je devrais les tuer, se dit-il, en portant la main à son poignard. Mais cela le rendrait aussi méprisable qu'eux, il le savait. Alors, à la place, il rangea la matraque sous l'accoudoir. Il récupéra l'arme automatique – un FM Skorpion de fabrication tchèque –, la posa sur ses genoux et repartit à la poursuite de Jody.

Même en roulant aussi vite que possible dans la pénombre du sous-bois, il savait bien qu'elle avait sans doute trop d'avance pour qu'il puisse espérer la rattraper. Il envisagea d'appeler Hausen à la rescousse, mais pouvait-on se fier à Hausen ? D'après Paul, l'homme politique ne savait même pas que son propre secrétaire personnel était un néo-nazi. Herbert ne pouvait pas non plus compter sur la police. Il avait tué un homme et se retrouverait sans doute au bloc avant que Jody ait pu être récupérée. Et même s'ils travaillaient à la limite de la légalité, quelle force de maintien de l'ordre sous-équipée irait s'introduire dans un camp retranché de militants extrémistes au beau milieu des Journées du Chaos ? Surtout quand ces extrémistes venaient de décimer calmement une équipe de cinéma.

Comme on le lui avait enseigné au tout début de sa carrière dans le renseignement, Herbert ne tenait compte que de ce qu'il jugeait comme certain. Un : dans une telle situation, il ne pouvait compter que sur lui-même. Deux : si Jody parvenait au camp, elle se ferait tuer. Et trois : elle allait sans doute parvenir au camp avant lui.

Serrant les dents pour supporter la douleur de ses ecchymoses, il empoigna ses roues et se lança à sa poursuite.

44.

Jeudi, 18 : 53, Toulouse, France

Tout en surveillant, assis, le moniteur vidéo, le colonel Ballon se fit la remarque que, comme beaucoup de Français, il ne portait guère les Américains dans son cœur. Ses deux sœurs cadettes qui vivaient au Québec ne tarissaient pas d'exemples sur le caractère dictatorial, grossier de ces individus qui étaient surtout bougrement trop *proches* à leur goût. Ses expériences personnelles avec des touristes à Paris, où il avait exercé, lui avaient révélé où, selon lui, résidait le problème. Les Américains voulaient tout faire comme les Français : ils buvaient, fumaient, s'habillaient comme eux. Ils jouaient les artistes, copiaient le côté insouciant et bohème des Français. Sauf qu'ils refusaient de parler comme les Français. Même en France, ils s'attendaient à ce que tout le monde s'exprime en anglais.

Et puis, il y avait les militaires. Marqués par la désastreuse campagne de Russie de Napoléon et le souvenir de la Seconde Guerre mondiale, ils estimaient que les forces armées françaises étaient nettement inférieures à leurs propres soldats et ne méritaient donc que les os qu'ils daignaient bien leur laisser à ronger.

Mais la retraite de Russie et la ligne Maginot avaient été des exceptions malheureuses dans une histoire militaire par ailleurs glorieuse. Du reste, si les soldats français n'avaient pas aidé George Washington, il n'y aurait jamais eu d'États-Unis. Même si les Américains refuseraient toujours de l'admettre. Pas plus qu'ils ne voudraient admettre que les frères Lumière, et non Edison, avaient inventé le cinéma. Ou que les frères Montgolfier, et non les frères Wright, avaient été les premiers à permettre à l'homme de voler.

Son téléphone sonna et il le considéra quelques instants. Ce devait être lui. Paul Hood. Ballon n'avait pas franchement envie de causer à ce Mister Hood, mais il n'avait pas non plus envie de laisser Dominique encore une fois lui échapper. Ce point résolu – rapidement, comme toujours – il décrocha le combiné.

« Allô, oui ?

– Colonel Ballon ?

– *Oui.* »

Le correspondant enchaîna en français, d'une traite : « Je suis Paul Hood. Vous avez besoin d'un coup de main ? »

Ballon fut pris au dépourvu. « Euh… oui. Et… vous parlez notre langue ?

– Je la parle… un peu. » Et il poursuivit par quelques mots de français.

« Dans ce cas, nous allons continuer en anglais, l'interrompit Ballon. Je n'ai pas envie de vous entendre massacrer ma langue. Je suis très pointilleux à ce sujet.

– Je comprends, dit Hood. Six années de français au lycée et à la fac ne font pas précisément de moi un linguiste.

– L'école ne fait rien à l'affaire. C'est la vie qui nous fait ce que nous sommes. Mais bavarder n'est pas vivre, et rester à moisir dans cette pièce encore moins. Monsieur Hood, je veux Dominique. On m'a dit que vous aviez le matériel qui m'aidera à lui mettre le grappin dessus.

— Effectivement, confirma Hood.

— Où êtes-vous ?

— À Hambourg.

— Très bien. Vous pouvez venir avec un de ces Airbus qui ont fait la fortune du père de Dominique. En vous dépêchant, vous pourriez être ici dans à peine plus de trois heures.

— On y sera.

— On ? » Ballon sentit son enthousiasme s'envoler. « Qui d'autre est avec vous ?

— Le vice-ministre des Affaires étrangères Richard Hausen et deux de mes collaborateurs. »

Ballon, déjà de sale humeur, se mit à faire la tête. *Il fallait que ce soit un Allemand. Et pas n'importe lequel ! Mais qu'ai-je donc fait au bon Dieu ?*

« Colonel Ballon, dit Hood, vous êtes toujours là ?

— Oui, fit-il, maussade. Alors, comme ça, je ne dois pas seulement poireauter plus de deux heures. Je vais devoir également me battre avec ma hiérarchie pour faire entrer clandestinement sur notre territoire un politicien allemand avide de sensationnel.

— La curiosité peut être une qualité quand elle sert une cause juste, observa Hood.

— Je n'ai pas besoin de leçons de morale ! Lui, c'est un officier de l'état-major. Moi, je me bats dans les tranchées... Enfin, à quoi bon discuter ! J'ai besoin de vous, vous voulez l'emmener, point final. Je vais passer deux ou trois coups de fil et je vous retrouve à l'aéroport de Toulouse-Lasbordes à vingt heures.

– Attendez… ne quittez pas. Je vous ai laissé m'interroger, à mon tour maintenant.

– Allez-y.

– Nous pensons que Dominique se prépare à lancer sur le réseau Internet une campagne destinée à répandre la haine, susciter des émeutes et déstabiliser des gouvernements.

– Votre associé, le général Rodgers, m'a parlé de ce projet visant à semer le chaos.

– Bien. Vous a-t-il également dit que, cette fois, nous voulions l'empêcher de nuire, et pas nous contenter simplement de le menacer?

– Pas de manière explicite. Mais je suis convaincu que Dominique est un terroriste. Si vous pouvez m'aider à le prouver, j'irai vous le chercher dans son usine.

– Je me suis laissé dire qu'il avait plusieurs fois échappé à l'arrestation par le passé.

– Effectivement. Mais vous savez, ici, bon nombre de mes compatriotes soutiennent les actions des Nouveaux Jacobins. Les gens n'aiment pas trop les immigrés et ces extrémistes s'en prennent à eux comme une meute de chiens enragés. Si l'opinion apprenait que Dominique est à l'origine de ces attaques, je ne suis pas sûr qu'il n'en sortirait pas grandi aux yeux de certains. »

Ballon scrutait le moniteur. Comme s'il pouvait, par-delà l'écran, discerner Dominique confortablement installé à son bureau.

« Mais si mes compatriotes ont tendance à s'enflammer facilement, la plupart croient en la paix sociale et ils respectent les lois de la République. Or Dominique ne les respecte pas : il viole les lois de son pays. Et moi, j'ai bien l'intention de le forcer à répondre de ses crimes.

— Je crois aux croisades morales, dit Hood, et je soutiendrai la vôtre avec tous les moyens dont je dispose. Mais vous ne m'avez toujours pas dit où cette croisade doit vous mener.

— À Paris, répondit sans hésiter le colonel.

— Je vous écoute.

— J'ai l'intention d'arrêter Dominique, de confisquer ses papiers et ses programmes informatiques, puis de démissionner de la gendarmerie. Ses avocats vont tout faire pour que le procès n'ait jamais lieu. Mais en attendant, je compte bien fournir à la presse la liste complète de ses crimes. Les meurtres et les viols qu'il a commis ou commandités, les impôts qu'il n'a pas payés, les entreprises et les biens qu'il a détournés, enfin, plus que ce que je pourrais révéler en restant dans la gendarmerie.

— Un geste spectaculaire. Mais si la législation française ressemble à celle de mon pays, vous serez poursuivi, traîné en justice, cloué au pilori.

— C'est exact, répondit Ballon. Mais mon procès sera celui de Dominique. Au bout du compte, il sera tombé en disgrâce. Ce sera un homme fini.

— Vous aussi.

— Pas moi. Seulement ma carrière de fonctionnaire. Je trouverai bien un autre travail.

— Vos collègues partagent-ils votre point de vue ?

— Absolument pas. Ils ne veulent surtout pas sortir… comment dire… des limites ? des frontières ?

— Du cadre…

— C'est cela. » Ballon claqua des doigts. « Du cadre de leur mission. C'est également valable pour vous, d'ailleurs. Tout ce que je vous demande, c'est de m'aider à prouver ce que trame Demain, de me procurer une raison valable de pénétrer dans leurs locaux, et je pourrai abattre Dominique. Dès aujourd'hui.

– C'est de bonne guerre. D'une façon ou d'une autre, on trouvera le moyen d'entrer. » Puis il ajouta, en français : « Et merci. »

Ballon répondit en maugréant un remerciement, puis il garda le combiné à la main. Il posa le doigt sur la fourche.

« Alors, bonnes nouvelles ? s'enquit le sergent Sainte-Marie.

– Excellentes, répondit Ballon sans enthousiasme. Nous avons de l'aide. Malheureusement, il s'agit d'un Américain et surtout d'un Allemand. Richard Hausen. »

Sainte-Marie ronchonna. « Alors, on peut tous rentrer à la maison. Ils vont nous barboter Dominique à notre nez et à notre barbe.

– On verra bien. On verra si Hausen a le même cran quand il n'est pas sous le feu des caméras. » Puis il appela un vieil ami qui travaillait à la préfecture pour lui demander s'il ne pourrait pas détourner les yeux quand l'avion se poserait, histoire de lui éviter des frictions avec les gars de l'Intérieur à Paris.

45.

Jeudi, 18 : 59, Hambourg, Allemagne

Martin Lang était en communication sur le cellulaire tandis que Hood aidait Matt Stoll à rassembler son équipement. Lang téléphonait à l'aéroport dans la banlieue de Hambourg, pour demander qu'on prépare un avion. Stoll remonta la fermeture à glissière de son sac à dos, l'air inquiet.

« Peut-être que quelque chose m'a échappé pendant que vous donniez vos explications à Herr Lang, mais rappelez-moi donc pourquoi nous allons en France.

— Vous allez passer aux rayons T l'usine de Demain, près de Toulouse.

— Ça, j'avais compris. Mais d'autres vont pénétrer dans les locaux, non ? Des pros ? »

Le regard de Hood passa de Stoll à Hausen. Debout dans l'embrasure de la porte séparant les deux bureaux, l'Allemand téléphonait pour obtenir les autorisations de vol du Learjet 36A de Lang. L'appareil, qui pouvait emporter six passagers et deux hommes d'équipage, avait un rayon d'action de quatre mille neuf cents kilomètres. Avec sa vitesse de croisière de sept cent soixante-quinze kilomètres-heure, il devrait leur permettre d'arriver à l'heure pile.

« C'est fait », dit Lang en raccrochant. Il jeta un œil à sa montre. « Le zinc nous attendra à dix-neuf heures trente. »

Hood continuait d'observer Hausen comme si une idée venait de lui traverser l'esprit. Une idée désagréable et inquiétante. Le secrétaire du vice-ministre l'avait trahi. Et si tout le service était piégé ? »

Hood prit à part son assistant. « Matt, je deviens négligent. Le type qui bossait pour Hausen, ce Reiner... Il aurait pu laisser des micros... »

Stoll acquiesça. « Vous voulez dire… comme celui-ci ? » Plongeant la main dans sa poche de chemise, il en ressortit un bout de ruban adhésif plié en deux. À l'intérieur, il y avait un objet fusiforme guère plus gros qu'une tête d'épingle. « J'ai effectivement passé les lieux au peigne fin pendant que vous étiez sorti. Dans le feu de l'action, j'ai oublié de vous prévenir. »

Hood poussa un soupir et étreignit les épaules de Stoll. « Dieu vous bénisse, Matt.

– Dois-je comprendre que je vais rester ici ? »

Hood acquiesça.

« Enfin, j'aimais mieux avoir une confirmation », répondit Stoll, tristement.

Tout en s'éloignant, Hood s'en voulait d'avoir été à ce point négligent. Il se tourna vers Nancy qui s'était approchée. Ils allaient se retrouver dans une situation potentiellement dangereuse, où toute erreur pouvait leur coûter cher.

Tu dois te concentrer sur le boulot, se morigéna-t-il. *Tu ne peux pas te laisser distraire par Nancy et tous les scénarios possibles…*

« Un problème ? demanda la jeune femme.

– Non.

– Sinon que tu restes planté là à battre ta coulpe… »
Elle sourit. « Tu fais toujours la même tête. »

Il rougit. Il leva les yeux pour s'assurer que Stoll ne regardait pas.

« C'est pas grave, dit Nancy.

– Quoi donc ? » fit-il avec impatience. Il avait envie de filer au plus vite, de briser cette intimité trop tentante.

« D'être humain. De commettre une erreur de temps en temps ou de désirer ce qui ne t'appartient pas. Voire de désirer ce qui t'a appartenu… »

Hood se tourna vers Hausen pour ne pas donner l'impression de tourner le dos à la jeune femme. Mais c'était bien le cas. Et elle était parfaitement consciente car elle vint s'interposer entre eux.

« Bon Dieu, Paul, pourquoi t'infliger ce fardeau ? Vouloir à tout prix être parfait ?

– Nancy, ce n'est ni le lieu ni l'heure de…

– Pourquoi ? Tu crois qu'on aura une autre occasion ?

– Non, répondit-il sèchement. Non, sans doute pas.

– Alors, oublie-moi un moment. Pense à toi. Quand nous étions plus jeunes, tu travaillais comme une brute pour être le premier. Maintenant que tu l'es, tu continues malgré tout. Pour quoi faire ? Tu veux devenir un exemple pour tes gosses ou tes subordonnés ?

– Ni l'un ni l'autre », répondit-il avec humeur. Pourquoi avait-il toujours tout le monde sur le dos, à venir le critiquer sur son caractère, son travail ou le reste ? « J'essaie simplement de faire ce que je crois juste. Personnellement, professionnellement. Si c'est trop vague pour les autres, ce n'est pas mon problème.

– Nous pouvons y aller », intervint Hausen. Il rangea

le téléphone dans sa poche de veston et se dirigea vers Hood d'un pas décidé. Il était visiblement ravi et ne se rendit pas compte qu'il les interrompait. « Le gouvernement vient de nous donner l'autorisation de décoller sur-le-champ. » Il se tourna vers Lang. « Tout est prêt, Martin ?

– Le jet est à vous, confirma Lang. Je ne vous accompagne pas. Je ne ferais que vous encombrer.

– Je comprends, dit Hausen. Eh bien, nous ferions mieux d'y aller. »

Stoll enfila tant bien que mal le sac à dos chargé de l'appareil de visualisation des rayons T. « Ben voyons, râla-t-il. Pourquoi rentrer à l'hôtel où je pourrais prendre un bon bain et me faire servir quand j'ai la possibilité d'aller affronter des terroristes dans la France profonde ? »

Hausen étendit le bras vers la porte. Il avait ce geste pressé de qui invite ses hôtes à sortir dîner en ville. Hood ne l'avait pas vu aussi excité de toute la journée. Était-ce, comme il le soupçonnait, Achab qui sentait la proximité de la Baleine blanche – ou plutôt, comme le croyait Ballon, un politicien sur le point de réussir un coup de pub sans précédent ?

Hood prit Nancy par la main avant de se diriger vers la porte. Elle résista. Il s'arrêta, se retourna. Ce n'était plus la femme pleine d'assurance qui s'était avancée vers lui dans le parc. Nancy arborait une petite mine triste et perdue, qui la rendait encore plus séduisante.

Il savait à quoi elle pensait. Qu'elle ferait mieux de s'opposer à eux, de ne pas les aider à détruire les derniers lambeaux de son existence. Et la regardant devant lui, il caressait l'idée de lui raconter ce qu'elle avait envie d'entendre, de lui mentir et de lui dire qu'ils pourraient recommencer. Que sa mission était de protéger la nation et qu'il avait besoin de son aide pour cela.

Et une fois que tu lui auras dit ce mensonge, rien ne t'empêchera de mentir aussi à Mike, à tes hommes, au Congrès et même à Sharon...

« Nancy, tu retrouveras du travail. Je t'ai dit que je t'aiderais et je le ferai. » Il s'apprêtait à lui rappeler encore une fois qui avait abandonné l'autre, mais à quoi bon ? Les femmes étaient inconstantes et injustes.

« Mais ça, c'est mon problème, pas le tien », rétorqua Nancy. Comme si elle avait deviné ses pensées et était décidée à lui prouver qu'il avait tort. « Tu dis que tu as besoin de mon aide si tu pénètres dans l'usine. Parfait. Je ne t'abandonnerai pas une seconde fois. »

Tournant brusquement la tête comme elle l'avait fait dans le hall de l'hôtel, elle se dirigea vers Hausen. La longue chevelure blonde vola sur le côté, comme pour balayer les doutes et la colère.

Hausen la remercia, les remercia tous, tandis qu'ils pénétraient tous les cinq dans la cage d'ascenseur pour descendre.

Hood était à côté de Nancy. Il avait envie de la remercier, lui aussi, mais les mots semblaient manquer de poids. Sans la regarder, il lui serra fugitivement la main avant de la relâcher. Du coin de l'œil, il vit Nancy plisser plusieurs fois les paupières, seule et unique faille dans une expression totalement stoïque.

Il ne se souvenait plus depuis quand il s'était senti à la fois aussi proche et aussi loin de quelqu'un. C'était frustrant d'être à ce point incapable d'aller dans un sens ou dans l'autre, et il lui était facile d'imaginer à quel point ce devait être encore pire pour Nancy.

C'est alors qu'elle le lui fit comprendre en lui prenant la main ; des larmes furtives perlaient à ses paupières. La sonnerie discrète de la cabine qui retentit quand ils parvinrent au rez-de-chaussée rompit le contact mais pas le charme ; elle le relâcha et ils se dirigèrent, en s'évitant désormais du regard, vers la voiture qui les attendait.

46.

Jeudi, 13 : 40, Washington, DC

Quand il était gosse à Houston, Darrell McCaskey s'était sculpté dans un bout de balsa un Smith & Wesson automatique qu'il gardait en permanence glissé dans sa ceinture, comme le faisaient en vrai les agents du FBI, à ce qu'il avait lu. Il avait vissé un œilleton à l'avant de son arme et fixé un élastique à ce « viseur ». Cela lui permettait, en tendant l'élastique, de tirer de petits bouts de carton en guise de balles. McCaskey rangeait ses projectiles, bien en sûreté dans sa poche de chemise, un endroit sûr et accessible.

Darrell prit l'habitude de porter son revolver alors qu'il était en CM2. Il le gardait planqué sous sa chemise boutonnée. Ça lui donnait une démarche rigide à la John Wayne dont se moquaient les autres gamins, mais Darrell n'en avait cure. Ils ne comprenaient pas que le maintien de l'ordre était de la responsabilité de tous en même temps qu'un boulot à plein temps. Et puis, il était de petite taille. Avec tous ces hippies qui manifestaient, défilaient et faisaient des sit-in dans tous les coins, il se sentait plus à l'aise, protégé derrière le rempart de son ceinturon.

McCaskey aligna le premier instituteur qui fit mine

de lui confisquer son pistolet. Après avoir dû rédiger un devoir qui l'avait obligé à éplucher la Constitution et les textes réglementant le port d'armes, on lui accorda l'autorisation de le garder. À condition de ne l'utiliser qu'en cas de légitime défense contre des extrémistes.

Stagiaire au FBI, McCaskey adorait les planques et les enquêtes. Ce goût s'accentua quand il fut titularisé agent spécial adjoint, ce qui lui donnait plus d'autonomie. Devenu agent spécial à part entière, puis surtout agent spécial inspecteur, il connut les affres de la frustration car il avait désormais moins d'occasions d'être dans la rue.

Aussi, quand il se vit offrir le poste de divisionnaire à Dallas, il accepta la promotion, surtout à cause de sa femme et des trois gosses. Le traitement était meilleur, le boulot plus tranquille, et sa famille le voyait plus souvent. Mais, tout en coordonnant de son bureau les actions des autres, il se rendit compte à quel point il regrettait les planques et les enquêtes. Au bout de deux ans, la collaboration avec les autorités mexicaines lui donna l'idée de constituer des alliances officielles avec les forces de police étrangères. Le directeur du FBI approuva son plan de recrutement et d'encadrement du FIAT – le *Federal International Alliance Treaty* ou Traité fédéral d'alliance internationale. Le FIAT reçut prestement l'aval du Congrès et de onze gouvernements étrangers. Grâce à cette structure, McCaskey put travailler sur des affaires à Mexico, à Londres, à Tel-Aviv et dans d'autres capitales du monde. Il déménagea à Washington avec sa famille, s'éleva rapidement jusqu'à la fonction de sous-directeur adjoint, et fut le seul homme auquel Paul Hood proposa de devenir l'agent de liaison interservices de l'Op-Center. On lui avait promis, et c'était vrai, une relative autonomie et bientôt il en vint à collaborer étroitement avec la CIA, le Service secret, ses anciens collègues du FBI et beaucoup plus de services de police et de renseignements que par le passé.

Mais il restait toujours vissé derrière un bureau. Et grâce aux ordinateurs et aux liaisons par fibres optiques, il le quittait encore moins qu'au temps où il avait lancé le FIAT. Et à cause des disquettes et du courrier électronique, il n'avait même plus à faire l'effort de se déplacer jusqu'à la photocopieuse, voire de se pencher sur la corbeille du courrier en instance. Il aurait voulu vivre au temps des héros de son enfance, le G-man Melvin Purvis ou l'inspecteur Eliot Ness. C'était presque comme s'il ressentait la griserie de pourchasser Machine Gun Kelly à travers le Midwest ou la bande d'Al Capone, la nuit, sur les escaliers d'incendie branlants et les toits de Chicago.

Il plissa les sourcils et pressa quelques touches sur son téléphone. *Au lieu de ça, je compose un code à trois chiffres pour appeler le NRO.* Il savait qu'il n'y avait pas de honte à ça, même s'il ne se voyait guère encourageant des gosses à sculpter de petits téléphones en balsa.

On lui passa aussitôt Stephen Viens. Le Service national de reconnaissance avait recueilli des images satellitaires de l'usine Demain dans la région de Toulouse, mais ce n'était pas suffisant. Mike Rodgers lui avait dit que si Ballon et ses hommes devaient s'y introduire, il ne voulait pas qu'ils y aillent à l'aveuglette. Et nonobstant les assurances données par Rodgers à Ballon, aucun des techniciens de Matt Stoll ne pouvait garantir que les rayons T pénétreraient les murs de l'usine ni ce qu'ils pourraient leur dévoiler sur sa disposition intérieure ou la répartition des forces.

Viens s'était servi du système EARS[1] du NRO pour surveiller le site de Demain. Ce satellite utilisait un faisceau laser pour scruter les murs d'un bâtiment, un peu comme un lecteur de disque compact lit un CD. Au lieu de cuvettes à la surface d'un disque, les « oreilles laser » lisaient les vibrations sur les parois du bâtiment. De leur composition et de leur épaisseur dépendait la clarté de la transmission : avec des matériaux favorables comme les métaux, qui vibraient avec une fidélité et une intensité plus grandes que les matériaux poreux comme la brique, un traitement informatique permettait de reconstituer les conversations qui se déroulaient à l'intérieur des bâtiments. Mais ici, ces triples fenêtres isolantes étaient un handicap : elles ne vibraient pas suffisamment pour donner un signal lisible.

« La structure est en briques rouges », annonça Viens d'une voix étouffée.

McCaskey baissa la tête.

« Je m'apprêtais à t'appeler pour te prévenir, mais je voulais d'abord m'assurer qu'on ne pouvait rien capter, poursuivit Viens. Il y a également des matériaux nouveaux à l'intérieur, sans doute des plaques d'Isoroc et de l'alu, mais la brique absorbe leurs éventuelles résonances.

— Et les véhicules ?

— On n'a pas un dégagement suffisant pour les viser. Trop de végétation, de relief, de ponts aux alentours.

1. Acronyme (oreilles, en anglais) pour *Earth Audio Receiver Satellite* : Satellite de réception des signaux acoustiques terrestres *(N.D.T.)*.

– Donc, on est baisés.

– En gros, oui », admit Viens.

McCaskey se faisait l'effet de commander un bâtiment de guerre ultra-perfectionné mais bloqué en cale sèche. Avec Rodgers et Herbert, il s'était toujours lamenté du manque d'effectifs sur le terrain, et il en avait encore une fois l'exemple flagrant. « Des milliards pour la technologie de pointe, mais pas un rond pour Mata Hari », pour reprendre l'expression de Bob Herbert.

McCaskey remercia Viens et raccrocha. Comme il aurait aimé se retrouver sur le terrain ce coup-ci, être la cheville ouvrière d'une opération d'envergure où tout aurait dépendu de lui. Il enviait Matt Stoll dans les mains de qui reposait la collecte du renseignement ! Quel gâchis que ce dernier n'ait pas été vraiment taillé pour ce boulot ! Matt était un informaticien de génie mais il n'était pas fait pour travailler sous la pression.

McCaskey revint à son ordinateur, stocka les clichés en mémoire, puis lança le SITSIM, le simulateur de situation du Pentagone, pour étudier un cas de frappe tactique sur le terrain européen. Les retombées politiques de la destruction de biens nationaux étaient toujours extrêmement élevées. Aussi la politique de l'état-major américain était-elle d'éviter au maximum d'endommager les bâtiments historiques, même au prix de pertes humaines. Dans le cas de l'usine Demain, les « blessures » acceptables – comme si les murs étaient vivants – se limitaient à « une dégradation ou une décoloration des pierres de façade susceptibles d'une restauration complète ». En d'autres termes, si vous truffiez un mur de projectiles, vous étiez très mal.

Et si jamais vous le tachiez de sang, vous aviez tout intérêt à prendre un seau pour éponger.

Piochant dans la base de données sur l'architecture française, il récupéra un plan de la forteresse dans laquelle ils devaient pénétrer. Le diagramme était inexploitable : il montrait les lieux tels qu'ils étaient en 1777, quand le Vieux Pont adjacent existait encore. Depuis, Dominique avait effectué un certain nombre de modifications. Mais s'il avait obtenu les permis de construire, aucun n'était archivé nulle part ; et s'il avait fourni des plans, ils étaient tout aussi introuvables. Il avait été plus facile de faire sortir de Saint-Pétersbourg les plans du palais de l'Ermitage pour l'incursion du groupe d'Attaquants[1]. Ce Dominique avait à l'évidence dû graisser quantité de pattes depuis bon nombre d'années.

McCaskey revint aux clichés du NRO, qui n'étaient pas plus explicites. Il enviait Stoll, mais il devait bien admettre que le gars avait de quoi être nerveux. Même avec l'aide du colonel Ballon, ils seraient en nette infériorité au point de vue puissance de feu, si la situation devait dégénérer à ce point. Ils auraient également les mains sacrément liées. Le dossier sur les Nouveaux Jacobins était certes maigre, mais le peu d'informations qu'il contenait avaient suffi à le glacer – des détails sur les méthodes auxquelles ils recouraient pour tendre des embuscades à leurs victimes avant de les tuer, et les tortures qu'ils avaient inventées pour les intimider ou leur extorquer des informations. Il faudrait qu'il transmette ces données à Hood s'ils pénétraient dans les lieux. Et il ne manquerait pas de

---

1. Voir *Op-Center II. Le miroir moscovite, op. cit.*

souligner qu'à leur place, même Melvin Purvis et Eliot Ness y auraient réfléchi à deux fois avant de foncer.

On n'a pas le temps de mettre en position les Attaquants, songea McCaskey, *et notre seul tacticien à proximité du site, Bob Herbert, reste inaccessible.*

Il composa le numéro de Mike Rodgers pour l'informer des mauvaises nouvelles concernant la forteresse… et pour essayer de trouver un moyen d'empêcher leur groupe d'intervention, courageux mais inexpérimenté, de se faire tailler en pièces.

47.

Jeudi, 20 : 17, Wunstorf, Allemagne

Bob Herbert était passé par deux stades émotionnels successifs durant sa rééducation. Le premier était qu'il n'allait pas se laisser abattre par sa blessure. Il allait surprendre les experts en se remettant à marcher. Le second, qui commença dès sa sortie de l'hôpital et le début de ses séances de thérapie, était qu'il ne serait plus jamais foutu de faire quoi que ce soit.

Quand il avait commencé à travailler la musculation des bras, du bas du dos et de l'abdomen, il avait souffert tous les maux de l'enfer. Il avait eu envie d'abandonner, de laisser le gouvernement lui verser une pension d'invalidité, et de finir ses jours à regarder la télé sans sortir de chez lui. Mais deux infirmières d'une patience angélique l'avaient asticoté pour l'amener à poursuivre sa rééducation. L'une des deux, dans un moment un peu moins angélique, lui avait même démontré qu'il pouvait encore connaître une vie sexuelle agréable. Et par la suite, Herbert n'avait plus jamais voulu renoncer à quoi que ce soit.

Jusqu'à aujourd'hui.

S'il voulait que personne dans le camp ne remarque son arrivée, il ne pouvait pas utiliser les petits projec-

414

teurs surpuissants qu'Einar Kinlock, le chef électricien de l'Op-Center, avait intégrés à son fauteuil. Le sol était inégal et escarpé. Parfois il descendait d'un coup, parfois, il était entrecoupé de fossés. Dans le noir, le fauteuil se prenait constamment aux ronces. Herbert devait pousser de toutes ses forces pour se dégager et, à deux reprises, il se retrouva par terre. Redresser l'engin puis remonter dessus représentait le plus gros effort physique qu'il ait jamais accompli, et la seconde tentative le laissa complètement vidé. Lorsqu'il réussit enfin à se hisser sur le siège en cuir, sa chemise était trempée de sueur et il était tellement épuisé qu'il tremblait.

Il avait envie d'arrêter et d'appeler au secours. Mais il se rappela qu'il ne pouvait se fier à personne.

Il vérifiait en permanence l'écran phosphorescent de son compas de poche. Mais après plus d'une heure d'efforts, il avisa enfin des phares à deux cents mètres environ au sud-ouest. Il s'arrêta pour observer avec attention le mouvement du véhicule. Celui-ci progressait au ralenti sur le chemin de terre dont lui avait parlé Alberto et il attendit qu'il soit passé. Malgré la distance, il nota sans peine l'éclat des feux de stop. Les plafonniers s'allumèrent, et deux silhouettes descendirent et s'éloignèrent, puis ce fut de nouveau l'obscurité et le silence.

Visiblement, il touchait au but.

Évitant la route au cas où surviendrait un autre véhicule, Herbert progressa sur le sol inégal en direction de la voiture. Il ne sentait presque plus ses bras, après l'effort exigé par la dernière partie du parcours à travers bois. Tout ce qu'il espérait, c'était que Jody ne le confonde pas avec un néo-nazi et ne lui tombe pas dessus du haut d'un arbre.

En arrivant près de la voiture, une limousine, il se pencha en avant. Le Skorpion était toujours posé sur ses genoux, aussi le glissa-t-il sous sa jambe pour qu'on ne le remarque pas. Il pourrait toujours le récupérer en vitesse si nécessaire. En approchant, il aperçut un peu plus loin des toits de tentes et la fumée de feux de camp. Il nota également la présence de jeunes hommes postés entre les tentes, qui regardaient les feux. Et puis il vit au moins deux ou trois cents personnes, tournées vers une clairière près du lac, une clairière où se tenait un couple.

L'homme était en train de parler. Herbert s'avança derrière un arbre et tendit l'oreille. Il parvint à saisir l'essentiel du discours en allemand.

« ... que ce jour met un terme à une ère de lutte née de malentendus. À partir de ce soir, nos deux groupes vont collaborer, unis dans un objectif commun et sous un seul nom : *Das National Feuer.* »

L'homme avait crié ce nom, non seulement par effet rhétorique mais pour être entendu. Herbert sentit ses forces revenir et sa colère monter en entendant les vivats de la foule. Ils poussaient des cris de joie, levaient les deux bras en l'air, comme si leur équipe venait de remporter la Coupe du monde. Herbert ne fut pas surpris de les voir s'abstenir de faire le salut nazi aux cris de : *Sieg Heil !* Même s'ils souhaitaient sans aucun doute le salut et la victoire, et même s'ils comptaient dans leurs rangs des petites frappes et des tueurs, ces individus n'étaient plus les nazis d'Adolf Hitler. Ils étaient bien plus dangereux : ils avaient tiré la leçon de leurs erreurs. Cependant, presque tous brandissaient un objet chargé de souvenirs : qui, un couteau, qui, une médaille, voire une simple paire de bottes. Il s'agissait sans doute des fameux accessoires dérobés dans la caravane. De sorte que Hitler n'était pas complètement absent de cette réédition du rassemblement de Nuremberg.

Herbert quitta du regard les flammes pour réaccoutumer ses yeux à l'obscurité, et il se mit à chercher Jody dans le noir.

Quand les cris s'éteignirent, il entendit une voix murmurer dans son dos : « Je vous attendais. »

Il se retourna et aperçut Jody. Elle paraissait nerveuse.

« Vous auriez dû m'attendre, là-bas, chuchota Herbert en indiquant la direction d'où il était venu. J'aurais pu avoir besoin de vous. » Il lui prit la main. « Jody, faisons demi-tour. Je vous en prie. C'est de la folie. »

Elle repoussa doucement sa main. « Je suis terrorisée, mais, à présent plus que jamais, je dois vaincre ma peur.

– Vous êtes terrorisée, murmura Herbert, et vous êtes également obnubilée ; vous faites une fixation sur un objectif qui a fini par acquérir sa vie propre. Croyez-moi, Jody, aller les affronter n'a rien de l'exploit que vous imaginez. »

La voix de Herbert fut bientôt noyée par celle de l'orateur. Il aurait préféré ne pas avoir à l'entendre, cette voix qui portait, haut et clair, sans l'aide d'un mégaphone. Il tira Jody. Elle refusa de bouger.

L'Allemand disait : « La femme à mes côtés, qui partage la direction avec moi, Karin Doring... »

Un tonnerre d'applaudissements jaillit spontanément de l'assistance et l'homme attendit. La femme inclina la tête mais ne prit pas la parole.

« Karin a envoyé des émissaires à Hanovre, cria

l'homme quand les applaudissements se furent éteints. D'ici quelques minutes, nous nous rendrons tous en ville, à la Brasserie centrale, annoncer au monde notre union nouvelle. Nous inviterons nos frères à rejoindre le mouvement et, ensemble, nous montrerons à la civilisation la voie de l'avenir. Un avenir où la sueur et l'assiduité trouveront enfin leur récompense... »

Nouveau concert de vivats et d'applaudissements.

« ... où les cultures, les cultes et les peuples dégénérés seront isolés pour ne plus polluer le sang qui bat au cœur de la société... »

Les applaudissements et les cris grandirent.

« ... où nos symboles, nos réussites seront sous le feu des projecteurs. »

Les applaudissements s'enflèrent en vague et Herbert profita du tumulte pour hurler à Jody, en la tirant de nouveau par la main : « Allons, venez ! Ces types vont vous tomber dessus comme une meute de chacals. »

Jody les contempla. Herbert n'arrivait pas à discerner son expression dans le noir. Il dut réprimer l'envie de lui fiche une balle dans le pied, de la flanquer sur ses genoux et de battre en retraite de toute la vitesse de son fauteuil.

L'orateur glapissait : « Et si les policiers de Hanovre s'en prennent à nous, qu'ils viennent nous trouver ! Oui, qu'ils viennent ! Depuis plus d'un an, je suis personnellement harcelé par le commissaire Rosenlocher de la police de Hambourg. Que je conduise un peu trop vite, et il est là. Que je joue de la musique trop fort, et il est là. Que je rencontre mes collègues, et il est là. Mais il ne m'aura pas. Qu'ils nous prennent pour cible, individuellement ou tous ensemble, et ils verront que notre mouvement est organisé, que notre volonté est inébranlable ! »

Jody contemplait toujours le rassemblement. « Je n'ai pas envie de mourir. Mais je ne veux pas non plus d'une existence pitoyable.

– Jody, vous n'allez pas… »

Elle s'arracha à l'étreinte de Herbert. Il n'essaya pas de la retenir. Il roula derrière elle, se maudissant d'avoir toujours refusé qu'on lui mette un moteur. Puis il maudit cette gamine qu'il comprenait et qu'il devait respecter même si elle ne voulait pas entendre raison. Pas plus que lui.

Les applaudissements s'éteignirent et les pas de Jody lui parurent assourdissants. De même, à l'évidence, pour la sentinelle la plus proche d'eux, qui se retourna. Elle les vit à la lueur des feux de camp et prévint ceux qui se trouvaient à proximité. Bientôt, l'homme s'avança et les autres spectateurs se rangèrent en ligne derrière lui, avec la ferme intention d'empêcher Jody et Herbert d'approcher des premiers rangs et de Karin Doring, si tel était l'objectif de la jeune fille.

Herbert s'arrêta. Pas Jody. Avec un reniflement de dégoût, Herbert repartit derrière elle.

48.

« Il était hors de question que je ne sache pas piloter. »

Paul Hood se tenait derrière Richard Hausen qui pilotait lui-même le Learjet survolant la France. Il parlait d'une voix forte pour couvrir le bruit des deux gros turboréacteurs. La pilote personnelle de Lang, Elizabeth Stroh, était assise à côté de lui. C'était une jeune et jolie brune de vingt-sept ans, qui s'exprimait dans un français et un anglais impeccables. Les instructions que lui avait données Lang étaient de les accompagner en France, d'attendre à bord de l'appareil et de repartir avec eux. Sa conversation s'était limitée aux dialogues avec la tour de Hambourg et maintenant celle de Toulouse, ainsi qu'à des remarques adressées à ses passagers sur leur plan de vol. Si elle était intéressée par les explications de Hausen, elle n'en laissa rien paraître.

Hood s'était installé dans la cabine avec Stoll et Nancy. Au bout de presque quatre-vingt-dix minutes de vol, il n'avait qu'une envie : être loin d'eux. De Stoll parce qu'il n'avait pas arrêté de parler ; et de Nancy parce qu'elle ne voulait pas ouvrir la bouche.

Enfoncé dans l'un des sofas confortables qui longeaient la paroi de la cabine, Stoll leur avait avoué qu'il ne s'était jamais imaginé dans la peau d'un membre de l'équipe. S'il était entré à l'Op-Center, c'est en fait parce qu'il était un solitaire, et parce qu'ils avaient besoin d'un autodidacte capable de rester assis derrière un bureau, de leur écrire des programmes et de réparer le matos. Il souligna qu'il n'était pas un Attaquant et n'avait donc pas obligation d'aller sur le terrain. S'il faisait ça, c'était par respect pour Hood, le courage n'avait rien à y voir. Le reste du temps, il le passa à les mettre en garde contre de possibles pépins avec le détecteur de rayons T. En précisant qu'il n'offrait aucune garantie. Hood lui répondit qu'il comprenait parfaitement.

Nancy, de son côté, passa le plus clair de son temps à regarder par le hublot. Hood lui demanda à quoi elle pensait mais elle ne voulut pas répondre. Il pouvait deviner, bien sûr. Il aurait bien voulu pouvoir la réconforter.

Nancy leur fournit toutefois quelques informations sur la disposition intérieure de l'usine Demain. Stoll intégra consciencieusement sa description au plan des lieux. Celui-ci leur avait été transmis depuis l'Op-Center au moyen du logiciel de messagerie électronique conçu par Stoll. Grâce à la capacité de transmission du satellite Hermit du NRO, les unités centrales de l'Op-Center pouvaient communiquer par ondes radio avec les portables des équipes sur le terrain. Le logiciel breveté de Stoll accroissait la capacité de transfert de données de la liaison Hermit, en lui permettant d'acheminer des blocs de cinq kilo-octets au lieu de deux, grâce à une adaptation du protocole de transmission

Z-modem et au recours à un signal radio à large bande dans la gamme de 2,4 à 2,483 gigahertz.

Mais en l'occurrence, cela ne les avançait guère. Nancy n'avait pas pu leur dire grand-chose. Elle connaissait la disposition du bureau d'études et des ateliers de montage, mais ignorait tout des bureaux directoriaux ou des appartements privés de Dominique.

Hood laissa Nancy avec ses pensées et Stoll dans le confort relatif du jeu de rôles multi-utilisateurs qui lui servait de dérivatif. S'aventurant dans le poste de pilotage, il écouta un Hausen passionné, pour ne pas dire allègre, lui raconter sa jeunesse.

Son père, Maximilian, avait été pilote dans la Luftwaffe. Il s'était spécialisé dans les missions de nuit, et il était de cette fameuse mission du Heinkel He-219, l'une de ses premières sorties opérationnelles, au cours de laquelle cet appareil avait abattu cinq Avro Lancaster[1]. Comme nombre de ses compatriotes, Hausen ne manifestait jamais la moindre culpabilité pour les exploits guerriers de son père. Servir dans l'armée ne pouvait être évité, et cela ne diminuait en rien l'amour ou le respect du fils pour le père. Malgré tout, tandis que Hausen continuait à décrire les activités de son père, Hood avait du mal à ne pas songer aux familles des jeunes équipages de ces bombardiers britanniques abattus.

Peut-être Hausen avait-il décelé la gêne de son interlocuteur car il demanda : « Votre père a-t-il servi durant la guerre ?

---

1. Authentique : Il s'agit du vol du 11 juin 1943, et c'était l'as de la Luftwaffe Streib qui était aux commandes *(N.d.T.)*.

– Mon père était toubib, répondit Hood. Il était stationné à Fort McClellan en Alabama, et il a passé son temps à réduire des fractures et à soigner… (il regarda Elizabeth) diverses affections.

– Je vois, dit Hausen.

– Moi aussi », intervint Elizabeth.

La femme lui adressa l'ombre d'un sourire. Hood le lui rendit. Il avait l'impression d'être de retour à l'Op-Center à tenter de faire de la corde raide entre le politiquement correct et la discrimination sexuelle.

« Et vous n'avez jamais eu envie d'embrasser la carrière médicale ? s'enquit Hausen.

– Non. Je voulais aider mes semblables et je pensais que la politique était encore le meilleur moyen. Certains dans ma génération pensaient trouver la réponse dans la révolution. Mais j'ai décidé de collaborer avec ce qu'on appelait l'ordre établi.

– Sage décision, commenta Hausen. La révolution est rarement la bonne réponse.

– Et vous ? Avez-vous toujours fait de la politique ? »

Signe de dénégation. « Depuis que j'ai l'âge de marcher, j'ai toujours voulu voler. Quand j'ai eu sept ans, dans notre ferme au bord du Rhin en Westphalie, mon père m'a appris à piloter le monoplan Fokker Spider de 1913 qu'il avait restauré. À dix ans, alors que j'étais pensionnaire à Bonn, je suis passé au Bücker-Jungmann[1] de l'aéroclub voisin. » Hausen sourit.

---

1. Construits par Bücker et dessinés par l'ingénieur suédois Jungmann, ces biplans biplace d'entraînement et de voltige ont été, avec les planeurs, les engins sur lesquels se sont formés entre les deux guerres tous les futurs pilotes experts de la Luftwaffe, la construction d'appareils militaires ayant été interdite aux Allemands par le traité de Versailles *(N.d.T.)*.

« Mais j'ai toujours remarqué que la beauté vue d'en haut se transformait en misère au niveau du sol. Alors, comme vous, l'âge venu, j'ai décidé de venir en aide à mes compatriotes.

– Vos parents ont dû être fiers », nota Hood.

La mine de Hausen s'assombrit. « Pas vraiment. C'était une situation fort compliquée. Mon père avait des idées arrêtées à peu près sur tout, y compris sur ce que devait être la carrière de son fils.

– Et il vous voulait vous voir devenir aviateur, compléta Hood.

– Il me voulait à ses côtés, oui.

– Pourquoi ? Ce n'est pas comme si vous aviez refusé de reprendre une affaire de famille.

– Non. C'était pis. J'avais tourné le dos aux souhaits de mon père.

– Je vois. Et ils vous en veulent toujours autant ?

– Mon père est décédé il y a deux ans. Nous avons pu dialoguer peu avant sa disparition, même s'il est resté trop de non-dit entre nous. Ma mère et moi nous parlons régulièrement, bien qu'elle ne soit plus la même depuis sa mort. »

En l'écoutant, Hood ne put s'empêcher de songer à la remarque de Ballon accusant Hausen d'être avide de sensationnel. Ayant été lui aussi un homme public, Hood savait l'importance d'avoir une bonne image. Mais il voulait croire que l'homme était sincère. Et dans tous les cas, il n'y aurait pas de couverture médiatique en France.

Un cercle vicieux politique, nota-t-il avec un sourire forcé. *Personne pour annoncer nos triomphes en cas de réussite, mais personne non plus pour annoncer notre arrestation et notre humiliation en cas d'échec.*

Hood s'apprêtait à regagner la cabine quand Stoll l'appela d'une voix pressante : « Vite, chef ! Il se passe un truc sur l'ordinateur ! »

Évanoui, ce trémolo apeuré dans la voix du sorcier de la technique de l'Op-Center. Le ton de Matt Stoll était grave, soucieux. Hood traversa rapidement l'épaisse moquette blanche.

« Qu'est-ce qui cloche ?

— Regardez ce qui vient de s'introduire dans la partie que j'étais en train de jouer... »

Hood s'assit à sa droite. Nancy quitta son siège de l'autre côté de la cabine pour s'installer à gauche. Stoll descendit le store du hublot pour qu'ils voient mieux. Tous fixèrent l'écran.

Sur celui-ci venait d'apparaître un parchemin que deux mains blanches, en haut et en bas, maintenaient déroulé.

On pouvait y lire le message suivant, en caractères gothiques :

Citoyens, écoutez-nous !

Nous espérons que vous pardonnerez cette interruption !

Saviez-vous que d'après le Projet Condamnation, association sans but lucratif, un tiers des Noirs entre vingt et vingt-neuf ans sont en prison, en conditionnelle ou libérés sur parole ? Saviez-vous que ce chiffre représente une hausse de dix pour cent, rien que sur les cinq dernières années ? Saviez-vous que ces Noirs coûtent au pays plus de six milliards de dollars chaque année ? Guettez notre retour dans quatre-vingt-trois minutes.

Hood se tourna vers Stoll : « D'où ça sort, Matt ?

— Aucune idée. »

Nancy intervint : « Ce genre d'intrusion se produit d'habitude par les ports d'accès bidirectionnels ou les ports de transfert de données, non ?

425

– Ou par les passerelles d'accès au courrier électronique, compléta Stoll. Mais la faille ne provient pas de l'Op-Center. Cet écran a emprunté une autre voie d'accès. Et qui doit être sans doute bougrement bien planquée.

– Comment ça ? demanda Hood.

– Une intrusion complexe comme celle-ci s'opère en général par le truchement de plusieurs ordinateurs.

– Pour empêcher de remonter à la source ? »

Stoll confirma d'un signe de tête. « Vous avez raison en partie quand il s'agit de ces crétins qui se servent de leur ordinateur pour entrer par effraction dans un autre, puis utilisent ce dernier comme tremplin pour accéder à un troisième, et ainsi de suite. Mais ce n'est pas aussi simple que ces dessins qu'on reconstitue en joignant des points successifs. Chaque ordinateur offre des milliers de cheminements possibles. Imaginez une gare terminus dotée de centaines de voies pour des destinations différentes. »

L'écran s'effaça, révélant un second parchemin :

Saviez-vous que le taux de chômage chez les Noirs des deux sexes est plus de deux fois supérieur au taux de la population blanche ? Saviez-vous que dans ce pays, sur les dix meilleures ventes de disques de l'année, neuf sont des albums enregistrés par des Noirs, et que vos filles et vos petites amies blanches achètent plus de soixante pour cent de cette prétendue musique ? Saviez-vous que seulement cinq pour cent des livres édités dans ce pays sont achetés par des Noirs ? Guettez notre retour dans quatre-vingt-deux minutes.

« Est-ce que ces écrans apparaissent également ailleurs ? » demanda Hood.

Les doigts de Stoll volaient déjà sur le clavier. « Je

vérifie », dit-il tout en tapant : *listserv@cfrvm.sfc.ufs.stn.*
Une adresse où il savait pouvoir obtenir une liste de
forums de discussion. « Il s'agit en fait d'un groupe qui
discute de films de karaté de Hongkong, précisa-t-il.
C'est l'adresse électronique la plus obscure que je
connaisse. »

Au bout d'un moment, un nouvel écran apparut.

*Je finis par penser que l'interprétation de Jackie Chan par
Wong Fei Hong fera date. Même si la personnalité intime de
Jackie reste visible dans sa façon de l'incarner, il reste crédible.*

« On peut estimer sans risque que les intrus ne
visent que le public des joueurs.

— Ce qui se tient, intervint Nancy, s'ils comptent
arroser ce marché avec leurs jeux de haine raciale.

— Mais sans faire ouvertement de la publicité, compléta Hood. Je veux dire, il y a peu de chances qu'on
les trouve dans les pages jaunes d'Internet.

— Certes, admit Stoll. Mais sur le réseau, les nouvelles vont vite. Celui qui veut y jouer saura toujours où
les trouver.

— Et avec l'Enjoystick pour rajouter du piment, dit
Hood, les gamins non avertis ne manqueront pas de se
faire piéger.

— Et la législation, alors ? dit Nancy. Je croyais qu'il
y avait un contrôle sur le contenu de ce qu'on pouvait
mettre sur Internet ?

— Il y en a », confirma Stoll. Il bascula de nouveau
sur sa partie de « Donjons et Dragons », puis se cala
contre le dossier de son fauteuil. « Ce sont les mêmes
lois qui gouvernent d'autres marchés. On traque et
l'on arrête les pédophiles. On n'a pas le droit de proposer les services de tueurs à gages. Mais diffuser des
faits tels que ceux qu'on vient de lire, des faits qu'on

427

peut trouver dans n'importe quel bon annuaire statistique, cela n'a rien d'illégal. Même quand l'intention est clairement raciste. Le seul crime qu'ont commis ces individus est de s'introduire par effraction chez les utilisateurs du Net. Et je vous garantis que ce message aura disparu d'ici quelques heures, avant que les services de surveillance du réseau aient eu une chance de les localiser. »

Nancy se tourna vers Hood. « Tu as l'air persuadé que c'est un coup de Dominique.

— Il en a les moyens, non ?

— Ça ne fait pas de lui un criminel.

— Certes, non. Mais le vol et le meurtre, si. »

Elle soutint un instant son regard, puis baissa les yeux.

Les ayant apparemment oubliés, Stoll poursuivait : « Il y a des détails sur cet écran qui me rappellent le jeu chargé sur la machine de Hausen. » Il se pencha, pointa le doigt. « L'ombre de la boucle inférieure du manuscrit est bleue, pas noire. Une personne ayant une formation de graphiste aurait pu faire ça machinalement. En quadrichromie, lors de la sélection des couleurs, les ombres traitées en bleu foncé ressortent mieux qu'en noir. En outre, ces taches de moisissure sur le parchemin, qui accentuent le réalisme de la matière… là … (il indiqua la partie encore enroulée en haut du manuscrit) … sont d'une texture similaire à la robe des chevreuils sur les fonds d'écran boisés de l'autre jeu. »

Nancy se cala contre son dossier. « Vous cherchez la petite bête… »

Stoll hocha la tête. « Ce n'est pas à vous que je vais rappeler la foule de petits détails que les concepteurs introduisent dans leurs jeux. Souvenez-vous de l'époque héroïque des consoles de jeu vidéo. Quand on arrivait à reconnaître un jeu écrit pour une Activision d'un autre destiné à tourner sur une console Imagic ou Atari rien qu'au rendu des scènes ou au traitement des animations. Merde, on arrivait même à reconnaître la patte d'un concepteur comme David Crane au milieu du reste de la gamme Activision. Les créateurs laissaient leurs empreintes sur tout l'écran.

– Je connais cette époque mieux que vous croyez, Matt. Et je peux vous dire qu'à Demain, on ne marche pas comme ça. Quand on programme des jeux pour Dominique, on laisse à la porte sa vision personnelle. Notre seul boulot est d'intégrer le maximum de couleurs et de graphismes réalistes.

– Ce qui ne veut pas dire que Demain n'était pas derrière ce jeu, objecta Hood. Ça m'étonnerait que Dominique fabrique des jeux racistes qui ressemblent à sa production habituelle.

– Mais je connais bien le travail des créateurs qui bossent pour lui, reprit Nancy. J'ai eu le temps de réfléchir à leur style graphique. Aucun ne travaille comme ça.

– Et si c'étaient des concepteurs extérieurs ? suggéra Hood.

– À un moment ou un autre, il faudrait bien qu'ils passent par le filtre de notre système. Le projet est testé, réécrit, modifié, chargé, validé... il y a des dizaines d'étapes.

– Et si tout le processus créatif était sous-traité à l'extérieur ? »

Stoll fit claquer ses doigts. « Ce Reiner... le secrétaire de Hausen. Il a dit qu'il écrivait des programmes de conception de stéréogrammes. Il doit s'y connaître en informatique.

– Exact, dit Hood. Nancy, supposons que quelqu'un d'extérieur vous écrive un jeu. Quel est le nombre minimal de personnes qui en verraient les disquettes à Demain ?

– Pour commencer, jamais un truc aussi dangereux n'arriverait sur disquette.

– Pourquoi ?

– À cause des traces. Un programme à déclenchement retardé enregistré sur disquette fournirait la preuve matérielle que Dominique trafique dans les jeux racistes.

– À condition de ne pas l'avoir effacé une fois le chargement effectué, objecta Stoll.

– Il faudrait bien qu'ils le gardent jusqu'au moment où ils sont sûrs que tout s'est passé comme prévu, objecta Nancy. En tout cas, c'est comme ça qu'on fonctionne à Demain. De toute façon, un programme extérieur comme celui-ci devrait être transmis par modem sur une station de travail dépourvue de disquettes.

– On a ce genre de bécanes, patron, nota Stoll. On s'en sert pour traiter les données ultra-sensibles qu'on ne veut pas risquer de voir recopier sur disquette à partir du serveur de réseau. »

Hood surfait à la limite de son savoir-faire technique mais il suivait les grandes lignes du raisonnement de Stoll.

Nancy remarqua : « À Demain, les seules personnes équipées de stations de travail sans disquettes sont les vice-présidents chargés de la promotion des nouveaux produits ou de la définition des stratégies commerciales. »

Stoll effaça le programme de son portable. « Filez-moi les noms de ceux qui ont le niveau technique pour bidouiller des programmes de jeux.

– Les réécrire entièrement ? Je n'en connais que deux. Étienne Escarbot et Jean-Michel Horne. »

Stoll entra les noms et les expédia à l'Op-Center en demandant une fiche biographique. Pendant qu'ils attendaient, Hood s'attaqua à un problème qui le tracassait depuis son entretien téléphonique avec Ballon. Le colonel avait été pour le moins refroidi par la participation de Hausen. Il lui reprochait d'être à la recherche d'un coup médiatique.

Et si c'était encore pire ? se demanda Hood. Il n'avait pas envie de dénigrer quelqu'un qui avait plutôt l'air d'un brave type, mais cela faisait partie du boulot. Mais, après avoir écouté Hausen évoquer son père aviateur dans la Luftwaffe, il en venait à se demander : *Et si Hausen et Dominique n'étaient pas ennemis ?* Après tout, il n'avait que la version donnée par Hausen des événements de Paris un quart de siècle plus tôt. *S'ils étaient de mèche tous les deux ? Bon Dieu, Ballon a dit que le père de Dominique avait fait fortune dans la construction de pièces pour Airbus. Encore des avions. Et Hausen est un sacré bon pilote...*

Hood poursuivit son raisonnement. Et si Reiner avait en réalité obéi scrupuleusement aux ordres de son patron ? En faisant passer Hausen pour la victime d'un jeu raciste pour entraîner l'Op-Center, Ballon et le gouvernement allemand dans une incursion risquée ? Qui viendrait s'attaquer à Dominique une seconde fois si le premier assaut faisait long feu ?

Stoll l'interrompit dans ses réflexions : « Aha ! On commence déjà à nager en eaux troubles. D'après les dossiers officiels de Lowell Coffey, en 1981, le sieur Escarbot a été chargé par une société parisienne de dérober des secrets commerciaux à IBM sur un algorithme d'affichage graphique en mode point. Demain a payé pour régler le litige. Et l'affaire a été classée avant de ressortir dix-neuf ans plus tard, cette fois à l'encontre de M. Horne. Il se serait, semble-t-il, fait octroyer un brevet français pour une puce quatre bits dont une firme américaine revendiquait la paternité. Mais sans avoir pu établir la preuve du vol. Ni en démasquer l'auteur... »

Stoll s'interrompit dans sa lecture. Son visage devenu livide se tourna vers Hood, puis vers Nancy.

« Non, dit cette dernière. Il n'y a pas deux Nancy Jo Bosworth. C'était moi.

– Pas de problème, intervint Hood. J'étais déjà au courant. »

Stoll hocha lentement la tête. Il considéra Nancy. « Pardonnez-moi, mais étant moi-même concepteur de logiciels, je ne peux m'empêcher de vous dire que c'est vraiment nul, comme attitude.

– Je sais, dit Nancy.

– Ça suffit, Matt, coupa Hood.

– Bien sûr. » Stoll se recala dans son fauteuil, resserra la ceinture qu'il n'avait pas débouclée depuis le décollage, et détourna ostensiblement la tête pour regarder par le hublot.

Et à cet instant, Hood se dit : *Et puis merde !* Voilà qu'il rabrouait Stoll quand il aurait mieux fait de s'interroger sur l'apparition inopinée de Nancy dans le parc. Justement alors qu'il se trouvait en compagnie de Richard Hausen. Était-ce une coïncidence, ou se pouvait-il qu'ils soient tous en cheville avec Domi-

432

nique? Le doute l'envahit soudain. Mais il se sentait surtout bien stupide. Emporté par les événements et par sa hâte à empêcher Dominique de diffuser son message et ses jeux en Amérique, Hood avait totalement ignoré toute précaution, toute prudence. Pis encore, il avait laissé son groupe se diviser. Son expert en sécurité, Bob Herbert, se baladait à l'heure qu'il est dans la campagne allemande.

Peut-être qu'il se faisait une montagne de pas grand-chose. C'était ce que lui disait son instinct. Mais son cerveau lui conseillait de vérifier mieux. Et avant qu'ils n'arrivent devant l'usine Demain, si possible.

Hood resta auprès de Stoll alors que Nancy était retournée dans l'autre travée. Elle était malheureuse et ne cherchait pas à le dissimuler. Stoll était écœuré et ne s'en cachait pas non plus. Seul Hood devait garder pour lui ses sentiments. Mais plus pour longtemps.

Quand Elizabeth leur annonça dans l'interphone qu'ils entamaient la descente sur Toulouse, Hood emprunta, mine de rien, son portable à Matt Stoll.

« Vous voulez que je vous charge le *Solitaire*? demanda Stoll, connaissant le jeu préféré du patron.

– Non, répondit Hood en allumant la machine. Je me sens plutôt d'humeur à faire un *Tetris*. » Tout en parlant, il avait ouvert le bloc-notes et tapait à l'écran : *Matt, surtout ne dites rien. Mettez-moi simplement en communication avec Darrell.*

Stoll se caressa négligemment le nez, se pencha, ouvrit la fenêtre de communications, entra son mot de passe et le numéro de l'Op-Center. Le disque dur se mit à ronronner tandis que le pointeur se transformait en sablier.

Stoll se rassit quand son écran afficha : *Liaison établie.*

Hood tapa rapidement son code de transmission personnel puis rédigea le message suivant :

Darrell : j'ai besoin de tous les détails que vous pourrez obtenir sur la vie du vice-ministre des Affaires étrangères allemand, Richard Hausen. Contrôlez les archives fiscales depuis les années soixante-dix. Je cherche un éventuel emploi chez Airbus Industrie ou au service d'un certain Dupré ou Dominique, résidant à Toulouse ou Montauban. Il me faudrait aussi des détails sur la vie et les activités d'après-guerre de Maximilian Hausen, ex-pilote de la Luftwaffe. Rappelez-moi dès que vous avez quelque chose. Jusqu'à seize heures, heure de la côte Est, aujourd'hui au plus tard.

Hood se rassit. « Je suis vraiment nul. Qu'est-ce que je dois faire, maintenant ? »

Stoll se pencha devant lui. Il transmit le courrier électronique. « Vous voulez sauvegarder vos parties ?

– Non. »

Stoll tapa simplement :-) puis effaça l'écran.

« En fait, reprit Hood en éteignant l'ordinateur, je voudrais surtout que vous me preniez cette machine et que vous me la balanciez dehors.

– Il vaut mieux s'abstenir de tout jeu vidéo quand on est crispé », dit Nancy. Elle le lorgnait depuis son côté de la cabine. « C'est comme le sport ou le sexe. Il faut être détendu. »

Hood rendit la machine à Stoll. Puis il retourna s'asseoir à côté de Nancy et boucla sa ceinture.

« Je regrette de t'avoir entraînée dans cette histoire.

– Laquelle ? Ce petit raid ou toute cette sale affaire ?

– Le raid. Je n'aurais pas dû faire jouer notre… » Il s'interrompit, chercha le mot juste, opta à contrecœur pour « amitié ».

« Pas grave. C'est vrai, Paul. Je commence à en avoir

marre de devoir fuir, d'être dépendante de Demain et de vivre cette existence d'expatrié qu'on ne choisit jamais de son plein gré. Que dit déjà Sydney Carton avant de monter à l'échafaud à la place de Charles Darnay, dans *Deux villes, un amour*[1]? "C'est encore, et de très loin, ce que j'aurai fait de mieux." Eh bien, moi aussi, c'est encore, et de très loin, ce que j'aurai fait de mieux. »

Hood lui adressa un sourire chaleureux. Il avait envie de lui dire de ne pas se soucier de l'échafaud. Mais il ne pouvait pas lui garantir son destin, pas plus qu'il ne pouvait jurer de sa loyauté. Et tandis que l'appareil se posait en douceur sur le sol de France, son seul espoir, en lui voyant cet air soucieux, était qu'il venait de ce qu'elle envisageait son avenir à elle, et non pas le sien.

---

1. *A Tale of Two Cities*: roman de Charles Dickens, paru en 1835 et porté à l'écran sous le même titre en 1935, avec l'acteur britannique Ronald Colman dans le rôle principal *(N.d.T.)*.

49.

Jeudi, 14 : 59, Washington, DC

La transmission radio de Hood fut reçue par la secré-taire de McCaskey, Sharri Jurmain. La jeune diplômée de l'académie du FBI répercuta le courrier électro-nique sur l'ordinateur personnel de McCaskey ainsi qu'au Dr John Benn du *RI-Search Center*, le Service rapide de recherche d'information de l'Op-Center.

Le *Rapid Information Search Center* se réduisait à deux petits bureaux interconnectés et équipés de vingt-deux ordinateurs que faisaient tourner deux opérateurs à plein temps sous la supervision du Dr Benn. Ancien de la bibliothèque du Congrès, ce vieux garçon d'origine britannique avait été pendant deux ans attaché d'am-bassade au Qatar, quand l'émirat avait proclamé son indépendance en 1971. Benn y était resté sept ans avant d'aller à Washington habiter avec sa sœur après le décès de son diplomate de mari. Tombé sous le charme de la capitale fédérale et des Américains, Benn était resté après que sa sœur eut regagné l'Angleterre. Il avait pris la nationalité américaine en 1988.

Le talent singulier de Benn, qui faisait sa fierté et qu'il avait acquis durant son séjour – par ailleurs sans surprise – au Qatar, était de se référer toujours à d'obscures citations extraites de la littérature britannique. Même avec l'aide de forums spécialisés sur Internet, personne à l'Op-Center n'avait jamais été fichu d'identifier correctement un seul des personnages incarnés par Benn.

Benn prenait donc son thé matinal en jouant M. Boffin, dans *Notre ami commun*, de Dickens, quand lui parvint la demande par courrier électronique de Hood. Elle fut annoncée par une voix synthétisée clamant un « Je m'en vais me lever et partir » extrait du poème *L'île du lac d'Innisfree* de Yeats, suivi du numéro d'identification de l'auteur de la requête.

« Encore une fois sur la brèche, chers amis, encore et toujours », lança Benn avec emphase tandis que, accompagné de ses deux adjoints Sylvester Neuman et Alfred Smythe, il se précipitait vers l'écran numéro un. Tous trois reconnurent aussitôt le :-), l'*emoticon* souriant qui était la signature de Stoll. Dans un de ses grands moments de parano, Stoll était convenu avec eux que si jamais, à l'autre bout de la ligne, on le contraignait de force à transmettre, il leur enverrait alors un :-(soucieux.

Les trois hommes s'attelèrent avec diligence à la collecte des données.

Pour la biographie du vice-ministre Richard Hausen et les renseignements sur son père, Smythe se connecta pour rapatrier des fichiers de divers centres universitaires et scientifiques en Allemagne : l'ECRC de Munich, le *Deutsche Elektronen Synchrotron*, la DFKZ de Heidelberg, la *Gesellschaft für Wissenschaftliche Datenverarbeitung GmbH*, le *Konrad Zuse Zentrum für Informationstechnik*, ainsi que le *Comprehensive T_eX Archive Network* de Heidelberg. Neuman mobilisa de son côté trois machines pour accéder aux moteurs de recherche d'Internet et obtenir des informations du *Deutsches Klimarechezentrum* de Hambourg, d'*EUnet Germany*, le centre d'information du réseau allemand, et du *ZIB, Berlin auf Ufer*. Avec l'aide d'un assistant de Matt Stoll, le sous-directeur adjoint des opérations Grady Reynolds, ils s'introduisirent dans les archives du fisc, de l'emploi et de l'éducation de l'ex-République fédérale et de l'ex-République démocratique allemande. Les dossiers de nombreux Allemands, surtout les ressortissants de l'ex-RDA, n'existaient que sur papier. Toutefois, les archives universitaires et fiscales des personnalités publiques devaient être reportées sur disque pour être consignées dans diverses commissions gouvernementales. De plus, bon nombre de grosses entreprises avaient scanné leurs archives personnelles pour les informatiser. Dans le pire des cas, ces dernières devaient être également accessibles.

Le bureau de Darrell McCaskey, qui chapeautait les contacts avec les autres services gouvernementaux, les mit en relation avec le FBI, Interpol et divers services de la police allemande : le *Bundeskriminalamt* ou BKA, l'équivalent local du FBI ; les diverses *Landespolizei* ; la *Bundeszollpolizei* ou police des douanes fédérales ; et la *Bundespostpolizei*, la police de la poste fédérale. Ces deux derniers services se chargeant d'intercepter les délinquants qui avaient réussi à échapper aux autres.

Tandis que ses deux assistants poursuivaient leur quête et rapatriaient des blocs d'informations sur Hausen, le Dr Benn résumait le fruit de leurs recherches sous la forme de brefs paragraphes plus digestes. Hood ayant demandé qu'on lui réponde par téléphone, Benn devrait les lui lire. Les données seraient toutefois également enregistrées sur disque en vue d'une impression sur papier.

Lisant les informations à mesure qu'elles arrivaient et les confrontant à la requête initiale, il se demanda si Hood avait bien posé le problème. Il semblait régner une certaine confusion concernant les faits et gestes de Hausen durant sa carrière.

Quoi qu'il en soit, Benn poursuivit sa tâche avec diligence pour se conformer au délai imposé par le patron.

50.

Jeudi, 15 : 01, Washington, DC

Toutes les demandes d'informations émanant de la division RI-Search se voyaient automatiquement attribuer par l'ordinateur un numéro de tâche et un index numérique. Les numéros de tâche commençaient toujours par un code d'un à trois chiffres identifiant le demandeur. Comme les requêtes émanaient souvent d'agents placés dans une situation délicate, d'autres responsables étaient prévenus automatiquement dès l'arrivée de ces demandes. S'il arrivait quoi que ce soit à l'agent sur le terrain, on aurait besoin de leur renfort pour intervenir et terminer l'opération.

Ainsi, quand Hood fit appel au RI-Search, Mike Rodgers fut aussitôt alerté par un bip sur son ordinateur. S'il avait été absent, le signal aurait retenti toutes les minutes.

Mais il était bien là, à grignoter un déjeuner tardif à son bureau. Entre deux bouchées de hamburger de la cantine réchauffé au micro-ondes, il examina la requête. Et s'inquiéta bientôt.

Rodgers et Hood étaient dissemblables par bien des aspects. L'une de leurs différences essentielles touchait à leur vision du monde. Hood croyait en la bonté

440

de l'homme quand Rodgers pensait que l'humanité était fondamentalement égoïste, un ramassis de carnivores sanguinaires. Rodgers estimait que les preuves étaient de son côté. Sinon, lui et des millions d'autres soldats se seraient retrouvés au chômage.

Rodgers estimait en outre que si Paul Hood nourrissait des doutes sur le clan Hausen, il y avait alors certainement de quoi s'inquiéter.

« Il va en France traquer un groupe terroriste avec Matt Stoll en soutien », observa le général, tout seul, à haute voix. Il regarda son ordinateur. Il aurait bien aimé avoir déjà sous la main le ROC, l'Op-Center régional, avec des effectifs au complet et un groupe d'intervention prêt à intervenir sur zone, à Montauban. Faute de mieux, il tapa au clavier MAPEURO.

Une carte en couleurs de l'Europe apparut. Il y superposa un réseau de coordonnées qu'il examina attentivement.

« Huit cent cinquante kilomètres », dit-il en embrassant du regard la distance entre le Nord de l'Italie et le Sud de la France.

Rodgers pressa la touche « escape » puis tapa NATO-ITALY.

Cinq secondes plus tard apparaissait la page d'accueil de l'OTAN en Italie. Le menu sur deux colonnes allait de *Déploiement de troupes* à *Moyens de transport*, d'*Armements* à *Programmes de simulation de jeux de guerre*.

Il déplaça le curseur pour cliquer sur *Transports*, révélant un sous-menu. Il sélectionna *Transport aérien*. Un troisième menu proposait une liste d'appareils et d'aérodromes. Le Sikorsky CH-53E était disponible. Propulsé par ses turbines General Electric, l'hélicoptère avait un rayon d'action de plus de quinze cents kilomètres, une fois équipé de ses réservoirs supplémentaires, et sa capacité d'emport était suffisante pour la mission qu'il envisageait. Mais avec une vitesse maximale de cent soixante-dix nœuds – trois cent quinze kilomètres-heure –, l'engin était trop lent. Il descendit dans la liste.

Et s'arrêta au V-22 Osprey. Un ADAV/ADAC[1], fruit de la collaboration de Bell et Boeing. Cet appareil à voilure basculante avait un rayon d'action supérieur à vingt-deux mille kilomètres après décollage court, et surtout une vitesse de croisière de cinq cent quatre-vingts kilomètres-heure en mode avion à l'altitude optimale. Mais le plus intéressant peut-être était que l'un des prototypes avait été confié pour essais à la VIᵉ Flotte à Naples.

Rodgers sourit, quitta le menu et ouvrit la fenêtre de son répertoire téléphonique. Il fit glisser le curseur sur *Lignes directes OTAN* et choisit le commandant militaire des forces de l'OTAN en Europe, le général Vincenzo Di Fate.

En moins de trois minutes, il avait tiré le général italien d'un dîner à l'ambassade d'Espagne à Londres et lui expliquait pourquoi il avait besoin de lui emprunter le zinc et dix soldats français.

---

1. Appareil à décollage et atterrissage vertical/court. Équivalent français de l'acronyme anglo-américain VTOL/STOL : *Vertical/Short Take-off and Landing (N.d.T.).*

51.

Jeudi, 21 : 02, Wunstorf, Allemagne

« Pauvre estropié ! »

Herbert avait déjà entendu pas mal d'injures. Lancées contre les Noirs dans le Mississippi, les juifs en ex-URSS, ou des Américains à Beyrouth. Mais celle que lui cria la jeune sentinelle alors qu'il essayait de rattraper Jody était l'une des invectives les plus niaises qu'il ait entendues. N'empêche, cela le mit en rogne.

Herbert sortit sa lampe de poche et prit le temps d'examiner, côté conducteur, l'intérieur de la voiture qu'il avait suivie jusqu'ici. Puis il se glissa le long de la carrosserie au cas où quelqu'un s'aviserait de tirer en direction du faisceau de sa torche. Planqué dans le noir, il regarda la sentinelle arriver à la hauteur de Jody qui finit par s'arrêter. Puis il sortit le Skorpion de sous sa jambe.

Jody et la sentinelle étaient à une dizaine de mètres devant lui et à vingt-cinq de la rangée de néo-nazis. Derrière, le meeting se poursuivait comme si de rien n'était.

Jody se trouvait exactement entre Herbert et la sentinelle.

Le garçon l'interrogea en allemand. La jeune fille

répondit qu'elle ne comprenait pas. Il héla quelqu'un derrière lui pour s'informer de la conduite à tenir. Ce faisant, il s'était légèrement décalé sur la gauche. Herbert visa le tibia gauche du garçon et fit feu.

Le jeune gaillard s'effondra en poussant un cri.

« À présent, on est deux à être estropiés », grommela Herbert en fourrant le pistolet-mitrailleur dans une poche de cuir attachée au flanc de sa chaise. Puis il roula prestement vers l'autre côté de la limousine.

La foule se tut et la rangée de néo-nazis se jeta au sol derrière le blessé. Le relief du terrain les empêchait de tirer – même si Herbert savait qu'ils n'allaient pas rester à moisir dans cette position.

Tout en contournant la voiture, il lança à Jody : « Faites ce que vous avez à faire, ensuite on file ! »

La jeune fille le regarda, puis elle se tourna vers les visages livides, de l'autre côté. « Vous ne m'avez pas eue, leur cria-t-elle d'une voix forte, et vous ne m'aurez jamais. »

Herbert ouvrit la portière du côté passager. « Jody ! »

La fille contempla le garçon blessé, puis revint au pas de course.

« Montez au volant ! dit Herbert tout en commençant de se hisser à l'intérieur. Les clefs sont encore sur le contact. »

Certains des participants s'étaient mis à crier. Une des néo-nazies du premier rang s'était déjà relevée. Elle tenait un pistolet. Qu'elle braqua sur Jody.

« Et puis merde », dit Herbert en tirant par la vitre ouverte. Jody hurla en se couvrant les oreilles. Herbert avait cueilli l'Allemande à la cuisse et elle bascula en arrière dans une gerbe de sang.

Herbert ressortit et se remit dans son fauteuil pour

444

couvrir leur retraite, caché derrière la portière ouverte. Jody se glissa au volant, mit le contact. Elle avait perdu son calme. Elle tremblait et respirait bruyamment, manifestant les signes classiques d'une dépression posttraumatique.

Herbert ne pouvait se permettre de la perdre. « Jody, je veux que vous m'écoutiez. »

Elle se mit à pleurer.

« Jody !

– *Quoi* ? hurla-t-elle. Quoi, quoi, *quoi* ?

– Je veux que vous reculiez doucement. »

Elle agrippait le volant, les yeux baissés. La foule s'agitait comme une fourmilière derrière la ligne de front. Au loin, Herbert distinguait l'orateur en discussion avec une femme. Ce n'était qu'une question de minutes, de secondes peut-être, avant qu'ils n'attaquent.

« Jody, répéta Herbert avec patience. J'ai besoin que vous passiez la marche arrière et reculiez tout doucement. »

Herbert savait qu'il n'arriverait pas à monter en voiture sans abaisser son arme. Et s'il l'abaissait, on les attaquerait. Il jeta un bref coup d'œil en arrière qui lui permit de s'assurer, malgré l'obscurité, que le terrain était dégagé sur plusieurs centaines de mètres. Son plan était de se laisser pousser par la portière restée ouverte, ce qui lui permettait de maintenir l'arme pointée pendant leur retraite. Dès qu'ils seraient à bonne distance, il se hisserait dans l'habitacle et ils pourraient filer.

Tel était le plan, en tout cas.

« Jody, vous m'écoutez ? »

Elle acquiesça, renifla et cessa de pleurer.

« Est-ce que vous pouvez reculer au ralenti ? »

D'un geste hésitant, Jody posa la main sur le pommeau du levier de vitesses. Elle se remit à pleurer.

« Jody, répéta Herbert avec patience, il faut vraiment qu'on y aille. »

Elle déplaça le levier à l'instant précis où les pneus avant explosaient.

Le véhicule se souleva en même temps, l'avant pulvérisé par une salve tirée de quelque part devant eux. La portière ouverte se rabattit, propulsant Herbert vers l'arrière de la voiture. Peu après, une rafale d'arme semi-automatique se mit à grignoter la tôle de la portière. La foule s'était ouverte pour livrer passage à une femme, l'arme calée sous le bras. Comme avait dit Lang – n'était-ce que ce matin ? – « ça, ce ne peut être que Karin Doring ».

Herbert fit reculer son fauteuil. Il ouvrit la portière arrière, se réfugia derrière et tira une rafale. Cela immobilisa la première ligne mais pas la femme. Elle continuait d'avancer, inexorable.

Jody pleurait toujours. Herbert avisa les armes posées sur la banquette arrière. Il nota également un autre élément, qui pouvait lui servir.

Il tira encore une rafale vers l'attroupement, puis demanda à Jody de le couvrir.

Elle secoua la tête. Il savait qu'elle n'avait aucune idée de ce qu'il lui racontait.

Des balles crépitèrent sur la portière avant. *Encore une ou deux rafales et elles traversent.* Puis elles transperceraient la porte arrière et ensuite, ce serait son tour.

Il hurla : « Jody ! Tournez-vous et passez la main par la vitre de séparation. Récupérez les armes sur la banquette arrière et tirez avec. *Tirez*, Jody, ou nous sommes morts ! »

446

La jeune femme agrippait le volant.

« Jody ! »

Elle continua de pleurer.

En désespoir de cause, Herbert se tourna vers elle et tira une balle dans le siège, sous sa cuisse. Elle hurla et sursauta, tandis que le capitonnage du siège rebondissait avant de retomber doucement.

« Jody ! Prenez une arme et descendez Karin Doring ou c'est vous qu'elle aura, merde ! »

L'étudiante se tourna vers lui, les yeux écarquillés. Ça, apparemment, elle avait compris. Elle se tourna, décidée, glissa la main par la vitre de séparation ouverte et s'empara des deux armes.

« Enlevez le cran de sûreté, dit Herbert, le petit loquet sur le…

– C'est fait », coupa Jody.

Il la regarda ravaler ses larmes ; puis tirer dans le parc-brise et, prenant appui contre le dossier du siège, pousser un grand cri et chasser d'un coup de pied la vitre brisée.

« Incroyable, dit Herbert dans sa barbe. Ajustez votre tir, prévint-il en se penchant vers l'habitacle. Ne gaspillez pas vos munitions ! »

Sans cesser de surveiller la première ligne de néo-nazis, il récupéra les six petites bouteilles d'eau gazeuse et les glissa dans la pochette en cuir de son siège. Comme Karin Doring approchait, la première ligne reprit confiance et un homme se releva.

« Salaud ! » s'écria Jody en lui tirant dessus.

Elle rata sa cible mais l'Allemand se recoucha vite fait.

Herbert secoua la tête. *Voilà que j'ai donné naissance à une vraie petite tueuse*, observa-t-il en décapsulant deux

447

des bouteilles. Il en répandit le contenu sur le sol. Dès qu'elles furent vides, il recula de quelques pas et se servit de son coutelas pour découper un tronçon du bandage en caoutchouc gris de sa roue gauche. Même une Karin Doring ne serait pas capable de traverser un rideau de flammes.

Une volée de balles ricocha en crépitant sur le capot. Jody se jeta complètement à gauche. Découvrant à l'évidence qu'elle venait de se bloquer contre la portière, elle se laissa glisser vers la droite. Quelques secondes plus tard, une rafale traversa l'habitacle pour aller se loger dans la banquette arrière.

« Jody, hurla Herbert, enfoncez l'allume-cigare ! »

Elle obéit, avant de se planquer de nouveau. Herbert savait qu'elle n'allait plus se relever.

Karin était à moins de trois cents mètres. Se sentant apparemment en sécurité, les autres avaient commencé à progresser.

Dans l'intervalle, Herbert avait ouvert le réservoir d'essence pour en siphonner le contenu dans les bouteilles. Les balles crépitaient sur la carrosserie avec une fréquence accrue. Des éclairs jaillissaient de différents endroits de la foule. D'ici une trentaine de secondes, Jody et lui allaient se retrouver dans la situation de M. et Mme Frankenstein aux mains de villageois furieux.

Il entendit le déclic de l'allume-cigare. Il ne fallait plus qu'il compte sur l'aide de Jody. S'avançant prestement, car il commençait à y voir un peu trop à travers la portière transformée en gruyère, Herbert se pencha à l'intérieur de l'habitacle pour y récupérer des fragments de la garniture du siège criblé de balles. Il posa sur le plancher une des bouteilles et bourra la seconde. Puis il sortit l'allume-cigare, l'approcha de la garniture, regarda. Ne vit rien de spécial.

Et comprit avec horreur que cette saloperie était ignifugée.

Avec un juron, il entrouvrit la garniture pour y coincer le bouton de l'allume-cigare, puis il lança aussitôt la bouteille dans un grand balancement de bras. Il pria pour que la garniture s'échappe et que le bouton incandescent entre en contact avec les vapeurs d'essence.

C'est bien ce qui se passa. Le cocktail Molotov explosa en plein vol, arrosant la populace d'une pluie de gouttelettes enflammées mêlées d'éclats de verre. Des cris montèrent quand les éclats incandescents atteignirent la peau ou les yeux.

Jody leva les yeux depuis sa planque. Sa terreur laissa place à la stupéfaction. Son regard passa du feu d'artifice à Herbert.

« Je suis à court de munitions, expliqua-t-il en se hissant à l'intérieur. Je suggère qu'on décolle. »

Il referma la portière du mieux qu'il put tandis que Jody, revenue au volant, redémarrait à reculons. Devant, Karin Doring avait fendu la foule de ses partisans pour canarder la voiture. D'autres armes se joignirent à la fusillade.

« *Ouch !* »

Herbert tourna la tête en entendant gémir la jeune fille. Elle s'effondra vers lui. La voiture ralentit, s'arrêta.

Il se pencha, vit qu'elle avait été touchée à l'épaule. À l'extérieur de la cage thoracique, apparemment, juste sous la clavicule.

Elle haletait, les paupières serrées. Il essaya de chan-

449

ger de position pour qu'elle puisse prendre appui sur son épaule, et soulager ainsi la blessure. Alors qu'il la déplaçait, il avisa le paquet de cigarettes dans sa poche de corsage. Il le retira prestement et eut un coup au cœur en découvrant la pochette d'allumettes coincée sous l'emballage en cellophane.

Reposant Jody sur le siège, il fila vers la droite, récupéra sur le plancher la seconde bouteille, la cala entre ses cuisses. Karin avait dépassé la foule et rechargeait son semi-automatique. Herbert sortit son mouchoir, l'enfonça dans le goulot, craqua une allumette. Il l'approcha du tissu qui s'enflamma et se désintégra plus vite qu'il ne l'avait escompté.

« Merde, soit ça ne brûle pas, soit c'est le bûcher ! » grogna-t-il en se penchant dehors pour lancer la bouteille vers Karin.

Le verre se brisa avec un bruit caractéristique quand l'essence prit feu. Une flamme jaillit, s'enfla, monta. Comme de la musique d'orgue, songea Herbert.

Il se retourna aussitôt vers Jody. Elle se tenait l'épaule. Il savait que la zone blessée était devenue à peu près insensible et que c'étaient surtout les mouvements qui la feraient souffrir.

Herbert replia son fauteuil et le tira à l'intérieur, surtout pour avoir son téléphone sous la main. Il n'était pas sûr que celui de la limousine avait survécu à la fusillade. Puis il aida Jody à se redresser.

« Jody, mon petit, murmura-t-il, j'ai besoin de toi pour quelque chose. Est-ce que tu m'entends ? »

Elle acquiesça d'un faible signe de tête.

« Je ne peux pas appuyer sur l'accélérateur. Tu vas devoir le faire à ma place. Tu penses y arriver ? »

Nouveau signe d'acquiescement.

Il se glissa derrière elle et saisit le volant. Regardant devant lui, il aperçut un homme qui s'efforçait d'empêcher Karin de charger à travers le rideau de flammes.

« Jody ? Nous n'avons pas beaucoup de temps. Je vais m'occuper de toi mais il faut d'abord qu'on se tire d'ici. »

Elle acquiesça encore une fois, s'humecta les lèvres, étouffa un cri lorsqu'elle étendit la jambe. Elle gardait les yeux fermés mais Herbert la vit tâtonner pour trouver la pédale.

« Là, fit-il. Tu y es. Maintenant, appuie. »

Ce qu'elle fit, en douceur, et la voiture s'ébranla en marche à arrière. Le bras droit passé devant la poitrine, la main sur le volant, Herbert se retourna. Il les guida le long du chemin inégal, au milieu des arbres, à travers le reflet orangé de l'incendie dans la lunette arrière.

Les balles continuaient de résonner contre la calandre mais avec moins de force qu'auparavant. Les autres tiraient à travers les flammes, à l'aveuglette, tandis qu'une voix criait à tout le monde de se calmer.

Le chaos en pleines Journées du Chaos, songea Herbert, pas mécontent. *On appelle ça « faire la part du feu ».*

C'eût été d'une ironie délicieuse s'il avait eu le temps de la savourer.

La limousine continuait de progresser à reculons. La conduite n'était pas évidente avec les pneus avant crevés qui provoquaient des embardées et les envoyaient régulièrement caresser l'écorce des arbres. Bientôt toutefois, le camp ne fut plus qu'une lueur se reflétant sur les nuages bas du crépuscule. Herbert commençait à croire qu'ils allaient réussir à sortir vivants des bois.

Quand le moteur cala.

52.

Jeudi, 21 : 14, Wunstorf, Allemagne

Karin Doring se débarrassa tranquillement des flammèches qui lui tombaient dessus. Elle songeait à la couardise de ses partisans, mais refusait de se laisser distraire. Comme un renard, elle continuait de fixer sa proie. Elle regardait la voiture s'éloigner derrière le rideau de flammes et de fumée, derrière la bousculade affolée de ses partisans.

Malin, le bonhomme, remarqua-t-elle, amère. Pas de phares. Il s'éloignait à reculons, guidé par l'éclat intermittent des feux de stop. Et puis ces derniers s'éteignirent. Le poignard de SA battait contre sa cuisse, retenu au ceinturon par sa dragonne métallique. L'arme de poing serait pour l'homme. Quant au poignard, elle le réservait à la fille.

Derrière elle, la poigne ferme de Manfred la saisit par l'épaule. « Karin ! On a des blessés. Richter a besoin de toi pour rétablir…

— Je veux ces deux-là, siffla-t-elle. Que Richter se démerde. Il voulait diriger. Qu'il se débrouille.

— Il ne peut pas mener nos troupes, objecta Manfred. Ils ne l'accepteront jamais.

— Eh bien, remplace-le.

– Tu sais bien qu'il n'y a que toi qu'ils soient prêts à suivre jusqu'en enfer. »

Karin secoua l'épaule pour se dégager. Puis elle se retourna vers Manfred, l'air farouche : « En enfer ? Ils s'égaillent comme des blattes dès que l'Américain leur tient tête. Ils se font repousser par un type en fauteuil roulant aidé seulement par une gamine hystérique ! Ils me font honte. Je me fais honte.

– Raison de plus pour tirer un trait sur l'incident. C'était un accroc. On avait baissé notre garde.

– Je veux me venger. Je veux du sang.

– Non, implora Manfred. Ça, c'était la méthode d'avant. La mauvaise méthode. C'est un revers, pas une défaite...

– Des mots, oui, des conneries de mots !

– Karin, écoute-moi ! Tu peux rallumer la passion d'une autre manière, suggéra Manfred. En accompagnant Richter à la tête de nos troupes pour entrer ensemble à Hanovre. »

Karin se retourna. Regarda à travers les flammes. « Tant que ces deux-là vivront, je n'ai aucun droit d'être à la tête de qui que ce soit. Je suis restée près de Richter pour voir mes hommes, mes soldats, rester les bras ballants. » Elle avisa un passage entre les flammes mourantes et fonça dans la fumée qui se dissipait. Manfred la suivit en trébuchant.

« Tu ne peux pas poursuivre une voiture...

– Il conduit sans phares sur un chemin de terre », objecta Karin. Elle s'était mise à trottiner doucement. « Je vais le rattraper ou du moins le pister. Ce ne sera pas bien difficile. »

Manfred trottait derrière. « Réfléchis d'abord... Comment sais-tu qu'il ne t'attend pas ?

– J'en sais rien.

– Et moi, qu'est-ce que je ferai sans toi ? cria Manfred.

– Retrouver Richter, tu l'as dit.

– Ce n'est pas de ça que je parle. Karin, si au moins
on discutait… »

Elle se mit à courir.

« Karin ! » hurla Richter.

Elle était grisée par cette libération d'énergie, par ce
plaisir d'esquiver les arbres à mesure qu'elle courait
sur ce terrain inégal.

« Karin ! »

Elle n'avait plus envie d'entendre quoi que ce soit.
Elle ne savait pas dans quelle mesure c'étaient ses partisans qui l'avaient lâchée ou elle qui leur avait fait
défaut. Tout ce dont elle était sûre, c'est que pour se
racheter de cette débâcle, pour se purifier, elle devait
laver ses mains dans le sang.

Et c'est ce qu'elle comptait faire. D'une manière ou
d'une autre, ce soir ou demain, en Allemagne ou en
Amérique, c'est ce qu'elle comptait faire.

53.

Jeudi, 21 : 32, Toulouse, France

Hood regardait par le hublot tandis que Hausen posait l'appareil en douceur. Hood repéra sans hésiter l'endroit vers lequel ils se dirigeaient. Un projecteur éblouissant posé sur le toit du bâtiment de l'aérogare illuminait un petit groupe de onze personnes en jean et chemise de coton. Un douzième était vêtu d'un complet-veston. À voir l'impatience avec laquelle ce jeune type consultait sa montre ou se passait la main dans les cheveux, Hood devina sans peine qu'il ne devait pas être avocat. Trop impatient. De même qu'il reconnut aussitôt Ballon. Avec son expression de bouledogue apparemment prêt à mordre.

Ballon s'approcha de l'appareil dès qu'il se fut immobilisé. Le type en complet-veston le suivit en trottinant.

« On n'a même pas eu droit à un sachet de cacahuètes », ronchonna Matt Stoll en pianotant sur ses genoux après avoir débouclé sa ceinture.

Hood regarda Ballon – le bouledogue, effectivement – ordonner à ses hommes d'avancer la passerelle vers la carlingue. Quand la copilote ouvrit enfin l'écoutille, la passerelle était prête.

Hood se pencha pour franchir la porte. Suivi de

près par Nancy, Stoll et Hausen. Ballon les jaugea tous mais son regard s'attarda, sévère, sur Hausen. Avant de revenir sèchement à Hood dès que ce dernier eut posé le pied sur la piste.

« Bonsoir », dit Hood. Il tendit la main. « Je suis Paul Hood.

– Bonsoir, je suis le colonel Ballon. » Il accepta la poignée de main. Puis indiqua du pouce l'homme en complet-veston. « Et voici M. Marais, directeur départemental de la sécurité publique. Il tient à ce que je vous précise que ce terrain n'est pas un aéroport international et que vous n'êtes admis ici qu'à titre exceptionnel, par égard pour moi et pour le Groupe d'intervention de la gendarmerie nationale.

– *Vive la France*, grommela Stoll, dans son coin.

– *Les passeports*[1] », dit Marais en s'adressant à Ballon.

Ce dernier traduisit. « Il désire examiner vos passeports. Ensuite, espérons-le, on pourra y aller.

– J'ai oublié le mien, annonça Stoll. Est-ce que ça veut dire que je dois rebrousser chemin ? »

Ballon le toisa. « C'est vous qui avez la machine ? »

Stoll acquiesça.

« Dans ce cas, non. Même si je dois pour cela descendre Marais, vous venez avec nous. »

Stoll glissa la main dans sa poche intérieure et sortit son passeport. Les autres firent de même.

Marais les examina tour à tour, en comparant les visages avec les photos d'identité. Puis il les rendit à Ballon qui les repassa à Hood.

« *Allez-y*[2] », dit Marais, avec impatience.

---

1. En français dans le texte *(N.d.T.)*.
2. En français dans le texte *(N.d.T.)*.

« Je suis également censé vous avertir qu'officiellement vous n'êtes jamais entrés en France. Et que vous
devrez avoir quitté notre sol sous vingt-quatre heures.

– On n'existe pas mais on agit quand même, remarqua Stoll. Aristote aurait adoré. »

Derrière lui, Nancy demanda : « Pourquoi Aristote ?

– Il croyait en l'abiogénèse, la génération spontanée
des créatures vivantes. Idée réfutée par Francesco Redi au
XVIIe siècle. Et voilà que nous venons de réfuter Redi. »

Hood avait rendu les passeports et continuait de
fixer Marais. À voir la tête du bonhomme, il se douta
que tout ne baignait pas dans l'huile. Au bout d'un
moment, Marais prit à part le colonel Ballon. Ils s'en-
tretinrent tous les deux quelques instants. Puis Ballon
revint vers les Américains. L'air encore plus soucieux
qu'auparavant.

« Que se passe-t-il ? s'enquit Hood.

– Il est embêté », expliqua Ballon. Il regarda Hausen. « Il n'a pas envie que cette situation pour le moins
irrégulière reçoive la moindre publicité.

– Je serais le dernier à le lui reprocher, répondit
tranquillement Hausen. Quelle nation se vanterait
d'être le pays natal de Dominique ?

– Aucune, rétorqua Ballon, sauf peut-être celle qui
nous a donné Hitler. »

Dans ce genre de confrontation, Hood avait d'instinct envie de jouer les médiateurs. Mais il décida de
rester en dehors du débat. Les deux hommes avaient
perdu les pédales et il sentait qu'il risquait simplement
d'envenimer la situation s'il s'avisait d'intervenir.

C'est Nancy qui le fit pour lui : « Je suis venue ici
pour contribuer à l'arrestation du prochain Hitler, pas
pour sortir des vannes sur l'ancien. Il y a des volon-

457

taires ? » Et bousculant Ballon, Marais et les autres gendarmes, elle partit d'un pas décidé vers l'aérogare.

Hausen regarda Hood puis Ballon. « Elle a raison. Si
vous voulez bien m'excuser… »

Ballon grinça des dents comme s'il ne voulait pas
en rester là. Puis il se relaxa. Il se tourna vers Marais
qui paraissait totalement dépassé.

« À demain[1] », lui dit-il d'une voix ferme avant de
faire signe à ses hommes de le suivre. Hood, Stoll et
Hausen leur emboîtèrent le pas.

Alors qu'ils traversaient rapidement l'aérogare,
Hood s'interrogea sur la formule utilisée par Ballon
pour prendre congé du fonctionnaire : À demain et pas
À plus tard. Était-ce une confirmation du délai qu'on
leur accordait ?

Ballon conduisit le groupe vers deux fourgonnettes
garées dehors. Mine de rien, il s'arrangea pour que
Stoll se retrouve calé entre Nancy et Hood. Puis il
monta à l'avant avec le chauffeur. Trois autres
hommes occupaient la banquette du fond. Aucun
n'était armé. Ceux-là étaient dans la seconde fourgonnette, avec Hausen.

« Je me fais l'effet du botaniste à bord du Bounty,
observa Stoll en se tournant vers Hood, dès qu'ils
eurent démarré. On l'avait chargé de transplanter
l'arbre à pain qu'ils recherchaient désespérément et le
capitaine Bligh était aux petits soins pour lui.

– Et nous là-dedans ? demanda Nancy, avec une moue.

– Vous, vous mettez le cap sur Tahiti. »

La remarque ne fit pas sourire Nancy. Elle ne daigna
même pas le regarder. Hood avait plutôt l'impression

---

1. En français dans le texte (N.d.T.).

d'être sur la *Nef des Fous*, pas sur le *Bounty*. Maintenant que sa mémoire n'était plus brouillée par des images romantiques, il lui revenait le souvenir précis d'une Nancy bien souvent lunatique. Elle passait de la tristesse à la déprime, puis à la colère, comme si elle glissait sur une mauvaise pente. Ces crises ne duraient jamais longtemps, mais quand elles arrivaient, ça pouvait faire du grabuge.

Ballon se retourna : « J'ai sonné à toutes les portes pour qu'on vous fasse entrer sur le sol français. J'avais déjà tiré sur la corde pour obtenir du juge d'instruction Labique la commission rogatoire m'autorisant à perquisitionner dans les locaux de Demain. Un officier de police judiciaire doit d'ailleurs nous rejoindre directement là-bas. Le délai expire ce soir à minuit et je ne veux surtout pas gâcher cette occasion. Cela fait plusieurs jours que nous surveillons l'usine avec des caméras vidéo télécommandées, en espérant trouver de quoi justifier notre intervention. Mais jusqu'ici, rien.

— Qu'espérez-vous trouver ? demanda Hood.

— Dans l'idéal ? Les visages de terroristes connus. Des membres de la redoutable milice des Nouveaux Jacobins, un groupe paramilitaire qui n'hésite pas à recourir au meurtre. »

Le colonel ouvrit la boîte à gants à l'aide d'une clef attachée à son poignet. Il tendit à Hood une chemise. Elle contenait plus d'une douzaine de dessins et de photos plus ou moins floues.

« Ce sont les Jacobins connus de nos services. J'ai besoin d'en identifier un au moins pour pouvoir intervenir. »

Hood passa le dossier à Stoll. « Êtes-vous à même de distinguer un visage avec suffisamment de netteté pour l'identifier avec certitude ? »

Stoll feuilleta les documents. « Peut-être. Ça dépend de l'arrière-plan devant lequel se trouve le sujet, s'il bouge ou non, du temps dont je disposerai pour traiter l'image...

– Ça fait pas mal de conditions, grogna Ballon. J'ai besoin de localiser un de ces saligauds à l'intérieur des bâtiments.

– La commission rogatoire ne vous laisse aucune marge de manœuvre ? demanda Hood.

– Absolument aucune, répondit Ballon. Mais je ne peux pas, sous prétexte que la photo est floue, transformer un innocent en coupable, rien que pour nous permettre d'intervenir.

– Mince alors ! dit Stoll. Ça ne me met pas la pression, à part ça ? » Il rendit la chemise à Ballon.

« C'est ce qui différencie les professionnels des amateurs », nota le colonel.

Nancy le fusilla du regard. « Je pense qu'un professionnel n'aurait déjà pas laissé ces terroristes s'introduire dans les bâtiments. Je pense également que Dominique a volé, sans doute tué, et qu'il est prêt à déclencher des guerres. En revanche, il sait se faire obéir. Est-ce que ça suffit à faire de lui un professionnel ?

– Les individus comme Dominique bafouent la loi. Nous, nous ne pouvons pas nous le permettre. Sinon, ce serait le chaos. »

Hood intervint pour faire dévier la conversation. « Dans combien de temps serons-nous à l'usine ?

– Encore une vingtaine de minutes, répondit Ballon sans quitter des yeux Nancy qui avait tourné la tête. Mademoiselle Bosworth, je comprends votre point de vue et je regrette d'avoir un peu rudoyé M. Stoll. Mais nous jouons gros jeu. » Il les regarda tous. « L'un de vous a-t-il déjà songé aux risques en cas de succès ? »

Hood s'avança sur son siège. « Que voulez-vous dire ?

– Si nous intervenons de manière chirurgicale et que Dominique est le seul à tomber, son entreprise et ses biens survivront. Mais s'ils tombent avec lui, cela causera une perte de plusieurs milliards de francs. L'économie française et, partant, le gouvernement risquent d'en être sérieusement ébranlés, ce qui peut créer un vide analogue à ceux que nous avons déjà connus par le passé. » Son regard se porta, derrière eux, vers le fourgon qui les suivait. « Un vide où l'histoire nous a enseigné que le nationalisme allemand a vite fait de s'engouffrer. Un vide propice aux bains de sang. Nous sommes sur la corde raide. La prudence nous tient lieu de perche, la loi de filet. Ce sont nos seuls moyens de passer de l'autre côté du gouffre. »

Nancy regardait obstinément dehors par la vitre. Hood savait qu'elle ne s'excuserait pas. Mais avec elle, le simple fait qu'elle ait cessé de discuter avait valeur d'excuse.

Hood répondit : « Moi aussi, j'ai foi en la loi, et j'ai foi dans les systèmes que nous avons bâtis pour la protéger. Nous vous aiderons à traverser ce gouffre, colonel. »

Ballon le remercia d'un bref signe de tête, son premier geste positif depuis leur arrivée.

« Merci, patron, soupira Stoll. Comme je disais, à part ça, ça ne me met pas trop la pression, hein ? »

54.

Jeudi, 21 : 33, Wunstorf, Allemagne

Quand le moteur avait calé, Jody avait levé le pied de la pédale d'accélérateur, posé la nuque sur l'appui-tête et fermé les yeux.

« Je peux plus bouger », murmura-t-elle dans un souffle.

Herbert alluma le plafonnier, se pencha sur elle. « Il le faut pourtant, mon petit...

– Non. »

Il entreprit de récupérer le capitonnage du siège avant. « La voiture est morte. Ce sera notre tour si on ne bouge pas d'ici.

– Je peux pas. »

Herbert écarta le col du corsage de la jeune fille, puis épongea délicatement le sang de la blessure. L'orifice était de petite taille. Il n'aurait pas été surpris qu'il s'agisse d'une balle de 22 Long Rifle tirée d'une arme bricolée par un des gamins dans la foule.

De pauvres crétins... Ils dégobilleraient à la vue de leur propre sang.

« J'ai peur », dit tout d'un coup Jody. Elle se mit à gémir. « Je m'étais trompée. *J'ai toujours peur !*

– Ce n'est pas grave, dit Herbert. Tu exiges trop de toi-même, c'est tout. »

Herbert était désolé pour la gamine, mais il ne pouvait pas se permettre de la perdre. Pas maintenant. Il ne doutait pas un seul instant que Karin allait se lancer à leurs trousses, seule ou en force. L'enseigne du nazisme devait être imprégnée du sang des vaincus pour servir d'emblème du pouvoir.

« Jody, écoute-moi. Nous ne sommes plus très loin de notre point de départ, à quinze cents mètres environ de la route nationale. Si on peut la rejoindre, on est sauvés. »

Herbert se tourna vers la boîte à gants et l'ouvrit. Il y trouva un flacon d'antalgique dont il donna deux cachets à Jody. Puis il récupéra sur la banquette arrière une des bouteilles d'eau et la fit boire. Cela fait, il se mit à chercher à tâtons derrière le dossier du siège.

« Jody, il faut qu'on décolle d'ici. »

Il trouva enfin ce qu'il recherchait. « Mon petit, il faut que je soigne ta blessure. »

Elle rouvrit les yeux : « Comment ? fit-elle en grimaçant quand elle bougea l'épaule.

– Je dois extraire la balle. Mais je n'ai ni pansement ni fil. Quand j'aurai fini, je vais devoir cautériser. »

Inquiétude soudaine de la jeune fille. « Vous allez me brûler ?

– Je l'ai déjà fait. Il faut qu'on file d'ici et j'en suis incapable par mes propres moyens. Je te préviens, ce sera douloureux, mais tu souffres déjà. Il faut arranger ça. »

Elle laissa retomber sa tête contre le dossier.

« Eh ! On n'a pas de temps à perdre…

– Très bien, dit-elle d'une voix rauque. Allez-y. »

Gardant les mains baissées pour qu'elle ne le voie pas faire, il craqua une allumette et la passa sur le bout de la lame de son coutelas pour le stériliser. Après quelques secondes, il éteignit la flamme et, du bout des doigts, écarta délicatement les lèvres de la blessure. Le culot de la balle étincela à la chiche lueur du plafonnier. Inspirant un grand coup, Herbert plaqua la main gauche sur la bouche de la jeune fille. « Tu me mords si tu ne peux pas faire autrement », dit-il en élevant la lame.

Jody grogna.

L'important, quand on soignait une blessure par balle, était de ne pas faire plus de dégâts en extrayant le projectile qu'il n'en avait fait en pénétrant. Mais il fallait l'extraire de peur qu'il n'endommage les tissus, et ne se fragmente au moindre mouvement.

Dans les conditions normales, le chirurgien se servait de forceps ou de brucelles pour ôter le projectile. Herbert n'avait que son couteau. Ce qui voulait dire qu'il allait devoir passer sous la balle et l'éjecter du premier coup pour ne pas risquer de l'enfoncer en trifouillant les chairs.

Il examina quelques instants la plaie, puis inséra la pointe du couteau dans l'orifice. La balle était entrée légèrement de biais, de gauche à droite. Il allait devoir suivre le même chemin. Il retint son souffle, maintint la lame en position, puis l'enfonça doucement.

Jody hurla. Elle se débattait vigoureusement, mais Herbert la bloqua à l'aide de son avant-bras gauche. Il n'y avait rien de mieux que propulser un fauteuil roulant pour vous muscler le torse.

Herbert fit glisser la lame le long du projectile. Dès qu'il sentit son extrémité, il inclina la pointe du couteau et fit levier pour l'extraire. La balle émergea lentement, puis roula sur les genoux de la jeune fille.

Herbert remit le couteau dans sa ceinture et la libéra. Il saisit les allumettes.

« Il va me falloir quatre ou cinq secondes pour cautériser la plaie. Tu crois que tu tiendras le coup ? »

Lèvres serrées, paupières closes, elle secoua vivement la tête.

Herbert craqua une allumette et s'en servit pour enflammer le restant de la pochette. La température serait plus élevée et l'opération plus rapide que s'il avait chauffé la lame avant de l'appliquer sur la blessure. Et chaque seconde comptait, désormais.

Plaquant à nouveau la main sur la bouche de Jody, Herbert posa les embouts incandescents à même la plaie ensanglantée.

Jody se crispa et lui mordit la main. Il connaissait cette douleur et savait qu'elle allait empirer à mesure que la peau se dessécherait. Alors qu'elle lui enfonçait les dents dans la paume, il domina sa propre douleur et se pencha à son oreille.

« Tu as déjà vu Kenneth Branagh dans *Henry V* ? »

Une seconde. Le sang s'évapora en bouillonnant. Les mains de Jody agrippèrent le poignet d'Herbert.

« Tu te souviens de ce qu'il dit à ses soldats ? »

Deux secondes. La chair commença à se ratatiner. Les dents de Jody lui déchiraient la paume.

« Henry leur dit qu'un jour, ils montreraient à leurs enfants leurs cicatrices en se vantant d'être des durs à cuire. »

Trois secondes. La blessure grésilla. Les forces de Jody parurent l'abandonner. Ses yeux se révulsèrent.

« Eh bien, c'est toi, dit Herbert. Excepté que tu auras sans doute droit à de la chirurgie réparatrice. »

Quatre secondes. La chaleur souda les lèvres de la blessure. Les mains de Jody retombèrent.

« Personne ne voudra croire qu'on t'a tiré dessus. Que tu t'es battue avec le roi Bob Herbert le jour de la Saint-Crespin… »

Cinq secondes. Il tira sur les allumettes. Elles se décollèrent de la blessure dès la première traction. Il laissa tomber la pochette, puis ôta les braises encore accrochées à la cicatrice. Ce n'était pas beau à voir, mais au moins la blessure était-elle refermée.

Il libéra son autre main. Sa paume était en sang.

« À présent, on sera deux à pouvoir exhiber nos cicatrices, grommela-t-il en se penchant vers la portière de droite. Tu penses être en état de marcher ? »

Jody le regarda. Elle transpirait et sa peau était luisante à la lumière du plafonnier.

« J'y arriverai. » Elle ne regarda pas la blessure en refermant dessus son corsage. « Je vous ai fait mal à la main ?

– À moins que tu aies la rage, je m'en tirerai… » Il ouvrit la portière. « Et maintenant, si tu veux m'aider à remonter sur mon fauteuil, on va pouvoir filer d'ici. »

Jody descendit laborieusement et contourna la voiture à pas lents. Elle reprit peu à peu confiance et semblait avoir récupéré tous ses moyens quand elle le rejoignit. Elle eut quelque mal à extraire la chaise de l'habitacle avant de la déplier.

Prenant appui sur le siège avant, il sauta dans son fauteuil.

« Allons-y. Plein est. Sur notre gauche.

« – Mais ce n'est pas par là que je suis venue, protesta-t-elle.

– Je sais. Écoute-moi, c'est tout. »

Elle se mit à pousser. La chaise semblait vouloir se prendre dans toutes les racines et les branches mortes. Loin derrière eux, dans le calme et le silence de la nuit, ils entendirent des craquements.

« On n'y arrivera jamais.

– Mais si, rétorqua Herbert, tant que tu continueras dans cette direction. »

Jody se pencha en avant et ils progressèrent lentement dans le noir. Et ce faisant, Herbert expliqua à la jeune femme quel autre service il avait encore à lui demander.

55.

Jeudi, 21 : 56, Montauban, France

Abandonnant les véhicules, Ballon, Hood, Stoll, Hausen et Nancy traversèrent à pied le Tarn en empruntant l'étroit pont voûté en briques. Des réverbères disposés tous les vingt mètres leur permettaient d'y voir clair – et bien sûr, Hood en était conscient, d'être vus.

Peu importait, d'ailleurs. Dominique avait dû deviner qu'il était sous surveillance, de toute manière. Leur approche ne l'amènerait sans doute pas à prendre des précautions supplémentaires.

Arrivé devant l'ancienne bastide, le groupe s'arrêta. Ils s'assirent près d'un fourré sur une étroite bande de gazon qui descendait en pente douce vers la rivière.

Stoll, qui n'avait pas cessé de bougonner depuis le début, confia son ordinateur à Nancy, le temps de déballer le T-Bird.

« Vous êtes sûr que nous ne faisons rien d'illégal ? demanda Stoll. Je n'ai pas envie de jouer dans *Midnight Express II* et de me faire passer à tabac.

– On n'a pas ce genre de pratique en France, répondit le colonel. Et nous ne faisons rien d'illégal.

– J'aurais dû lire les réquisitions de la commission

rogatoire quand on était dans l'avion. Sauf que, comme je ne connais pas le français, ça ne m'aurait guère avancé... »

L'informaticien raccorda l'appareil en forme de carton à chaussures au dispositif d'imagerie qui était gros comme un télécopieur. Puis il visa la façade du bâtiment et, pressant une touche sur l'imageur, il activa le scanner à faisceau laser. Le dispositif permettrait de nettoyer l'image en soustrayant les parasites causés par les poussières atmosphériques qui diffractaient la lumière.

Il se tourna vers Ballon : « Colonel, avez-vous une idée de l'épaisseur de ces murs ?

– Quinze centimètres, à peu près partout.

– Donc, ça devrait passer », dit Stoll, qui s'accroupit pour mettre en route le générateur de micro-ondes. Moins de dix secondes plus tard, un bip retentit. « Mais nous le saurons avec certitude dans moins d'une demi-minute. »

Toujours accroupi, Stoll se pencha et attendit que l'image en couleurs sorte de l'imprimante. Le papier émergea au rythme d'un télécopieur plutôt lent. Ballon guettait avec impatience la sortie de la feuille luisante.

Quand la machine s'arrêta, Stoll déchira la feuille et la tendit au colonel de gendarmerie. Celui-ci l'étudia à la lueur d'une petite torche électrique. Les autres s'approchèrent.

Hood sentit son moral en prendre un coup. Au vu du résultat, ils n'étaient pas sortis de l'auberge.

« Qu'est-ce que c'est ? demanda Ballon. On dirait la surface d'une piscine... »

Les genoux de Stoll craquèrent quand il se releva.

Il avisa l'image. « Ça, c'est l'image d'un mur qui fait bien plus de quinze centimètres d'épaisseur. » Il examina les valeurs de réflexion inscrites au bas de la feuille. « Le faisceau a pénétré le mur sur 15,6 centimètres avant d'être arrêté. Ce qui veut dire soit qu'il est plus épais, soit qu'il y a quelque chose qui l'arrête de l'autre côté. »

Hood regarda Nancy qui avait froncé les sourcils. Puis il contempla le bâtiment de quatre étages. Il y avait des fenêtres, mais elles étaient fermées par des volets. Il était certain qu'un matériau étanche aux ondes radio devait être disposé à l'intérieur des murs.

Ballon jeta la feuille avec colère. « Et c'est pour *ça* qu'on est venus ?

— T'as payé, t'as perdu, ricana Stoll, manifestement soulagé. J'imagine qu'on aurait dû se douter que ce ne serait pas aussi facile que de pirater les ordinateurs du gouvernement. »

À l'instant même où il disait cela, Stoll se rendit compte qu'il avait fait une bêtise. Ballon braqua sa torche sur lui. Hood fixa son sorcier de l'informatique.

« Vous pouvez pirater les ordinateurs ? » demanda Ballon.

Stoll regarda Hood. « Oui. Enfin, je veux dire, je l'ai déjà fait. Mais c'est tout à fait illégal, surtout quand…

— On a essayé d'accéder aux ordinateurs de Demain, expliqua Ballon, mais Dominique n'était jamais connecté nulle part sur le réseau. J'avais pourtant mis dessus mes meilleurs spécialistes.

— C'est parce que vous ne saviez pas ce que vous cherchiez, intervint Nancy. Êtes-vous tombé sur ses jeux ?

— Bien sûr, dit Ballon.

– Alors, c'est sans doute là qu'ils ont dû planquer leurs codes d'accès. Sous le couvert de MUD. Les *Multi-User Dungeons*. Des jeux de rôles jouables à plusieurs en réseau.

– Eh, c'était justement un de ces jeux que je pratiquais dans l'avion, nota Stoll.

– Je sais, dit Nancy. J'ai reconnu les commandes que vous tapiez. De même que j'ai déchiffré le message que vous avez envoyé. »

Hood sentit la honte lui monter au visage.

« C'est un peu comme de lire sur les lèvres, dit Nancy. Avec un peu d'expérience, on sait lire sur les claviers… Bref, quand on programme des jeux, on a l'habitude d'insérer des portes secrètes pour accéder à d'autres. Par exemple, j'ai planqué un *Tetris* à l'intérieur d'*Ironjaw*, un jeu que j'avais écrit pour Demain.

– C'est vous qui l'avez écrit? s'étonna Stoll. Incroyable, ce truc!

– C'est moi. Personne ne se fatigue à lire les génériques de fin. Mais si vous aviez pris cette peine, vous auriez trouvé le *Tetris*. Il suffisait de mettre en surbrillance, dans le bon ordre, les bonnes lettres des personnages imaginaires TED Roberts et TRISH Fallo.

– Comment diable voulez-vous qu'on pense à un truc pareil? s'étonna Hood.

– On ne peut pas, sourit Nancy. C'est tout le sel de la chose. On laisse filtrer des fuites dans les fanzines et les forums de discussion…

– Mais personne ne s'aviserait d'aller chercher un code d'activation au milieu d'un innocent jeu d'aventures.

– Exact. Pourtant, il ne faut rien de plus : un code

d'activation. Un programme chargé sur l'ordinateur d'un type quelconque à Pétaouchnok pourrait déclencher la mise à disposition d'un jeu raciste sur tout le réseau Internet.

– Pourquoi n'en avoir pas dit un mot ?

– Franchement, ça ne m'était pas venu à l'esprit jusqu'à ce soir, rétorqua la jeune femme. Je ne pensais pas que quelqu'un aurait l'idée tordue de polluer la planète avec des jeux racistes en prenant comme cheval de Troie des programmes interactifs de "Donjons et Dragons". Pourquoi Matt n'y a-t-il pas pensé, lui non plus ? C'est lui, votre sorcier de l'informatique, non ?

– Elle a raison, avoua Stoll. J'aurais dû... Comme dit l'autre, quand on part chasser l'éléphant, on oublie parfois de regarder d'abord dans le frigo... »

L'anecdote était inédite pour Hood mais peu importait. Il poursuivit : « Donc, ces jeux sont planqués. Où doit-on les chercher ?

– Et à supposer qu'on les retrouve, intervint Hausen, pourront-ils nous permettre de remonter jusqu'à Demain ?

– Difficile de savoir où les chercher, admit Stoll. Il pourrait avoir fait circuler le programme de jeu en jeu... comme on se repasse un ballon.

– Ce jeu devrait-il obligatoirement rester attaché à un des jeux de plate-forme conçus par Demain ?

– Non. Une fois implanté, il se comporte comme un virus. Il se déclenche au signal prévu.

– Donc, il n'y a aucun signe avertisseur.

– Exact, dit Stoll. Même si on pouvait empêcher le lancement du programme incriminé, ce qui d'ailleurs ne résoudrait rien car il en existe sans doute des copies ailleurs, on n'y découvrirait aucune empreinte.

– Tout ça, c'est bien beau, cracha Ballon. Mais ça ne m'avance pas d'un poil. »

Hood consulta sa montre. « Il va se connecter. Nancy, tu es sûre de ne pas pouvoir nous en dire plus ? Sur sa manière de procéder, sur ses programmeurs, leur façon de travailler ?

– Si je le savais, Paul, je vous l'aurais dit.

– Je sais. Je me disais peut-être qu'un détail aurait pu t'échapper.

– Non. Du reste, ce n'est pas moi qui assure la finalisation de ces programmes. J'écris le code-source, je définis les paramètres, l'architecture générale, ce sont les autres qui assurent le remplissage. Des fidèles payés grassement et séquestrés par le patron. Les trucs comme le jeu planqué dans le générique de fin, c'est plus ou moins un rajout de dernière minute. Ça sort de mes attributions. »

Tout le monde resta silencieux quelques instants. Puis Stoll claqua des doigts et se laissa choir dans l'herbe. « J'ai trouvé comment y arriver ! Je sais comment pincer ce salaud ! »

Ballon s'accroupit aussitôt près de lui. « Comment ? »

Les autres firent cercle autour d'eux tandis que Stoll déballait les câbles de connexion de son ordinateur portable. Il raccorda la machine au T-Bird. « Les programmeurs travaillent à la manière des peintres. On l'a vu dans les bureaux de M. Hausen, ils empruntent au paysage qu'ils ont sous les yeux pour composer les fonds de décor de leurs jeux. Cela dit, avec la nuit qui est tombée, on aura du mal à faire pareil. Mais si je visualise les arbres, les collines et tout le reste dans la fréquence des térahertz, les éléments chimiques composant les divers objets vont être traduits en points-images. Cela va nous permettre de distinguer les détails, jusqu'aux feuilles et au moindre caillou. Il suffira d'entrer ces données dans l'ordinateur...

– Et de lancer un programme de comparaison vidéo pour voir si l'une des images correspond, termina Nancy. Matt, c'est génial !

– Je veux, mon neveu ! Avec un peu de bol, je peux faire la manip ici. Si je manque de ressources-machine, je pourrai toujours me raccorder aux bécanes de l'Op-Center. »

Hood regarda procéder Stoll, perplexe mais confiant dans les capacités de son associé. C'est à cet instant que son téléphone cellulaire se mit à vibrer. Il s'approcha de la berge pour répondre.

« Oui ?

– Paul ? C'est John Benn. Pouvez-vous parler ? »

Hood répondit par l'affirmative.

« Je vous ai préparé un rapport complet, mais voilà en gros l'essentiel : Maximilian Hausen, le père de Richard Hausen, a travaillé pour Pierre Dupré de 1966 à 1979. Comme pilote puis comme chef-pilote.

– Vous avez bien dit 1966 ?

– Oui. »

C'était avant que Richard Hausen et Gérard Dupré se rencontrent à la fac. Auquel cas il est peu probable qu'ils aient lié connaissance à Assas, comme l'affirmait Hausen. Ils devaient presque certainement se connaître déjà. Hood jeta un coup d'œil vers Hausen qui surveillait Matt Stoll. La question qui le tracassait était moins de savoir quand ils s'étaient rencontrés que de savoir s'ils étaient toujours en contact. Pas comme ennemis mais comme alliés.

« Il y a autre chose, ajouta Benn. Apparemment, Hausen père était un nazi loyal qui a continué de rencontrer en secret d'anciens nazis après la guerre. Ils appartenaient aux Loups blancs, un groupe qui militait en faveur d'un Quatrième Reich. »

Hood tourna le dos aux autres et demanda d'une voix calme : « Est-ce que Richard en faisait partie ?

– Rien ne le prouve, mais rien ne prouve non plus le contraire. »

Voilà au moins une réponse qu'il n'était pas mécontent d'entendre. « Autre chose, John ?

– Pas pour l'instant.

– Merci. Tout cela était fort instructif.

– À votre service, dit Benn. Et passez une bonne nuit... »

Hood coupa la communication, puis resta quelques instants à contempler les eaux sombres du Tarn. « J'espère que ce sera possible », dit-il pour lui-même avant de se retourner pour rejoindre les autres.

56.

Jeudi, 22 : 05, Wunstorf, Allemagne

Jody avançait aussi vite que le lui permettaient ses jambes lourdes comme des sacs de sable et son épaule endolorie. C'était incroyable, songeait-elle, de voir combien de choses lui avaient toujours paru aller de soi. Un corps en bonne santé, par exemple. Ou bien une promenade dans les bois. Devoir pousser et tirer un fauteuil d'infirme changeait bigrement les données de l'exercice.

Si vous y ajoutiez le fait d'être poursuivie par quelqu'un qu'elle pouvait entendre mais non pas voir, l'expérience n'en prenait que plus d'intensité.

Elle trébucha, se releva, poussa, grogna, puis s'appuya contre le fauteuil. Il la guidait presque autant qu'elle le guidait. Et puis elle entendit la voix de la femme lancer dans son dos :

« N'avance plus d'un pouce ! »

Jody se figea.

« Les bras en l'air ! »

Jody obéit.

« Écarte-toi de deux pas sur la gauche, sans te retourner. »

Jody obéit. Elle entendit Karin Doring approcher.

L'Allemande avait le souffle court. Jody sursauta quand la femme logea trois balles dans le dossier du fauteuil roulant. Le corps de l'homme tomba à terre, inerte.

« Mon Dieu... *oh, mon Dieu !* » s'exclama Jody.

Karin la contourna. Même dans le noir, la jeune fille terrorisée vit son expression furieuse. Elle vit également le poignard de SA.

« Avoir osé t'introduire dans mon camp comme tu l'as fait ! » hurla Doring. Elle écumait de colère. Elle renversa d'un coup de pied le fauteuil qui lui encombrait le passage. « Tu as osé me défier, m'insulter !

– Je suis désolée, dit Jody, tremblante. Vous... vous auriez fait la même chose, n'est-ce pas ?

– *Tu n'es pas à ma place !* Tu n'en serais pas digne ! » Elle était en rage.

Soudain, trois détonations retentirent dans les arbres. Karin tressauta mais resta debout malgré les impacts successifs. Elle leva les yeux quand Bob Herbert bougea dans les branches basses. Puis elle tomba à genoux, du sang suintait de ses blessures.

Herbert lâcha son arme avant de se laisser glisser. Il resta suspendu, s'accrochant à la branche de ses bras vigoureux. « À l'heure qu'il est, je parie effectivement qu'elle n'est pas mécontente de ne pas être à ta place, Karin. »

Karin s'efforçait de garder les yeux ouverts. Elle hochait lentement la tête, cherchant à redresser son arme. Elle lui échappa. Bientôt, elle tomba à son tour.

Jody refusa de regarder Karin. Elle écarta du pied le cadavre du policier qu'ils avaient placé dans le fauteuil d'infirme. Puis elle se précipita vers Herbert. Ce dernier se laissa choir dans le siège. Jody s'appuya au tronc.

« Tu avais à le faire et tu as agi en vraie pro, dit Herbert. Je suis fier de toi. » Il se pencha pour récupérer le pistolet-mitrailleur qu'il avait lâché. « Et maintenant, filons en vit... »

Avant qu'il ait pu finir, un mastodonte jaillit de l'obscurité et les chargea en hurlant. Le poignard brandi, un Manfred Piper fou de rage abattit sa lame vers le torse de Herbert.

57.

Jeudi, 22 : 06, Montauban, France

Après avoir remis le téléphone dans sa poche de blouson, Hood remonta la pente herbeuse. Le groupe se tenait toujours près des arbres mais Stoll s'était écarté de quelques pas, vers le pont. De là, il avait une vue dégagée sur la rivière et la berge opposée.

En approchant, Hood entendit Ballon qui discutait avec Nancy.

« ... même s'ils nous voient, tant pis. Je m'en fous. C'est comme quand j'ai surpris mon ex-épouse avec son amant. Ce n'est pas parce qu'on n'aime pas ce qu'on voit qu'on doit le supprimer...

– Ce n'est pas ce que je vous ai demandé, dit Nancy. J'ai demandé si vous espériez être vu des occupants de la bastide. Et si oui, ce qu'il adviendra selon vous.

– Nous sommes sur la voie publique, expliqua Ballon. Même s'ils nous voient, ils ne peuvent rien contre nous. De toute façon, je ne pense pas que Dominique cherchera la confrontation. En tout cas, sûrement pas maintenant, alors qu'il est en train de placer ses jeux sur son serveur. »

Hood s'arrêta auprès de Hausen. Il allait le prendre à part quand Ballon s'approcha.

« Est-ce que tout se présente bien ? demanda le colonel.

– Je ne suis pas trop sûr. Matt, est-ce que vous maîtrisez la situation ?

– Plus ou moins », avoua Stoll. Il était assis, les jambes tendues, l'ordinateur posé sur les genoux. Penché dessus, il tapait furieusement. « En tout cas, on peut dire que notre bonhomme est ponctuel. Le premier jeu est apparu à vingt-deux heures pile. Je l'ai téléchargé et sauvegardé sur le disque dur. J'ai programmé le T-Bird pour qu'il balaie trente-huit degrés par image, ce qui devrait me donner un panorama complet d'ici une dizaine de minutes.

– Et ensuite ? demanda Hood.

– Il faut que je lance le jeu, que j'accède à plusieurs écrans, plusieurs niveaux...

– Pourquoi ne pas le basculer sur l'Op-Center ?

– Parce qu'ils ne feraient guère plus que ce que je suis en train de faire, expliqua Stoll. Je réécris une routine pour modifier la configuration de la machine afin qu'elle puisse lire les fichiers-images du T-Bird. Ensuite, ce sera à la grâce de Dieu. Si je n'ai pas fait de connerie, les fonds d'écran vont se mettre à défiler. J'aurai un top dès qu'il y aura corrélation. » Stoll termina de taper, puis inspira profondément. Il lança le jeu. « Je ne peux pas dire que j'apprécie ce genre de truc. C'est de l'apologie du lynchage... »

Nancy s'était approchée pendant ses explications. Elle s'agenouilla à côté de lui et lui posa doucement les mains sur les épaules. « Je vais vous aider, Matt. J'ai l'habitude. »

Hood les considéra quelques instants. Cette façon de toucher Matt le rendait jaloux. Cette façon de poser les mains, douces comme des pétales de fleurs coupées, l'emplissait de désir. Et les sentiments qu'il éprouvait l'emplissaient de dégoût.

Et puis, comme par un fait exprès, Nancy se retourna lentement pour regarder Hood. Il aurait eu tout le temps de regarder ailleurs s'il avait voulu. Mais non. Leurs yeux se rencontrèrent et il se retrouva prisonnier de son regard.

Il fallut qu'il songe à Hausen pour rompre le charme. Les questions qu'il avait à lui poser étaient autrement pressantes.

« Herr Hausen, j'aimerais vous parler... »

Hausen le considéra, dans l'expectative, presque avec empressement. « Mais volontiers... » De toute évidence, l'Allemand était excité par la tournure que prenaient les événements, mais dans quel camp était-il ?

Hood lui posa la main sur l'épaule et le conduisit vers la rivière. Ballon les suivit à quelques pas. Mais ce n'était pas un mal : cela le concernait, lui aussi.

« Le coup de fil que je viens de recevoir..., expliqua Hood. Il provenait de l'Op-Center. Je ne vois pas comment prendre des gants pour vous poser la question, donc je vais être direct. Pourquoi ne pas nous avoir dit que votre père travaillait pour Dupré ? »

Hausen s'arrêta. « Comment savez-vous ça ?

– J'ai demandé à mes collaborateurs d'épucher les archives du fisc allemand. Il a travaillé comme pilote pour Pierre Dupré, de 1966 à 1979. »

Hausen mit du temps à répondre. « C'est vrai, avoua-t-il enfin. Ça a même été un de nos points de friction, entre Gérard et moi, cette fameuse nuit à Paris. Mon père lui a appris à piloter, il l'a traité comme un fils, il a contribué à lui enseigner la haine. »

Ballon s'arrêta à leur hauteur. Son visage n'était qu'à quelques centimètres de celui de l'Allemand.

« Votre père a travaillé pour ce monstre ? Où est-il à l'heure qu'il est ?

— Mon père est décédé il y a deux ans.

— Ce n'est pas tout, cependant, intervint Hood. Parlez-nous de ses attaches politiques. »

Hausen poussa un long soupir. « Elles étaient exécrables. Il faisait partie des Loups blancs, un groupe qui, après la guerre, entretenait la flamme de l'idéal nazi. Ils se rencontraient à intervalles réguliers. Il… » Hausen se tut.

« Il quoi ? » insista Ballon.

Hausen se reprit. « Il croyait en Hitler, il croyait aux objectifs du Reich. Il voyait la fin de la guerre comme un revers, pas comme une défaite, et décida de la poursuivre à sa manière. J'avais onze ans… » Il prit de nouveau une profonde inspiration avant de poursuivre. « Alors que nous sortions d'un cinéma, mon père et deux de ses amis ont agressé le fils d'un rabbin qui revenait de la synagogue. À la suite de quoi ma mère m'a envoyé en pension à Berlin. Je ne devais plus revoir mon père avant plusieurs années, alors que Gérard et moi avions noué connaissance à la faculté d'Assas.

— Êtes-vous en train de suggérer que Gérard s'était inscrit à Assas rien que pour devenir votre ami et vous ramener au bercail ?

— Vous devez bien comprendre que très tôt, j'ai représenté une force à prendre en compte. Ce qu'avait fait mon père m'avait révolté. Je l'entends encore m'appeler pour que je me joigne à eux, comme si c'était une espèce de carnaval à ne manquer sous aucun prétexte. J'entends encore les gémisse-ments du jeune homme, les coups de ses agresseurs, le raclement de leurs souliers sur le pavé tandis qu'ils lui tournaient autour. C'était écœurant. Ma mère aimait mon père, et le soir même, elle m'éloigna du toit familial pour que nous ne nous détruisions pas mutuellement. Je suis parti vivre chez une cousine à Berlin.

« Alors que j'étais là-bas, j'ai fondé un mouvement antinazi. À seize ans je lançais mon propre programme de radio, et un mois plus tard, j'avais droit à une pro-tection policière. Si j'ai quitté le pays pour poursuivre mes études, c'est en partie pour échapper aux menaces de mort. Je n'ai jamais failli à mes convic-tions. » Il jeta sur Ballon un regard noir. « Jamais, vous entendez ? Jamais !

— Et Gérard ? demanda Hood.

— Ce n'est pas très différent de ce que je vous ai déjà dit, poursuivit Hausen. Gérard était un jeune bour-geois gâté et fortuné qui me connaissait par mon père. Je crois qu'il me considérait comme un défi. Les Loups blancs n'avaient pas réussi à m'arrêter par l'in-timidation. Gérard voulait y parvenir par le débat et le raisonnement intellectuel. Le soir où il a tué ces deux malheureuses filles, il essayait de me montrer que seuls les moutons et les couards vivent dans le cadre de la loi. Alors même que nous étions en fuite, il m'expliqua que ceux qui changent le monde agis-sent selon leurs propres règles, puis contraignent les autres à s'y plier. »

Hausen baissa les yeux. Hood jeta un coup d'œil à Ballon. Le Français était furieux.

« Vous étiez impliqué dans ces meurtres, protesta le

483

colonel, et pourtant, vous vous êtes contenté de vous cacher. Dans quel camp êtes-vous, Herr Hausen ?

— J'ai eu tort, concéda Hausen, et je l'ai payé depuis. Je donnerais n'importe quoi pour revivre cette nuit et dénoncer Gérard. Mais je n'en ai rien fait. J'étais terrorisé, perdu, et j'ai pris la fuite. J'ai expié, monsieur Ballon. Et chaque jour que Dieu fait, je continue d'expier.

— Parlez-moi de votre père, l'interrompit Hood.

— J'ai revu mon père à deux reprises après ce fameux soir où il avait agressé le jeune juif. La première, chez Dupré, à l'époque où Gérard y avait trouvé refuge. Il m'a demandé de les rejoindre, disant que c'était le seul moyen pour moi de l'en tirer. Devant mon refus, il m'a traité de traître. La seconde, c'était la nuit de sa mort. Je suis venu à son chevet à Bonn et, dans un dernier souffle, il m'a encore une fois qualifié de traître. Même sur son lit de mort, je lui refusais l'approbation qu'il cherchait. Ma mère était là. Si vous voulez, vous pouvez prendre le téléphone de M. Hood et l'appeler, elle vous le confirmera. »

Ballon regarda Hood. Ce dernier continuait de dévisager Hausen. Il éprouvait le même sentiment que dans l'avion : une envie de croire en la sincérité de cet homme. Mais des vies étaient en danger et malgré tout ce que Hausen leur avait dit, il subsistait encore l'ombre d'un doute.

Hood sortit le téléphone de sa poche. Il composa un numéro. John Benn répondit.

« John. Je veux savoir la date du décès de Maximilian Hausen.

— Le nazi qu'on retrouve soudain partout... Laissez-moi une minute ou deux. Vous restez en ligne ?

– D'accord. »

Benn le mit en attente. Hood considéra Hausen. « Je suis désolé, mais je le fais par égard pour Matt et Nancy.

– J'en aurais fait autant. Mais je vous le répète, je n'ai que mépris pour Gérard Dominique, ses Nouveaux Jacobins, les néo-nazis et tout ce qu'ils représentent. Si cela ne m'avait pas rappelé les méthodes fascistes, j'aurais dénoncé mon propre père.

– Vous avez eu à faire des choix difficiles, admit Hood.

– C'est peu dire. Voyez-vous, Gérard avait tort. Il faut être couard pour agir *en dehors* de la loi. »

John Benn revint en ligne. « Paul ? Hausen père est mort il y aura deux ans le mois prochain. On a trouvé une brève notice nécrologique dans un quotidien de Bonn – ancien pilote de la Luftwaffe, pilote privé, et cetera.

– Merci, dit Hood. Merci beaucoup. » Il raccrocha. « Encore une fois, Herr Hausen, veuillez m'excuser.

– Et je vous le répète, monsieur Hood, il est inutile...

– Paul ! »

Tous deux regardèrent Stoll. Ballon s'était déjà précipité.

« Vous avez trouvé quoi ? » demanda Hood en s'approchant.

– Des clopinettes... Je veux dire, j'ai eu beau bidouiller, ma bécane n'est pas assez rapide pour me sortir une analyse avant 2010 au bas mot. En désespoir de cause, j'allais me rabattre sur l'Op-Center quand Nancy a trouvé une meilleure solution... »

Elle se leva et expliqua à Ballon : « Dans les autres

jeux de Demain, on peut sauter au niveau suivant en se mettant en pause et en pressant sur les touches du curseur selon une séquence déterminée – bas, haut, haut, bas, gauche, droite, gauche, droite.

– Et… ?

– Et nous sommes déjà au niveau deux alors qu'on n'a pas encore commencé le premier.

– Dominique aurait-il été assez con pour introduire les mêmes *cheat codes* dans un de ces jeux ? s'étonna Hood.

– C'est justement ça. Le code est déjà intégré à l'avance. Il doit être supprimé, pas installé. Quelque part dans la chaîne, quelqu'un aura oublié de l'effacer. »

Ballon s'était redressé de toute sa hauteur pour contempler le bâtiment.

« Alors, qu'est-ce que vous en dites ? demanda Hood en se tournant vers le colonel. Ça vous suffit, comme motif d'intervention ? »

Ballon saisit l'émetteur-récepteur accroché à sa ceinture. Le juge d'instruction n'était toujours pas arrivé. Tant pis. Il regarda Matt. « Vous avez sauvegardé la partie sur votre machine ?

– Le saut du niveau un au niveau deux a été enregistré », confirma l'informaticien.

Ballon alluma l'émetteur et porta le micro à sa bouche. « Sergent Sainte-Marie ? On y va ! »

58

Jeudi, 22 : 12, Wunstorf, Allemagne

Manfred attaqua, le couteau pointé vers Bob Herbert assis dans son fauteuil d'infirme.

Pour un homme qui peut se tenir debout, parer une attaque à l'arme blanche est relativement simple. Il faut imaginer que son avant-bras est un madrier. On le brandit vers le bas ou vers le haut et l'on intercepte ainsi l'avant-bras de l'agresseur. Puis on fait pivoter ce « madrier » pour dévier la poussée de l'assaillant vers le haut, vers l'intérieur ou vers le bas. Dans le même temps, on s'écarte de la trajectoire. Cela permet d'anticiper l'attaque suivante. Ou mieux encore, comme cette manœuvre aura sans doute exposé le flanc ou le dos de l'adversaire, on se retrouve idéalement placé pour l'attaquer à son tour et lui flanquer une rossée.

Si l'on est proche de l'adversaire ou en dessous, on se sert également de l'avant-bras pour se défendre. Sauf qu'on replie d'abord le bras pour former un V, à l'intérieur duquel on bloque avec fermeté le membre de l'agresseur. En empêchant toujours le contact direct, on dévie le bras vers le haut, le bas ou le côté, comme pour la défense à bras tendu. La seule différence est que l'on doit effectuer le blocage plus près du poignet que du coude. Sinon, la lame risque de glisser le long de l'avant-bras, passer sous le coude et se planter.

Comme Manfred faisait porter tout son poids en abattant son bras, Bob Herbert dut plier le coude pour l'arrêter. Il leva le bras gauche, l'avant-bras à hauteur du front, le poing serré pour raidir les muscles. Tout en bloquant ainsi l'adversaire, il lui expédia son poing droit dans la mâchoire. Le coup parut à peine affecter l'Allemand furieux. Il récupéra le bras bloqué, le releva vers la droite, et porta un nouveau coup à gauche, vers le torse de Herbert.

Ce dernier laissa tomber l'avant-bras gauche, le replia en V, refit une clef. Quelque part dans son dos, il entendit hurler Jody. Mais il était trop occupé, trop décidé à tenir en respect cette brute pour avoir le temps de lui crier de fuir. En combat rapproché, on mourait plus souvent pour avoir été distrait que pour avoir été pris de court.

Cette fois, Manfred refusa de se laisser immobiliser. Malgré son bras bloqué, il replia le poignet. Sa main donnait l'impression d'agir indépendamment de son corps. Il pointa la lame vers Herbert, le fil plaqué contre sa chair. Herbert était à deux doigts de se faire taillader le poignet.

Il grignota encore une seconde de répit en repoussant le bras gauche vers Manfred, ce qui le soulagea de la pression. Comme l'autre rectifiait sa position pour le menacer de nouveau, il en profita pour lui saisir la main et la tirer par-dessus son bras resté en position de blocage. Saisissant alors la main armée du couteau, il pinça la chair entre le pouce et l'index tout en maintenant avec fermeté le poing de son adversaire. Puis, ayant rabaissé l'autre bras pour ne pas être gêné, d'un coup sec, il fit pivoter le poignet dans le sens des aiguilles d'une montre.

Il y eut un craquement et la lame tomba à terre. Mais l'autre n'en démordait pas et s'était déjà rué dessus pour la récupérer de la main gauche. Avec un hurlement furieux qui surprit Herbert, il lui expédia son genou dans le ventre. Herbert se plia en deux dans son fauteuil. Manfred se jeta sur lui. Tout en le clouant sous sa masse, l'Allemand se redressa, leva le couteau et le plongea dans le dossier du fauteuil. La lame déchira le cuir, tandis que Jody hurlait à l'Allemand d'arrêter.

Mais il continuait de frapper, le visage déformé par un rictus féroce. De frapper encore et encore. Soudain il y eut une détonation sèche et il s'arrêta pour porter la main à sa gorge.

Un trou était apparu, dû au projectile tiré par Jody avec l'arme de Karin. Le sang jaillit de la carotide, juste sous le maxillaire. Le couteau tomba de la main de Manfred, puis celui-ci tomba de la chaise. Il tressaillit quelques secondes, puis resta inerte.

Herbert se retourna et regarda la silhouette noire de la jeune femme qui se découpait face au ciel nocturne.

« Oh, mon Dieu, oh, mon Dieu…, répétait-elle.

– Tout va bien ?

– J'ai tué quelqu'un.

– Tu n'avais pas le choix, petite. »

Elle se mit à gémir. « J'ai tué un homme. J'ai tué quelqu'un.

– Non », dit Herbert. Il pivota dans son siège et se dirigea vers elle. « Tu as sauvé une vie. La mienne.

– Mais je… je lui ai tiré dessus.

– Il fallait bien, tout comme d'autres ont dû tuer pendant la guerre.

– La guerre ?

– Ce n'est pas différent. Écoute, il ne t'avait pas laissé le choix. Tu m'entends, Jody ? Tu n'as rien fait de mal. Rien. »

Jody restait toujours figée, en sanglots.

« Jody ?

– Je suis désolée, fit-elle en regardant le corps. Je suis désolée.

– Jody ? Pour commencer, est-ce que tu veux bien me rendre un service ?

– Lequel ? fit-elle mollement.

– Voudrais-tu braquer ton arme dans une autre direction ? »

Elle obéit, d'un geste lent. Puis elle ouvrit la main et la laissa tomber. Et considéra Herbert comme si elle le remarquait pour la première fois. « Vous n'êtes pas blessé…, murmura-t-elle. Comment a-t-il pu vous manquer ?

– Je ne sors jamais sans mon revêtement en Kevlar. Un renfort pare-balles multicouche intégré au dossier du fauteuil. C'est le Président qui m'a donné cette idée. Son fauteuil du Bureau ovale est garni du même matériau. »

Jody ne paraissait plus l'écouter. Elle oscilla quelques secondes, puis suivit le même chemin que le couteau. Herbert roula auprès d'elle. Il lui prit la main et la tapota doucement. Elle leva les yeux vers lui.

« Tu en as bavé pas mal, Jody. » Il l'aida à se remettre à genoux. Puis il tira un peu plus fort, et elle commença à se relever. « Mais tu es presque au bout de tes épreuves. La dernière étape, jusqu'à l'autoroute, fait un peu plus de quinze cents mètres. Tout ce qui nous reste à faire… »

Herbert se tut. Il avait entendu des pas au loin.

Jody le regarda : « Un problème ? »

Herbert continua de prêter l'oreille. « Merde ! Allez, lève-toi, maintenant. »

Elle réagit à son ton pressant. « Qu'est-ce qui se passe ?

— Il faut que tu files en vitesse.

— Pourquoi ?

— Ils arrivent… sans doute pour savoir ce que deviennent les autres. » Il la poussa. « File !

— Et vous ?

— Je vais m'en aller, moi aussi. Mais pour l'heure, il faut quelqu'un pour couvrir ta retraite.

— Non ! Je ne partirai pas seule !

— Ma choute, je suis payé pour faire ce genre de truc. Pas toi. Pense à tes parents. De toute façon, je ne ferais que te ralentir. Mieux vaut que je me planque pour assurer notre défense d'ici.

— *Non !* Pas question que je reparte seule. »

Herbert se rendit compte qu'il était inutile de discuter avec la jeune fille. Jody était terrifiée, épuisée, et sans doute aussi affamée que lui.

« Bon, d'accord. On va y aller ensemble. »

Herbert dit à Jody de récupérer l'arme avec laquelle il avait tiré du haut de l'arbre. Pendant ce temps, il se dirigea vers le cadavre de Karin. Il récupéra son pistolet-mitrailleur, puis, à la lueur de sa lampe de poche, il se mit en quête du poignard de SA. L'ayant récupéré, il le glissa sous sa jambe gauche à un endroit accessible, puis vérifia l'état du chargeur de l'arme de Karin. Il se dirigea ensuite vers le corps de Manfred.

Il lui prit son couteau et le tâta, cherchant d'autres armes. Aucune. Il prit le temps d'examiner le contenu des poches de son coupe-vent. Il rejoignit ensuite Jody qui l'attendait à quelques pas de là.

Bien souvent, Bob Herbert avait l'impression d'être un des personnages de *Wheelie and the Chopper Bunch*, le dessin animé qu'il avait pris l'habitude de regarder quand il était au centre de rééducation. Des histoires de motards acrobates sur leurs bécanes trafiquées. À présent, et pour la première fois depuis qu'il avait perdu l'usage de ses jambes, il se prenait plutôt pour Rambo : le héros obstiné dont toute l'énergie, toute la volonté le portent à accomplir sa mission.

En 1936, un Noir du nom de Jesse Owens avait provoqué l'ire d'Adolf Hitler en osant venir surclasser ses athlètes aryens lors des Jeux olympiques. Ce soir, la poursuite enragée de Karin avait démontré à quel point la survie de Jody avait pu miner son autorité. Et maintenant, si un infirme réussissait à échapper à ces jeunes durs, cela pourrait bien sonner le glas du mythe du surhomme nazi... À tout le moins, au sein de ce groupuscule.

59.

Jeudi, 22 : 41, Montauban, France

Hood ne savait trop à quoi s'attendre alors qu'ils se dirigeaient vers la forteresse convertie en usine. Alors que son petit groupe s'engageait sur le passage d'accès derrière Ballon et ses hommes, il se demanda combien d'armées de siège avaient emprunté le même chemin au cours des siècles. Combien avaient connu l'ivresse du succès et combien le désastre de l'échec.

On n'avait guère tergiversé sur la conduite à tenir une fois à l'intérieur. Ballon avait toujours dit que son intention était d'établir le lien entre Dominique et les Nouveaux Jacobins, puis de l'interpeller. Ses hommes s'étaient entraînés pour ça. Hausen et Hood l'avaient toutefois persuadé de laisser Matt et Nancy jeter un œil sur les ordinateurs pour voir ce qu'ils pourraient y trouver. Des listes de membres ou de sympathisants des Nouveaux Jacobins, peut-être, voire d'autres indices prouvant le lien entre Demain et les jeux racistes. L'un ou l'autre aiderait à faire tomber Dominique.

On n'avait pas non plus discuté longtemps sur la réaction probable de Dominique. Non seulement l'homme était à la tête d'un groupe terroriste, mais lui-même avait du sang sur les mains. Sans doute ne reculerait-il devant rien pour protéger son empire.

Et pourquoi se serait-il gêné ? se demanda Hood alors qu'ils approchaient de l'entrée principale. Dominique devait sans doute se juger au-dessus des lois. Depuis la grève des cheminots de décembre 95, la France était prise entre les conflits sociaux et la montée du chômage. Qui oserait s'attaquer à un chef d'entreprise de l'envergure de Dominique ? Surtout s'il se prétendait victime d'un harcèlement policier.

Un portail métallique avait été rajouté à l'entrée de la bastide. La seule concession au modernisme était la batterie de petites caméras vidéo miniaturisées dont les boîtiers noirs surmontaient les volutes de fer forgé. Une grosse guérite de brique rouge avait été édifiée près du portail, dans un style assorti au reste de l'édifice. À l'approche du groupe, deux silhouettes en émergèrent : un vigile en uniforme et un jeune homme en complet-veston. Aucun ne parut surpris de leur arrivée.

« Colonel Bernard Ballon, détaché auprès du Groupe d'intervention de la gendarmerie nationale », déclara l'officier français en arrivant devant la grille. Il ouvrit son portefeuille, déplia un document et le plaqua contre les barreaux. « Voici une commission rogatoire, émanant du juge Christophe Labique, juge d'instruction à Paris, datée et signée par le juge et revêtue de son cachet. »

L'homme en complet-veston passa une main manucurée entre les barreaux. « Je suis Me Vaudran du cabinet Vaudran et Boisnard. Nous représentons les intérêts de Demain. Si vous voulez bien me confier le document, j'aimerais le montrer à mon client avant de vous ouvrir…

– Je n'ai besoin que de vous le présenter et de vous préciser la raison de ma visite, répondit Ballon. Ce n'est pas moi qui vais vous apprendre la procédure.

– Certes, et puisque nous évoquons la procédure, je constate avec étonnement et regret que vous n'êtes pas accompagné d'un officier de police judiciaire… »

Ballon le fusilla du regard. Effectivement, le juge Briais, de Toulouse, n'était toujours pas arrivé. « Un OPJ doit nous rejoindre incessamment. D'ici là, si vous tenez absolument à montrer quelque chose à votre client, voilà qui nous fera gagner du temps… » Et sur ces mots, il brandit le papier sous l'objectif de la caméra posée au-dessus de la grille. « Votre client peut le voir, maintenant. C'est une commission rogatoire, pas un avis de passage !

– Je suis désolé, s'obstina l'avocat, mais pour moi, ce n'est qu'un chiffon de papier. Tant que vous n'êtes pas accompagné d'un officier de police judiciaire pour vous indiquer précisément l'opération ou la série d'opérations à laquelle il convient de procéder… », récita Vaudran.

Ballon le coupa : « Ce n'est pas ce qui manque ! Des corrélations sont apparues sur des jeux informatiques commercialisés par Demain et sur un jeu raciste accessible sur Internet et appelé "Pas Pendu pour tout le monde".

– Quel genre de corrélations ?

– Un code de changement de niveaux. Tout est enregistré sur ordinateur. Vous pourrez vous faire communiquer les documents et en obtenir l'éventuelle restitution dans le cabinet du juge, pas auparavant. Les détails sont portés sur le texte de la commission rogatoire. À présent, maître Vaudran, si vous voulez bien m'ouvrir cette grille. Ou préférez-vous que j'agisse dans le cadre d'une procédure de flagrant délit ? »

Le regard de Vaudran s'attarda sur Ballon, puis l'avocat fit signe au vigile de retourner dans la guérite. L'autre obéit, referma la porte en bois, décrocha un téléphone.

« Vous avez soixante secondes pour vous décider », lui lança Ballon. Il s'était retourné, guettant toujours l'arrivée de la vieille Golf pourrie du juge Briais. Il se tourna, impatient, vers son second : « Sergent Sainte-Marie ?

– À vos ordres, mon colonel !

– On n'a plus le temps d'attendre Briais. On agit en flag. Vous avez des charges pour faire sauter la ser-rure ?

– Oui, mon colonel !

– J'espère que vous vous rendez compte de ce que vous faites ? » lança l'avocat.

Ballon ne broncha pas.

« On a vu des carrières brisées pour moins que ça.

– Je ne vois qu'une personne ici à risquer sa car-rière », répondit Ballon. Puis il fixa l'avocat droit dans les yeux : « Non. Deux. »

Hausen avait traduit le dialogue à l'intention de Hood, Stoll et Nancy. Tout en les regardant, Hood commençait à s'interroger sur les résultats de l'opéra-tion. Dominique les avait certainement observés de l'intérieur et, à l'heure qu'il était, sans doute avait-il déjà dissimulé ou détruit tous les indices compromet-tants. Il devait vraisemblablement consacrer ces der-niers instants à vérifier qu'il n'avait rien oublié.

Une minute ne s'était pas tout à fait écoulée que le

garde composait déjà un code sur un clavier dans sa guérite. La grille s'ouvrit. Aussitôt, Ballon déploya ses hommes dans la cour. Quelques secondes plus tard, l'avocat pénétrait dans le bâtiment par une entrée latérale, escorté de Ballon et des gendarmes. Ils se dirigèrent vers une imposante porte lambrissée. L'un des gardes les avait suivis et ouvrit la porte en composant un code sur le boîtier fixé au chambranle. Ballon lui tendit la commission rogatoire avant d'entrer.

Dès qu'ils furent à l'intérieur, les gendarmes barrèrent la porte en se postant devant. Ballon expliqua que, s'il découvrait un élément relatif aux faits incriminés, il demanderait à ses hommes de s'en saisir et de le mettre en sûreté. Hood avait l'impression d'assister à une opération de routine tellement les choses semblaient parfaitement rodées. En attendant, Ballon ordonna à ses hommes de surveiller les issues et de veiller à ce que personne ne sorte.

Le colonel et sa petite troupe poursuivirent leur chemin. Ils empruntèrent une galerie dont ils auraient pu, s'ils avaient été des touristes effectuant une visite guidée, prendre le temps d'admirer les magnifiques voûtes et les bas-reliefs gravés sur la pierre.

Mais la voix de Ballon les ramena à la réalité. « Par ici ! » fit-il d'une voix basse mais impérieuse lorsqu'ils furent parvenus au bout de ce long corridor.

Ignorant les regards des autres gardes qui avaient eux aussi manifestement reçu l'ordre de les laisser passer, le quintette emprunta un court passage, éclairé par des meurtrières garnies de barreaux, menant aux salles de programmation de l'usine Demain.

Hood ne s'était pas attendu à croiser des techniciens à cette heure tardive. Mais il n'y avait même pas de

497

personnel d'entretien. Juste quelques rares vigiles, qui continuaient à les ignorer.

Malgré l'ajout d'éclairages, de systèmes d'alarme, de caméras et d'un revêtement de sol moderne, l'édifice avait conservé son cachet ancien. En tout cas, jusqu'à ce qu'un garde les introduise dans la salle des ordinateurs.

L'ancienne salle à manger de la bastide avait été transformée au point de ressembler presque au poste de commandement du NRO. Les murs étaient blancs, le plafond équipé de tubes fluorescents encastrés. On voyait des tables vitrées sur lesquelles étaient posés au moins trois douzaines de terminaux. Un siège en plastique thermoformé était fixé devant chaque poste de travail. La seule différence entre Demain et le NRO était, là encore, qu'il n'y avait personne. Dominique ne voulait courir aucun risque. La commission devait expirer dans un peu plus d'une heure. Si personne n'était là pour répondre à leurs questions, cela ne pourrait que les ralentir.

« Vous parlez d'une salle de jeux ! commenta Stoll en la parcourant du regard.

– Eh bien, à vous de jouer », lança Ballon.

Stoll jeta un coup d'œil à son supérieur. Hood acquiesça sans un mot. Stoll prit sa respiration, regarda Nancy. « Vous avez une préférence ?

– Peu importe, en vérité. Ils sont tous reliés à la même unité centrale. »

Hochant la tête, Stoll s'installa devant la première console, raccorda son portable sur le port réseau à l'arrière du terminal, alluma sa machine.

« Ils ont sans doute placé des inhibiteurs, nota Nancy. Comment comptez-vous les franchir pour accéder au serveur ? Je peux vous donner un coup de main mais ça risque de prendre du temps.

– On n'a pas des masses de temps », répondit Stoll. Il inséra une disquette dans le lecteur du portable et chargea un programme. « J'ai toujours sous la main mon Bulldozer. C'est un programme que j'ai écrit et qui commence par mon système d'acquisition rapide de clef d'accès. Il est basé sur des algorithmes mathématiques de décryptage. Il n'a pas besoin de tomber juste. Si la recherche de un à six et de huit à dix n'a rien donné, il ne va pas chercher à essayer le sept. Une fois obtenue une partie du code, ce qui ne prend que quelques minutes, le Bulldozer intervient et se lance à la recherche de l'arborescence des menus. Une fois que je les ai, je suis dans la place. Et en même temps que nous examinerons les données sur ce terminal, je téléchargerai l'ensemble sur les machines de l'Op-Center. »

Ballon serra l'épaule de Stoll, secoua la tête et porta un doigt à ses lèvres.

Stoll se frappa le front avec la paume de la main. « Oups ! Désolé… Je suis trop bavard. »

Ballon acquiesça.

Tandis que Nancy donnait à Stoll une série de mots de passe à essayer, Hausen se dirigea vers Ballon.

« Colonel, que faisons-nous au sujet de Dominique ?

– On attend.

– Quoi au juste ? » demanda Hausen.

Ballon se retourna vers l'Allemand et s'approcha pour lui glisser à l'oreille : « Qu'il devienne nerveux. Comme je l'ai indiqué à M. Stoll, Dominique nous observe sans aucun doute. J'espère que nous allons découvrir quelque chose sur l'ordinateur.

– Et dans le cas contraire ?

– Je vous ai.

– Moi ?

– Je vais demander à M. Stoll et Mlle Bosworth de poster un message via l'ordinateur : votre récit du meurtre à Paris. Dans l'un ou l'autre cas, Dominique aura les mains liées. » Ballon sourit. « Quoiqu'il y ait une troisième possibilité… Dominique vous a bien attendu vingt-cinq ans. S'il redoute que vous finissiez par révéler des secrets sur son passé, la tentation sera grande pour lui de ne pas vous laisser sortir vivants d'ici.

– Vous croyez réellement qu'il enverra ses Nouveaux Jacobins nous attaquer ?

– J'ai ordonné à mes hommes de se tenir en retrait. Si Dominique pense vous avoir avant qu'ils aient eu le temps d'intervenir, il sera sûrement tenté. Auquel cas, je fais évacuer tout le monde et je rase cet endroit. » Il cligna de l'œil, menaçant. « Je vous l'ai dit, je le guette depuis un sacré bout de temps. Et cette fois, j'ai bien l'intention de le coincer. »

Cela dit, Ballon s'approcha de Stoll et Nancy pour observer leurs progrès. Hausen resta sur place, comme vissé au plancher.

Hood s'était placé derrière Stoll. Il vit à l'expression de l'Allemand que tout n'allait pas pour le mieux. Le faciès, d'ordinaire impassible, était tendu, le front soucieux. Mais il décida de ne pas l'interroger. Hausen aimait mûrir les choses avant de parler. S'il avait quelque chose à lui confier, il le ferait.

Hood n'intervint donc pas, observant silencieusement, partagé entre orgueil et crainte, tandis que le destin du monde se décidait sous les doigts d'un jeune homme qui transpirait devant un clavier d'ordinateur.

60.

Jeudi, 17 : 05, Washington, DC

Quand les données transmises de France par Matt Stoll commencèrent d'arriver sur l'ordinateur d'Eddie Medina, le jeune homme ôta son pardessus, s'assit et dit à son remplaçant du soir, l'agent Randall Battle, sous-chef adjoint des opérations, de filer prévenir le général Rodgers.

Battle obtempéra, alors que le :-) de la signature de Stoll s'effaçait pour être remplacé par un écran annonçant l'arrivée d'un gros fichier intitulé en français *Opération écoute.*

Rodgers avait demandé à Battle de récupérer l'ensemble des données sur son propre terminal. Puis il continua de surveiller la transmission, en compagnie de Darrell McCaskey et Martha Mackall.

Apparut d'abord un message de Stoll :

Eddie : je ne veux pas bouffer trop de temps de communication avec des notes. Mon Bulldozer a pénétré les fichiers de Demain. *Les originaux étaient effacés mais pas les sauvegardes. Je vous attache l'ensemble à ce courrier.*

La note était suivie des photos d'individus qui servaient de modèles aux personnages du jeu. Puis venait une succession de séquences-tests montrant des Blancs en train de pourchasser des Noirs. Des Blancs violant une Noire, un Noir déchiré par des chiens. Puis de nouveau, une note de Stoll :

Des jeux fonctionnels conçus quelque part à l'extérieur. Origine bien dissimulée.

On voyait sous divers angles des Noirs des deux sexes pendus à des arbres. Suivait une séquence bonus sous la forme d'un contre-la-montre où un gamin s'entraînait au tir contre de petits Noirs juchés sur des balançoires.

Martha était pétrifiée. McCaskey plissait les yeux, les lèvres serrées.

Ed — je dois avoir déclenché une alarme quelconque. Ça court dans tous les sens. Le colonel français qui nous escorte vient de dégainer son artillerie. Je suis censé décrocher — salut.

Les images continuèrent encore d'arriver pendant quelques minutes mais Rodgers ne regardait plus. Il était passé sur une autre ligne télématique et, en quelques secondes, il était en liaison avec le poste de pilotage du V-22 Osprey.

61.

Jeudi, 23 : 07, Montauban, France

« Barrez-vous de ce clavier ! »

De la main gauche, le colonel Ballon jeta à terre Matt Stoll avant de presser une touche sur sa radio à l'instant même où entraient des hommes armés. Il avait dégainé son arme. Sur les cinq, il était bien sûr le seul à en porter une.

Accroupi par terre à côté des autres, Hood compta douze… quinze… dix-sept hommes au total qui franchirent la porte pour prendre position le long du mur du couloir. En dehors des hautes fenêtres uniquement accessibles par une échelle, cette porte était la seule issue.

Hausen était allongé à plat ventre entre Hood et Ballon, toujours accroupi. « Félicitations, colonel. Dominique a mordu à votre hameçon… »

Hood savait qu'il avait dû manquer une passe d'armes entre les deux hommes, même si c'était d'un intérêt mineur pour l'instant. Ballon, en tout cas, semblait s'en moquer éperdument : son seul souci était de surveiller les nouveaux arrivants.

Du peu qu'en avait vu Hood, ces terroristes penchaient plutôt du côté de la racaille. Ils portaient des vêtements simples, pour ne pas dire élimés, comme s'ils n'avaient pas voulu se faire remarquer. Et ils trimbalaient tout un arsenal hétéroclite. Hood n'avait pas besoin de Ballon pour deviner qu'il s'agissait des Nouveaux Jacobins.

« J'imagine que ces types sont le genre de preuve que vous cherchiez, hein ? » nota Stoll, anxieux.

« Relevez-vous ! » s'écria l'un des hommes tandis que toute la bande les mettait en joue.

« Il veut qu'on se lève, traduisit Ballon, à voix basse. Si l'on obéit, ils risquent de nous abattre.

– Ils auraient pu le faire, depuis le temps, non ? remarqua Nancy.

– Il aurait fallu qu'ils entrent d'abord. Ils ne savent pas combien nous sommes à pouvoir être armés. Ils ne veulent pas risquer d'avoir des blessés. » Il se pencha et poursuivit, d'un ton plus calme : « J'ai prévenu mes hommes. Ils vont faire mouvement vers nous pour prendre position.

– D'ici là, il risque d'être trop tard, nota Hausen.

– Pas si nous restons cachés, contraignant l'ennemi à venir nous débusquer. On avait prévu le coup.

– Pas nous, observa Nancy.

– Si jamais vous êtes pris dans la fusillade et que mes hommes ne vous voient pas, criez *Blanc*, en français. C'est le signal indiquant que vous ne portez pas d'arme. »

Hausen intervint : « Je m'en vais donner à ces sauvages une occasion de tirer. On va voir de quel bois ils sont faits. » Et sur ces mots, il se redressa.

« Herr Hausen ! » siffla Ballon.

L'Allemand l'ignora. Hood retint sa respiration et attendit de voir ce qui allait se passer. Il n'entendait plus que les battements de son cœur résonner à ses tympans.

Rien ne se passa durant un long moment. Finalement, un des Nouveaux Jacobins lança : « *Amène-toi par ici*[1] *!*

– Il veut que Hausen les suive, traduisit Ballon.

– Hors de cette salle ou hors du bâtiment ? demanda Hood.

– Ou peut-être hors de ce piège mortel », souffla Stoll.

Ballon haussa les épaules.

Hausen se mit à avancer. Son courage impressionnait Hood, même si, quelque part, il se demandait si c'était du courage ou de la confiance. La confiance d'un traître.

Ballon attendait lui aussi. Quand Hausen eut franchi le seuil, ses pas s'arrêtèrent. Tous prêtèrent l'oreille. En vain. Il était apparemment retenu prisonnier.

Le Nouveau Jacobin rameuta le reste de sa bande. Hood regarda Ballon.

« Vous avez déjà affronté ces terroristes. Que font-ils d'ordinaire dans ce genre de situation ?

– Ils tabassent ou assassinent les gens, *quelle que soit* la situation, rétorqua Ballon. Le mot pitié ne fait pas partie de leur vocabulaire.

– Mais ils n'ont pas tué Hausen, objecta Nancy.

– *Sortez maintenant*[2] *!* cria le Nouveau Jacobin.

– Tant qu'ils n'auront pas récupéré nos armes, ils s'abstiendront, répondit Ballon.

---

1. En français dans le texte *(N.d.T.)*.
2. En français dans le texte *(N.d.T.)*.

– Alors, il faudrait réussir à faire sortir Matt et Nancy, suggéra Hood. Peut-être qu'ils pourront s'échapper.

– Et toi…, dit Nancy.

– Ça vaut sans doute le coup d'essayer, admit le colonel. Le risque est qu'ils se servent de vous comme otages. Et vous descendent l'un après l'autre jusqu'à ce que je sorte.

– Comment les en empêcher ?

– Si ça se produit, je préviendrai mes hommes par radio. Ils connaissent la conduite à tenir dans ce genre de situation.

– Mais on n'a toujours aucune garantie », nota Hood.

Le Nouveau Jacobin cria de nouveau. Ajoutant qu'il allait envoyer ses hommes si personne d'autre ne sortait.

« Non, reconnut Ballon, il n'y a aucune garantie. Mais si ça se produit, ils devront placer chaque otage dans l'embrasure de la porte pour que je puisse les voir. Et si je peux voir, je peux tirer. Et si je tire, celui qui détient l'otage se retrouvera à terre. Ensuite, vous aurez tous intérêt à filer en vitesse. »

Hood enviait son culot au Français. Mike Rodgers lui avait enseigné que c'était le genre de qualité indispensable pour réussir une opération comme celle-ci. Lui-même était loin de partager sa confiance en cet instant. Il songeait plutôt à sa femme et à ses enfants. Il songeait comme ils avaient besoin de lui et comme il les chérissait tendrement. Et comme tout cela pouvait disparaître à cause d'un mot mal placé, d'un geste maladroit.

Il porta son regard vers Nancy qui esquissait un pauvre sourire triste. Il aurait tant voulu tout rattraper.

Mais il n'y pouvait plus grand-chose aujourd'hui et n'était même pas certain qu'il y aurait un lendemain. Alors, il se contenta de lui adresser un sourire chaleureux, et elle reprit courage. Pour l'heure, ils devraient s'en contenter.

« Bien, dit Ballon en s'adressant aux autres. Je veux que vous vous releviez et que vous vous dirigiez lentement vers la porte. »

Ils hésitèrent.

« Mes jambes refusent d'obéir, dit Stoll.

— Forcez-les », grogna Hood en se levant, imité par Nancy et bientôt, à contrecœur, par Stoll.

« Moi qui pensais qu'on était les bons, dit ce dernier. Alors on lève les mains en l'air et on avance, c'est tout ? Qu'est-ce qu'on fait ?

— On essaie de se calmer, dit Hood tandis qu'ils se faufilaient entre les rangées d'ordinateurs.

— Pourquoi n'arrête-t on pas de me seriner ça ? demanda Stoll. Je me calmerais, si je pouvais.

— Matt, à présent, c'est vous qui me portez sur les nerfs, intervint Nancy. Prenez sur vous ! »

Il prit sur lui, et ils sortirent en silence.

Hood observa le Nouveau Jacobin qui avait parlé, celui situé le plus près de la porte. Arborant une épaisse moustache et une barbe noire fournie, il était vêtu d'un chandail gris, d'un jean, et chaussé de bottes. Un fusil d'assaut était coincé sous son bras. Et visiblement, il n'hésiterait pas à s'en servir.

Tous trois restèrent silencieux jusqu'à ce qu'ils aient franchi le seuil. Hood découvrit alors Hausen, le nez contre un mur de brique, les mains collées à la paroi, les jambes écartées. L'un des hommes tenait le canon d'un pistolet braqué contre sa nuque.

« Oh merde… », dit Stoll quand ils débouchèrent dans le corridor étroit et sombre.

Les trois Américains furent aussitôt empoignés chacun par deux hommes et plaqués à leur tour contre le mur. On leur braqua une arme sur l'occiput. Hood bougea légèrement la tête pour voir le responsable du groupe. Très calme, le Nouveau Jacobin se tenait un peu à l'écart afin de tenir à l'œil ses prisonniers sans cesser de guetter l'intérieur de la salle des ordinateurs.

Auprès de Hood, Nancy tremblait légèrement. Sur sa droite, Stoll tremblait encore plus. Il lorgnait l'extrémité du couloir comme s'il pesait ses chances d'évasion.

« Je croyais qu'on agissait en flagrant délit, dit doucement Stoll. Je pensais que toute cette opération était légale.

— *Tais-toi*[1] ! aboya le chef de la bande.

— J'appartiens pas aux commandos. Aucun d'entre nous. Je suis qu'un informaticien !

— *La ferme*[1] ! »

Stoll ne se le fit pas dire deux fois.

Le chef des Nouveaux Jacobins les étudia un moment avant de se retourner vers la porte. Il cria au dernier de sortir.

« Quand vous aurez libéré les autres, je sortirai, lui lança Ballon.

— Non ! Tu sors d'abord ! »

Cette fois, Ballon ne répondit pas. Il avait manifestement l'intention de laisser à l'ennemi l'initiative du prochain geste. Geste qui consista, pour le chef, à indi-

---

1. En français dans le texte *(N.d.T.)*.

quer Hausen d'un signe de tête. Le Nouveau Jacobin qui se tenait derrière l'Allemand le saisit par les cheveux. Nancy hurla quand l'homme le tira vers la porte. Hood se demanda s'ils allaient même laisser à Ballon une chance de sortir, ou s'ils allaient juste abattre l'Allemand, jeter son cadavre à l'intérieur et menacer de passer au suivant.

Une détonation retentit quelque part dans l'obscurité, venant de la porte d'accès à la galerie principale. Hood dut chercher un moment dans le noir pour s'apercevoir qu'au milieu des cris et de l'effervescence, personne n'avait entendu les hommes de Ballon démonter le bouton de la porte. Ils avaient ainsi une vue dégagée sur tous les occupants du couloir.

L'homme qui tenait Hausen était tombé à terre. Il empoignait sa cuisse droite en gémissant. Hausen profita de cette seconde de confusion pour se précipiter vers la porte, dans la direction d'où était venu le tir. Aucun des Nouveaux Jacobins ne fit feu. Il était manifeste qu'ils redoutaient de se faire tailler en pièces s'ils tiraient.

Hausen ouvrit la porte et disparut. Il n'y avait personne de l'autre côté. Ils avaient dû le voir arriver et s'étaient mis à couvert.

Hood ne bougea pas. Même si l'homme derrière lui regardait ailleurs, il sentait toujours la pression de la pointe du canon contre sa nuque.

La transpiration gouttait de ses aisselles et ruisselait le long de son corps. Ses paumes collaient à la brique froide du mur et il se promit, s'il survivait, d'étreindre non seulement chaque membre de sa famille mais aussi Mike Rodgers. Ce gars avait passé son existence à vivre des situations analogues. Il se sentit soudain envahi d'un profond respect pour lui.

Alors qu'il se faisait ces réflexions, il sentit ses mains se mettre à vibrer.

Pas simplement ses mains. Les vieilles briques commençaient également à trembler. Puis le ciel derrière les barreaux des fenêtres s'illumina. L'air lui-même parut crépiter. Et le chef des Nouveaux Jacobins cria alors à ses hommes d'achever le boulot et de décoller.

62.

Jeudi, 23 : 15, Wunstorf, Allemagne

Les pas les rattrapaient. Mais alors qu'il roulait à travers bois, Herbert ne pensait pas à ça. Il ne pensait à rien sauf à tout ce qui lui avait échappé dans leur hâte à partir du camp. La clef de la survie, de la victoire.

Quel était donc ce nom, bon Dieu ?

Jody grognait tandis qu'ils continuaient de progresser lentement dans le noir. Herbert faillit lui demander de passer derrière lui pour lui botter le train.

Impossible de me rappeler.

Il y arriverait. Il le fallait. Il ne pouvait pas laisser Mike Rodgers gagner, ce coup-ci. Rodgers et Herbert étaient tous deux amateurs d'histoire militaire et, plus d'une fois, ils avaient débattu de ce point. Si on avait le choix, s'étaient-ils questionné l'un l'autre, valait-il mieux livrer combat avec un petit groupe de soldats dévoués ou bien avec une marée de conscrits ?

Rodgers penchait invariablement pour les grands effectifs, mais aucune des deux positions ne manquait d'arguments. Herbert faisait remarquer que Samson avait battu les Philistins rien qu'avec la mâchoire d'un âne. Au XIIIᵉ siècle, Alexandre Nevski et sa bande de paysans en guenilles avaient repoussé des chevaliers teutoniques redoutablement armés. Au xve siècle la petite bande d'Anglais qui se battaient aux côtés de Henry V à Azincourt avait défait une armée française largement supérieure en nombre.

Mais Rodgers avait ses contre-exemples, lui aussi. Le petit groupe de valeureux Spartiates vaincus par les Perses aux Thermopyles en 480 avant notre ère; les défenseurs d'Alamo face au général Santa Anna, et enfin les cavaliers du 27e de lanciers britanniques, la fameuse « Brigade légère » que sa propre charge avait perdue lors de la guerre de Crimée.

Et l'on pourra compléter la liste avec l'infortuné Robert West Herbert, songea-t-il en entendant le bruit des pas et le craquement des branches. *Le mec qui n'a même pas eu le minimum de jugeote pour noter le nom qui aurait pu les sauver.* Enfin, il mourrait en bonne compagnie : le roi Léonidas, Jim Bowie. Errol Flynn.

Songer à Flynn l'aida à se détacher pour mieux se préparer à affronter tous ces adversaires. Son seul espoir était que Jody fuirait. L'idée de combattre pour la sauver le regonflait.

Et puis, comme il n'y pensait plus, le nom qu'il cherchait lui revint d'un seul coup.

« Jody, pousse-moi ! »

Depuis qu'ils étaient repartis, elle marchait à côté de lui. Elle repassa derrière.

« Allez, pousse ! On va s'en sortir. Mais il faut d'abord qu'on gagne du temps. »

Malgré son épaule blessée et son dos moulu, Jody mobilisa toutes ses forces. Herbert saisit son arme.

Contrairement à l'infortuné Major Vickers joué par

Flynn, Herbert allait contenir l'ennemi. Même si, à l'encontre de Samson, il n'allait pas recourir à une mâchoire d'âne.

Mais à son téléphone cellulaire.

63.

Jeudi, 17:15, Washington, DC

On transmit l'appel à Rodgers alors qu'il attendait des nouvelles du colonel August.

C'était Bob Herbert au téléphone cellulaire. Rodgers mit l'ampli pour permettre à Darrell, Martha et Ann Farris, l'attachée de presse du centre, d'écouter la conversation.

« Je suis au milieu d'une épaisse forêt quelque part entre Wunstorf et un lac, annonça la voix de Bob. La bonne nouvelle, c'est que j'ai récupéré Jody Thompson. »

Rodgers se redressa et brandit triomphalement le poing. Ann bondit de son siège et applaudit.

« C'est fabuleux ! » s'écria Rodgers. Il lança un regard à McCaskey. « Vous avez réussi alors qu'Interpol et le FBI en sont encore à tanner les autorités allemandes. Comment pouvons-nous vous aider, Bob ?

– Ma foi, le problème est qu'on a une bande de nazillons aux trousses. Il faudrait que vous me retrouviez un numéro de téléphone. »

Rodgers se pencha vers le clavier. Il alerta John Benn en tapant F6/Entrée/17. « Lequel, Bob ? »

Herbert le lui dit. Rodgers lui demanda de ne pas

quitter, le temps de taper *Hauptmann Rosenlocher, Hamburg Landespolizei.*

McCaskey avait fait pivoter son fauteuil pour voir l'écran. Pendant que Rodgers transmettait le numéro à Benn, McCaskey bondissait vers un autre téléphone pour appeler Interpol.

« Ce Rosenlocher cherche des poux dans la tête des nazis, expliqua Herbert, et ce pourrait bien être le seul type à qui l'on puisse se fier. D'après ce que j'ai entendu raconter à Hanovre sur son compte, en tout cas.

– On va le retrouver et vous le passer, dit Rodgers.

– Le plus tôt sera le mieux. On essaie de foncer mais on perd du terrain. J'entends d'ici leurs voitures. Et s'ils découvrent les corps que nous avons laissés derrière nous...

– Message reçu, le coupa Rodgers. Pouvez-vous rester en ligne ?

– Tant que Jody tiendra le coup, oui. Elle est morte de fatigue.

– Dites-lui de tenir bon, répondit Rodgers tout en appelant le programme Geologue. Vous aussi. » Il fit apparaître la région de Wunstorf et examina le terrain entre la ville et le lac. Il correspondait à la description de Herbert : des lacs et des collines. « Bob, avez-vous une idée de l'endroit précis où vous êtes ? Pouvez-vous me donner un repère topographique ?

– Ici, c'est le noir complet, Mike. Pour autant que je sache, on pourrait aussi bien naviguer à l'IFR... »

Indication de fausse route, songea Rodgers. Herbert ne voulait pas laisser entendre à Jody qu'ils pouvaient s'être trompés de direction...

« Compris, Bob. On va vous donner le point sur la position de chacun. »

McCaskey était toujours en ligne avec Interpol, aussi Rodgers appela-t-il lui-même Stephen Viens. Ce dernier l'avertit que, même avec leurs dispositifs d'intensification de lumière pour la surveillance nocturne, les satellites du NRO pouvaient mettre jusqu'à une demi-heure pour repérer Herbert avec précision. Rodgers lui fit remarquer que leur vie était peut-être en jeu. Viens répondit, non sans humeur, que le délai était incompressible. Rodgers le remercia.

Le général étudia la carte. Ils étaient effectivement en pleine cambrousse. Et si Herbert pouvait entendre ses poursuivants, il y avait peu de chance qu'une voiture ou même un hélico puisse les récupérer à temps.

Rodgers se tourna vers McCaskey. « Vous avez quelque chose sur ce policier ?

– On y travaille. »

On y travaille. Rodgers détestait cette expression. Il aimait que les choses soient faites.

Il détestait également donner de mauvaises nouvelles à ses gars sur le terrain. Mais les mauvaises nouvelles étaient encore préférables à l'ignorance, aussi reprit-il la communication.

« Bob, le NRO essaie de vous repérer. On peut éventuellement vous aider à esquiver l'ennemi. En attendant, on cherche à localiser votre policier. Mais même si nous le trouvons, vous n'êtes apparemment pas dans un site très accessible.

– Vous parlez... de ces putains d'arbres et de collines à perte de vue.

– Et si vous tentiez plutôt de prendre l'ennemi de flanc ?

– Négatif. Le terrain est inégal mais ça m'a l'air encore plus escarpé de part et d'autre. Il faudrait quasiment ramper. » Il marqua une pause. « Mais, général ? Si vous réussissez au moins à dénicher Rosenlocher, il y a un truc que vous pourriez tenter. »

Rodgers écouta l'improvisation de Herbert. Le stratagème de son chef du renseignement était inventif, machiavélique, et son succès était loin d'être assuré. Mais ils n'avaient pas le choix : il fallait tenter le coup.

64.

Jeudi, 23 : 28, Montauban, France

Dix écrans de surveillance, superposés sur deux rangées, étaient disposés dans un réduit du bureau de Dominique. Avant que le bâtiment ait commencé à vibrer, il contemplait, tranquillement installé dans son fauteuil de cuir, l'activité dans le corridor et dans la salle informatique.

La stupidité de ces gens est incroyable ! s'était-il dit en les regardant pénétrer dans ses installations et s'y retrouver piégés. Dominique les aurait volontiers laissé partir s'ils n'avaient pas eu l'arrogance de fouiner dans ses dossiers secrets. Mlle Bosworth n'étant pas assez douée pour ça, la tâche revenait à l'autre type. Dominique espérait qu'il ne se ferait pas descendre : il l'aurait bien engagé.

Même quand les tireurs d'élite de la gendarmerie s'approchèrent des Nouveaux Jacobins dans le corridor, Dominique ne s'inquiéta pas. Il avait demandé à d'autres miliciens de les encercler à leur tour. À cet effet, il s'était assuré de la présence sur place d'une bonne moitié de sa centaine de Nouveaux Jacobins. Il ne voulait pas le moindre pépin la nuit du chargement de ses jeux sur son serveur de réseau.

Bref, Dominique ne s'était pas inquiété jusqu'au moment où les murs se mirent à trembler. Aussitôt, son front haut se plissa et ses yeux sombres clignèrent, effaçant le reflet des moniteurs de télévision. Pressant une touche au panneau de commande encastré dans le tiroir supérieur de son bureau, il bascula sur les caméras extérieures du domaine. Du côté de la rivière, l'écran noir et blanc était inondé d'une lueur aveuglante. Dominique diminua le contraste et découvrit un avion en train de se poser, tous feux allumés. C'était un appareil dont les ailes s'étaient repliées verticalement pour lui permettre de descendre comme un hélicoptère. Il était en vol stationnaire à cinq mètres au-dessus du parking, mais les quelques voitures garées là l'empêchaient de se poser. Une écoutille s'ouvrit alors, deux échelles de corde se déroulèrent et bientôt des hommes apparurent. Des soldats de l'OTAN.

La bouche de Dominique se crispa. *Qu'est-ce que l'OTAN vient foutre ici ?* rugit-il intérieurement, même s'il connaissait la réponse. Leur mission était de s'emparer de lui.

Tandis que vingt soldats posaient le pied sur l'asphalte du parking, Dominique prévint Alain Boulez par téléphone. L'ancien préfet de police de Paris attendait dans la salle d'entraînement souterraine avec ses Nouveaux Jacobins.

« Alain, vous avez jeté un œil sur vos écrans de contrôle ?

– Oui, monsieur.

– Il semblerait que l'OTAN n'ait rien trouvé de mieux que venir faire le ménage chez ses propres membres. Tâchez de me les repousser et retrouvez-moi à bord d'*Audace*.

519

– Entendu. »

Dominique appela son chef des opérations. « Étienne, où en sommes-nous du téléchargement ?

– "Camp de concentration" est chargé, monsieur Dominique. "Pas pendu pour tout le monde" le sera d'ici minuit.

– Il faut accélérer le mouvement.

– Monsieur, le rythme était préréglé quand nous avons caché le programme dans...

– Accélérez-le », coupa Dominique. Il raccrocha et sonna le pilote de son hélicoptère personnel. « André ? Je descends. Préparez-moi *Audace*.

– Tout de suite, monsieur. »

Dominique raccrocha. Il se leva et contempla sa collection de guillotines. Elles prenaient un aspect sinistre à la lueur des écrans cathodiques. Il entendit une détonation, suivie de plusieurs autres.

Il songea à Danton sur le point d'être guillotiné, lançant à son bourreau : « Tu montreras ma tête au peuple : elle en vaut la peine. » Pourtant, même si l'usine tombait, les jeux seraient chargés et pourraient circuler librement. Il n'aurait qu'à se rabattre sur une de ses nombreuses filiales françaises ou étrangères qu'il avait organisées en sites de secours. Sa fabrique de plastiques à Taiwan. Sa banque parisienne. Son usine de pressage de CD à Madrid.

Il éteignit les écrans de surveillance, enfila des gants de cuir et quitta rapidement son bureau pour gagner l'ascenseur. Ce n'était pas une retraite, se dit-il, mais un simple transfert de quartier général.

La cabine le conduisit à un souterrain qui menait à la zone d'atterrissage située derrière l'usine. Il composa un code sur la porte blindée qui fermait le pas-

520

sage. Quand elle s'ouvrit avec un déclic, il récupéra un pistolet au râtelier avant de grimper l'escalier raide. Le LongRanger était déjà en chauffe. Dominique se dirigea vers la queue, passa en se penchant sous les rotors en rotation et fut accueilli par l'un des vigiles de l'usine qui se précipita à sa rencontre.

« Monsieur Dominique, les vigiles ne sont toujours pas engagés dans cette action. Quelles sont vos instructions?

— Faites tout pour me dissocier des Nouveaux Jacobins. Qu'on ait l'impression qu'ils sont venus repousser les intrus sans y avoir été invités.

— Comment voulez-vous que je fasse une chose pareille, monsieur? » s'enquit le garde.

Dominique leva son pistolet et lui logea une balle en plein front. « En donnant l'impression de leur avoir résisté », dit-il en lâchant l'arme avant de bondir sur l'échelle d'embarquement.

« Allons-y! » dit-il au pilote en grimpant dans la spacieuse cabine. Il ferma l'écoutille derrière lui.

Le poste de pilotage était sur sa gauche. Le siège du copilote était vide. Deux rangées d'épais fauteuils capitonnés occupaient la cabine principale. Dominique s'installa dans le premier, juste à côté de la porte. Il ne prit même pas la peine de boucler sa ceinture quand l'hélicoptère décolla.

Le claquement sec des pales parut ébranler son calme de façade. L'air renfrogné, Dominique se retourna pour contempler sa bastide en contenant mal sa colère. L'appareil à décollage vertical manœuvrait pour se poser sur le terrain qu'il venait de quitter. Quand il se posa, il en occupait la majeure partie. Les soldats de l'OTAN n'étaient déjà plus visibles sur le parking. Dominique aperçut les éclairs de tirs d'armes automatiques derrière les fenêtres de la bastide et des ateliers.

Il se sentait violé. Ces soldats lui faisaient penser à des Wisigoths pillant une église, ivres de destruction. Il avait envie de leur hurler : *Vous détruisez bien plus que vous ne l'imaginez. Je suis le bras armé de la civilisation !*

L'hélicoptère traversa la rivière. Puis décrivit un cercle pour revenir vers la bastide.

Dominique hurla pour couvrir le claquement du rotor : « André, mais qu'est-ce que vous fabriquez ? »

Pas de réponse du pilote. L'hélico se mit à descendre.

« André ? *André !* »

Le pilote répondit alors : « Tu m'avais dit au téléphone que tu épiais tous mes faits et gestes. Mais il y en a un qui t'a échappé. Le moment où je suis venu retrouver ton pilote... le pauvre gars a pu sentir passer vingt-cinq ans de colère rentrée. »

Richard Hausen se retourna pour contempler Dominique. Le Français sentit un frisson lui glacer l'échine.

« J'ai décollé pour laisser place à l'autre appareil, expliqua Hausen. Et maintenant, on repart en arrière, Gérard. De vingt-cinq années, pour être précis. »

Pendant quelques secondes, Dominique chercha une réponse idoine. Mais cela ne dura qu'un instant. Comme jadis à Paris, l'idée même d'un débat lui semblait incompatible avec le caractère de son interlocuteur : il avait horreur de son côté petit saint puant. Comme il avait eu horreur de le voir prendre la défense de ces deux filles.

Perdant le contrôle de lui-même, Dominique se jeta

sur Hausen en poussant un cri inarticulé. Il prit l'Allemand par les cheveux et lui tira la tête en arrière, par-dessus le siège.

Hausen hurla tandis que Dominique appuyait de toutes ses forces, cherchant à lui rompre le cou. L'Allemand lâcha le manche pour essayer d'agripper le poignet du Français. L'hélicoptère piqua du nez aussitôt et Dominique bascula contre le dossier du siège du pilote. Il lâcha Hausen qui fut projeté contre les instruments de bord.

Groggy, le front ensanglanté, l'Allemand lutta pour retrouver ses esprits. Prenant appui contre le pare-brise, il réussit à retrouver le manche.

L'hélicoptère récupéra de son plongeon. Dans le même temps, Dominique s'était glissé dans le siège du copilote. Il ramassa le casque qui était tombé par terre. Gardant un œil sur le manche, il passa le cordon autour du cou de Hausen et tira un coup sec.

65.

Jeudi, 17 : 40, Washington, DC

Mike Rodgers étudiait une carte d'Allemagne sur l'écran de son ordinateur quand Darrell McCaskey le regarda en levant le pouce.

« Ça y est ! Le principal Rosenlocher est au bout du fil ! »

Rodgers décrocha aussitôt son téléphone. « Hauptmann Rosenlocher ? Parlez-vous anglais ?

— Oui. Mais qui est à l'appareil ?

— Le général Mike Rodgers à Washington. Commissaire, je suis désolé de vous déranger à une heure si tardive. C'est au sujet de l'attaque de l'équipe de cinéma, de l'enlèvement...

— *Ja ?* fit le policier avec impatience. Nous suivons l'affaire depuis ce matin. Je viens juste d'arriver...

— Nous avons la fille, coupa Rodgers.

— *Was ?*

— Un de mes hommes l'a retrouvée. Ils sont dans une forêt près de Wunstorf.

— Il y a une réunion dans ces bois, dit aussitôt Rosenlocher. De Karin Doring et de son groupe. Nous pensons que Felix Richter pourrait s'y être également rendu. Mes agents sur place sont partis enquêter.

524

« – Votre enquête est compromise…, avertit Rodgers.

– Que voulez-vous dire ?

– Ils ont tenté de tuer mon agent et cette jeune fille, répondit le général. Commissaire, cela fait maintenant des heures qu'ils fuient et on n'a plus le temps de leur procurer de l'aide. Ils se retrouvent avec toute une bande de néo-nazis aux trousses. Si nous voulons les sauver, j'ai besoin que vous me donniez un coup de main.

– Que voulez-vous ? »

Rodgers le lui expliqua. Le commissaire accepta. Une minute plus tard, Rosalind Green, la spécialiste radio de l'Op-Center, prenait les dispositions voulues.

66.

Jeudi, 23 : 49, Wunstorf, Allemagne

Le téléphone sonna dans le noir.

Le jeune Rolf Murnau, qui était le plus proche de l'appareil, décrocha et tendit l'oreille. Entendant une nouvelle fois retentir le bip, il braqua sa torche sur la gauche. Puis il s'avança de quelques pas dans l'enchevêtrement de branchages. Le faisceau dessina un cône de lumière au-dessus d'un corps. À la largeur des épaules, il reconnut qu'il s'agissait de celui de Manfred Piper. Un peu plus loin gisait le cadavre de Karin Doring.

« Par ici ! s'écria Rolf. Mon Dieu, venez vite ! »

Sept hommes et femmes accoururent aussitôt, entrecroisant les faisceaux de leurs torches. Plusieurs firent cercle autour du corps de Manfred et baissèrent les yeux quand le téléphone sonna une troisième fois, puis une quatrième. Les autres s'étaient déjà portés vers Karin Doring.

Rolf s'était accroupi près du corps de Manfred. Au dos de son blouson, le sang avait formé une large tache noire ruisselant de chaque côté. Rolf retourna lentement le cadavre. Les yeux étaient fermés, la bouche ouverte, grimaçante.

« Elle est morte, annonça une voix, du côté de Karin. Les salauds… *morte!* »

Le téléphone continuait de sonner avec insistance. Rolf leva les yeux vers les faisceaux des torches. « Qu'est-ce que je dois faire ? »

Des pas approchaient. « Réponds ! ordonna Felix Richter.

— Bien, monsieur. » Hébété par la perte de ses chefs, de ses héros, il glissa la main dans le blouson de Manfred. En retira le téléphone. Après avoir un instant hésité, se sentant indiscret, puis morbide, il déplia le portable et répondit.

« *Ja* ? hasarda-t-il.

— Principal Karl Rosenlocher à l'appareil, dit la voix. Je veux parler au responsable de votre bande de crétins ! »

Rolf leva les yeux vers la lumière. « Herr Richter ? Il veut parler au responsable.

— Qui est-ce ?

— Le commissaire principal Karl Rosenlocher. »

Malgré l'obscurité, Rolf vit Richter se raidir. Les néo-nazis approchaient toujours plus nombreux à mesure que se répandait la nouvelle de la mort de Karin et de Manfred. Ils faisaient cercle autour des deux corps.

Jean-Michel arriva alors que Richter prenait l'appareil. D'un geste lent, l'Allemand le porta à sa bouche.

« Felix Richter…

— Vous reconnaissez ma voix, dit Rosenlocher. À présent, j'aimerais vous faire entendre celle-ci. »

Quelques instants après, une jeune femme disait en anglais : « Je vous avais dit que vous ne m'auriez pas. Jamais vous ne vaincrez, aucun de vous.

– Petite, on finira par t'avoir », répondit Richter.

Rosenlocher reprit la communication. « Non, vous ne l'aurez pas, Herr Richter. Elle est en sécurité auprès de moi, tout comme l'Américain qui l'a retrouvée. C'est lui qui m'a appelé pour qu'on les récupère. Quant à vous, cette fois-ci, c'est un feu auquel vous n'échapperez pas. »

Scrutant l'obscurité, Richter rameuta ses hommes d'un signe de la main. Il couvrit le micro. « Sortez vos armes… n'hésitez pas à tirer ! »

Ils obéirent.

Richter reprit la communication : « Nous sommes prêts à nous battre.

– Ça ne vous avancera pas, répondit Rosenlocher d'une voix lente, pleine d'assurance. Car c'est un feu qui vient de l'intérieur.

– Mais qu'est-ce que vous racontez, bon sang ?

– À votre avis, comment l'Américain a-t-il réussi à découvrir votre camp, ce soir ? Un type en fauteuil d'infirme. À moins que je ne me trompe ? »

Richter continuait de scruter les ténèbres.

« Vous avez été infiltré, Herr Richter. En ce moment même, j'ai des hommes à moi dans vos rangs. Ce sont eux qui l'ont aidé.

– Vous mentez ! répondit Richter, d'une voix crispée.

– Ils ne vous ont pas lâché de la journée, poursuivit Rosenlocher. À vous observer. Se préparer. Aider l'Américain. Ce soir, vous avez perdu deux éléments clefs, n'est-ce pas, Herr Richter ? »

Richter n'y voyait pas bien loin dans cette obscurité profonde. « Je n'en crois rien et je ne vous crois pas.

– Eh bien, venez me chercher. Il y aura peut-être

528

une fusillade. Des coups de feu dans le noir. Qui sait qui tombera, cette fois, Herr Richter, de quel côté viendra la balle ?

– Vous n'oseriez pas m'assassiner, dit le néo-nazi. On découvrira la vérité. Cela vous perdra. Il y a des lois.

– Karin les a ignorées quand elle s'est attaquée à l'équipe de cinéma. Vous croyez que l'opinion publique réagira ? Vous croyez vraiment qu'elle prendra votre défense quand elle apprendra que des assassins ont été abattus de sang-froid ?

– Vous ne l'emporterez pas, *Hauptmann*. Si je mets fin à cette poursuite ou si je m'éclipse maintenant, vous ne pourrez rien contre moi !

– Cela n'est plus de mon ressort, désormais, dit Rosenlocher. Je vous appelais simplement pour vous dire adieu. Et aussi pour vous préciser que ce n'est pas moi qui vous pleurerai. »

Le commissaire principal raccrocha. Richter jeta le téléphone. « Qu'il aille au diable !

– Qui était-ce ? » demanda quelqu'un.

Richter brandit le poing en lançant un regard furieux à ses complices. « Le principal Rosenlocher affirme que nous avons été infiltrés par des membres de la *Landespolizei* de Hambourg.

– Ici ? demanda Rolf.

– Oui, ici. » Richter regarda alentour. « Il ment, bien sûr ! C'est idiot, insensé ! » Il réfléchissait tout haut. « Mais d'un autre côté, pourquoi mentir ? Il a la fille et l'Américain. Quel intérêt pour lui ?

– Peut-être qu'il ne mentait pas… », observa un des hommes, nerveux.

Richter le lorgna. « Tu veux que je suspende la poursuite ? Peut-être que tu es un de ses hommes !

« – Herr Richter ! s'écria un autre. Je connais Jorgen depuis des années. C'est un fidèle à la cause.

– Peut-être que le flic a menti, reprit un autre.

– Pourquoi ? insista Richter. Qu'est-ce qu'il y gagnerait ? La peur ? La discorde ? La panique ? » Il rugit, d'une voix gutturale : « Mais enfin, voyons, qu'est-ce qu'il y gagnerait ?

– Du temps ! » répondit la voix de Jean-Michel, derrière lui.

Richter pivota. « Qu'est-ce que vous racontez ?

– Le commissaire principal gagne du temps, expliqua Jean-Michel d'une voix douce. On retrouve les corps, on s'arrête pour s'en occuper, puis on reste plantés là à essayer de deviner qui est ou n'est pas un traître. En attendant, Rosenlocher continue de creuser l'écart avec nous.

– Dans quel but ? Il a ce qu'il était venu chercher.

– Croyez-vous ? demanda Jean-Michel. Je ne crois pas que l'Américain et la fille aient eu le temps de rejoindre l'autoroute. Peut-être que l'infirme avait sur lui un portable et qu'il aura prévenu le commissaire. » Le Français s'approcha. « Après tout, vous avez fait un discours où vous citiez nommément votre pire ennemi. »

Richter le regardait, furibond.

« Il n'est pas bien difficile d'organiser une conversation à trois pour donner l'impression que Rosenlocher, l'Américain et la fille sont ensemble. »

Richter ferma les yeux.

« Vous avez commis le genre d'erreur qu'un chef n'a pas le droit de commettre, poursuivit Jean-Michel. Vous avez dit à l'Américain comment vous battre, vous lui avez fourni le nom du seul homme à qui il pouvait se fier. Et vous pourriez bien avoir donné à l'ennemi une chance supplémentaire de vous affaiblir avec une ruse psychologique éculée. »

Richter ploya légèrement les genoux. Puis il brandit les poings vers le ciel et hurla : « Attrapez-les ! »

Les Allemands hésitèrent.

« On devrait s'occuper des corps, observa un des hommes.

– C'est ce qu'attend le commissaire ! hurla Richter.

– Je m'en fous ! répondit l'homme. C'est la moindre des choses. »

La confusion régnait dans l'esprit de Rolf, partagé entre le chagrin et la rage. Mais le devoir passait avant tout. Il tourna sa lampe et se mit en route. « Moi, je pars chercher les Américains, lança-t-il. C'est ce que Karin Doring et Manfred Piper auraient voulu, et c'est ce que je vais faire. »

Plusieurs autres le suivirent sans un mot, puis encore d'autres, de plus en plus nombreux. Ils pressèrent le pas pour rattraper le temps perdu, et aussi pour soulager leur colère.

Mais tout en se frayant un passage à travers bois, Rolf sentit des larmes rouler sur ses joues. Les larmes du petit garçon qui sommeillait dans le cœur du jeune homme. Les larmes d'un jeune homme dont les rêves d'avenir avec *Feuer* venaient d'être réduits en cendres.

67.

Jeudi, 23 : 55, Montauban, France

La tâche principale du colonel Brett August au sein de l'OTAN était d'aider à planifier les manœuvres. Bien que spécialisé dans les assauts d'infanterie, il avait également eu la chance de collaborer avec des experts en attaques aériennes et maritimes. L'un de ses plus proches collaborateurs, l'aviateur Boisard, avait travaillé sur des extractions aériennes en Bosnie. August aimait bien bosser avec des gars comme lui pour voir quelles manœuvres pouvaient être transplantées, mixées et adaptées pour surprendre l'ennemi.

Dans le cas de la bastide, toutefois, il avait décidé d'opter pour une technique simple, éprouvée, celle de l'assaut par équipes de quatre : deux hommes progressent, couverts par leurs deux compagnons, puis ces derniers avancent à leur tour, sous la protection de ceux qui viennent d'ouvrir le passage. Qu'ils soient huit, dix ou vingt à intervenir, les responsabilités sont ainsi toujours partagées par groupes de quatre. Cela permet à l'assaut de garder sa compacité, son efficacité, et de frapper avec la précision d'un laser. Si l'un des quatre hommes tombe, l'escouade passe à la technique du double saute-mouton : l'homme resté en arrière progresse jusqu'au milieu, couvert par le premier de la file, puis il repasse en tête, tandis que le nouveau dernier les couvre. De cette façon, il ne risque pas d'être touché accidentellement par son compagnon. Si deux hommes tombent, les deux rescapés passent en saute-mouton. S'ils sont trois à tomber, le survivant se terre en essayant de fixer l'ennemi.

Vingt-deux soldats de l'OTAN entrèrent dans l'usine Demain sous le commandement d'August. Un des hommes prit une balle dans la main, un autre dans le genou. Parmi le personnel de la gendarmerie, seul le colonel Ballon fut blessé d'une balle à l'épaule. Chez les terroristes, on comptait vingt-huit morts et quatorze blessés.

August devait ultérieurement témoigner devant la commission parlementaire nommée par l'Assemblée nationale que les pertes chez les Nouveaux Jacobins étaient dues au fait que les terroristes s'étaient battus de manière trop brusque et désordonnée.

« On aurait dit des joueurs d'échecs qui connaissaient les mouvements mais pas la tactique du jeu, devait-il lire sur la déposition que lui avait préparée Lowell Coffey II. Les terroristes sont sortis du bâtiment en chargeant sans plan préétabli, divisant leurs forces et se faisant étriller. Lorsqu'ils se sont repliés à l'intérieur pour tenter un regroupement, nous les avons encerclés. Finalement, se voyant pris à revers, ils ont tenté de se dégager en force. Nous avons resserré l'étau jusqu'à ce qu'ils capitulent, et tout fut rapidement réglé. Du premier au dernier coup de feu, l'opération a pris vingt-deux minutes en tout et pour tout. »

Pour Paul Hood, cela avait paru bien plus long.

Quand l'imposant V-22 Osprey était descendu au-dessus des bâtiments et que le chef des Nouveaux Jacobins avait ordonné l'exécution des otages, les coups de feu n'étaient pas seulement partis de l'ouverture ménagée dans la porte du corridor. Mais également d'un autre orifice percé dans le plâtre du faux plafond, ainsi que d'une fenêtre derrière laquelle un des gendarmes était descendu en rappel. La parfaite synchronisation de cette attaque triangulaire avait valu à trois des terroristes d'être blessés : ceux qui avaient reçu l'ordre d'exécuter Paul Hood, Nancy Bosworth et Matt Stoll.

Dès qu'ils tombèrent, Hood se jeta sur Nancy et Matt plongea au sol. Ballon fut touché au moment où il se précipitait pour protéger Matt.

Dans la mêlée qui suivit, on oublia les otages, les Nouveaux Jacobins se débandant pour échapper à ce véritable tir au pigeon et tenter une sortie. Au bout de dix minutes, ils étaient de retour et cherchaient à contenir les assaillants. Dans l'intervalle, Hood et ses compagnons s'étaient repliés dans un coin cuisine où Nancy nettoya et pansa du mieux qu'elle put la blessure de Ballon, tandis que Hood s'efforçait de maîtriser le bouillant colonel. Malgré la douleur, celui-ci avait en effet hâte de retourner se battre.

Stoll restait de son côté, chacun savait qu'il ne supportait pas la vue du sang. Aussi, pour se changer les idées, ne manqua-t-il pas de se féliciter tout haut d'avoir remarqué la disparition du bouton de porte, expliquant qu'il avait aussitôt cherché à distraire les terroristes par son couplet sur le thème du : « Je suis qu'un informaticien. » Comme le Nouveau Jacobin avant lui, Hood lui demanda de la boucler un peu.

Deux soldats de l'OTAN furent les premiers à pénétrer dans le coin cuisine. À ce moment, le corridor avait été nettoyé et un toubib appelé pour prendre soin de Ballon.

Hood, Nancy et Stoll furent évacués vers l'Osprey. August et son interprète français avaient installé le PC opérationnel à proximité du cockpit. Après avoir été informé que le commando s'était rendu maître du premier niveau et gagnait le second, il se présenta. Puis il se consacra de nouveau à l'interprète qui dialoguait à la radio tandis que le reste du commando approchait de la suite directoriale.

Hood voulait savoir si l'un ou l'autre groupe avait trouvé Dominique ou Hausen, et il avait hâte d'entrer en contact avec Rodgers. Il s'inquiétait du sort de Bob Herbert et aurait bien voulu savoir comment il s'en tirait. Mais cela devrait attendre. Au moins étaient-ils tous sains et saufs.

Stoll avait déjà pris ses aises dans la cabine de l'Osprey. Hood s'apprêtait à inviter Nancy à monter quand une lumière apparut dans le ciel. Pas plus grosse qu'une étoile, elle se déplaçait d'est en ouest. Soudain, elle vira vers eux et grossit démesurément, accompagnée du claquement caractéristique d'un rotor d'hélicoptère.

August leva les yeux à son tour.

« Un des vôtres ? s'enquit Hood.

– Non. Ce pourrait être celui qui a décollé juste avant notre atterrissage. Nous avons supposé que c'étaient les responsables de haut niveau qui s'enfuyaient. »

Soudain, un officier de gendarmerie approcha de la lisière du terrain. Il portait un homme en bras de chemise juché sur son épaule.

« *Mon lieutenant*[1] ! » lança l'officier à l'interprète.

Il déposa à terre, près de l'Osprey, l'homme qui geignait, puis il s'entretint avec le sous-lieutenant. Après quelques instants, l'officier français se tourna vers August.

« Il s'agit du pilote, mon colonel. Il mettait en chauffe l'hélicoptère pour un dénommé Dominique quand un individu aux cheveux blonds lui a tiré dessus.

– Hausen », souffla Hood.

L'hélicoptère, justement, entamait une spirale. À l'évidence, il était en train de tomber.

August dit à tout le monde de se jeter à terre en se couvrant la tête. Hood se coucha sur Nancy, mais le colonel August resta debout. Il regarda l'appareil se redresser à environ deux cents pieds d'altitude, puis repartir vers la rivière. Il se retourna alors vers Hood. « Qui est ce Hausen, monsieur Hood ? »

Hood se releva. « Un vice-ministre allemand qui est aussi pilote. Il déteste Dominique, l'instigateur de ce complot.

– Il le déteste au point de risquer sa vie à voler un hélicoptère ?

– Plus encore, lui avoua Hood. Je crois que Hausen serait prêt au suicide s'il était sûr d'emporter Dominique dans la mort.

– Et avec lui, l'hélico et tous ceux qui se trouvent en dessous », nota August. Il continuait d'observer l'appareil qui vira au nord en montant brutalement avant de se remettre en palier. « J'ai déjà vu ce genre de chose, de vieilles rivalités qui deviennent incontrôlables. » Il se tourna vers l'interprète. « Manigot et Boisard sont-ils toujours au premier ? »

---

1. En français dans le texte (*N.d.T.*).

Le sous-lieutenant s'en enquit par radio et reçut une réponse affirmative. « Toujours en cours de nettoyage, mon colonel.

– Dites-leur de revenir toutes affaires cessantes. Vous prenez leur commandement.

– Bien, mon colonel », dit l'officier en saluant.

August leva les yeux vers le poste de pilotage et décrivit de l'index un cercle au-dessus de sa tête. Le pilote salua et emballa les moteurs verticaux.

« Colonel, que se passe-t-il ? » demanda Hood.

August se précipita vers l'échelle d'accès au poste de pilotage. « Quelqu'un veut que l'hélico se pose et quelqu'un d'autre ne veut pas, expliqua-t-il. Si on ne monte pas à bord, il risque de ne se produire ni l'un ni l'autre.

– Monter à bord ? » s'écria Hood.

Mais les deux commandos de l'OTAN arrivèrent sur ses entrefaites pour embarquer et le bruit des moteurs couvrit sa réponse. Stoll sauta de la cabine. Hood et Nancy reculèrent et, moins de deux minutes après la première apparition de l'hélicoptère, le gros engin à décollage vertical prenait l'air.

68.

Vendredi, 0 : 04, Wunstorf, Allemagne

La voiture de police fonçait sur l'*Autobahn* à plus de cent soixante. Le commissaire principal Rosenlocher surveillait sur sa gauche, derrière le chauffeur, tout signe d'activité. Ils roulaient sans sirène, le chauffeur se contentant de brefs éclairs de gyrophare pour avertir les usagers obstruant le passage. Un homme était assis en silence sur la banquette arrière. Il portait l'uniforme bleu de la *Landespolizei*. Comme son supérieur, il surveillait la route.

La voiture de Rosenlocher était suivie de deux autres véhicules, désignés Deux et Trois, occupés chacun par six hommes de son groupe d'intervention tactique qui en comptait quinze en tout. Cinq étaient armés de carabines M1 calibre 30 pour le tir à l'affût. Cinq autres de pistolets-mitrailleurs HK 53. Tous avaient des pistolets Walther P1 à canon long. Et tous étaient décidés à retrouver la jeune fille et l'homme en fauteuil roulant.

Le policier aux cheveux argentés et au visage buriné se demandait si Richter avait gobé leur bluff. Rosenlocher n'avait pour sa part aucune expérience de ce type d'opération psychologique. Son domaine de compétence se limitait à l'action antiémeute et aux opérations clandestines. Mais le général Rodgers lui avait assuré qu'il avait travaillé pour l'un de ses collègues dans l'affaire du détournement d'un jet de la TWA par des Croates, au-dessus de Paris en 1976. Et l'explication du général américain se tenait : la plupart des révolutionnaires, surtout les novices manquant d'assurance, pouvaient aisément se laisser convaincre qu'il y avait des traîtres dans leurs rangs. Bien souvent, d'ailleurs, c'était le cas.

Le téléphone de bord sonna. « *Ja* ?

– Hauptmann Rosenlocher ? Rodgers à l'appareil. Nous avons fini par tous vous localiser par satellite. Bob et la fille sont à environ trois kilomètres au nord de votre position, ils se dirigent vers l'*Autobahn*. Les néo-nazis se sont arrêtés mais ils ont repris leur progression. Ça se jouera à qui les rejoindra en premier. »

Le commissaire principal jeta un œil au compteur de vitesse puis se pencha vers le chauffeur. « Plus vite », lui dit-il doucement.

Le chauffeur au visage poupin grogna.

« Merci, général, dit Rosenlocher. Je vous rappelle dès que j'ai quelque chose à signaler.

– Bonne chance. »

Rosenlocher le remercia de nouveau, avant de reporter son attention sur la route. Le fusil était fixé dans un étrier derrière la banquette avant. Il passa le bras et le saisit. Ses paumes étaient moites, comme toujours avant de passer à l'action. Même si, contrairement aux cas habituels, il brûlait de voir celui-ci dégénérer en fusillade : tous les prétextes étaient bons pour frapper les brutes qui voulaient détruire son pays.

« Encore un peu plus vite », dit-il au chauffeur.

Ce dernier serra les lèvres et appuya sur le champignon.

La nuit se mit à filer derrière les vitres. Les autres voitures accélérèrent dans leur sillage. Et puis, soudain, il entrevit deux silhouettes pâles au milieu du feuillage sombre, sur le bas-côté gauche. Qui se planquèrent aussitôt.

« C'étaient deux des gars de Richter, dit le commissaire principal. Ces salopards, je les reconnaîtrais même à deux cents à l'heure. Ralentissez. »

Le chauffeur obtempéra. Quelques secondes plus tard, ils virent deux autres personnes s'extraire du bois tant bien que mal. Un homme en fauteuil roulant, poussé par une toute jeune femme.

« Stop ! » ordonna Rosenlocher.

Le chauffeur freina et s'arrêta en même temps que Rosenlocher s'emparait du micro de la radio de bord. Les autres voitures avaient également ralenti.

« Deux et Trois… vous les voyez ?

— De la Deux, nous les voyons.

— De la Trois, on les a.

— Deux, vous couvrez le flanc sud. Trois, vous vous arrêtez aussi et vous prenez le nord. Je les rabats sur vous. »

Les trois voitures s'arrêtèrent à vingt mètres d'écart sur la bande d'arrêt d'urgence. Les chauffeurs restèrent au volant tandis que les autres policiers descendaient du côté droit. En cas de blessés, ils devraient foncer vers l'hôpital de Hanovre. Les agents des voitures Deux et Trois partirent respectivement vers le sud et le nord. Dans la nuit, ils établirent une ligne d'escarmouche derrière le rail de sécurité. Si on tirait sur eux ou sur les Américains, ils avaient ordre de riposter pour tuer.

Rosenlocher fut le premier à enjamber le rail. Il était à moins de trente mètres de la lisière du bois d'où Bob Herbert et Jody Thompson essayaient de s'extraire pour échapper à leurs poursuivants.

Rosenlocher leva son arme. Il visa, derrière la femme, en direction de la zone où il avait vu bouger.

« Par ici ! » lança-t-il à Herbert.

Jody poussait toujours. Elle haletait, titubait, mais continuait d'avancer.

Rosenlocher surveillait les autres. Il distingua des visages illuminés par les phares des voitures passant sur l'autoroute. Des visages juvéniles. Certains furieux, d'autres effrayés. Il savait qu'il suffirait d'un faux pas, quelle qu'en soit la raison, pour que la situation dégénère. Il espérait que l'instinct de survie prévaudrait et que personne ne perdrait son calme.

À présent, il distinguait parfaitement les traits des Américains. Herbert poussait sur ses roues, l'air concentré. Jody, en sanglots, s'appuyait tout autant qu'elle poussait sur la chaise.

Rosenlocher visa avec soin un groupe de jeunes gens qui venaient d'émerger du couvert. Une bande d'audacieux, visiblement prêts à sacrifier leur vie. Au bout d'un moment, toutefois, il comprit qu'ils n'allaient pas attaquer. Karin et Manfred étaient... neutralisés et, sans tête, le corps était incapable de penser. Et que, sans cœur, il était incapable d'agir. Quel que soit le comportement de ces brutes face à un adversaire isolé, aucun n'était prêt à affronter des hommes entraînés.

Herbert et Jody parvinrent à sa hauteur. Selon les ordres, les chauffeurs des voitures Deux et Trois sortirent pour aider Herbert à enjamber le rail. Il n'y avait

chez eux aucune hâte, aucune panique, juste cette efficacité toute professionnelle qui était une des caractéristiques de l'escouade de Rosenlocher.

Tandis que les autres policiers demeuraient à leur
poste, les chauffeurs aidèrent Herbert et Jody à monter dans le premier véhicule. Quand ils furent en sécurité à l'intérieur, les hommes postés derrière le rail
décrochèrent un par un pour regagner le flanc droit
des voitures, d'où ils couvrirent la retraite de leurs collègues.

Quand tout le monde se fut éloigné du rail de sécurité, Rosenlocher tourna le dos au bois et regagna sa
voiture. Il s'attendait plus ou moins à mourir. Il y
avait toujours un couard dans chaque bande de
truands ou de terroristes. Les couards étaient toujours intimidés par ceux qui refusaient de l'être. Par
ceux qui n'avaient pas peur. Tout en marchant, il
était pleinement conscient du moindre bruit, de chacun de ses pas, sachant que ce pourrait bien être ses
derniers.

Parvenu à la hauteur de la voiture, il se dirigea vers
la portière droite et donna calmement l'ordre à ses
hommes de monter.

Ils démarrèrent sans encombre.

Rosenlocher demanda au chauffeur de filer tout
droit à l'hôpital. L'homme mit la sirène en route.

Assise sur la banquette arrière, Jody se laissa choir
contre l'épaule de Herbert. Elle se mit à pleurer à gros
sanglots.

« J'ai mal au bras.

– Chut ! dit Herbert.

– J'ai mal partout. Partout. »

Herbert prit sa tête au creux de son bras. « On va

s'occuper de toi, petite, dit-il doucement. Tout va bien se passer. Tu es sauvée. Tu as agi en vrai héros. »

Elle se raccrocha à lui. Son souffle et ses larmes étaient chauds contre son cou. Il la serra encore plus fort, tellement fier d'elle que ses propres yeux s'embuèrent.

Rosenlocher lui demanda doucement : « Et vous, vous vous sentez bien, Herr Herbert ?

– Oui, répondit Herbert. Très bien.

– Votre ami le général avait raison, poursuivit le policier allemand. D'après lui, je n'avais qu'à vous faire gagner quelques minutes. "Que le piège se desserre et Bob trouvera le moyen de se faufiler."

– Bien sûr, répondit Herbert. Me faufiler hors des chaînes pour tomber dans les sables mouvants. Merci de nous avoir tirés de là, commissaire. Vous êtes pour un bout de temps sur ma liste de vœux de nouvel an… »

Rosenlocher sourit. Il se retourna, décrocha son téléphone et demanda au standard du commissariat de lui passer le général Rodgers, à Washington.

La carabine reposait entre ses jambes. Pendant qu'il patientait, il la sentait peser contre son genou droit. Il avait fallu une guerre pour abattre Hitler. Une fois que la police aurait mis Herbert et la jeune fille en lieu sûr, ils retourneraient là-bas traquer le reste de la bande. Ce serait ironique, après toutes ces années passées à chasser Felix Richter, à s'entraîner au tir et au combat, de voir le nouveau Führer tomber ainsi sans coup férir.

Ironique mais réjouissant. Peut-être, songea Rosenlocher, que cela nous aura servi de leçon après tout. Si l'on s'oppose aux tyrans assez tôt, on découvre que tous ont endossé les habits neufs de l'empereur.

Rosenlocher savoura cette réflexion tout en passant le téléphone à l'arrière, pour avoir le plaisir d'entendre Bob Herbert annoncer à son chef que la mission était accomplie.

Et elle l'était sans aucun doute.

69.

Vendredi, 0 : 16, Wunstorf, Allemagne

Felix Richter regarda ses sbires revenir, l'air piteux.

« Où sont les Américains ? » demanda-t-il aussitôt.

Rolf avait été parmi les premiers à revenir. Il contempla les cadavres de Karin et Manfred. On leur avait jeté des blousons sur la tête et les épaules. Cela lui fit penser à des chiens écrasés sur la route. Il détourna les yeux.

Richter s'approcha de lui. « Que s'est-il passé ?

– La police était en faction. On n'a rien pu faire... »

Richter se mit à hurler : « Vous croyez que Karin Doring aurait dit ça ? Qu'il n'y avait *rien* à faire ?

– Karin aurait été là-bas pour agir, lui lança quelqu'un, elle n'aurait pas attendu ici notre retour. Karin n'était pas du genre à bavarder...

– Je n'ai jamais dit que j'étais Karin Doring...

– Non. Ça, c'est sûr. Et moi, je me tire », dit Rolf.

Richter lui barra le passage. « Écoutez-moi. Tous autant que vous êtes. Vous ne pouvez pas laisser disparaître notre héritage à cause d'un simple revers de fortune. Nous devons à la mémoire de ceux qui nous ont précédés de poursuivre le combat. »

Plusieurs militants s'arrêtèrent pour récupérer les corps. D'autres les attendaient.

« Ne laissez pas tout tomber ainsi ! »

Les hommes passèrent devant lui pour rejoindre ceux qui attendaient toujours au camp. Rolf suivit les faisceaux des torches qui déchiraient la nuit. Ces maigres lucioles étaient-elles les projecteurs dont Richter avait parlé, ceux qui étaient censés illuminer leurs symboles et leurs exploits ?

« C'est un revers, pas une défaite, s'entêtait Richter. Ne nous laissons pas arrêter par ça ! »

Les hommes continuèrent de s'éloigner.

Richter répéta ses paroles, mot pour mot, forçant la voix pour tenter de raviver la ferveur de ses militants.

Jean-Michel lui lança dans son dos : « Ils se foutent bien de vos subtils distinguos, Herr Richter. Tout ce qu'ils savent, c'est qu'ils n'ont plus le cœur à se battre. Si vous vous montrez habile et résolu, peut-être que vous réussirez à en ramener quelques-uns. Mais pour l'heure, il est temps de plier bagage. »

Jean-Michel tourna les yeux vers les faisceaux des torches, abandonnant Richter tout seul dans le noir.

70.

Vendredi, 0 : 17,
entre Montauban et Toulouse, France

L'Osprey planait au-dessus du terrain, lourd comme une nuée d'orage, noir et grondant, entre les éclairs de ses feux de navigation. Le colonel August était dans le cockpit, juste derrière le pilote qui faisait grimper son appareil jusqu'à l'altitude de mille pieds.

Le LongRanger était à près de cinq kilomètres en amont d'eux, survolant le Tarn en direction du sud-est. L'hélicoptère faisait encore quelques embardées, quoique moins fréquentes, tel un cheval sauvage résigné à se laisser maîtriser. Mais August aurait toutefois préféré qu'il ne se résigne pas trop vite. Il craignait, d'un strict point de vue légal, d'être incapable de justifier ce qu'ils allaient faire, sauf si l'appareil perdait le contrôle de sa trajectoire et constituait une menace pour les populations au sol.

« Vitesse approximative : deux cents kilomètres-heure », annonça le pilote en regardant le LongRanger s'éloigner.

L'Osprey piqua légèrement du nez, les nacelles des moteurs s'inclinèrent pour le faire progresser en palier. Avec sa vitesse maximale de cinq cent quatre-vingt-cinq kilomètres-heure, l'ADAV ne tarderait pas à rattraper sa proie. Toutefois, le chef de mission n'était pas encore prêt. Il se trouvait dans la soute et, avec les trois hommes de son équipe, ils installaient un treuil d'une tonne équipé de soixante mètres de câble. On s'en servait en temps normal pour déposer et récupérer les cargaisons dans les zones où l'Osprey ne pouvait pas atterrir.

August leur avait dit de préparer le treuil. Quand il leur avait expliqué pourquoi, Manigot et Boisard avaient, sur le ton de le plaisanterie, demandé à être traduits sur-le-champ en cour martiale pour passer directement devant le peloton d'exécution. Le résultat serait le même.

Mais August n'en croyait rien. Il leur avait répété ce qu'il disait à tous ses subordonnés : quand le boulot est exécuté par des pros, tout se passe comme sur des roulettes. Et même s'il y avait toujours une part d'impondérable, ça n'en rendait la tâche que plus passionnante.

L'Osprey fonça, mais sans quitter la configuration ADAV. August privilégiant la manœuvrabilité au détriment de la vitesse de pointe afin de mieux coller aux évolutions de l'hélico. Si son pilote décidait un brusque changement de cap, August voulait être en mesure de réagir à l'unisson. Le colonel avait également exigé qu'on maintienne le silence radio. Moins le LongRanger aurait d'informations sur ce qu'ils avaient à bord, moins il pourrait réagir. Rien n'était plus redoutable qu'un adversaire muet et sans visage.

Le pilote régla son altitude pour voler cent pieds plus haut que le LongRanger. Il fondait peu à peu sur l'hélicoptère qui oscillait d'est en ouest au gré des méandres du Tarn. Manifestement, celui qui tenait le manche savait piloter mais pas naviguer : il suivait le cours de la rivière pour s'échapper.

L'Osprey combla l'écart, fulgurant comme l'orage. Le LongRanger n'arrivait pas à les distancer. En moins de deux minutes, l'appareil de l'OTAN était au-dessus de lui. Le LongRanger avait beau faire des écarts, chaque fois, l'autre engin revenait à la verticale.

Pendant ce temps, le commando s'affairait à préparer l'équipement. Quand tout fut prêt, le chef d'équipe prévint par radio le cockpit.

« Le caporal-chef Taylor est prêt, mon colonel », annonça le pilote.

Le colonel August enfila ses gants et hocha la tête. « Dites-lui d'ouvrir la soute. Je les rejoins. »

Le pilote répercuta l'ordre tandis qu'August ouvrait la porte de cabine et traversait le fuselage. Le vent s'engouffra dans la carlingue quand la trappe de soute s'ouvrit dans un grincement de vérins. La toile couvrant les membrures du fuselage claqua violemment de chaque côté.

August avança rapidement malgré le vent. Dès qu'une équipe était prête, mieux valait ne pas la faire attendre. L'attente minait l'énergie comme le froid absorbe la chaleur.

August arriva alors que les hommes vérifiaient les mousquetons de leurs parachutes. « Parés à y aller ? »

Les hommes répondirent par l'affirmative.

August avait décrit les grandes lignes de son plan quand il avait embarqué avec Manigot et Boisard. Taylor allait faire descendre Manigot de cinquante pieds à la verticale, juste derrière le plan stabilisateur fixé à mi-distance de la poutre reliant la cabine à l'empennage. Il y avait assez de marge derrière le rotor principal pour autoriser la manœuvre. La seule réelle inquiétude tenait aux cinq à huit secondes où le caporal et le câble le surmontant allaient se trouver juste derrière le rotor principal. Que le LongRanger ralentisse ou change d'assiette durant cet intervalle et ils risquaient de se faire tailler en pièces. Si l'hélico esquissait la moindre manœuvre, Manigot devait larguer le câble aussitôt puis sauter en parachute et la mission serait annulée. Sinon, une fois les deux hommes juchés sur la poutre de queue, ils se laisseraient glisser jusqu'aux patins d'atterrissage et pénétreraient dans la cabine.

Tel était le plan, en tout cas. Ils avaient effectué des simulations de transfert entre deux hélicos. Mais les appareils étaient en vol stationnaire. Maintenant qu'il se trouvait devant la soute ouverte et contemplait l'objectif au-dessous de lui, il se rendait compte qu'il ne pouvait risquer la vie de ses hommes en les transférant entre deux appareils en évolution.

Il allait annuler la mission quand quelque chose se produisit à bord du LongRanger.

71.

Vendredi, 0 : 51,
entre Montauban et Toulouse, France

Richard Hausen gisait sur le plancher du cockpit. Il se massait la gorge en se demandant pourquoi Dominique ne l'avait pas achevé. C'est alors qu'il entendit le bruit d'un appareil lancé à leur poursuite. Il en percevait les vibrations. Quelqu'un était à leurs trousses.

Il savait qu'ils n'allaient pas abattre Dominique et le seul moyen de l'arrêter était donc de monter à bord du LongRanger.

Malgré son état, l'Allemand eut la présence d'esprit de se demander si une telle manœuvre était possible avec un hélicoptère en mouvement. Ce qu'il savait, en revanche, c'est qu'elle serait de toute façon plus aisée si le LongRanger restait en vol stationnaire, si Dominique ne pouvait s'esquiver.

Hausen plissa les paupières pour accommoder sa vision. Puis il chercha du regard sur le tableau de bord le bouton de mise en vol stationnaire automatique. Dès qu'il l'eut repéré, il se jeta contre Dominique, pressa le bouton et tira le Français vers le plancher de la cabine.

72.

Vendredi, 0 : 52,
entre Montauban et Toulouse, France

L'Osprey dépassa brusquement le LongRanger qui venait de s'immobiliser et August ordonna aussitôt au pilote de faire demi-tour. L'Osprey pivota et revint se placer à la verticale de l'hélicoptère.

August regarda par la trappe ouverte. Les deux appareils étaient stabilisés mais il ne savait pas combien de temps le LongRanger allait rester ainsi. Il se demanda si par hasard Dominique ne cherchait pas à les attirer dans un piège.

Non, conclut-il. Dominique ignorait s'ils cherchaient à l'aborder ou à le poursuivre. Du reste, il ne pouvait pas les voir depuis son cockpit. Il ne saurait donc pas s'il avait ou non réussi à attirer les hommes d'August. Ce dernier comprit d'instinct que le Français n'était pour rien dans ce brusque passage en vol stationnaire. Ce devait être Hausen.

Manigot, Boisard et Taylor regardaient le colonel, attendant son ordre.

Qui ne risque rien n'a rien, et ceux qui ont peur du risque n'ont rien à faire sous l'uniforme. Le colonel avait une mission à remplir et il avait les hommes pour ça.

« Go ! » lança-t-il.

552

Taylor pressa le bouton du treuil pour faire descendre en vitesse Manigot. Le câble se dévidait à un mètre par seconde et le soldat fut sur la traverse en quinze secondes. Une fois qu'il se fut arrimé à la poutrelle, il fixa le câble et fit un signal avec sa torche électrique. Boisard se laissa glisser rapidement le long du câble tendu. Une fois son compagnon assuré de l'autre côté de la traverse, Manigot décrocha le câble et Taylor le rétracta aussitôt. Le poids du crochet d'extrémité servait de lest empêchant le câble de battre et de venir se prendre dans les pales du rotor.

August observait la scène à la lueur des plafonniers de la soute. Il vit Boisard dévider la corde attachée à sa ceinture et la passer dans les mousquetons d'acier fixés à la ceinture de Manigot. Puis ce dernier lâcha sa prise sur la traverse pour progresser en équilibre le long de la poutre de queue.

Soudain, le LongRanger plongea. Ce n'était pas une manœuvre désordonnée, comme auparavant, mais bien une tentative d'évasion délibérée. Manigot se mit à glisser vers le mât de rotor principal. Il ne dut qu'à la vivacité de ses réflexes de ne pas être projeté contre le moyeu en rotation. Il réussit à se retenir à la tubulure d'échappement. Boisard se raccrocha de justesse au plan stabilisateur, suspendu au-dessous tandis que l'hélicoptère plongeait.

August empoigna son micro pour ordonner au pilote de les poursuivre. Puis il s'accroupit dans le noir, attendant que ses hommes sautent.

Ils n'en firent rien. Ils avaient tous les deux leur fierté mais ils n'étaient pas téméraires : s'ils avaient pu sauter, ils l'auraient fait. Ils redoutaient sans doute d'être happés par l'un ou l'autre rotor.

Gêné par la distance, l'obscurité et le vent, August s'accrochait à la trappe ouverte tandis que l'Osprey filait à la poursuite du LongRanger. Finalement, ce dernier se remit en palier et August put se tourner vers le caporal-chef Taylor.

« Remettez-moi en route votre fourbi ! lui cria-t-il. Je descends !

– Mon colonel ! Nous ne savons pas si l'hélico va conserver son assiette...

– Maintenant ! aboya August, en même temps qu'il récupérait un parachute dans le placard à équipements et se harnachait. Je vais fixer le crochet à la poutre de queue. Quand j'aurai rejoint Boisard, on tractera ce foutu zinc de gré ou de force !

– Mon colonel ! Le treuil est éprouvé pour une tonne de traction, et cet hélico doit bien faire...

– Je sais. Mais tant que son rotor tourne, ce n'est pas un poids mort. Ordonnez au pilote de rester au contact, quoi qu'il advienne. Je vous enverrai deux signaux lumineux dès que je l'aurai arrimé, à ce moment, dites par radio au pilote de virer à cent quatre-vingts ! »

Taylor salua, puis se dirigea vers les commandes du treuil avec une confiance visiblement feinte.

Pareil au rapace auquel il avait emprunté le nom[1], l'Osprey fila comme un trait dans le ciel, implacable. En même temps, le câble se dévida et August descendit de biais vers l'hélico. Il fit plusieurs tours sur lui-même avant de réussir à saisir le plan stabilisateur. Rampant du côté opposé à Boisard pour ne pas déséquilibrer l'appareil, il s'assura à la poutrelle avant d'y boucler le câble à son tour. Le brin glissa vers l'arrière

---

1. *Osprey* : balbuzard pêcheur, en anglais *(N.d.T.)*.

pour aller se coincer contre l'aileron de queue avec un claquement sonore.

August avait ferré son poisson. Mais il ne fit pas tout de suite signe à l'Osprey. Il avait une autre idée en tête.

Regardant droit devant lui, il se mit à avancer en équilibre instable le long de la poutre en direction de Manigot. La poussée du vent était terrible et il ne progressait que centimètre par centimètre. Alors qu'il atteignait la cabine, le LongRanger se redressa brutalement et vira vers l'est. L'Osprey réagit avec un temps de retard. Le câble se relâcha avant de se retendre soudain, faisant vibrer toute la structure de l'hélicoptère. Mais le treuil avait résisté.

August se laissa glisser vers le flanc de la poutre. Il regarda en l'air pour s'assurer que Manigot tenait bon, puis il baissa les yeux. Ses jambes étaient à moins de cinquante centimètres des skis. Cinquante centimètres d'obscurité battue par le vent, mais la pointe du patin était juste à son aplomb. S'il se lâchait, il devait fatalement l'intercepter dans sa chute.

Il plaqua les bras le long du corps et jeta aux orties toutes ses belles idées sur les missions bien planifiées. Il se retrouvait au pied du mur dans la situation classique du basketteur devant un panier à trois points : ça passe ou ça ne passe pas.

Il ôta ses gants. Il déboucla le mousqueton qui le retenait à l'élingue passée autour de la poutre de queue. Il attendit que le LongRanger se soit de nouveau stabilisé et se laissa tomber.

August tendit aussitôt le bras. Dès qu'il avait lâché prise, le vent l'avait chassé. Mais pas au point de l'empêcher d'attraper l'étrier arrière du patin d'atterrissage. Il s'y raccrocha du bras gauche, tendit prestement le droit et chercha à remonter. Le vent était intense et il se retrouva pendu à quarante-cinq degrés, jeté contre le compartiment à bagages tandis qu'il luttait pour se hisser à bord.

Il voyait maintenant le pilote se retourner pour le regarder. Il y avait quelqu'un entre les sièges du poste de pilotage, étendu sur le plancher, qui cherchait à se relever. Le pilote se retourna, essayant d'engager son engin dans un nouveau piqué. Le câble tint bon, ébranlant les deux appareils, et le pilote regarda de nouveau derrière lui. Mais cette fois, ce n'était pas August qu'il regardait : c'était le câble.

Lentement, il se mit à redresser l'hélicoptère et à le faire remonter. Dans un éclair de terreur, August comprit ce qu'il cherchait à faire : tenter de cisailler le câble avec son rotor. S'il ne réussissait pas à se dégager, il allait tous les envoyer au tapis.

August lutta fiévreusement pour ramener sa jambe par-dessus le ski. Dès qu'il se fut redressé, il tendit la main vers la porte de cabine et l'ouvrit brutalement. Il se jeta dans le compartiment des passagers. En deux pas, il avait gagné le poste de pilotage, et enjambé l'homme étendu à terre, à demi inconscient. August plia le bras, le coude relevé, dans une prise de jiu-jitsu, et l'expédia contre la tempe du pilote. Avec un mouvement de piston frénétique, il le frappa une seconde fois, puis une troisième avant de l'éjecter de son siège, estourbi.

Prenant sa place, August saisit aussitôt le manche pour stabiliser l'appareil en même temps qu'il se tournait vers l'homme étendu à terre.

« Hausen ? Levez-vous ! J'ai besoin de vous pour me piloter ce satané zinc ! »

L'Allemand était groggy. «J'ai... j'ai essayé de vous aider en le stabilisant... à deux reprises...

– Merci, dit August. Bon, allez...»

Lentement, Hausen se hissa dans le siège.

«Un peu plus vite, si ça ne vous gêne pas! s'écria August. Je ne sais pas trop ce que je fous ici, moi!»

La respiration sifflante, Hausen se laissa tomber dans le siège du copilote, frotta d'un revers de bras ses yeux injectés de sang et s'empara du manche. «C'est bon, dit-il. Je... je le tiens...»

Le colonel bondit aussitôt pour jeter sans ménagement Dominique vers l'arrière, dans la cabine, et regagner la porte restée ouverte. Il se pencha dehors. Boisard essayait vaillamment de rejoindre Manigot.

«Tout est réglé, ici! lui cria August. Dès que vous l'avez, lâchez le câble!»

Boisard fit signe qu'il avait compris et le colonel réintégra la cabine.

«Tout baigne, là-haut? demanda-t-il à l'Allemand.

– Ça ira, répondit Hausen, d'une voix lasse.

– Maintenez l'appareil en vol stationnaire jusqu'à mon signal. Ensuite, on remettra le cap sur l'usine.»

Hausen acquiesça. August se pencha au-dessus de Dominique, le releva, le fourra dans un siège de la cabine et se planta devant lui.

«Je ne sais pas ce que tu as fait, dit le colonel, mais j'espère que c'est suffisamment grave pour qu'on te mette à l'ombre un bon bout de temps.»

Étourdi, couvert de sang, Dominique réussit à relever la tête et à sourire : «Vous pourrez m'arrêter, siffla-t-il d'une bouche édentée, mais vous ne pourrez pas nous arrêter tous. La haine... la haine est une valeur plus aisément négociable que l'or.»

557

August ricana. Et lui balança un autre coup de poing. « Eh bien, prends ça comme intérêts sur mon compte. »

La tête de Dominique roula sur la droite. August retourna devant l'écoutille ouverte. Les bras tremblants d'épuisement, il aida Manigot à embarquer. Quand Boisard eut fini de décrocher l'élingue, August l'aida à son tour. Puis il referma la porte et se laissa choir lourdement sur le plancher de la cabine.

Le plus triste était que l'autre salaud avait raison. La haine et ses négociants continueraient de prospérer. Il avait toujours lutté contre eux. Avec un certain succès. Encore maintenant, il devait l'admettre. Et même s'il lui fallut un certain temps pour que l'intellect reprenne le dessus sur les sentiments, il n'avait pas oublié que dès qu'ils auraient atterri, il avait un coup de fil à passer.

73.

Vendredi, 0 : 53, Montauban, France

Les hommes de la gendarmerie nationale s'étaient rendu maîtres de l'usine quand l'Osprey revint se poser. Ils avaient appréhendé tous les Nouveaux Jacobins et leur avaient passé les menottes. On les avait séparés par groupes de deux et répartis dans les bureaux sous la garde, chacun, de deux hommes. Ballon était convaincu que les martyrs et les héros étaient soit des exhibitionnistes, soit des jouets mécaniques. Ils étaient moins susceptibles de commettre l'irréparable s'il n'y avait personne pour les voir ou les provoquer. Le rapide effondrement des Nouveaux Jacobins renforçait également une autre conviction du colonel français. À savoir qu'ils n'étaient qu'un troupeau de moutons trop pleutres pour se battre quand ils se retrouvaient livrés à eux-mêmes ou face à un adversaire équivalent ou supérieur en nombre.

Quelle que soit la véracité de ce postulat, il n'y eut en tout cas pas d'autre résistance quand les cars de CRS vinrent évacuer les prisonniers. On avait également appelé des ambulances, même si Ballon avait tenu à recevoir des soins sur place pour rester jusqu'au retour du LongRanger et de l'Osprey. Avec les autres, il avait suivi de loin le duel aérien, dont personne n'aurait pu deviner l'issue jusqu'à ce que le pilote de l'appareil de l'OTAN ait confirmé par radio la capture de Dominique.

Dès que l'Osprey se fut posé, suivi de l'hélicoptère, le colonel August prit en charge personnellement Dominique. Ils sortirent côte à côte, August tenant fermement son prisonnier d'une clef au bras. L'avant-bras du Français était relevé, posé contre celui d'August, le coude calé sous l'aisselle du colonel et la main retournée vers le corps, la paume en l'air. Qu'il cherche à s'échapper et August n'aurait qu'à ramener cette main vers lui pour infliger à son prisonnier une douleur intolérable.

Dominique ne chercha pas à s'échapper. C'est tout juste s'il pouvait marcher. August le remit aussitôt à la gendarmerie. On le fit monter dans un fourgon sous la surveillance de Ballon et de quatre de ses hommes.

« Dites à Herr Hausen qu'il mérite amplement de faire les gros titres, lança Ballon à August avant qu'ils ne démarrent. Vous pouvez même ajouter que je suis prêt à les écrire de ma main ! »

August répondit qu'il n'y manquerait pas.

Le pilote de l'Osprey avait prévenu par radio le service médical de l'OTAN. Boisard et surtout Manigot souffraient de blessures multiples même si, pour l'essentiel, elles étaient superficielles. Et Manigot avait quand même deux côtes cassées.

Mais c'était surtout Hausen qui avait dégusté. Pour rester conscient et garder sa lucidité lors du vol de retour, il s'était efforcé de parler à August. C'est ainsi qu'il lui avait narré comment Dominique avait d'abord cherché à l'étrangler. Comment chaque fois qu'il reprenait le dessus et tentait de lui arracher les commandes de l'hélicoptère, Dominique le frappait à coups de poing et à coups de pied. À peine August avait-il posé l'hélicoptère que Hausen s'était affalé sur le tableau de bord.

Hood pénétra dans le cockpit pour rester avec le vice-ministre des Affaires étrangères jusqu'à son évacuation. Il s'était assis dans le siège du pilote, à côté de l'Allemand, en attendant que le toubib de l'OTAN ait fini de soigner les blessés de l'assaut.

Hood l'appela par son nom. Hausen leva la tête, esquissa un sourire.

« On l'a eu...

– *Vous* l'avez eu, rectifia Hood.

– J'étais prêt à mourir si je pouvais l'entraîner avec moi. Je... plus rien ne m'importait. Je suis désolé...

– Inutile de vous excuser. Tout s'est terminé au mieux. »

L'Américain se leva pour laisser place à la toubib et à l'infirmier qui l'accompagnait. Elle examina les blessures que Hausen portait au cou, à la tempe, au cuir chevelu, au menton et s'assura qu'il n'y avait aucun risque d'hémorragie. Puis elle vérifia l'état de ses yeux, de son pouls, et contrôla rapidement les réflexes cérébro-spinaux.

« Légère commotion cérébrale, dit-elle à son assistant. Sortons-le d'ici. »

On amena une civière et Hausen fut évacué de l'hélico. Hood descendit derrière eux.

« Paul ! s'écria Hausen alors qu'on le faisait descendre de la carlingue.

– Je suis là, dit Hood.

– Paul... ce n'est pas fini. Est-ce que vous comprenez ?

– Je sais. On va le mettre en service, ce centre régional. Prendre l'initiative. Ne dites plus rien, maintenant.

– À Washington », poursuivit Hausen alors qu'on le mettait dans l'ambulance. Il sourit faiblement. « La prochaine fois, on se reverra à Washington. Un peu plus au calme... »

Hood lui rendit son sourire et lui étreignit la main avant que la porte ne se referme sur lui.

« Peut-être qu'on devrait l'inviter à participer à la commission budgétaire, observa Matt Stoll dans leur dos. En comparaison, ce qu'on a vécu, c'est de la petite bière. »

Hood se retourna. Il posa la main sur l'épaule de son associé. « Vous vous êtes comporté en véritable héros, ce soir, Matt. Merci.

– Oh, c'était rien, chef. C'est incroyable ce qu'on peut faire quand on joue sa peau et qu'on n'a pas le choix...

– Faux, objecta Hood. Des tas de gens paniquent à l'épreuve du feu. Pas vous.

– De la couille, oui. Je l'ai pas montré, c'est tout. Mais je crois que vous avez encore du pain sur la planche. Alors je vais m'éclipser sur la pointe des pieds et me taper peinardement une dépression nerveuse. »

Stoll le quitta. Nancy était restée dissimulée juste derrière lui, dans l'ombre.

Hood la contempla un long moment avant de s'approcher. Il avait envie de lui dire qu'elle avait eu un comportement héroïque, elle aussi, mais il s'abstint. Elle n'avait jamais trop apprécié les tapes dans le dos, et il savait que ce n'était pas ce qu'elle voulait lui entendre dire.

Il prit ses mains entre les siennes. « Je crois bien qu'on n'avait jamais fait une telle bringue... »

Elle eut un petit rire. Les larmes roulaient sur ses joues. « C'était la vie pépère, en ce temps-là. Dîner, un bouquin au lit, les infos de dix heures à la télé et le cinéma en matinée le dimanche. »

Hood prit soudain conscience du poids de son portefeuille à l'intérieur de son blouson et des deux billets de cinéma. Pas elle. Elle continuait de le dévisager avec des yeux remplis d'amour et de désir. Elle n'avait pas l'intention de lui faciliter la tâche.

Il lui caressa le dessus des mains avec ses pouces, puis posa les mains sur ses épaules. Il l'embrassa sur la joue. Le goût de sel chaud de ses larmes lui donnait envie de s'approcher encore, de la prendre dans ses bras, de lui embrasser l'oreille.

Il recula d'un pas.

« Il va y avoir une enquête, tout un tas de commissions et d'auditions au tribunal. J'aimerais t'indiquer un avocat.

— D'accord. Merci.

— Je suis sûr que quelqu'un va récupérer l'actif de Demain, une fois toute cette affaire réglée. Mon équipe a ses entrées un peu partout. Je veillerai à ce qu'on ne t'oublie pas. D'ici là, Matt te trouvera bien une occupation.

— Mon sauveur... », fit-elle ironiquement.

C'est qu'elle commençait à lui taper sur les nerfs. « Écoute, ce n'est pas drôle pour moi non plus, Nancy. Mais je ne peux pas t'offrir ce que tu réclames...

— Crois-tu ?

– Pas sans devoir l'ôter à quelqu'un d'autre, termina-t-il. Quelqu'un que j'aime. J'ai passé l'essentiel de ma vie d'adulte aux côtés de Sharon. Nous vivons une relation très forte.

– Et tu t'en contentes ? Tu te contentes d'une relation *très forte* ? Mais une relation, ça doit être de l'ordre du délire. En tout cas, c'était ainsi que nous l'avons vécue. Même quand on se battait, on y mettait de la passion…

– Certes, admit Hood, mais tout ça c'est du passé. Sharon et moi sommes heureux ensemble. La stabilité est quelque chose d'essentiel, le fait de savoir que l'autre sera toujours là pour…

– Pour le meilleur ou pour le pire, dans la fortune ou la misère, la maladie ou la santé, railla Nancy, amère.

– Pour ça, bien sûr, ou simplement pour venir à un rendez-vous au ciné… »

Nancy fit soudain la moue. Elle plissa plusieurs fois les paupières sans détourner les yeux. « Ouille. En plein dans le mille. »

Hood s'en voulait de l'avoir blessée, mais au moins avait-il trouvé la force de dire ce qui devait être dit. C'était dur, mais ça faisait du bien.

Nancy finit par se détourner. « Bon, je crois que j'aurais mieux fait de rentrer en ville avec le colonel Ballon…

– La police française est en route. Ils se chargeront de nous ramener.

– T'es toujours aussi lourdingue, lança-t-elle avec un sourire crâne. Je voulais dire qu'il est célibataire. C'était une vanne.

– Ah, pigé… Désolé. »

Nancy inspira un grand coup. « Pas autant que moi, tu sais. Pour tout. » Elle le regarda de nouveau. « Même si ça n'a pas marché comme j'aurais voulu, ça m'a quand même fait plaisir de te revoir. Et je suis contente que tu sois heureux. C'est vrai. »

Elle repartait déjà, de cette même démarche chaloupée que lorsqu'il l'avait revue devant l'hôtel, avec sa chevelure ondulant au rythme de ses pas. Hood voulut la suivre. Sans se retourner, elle tendit la main, comme un agent qui règle la circulation, et fit non de la tête.

Hood la regarda s'éloigner, sentant lui aussi ses yeux s'embuer de larmes. Et quand elle disparut entre les flics et les infirmiers, il eut un sourire triste.

Elle était venue au rendez-vous, en fin de compte.

74.

Lundi, 9 : 32, Washington, DC

Pour leur retour à l'Op-Center, Hood, Stoll et Herbert eurent droit à une réception intime dans le Bocal, la salle de conférences ultra-protégée. Quand ils arrivèrent, tout le personnel d'encadrement les attendait déjà avec du café, des croissants et des gâteaux bavarois.

« On a dévalisé la cantine de tout ce qu'ils avaient à proposer comme pâtisseries françaises ou germaniques », expliqua Ann Farris en accueillant Hood avec un timide baiser du bout des lèvres.

Ed Medina et John Benn avaient passé leur dimanche à constituer un petit diorama avec des figurines de soldats représentant l'OTAN, Hood et Herbert. Ils défendaient un fort baptisé « Respect » contre les assauts d'une horde de soudards défigurés débarqués d'un transport de troupe portant la mention « Haine ».

Herbert, couvert de contusions mais toujours insoumis, parut touché. Stoll était positivement ravi. Hood gêné. Rodgers se tenait, bras croisés, dans son coin, à l'écart du triomphe de Hood, l'expression un rien envieuse.

Convié à s'exprimer, Hood grimpa au bout de la table de conférence et avoua : « Ce qu'on a fait, ce n'est jamais que ce que le général Rodgers et nos Attaquants font tout le temps.

– Aller foutre le bordel à l'étranger, suggéra Lowell Coffey, et ainsi justifier le traitement de nos diplomates ?

– Non, rétorqua Stoll. Se battre pour défendre la vérité, la justice et l'image de l'Amérique !

– Où ai-je mis mes pom-poms ? » railla Ann Farris.

Hood fit taire la vingtaine d'invités réunis dans le bureau. « Je vous l'ai dit, on n'a jamais fait que suivre l'exemple donné par nos collègues de l'Op-Center. À ce propos, justement, Mike... vous voulez annoncer la nouvelle ? »

Rodgers acquiesça et tendit la main à Hood. Ce dernier voulait le hisser sur la table, le forcer à partager son triomphe. Mais l'autopromotion n'était pas dans les manières du général.

Hood reprit donc la parole : « Durant le week-end, le général Rodgers a mis au point les détails de la venue à Washington du colonel Brett A. August afin de prendre le commandement du groupe d'Attaquants. Le colonel August est en définitive celui qui a réussi à épingler Gérard Dominique, et il va constituer un formidable atout, aussi bien stratégique que personnel pour toute notre équipe. »

Il y eut quelques applaudissements, quelques pouces levés.

« Comme vous n'aurez certainement pas manqué de le remarquer, poursuivit Hood, tous les journaux du dimanche ont titré sur la chute de Dominique et les implications de son Opération écoute. J'ai lu quantité d'éditoriaux expliquant comment, en instillant préjugés et soupçons chez des individus qui sont par ailleurs de braves gens, on pouvait les manipuler et s'en servir pour détruire des vies et des sociétés. J'espère que ces avertissements ne passeront pas à la trappe. Ann, il va falloir que nous en parlions. Voir s'il ne serait pas possible de mettre au point une espèce de programme éducatif destiné aux enfants des écoles. »

Elle acquiesça et lui sourit avec fierté.

« Les preuves extraites par Matt des ordinateurs de Demain sont entre les mains de la justice française. Le crime ayant eu des implications internationales, des représentants des États-Unis, de l'Allemagne et d'autres nations seront sur place pour s'assurer que Dominique ne réussira pas une fois encore à s'en tirer. J'aimerais également remercier Matt et son équipe. Hier, ils ont réussi à localiser sur notre territoire le serveur où avaient été placés les jeux racistes destinés à notre pays. Il s'agit de l'ordinateur d'une banque de Montgomery, dans l'Alabama. C'est depuis ce site qu'on pouvait télécharger ces jeux sur Internet. Le lieu est symbolique : voisin de l'endroit où Rosa Parks avait refusé de céder son siège à un Blanc dans l'autobus, en 1955. Dominique croyait en l'héritage de l'histoire. Il est regrettable pour lui qu'il n'ait pas su en tirer les leçons.

– Pour reprendre Samuel Taylor Coleridge, nota Rodgers, solennel : "Si les hommes savaient déchiffrer ce que nous apprend l'histoire, que de leçons elle pourrait nous enseigner. Mais la passion et le parti pris nous aveuglent."

– Eh bien, je pense que nous aurons dessillé quelques yeux en Europe... tout particulièrement grâce à Bob.

– Et à Jody Thompson, ajouta Herbert. À cette heure, je serais sous un tas de cailloux si elle n'avait pas été là.

– Oui, grâce à Bob et grâce à Jody. On nous a dit que les festivités des Journées du Chaos sont tombées à l'eau après ce qui s'est passé... une bonne partie des jeunes participants ont dû voir s'envoler leurs illusions et préférer rentrer chez eux.

– Pauvres bébés, nota Martha. Vous voulez parier qu'ils s'en remettront vite ?

– Vous avez parfaitement raison, admit Hood. Nous n'avons pas éradiqué la haine. Mais nous leur avons adressé un message fort. À dix heures, je dois voir madame le sénateur Barbara Fox... »

Il y eut quelques huées.

Hood leva la main. « Je vous promets qu'elle ne sortira pas d'ici sans avoir renoncé aux coupes budgétaires dont elle nous a menacés. En fait, j'ai réfléchi tout le week-end à la meilleure façon d'utiliser une rallonge de crédits pour une nouvelle division qui pourrait opérer soit au sein de l'Op-Center, soit indépendamment. Une sorte de "patrouille du Web" ou de "Net Force" chargée de surveiller les autoroutes de l'information.

– Pourquoi pas la "Police des inforoutes" ? suggéra Stoll. Ou alors les "Redresseurs de puces" ? »

Il y eut quelques rires gras.

« Quoi ? Vous préférez "Net Force" ?

– Ça sonnerait plus sérieux pour le Congrès et pour la presse, observa John Benn ; après tout, c'est ça qui compte.

– En parlant du Congrès, reprit Hood, je n'ai pas envie de faire poireauter le sénateur Fox. Je tiens encore à vous remercier tous pour votre accueil, et surtout à remercier le général Rodgers pour le soutien qu'il nous a apporté quand nous étions en Europe. »

Hood les quitta sur ces mots, accompagné d'applaudissements respectueux assortis de quelques vivats. En sortant, il donna une tape sur l'épaule au général et lui demanda de se joindre à lui. Ils quittèrent ensemble le Bocal.

« Qu'est-ce qu'on pourrait faire pour accueillir dignement le colonel August ? demanda Hood alors qu'ils regagnaient son bureau.

– Je ne vois qu'une chose, répondit Rodgers. Je vais filer au centre-ville pendant la pause de midi voir si je peux dénicher le modèle Revell du Messerschmitt Bf 109. On construisait des maquettes d'avions quand on était gosses et ça a toujours été la grande lacune de notre collection.

– Vous n'aurez qu'à le passer sur votre note de frais », dit Hood.

Rodgers protesta d'un signe de tête. « Pas question. Celui-là, je le paie de ma poche. Je dois bien ça à Brett. »

Hood lui dit qu'il comprenait, puis il lui demanda s'il désirait assister à la réunion avec le sénateur Fox.

Rodgers déclina l'invitation. « Une fois la semaine, ça me suffit amplement. Du reste, vous avez toujours été plus doué que moi pour ce genre de confrontation. Je n'ai jamais trop eu le coup de main.

– Je n'ai jamais tenté que de reproduire ce que vous faites sur le terrain, Mike. Vous avez parfaitement le coup de main, vous savez.

– Dans ce cas, je n'ai rien à rajouter. Si on n'arrive pas à la convaincre, je propose qu'on la foute aux commandes d'un hélicoptère, menottes aux poings.

– Je n'y vois pas d'inconvénient », dit Hood en riant au moment où son adjoint, « Bugs » Benet, passait la tête hors de son bureau au bout du couloir. Il informa le directeur que madame le sénateur venait d'arriver.

Accompagné des vœux de succès du général Rodgers, Hood hâta le pas pour accueillir la parlementaire à la sortie de l'ascenseur.

Elle arriva avec ses deux collaborateurs et son air matois.

« Bonjour, Paul, dit-elle en sortant. Reposant, ce week-end ?

– Dès que ma femme arrêtait de me reprocher d'avoir risqué ma peau, oui.

– Parfait. » Ils se mirent à arpenter le couloir. La parlementaire poursuivit : « Eh bien moi, je ne me suis pas reposée. J'ai essayé de voir comment je pouvais bien élaguer dans un service travaillant pour l'homme qui venait de sauver le monde libre. Vous aviez monté ce coup-là rien que pour me compliquer la vie, Paul ?

– Je ne peux rien vous cacher !

– Sûr que vous aurez droit au *Larry King Live* sur CNN. Surtout avec un type en fauteuil roulant qui sauve Mlle Thompson. Ce n'est plus un miracle, c'est un rêve de directeur de la communication. Et la presse l'adore positivement, cette gamine. Surtout depuis qu'elle a annoncé qu'elle refusait de céder les droits cinématographiques de son épopée à moins de diriger elle-même le tournage. Maligne, la petite. »

Ils étaient arrivés à la hauteur du bureau de Hood. Ils s'arrêtèrent devant la porte.

« Le coup de main à Mlle Thompson, c'est uniquement grâce à Bob et Mike, objecta Hood. Moi, je n'y suis pour rien.

– C'est exact, admit-elle. Préserver l'identité du creuset américain, empêcher nos villes d'être ravagées par les émeutes, mettre fin à la carrière du prochain grand despote de la planète... voilà juste ce qui est à mettre à votre actif. Eh bien, je suis malgré tout décidée à faire des coupes, Paul. Je le dois au contribuable.

– Nous devrions discuter de tout ça dans mon bureau. Mais surtout, en parler en tête à tête.

– Je n'ai aucun secret pour mes collaborateurs, rétorqua Fox. Ce ne sont peut-être pas des as de l'informatique comme les gars de votre équipe, mais je tiens à eux.

– Je comprends. J'insiste toutefois pour m'entretenir quelques instants avec vous en privé. »

Sans se retourner vers ses deux adjoints, le sénateur Fox leur indiqua : « Vous voulez bien m'attendre ici ? Je reviens tout de suite. »

Neil Lippes et Bobby Winter se retirèrent, déclinant l'offre de patienter dans un bureau voisin.

« Prenez un siège, dit Hood en s'apprêtant à prendre place dans son fauteuil.

– Je préfère rester debout, merci. Ce ne sera pas long. »

Hood décida de rester devant le bureau. Il avait une sainte horreur des mélodrames et voulait que l'entretien soit autant que possible clair et net. Mais il sentait qu'il avait tout intérêt à ne pas braquer son interlocutrice.

Il prit sur le bureau une enveloppe kraft. Il la lui tendit mais sans la lâcher.

« Ce pli nous est parvenu samedi, via la valise diplomatique allemande, expliqua Hood. Il vient du vice-ministre des Affaires étrangères Hausen. »

Hood attendit. Il était passé la veille chez Matt pour lui demander de faire tourner une simulation sur son ordinateur afin de lever toute incertitude. Il n'y en avait aucune. Même s'il avait redouté cet instant dès l'arrivée du pli, il avait bien dû l'assumer.

« J'écoute, dit le sénateur Fox.

– Il y a une bonne vingtaine d'années, Gérard Dominique et Richard Hausen étaient tous deux étudiants à Paris. Un soir, ils sont sortis. Ils avaient bu. »

Le teint naturellement rougeaud du sénateur pâlit soudain. Ses yeux noirs se portèrent sur le paquet.

« Vous permettez ? » demanda-t-elle en tendant la main.

Hood le lui donna. Elle le saisit, le tâta entre le pouce et l'index, faisant courir ses doigts d'un bout à l'autre comme pour en jauger le contenu.

« Des photos », précisa Hood. Il se rapprocha et ajouta, d'une voix douce : « Madame, asseyez-vous, je vous en prie. »

Elle fit non de la tête, glissa une main dans l'enveloppe et choisit une photo au hasard. Elle la regarda.

Le cliché en couleurs montrait une jeune fille, photographiée au dernier étage de la tour Eiffel.

« Lucy », souffla la femme. Sa voix s'étrangla, tout juste audible. Elle rangea la photo et pressa l'enveloppe contre son sein. « Qu'est-il arrivé, Paul ? »

Hood vit les larmes emplir ses yeux. Elle les chassa d'un plissement de paupières ; elle serrait l'enveloppe de plus en plus fort.

« Dominique les a agressées, expliqua Hood. Hausen a tenté de l'en empêcher. Nous avons retrouvé ces documents dans le bureau de Dominique, à l'usine Demain. »

La parlementaire avait fermé les yeux, le souffle court. « Mon bébé, souffla-t-elle. Ma Lucy… »

Hood aurait voulu la serrer dans ses bras. Au lieu de cela, il se contenta de la regarder, conscient de la vanité de toute parole, de tout geste de consolation. Et il sut alors que, quoi qu'il advienne de leurs relations à l'avenir, jamais plus elle ne pourrait entièrement prendre ses distances vis-à-vis de lui. Pas après ce qu'ils venaient de partager.

La parlementaire en était visiblement consciente, elle aussi. Elle décrispa les bras, regarda Hood. Puis elle inspira un grand coup et lui restitua l'enveloppe. « Voulez-vous, je vous prie, conserver ces documents encore quelque temps ? Au bout de vingt-cinq ans, vous m'avez permis… comment dire… de tirer un trait. Je ne me sens pas encore tout à fait prête à réveiller ce deuil. Je suppose que tout cela sera étalé au grand jour lors du procès de Dominique.

– Je comprends. » Hood reposa l'enveloppe sur le bureau derrière lui. Il resta debout pour qu'elle n'ait pas à la contempler plus longtemps.

Le personnage public reprit presque aussitôt le dessus. Elle s'essuya les yeux, redressa les épaules et parla d'une voix plus assurée.

« Bien. Vous savez maintenant que je ne peux plus faire de restrictions budgétaires.

– Sénateur, je n'ai pas fait cela pour obtenir des faveurs politiques.

– Je sais. Raison de plus pour me sentir obligée de vous défendre. J'étais hargneuse en arrivant ici, mais l'Op-Center a démontré sa valeur. Vous aussi. Venant de la plupart de mes connaissances, tout cela aurait pué la manipulation. Washington n'est pas le terrain idéal pour susciter l'intimité mais vous y êtes parvenu. Et je crois réellement, Paul, de toute mon âme, que nous devons défendre les gens de valeur avec la même énergie que celle que nous mettons à défendre nos institutions. »

Elle lui tendit la main. Hood l'accepta.

« Je ne vous retiens pas plus longtemps. Je vous rappelle un peu plus tard, que nous convenions d'un autre rendez-vous. Pour voir comment vous satisfaire sans braquer les chiens de garde du budget.

– Je vous préviens, sourit Hood, je risque d'avoir besoin d'une rallonge. J'ai eu l'idée d'une nouvelle agence.

– Ce pourrait être justement le bon moyen d'obtenir plus de crédits, observa le sénateur. Réduire ceux de l'Op-Center pour les attribuer, avec un complément, à une autre agence. Cela relève du jeu d'écritures et du rideau de fumée mais comme ça, tout le monde sera content. »

Sur quoi, madame le sénateur Fox prit congé pour se diriger d'un pas décidé vers l'ascenseur, ignorant les regards interrogatifs de ses collaborateurs.

Hood contourna le bureau et s'assit. Il rangea l'enveloppe dans un tiroir. Puis il sortit le portefeuille de sa poche de veston, y prit les talons de billets de cinéma et les déchira. Il les glissa dans une enveloppe qu'il mit aussi dans le tiroir.

Au bout de vingt-cinq ans, Hood avait lui aussi l'impression d'avoir tiré un trait.

imprimerie gagné ltée

IMPRIMÉ AU CANADA